प्रेस्कॉट
हत्या

एंड्रयू ब्रैडेन मिशेल

Bookmarketeers.com द्वारा प्रकाशित
अमेरिका के संयुक्त राज्य अमेरिका में छपी

मैं अपनी प्यारी पत्नी पैम को मेरे लिखने की कोशिशों में लगातार हिम्मत देने और सपोर्ट करने के लिए धन्यवाद देना चाहता हूँ।

भाग एक

अध्याय एक

इन्क्विजिटर की आँखें तेज़, पक्की और डरावनी थीं।

“क्या तुम उन्हें मार डालोगे?”

"शायद हां।"

“बदला लेने के लिए?”

“नहीं... न्याय के लिए।”

“क्या इस न्याय से आपकी पीड़ा ख़त्म हो जाएगी?”

"संभवतः नहीं।"

“तो फिर ऐसा क्यों करें?”

“मेरे पास कोई विकल्प नहीं है। अगर मैंने कुछ नहीं किया तो यह हमेशा मेरे साथ रहेगा।”

प्रेस्कॉट, एरिज़ोना क्षेत्र

1897

हसेया अपने ऑफिस में बैठी थी, जैसा कि वह था, और सोच रही थी कि क्या उसने यहाँ आकर सही फैसला किया था। वह एक भारतीय महिला थी जो गोरे लोगों की दुनिया में, अपने दम पर, और एक नए शहर में ज़मीन से शुरुआत करके गुज़ारा करने की कोशिश कर रही थी। हसेया जानती थी कि उसका बिज़नेस फेल हो रहा है, इसलिए नहीं कि वह रात में

अनगिनत घंटे अपने खर्चों पर सोच-विचार करने में बिताती थी, और पैसे बचाने के तरीके ढूंढती थी, बल्कि इसलिए कि उसे अभी तक एक भी कस्टमर नहीं मिला था।

आज भी इंतज़ार और उम्मीद का दिन था। हसेया को लगता था कि अगर उसे मौका मिले तो वह सफल हो सकती है। अब वह बस इंतज़ार कर सकती थी और अच्छे की उम्मीद कर सकती थी। उसका ऑफिस उसके घर के सामने एक बंद बरामदा था, जो प्रेस्कॉट शहर के पास, गुरली स्ट्रीट से एक गली दक्षिण में था। यह हमेशा ग्राहकों के लिए तैयार रहता था क्योंकि वह इसे हर दिन साफ़ करती थी। यह एक साफ़-सुथरा ऑफिस था। किसी ने उसके दरवाज़े पर दस्तक दी।

एक अधेड़ उम्र की महिला और एक जवान आदमी उसके दरवाज़े पर थे। उसने उन्हें अंदर आने दिया, मुस्कुराई और उन्हें एक कुर्सी दी। हसेया उसकी डेस्क, एक पुरानी टेबल के पीछे बैठ गई।

"मैं तुम्हारे लिए क्या कर सकता हूँ?"

“मेरा नाम एम्मा है, और मेरा भतीजा लापता है।”

“क्या आपने शेरिफ लुईस से बात की है?”

“हाँ, लेकिन मुझे शेरिफ पर कोई भरोसा नहीं है। वह इस तरह की इन्वेस्टिगेशन पर समय देने के लिए बहुत बिज़ी है। उसका कलीग डिटेक्टिव विलियम्स है, लेकिन मैंने जो सुना है, वह नाकाबिल है। किसी वजह से, वह लोगों की उंगलियों को स्याही में डुबाने में बहुत ज़्यादा समय लगाता है। यह जासूसी का काम नहीं है, कभी नहीं रहा, और मुझे इसकी ज़रूरत भी नहीं है। जब तक मेरा भाई कैलिफ़ोर्निया में है, मैं अपने भतीजे की सेफ्टी के लिए ज़िम्मेदार हूँ। अब मेरा भतीजा गायब है।”

हसेया ने उस नौजवान की ओर देखा, जो शायद अठारह या उन्नीस साल का था, लंबा और दुबला-पतला था, जो उसके नए संभावित ग्राहक के साथ आया था और पूछा, "आप कौन हैं?"

“मेरा नाम रेमंड है। आप एमा को आपसे मिलने लाने के लिए मुझे धन्यवाद दे सकते हैं। मैंने उसे शहर में परेशान देखा, और मदद की पेशकश की। लोगों की मदद करना मेरा स्वभाव है। मैं उसके भतीजे को ढूंढने में आपकी मदद करने जा रहा हूँ।”

“मैं अकेले काम करता हूँ, और अभी मेरे पास आपको देने के लिए पर्याप्त पैसे नहीं हैं।”

"जब आप देखेंगे कि मैं कितना अच्छा हूँ तो आप अपना विचार बदल देंगे।"

“क्या आपने पहले भी इस तरह का काम किया है?”

“अभी नहीं। यह मेरा पहला केस होगा।”

“मैंने तुमसे कहा था कि मैं तुम्हें नौकरी पर नहीं रख सकता। तुम ठीक से सुनते नहीं हो, है ना? लोगों की बात सुनना एक इन्वेस्टिगेटर के लिए एक ज़रूरी स्किल है।”

“ठीक है. मैं समझ गया कि आप क्या कह रहे हैं, और मैं मुफ़्त में काम करूँगा. आपको खुशी होगी कि मैं इस केस में हूँ.”

हसेया ने आँखें घुमाईं और एम्मा से पूछा, "आपने अपने भतीजे को आखिरी बार कब देखा था?"

“दो रात पहले, हमने खाना खाया, थोड़ी बात की, और फिर सो गए। अगली सुबह, मैंने उसे नाश्ते के लिए बुलाया। जब वह नहीं आया, तो मैंने उसके कमरे में देखा, और वह चला गया था। मैं तब से उसे ढूंढ रहा हूँ और वह मुझे नहीं दिखा।”

"ठीक है. मैं आपके भतीजे को ढूंढ लूंगी. आपका पता क्या है?" हसीया ने पूछा.

एम्मा ने हसेया को अपना पता दिया। "मैं तुम्हारा घर देखना चाहती हूँ। क्या तुम आज वहाँ आओगे?"

"हाँ, पूरे दिन। यहाँ काम खत्म होने के बाद मैं तुम्हारे साथ वहाँ चल सकता हूँ।"

"रेमंड, अब तुम हमें छोड़कर जा सकते हो," हसेया ने सख्ती से कहा। उसने उसकी अथॉरिटी पर सवाल नहीं उठाया और ऑफिस से चला गया।

हसेया ने उससे कहा, "मेरे मन में एक नंबर है कि आपको मुझे कितना पेमेंट करना चाहिए।" "यह ठीक लगता है," एमा ने कहा, फिर हसेया को उसकी आधी फीस पहले ही दे दी। "तुम्हें क्या लगता है उसे ढूंढने में कितना समय लगेगा?"

"कहना मुश्किल है। मैं आपको केस की प्रोग्रेस के बारे में जल्द से जल्द अपडेट करूँगा। अभी मैं बस इतना ही वादा कर सकता हूँ।"

"अच्छा, कम से कम तुम ईमानदार तो हो। धन्यवाद।" दोनों औरतें खड़ी हुईं, हाथ मिलाया और साथ में ऑफिस से चली गईं। जब वे बाहर आईं, तो रेमंड अभी भी वहीं था, एक तरफ खड़ा था।

"तुम क्या कर रहे हो?" हसीया ने पूछा.

"मैं भी आपके साथ जा रहा हूँ, बिलकुल।"

"नहीं, तुम नहीं हो। दूर रहो।" रेमंड ने कुछ नहीं कहा और एक तरफ़ देखा। हसेया सोच रही थी कि क्या वह आखिरकार उससे छुटकारा पा लेगी। शायद नहीं।

दोनों औरतें रेमंड को छोड़कर एम्मा के घर चली गईं। उसने पूछा, “आपका भतीजा आपके साथ कब से रह रहा है?”

“कुछ हफ़्ते। वह एक अच्छा बच्चा है। पक्का है कि वह बहुत ज़िद्दी है।”

“क्या उसने अब तक तुम्हें कोई परेशानी दी है?” एम्मा ने पूछा।

“नहीं, कोई बात नहीं। मुझे उम्मीद है कि आपके पास मेरे भतीजे को ढूंढने के लिए काफ़ी समय होगा।”

“मेरा काम ही सब कुछ है। मैं समय निकालूंगा।”

"अच्छा"

हसेया खुश थी कि उसके पास नौकरी है। उसने अपनी फीस कम बताई क्योंकि वह नहीं चाहती थी कि एमा को लगे कि यह बहुत ज़्यादा है और वह चली जाए। उसने एमा को यह बताना भूल गई कि वह इस समय उसकी अकेली क्लाइंट है या वह उसकी पहली क्लाइंट है।

एम्मा और हसेया एक-दो मिनट चलकर एम्मा के घर पहुँचे। घर प्रेस्कॉट जैसा ही लग रहा था—सिंगल लेवल, एक चिमनी, और एक छोटा ढका हुआ पोर्च। जब वह अंदर आई, तो वह इम्प्रेस हुई। ज़्यादातर लकड़ी के फ़्लोरिंग पर बड़े, अच्छे थ्रो रग्स थे। ज़्यादातर दीवारों पर लकड़ी के पैनल थे । जिस चीज़ ने उसे सबसे ज़्यादा इम्प्रेस किया, वह थी कई बड़ी खिड़कियाँ। अंदर की लाइटिंग उसे सुकून दे रही थी। उसका अपना घर पुराना था और उसमें सिर्फ़ एक छोटी खिड़की थी।

वह काम पर लग गई। “क्या मैं उसका कमरा देख सकती हूँ?”

“बिल्कुल। यह यहीं है।” एमा उसे एक छोटे से हॉलवे से होते हुए उसके भतीजे के कमरे में ले गई। हसेया को पहली बार में लगा कि कमरा बिल्कुल वैसा ही था जैसा उसने सोचा था - सादा और कुछ हद तक अस्त-

व्यस्त। वह देखती रही। “उसे फैंसी जूते पसंद हैं?” एक कोने में फर्श पर तीन जोड़ी नए जूते करीने से रखे हुए थे।

“हाँ. शायद कुछ से ज़्यादा.”

हसीया ने कुछ और देखा. उसने एक लगभग खाली जार उठाया और लेबल देखा.

“क्या आपको लगता है कि 'बेयर ग्रीस' भालुओं से बनता है? लेबल पर लिखा है कि यह हेयर जेल असली रॉकी माउंटेन बेयर ऑयल से बना है।”

एम्मा के चेहरे पर शक था। “शायद नहीं।” उसने मुस्कुराते हुए कहा।

"क्या आपका भतीजा आजकल यह हेयर जेल इस्तेमाल कर रहा है?"

“हाँ. उसने वह जार कुछ हफ़्ते पहले खरीदा था.”

“मुझे उसके बारे में और जानना है। क्या आपके भतीजे के कोई दुश्मन हैं, क्या उसके साथ समय बिताने वाले दूसरे लड़कों का कोई ग्रुप है, या शायद गर्लफ्रेंड हैं?”

मेरे लिए उसका कोई दुश्मन नहीं है। हे भगवान, वह दुश्मन बनाने के लिए बहुत छोटा है, आपको नहीं लगता?”

“शायद. आपका भतीजा कितने साल का है?”

“सोलह. मुझे लगता है कि उसकी कोई गर्लफ्रेंड है, लेकिन उसने उसका नाम नहीं बताया है. वह पिछले कुछ हफ़्तों से बहुत ज़्यादा खुश और एनर्जेटिक दिख रहा है. इसलिए मुझे लगता है कि उसकी कोई गर्लफ्रेंड है.”

“आपका भतीजा कैसा दिखता है?”

"वह लंबा है, लगभग छह फुट नहीं, और थोड़ा कबूतर के पंजे जैसा है।"

हसीया ने एक मिनट और इधर-उधर देखा और तय किया कि वह वहाँ और कुछ नहीं सीख सकती, इसलिए वह जाने के लिए तैयार हो गई। "अभी के लिए बस इतना ही। अगर मुझे कुछ दिलचस्प मिला तो मैं आपसे फिर से कॉन्टैक्ट करूँगी। आपके समय और मुझ पर भरोसे के लिए धन्यवाद। गुड डे।"

हसेया ने अपना अगला कदम प्लान करने के लिए अपने ऑफिस की तरफ़ थोड़ा पैदल चलना शुरू किया। उसके छोटे पैरों की वजह से, उसे ज़्यादातर लोगों के मुकाबले थोड़ा ज़्यादा समय लगा। वह एक छोटी नवाजो औरत थी, और उसे पाँच फ़ीट लंबा कहना ज़्यादा अच्छा लगता। नवाजो लोग उनकी उम्र पर ज़्यादा ध्यान नहीं देते थे, लेकिन उसे लगा कि वह लगभग पैंतीस साल की होगी। जब हसेया वापस लौटी, तो वह रेमंड को अपने दरवाज़े के पास खड़ा देखकर हैरान रह गई।

"मैं होम बेस पर रिपोर्ट कर रहा हूँ। अभी रिपोर्ट करने के लिए कुछ नहीं है।"

"तुम अजीब हो, रेमंड। अंदर आओ। हम बात कर सकते हैं।" वे दोनों हसेया के होम ऑफिस में घुसे और बैठ गए।

"मैं आज सुबह एमा का घर और उसके भतीजे का कमरा देखने गया था। मुझे कुछ मज़ेदार बात पता चली। शायद आप इसमें मेरी मदद कर सकें। उसके भतीजे ने कुछ हफ़्ते पहले ही बेयर ग्रीस हेयर जेल का एक जार खरीदा था, और आज सुबह वह लगभग खाली था। उसने सिर्फ़ दो हफ़्ते में लगभग सारा हेयर जेल इस्तेमाल कर लिया। इतना ही नहीं, एमा को लगता है कि उसकी एक गर्लफ्रेंड है।"

"हाँ, फिर से जवान होना। मुझे वो दिन याद हैं।"

उसे लगा कि उसकी शेखी एक ही समय में अच्छी और परेशान करने वाली थी, और क्योंकि वह शायद अब अपना सबसे अच्छा बर्ताव कर रहा था , इसलिए वह चाहती थी कि वह जल्द से जल्द चला जाए।

“मैं तुम्हें नौकरी दूँगा, लेकिन जब तक काम पूरा न हो जाए, तुम्हें यहाँ वापस नहीं आना होगा, और मैं मुफ़्त में काम करने का तुम्हारा ऑफ़र स्वीकार करता हूँ।”

“मैं यह काम कर दूँगा। आप मुझ पर भरोसा कर सकते हैं।”

“ठीक है. मैं चाहती हूँ कि तुम उन सभी जगहों का पता लगाओ जहाँ जवान लोग एक साथ समय बिताने जाते हैं. फिर मैं चाहती हूँ कि तुम एम्मा के भतीजे को ढूँढो. वह किसी लड़की के साथ हो सकता है. उसके भतीजे के बिना यहाँ वापस मत आना.” उसने उसे उस लड़के का हुलिया बताया जो एम्मा ने उसे बताया था.

रेमंड हैरान दिखा, लेकिन कुछ नहीं बोला और चला गया, और हसेया को उम्मीद थी कि अब वह हमेशा के लिए उसके चक्कर से बाहर हो जाएगा। उसे लोगों की अच्छी समझ थी। रेमंड ने अब तक ऐसा कुछ नहीं किया था जिससे वह इम्प्रेस हुई हो। वह अपने नए बिज़नेस की सफलता को इस अनुशासनहीन नौजवान की मनमानी और उसके घमंडी आत्मविश्वास पर निर्भर नहीं होने देगी। उसे बस इतना पता था कि रेमंड अब तक घर पर होगा या किसी सैलून में, किसी को ठगने की अपनी नई योजना बना रहा होगा। इस बीच, उसे अपना पहला कदम तय करना था।

उसने देखा कि कोर्टहाउस प्लाज़ा में बहुत से लोग जमा थे, जो शहर के बीचों-बीच था। यह शुरू करने के लिए एक अच्छी जगह थी, इसलिए उसने अपना सामान इकट्ठा किया और अपने घर के ऑफिस से निकल गई। वहाँ पहुँचकर, वह प्लाज़ा में कई बेंचों में से एक पर बैठ गई और जितना हो सके कम लोगों को दिखाने की कोशिश की। उसने कोर्टहाउस

के आस-पास लोगों को घूमते देखा, कुछ कुत्तों के साथ और कुछ बिना कुत्तों के। बहुत से लोग बैठे थे और कुछ नहीं कर रहे थे। कुछ दूसरों के साथ बैठकर बातें कर रहे थे, जबकि कुछ अकेले थे। पास के व्हिस्की बार से भी कुछ शोर आ रहा था। हसेया ने वहीं इंतज़ार करने और लड़के का इंतज़ार करने का प्लान बनाया जब तक कि उसे कोई बेहतर आइडिया न आ जाए।

"नमस्ते। मिशन पूरा हुआ।"

हसेया इतनी जल्दी रेमंड की आवाज़ सुनकर हैरान रह गई । उसने पलटकर देखा कि रेमंड एक जवान आदमी के कंधे पर हाथ रखे हुए था, जो बेशक एम्मा का भतीजा था।

"मुझे खुशी है कि आप मेरे लिए इतने अच्छे मेंटर हैं। मैंने वही किया जो आपने कहा, और बहुत कम समय में, मैं इस शानदार नौजवान को ढूंढ पाया। मैंने उसे सब कुछ समझाया, और उसने पूरा सहयोग किया।"

"क्या तुम एम्मा के भतीजे हो?" उसने पूछा।

"हाँ।"

"क्या तुम अपनी मौसी के घर जाने के लिए तैयार हो?"

"मैं तैयार हूं।"

वे तीनों एमा के घर गए। एमा ने दरवाज़ा खोला और फिर अपने भतीजे को गले लगाने के लिए आगे बढ़ी। फिर, अचानक गुस्से में आकर, वह अपने भतीजे पर बरस पड़ी। "तुम कहाँ थे? मैं बहुत परेशान थी। तुम्हें ढूंढने के लिए मुझे इन लोगों को हायर करना पड़ा। फिर कभी ऐसे अकेले मत जाना। तुम मेरे भतीजे हो, और जब तक तुम मेरे साथ रहोगे, मैं तुम्हारी ज़िम्मेदारी लूँगी। क्या तुम मुझे समझ रहे हो?"

"हाँ, ऐसा दोबारा नहीं होगा, आंटी एम्मा।"

"अंदर जाइए, मैं इस अच्छी महिला से बात करता हूँ।"

वह घर के अंदर गया। एम्मा ने उसे तय की गई फीस का बाकी हिस्सा और थोड़ी सी एक्स्ट्रा रकम दी, और उसके बहुत अच्छे काम के लिए उसे धन्यवाद दिया।

"आपके बिज़नेस के लिए धन्यवाद," हसेया ने कहा, फिर रेमंड के साथ अपने होम ऑफिस चली गई। रास्ते में, रेमंड ने उससे एक सवाल पूछा।

"मैंने तुमसे कहा था कि मैं मुफ़्त में काम करूँगी, लेकिन मुझे लड़का मिल गया। क्या मैंने अपनी मेहनत के लिए कुछ पैसे कमाए हैं? मुझे लगता है कि यह सही है।"

"नहीं। हमारी यह समझ थी कि तुम्हें पैसे नहीं दिए जाएँगे, और मैं तुम्हें कुछ भी नहीं दे सकती। अलविदा।" अपनी समझ के खिलाफ़, उसने कहा, "तुम्हारी मदद के लिए धन्यवाद।"

अध्याय दो

शहर के वीकली न्यूज़पेपर, *प्रेस्कॉट प्रॉस्पेक्टर* में सालाना ' हॉरिबल्स ' परेड के बारे में एक आर्टिकल था, जो कल, 4 जुलाई को दोपहर दो बजे होने वाली थी। हसेया ने उसे पढ़ा और उसे थोड़ी हंसी आई। आर्टिकल में लिखा था कि अगर न्यू ऑर्लियंस में मार्डी ग्रास होता, तो प्रेस्कॉट का अपना सेलिब्रेशन हो सकता था - हॉरिबल्स परेड। यह शहर की मेन सड़क पर एक परेड थी, जिसमें हिस्सा लेने वाले लोग सबसे अजीबोगरीब कॉस्ट्यूम पहनते थे और जितना हो सके अजीब हरकतें करने की कोशिश करते थे। हसेया परेड देखना चाहती थी और उसे लोगों से मिलने और प्रेस्कॉट में और ज़्यादा मशहूर होने की बहुत ज़रूरत थी।

अगली दोपहर दो बजे से कुछ देर पहले वह अपने घर से निकली और त्योहार देखने के लिए एक अच्छी जगह ढूंढ ली। अमेरिकी लोग बेशक उन नवाजो लोगों से अलग थे जिनके साथ वह बड़ी हुई थी। नवाजो खास वजहों से नाचते थे। वे एक जवान औरत के बड़े होने और बाद में उसकी शादी का जश्न मनाते थे। वे बच्चों, नए घरों और अच्छी फसलों को आशीर्वाद देते थे। नवाजो में योद्धाओं को आशीर्वाद देने और ठीक करने के समारोह होते थे। उसे लगता था कि वे समारोह लोगों का ध्यान खींचने के लिए बुरा बर्ताव करने से ज़्यादा मतलब वाले और ज़रूरी थे।

हालांकि, सब कुछ देखते हुए, अमेरिकियों के बीच रहने के अपने फायदे थे, और वह प्रेस्कॉट में रहकर खुश थी । वह किसी भी हालत में खुद को रिज़र्वेशन में वापस जाते हुए नहीं देख सकती थी।

वह आगे बढ़ी और उसे सड़क का अच्छा नज़ारा दिखाने वाली जगह मिल गई। परेड में सबसे आगे एक बैंड था। उसे उम्मीद थी कि वे धुन तैयार कर रहे होंगे, क्योंकि उनकी आवाज़ बहुत खराब थी। उनकी आवाज़ से उसके सिर में दर्द होने लगा था। उसने अपनी दाईं ओर देखा। रेमंड उसके दाईं ओर लगभग बीस गज की दूरी पर खड़ा था और उसे देख रहा था। हसेया ने वापस बैंड की ओर देखा। उस लड़के के साथ कुछ गड़बड़ थी, जैसे कोई घाव जो ठीक नहीं हो रहा हो।

उसने परेड शुरू होते हुए सुनी और महसूस किया कि, पहले, जब वह पहली बार आई थी, तो वे ट्यूनिंग तो कर ही नहीं रहे थे। वे ऐसे ही बजाते थे। एक व्यक्ति बैंड के सामने खड़ा था, उसके हाथ में एक साइन था जिस पर लिखा था, "ब्यूटीफुल डिसहार्मनी बैंड।" उसे नहीं लगा कि वे सुंदर थे, लेकिन उसने उनके गुज़रने का इंतज़ार किया और इस बात पर ध्यान देने की कोशिश की कि अगला कौन आ रहा है।

एक बड़ा आदमी उसके सामने आया। उसने लेवी पैंट पहनी थी जो उसके लिए बहुत बड़ी थी। सस्पेंडर्स ने उसकी पैंट को ऊपर उठाया हुआ था। उसकी छाती बैरल जैसी थी, और उसकी लंबी दाढ़ी उसके एडम्स एप्पल तक फैली हुई थी। हसेया आगे बढ़ने के बारे में सोच ही रही थी कि तभी एक और आदमी आया और बैरल जैसी छाती वाले आदमी के सामने खड़ा हो गया।

“तुम मेरा व्यू ब्लॉक कर रहे हो, रॉबर्ट।” बैरल-चेस्ट वाले आदमी ने कहा।

“यह सड़क तुम्हारी नहीं है। मुझे भी यहाँ खड़े होने का उतना ही हक है जितना तुम्हें है, क्लिंट।” उसने 'क्लिंट' शब्द का इस्तेमाल व्यंग्यात्मक लहजे में किया।

क्लिंट नाम के उस आदमी ने कहा, “तुम उन सबसे बेपरवाह लोगों में से एक हो जिन्हें मैं जानता हूँ।”

रॉबर्ट परेशान लग रहा था। उसका चेहरा लाल होने लगा। “तुम मज़ाकिया हो। तुम्हें परेड देखने के बजाय उसमें होना चाहिए था।” क्लिंट रॉबर्ट के पीछे से देखने और परेड को बेहतर तरीके से देखने के लिए लगभग एक फुट दूर एक तरफ हट गया। रॉबर्ट अपनी जगह पर खड़ा रहा लेकिन कुछ और नहीं कहा। हसेया का व्यू अब पूरी तरह से ब्लॉक हो गया था, और उसे दूसरी जगह जाने का समय आ गया था।

हसेया अपनी बाईं ओर और नीचे गई। उसने देखा कि कुछ आदमी नाइट और रोमन सैनिकों की ड्रेस में थे। एक आदमी ने बूढ़ी औरत की ड्रेस पहनी हुई थी, और वह एक आदमी को अपने कंधों पर उठाए हुए था। लेडी लिबर्टी की ड्रेस पहनी हुई कोई डंप कार्ट में बैठी थी, जिसे दूसरा आदमी धक्का दे रहा था। उसे हंसी आ गई।

परेड का ज़्यादातर हिस्सा बीत चुका था, और अब वह उसका अंत देख सकती थी। अखबार के आर्टिकल के मुताबिक, इस साल, परेड के बाद होने वाले समारोह प्रेस्कॉट के मेयर यंग लीड करेंगे, जो कोर्टहाउस प्लाज़ा में 'आज की गलत हरकतों की घोषणा' पढ़ेंगे। उनके साथ ऑस्कर वाइल्ड और प्रेसिडेंट मैकिन्ले जैसे लोग भी थे। म्यूज़िशियन का एक और छोटा ग्रुप मेयर के ग्रुप के पीछे-पीछे चल रहा था, जिसमें एक आदमी ज़ोर से बेस ड्रम बजा रहा था, कई ब्रास इंस्ट्रूमेंट और कुछ रीड इंस्ट्रूमेंट थे। वे बहुत अजीब तरह से गा रहे थे, और बैंड का हर सदस्य अलग-अलग गाना बजा रहा था। इस ग्रुप के सामने एक औरत चल रही थी, जो बेस की धुन में

नहीं गा रही थी। हसेया ने मेयर की पार्टी को आते देखा और उनके कॉस्ट्यूम की क्वालिटी देखकर इम्प्रेस हुई।

परेड धीमी हो गई। मेयर यंग सड़क पर आगे बढ़ते हुए दिखाई दिए, और जब परेड खत्म होने वाली थी तो भीड़ ने उनका स्वागत किया। मेयर यंग कोर्टहाउस के सामने रुके। वह अपनी काठी पर आगे की ओर झुक गए, एक तरफ खिसक गए, और घोड़े से गिर गए। भीड़ में से एक साथ चीख निकल गई। ऑस्कर वाइल्ड की ड्रेस पहने आदमी मेयर के पास आया और उन्हें पलट दिया।

"मेयर को गोली मार दी गई है! कोई डॉक्टर को बुलाओ।" भीड़ चिल्लाने लगी। हसेया को यकीन नहीं हो रहा था। उसने महसूस किया कि मेयर की ताकतवर और बुरी चिंदी, यानी उसकी आत्मा, उसके शरीर से निकल गई है।

परेड देखने वालों में से एक डॉक्टर आया और मेयर की जांच की। हसेया जहां खड़ी थी, वहां से भी वह देख सकती थी कि मेयर के धड़ के चारों ओर खून का एक तालाब बन गया था। डॉक्टर ने मेयर के चारों ओर खड़ी भीड़ में एक आदमी से धीरे से बात की। लेडी लिबर्टी आई, उसने अपना चोगा उतारा और मेयर को पहना दिया।

विलियम मैककिनले की ड्रेस पहने आदमी ने ज़ोरदार आवाज़ में कहा, "लेडीज़ एंड जेंटलमैन, यह कार्रवाई ऑफिशियली खत्म हो गई है। प्लीज़ हट जाएं और घर चले जाएं।" कोई हिला नहीं।

लोगों के एक ग्रुप ने मेयर को पूरी तरह से घेर लिया था, और वह जहाँ खड़ी थी, वहाँ से वह दिखाई नहीं दे रहा था। फिर हसेया ने रेमंड को देखा। वह लोगों के घेरे में था, जिसमें ज़्यादातर परेड में हिस्सा लेने वाले लोग थे, जो मेयर के चारों ओर खड़े थे। वह वहाँ क्या कर रहा था? एक हफ़्ते में दूसरी बार, उसने अपनी समझ के खिलाफ़ कुछ किया। अपने आस-पास

के लोगों के एक ग्रुप के साथ, वह सड़क पर गिरे हुए मेयर की ओर चली गई। रेमंड में ऐसा क्या था जिसने उसे ये सब करने पर मजबूर किया? वह उसके पास गई।

"रेमंड, तुम क्या कर रहे हो?"

"तुम्हारी तरह ही। ऐसा लगता है कि किसी ने मेयर को गोली मार दी। कैसे और क्यों? मुझे नहीं पता, लेकिन मैं अंदाज़ा लगा सकता हूँ कि 'क्यों' सबसे ज़रूरी सवाल है। अरे, हमें इस क्राइम को सुलझाने के लिए मिलकर काम करना चाहिए।"

"शेरिफ़ और उसके जासूस को यही करना चाहिए। यह उनका काम है, हमारा नहीं। मुझे अपने काम के पैसे चाहिए।"

"तुम्हारी एडवेंचर की भावना कहाँ चली गई? क्या तुम कोई ज़रूरी मौका देखकर उसे पहचान नहीं पाते?"

वह उस जवान आदमी को घूर रही थी और उसे समझ नहीं आ रहा था कि उसके बारे में क्या सोचे। वह एम्बिशियस था और इंटेलिजेंट लग रहा था, लेकिन वह ज़मीन से जुड़ा नहीं था। इससे ऐसा लग रहा था कि उसे कोई डायरेक्शन नहीं है। उसने कुछ न कहने का फैसला किया।

"मैं डिटेक्टिव विलियम्स को अच्छी तरह जानता हूँ। कुछ साल पहले उनके साथ समय बिताया था और क्राइम सॉल्व करने में उनकी मदद की थी। आपको मेरे जैसे इनसाइडर की ज़रूरत हो सकती है।" उन्होंने आगे कहा।

हसेया ने रिएक्ट न करने की कोशिश की। वह अपनी आँखें घुमाना चाहती थी, लेकिन खुद को रोक पाई। हुआ यूँ कि, एक आदमी पक्के इरादे से, एक बैज पकड़े हुए, देखने वालों के पास आया। "डिटेक्टिव विलियम्स, शेरिफ लुईस के साथ काम कर रहे हैं, प्लीज़ हट जाइए। मैं यहाँ का इंचार्ज हूँ। सब लोग सड़क के दूसरी तरफ चले जाइए - अभी।"

हसेया वापस वहीं चली गई जहाँ वह परेड देख रही थी। जब वह वहाँ पहुँची, तो उसने देखा कि रेमंड सड़क के दूसरी तरफ, कोर्टहाउस की तरफ चला गया था, जहाँ वह मेयर की बॉडी के ज़्यादा पास होगा। वह वहाँ अकेला खड़ा था।

डिटेक्टिव विलियम्स वहाँ गए जहाँ रेमंड खड़ा था। “दोपहर, रेमंड।” तुम क्या कर रहे हो?” हसेया ने डिटेक्टिव को कहते सुना।

“मैं बस किसी भी तरह से मदद करना चाहता हूँ। मैं किसी भी समय तैयार हूँ।”

“दूर रहो।”

भीड़ धीरे-धीरे जाने लगी। हसेया को उत्सुकता हुई और वह वहीं रुक गया। दो बच्चों के साथ एक औरत बाईं ओर से उसके ठीक सामने आई। “जल्दी करो, बेटा। तुम घोंघे से भी धीमे हो।” उसने उसके सिर के ऊपर तेज़ी से, ज़ोर से थपथपाया।

“तुम्हें अपने बच्चों के साथ आराम से रहना चाहिए। उसे मारने की कोई ज़रूरत नहीं है।” उसके दाईं ओर खड़े एक आदमी ने कहा,

“और तुम कौन होते हो मुझे डांटने वाले?”

“नाम माइक टैपस्कॉट है, अगर इससे आपको मदद मिले।”

“अपने काम से काम रखो, माइक टैपस्कॉट। तुम्हारी पत्नी कहाँ है? तुम्हारी कोई पत्नी नहीं है, मुझे यकीन है। अगर तुम शादीशुदा नहीं हो तो तुम मुझे बच्चे की परवरिश के बारे में कुछ नहीं बता सकते, है ना?”

माइक ने कुछ नहीं कहा और सड़क पर हो रहे हंगामे को देखने लगा। वह औरत और उसके दो बच्चे चले गए और भीड़ में शामिल हो गए। हसेया ने एक ही दिन में दो बहस और मेयर का मर्डर देखा था। यह शहर किसी शौकिया इन्वेस्टिगेटर के लिए बिज़नेस शुरू करने के लिए अच्छी

जगह हो सकती है, या यह जल्दी से निकलने की जगह भी हो सकती है। वह यहीं रहने के लिए तैयार थी, इसलिए उसे कोई फ़र्क नहीं पड़ा।

रेमंड और डिटेक्टिव विलियम्स ने फिर से थोड़ी देर बात की। "रेमंड, तुम फिर से अपने पुराने रूप में आ गए हो। अभी चले जाओ, नहीं तो मैं तुम्हें यह इलाका छोड़ने पर मजबूर कर दूँगा।"

रेमंड बिना मन के फुटपाथ पर चला गया और जासूस से दूर चला गया, फिर सड़क पार करके वहाँ गया जहाँ वह खड़ी थी।

"अब आप मेरे साथ काम करना चाहेंगे। मैं इसकी गारंटी देता हूँ।"

"तुम्हारा दुर्भाग्य बुरा है। मुझसे दूर हो जाओ।" हसेया ने कहा।

"मैं तुम्हें मेरे लिए जल्दी खाना भी मंगवा दूँगा। मुझे पता है कि तुम मेरे लिए ऐसा करोगे क्योंकि मुझे कुछ ऐसा पता है जो तुम्हें नहीं पता।"

"मेरे पास आपके खाने के लिए पैसे नहीं हैं, लेकिन मैं आपकी बात मानूँगी। हम यहाँ अंदर जा सकते हैं।" उसने पास के एक रेस्टोरेंट की ओर इशारा किया। वे रेस्टोरेंट में अंदर गए और एक बूथ पर बैठ गए। उसने एक बिस्किट ऑर्डर किया, और उसने एक गिलास पानी माँगा।

"तुम्हारी क्या खबर है?"

"मैंने खुद को जो हो रहा था उसके और पास खड़ा कर लिया, यह मेरी तरफ से एक स्मार्ट कदम था। मैं कुछ सीखना चाहता था। मैं ज़्यादा कुछ सुन नहीं पाया क्योंकि मैं सब कुछ सुन नहीं पा रहा था, लेकिन एक चीज़ ने मेरा ध्यान खींचा।"

"जब तक आप सच बोलते रहेंगे मैं सुनता रहूंगा।"

"ठीक है. हमारे पुराने मेयर के कई दुश्मन थे."

अध्याय तीन

"मैंने तुम्हें पहले ही बताया था कि मेरे पास ज़्यादा पैसे नहीं हैं। तुम फिर भी मेरे लिए काम क्यों करना चाहते हो?" हसेया ने चिढ़कर कहा। वह और रेमंड उसके ऑफिस में थे, और पिछले दिन की अपनी बातचीत जारी रखे हुए थे।

"अगर आपका यही मतलब है तो मैं डेस्परेट नहीं हूँ। मुझे काम करना है, और मैं छोटी शुरुआत करने को तैयार हूँ। इसके अलावा, मुझे लगता है कि आप जो करते हैं, उसमें मैं अच्छा रहूँगा। मैं पक्का लकड़ी की मिल में, रेलरोड पर, या किसी माइन शाफ़्ट में मेहनत नहीं करूँगा। मेरे पास दिमाग है, और मैं उसका इस्तेमाल करना चाहता हूँ। यह इतनी सी बात है।" रेमंड ने कहा।

"आप मेरे साथ फ्री में काम कर सकते हैं, और फिर मैं देखूंगा कि आप कैसा करते हैं। आपने पहले ही मेरी मदद की है, इसलिए मैं आपको यह मौका दे रहा हूं। क्या आप सिर्फ़ ट्रायल बेसिस पर फ्री में काम करेंगे?"

"हाँ. यह आपका अब तक का सबसे स्मार्ट फ़ैसला होगा."

हसेया को अपने फैसले पर पहले ही पछतावा हो रहा था। रेमंड बहुत ज़्यादा शेखी बघार रहा था, जिससे उसे हैरानी हुई कि वह क्या छिपा रहा है। वह एक बार फिर रेमंड से छुटकारा पाने के तरीके सोचने लगी।

"तुम यहाँ प्रेस्कॉट क्यों आईं, हसेया?"

“शायद मैं तुम्हें किसी दिन बताऊंगी...लेकिन शायद नहीं।” उसने कहा।

“मैं समझ गया. तुम मुझे इतना अच्छे से नहीं जानते. अरे, तुम बहुत अच्छी इंग्लिश बोलते हो. तुमने यह कैसे सीखा?”

“बोर्डिंग स्कूल के आठ साल। यह मेरे लिए आसान था।” उसने कहा, फिर जल्दी से बात बदल दी और उससे पूछा, “मुझे अपने बारे में बताओ। तुम्हारी उम्र कितनी है? तुम कहाँ रहते हो?”

“मैं अठारह साल का मैच्योर लड़का हूँ। मैं यहीं शहर में पला-बढ़ा हूँ। बदकिस्मती से, मैं अभी अपने माता-पिता के साथ रहता हूँ। नया करियर शुरू करने से यह सब बदल जाएगा, और मैं जल्द ही अकेले रह सकूँगा।”

एक सपने देखने वाली। ठीक वही जिसकी उसे अभी ज़रूरत नहीं थी।

किसी ने उसके दरवाज़े पर दस्तक दी। हसीया खड़ी हुई और दरवाज़ा खोला।

“नमस्ते. मेरा नाम आदा है. क्या आप हसीया हैं?”

"हाँ।"

"क्या मैं आ सकता हूँ?"

“हाँ, प्लीज़। बैठ जाइए।” जब हसेया ने दरवाज़ा खोला तो रेमंड खड़ा हो गया। वह ऑफिस में बीच वाली कुर्सी के पास वाली अकेली दूसरी कुर्सी पर चला गया , ताकि एडा सीधे हसेया के सामने बैठ सके।

विज़िटर बैठ गया, रेमंड को घूरा, फिर हसेया की तरफ़ मुड़ा। “मेरा नाम एडा यंग है। मेरे पति परेड में मारे गए थे, और मैं उनके कातिल को ढूंढने के लिए तुम्हें हायर करना चाहती हूँ।”

शेरिफ लुईस और डिटेक्टिव विलियम्स इस मर्डर की जांच के इंचार्ज हैं। क्या आपने उनसे बात की है?”

“हाँ, बिल्कुल। मेरी एक दोस्त, एमा, उसी चर्च में जाती है जहाँ मैं जाती हूँ। उसने मुझे बताया कि शेरिफ के कुछ करने से पहले ही तुमने उसके बेटे को जल्दी से ढूंढ लिया। मैं चाहती हूँ कि मेरे पति के साथ मामला जल्दी सुलझ जाए ताकि मैं और मेरा परिवार आगे बढ़ सकें। मैं तुम्हें अच्छी रकम दूँगी।” हसेया ने एडा की रिक्वेस्ट ठुकराने के बारे में सोचा। वह बहुत परेशान हो जाती। साथ ही, अब उसे रेमंड से भी निपटना था। वह एक पल में सब कुछ बर्बाद कर सकता था, लेकिन पैसे मिलने का लालच बाकी सब चीज़ों पर भारी पड़ गया।

"जब मैं आई, तो ऐसा लगा कि आप इस जवान आदमी से पूछताछ कर रहे हैं। अगर आप चाहें, तो मैं बाहर इंतज़ार कर सकती हूँ या बाद में आ सकती हूँ, और हम अपने इंतज़ाम को फ़ाइनल कर सकते हैं।" एडा ने कहा।

“यह रेमंड है, और आज इसने मेरे साथ काम करना शुरू किया। अगर आपको ठीक लगे तो हम अपना एग्रीमेंट अभी पूरा कर सकते हैं। मैं आधी फीस आज और बाकी आधी काम पूरा होने पर मांगता हूँ। उसने एडा को बताया कि आज कितना देना है।

“ठीक है, तो ठीक है। यह ठीक-ठाक रकम है। प्लीज़ मुझे अपनी प्रोग्रेस के बारे में अपडेट करते रहें। मुझे जल्द ही आपसे सुनने का इंतज़ार रहेगा।”

“ज़रूर। आपके जाने से पहले, मेरा एक सवाल है। “क्या आपके पति के कोई दुश्मन थे?” हसेया ने पूछा।

“हाँ, उसने किया। आप पब्लिक ऑफिस में रहकर सबको खुश नहीं कर सकते, आप जानते हैं, प्रेस्कॉट जैसे छोटे शहर में भी। मुझे सोचने दो।”

एडा ने सवाल पर सोचा और कहा, "एक लेडी, नेटी वार्ड, याद आ रही है। वह सच में एक एजिटेटर है। नेटी पब्लिक मीटिंग में जाती थी और हर चीज़ पर बहस करती थी। मेरे पति ने मुझे कई बार बताया कि वह कितनी छोटी सोच वाली है। वह तर्क नहीं सुनती थी, और अगर आप उससे सहमत नहीं होते थे, तो उसकी नज़र में, आप बिल्कुल गलत थे।"

एडा ने आगे कहा, "देखते हैं...ओह हाँ। क्लिंट क्रिसन। मेरे पति ने एक बार मुझसे कहा था कि वह उसे कभी पसंद नहीं करते थे। पता नहीं क्यों। उनकी कभी नहीं बनी। वह आदमी बुली है। बुली को कोई पसंद नहीं करता, तुम्हें पता है।" एडा ने कुछ और सोचा, फिर कहा, "मुझे यकीन है कि और भी थे, लेकिन नेटी और क्लिंट ही थे जिनके बारे में वह घर पर सबसे ज़्यादा शिकायत करता था। मुझे उम्मीद है कि इससे मदद मिलेगी।"

"यह शुरुआत करने के लिए अच्छी जगह है, एडा। धन्यवाद।"

एडा खड़ी हुई और बाहर जाने लगी, लेकिन अचानक रुक गई और हसेया की तरफ मुड़ी। "मुझे यह कहते हुए अच्छा नहीं लग रहा, लेकिन आपके नए हायर, रेमंड का इस शहर में एक *इतिहास है*, अगर आप समझ रहे हैं कि मेरा क्या मतलब है। आप यहां नए हैं, इसलिए मैं आपके जजमेंट पर सवाल नहीं उठा रही, लेकिन मुझे पक्का नहीं था कि आप उसके बारे में यह जानते हैं। मैं बस इतना ही कह रही हूं।" उसने चुपके से रेमंड की तरफ देखा, फिर उसकी तरफ देखा।

"मुझे बताने के लिए धन्यवाद, एडा। रेमंड और मैं जल्द ही इस पर बात करेंगे।

एडा चली गई। हसेया ने रेमंड की तरफ मुड़कर उसके बोलने का इंतज़ार किया।

“उसने जो कहा वह सच है। मैंने अपनी जवानी कुछ हद तक बर्बाद कर दी। अब मैं बड़ा हो गया हूँ, इसलिए आपको इसकी चिंता करने की ज़रूरत नहीं है।”

हसेया ने रेमंड को देखा। वह थोड़ा ज़्यादा बेचैन लग रहा था और कुछ छिपा रहा था। वह बिना कुछ बोले उसे घूरती रही।

“ठीक है, ये रही बात। मुझ पर पुराने रॉयल सैलून में आग लगाने का आरोप लगा था। मुझ पर कभी कोई गलत काम करने का आरोप नहीं लगा, और एक और नौजवान, बदनाम जूनियर मार्टिन, उस जुर्म को करने के शक के घेरे में था। वह तब से कॉलेज जाने के लिए शहर छोड़ चुका है। वह शहर छोड़कर चला गया, और मैं वहीं रुक गया। इससे तुम्हें कुछ पता चलना चाहिए। यहाँ का शेरिफ अब भी सोचता है कि आग मैंने लगाई थी, लेकिन इस बात पर गौर करो: लोग शेरिफ के बजाय जुर्म सुलझाने के लिए तुम्हारे पास आ रहे हैं। इससे तुम्हें शेरिफ के बारे में भी कुछ पता चलना चाहिए। उसने उसे ईमानदारी से देखा, चुपचाप उससे अपनी बात मानने की गुज़ारिश की।

उसने एक पल के लिए इस बारे में सोचा। शायद आग रेमंड ने लगाई थी, लेकिन क्या उसने अपने तरीके बदले हैं? थोड़ा, शायद। उसके पास उसे देने के लिए कुछ था। उसके बारे में अपनी अंदरूनी भावना के बावजूद, उसे यह मानना पड़ा कि उसमें कुछ पॉजिटिव था जिसे वह समझ नहीं पा रही थी। उसने उसे अपने पास रखने और उस पर कड़ी नज़र रखने का फैसला किया। उसे उसका भरोसा जीतना होगा। कुछ भी नहीं दिया जाएगा।

“ठीक है, रेमंड। हमें कहाँ से शुरू करना चाहिए?”

“हमें नेटी और क्लिंट से बात करनी होगी। यह शुरू करने के लिए किसी भी दूसरी जगह से बेहतर जगह नहीं है।”

हसेया ने कहा, “मैं जिन लोगों से बात करने का प्लान बनाती हूँ, उनसे बात करने से पहले उनके बारे में कुछ जानना पसंद करती हूँ। इस तरह झूठ को पहचानना आसान होता है। हम सबसे पहले क्राइम सीन पर जाएँगे और जो भी जानकारी मिल सकती है, उसे इकट्ठा करेंगे।” वे तैयार हुए और कोर्टहाउस स्कायर की ओर चल पड़े।

जब वे उस जगह पहुँचे जहाँ मेयर घोड़े से गिर गए थे, तो वे रुके और चारों ओर देखने लगे। “यहाँ क्या विचार मन में आते हैं?” उसने उनसे पूछा।

रेमंड ने उसे अजीब तरह से देखा और गर्व से कहा, “हमें आस-पास देखना होगा। अगर मैं काफी देर तक देखूंगा, तो मुझे कुछ न कुछ मिल जाएगा।”

“आप साफ़ बात नहीं समझ पा रहे हैं। मेयर को गोली लगी थी। अगर शूटर ज़मीन पर खड़ा होता, तो लोग उसे देख लेते। उसे उन लोगों के आस-पास या पेड़ों के बीच से गोली चलानी पड़ती। अब, आपको क्या लगता है क्या हुआ?”

रेमंड ने थोड़ा हैरान होकर इधर-उधर देखा। “कहना मुश्किल है। शूटर कोर्टहाउस, किसी स्टोर या छत पर छिपा हो सकता था, लेकिन अगर वह किसी स्टोर या कोर्टहाउस में छिपा होता तो कोई उसे देख सकता था। ऐसा होने का सबसे ज़्यादा चांस यह है कि शूटर छत पर था।”

“मैं आपसे सहमत हूँ। हम पहले वहाँ देखेंगे। मेयर को गोली लगने और उनके घोड़े से गिरने के बीच का समय शायद कम था क्योंकि उनका घाव गंभीर था। हमें कहाँ से शुरू करना चाहिए?”

रेमंड ने सड़क के उस पार देखा और सड़क के उस पार एक रेस्टोरेंट के ऊपर की ओर इशारा किया। "वहाँ।" उसने कहा।

“अच्छा आइडिया है। हम वहीं से शुरू करेंगे।” वे रेस्टोरेंट में गए और मालिक से बात करने को कहा। मालिक, जो थके हुए से दिखने वाले बूढ़े आदमी थे, उनके पास आए।

“सर, मुझे और मेरे साथी को मेयर की मौत की जांच के लिए रखा गया है। हम आपकी छत पर जाना चाहते हैं।” रेमंड ने कहा।

“छत पर कस्टमर्स नहीं जा सकते। मुझे माफ़ करना।”

“सर, बेशक, आप समझते होंगे कि यह कितना गंभीर अपराध था। अपने विवेक का इस्तेमाल करें और हमारी जांच में दखल न दें।” रेमंड ने कहा।

"मुझे लगा कि कोई जासूस अपराध की जांच कर रहा है?"

“वह है। हम इस केस पर साथ मिलकर काम कर रहे हैं। अगर तुम चाहो तो मैं उसे यहाँ ला सकता हूँ।” रेमंड ने झांसा दिया।

“ओह, ठीक है, मेरे पीछे आओ।” वे रेस्टोरेंट के पीछे गए और एक बिना निशान वाले दरवाज़े से अंदर गए, जो एक सीढ़ी की ओर जाता था। वे सीढ़ियों से ऊपर चढ़कर रेस्टोरेंट की छत पर पहुँच गए।

“प्लीज़ हमें थोड़ा समय दीजिए। जब हमारा काम हो जाएगा, तो हम नीचे आकर आपको बता देंगे।” मालिक ने मुँह बनाया, फिर सिर हिलाया, कुछ नहीं कहा, और सीढ़ियों से नीचे चला गया।

“रेमंड, तुम बाएं जाओ, और मैं दाएं जाऊंगा।”

"हम क्या खोज कर रहे हैं?"

“सबूत।” उन्होंने अपनी खोज शुरू की।

वह छत पर घूमी। यह पीछे से आगे की तरफ़ थोड़ी ढलान वाली थी, हालांकि कुछ जगहों पर यह थोड़ी ऊपर की ओर झुकी हुई थी। ईंट से बना

एक नकली सामने का हिस्सा था, जो लगभग तीन फ़ीट ऊँचा था। छत पर प्लास्टर जैसा एक मटीरियल लगा था, जो उन जगहों पर घिसने लगा था जहाँ पानी जमा हो गया था। वह एक घिसी हुई जगह को देख रही थी जब उसने उसे देखा।

"रेमंड. इधर आओ." वह पास आया और बोला, "क्या तुम इसे देखोगे. मुझे इस पर यकीन नहीं हो रहा."

वे एक इस्तेमाल हो चुकी शेल केसिंग देख रहे थे। हसेया ने उसे उठाया और देखा। "इस काम में हथियारों की पूरी जानकारी होना ज़रूरी है। मैंने कुछ समय उन्हें स्टडी करने में बिताया है। यह शेल केसिंग ज़्यादातर राइफलों में इस्तेमाल होने वाली शेल केसिंग से लंबी है। यह शायद 1894 की विनचेस्टर राइफल या 1872 की कोल्ट की थी।" जब उसने उसे देख लिया, तो हसेया ने शेल केसिंग अपनी जेब में रख ली। उन्होंने और आस-पास देखा लेकिन कुछ और नहीं मिला। कई मिनट बाद, उसने कहा, "चलो यह जगह छोड़ देते हैं।"

घर जाते समय, हसेया ने रेमंड से पूछा कि उस दिन उसने और क्या सीखा। "मुझे नहीं पता । हमने बहुत कुछ सीखा, तुम्हारी वजह से। मुझे लगता है कि हमने जासूस से ज़्यादा तरक्की की है।"

"रेमंड, तुम्हें अपना दिमाग इस्तेमाल करना होगा। तुम कहते हो कि तुम्हारे पास दिमाग है, लेकिन तुम्हें इससे ज़्यादा करना होगा। दूसरी ज़रूरी बात जो हमने सीखी, वह यह थी कि छत की ओर जाने वाले दरवाज़े के हैंडल पर कोई ताला नहीं था। परेड वाले दिन कोई भी रेस्टोरेंट की छत पर चुपके से घुस सकता था।"

अध्याय चार

अगले दिन सुबह-सुबह हसेया अपने ऑफिस में बैठी थी, और अपनी चुनौती की बड़ी वजह से परेशान महसूस कर रही थी। उसे प्रेस्कॉट के शहर के लोगों के साथ आसानी से घुलना-मिलना था, और उसे अच्छी तरह पता था कि एक छोटे कद की नवाजो महिला होने के नाते वह अपने आप ही सबसे अलग दिखेगी।

उस समय नवाजो महिलाओं के लिए लेटेस्ट फैशन का अपना वर्जन पहनती थीं। उनकी ज़्यादातर स्कर्ट कैलिको से बनी थीं, और उनके ज़्यादातर ब्लाउज़ वेलवेटीन से बने थे। वह हल्के हरे और भूरे रंग इस्तेमाल करती थीं , और उनके किसी भी कपड़े पर पैटर्न नहीं थे। हल्के रंग के डल कपड़े सबसे अच्छे लगते थे। उन्होंने अपनी सभी स्कर्ट के अंदर दो पॉकेट बड़ी मेहनत से सिल लीं क्योंकि वह पर्स इस्तेमाल नहीं करती थीं। गोरे लोगों के साथ उनकी ज़िंदगी अब अलग थी, ज़्यादा मुश्किल, और उन्हें अपने साथ पैसे जैसी चीज़ें रखने की ज़रूरत थी।

वह जो कुछ भी करती थी, उसका असर उसके बिज़नेस की आगे की सफलता पर पड़ता था। हर कोई गॉसिप करता था, यहाँ तक कि नवाजो भी, और प्रेस्कॉट जैसे छोटे शहर में उसकी कही और की गई बातों की खबर तेज़ी से फैलती थी। जब भी वह पब्लिक में बाहर होती थी, तो उसे सावधान और अलर्ट रहना पड़ता था। हसेया को अब अपना ध्यान रखना

था, और यह आसान नहीं था, लेकिन जब वह ज़्यादा लोगों को जान जाएगी तो यह आसान हो जाएगा।

उसके दरवाज़े पर हल्की दस्तक हुई और रेमंड अंदर आया।

"तुम्हें क्या पता चला?" उसने पूछा।

नेटी लकड़ी मिल में इंस्पेक्टर के तौर पर काम करती है। उसे दोपहर में आधे घंटे का लंच ब्रेक मिलता है। क्लिंट शहर में छोटे-मोटे काम करता है, और वह अभी शहर के साउथ साइड में मैकमिलन हाउस में काम कर रहा है।"

"ठीक है। नेटी से मिलने से पहले हमारे पास क्लिंट से मिलने के लिए काफ़ी समय है।"

जब वे मैकमिलन के घर के पास पहुँचे, तो उन्होंने एक आदमी को गहरी आवाज़ में ज़ोर से गाते हुए सुना । वह गाना तो नहीं पहचान पाई, लेकिन गाने से बहुत इम्प्रेस हुई।

हसेया ने दरवाज़ा खटखटाया, लेकिन किसी ने जवाब नहीं दिया, और गाना जारी रहा। "क्लिंट क्रिसन, क्या आप हैं?" उसने ज़ोर से पूछा, लेकिन गाना जारी रहा, इसलिए उसने अंदर जाने का फ़ैसला किया। फ़ोयर से आगे निकलने के बाद, उन्होंने दाईं ओर के कमरे में देखा और एक आदमी को देखा जिसने सस्पेंडर्स से बंधी ओवरसाइज़ लेवी पैंट और लंबी आस्तीन वाली कॉटन शर्ट पहनी हुई थी। वह एक ड्रिल को गोल घुमा रहा था। ऐसा लगा जैसे उसने उन्हें अपनी आँख के कोने से देखा हो क्योंकि उसने ड्रिलिंग और गाना बंद कर दिया था।

"हेलो, तुम्हें क्या चाहिए?" उस आदमी ने पूछा। हसेया यह देखकर हैरान रह गई कि क्लिंट वही आदमी था जिसने परेड में उसका व्यू ब्लॉक कर दिया था। वह एक बार फिर इस बात से इम्प्रेस हुई कि वह कितना बड़ा और फिजिकली डरावना था।

रेमंड बोला, “मिस्टर क्रिसन , हम आपसे बस कुछ मिनट का समय मांग रहे हैं। हम मेयर की हत्या की गुत्थी सुलझाने की कोशिश कर रहे हैं और शहर के लोगों से पूछ रहे हैं कि क्या उन्होंने कुछ सुना या देखा जिससे मदद मिल सके। हम इस समय सिर्फ़ आम जानकारी मांग रहे हैं।”

“मुझे बहुत काम है। हम थोड़ी बात कर सकते हैं, लेकिन मेरे पास ज़्यादा समय नहीं है। आप दोनों कौन हैं?”

“मैं रेमंड हूं, और यह हसेया है। हम साथ मिलकर काम करते हैं।”

क्लिंट ने रेमंड और हसेया की तरफ देखा। “तुम्हें मर्डर की जांच के लिए पैसे मिल रहे हैं? कौन? कौन समझदार इंसान मेयर के मर्डर जैसी ज़रूरी बात को सुलझाने के लिए एक इंडियन औरत और एक जवान क्रिमिनल को हायर करेगा?”

रेमंड ने कहा, "हां, हमें पेमेंट किया जा रहा है, लेकिन मैं आपको यह नहीं बता सकता कि हमें पेमेंट किसने किया।"

"क्यों नहीं?"

“वह जानकारी कॉन्फिडेंशियल है। अगर हमने आपको बताया, तो हम कानून तोड़ रहे होंगे।” रेमंड ने झांसा दिया।

"क्या ऐसा है?"

"हाँ, और वैसे, मुझे कभी भी एक भी अपराध का दोषी नहीं ठहराया गया है।"

"आप क्या चाहते हैं?"

हसेया ने बातचीत शुरू की। “क्या आप मेयर यंग को जानते हैं?”

“मैंने उसे दो-तीन बार देखा। मुझे याद है कि एक बार मैंने उससे बात की थी।”

“तुमने उसके बारे में क्या सोचा?”

“वह एक औसत मेयर थे और हमेशा पॉपुलर नहीं थे। मैंने सुना है कि उन्होंने जनता से ज़्यादा अपनी सेवा की।”

"आपका क्या मतलब है?"

“अगर आपको जानना ही है, तो वह उस छोटे आदमी पर कोई ध्यान नहीं देता था। वह अमीर लोगों का दोस्त था। वह आम लोगों की तरफ देखता भी नहीं था।”

“क्या उसने आपके साथ ऐसा व्यवहार किया?”

“हाँ, उसने किया। मैंने उसे एक बार डाउनटाउन में देखा और अपना परिचय देने की कोशिश की। वह मेरे पास से गुज़र गया और मुझसे हाथ भी नहीं मिलाया। सच कहूँ तो। मुझे गुस्सा आ गया। मैंने अपना हाथ उसके कंधे पर रखा और उसे घुमा दिया। आपको देखना चाहिए था कि उसने तब कैसे बर्ताव किया, कितना गुस्सैल और परेशान था। मुझे याद नहीं कि उसने क्या कहा, लेकिन उसने ऐसा दिखाया जैसे मैंने कोई जुर्म किया हो। नहीं, मैडम, मैं उस आदमी की इज़्ज़त नहीं करती थी।”

“मैं तुम्हें गुस्सा होने के लिए दोष नहीं देता। मेयर कितना घमंडी रहा होगा।” रेमंड ने कहा।

हसेया ने आगे कहा, "बहुत से लोगों ने परेड देखी, और वहां जो कुछ भी हुआ, उसे देखना उनके लिए मुश्किल रहा होगा। क्या आपको कुछ ऐसा याद है जो मेयर की हत्या को सुलझाने में हमारी मदद कर सके?"

“मैं परेड में नहीं गया था। कुछ लोगों को लगता है कि ऐसी परेड देखना मज़ेदार होता है। मुझे नहीं। जहाँ तक मेरा सवाल है, यह समय की बर्बादी है।”

हसीया ने थोड़ा नीचे देखा, फिर सिर उठाया और पूछा, "परेड के समय आप कहाँ थे?"

“यहीं, काम कर रहा हूँ।”

उसने फिर नीचे देखा, इस बार और नीचे, फिर धीरे से ऊपर देखा। “मुझे पता है कि यहाँ आस-पास बहुत से लोग शिकार करना पसंद करते हैं। क्या आप शिकार करते हैं, मिस्टर क्रिसन ?”

“नहीं. मुझे इसमें कभी इतनी दिलचस्पी नहीं थी.”

“ठीक है, आपके समय के लिए धन्यवाद। आपके काम के लिए गुड लक।” हसेया और रेमंड ने क्लिंट से हाथ मिलाया, फिर चले गए।

उनके जाने के बाद उसने कुछ नहीं कहा, तो रेमंड ने उससे पूछा, “तुम्हें क्या लगा? क्या तुमने कुछ सीखा?”

“हाँ, लेकिन मुझे अभी पक्का नहीं पता कि इसका क्या मतलब है।” उसे कातिल को ढूंढने के लिए अच्छी-खासी रकम दी जा रही थी। वह अपना काम अच्छी तरह से करना चाहती थी ताकि उसे बिना किसी शक के पता चल जाए कि कातिल कौन है। अभी के लिए, वह संदिग्धों को ढूंढने, उनसे पूछताछ करने और सब कुछ एक साथ जोड़ने के अपने प्लान पर टिकी रहेगी। जब वह काफी लोगों से बात कर लेगी और अपना सारा फील्डवर्क पूरा कर लेगी, तो वह क्लिंट से फिर से बात करेगी, शायद जल्द ही। वैसे भी, वह रेमंड को बहुत ज़्यादा बताने में सहज महसूस नहीं कर रही थी।

“अब हम नेटी से बात करेंगे।” उसने कहा।

वे लगभग पंद्रह मिनट तक लकड़ी मिल तक चले, अंदर गए और नेटी वार्ड को ढूंढने लगे। उसे ढूंढना मुश्किल नहीं था। वह अकेली औरत थी जिसे उन्होंने वहां काम करते देखा। लगभग दोपहर हो चुकी थी, और वे

तब तक इंतज़ार करते रहे जब तक उसने काम करना बंद नहीं कर दिया और उसे अपना लंच खाने के लिए एक लकड़ी का लट्ठा नहीं मिल गया। वह दूसरे मज़दूरों के साथ नहीं बैठी। वे दोनों नेटी के पास गए।

"नमस्ते," हसेया ने कहा.

“हेलो। आप कौन हैं?” नेटी ने रेमंड को उत्सुकता से देखते हुए पूछा।

वह बोला, “मेरा नाम रेमंड है। वह हसीया है।” हमें मेयर की हत्या की गुत्थी सुलझाने के लिए रखा गया था। क्या हम बात कर सकते हैं?”

“मुझे पता है *तुम* कर सकते हो। हालाँकि, मुझे उसके बारे में पक्का नहीं पता,” नेटी ने हसेया की ओर इशारा करते हुए कहा।

“चिंता मत करो. हसीया बात कर सकती है.”

"ठीक है, लेकिन मुझे भूख लगी है, और मेरे पास खाने के लिए इतना ही समय है।"

उन दोनों ने लट्ठे पर बैठने के लिए एक जगह ढूंढी। हसेया मुड़ा और नेटी को देखने के लिए एक पल रुका। उसने सादे कपड़े पहने थे और उसके चेहरे पर एक अजीब, खाली भाव था। हसेया को कोई शक नहीं था कि बात शुरू करने के बाद यह भाव बदल जाएगा। एडा ने उसे बताया कि नेटी एक आंदोलनकारी है। अपना लंच खाने से पहले, नेटी झुकी, अपने हाथ भींचे, और ऐसा लगा जैसे वह खुद से बात कर रही हो। वह प्रार्थना कर रही थी। उतनी ही तेज़ी से, उसने अपना सिर उठाया और खाना शुरू कर दिया।

"हम क्राइम के बारे में और जानकारी इकट्ठा करने के लिए शहर के लोगों से बात कर रहे हैं। क्या आप परेड में शामिल हुए थे?" रेमंड ने पूछा।

“नहीं, उसने चिकन लेग खाते हुए कहा। मैं घर पर थी।”

“क्या आप घर पर किसी और के साथ थे?”

“नहीं, सिर्फ़ मैं। मैं हफ़्ते में एक बार किराए का घर साफ़ करती हूँ। हर शनिवार।”

हसेया ने पूछा, "इस साल 4 जुलाई रविवार को थी, है ना?"

“आप सही कह रहे हैं. मैं उस हफ़्ते एक दिन लेट हो गया था. सॉरी.”

“किसी ने हमें बताया कि आप रेगुलर टाउन काउंसिल मीटिंग में जाते हैं। आपने वहां रहते हुए मेयर के बारे में ज़रूर कोई राय बनाई होगी। क्या आप हमें इसके बारे में बता सकते हैं?”

“बिलकुल सही। मेयर, भगवान उनकी आत्मा को शांति दे, एक घमंडी और बड़बोला आदमी था जिसका दिमाग मटर के दाने जितना था। मैं शहर में क्या हो रहा है, इसकी जानकारी रखने के लिए मीटिंग में जाता था, इससे पहले कि अखबार को सच का मतलब निकालने का मौका मिले - आप समझ रहे हैं ना? वैसे, मेरे पास करने के लिए और कुछ है भी नहीं। मेयर यंग और मेरी पिछले कुछ सालों में कुछ बार बहस हुई है। ज़्यादातर समय, मुझे ऐसा लगता था कि वह सिर्फ़ अपने दोस्तों, खासकर अमीर लोगों की मदद करना चाहता है। मैं उसे बर्दाश्त नहीं कर सकता था। कुछ बार, मैंने सिर्फ़ मज़े के लिए उससे बहस की।” हसेया ने देखा कि नेटी धीरे-धीरे और ज़्यादा परेशान हो रही थी।

“क्या तुम्हें शिकार करना अच्छा लगता है?” रेमंड ने पूछा।

“नहीं, मुझे नहीं लगता, और यह बात एक के खिलाफ दो जैसी लगने लगी है। मैं यहाँ लगभग खत्म कर चुका हूँ।”

"मैं तुमसे वादा करती हूँ कि मेरा साथी अब और नहीं बोलेगा," हसेया ने रेमंड की तरफ कड़ी नज़र से देखते हुए कहा।

"मिस वार्ड, क्या आपको पता है कि पुराने मेयर का कोई दुश्मन था, शायद कोई ऐसा जो उसकी नौकरी चाहता था या उसे लगता था कि मेयर ने उसके साथ गलत किया है?"

"कई लोग काउंसिल मीटिंग में आए और नाखुश होकर गए। कई लोगों को मेयर पसंद नहीं थे। मेयर जैसी नौकरी से आप यही उम्मीद करेंगे। फिर भी, मेयर यंग ने शायद ही कभी ऐसा इंप्रेशन दिया कि वे दूसरे लोगों की राय का सम्मान करते हैं। यही वजह थी कि मेरे जानने वाले ज़्यादातर लोग उन्हें पसंद नहीं करते थे। मुझे उम्मीद है कि अगला मेयर बेहतर होगा।"

नेटी ने आगे कहा, "टाउन काउंसिल मीटिंग में मेरे अनुभव के आधार पर, हेनरी लेस्टर को ज़िम्मेदारी संभालना सही रहेगा। जहाँ तक मुझे पता है, हेनरी लेस्टर और दूसरे काउंसिल मेंबर्स के बीच कभी कोई मनमुटाव नहीं रहा। हेनरी एक जानकार आदमी है जो सबके साथ घुल-मिल जाता है। उसका एक जुड़वाँ भाई है जो बेवकूफ़ है– हेनरी से बिल्कुल उल्टा। मज़ेदार बात यह है कि कोई भी उन्हें अलग नहीं बता सकता। बात करते समय वे एक जैसे लगते भी हैं। हालाँकि, एक बार जब आप उन्हें जान लेते हैं, और उनके साथ कुछ समय बात करते हैं, तो वे एक-दूसरे के उलट हो जाते हैं। लेकिन मैंने बहुत पहले ही उन्हें देखकर अलग करने की कोशिश करना छोड़ दिया था। कोशिश करके मुझे कई बार शर्मिंदगी उठानी पड़ी।"

"खैर, मुझे पता है कि मेयर ने कुछ लोगों को नाराज़ कर दिया। देखते हैं...रॉबर्ट...रॉबर्ट स्नाइडर, बस यही है—एक और बड़ी बकवास। वह उन लोगों में से है जिन्हें शांत रहना मुश्किल लगता है। वह बहुत बड़ा सोच वाला लगता है। मैंने जो सुना है, रॉबर्ट उस बिल्डिंग को बड़ा करना चाहता था जहाँ वह काम करता है - वह एक फ़ेरियर है - लेकिन मेयर ने उसे

प्रोजेक्ट के लिए ज़रूरी परमिट नहीं लेने दिए। इस बारे में काउंसिल की एक मीटिंग में बहुत हंगामा हुआ था।"

"मुझे यकीन है कि दूसरे लोगों को मेयर से कोई नफ़रत थी। मैंने मीटिंग में सिर्फ़ वही देखा जो टाउन काउंसिल जनता को दिखाना चाहती थी, लेकिन हम सब जानते हैं कि पर्दे के पीछे बहुत कुछ चलता है।" वह बस एक पल के लिए रुकी, फिर सीधे रेमंड की तरफ़ देखा। वह फिर रुकी, फिर उससे पूछा, "क्या तुम जीसस में विश्वास करते हो?"

वह पूरी तरह से हैरान लग रहा था। "हाँ। हालाँकि, मैं अपने तरीके से उसकी पूजा करना पसंद करता हूँ। चर्च मत जाओ।"

उसने उसे बताया कि उसका चर्च कहाँ है और वह कितना अच्छा है, फिर अगले रविवार को उससे मिलने का ऑफ़र दिया। "रेमंड, मैंने तुम्हारे बारे में सुना है। तुम्हें मदद चाहिए।"

"धन्यवाद, लेकिन नहीं, मुझे अब मदद की ज़रूरत नहीं है।"

हसेया ने बात बदल दी। "ठीक है, हमारे पास और कोई सवाल नहीं है, और आपको अपना लंच खत्म करना है। आपके समय के लिए धन्यवाद , मिस वार्ड।" हसेया और रेमंड खड़े हुए, नेटी को फिर से धन्यवाद दिया, और चले गए।

जब वे मिल से काफी दूर निकल गए, तो हसेया ने रेमंड से पूछा कि वह नेटी के बारे में क्या सोचती है।

"मुझे तो वह ठीक लगती है। वह टाउन काउंसिल की मीटिंग में जाती थी, लेकिन शायद मेयर को कंट्रोल में रखने में ज़्यादा मदद करती थी। वह धार्मिक है। हमें उसे सस्पेक्ट मानकर हटा देना चाहिए।"

"रेमंड, तुम सीख जाओगे। हर कोई सस्पेक्ट होता है, ठीक तब तक जब तक कोई दोषी साबित न हो जाए। अगर तुम अब भी इस बिज़नेस में

काम करना चाहते हो, तो यह बात ध्यान में रखना। वैसे, वह हाल ही में एक और इंसान थी जिसने तुम्हारे अतीत के बारे में बताया। क्या तुम्हें पक्का पता है कि तुम्हें मुझे और कुछ बताने की ज़रूरत नहीं है?

“नहीं मैडम। मैं बेकसूर हूँ। एकदम साफ़। आप देख लीजिएगा।”

"मैं देखूंगी क्योंकि मैं तुम्हें देख रही हूं," उसने रेमंड को तब तक घूरते हुए कहा जब तक उसने दूसरी तरफ नहीं देख लिया।

अध्याय पाँच

हेनरी लेस्टर का दिन अच्छा चल रहा था। आज, वह ऑफिशियली प्रेस्कॉट के इंटरिम मेयर बन जाएंगे। हेनरी को लगा कि उन्हें मेयर यंग के बजाय सालों पहले मेयर बन जाना चाहिए था, लेकिन बदकिस्मती से, बहुत से लोग यंग के नकली करिश्मे के चक्कर में पड़ गए, उन्हें पता नहीं था कि वह आदमी असल में कितना बेकार था।

हेनरी ने टाउन काउंसिल मीटिंग शुरू की। "सबसे सीनियर काउंसिल मेंबर होने के नाते, मैं इस मीटिंग को शुरू करने के लिए कहता हूँ।" मेयर यंग की हत्या के बाद यह पहली प्रेस्कॉट टाउन काउंसिल मीटिंग थी, और यह शाम पाँच बजे हुई, जो आम तौर पर सभी काउंसिल मीटिंग का समय होता है जब पब्लिक फ़ीडबैक की उम्मीद होती है। हेनरी लेस्टर ने मेयर यंग की तारीफ़ करके काउंसिल मीटिंग शुरू की।

"यह हम सबके लिए दुख का दिन है। भारी मन से, हम एक महान आदमी के गुज़र जाने पर दुख जताने और एक अंतरिम मेयर चुनकर शहर को आगे बढ़ाने की कोशिश करने के लिए यहां आए हैं। आगे बढ़ने से पहले, मैं उन सभी से बातचीत शुरू करना चाहूंगा जो मेयर यंग के बारे में अपने विचार शेयर करना चाहते हैं।" कुछ लोग अपनी कुर्सियों से उठकर पूर्व मेयर के बारे में छोटी, तारीफ़ भरी बातें करने लगे। हेनरी को ज़्यादा हैरानी नहीं हुई। मेयर यंग के पास भोले-भाले लोगों को अपनी ओर खींचने का एक तरीका था, जब तक कि यह उनके भले के लिए हो। हेनरी ने

ऑडियंस में नेटी वार्ड को देखा और शुक्रगुज़ार थे कि उन्होंने कुछ नहीं कहा।

"आपकी अच्छी बातों के लिए धन्यवाद। हमारा पहला काम एक अंतरिम मेयर चुनना होगा। मैं बाकी दो काउंसिल मेंबर्स के कमेंट्स के साथ चर्चा शुरू करना चाहता हूँ।" किसी को हैरानी नहीं हुई, उन दोनों ने उसे ऑफिस के लिए सबसे अच्छा कैंडिडेट बताया। "काउंसिल वोट से पहले, क्या ऑडियंस में से किसी के पास और कमेंट्स हैं?" किसी ने कुछ नहीं कहा। "वोट का समय हो गया है।"

हेनरी इस पद के लिए एकमत से चुने गए और अंतरिम मेयर बने। फिर उन्होंने काउंसिल के बाकी एजेंडा पर चर्चा की, और मीटिंग एक घंटे बाद खत्म हुई।

*

हसेया कोर्टहाउस की सीढ़ियों पर बैठी, आने-जाने वालों को देख रही थी। वह अकेली बैठी थी, उसे समझ नहीं आ रहा था कि रेमंड को किसी काम से भेजने के बाद वह अपने समय का सही इस्तेमाल कैसे करे। आम लोग प्लाज़ा में घूम रहे थे और सड़क के उस पार शॉपिंग कर रहे थे। वह लोगों को धीरे-धीरे घूमते हुए देख रही थी और दिन का मज़ा ले रही थी, तभी उसने एक आदमी को देखा जिसकी छाती बाहर निकली हुई थी और वह खुद को बड़ा दिखाने वाला, तेज़ और मकसद वाला चल रहा था। उसे नज़रअंदाज़ करना मुश्किल था क्योंकि वह सबसे अलग दिख रहा था। वह उसे देखती रही। वह सड़क के उस पार 'बिग माउथ' रेस्टोरेंट में गया। वह हैरान हुई, उठी और उसके पीछे अंदर चली गई।

अंदर जाकर उसने ध्यान से चारों ओर देखा और फिर उसे तीन दूसरे आदमियों के साथ बैठे देखा। वह जितना हो सके उसके पास बैठ गई।

जिस आदमी के पीछे वह रेस्टोरेंट में गई, वही सबसे पहले बोला। "क्या हम इस साल भी वही कर रहे हैं ?"

"हाँ। हमारा सालाना गाला। मैं नए सांता फ़े ट्रेन डिपो के बड़े लोगों से बात कर रहा हूँ, और वे हमें जगह देने के लिए मान गए हैं। मुझे लगता है कि हम इसे पिछले साल से बेहतर कर सकते हैं। डिपो अंदर से बहुत सुंदर है। हमें एक कॉस्ट्यूम थीम, एक काउबॉय थीम, वसंत से गर्मी, एक मास्करेड बॉल, कुछ ऐसा ही चाहिए।" एक आदमी ने कहा।

"क्या हम गाला के अलावा कुछ और नहीं सोच सकते, बकी?" एक और आदमी ने पूछा।

"मुझे अच्छा लगेगा अगर हम प्रेस्कॉट राइफल्स को एक्शन में लाएं, लेकिन शहर में सालों से सब शांत है, मेयर की हाल की हत्या को छोड़कर, बेशक। इन दिनों हमारे समुदाय में जागरूकता बढ़ाने का एकमात्र तरीका एक गाला करना है। हम पूरे शहर से अलग-अलग लोगों को आकर्षित कर पाएंगे। गाला जैसी चीज़ में ज़्यादा लोग शामिल होते हैं। सभी मज़े करते हैं, और हमें अच्छा एक्सपोज़र मिलता है।"

हसेया ने जिस घमंडी आदमी को रेस्टोरेंट में आते देखा था, वह बोला, "पिछले कुछ सालों में राइफल डिज़ाइन में बहुत सुधार हुआ है। क्या हमें प्रेस्कॉट राइफल्स नहीं कहा जाता? हमें यह दिखाना चाहिए। क्यों न सबको एक शूटिंग कॉन्टेस्ट में बुलाया जाए? कॉन्टेस्ट में सबको एक ही तरह की राइफल इस्तेमाल करनी होगी—एक विनचेस्टर '94 सही रहेगी। वे इतनी पॉपुलर हैं कि लगभग हर किसी के पास एक है। हम एक्यूरेसी के लिए एक सीधा शूटिंग कॉम्पिटिशन और फिर एक टाइम्ड कॉम्पिटिशन रख सकते हैं।"

उसी आदमी ने आगे कहा, "टाइम्ड कॉम्पिटिशन मज़ेदार होगा क्योंकि शिकार करते समय हमें '94 के क्विक लीवर एक्शन की ज़रूरत

नहीं होती, इसलिए ज़्यादातर लोग इसमें अच्छे नहीं होते। जो लोग लीवर एक्शन की प्रैक्टिस करते हैं, वे अच्छा शो करेंगे, और मुझे कहना होगा कि कुछ लोग तुलना में धीमे और अजीब लगेंगे। उन लोगों को इनाम क्यों नहीं दिया जाता जो अपने हथियारों को जानने और इस्तेमाल करने के लिए समय निकालते हैं?"

"मुझे यह आइडिया पसंद है, रॉबर्ट, लेकिन गर्मियों में एक एक्स्ट्रा इवेंट के तौर पर शूटिंग कॉम्पिटिशन बेहतर रहेगा। हमें दोनों करना चाहिए। गाला में, हम सभी तरह के लोगों को अट्रैक्ट करेंगे, मर्द और औरतें दोनों। मुझे लगता है कि सिर्फ़ मर्द ही शूटिंग कॉम्पिटिशन में इंटरेस्टेड होंगे।" एक और आदमी ने कहा।

"क्या आप लीवर एक्शन का इस्तेमाल करके शूटिंग की प्रैक्टिस कर रहे हैं, रॉबर्ट?" उस आदमी ने, जिसकी पहचान पहले बकी के तौर पर हुई थी, पूछा।

"हाँ, मैंने इसकी थोड़ी प्रैक्टिस की है। तो क्या, बकी? हर किसी को इसे इस्तेमाल करने की प्रैक्टिस करने का एक जैसा मौका मिलता है।"

"ठीक है, इस साल दो इवेंट्स प्लान करते हैं: गाला और राइफल कॉम्पिटिशन। मुझे लगता है कि हम इसका खर्च उठा सकते हैं, बस काम ज़्यादा है। मिस्टर माइक टैपस्कॉट, आप राइफल्स में नए हैं और अभी तक हमारी एक्टिविटीज़ में शामिल नहीं हुए हैं। यह आपके लिए शुरू करने का एक अच्छा मौका होगा। क्या आप राइफल कॉम्पिटिशन मैनेज करने को तैयार हैं?" बकी ने माइक की तरफ देखते हुए पूछा।

"मैं यह करूँगा। मैं स्वेच्छा से काम करूँगा।"

"तो ठीक है।" बकी ने कहा।

ग्रुप की बातचीत काफ़ी धीमी हो गई और सबने खाना शुरू कर दिया। कई आदमियों ने खाने की क्वालिटी की शिकायत करने के लिए

थोड़ी देर के लिए खाना बंद कर दिया। हसेया थोड़ी देर और रुकी और सुनी, लेकिन वह नहीं चाहती थी कि ऐसा लगे कि वह उनके पीछे आ रही है, इसलिए वह प्रेस्कॉट राइफ़ल्स क्लब के जाने से थोड़ा पहले ही चली गई। उसने कुछ ज़रूरी बात सीखी थी, लेकिन यह बुरी खबर थी।

*

हसेया और रेमंड ने अगले दिन की शुरुआत वैसे ही की जैसे वे आजकल करते आ रहे थे, रेमंड सुबह सबसे पहले उसके होम ऑफिस में आया।

हसेया देखना चाहती थी कि उसने अपना काम कितना अच्छा किया। “कल क्या हुआ?”

“मैंने उसे पूरे समय देखा। उसने मुझे नहीं देखा, और मुझे कुछ भी असामान्य नहीं दिखा।”

“अच्छा। चलो, बातें करने के लिए टहलने चलते हैं।” हसेया ने कहा। वे प्लाजा की ओर चलते हुए बातें कर रहे थे।

“हमने अभी तक बहुत कुछ नहीं सीखा है, है ना?” उसने पूछा।

रेमंड ने कहा, "वास्तव में नहीं, लेकिन यह एक कठिन मामला है और हमने अभी शुरुआत की है।"

हसेया ने कहा, "आप साफ़ बात कहने का तरीका जानते हैं, है ना?"

“हाँ. मैंने यह ज़रूर आपसे सीखा होगा.”

वे दोनों परेशान थे, इसलिए उसने कुछ देर बात करना बंद कर दिया। फिर उसने रेमंड को बुरी खबर बताई। “मैंने कल एक आदमी का पीछा किया जो बिग माउथ में एक मीटिंग में कुछ दूसरे आदमियों से मिला था। वे खुद को प्रेस्कॉट राइफल्स कहते थे। मैंने जो सुना वह निराश करने वाला था। उनमें से ज़्यादातर के पास विनचेस्टर 1894 राइफल है और वे शिकार

के लिए इसका इस्तेमाल करते हैं। क्या आपको लगता है कि यह बुरी बात है?" उसने पूछा।

"नहीं, सच में। रुको, तुमने कहा था कि छत पर जो बुलेट केसिंग मिली थी, वह शायद '94 की थी। इसका मतलब है कि शेल केसिंग शायद कातिल की पहचान का पता लगाने के लिए हमारे लिए कम काम की होगी।"

"हाँ, सही कहा। क्या आपने प्रेस्कॉट राइफल्स के बारे में सुना है?"

"ओह हाँ। प्रेस्कॉट राइफल्स एक नकली मिलिट्री ग्रुप है। जब उनके इवेंट होते हैं तो वे अपनी पुरानी यूनिफॉर्म पहनते हैं, ताकि वे ज़रूरी दिखें। दिक्कत यह है कि हमें उनकी ज़रूरत नहीं है। वे असली मिलिट्री या कानून का हिस्सा नहीं हैं। इमरजेंसी में जल्दी से इकट्ठा हो सकने वाला ग्रुप होना अच्छी बात है, लेकिन मुझे ऐसा होता नहीं दिख रहा, क्या आपको दिख रहा है? वे सब दिखावा करते हैं और कोई दम नहीं है। अगर आप मुझसे पूछें, तो वे बस अपनी मिलिट्री सर्विस के लिए खुद पर ध्यान खींचना चाहते हैं।"

जैसे ही वे आगे बढ़े, उन्होंने देखा कि शेरिफ लुईस और डिटेक्टिव विलियम्स उनकी तरफ आ रहे हैं। दोनों आदमी सड़क पार करके उनकी तरफ आए और हसेया और रेमंड के सामने रुक गए, जिससे उनका रास्ता रुक गया।

"हेलो, रेमंड। मुझे कुछ समय से तुमसे बात करने का मौका नहीं मिला। क्या तुम बीमार हो?" शेरिफ ने कहा। उसने उसकी तरफ देखा और कहा, "तुम ज़रूर हसेया हो।"

"कहिए मैं आपकी क्या सेवा कर सकता हूं?"

"यह कुछ ऐसा है कि आप मेरे और मेरे सहयोगी, डिटेक्टिव विलियम्स के लिए क्या कर सकते हैं। हम दोनों मेयर के कातिल को सज़ा दिलाने के

लिए ज़िम्मेदार हैं, और मैं चाहता हूँ कि आप कातिल को ढूंढना बंद कर दें। हमने कुछ लोगों से बात की है जो हमें बताते हैं कि आप उनका इंटरव्यू पहले ही ले चुके हैं। जब आप हमसे पहले लोगों से बात करते हैं, तो वे कन्फ्यूज़ हो जाते हैं। शायद आपको यह पता न हो, लेकिन लोगों से पूछताछ करने में कई बारीकियाँ शामिल होती हैं। हमें एक अलग और सही तरीके से जांच करनी होगी और अपने कई सवालों के जवाब पूछने से पहले ही पता होने चाहिए।"

शेरिफ ने आगे कहा, "आप हमारी जांच में दखल दे रहे हैं। जब आप हमसे पहले लोगों से बात करते हैं, तो उन्हें अपने मन में यह सोचने का समय मिल जाता है कि उन्होंने आपको क्या बताया और अगर उनसे दोबारा पूछताछ की गई तो वे क्या कहेंगे। मैं आपको पूर्व मेयर की हत्या की जांच तुरंत रोकने का आदेश देता हूं।"

"मुझे यह पता लगाने के लिए रखा गया है कि मेयर को किसने मारा। कोई तो तरीका होगा जिससे हम साथ मिलकर काम कर सकें। हम यहाँ एक ही तरफ हैं।" उसने कहा।

डिटेक्टिव विलियम्स बोले, "तुम सुन नहीं रहे हो। तुम्हें मेयर के केस में जो कर रहे हो, उसे रोकना होगा, नहीं तो हमारे पास तुम पर न्याय में रुकावट डालने का चार्ज लगाने और ट्रायल तक जेल में डालने के अलावा कोई चारा नहीं होगा। क्या यह तुम्हारे लिए काफी है?"

हसेया को अमेरिकी न्याय का कोई अनुभव नहीं था और उसके पास कोई जवाब नहीं था। उसने कुछ नहीं कहा।

"रेमंड, मुझे पता है कि तुम इंग्लिश समझते हो। पक्का करो कि वह समझे कि हम यहाँ क्या कह रहे हैं। क्या यह साफ़ है?"

“हाँ, सर। हसेया और मैं सीरियस बात करेंगे। मैं आपसे वादा करता हूँ।” रेमंड ने कहा, भले ही हसेया ने कानून के लोगों को इंग्लिश में अपनी मास्टरी दिखाई थी।

“अच्छा,” शेरिफ लुईस ने कहा। दोनों आदमी गंभीर नज़रों से देखते हुए चले गए।

वह हैरान रह गई। “चलो इस पर बात करने के लिए ऑफिस वापस चलते हैं।”

हसेया ऑफिस में अपनी कुर्सी पर बैठ गई। उसने कुछ नहीं कहा, अपने होंठ भींचे, और छत की तरफ देखा।

अगर हम उन्हें बता दें कि हमने अब तक क्या पता लगाया है, तो हम उनका दिल जीत सकते हैं। ”

हसेया चुप रही। अगर वह यह केस छोड़ देती, तो उसे एडा के दिए लगभग सारे पैसे वापस करने पड़ते। उसने बहुत ज़्यादा काम ले लिया था। असाइनमेंट बहुत बड़ा था, और एक शौकिया इन्वेस्टिगेटर के तौर पर उसका भविष्य शक में था।

“रेमंड, तुम्हें अब जाना चाहिए।” वह जानती थी कि वह कल वापस आ जाएगा। वह एक खराब पैसे की तरह था जो हमेशा वापस आ जाता था। उससे छुटकारा पाने का एक ही तरीका था कि उसे नौकरी से निकाल दिया जाए और कहा जाए कि अगर वह कभी उसके ऑफिस में वापस आया तो वह उसे देखते ही गोली मार देगी।

अध्याय छह

हसेया रेमंड के आने से करीब आधा घंटा पहले अपने ऑफिस में थी। उसे अपना पहला बड़ा काम छोड़ने के लिए कहा गया था, बस यही बात वह सोच रही थी। उसका भविष्य सीमित लग रहा था, लेकिन भले ही उसने इसे पूरी तरह से माना नहीं या ज़ोर से नहीं कहा, वह पहले से ही सोच रही थी कि जांच कैसे आगे बढ़ाई जाए।

अगर वह फेल हो जाती और उसे अरेस्ट कर लिया जाता, तो वह इसके नतीजों के साथ जी सकती थी। रेमंड एक अलग मामला था। उसका पहले भी मुसीबतों का इतिहास रहा है, और उसे काम पर रखने से और भी मुसीबतें बढ़ सकती थीं, जिनका सामना उसे भविष्य में करना पड़ता। उसकी परवरिश ने उसे अपने समुदाय के लोगों का साथ देना सिखाया था, लेकिन शेरिफ की बात सुनने के बाद, उसे समझ नहीं आया कि रेमंड के साथ क्या करे। इस बारे में सोचते हुए उसकी सुबह एक और उदास और भारी ख्याल आया।

ठीक समय पर, रेमंड ने दरवाज़ा खटखटाया और उसके ऑफिस में घुस गया। "सुप्रभात। आज सुबह सूरज निकला है, और दिन अच्छा और साफ़ रहेगा, लेकिन इससे हमारे मौके बेहतर नहीं होंगे, है ना?" वह कुर्सी पर बैठ गया और फ़र्श की तरफ़ देखने लगा।

"मैं यह तय करने की कोशिश कर रही हूँ कि आगे क्या करना है। मुझे सही फ़ैसला लेना है।" उसने कहा।

"क्या? मुझे इस बारे में कुछ नहीं कहना है?"

"यही तो प्रॉब्लम है। तुम्हारे पास ट्रेनिंग और डिसिप्लिन की कमी है। तुम अभी समझदारी भरे फैसले लेने के लिए बहुत छोटे हो।" रेमंड ने उसकी बात का जवाब शेखी या झूठ से देने की कोशिश नहीं की, जिसे उसने एक अच्छा संकेत माना।

"सबसे ताकतवर फाइटर हमेशा नहीं जीतता, रेमंड। अक्सर, ज़्यादा काबिल फाइटर जीतता है। अगर मैं आगे बढ़ने का फैसला करता हूँ, तो एक अलग तरीका अपनाना होगा। मुझे कातिल से ज़्यादा चालाक होना होगा। वह मुझे जितना कम देखे, उतना अच्छा है। फिर इस शहर में तुम्हारे और तुम्हारे इतिहास से जुड़ी एक और प्रॉब्लम है। तुम यहाँ मेरा भविष्य खराब कर सकते हो और मेरा बिज़नेस बर्बाद कर सकते हो।"

"आप मुझ पर भरोसा कर सकते हैं। मैं वादा करता हूँ।"

"वादों से नहीं, कामों से भरोसा मिलता है। आपने अब तक जो दिखाया है, वह मेरे लिए आपके साथ आगे काम करते रहने के लिए काफ़ी नहीं है।"

"ठीक है, मैं वही करूँगा जो आप मुझसे करने को कहेंगे, और आप देखेंगे कि मुझमें डिसिप्लिन है। मैं इम्प्रूव कर सकता हूँ।"

"मैं इस बारे में सोचूंगा। जो तुमने अभी मुझसे कहा, उस पर गौर करो। अभी जाओ, और हम कल फिर बात करेंगे।"

*

हसेया को कपड़ों की मरम्मत का कुछ काम करवाना था, इसलिए उसने अपना सामान इकट्ठा किया और शहर के बीचों-बीच नीनो के ऑल्टरेशंस की तरफ़ चल दी। हसेया ने वहाँ किए गए काम की क्वालिटी के बारे में अच्छी बातें सुनी थीं। नीनो एक नवाजो नाम था, लेकिन उसे अंदर एक मैक्सिकन आदमी मिलने की उम्मीद थी, यह सोचकर कि नीनो शायद

एक मैक्सिकन निकनेम है। उसने प्रेस्कॉट में कभी कोई दूसरा इंडियन नहीं देखा था।

जब वह अंदर गई, तो उसे एक भारतीय महिला को सिर झुकाए, ध्यान से एक आदमी की पैंट सिलते हुए देखकर हैरानी हुई। छोटी सी एक कमरे की दुकान कपड़ों के ढेर से भरी हुई थी, कुछ ग्राहकों के लेने के लिए तैयार थे, और कई और कपड़ों पर काम होने का इंतज़ार कर रहे थे। बिना ऊपर देखे, महिला ने पूछा, "क्या मैं आपकी मदद कर सकती हूँ?"

मुझे अपनी जैकेट पर कुछ पैच लगवाने हैं और इस स्कर्ट के अंदर एक पॉकेट बनवानी है। मैंने खुद पॉकेट सिलने की कोशिश की, लेकिन वह ठीक से नहीं लगी। क्या आप मेरी मदद कर सकते हैं?"

दर्जी ने आखिरकार उसकी तरफ देखा। वह खूबसूरत थी, उसके नैन-नक्श छोटे थे और लंबे, सीधे, काले बाल कंधों से नीचे तक लहरा रहे थे। वह औरत लगभग उसकी उम्र की लग रही थी, शायद थोड़ी ज़्यादा। "तुम्हें यह कब वापस चाहिए?"

"अभी ठंड नहीं है, इसलिए एक महीने बाद ठीक रहेगा।"

"मैं इसे अगले हफ़्ते तैयार कर दूँगी। इसकी कीमत आठ सेंट है। क्या यह ठीक रहेगा?" दर्ज़ी ने पूछा।

"हाँ, यह चलेगा।"

"प्लीज़ इसे टेबल पर छोड़ दीजिए. आपका नाम क्या है?"

"हसेया। दर्जी ने एक रसीद लिखी और हसेया को दे दी।

"क्या आप नीनो हैं?" हसेया ने पूछा।

"हाँ, मैं टावरिंग हाउस कबीले का नवाजो हूँ। आप भी नवाजो हैं?"

"हाँ. बिग वॉटर कबीला."

"और आप यहाँ प्रेस्कॉट में रहते हैं?" दर्जी ने पूछा।

"मेरे पति की पिछले साल मौत हो गई।" वह रुकी। "मुझे अब ऐसा नहीं लगता था कि मैं नवाजो लोगों में से हूँ। मुझे लोगों की दया नहीं चाहिए थी, और मुझे वहाँ किसी तरह श्रापित महसूस होता था, इसलिए मैं यहाँ एक नई ज़िंदगी शुरू करने आई।" हसेया को यह बताना ज़रूरी नहीं लगा कि वह और उसके पति बच्चा पैदा नहीं कर सकते। वह पहले ही शहर में किसी और से ज़्यादा अपने बारे में बता चुकी थी। उसने सोचा, यही नवाजो लोगों का तरीका है। हसेया ने आगे कहा, "प्रेस्कॉट में एक और नवाजो औरत से मिलना अच्छा है। क्या तुम यहाँ बहुत समय से हो? मुझे याद नहीं कि मैं तुम्हें पहले कभी मिली थी।" हसेया ने पूछा।

"मैं यहाँ छह महीने से हूँ, लेकिन ज़्यादातर समय मुझे इसी कमरे में रहकर काम करना पड़ता है," नीनो ने जवाब दिया।

दरवाज़ा खुला और एक आदमी अंदर आया। नीनो को देखकर उस आदमी की आँखें चमक उठीं। हसेया ने हेनरी लेस्टर को पहले भी देखा था, लेकिन उसे समझ नहीं आया कि वह वहाँ क्या कर रहा है। उसके पास कपड़ों का कोई सामान नहीं था।

"नमस्ते, नीनो। तुम्हारा दोस्त कौन है?

"यह हसीया है। इसने कुछ कपड़े रिपेयर के लिए छोड़े हैं। तुम यहाँ क्यों हो?"

मैं जानना चाहता हूँ कि क्या तुम मेरे साथ टहलने चलना चाहोगे? मेरे पास कुछ मिनट हैं। हम प्लाज़ा में घूम सकते हैं। तुम क्या कहते हो?"

नीनो थोड़ा हिचकिचाया, फिर बोला, "हाँ, लेकिन मैं हसेया से कहना चाहता हूँ कि वह हमारे साथ चले। वह भी नवाजो है। प्रेस्कॉट में मैं पहली नवाजो महिला से मिला हूँ।" उसने हसेया को देखा और उससे पूछा कि क्या वह उनके साथ चलेगी।

"हाँ. आप दोनों से बात करना अच्छा रहेगा. आपसे मिलकर अच्छा लगा, मिस्टर मेयर."

"मेरा जुड़वाँ भाई, हेनरी, मेयर है। मैं क्ले हूँ। लोग हमें हमेशा मिला देते हैं। चिंता मत करो। तुम पहले नहीं हो और न ही आखिरी होगे। लेकिन जाने से पहले, मैं नीनो को कुछ देना चाहता हूँ।"

क्ले ने अपनी पैंट की जेब में हाथ डाला और हल्के बैंगनी पत्थरों वाला एक चमकता हुआ ब्रेसलेट निकाला, जिसे हसेया ने हाथ से बनी चांदी के साथ जोड़ा था।

क्ले ने इसे नीनो को एक बड़ी मुस्कान के साथ दिया और कहा, "मैं तुमसे प्यार करता हूँ, नीनो, और मुझे उम्मीद है कि जब हम टहलने जाएँगे तो तुम इसे शहर में सभी को दिखाना चाहोगे। पत्थर एमेथिस्ट हैं।"

साफ़ तौर पर हैरान होकर, उसने ब्रेसलेट पहना, क्ले को देखकर मुस्कुराई और कहा, "थैंक यू, क्ले। यह बहुत सुंदर है। चलो अब टहलने चलते हैं, और अगर मैं अपने हाथ ज़्यादा हिलाऊं तो माफ़ करना।" वह थोड़ी सी खिलखिलाई।

वे चलने लगे। अभी दिन की शुरुआत थी, और भीड़ भी नहीं थी, इसलिए वे तीन-तीन की लाइन में चलने लगे। पहले तो उनमें से किसी ने कुछ नहीं कहा।

हसेया ने क्ले की तरफ देखते हुए बातचीत शुरू की, "क्या तुम भी कोर्ट में काम करते हो, क्ले?"

"हाँ, मैं रिकॉर्ड्स में हूँ। यह अंतरिम मेयर होने जितना ग्लैमरस नहीं है, लेकिन मुझे यह पसंद है। यह कम स्ट्रेस वाली नौकरी है, और मैं अपने भाई के उलट, सादी ज़िंदगी पसंद करता हूँ। हेनरी और मैं हमेशा एक-दूसरे से अलग रहे हैं। वह कपड़े पहनता है, और मैं अपने कपड़ों पर ज़्यादा ध्यान

नहीं देता। उसे प्रेशर और ध्यान की ज़रूरत लगती है, और मुझे सादगी और अकेलापन पसंद है। मज़ेदार है, है ना?"

"मैंने अजीब चीज़ों के बारे में सुना है। आप और आपका भाई इतने भी अजीब नहीं हैं। आपसे मिलकर अच्छा लगा।" हसेया ने कहा।

"हसेया, तुम यहाँ के लोगों के बारे में क्या सोचती हो?" नीनो ने पूछा।

"यह अलग है। यहां के लोग नवाजो की तरह एक-दूसरे पर ज़्यादा निर्भर नहीं रहते। यहां के लोग हर चीज़ के लिए एक-दूसरे से मुकाबला करते हैं। नवाजो एक-दूसरे को ज़्यादा सपोर्ट करते हैं। गोरे लोगों के अपने चर्च होते हैं, और हमारे अपने समारोह होते हैं। यह सच है। लेकिन दोनों लोगों में बहुत फ़र्क हैं।"

"मैं सहमत हूँ। मुझे यहाँ अच्छा लगता है, लेकिन मुझे पुराने दिन याद आते हैं।" नीनो ने कहा।

"मैं लाल चट्टानों के बीच रहता था। तुम कहाँ रहते थे?" हसेया ने पूछा।

नीनो ने उसकी तरफ़ देखे बिना जवाब दिया, "कैन्यन डे चेली के पास।"

क्ले ने बातचीत में शामिल होकर कहा, "हसेया, तुम हर दिन अपने साथ क्या करती हो?"

"मेरा एक नया शौकिया इन्वेस्टिगेशन बिज़नेस है। मैं छोटे-मोटे काम करता हूँ जिनके लिए शेरिफ के पास टाइम नहीं होता। मेरा पिछला काम एक जवान आदमी को ढूंढना था जो कुछ समय से लापता था, और हमने उसे जल्दी ढूंढ लिया।"

"यह दिलचस्प लग रहा है। अपना खुद का बिज़नेस शुरू करने की हिम्मत दिखाने के लिए बधाई। मैं इम्प्रेस हूँ, और मुझे पता है कि आप अच्छा करेंगे।" क्ले ने कहा।

"धन्यवाद। मुझे उम्मीद है कि यह काम करेगा, लेकिन इसकी शुरुआत धीमी रही है।"

"लगे रहो। इसे कामयाब बनाने का यही एक तरीका है। नीनो अच्छा काम करती है। उसकी अच्छी रेप्युटेशन जल्दी फैल गई, और अब वह दिन में कई घंटे काम करती है। जब भी मुझे उसके साथ समय बिताना होता है, जैसे आज, तो मुझे उसे उसके काम से बुलाना पड़ता है।" क्ले ने मुस्कुराते हुए कहा।

हसेया को क्ले पसंद था और उसे समझ नहीं आ रहा था कि नेटी वार्ड ने उसे नाम क्यों दिया था। वह नीनो से मिलकर भी खुश थी। जब से वह प्रेस्कॉट आई थी, उसने कोई असली दोस्त नहीं बनाया था और अपना ज़्यादातर समय अपने बिज़नेस में बिताती थी।

वे कोर्टहाउस के चारों ओर घूमे, एक बेंच देखी और बैठ गए। हसेया ने नीनो को देखा और पूछा, "क्या तुमने प्रेस्कॉट राइफल्स के बारे में सुना है?"

नीनो का चेहरा शांत से गंभीर हो गया। "हाँ, मैंने उनके बारे में सुना है। मुझे उनमें कोई दिलचस्पी नहीं है।"

"मैं प्रेस्कॉट राइफल्स का सदस्य हूं, इसलिए मुझे लगता है कि उसका मतलब यह है कि वह मुझमें रुचि रखती है लेकिन प्रेस्कॉट राइफल्स में नहीं," क्ले ने नीनो को देखकर मुस्कुराते हुए कहा।

बातचीत खत्म हो गई थी, और हसेया ने सोचा कि अब इन दोनों से अलग होने और उन्हें साथ में कुछ समय देने का अच्छा समय है। "आप दोनों से मिलकर अच्छा लगा। मुझे काम पर वापस जाना है।" वह मुस्कुराई और चली गई।

*

एक और दिन आया। अगली सुबह, वह अपने ऑफिस में थी जब रेमंड आया। "गुड मॉर्निंग, रेमंड। तुम्हारे दिमाग में क्या चल रहा है?"

“मैं आपके लिए काम करना जारी रखना चाहता हूं, और मैं बिना किसी परेशानी के आपकी मदद करूंगा।”

“आपको क्या लगता है कि हमें आगे क्या करना चाहिए?”

“तुम दिमाग वाले हो. तुम जो भी कहते हो, मैं वही करता हूँ.”

उसने आगे बोलने से पहले उसे ध्यान से देखा। “मुझे इस बारे में सोचने के लिए कुछ समय मिला है। जब ज़रूरत होगी तो हम साथ काम करेंगे और जब ज़रूरत नहीं होगी तो अलग-अलग। जब लोग हमें साथ देखेंगे, तो यह ज़्यादा साफ़ होगा कि हम किसी केस पर काम कर रहे हैं, लेकिन जब हम अलग-अलग दिखेंगे तो यह उतना साफ़ नहीं होगा। यह पहली बात है। मैं तुम्हें जितना हो सके उतना सिखाने की पूरी कोशिश करूँगी, लेकिन मैं तुम्हें ऑर्डर दे रही हूँ कि जब तुम काम कर रहे हो तो अपने कामों पर सोच-समझकर करो। मैं चाहती हूँ कि तुम अपना दिमाग इस्तेमाल करना शुरू करो।”

"हां मैम।"

उसे नहीं पता था कि वह कभी उस पर भरोसा कर पाएगी या नहीं।

“जब आप अकेले काम करते हुए कोई असाइनमेंट पूरा कर लें, तो मैं चाहता हूँ कि आप तुरंत वापस आएं और मुझे पूरी रिपोर्ट दें। कोई भी डिटेल्स न छोड़ें, भले ही आपको पक्का न हो कि वे ज़रूरी हैं या नहीं। अगर ज़रूरत हो तो उसे लिख लें। क्या आप समझ गए?”

" हां मैम।"

“रेमंड, तुम्हें क्या लगता है कि हमें आगे क्या करना चाहिए?”

“हमें नए लीड्स चाहिए, लेकिन मुझे नहीं पता कि उन्हें कैसे पाया जाए। यह एक प्रॉब्लम है।”

“मैं सहमत हूँ। मैं प्रेस्कॉट राइफल्स के बारे में और जानना चाहता हूँ। आप इसमें मेरी मदद कर सकते हैं क्योंकि यह सिर्फ़ मिलिट्री वेटरन्स के लिए एक क्लब लगता है। आप मिलिट्री में जाने के लिए बहुत छोटे थे, लेकिन आप कोई महिला या इंडियन नहीं हैं। आप कुछ मेंबर्स से मिल सकते हैं और बता सकते हैं कि आप किसी तरह से उनकी मदद करके कैसे शामिल होना चाहेंगे। उन्हें बताएँ कि आप आर्मी में शामिल होना चाहते हैं और उनसे सलाह माँगें, या उनके साथ और जुड़ने के लिए कुछ ऐसा ही सोचें। मैं उनके नाम जानना चाहता हूँ और उनके बारे में आपकी राय जानना चाहता हूँ। फिर, मैं उन्हें अलग से इन्वेस्टिगेट कर सकता हूँ।”

उन्होंने आगे कहा, “मुझे नहीं पता कि और क्या करना है। याद रखें, हम ऑफिशियली इस केस पर काम नहीं कर रहे हैं, इसलिए हमारे शामिल होने के बारे में कोई बेतुकी बातें न करें। लोगों को दिखाएं कि आप अपनी जवानी के बाद से कितने आगे बढ़े हैं, और सबसे ज़रूरी बात, कोई दुश्मन न बनाएं।”

“मुझ पर भरोसा करने के लिए धन्यवाद। मैं बाकी दिन राइफल्स के साथ सबसे अच्छा तरीका सोचने में लगा रहूँगा, और अपने दोस्त पर नज़र रखूँगा। फिर मैं जल्द से जल्द राइफल्स से बात करूँगा। मैं अपनी पूरी कोशिश करूँगा और काम पूरा होने पर आपको रिपोर्ट करूँगा।” वह खड़ा हुआ, थोड़ा सिर हिलाया और चला गया।

जब वह चला गया, तो उसे बेचैनी महसूस हुई। उसने हाल ही में रेमंड को हमेशा के लिए दूर भेजने का सबसे अच्छा तरीका सोचा था। अब, उसने अपने बिज़नेस का भविष्य उसके हाथों में सौंप दिया था। उसे लगा कि वह एक हाथ पीठ के पीछे बांधकर काम करने में फंस गई है।

अध्याय सात

रेमंड ने टारगेट पर ध्यान दिया और जितना हो सके उतना छिपकर देखने की कोशिश की। उसका काम उस आदमी की हरकतों पर नज़र रखना था, लेकिन उससे बात करने से बचना था। अगले शनिवार को प्रेस्कॉट राइफल्स के साथ अपनी मीटिंग की प्लानिंग करने के लिए उसके पास पूरी दोपहर थी। जैसे-जैसे वह बैठकर देखता गया, उसकी योजना बनने लगी।

वह राइफल्स मिलिशिया ग्रुप के तीन सदस्यों को देखकर जानता था लेकिन उनसे कभी बात नहीं की थी। ग्रुप का लीडर बिल 'बकी' ओ'नील था, जो प्रेस्कॉट का पूर्व मेयर था। उसे यह निकनेम इसलिए मिला क्योंकि वह फारो कार्ड गेम खेलते समय 'बाघ को पीछे धकेल' सकता था। बकी शनिवार सुबह बिग माउथ में कोर्ट लगाता था। यह ग्रुप के सदस्यों से मिलने और वहां पहुंचने का एक शानदार मौका होता।

वह अपनी नौकरी में तरक्की कर रहा था, और इसके बारे में सोचकर उसे ज़्यादा ज़रूरी महसूस हो रहा था। वह इन्वेस्टिगेशन में सिर्फ़ एक ऑब्ज़र्वर से कहीं ज़्यादा था। उसे एक बड़ी भूमिका निभानी थी।

रेमंड को चिंता थी कि जब वह राइफल्स से मिलेगा तो उसका अतीत उसे परेशान करेगा। अगर दो साल पहले रॉयल में हुई घटना की बात आती है, तो उसे बातचीत को किसी दूसरे विषय पर ले जाना होगा। वह बकी पर ध्यान देगा, जो पहले मेयर था, जिसके शहर में अभी भी कई कॉन्टैक्ट हैं।

रेमंड ने आग से जुड़ी घटनाओं को नज़रअंदाज़ करने का प्लान बनाया ताकि बकी को उत्सुकता न हो और वह और ज़्यादा जानकारी न जुटा पाए। हाँ, रॉयल के टॉपिक से बातचीत को हटाना सबसे अच्छा तरीका लगा।

रेमंड के लिए झूठ न बोलना एक बड़ा बदलाव था। उसे इससे नफ़रत थी क्योंकि वह झूठ बोलने में बहुत अच्छा था। झूठ बोलना और बच निकलना मज़ेदार था, लेकिन अगर वह हसेया के लिए काम करना चाहता था तो उसके पास कोई चारा नहीं था। वह उसकी असलियत पहचान गई थी, और वह जानता था कि शहर में कोई और उसे असली नौकरी पर नहीं रखेगा।

*

आखिरकार शनिवार की सुबह आ ही गई। वह रेस्टोरेंट में गया, बकी के ग्रुप को देखा और उनके पास बैठ गया। वे चारों ओर बैठकर बीयर पी रहे थे। उसने अपना पसंदीदा सारसपैरिला ऑर्डर किया और उनकी बातें सुनीं। जब सही समय आया, तो वह ग्रुप के पास गया और अपना परिचय दिया।

“गुड मॉर्निंग, दोस्तों। मैंने आपको शहर में देखा है, और अगर ठीक हो तो मैं कुछ समय आपकी बातें सुनना और आपसे सीखना चाहूँगा।

“मैं तुम्हें जानता हूँ। तुम वही लड़के हो जिसने दो साल पहले इस सैलून को जला दिया था, है ना?” बकी ने कहा।

“नहीं। उस भयानक जुर्म के लिए मुझ पर शक था, लेकिन मैंने आग नहीं लगाई। मैं बस गलत समय पर गलत जगह पर था। मुझे उम्मीद है कि असली गुनहगार किसी दिन मिल जाएगा ताकि मैं अपना नाम साफ़ कर सकूँ।” *टालो, टालो।*

ग्रुप ने उसे शक की नज़र से देखा लेकिन कुछ नहीं कहा। बकी ने कहा, "मुझे नहीं लगता कि अगर आप थोड़ी देर यहीं रुकेंगे तो कोई नुकसान होगा। एक कुर्सी खींच लीजिए।"

रेमंड ने एक कुर्सी ली और बैठ गए। "मैं आर्मी में नहीं रहा हूँ, लेकिन मुझे जॉइन करने का आइडिया पसंद है। यह बहुत एक्साइटिंग होगा, और नई जगहें देखने का मौका मिलेगा। मैं प्रेस्कॉट से बहुत दूर कभी नहीं गया हूँ।" रेमंड ने कहा।

"यह तुम्हें एक आदमी बना देगा, लेकिन यह आसान नहीं होगा। हाँ, तुम नई जगहों पर होगे, लेकिन तुम पूरे दिन घोड़े के पिछले हिस्से को घूरते हुए लंबी पैदल यात्रा करोगे। आर्मी में तुम्हें ऑर्डर मानने होते हैं, इसलिए यह उतना रोमांचक नहीं है जितना तुम सोचते हो। असल में, आर्मी में होने की सबसे अच्छी बात यहाँ इन जैसे लोगों से मिलना है।" बकी ने अपने तीन दोस्तों के सामने हाथ हिलाते हुए कहा।

"ये क्ले लेस्टर, रॉबर्ट स्नाइडर और माइक टैपस्कॉट हैं। क्ले नए अंतरिम मेयर के जुड़वाँ भाई हैं।" बकी ने कहा।

"आप सभी से मिलकर अच्छा लगा।" रेमंड ने क्ले की ओर देखा और कहा, "तुम बिल्कुल हेनरी जैसे दिखते हो।"

"मुझे यह बात हमेशा सुनने को मिलती है। मैं चाहूँगा कि लोग इस बारे में बात करें, न कि तुम्हारी जैसी रेप्युटेशन हो, लेकिन मैंने हाल ही में तुम्हारे बारे में कुछ नहीं सुना है, इसलिए शायद तुम्हारे लिए उम्मीद है।" क्ले ने मुस्कुराने की कोशिश करते हुए कहा।

रॉबर्ट ने थोड़ा ज़्यादा ज़ोर से कहा, "अच्छा, लड़का बड़ा हो गया है। कैसा रहेगा? अगर वह आर्मी में जाएगा तो पक्का आदमी बनेगा। क्या तुम्हें लगता है कि तुम सैनिक बन पाओगे, रेमंड?"

उसने एक बड़ा जवाब देने के बारे में सोचा लेकिन खुद को रोक लिया। हसेया ने उसे यही सिखाया। वह बस इतना ही कह सका, "हाँ।"

"कमज़ोर, लड़के, कमज़ोर। आर्मी में जाने के लिए तुम्हें बहुत ज़्यादा मज़बूत बनना होगा। आर्मी में तुम्हारी नौकरी हमेशा रहती है, लेकिन ज़्यादातर समय तुम्हें अपनी नौकरी पसंद नहीं आएगी। सिविलियन होना कभी-कभी और भी मुश्किल हो सकता है जब तुम आर्मी से बाहर निकलते हो क्योंकि कुछ भी सुरक्षित नहीं होता। मैं लकी हूँ क्योंकि मैंने आर्मी में एक काम सीखा, और अब मेरी अपनी लोहार की दुकान है। मैं हैप्पीज़ लिवरी के लिए बहुत सारे जूते बनाता हूँ । शहर में बड़ा बिज़नेस है।" रॉबर्ट ने शेखी बघारी।

रेमंड को याद आया कि नेटी ने कहा था कि रॉबर्ट हवा का एक बड़ा थैला है, और वह सही थी। हसेया ने उसे दुश्मन न बनाने के लिए कहा, इसलिए उसने पूछा, "जब तुमने आर्मी छोड़ी थी, तो तुम्हारी रैंक क्या थी, रॉबर्ट?"

"कॉर्पोरल. मैंने कुछ कम अनुभवी लड़कों को लीड किया और उन्हें घोड़ों की नाल लगाना सिखाने की कोशिश की. सच तो यह है, और मेरे लिए अपने साथी सैनिकों के बारे में बुरी बातें कहना मुश्किल है, लेकिन वे इतने बेवकूफ थे कि मुझे नहीं लगता कि उन्होंने बहुत कुछ सीखा होगा."

ऐसा लगता था कि बाकी लोग रॉबर्ट को अच्छी तरह जानते थे क्योंकि कोई भी उस पर ज़्यादा ध्यान नहीं देता था या उसकी बातों का जवाब नहीं देता था। रेमंड ने देखा कि माइक को इस बातचीत में ज़्यादा दिलचस्पी नहीं थी।

"माइक, मैं जानना चाहता हूँ, तुम्हारी कहानी क्या है?"

"मैं, ओह, कुछ नहीं। मैं शहर में नया हूँ। मैं क्ले के साथ उसी यूनिट में था। इसी तरह मैं राइफल्स में शामिल हुआ। मुझे बंदूकें बहुत पसंद हैं।"

“मेरे पापा के पास एक राइफल है। हालांकि, यह पुरानी है, उस फैंसी नई विंचेस्टर लीवर-एक्शन राइफल जैसी नहीं जिसके बारे में मैंने सुना है।” रेमंड ने कहा।

“हम सबके पास '94 का मॉडल है। मुझे अपने मॉडल के लिए पैसे बचाने पड़े। मेरी पत्नी, मिन्नी, उससे ज़्यादा खुश नहीं थी।” रॉबर्ट की बात और उसके चेहरे पर शर्मिंदगी देखकर रेमंड हैरान रह गया। रॉबर्ट ने कुछ देर पहले उसे कमज़ोर कहा था।

बकी ने आखिरकार फिर से कहा, “रेमंड, तुम एक अच्छे लड़के लगते हो। माइक एक शूटिंग कॉन्टेस्ट ऑर्गनाइज़ करने के लिए ज़िम्मेदार है जिसे हम इस गर्मी में होस्ट करने का प्लान बना रहे हैं। अगर माइक मान जाए, तो शायद तुम किसी तरह मदद कर सकते हो– कॉन्टेस्ट के लिए चीज़ें लगाना, उन्हें हटाना, इस तरह के काम। तुम क्या कहते हो?”

“हाँ, मैं मदद करना चाहूँगा।” उसने माइक की तरफ देखा, जो फिर से बातचीत पर ध्यान देना बंद कर चुका था। “माइक, तुम्हें यह कैसा लग रहा है?” रेमंड ने पूछा।

माइक थोड़ा खुश हुआ, फिर बोला, “ज़रूर। मुझे आपकी मदद चाहिए।”

“ठीक है, रेमंड। मुझे और लड़कों को प्रेस्कॉट राइफल्स का और काम करना है, इसलिए तुम्हें जाना होगा। तुमसे बात करके अच्छा लगा। कॉम्पिटिशन के बारे में माइक से टच में रहना। शहर में उसकी अपनी शू रिपेयर की दुकान है, इसलिए उसे ढूंढना मुश्किल नहीं होगा।” बकी ने कहा। रेमंड ने उन्हें धन्यवाद दिया और चला गया।

*

वह अपने यार्ड में घास-फूस निकाल रही थी, तभी उसने रेमंड को सड़क पर चलते हुए अपने ऑफिस लौटते देखा। उसने उसे हाथ हिलाकर अंदर बुलाया।

“रिपोर्ट।” उसने कहा, जब वह अंदर आया और उसे एक सीट मिल गई।

“मैं रॉयल में बकी ओ'नील, क्ले लेस्टर, रॉबर्ट स्नाइडर और माइक टैपस्कॉट से मिला। बकी उनका लीडर है। क्ले अपने भाई जैसा ही है, रॉबर्ट वैसा ही है जैसा नेटी ने कहा था, एक बड़बोला, और माइक शांत है।”

“मैंने उस दिन माइक को बात करते हुए सुना। वह बिल्कुल भी शांत नहीं लग रहा था।”

“वह आज था - और वह थोड़ा डिस्ट्रैक्टेड भी लग रहा था। वह इस गर्मी में होने वाले एक शूटिंग कॉन्टेस्ट का इंचार्ज है। बकी ने मुझे इसमें उसकी मदद करने के लिए वॉलंटियर किया।”

“बहुत बढ़िया। आपको जल्द से जल्द माइक की मदद करनी चाहिए। यह हमारे लिए उसके बारे में और जानने का अच्छा मौका है। कौन सबसे ज़्यादा भरोसेमंद लगा?”

रेमंड थोड़ा रुका, फिर बोला, “बकी, बेशक, अभी के लिए। मैं दूसरों को नहीं जानता।”

“पूर्व मेयर से किसकी दुश्मनी हो सकती है?”

“मैंने नहीं पूछा. मेरे पास बात करने के लिए ज़्यादा समय नहीं था.

उसने कुछ नहीं कहा. “क्या आप कॉफ़ी या चाय लेंगे?”

“कॉफी, कृपया।”

हसेया अपने घर में गई और जल्द ही एक गर्म कप कॉफी लेकर फ्रंट ऑफिस में वापस आ गई।

“अगर हमें कुछ सीखना है तो हमें कोशिश करते रहना होगा। क्या हमारा वह दोस्त जिसे आप देख रहे हैं, उसने कुछ अजीब किया है?”

"कुछ नहीं।"

दरवाज़े पर दस्तक हुई और एक औरत अंदर आई। “हेलो। मैं जोसी हंटली हूँ। मैंने सुना कि तुम दोनों मेयर के मर्डर की गुत्थी सुलझाने की कोशिश कर रहे थे। क्या यह सच है?”

“हम अब इस केस पर काम नहीं कर रहे हैं। शेरिफ ने हमें इस पर काम करना बंद करने को कहा है। मेरा नाम हसेया है, और यह रेमंड है। आप शायद उसे जानते हों।”

“हाँ, मैंने उसके बारे में सुना है।” उसने रेमंड को एक विनम्र लेकिन मूल रूप से अप्रिय तिरछी नज़र से देखा।

"कृपया बैठ जाओ।"

रेमंड एक तरफ हट गया, और जोसी हसेया के सामने बैठ गई। “देखो, मुझे यहाँ आकर थोड़ा अजीब लग रहा है, लेकिन मेयर यंग की इस पूरी घटना से मैं परेशान हूँ। मुझे नहीं लगता कि वह एक अच्छा आदमी था, लेकिन उसने चीज़ों को स्थिर रखा। अब, मुझे नहीं पता। कुछ ठीक नहीं लग रहा है। मुझे हेनरी लेस्टर से कोई दिक्कत नहीं है, लेकिन मैं इस एहसास से छुटकारा नहीं पा सकता कि इस शहर पर बुराई हावी हो रही है। मैं इसे महसूस कर सकता हूँ।”

जब वह बात कर रही थी, तो हसेया को एहसास हुआ कि उसने जोसी को हॉरिबल्स परेड में देखा था, जब किसी ने मेयर यंग को गोली मारी थी।

उसने ही अपने बेटे के सिर पर बहुत धीमा होने के कारण मारा था, और माइक ने बहुत सख्त होने के लिए उसकी बुराई की थी।

जोसी ने आगे कहा, “मैं भगवान से डरने वाली औरत हूँ। मुझे सही और गलत में फ़र्क पता है। यहाँ जो हो रहा है, उससे मेरी रात में नींद खुल जाती है। चर्च जाने से कुछ समय के लिए मदद मिलती है, लेकिन यह काफ़ी नहीं है। मैं यहाँ यह देखने आई थी कि क्या मैं किसी तरह मदद कर सकती हूँ। अब जब आप कह रहे हैं कि आपने यह केस खत्म कर दिया है, तो मुझे पक्का नहीं पता। हालात बहुत खराब हो गए हैं।”

“हम ऑफिशियली इस केस पर काम नहीं कर रहे हैं, जोसी, लेकिन इन्वेस्टिगेटर के तौर पर, हम हर समय अपनी आंखें और कान खुले रखते हैं, ताकि अगर हमें कुछ मिले तो हम शेरिफ को रिपोर्ट कर सकें।” मुझे लगता है कि आप बहुत ज़्यादा चिंता कर रहे हैं। मेयर के कातिल को इंसाफ मिलेगा। जैसा कि आपने सुना होगा, मैं नवाजो हूं, और नवाजो मानते हैं कि इंसाफ हमेशा मिलता है, आखिरकार।”

“यह सुनकर बहुत अच्छा लगा, लेकिन सिर्फ़ बात करने से कुछ नहीं सुधरेगा। ज़रूरत पड़ने पर मैं हमेशा मदद के लिए मौजूद हूँ। यह याद रखना। खैर, मैंने जो कहा, उसके बारे में सोचो। मुझे लगा कि यह ज़रूरी है कि मैं तुम्हारे साथ शेयर करूँ कि मुझे कैसा लगा। तुम्हारे समय के लिए धन्यवाद।” उसने रेमंड की तरफ़ देखा, फिर हसेया की तरफ़, और कहा, “वैसे, तुम शहर में नए हो, और मुझे नहीं पता कि तुम्हें यह पता है या नहीं, लेकिन...”

“मुझे रेमंड के अतीत के बारे में पता है, जोसी। वह मेरी नज़र में है और जानता है कि वह एक गलती करके यहाँ से बाहर निकाला जा सकता है। आपकी चिंता के लिए धन्यवाद, और अगर मुझे किसी भी चीज़ में आपकी मदद की ज़रूरत होगी तो मैं आपसे संपर्क करूँगा।

जोसी थोड़ी परेशान दिखी लेकिन अपनी कुर्सी से उठी, उसे देखकर मुस्कुराई और ऑफिस से चली गई।

जब वह चली गयी तो रेमंड ने कहा, "इसके लिए धन्यवाद।"

"आपका स्वागत है, लेकिन मैं अभी भी आपको देख रहा हूँ। अपना काम करते रहें, और मैं कल आपसे मिलूँगा।"

रेमंड के जाने के बाद, उसने जोसी के बारे में सोचा । कितना अजीब था, लेकिन क्या उसने जो कहा उसमें कुछ सच्चाई थी? क्या प्रेस्कॉट पर बुराई हावी हो रही थी? उसने इस पर सोचा और तय किया कि बुराई शहर पर हावी नहीं हो रही थी। जोसी बस बहुत ज़्यादा चिंता करती थी।

अध्याय आठ

जब क्लिंट अपने घर के दरवाज़े से बाहर निकला, तो उसने देखा कि बसंत का मौसम बहुत साफ़ और ठंडा था। पेड़ की टहनियाँ अब नाज़ुक दिखने वाली टहनियाँ नहीं थीं। उनमें कलियाँ निकल आई थीं और उनमें रंग आने लगा था । आज, वह कमिंग्स के घर पर एक नई नौकरी शुरू करेगा। वह लड़का जो पिछले कुछ दिनों से उसका पीछा कर रहा था, आज जैसे दिन उसका मूड खराब नहीं करेगा। उस लड़के को सबक सिखाने के बाद उसे और भी अच्छा लगेगा।

उसने सुना कि दो साल पहले लड़का बहुत मुसीबत में पड़ गया था। उस समय उसने इस पर ज़्यादा ध्यान नहीं दिया, लेकिन अब, जब कोई उसका पीछा कर रहा था और उसे देख रहा था, तो उसे हैरानी हुई कि लड़का क्या कर रहा है। छोटी इंडियन औरत ने लड़के को अपने साथ रखा था। उसे शायद कुछ और पता नहीं था, या उसे कोई और नहीं मिला जो उसके लिए काम करे। उसे इस बात से गुस्सा आया कि एक इंडियन औरत एक गोरे आदमी की नौकरी कर रही थी। उसे बाकी जंगली लोगों के साथ नॉर्थ में रहना चाहिए था। अब, यह परेशान करने वाला जवान क्रिमिनल उसका पीछा कर रहा था। क्लिंट ने उसकी ज़िंदगी के साथ क्या किया, इससे उनका कोई लेना-देना नहीं था।

क्या वह बुली था? शायद। वह एक बड़ा आदमी था, और ज़्यादातर समय, यह एक असली फ़ायदा था। वह बता सकता था कि लोग उससे डरते हैं, और उसे यह पसंद था। उसे लोगों को डराने में मज़ा आता था।

मिस्टर कमिंग्स ने उससे कहा कि वह सामने का दरवाज़ा खुला छोड़ देगा। जब वह घर पहुँचा, तो उसने दरवाज़ा खटखटाया, कोई जवाब नहीं मिला, और अंदर चला गया। क्लिंट ने अपने औज़ार बाहर रखे और काम करना शुरू कर दिया, लेकिन उसका दिल इसमें नहीं था। वह कमिंग्स के घर से निकला और पिछले दरवाज़े से बाहर चला गया। वह चुपचाप ब्लॉक के आस-पास तब तक काम करता रहा जब तक वह रेमंड के पास नहीं पहुँच गया।

“अरे रेमंड, तुम्हें यहाँ देखकर मैं हैरान हूँ।”

रेमंड चौंका, उठा और बोला, “तुम क्लिंट हो, है ना? क्लिंट क्रिसन?”

“वह मैं हूं. तुम यहां क्या कर रहे हो?”

“कुछ खास नहीं। मैं टहलने जा रहा था, फिर आराम करने बैठ गया। आज सुबह-सुबह तुम क्या कर रहे हो?”

“मुझे कमिंग्स के घर पर काम करना शुरू करना है। उन्होंने मुझे अपनी खिड़कियां ठीक करने के लिए रखा है। रेमंड, मुझे पता है कि तुम मुझसे झूठ बोल रहे हो। तुम मेरा पीछा कर रहे हो और मुझे देख रहे हो। क्यों?”

थोड़ी देर रुकने के बाद रेमंड ने कहा, “हमने सुना है कि आप खतरे में हैं। आपको वही आदमी टारगेट कर रहा है जिसने मेयर को मारा था। शेरिफ लुईस ने मुझे आपकी सुरक्षा के लिए आप पर नज़र रखने का आदेश दिया है।”

“मुझे क्यों टारगेट किया जाएगा? तुम यह सब बना रहे हो। मुझे सच बताओ, नहीं तो मैं तुम्हें अगले हफ़्ते तक घूंसा मार दूँगा।”

"मैंने अभी आपको बताया कि क्यों, लेकिन आप ठीक से सुनते नहीं हैं।"

“सुनो, कमीने, मुझे सच बताओ।” वह रेमंड के पास गया और उसके मुँह पर मुक्का मारा। रेमंड को अंदाज़ा नहीं था कि यह होगा, वह पीठ के बल गिर गया, और बेहोश हो गया। यह बात क्लिंट को बिल्कुल ठीक लगी। वह आज किसी समय गोला-बारूद खरीदने के लिए मर्केंटाइल जाना चाहता था, तो अभी क्यों न कर लिया जाए? कितना बढ़िया दिन बन गया था। बाहर मौसम इतना सुहावना है कि इतनी सुबह खिड़कियाँ ठीक करने का थकाऊ काम करने के बारे में सोचना भी ठीक नहीं है।

*

वह अपनी टेबल पर बैठी सोच रही थी, और जब रेमंड अंदर आया तो उसने ऊपर देखा। उसके कपड़े गंदे थे, और उसकी नाक से खून बह रहा था।

"आपको क्या हुआ?"

"क्लिफ ने मुझे देखा और बिजली की तेजी से मेरे चेहरे पर मुक्का मारा।"

“क्या आप सावधान थे?”

“हाँ, मुझे नहीं पता कि क्या गलत हुआ। क्लिंट पास से बहुत बड़ा है, एक दानव की तरह। मैं कुछ नहीं कर सकता था। अब हम क्या करें?”

“मैं इस बारे में सोचूंगा। हम कोशिश करते रहेंगे और उस पर नज़र रखने का कोई और तरीका ढूंढ लेंगे। होशियारी हमेशा ताकत से बेहतर होती है। यह याद रखना।”

"मुझे पक्का नहीं पता कि यह कैसे काम करता है, लेकिन जिस तरह से आप कह रहे हैं, वह अच्छा लग रहा है। मैं अभी घर जाकर सफाई कर रहा हूँ। कल मिलते हैं।"

*

रेमंड के जाने के बाद, हसेया अपनी कुर्सी पर वापस बैठ गई और सोचने लगी। इस क्राइम को सुलझाने के लिए, उसे सब्र रखना होगा, इंतज़ार करना होगा और कातिल की गलती पर नज़र रखनी होगी। केस सुलझाने के लिए शायद उसे छोटी से छोटी गलती की भी ज़रूरत हो, जैसे चट्टान में एक छोटी सी दरार जिस पर बार-बार चोट करने से वह फट जाए और अंदर का हिस्सा सबके सामने आ जाए। एक और बात वह पक्के तौर पर जानती थी। प्रेस्कॉट जैसे छोटे शहर में, अगर कातिल अभी भी शहर में होता, तो वह भी उसका इंतज़ार कर रहा होता और उस पर नज़र रख रहा होता।

रेमंड का खून से सना चेहरा बस एक और झटका था। शेरिफ ने उससे अपनी जांच रोकने को कहा, और अब रेमंड के चेहरे पर मुक्का मारा गया। वह उम्मीद कर रही थी कि वह क्लिंट के बारे में कुछ पता लगाएगा, जो उनका एकमात्र सुराग था, लेकिन ऐसा नहीं हुआ। उसे नहीं पता था कि आगे क्या करना है। फिलहाल, उसने तय किया कि अपने समय का सबसे अच्छा इस्तेमाल नीनो के पास जाकर देखना है कि उसका कोट या स्कर्ट तैयार हैं या नहीं। हसेया अपने ऑफिस से चली गई।

“मैंने तुम्हारे कोट पर काम करना शुरू कर दिया है, लेकिन यह अभी तक पूरा नहीं हुआ है। क्या तुम यहीं इंतज़ार कर सकते हो? यह कुछ ही मिनटों में तैयार हो जाएगा।” नीनो ने कहा जब हसेया छोटे से वर्करूम में आई।

"हाँ, मैं इंतज़ार करूँगी।" हसेया ने लकड़ी की कुर्सी से कपड़ों का ढेर हटाया और बैठ गई।

"तुम खुश नहीं लग रहे हो. तुम्हारा दिन कैसा रहा?" नीनो ने पूछा.

"मेरे पास इससे बेहतर भी है।"

"भारतीय महिलाओं के लिए यह मुश्किल है। मैं किसी तरह गुज़ारा कर रही हूँ। मुझे पूरे दिन लोगों से बात करने का मौका मिलता है, वे आते-जाते रहते हैं। मुझे अपना काम पसंद है क्योंकि मैं कुछ काम का काम कर रही हूँ। आपका बिज़नेस कैसा चल रहा है?"

"शुरुआत धीमी रही है। जिस छोटे केस के बारे में मैंने आपको बताया था, उसे सॉल्व करने के बाद, एक लेडी ने मुझे एक बड़ा केस दिया, जो रुक गया है। शेरिफ ने मुझसे कहा कि मैं उस पर काम करना बंद कर दूं क्योंकि मैं उनके रास्ते में आ रहा था। एक आदमी है जिसे कुछ पता हो सकता है या वह किसी तरह से शामिल भी हो सकता है। मैंने अपने असिस्टेंट, रेमंड से कहा कि वह उसका पीछा करे, लेकिन उस आदमी ने उसे देख लिया होगा क्योंकि उसने रेमंड की नाक पर मुक्का मारा था। रेमंड को मुक्का मारने वाले आदमी से जानकारी मिलना ही मेरी एकमात्र उम्मीद थी। मुझे नहीं पता कि आगे क्या करना है।"

"तुम्हें कोई रास्ता मिल जाएगा। जब ज़्यादा लोग मदद कर रहे हों तो प्रॉब्लम सॉल्व करना आसान होता है। लोगों को सीरियस प्रॉब्लम सॉल्व करने के लिए एक साथ रहना होगा, तुम्हें पता है। यह नवाजो तरीका है। तुम्हारे पास रेमंड है। क्या तुम्हारे पास कोई और है जिससे तुम मदद मांग सको?"

"नहीं, सच में नहीं। मेरा काम ही मेरी पूरी ज़िंदगी है। मैं आसानी से दोस्त नहीं बनाता।"

"रोडियो डांस जल्द ही होने वाला है। मैं जाना चाहती हूँ, लेकिन क्ले नहीं जाना चाहता। मुझे लगता है कि वह घर पर ही रहना पसंद करेगा। मुझे चिंता है कि वह इसलिए नहीं जाना चाहता क्योंकि वह किसी इंडियन

के साथ नहीं दिखना चाहता। मुझे अमेरिकन तौर-तरीकों के बारे में ज़्यादा समझ नहीं है, और मैं यहाँ रहकर और सिलाई करके ज़्यादा नहीं सीख सकती। क्या तुम डांस में जा रही हो?"

"मुझे ऐसा नहीं लगता। मुझे इस जगह की आदत डालने और ज़्यादा लोगों से मिलने में थोड़ा समय लगेगा। आपने लोगों के एक साथ रहने के बारे में जो कहा, वह मुझे पसंद आया। मैं सोच रहा था, आपने बचपन में बुनाई के बारे में कुछ सीखा होगा, लेकिन आपने सिलाई कहाँ से सीखी?"

"बोर्डिंग स्कूल में एक लेडी ने मुझे सिखाया। पता नहीं कैसे, उसे पता था कि मुझे यह पसंद आएगा, और मुझे पसंद आया। इससे मुझे रिलैक्स होने में मदद मिलती है।"

हसेया ने कहा, "मैं भी एक बोर्डिंग स्कूल गई थी। मैंने आठ साल इंग्लिश सीखने में बिताए और कोशिश की कि मुझे कोई डंडा न मारे। यह आसान नहीं था, खासकर शुरुआत में। शुक्र है, मैंने भाषा जल्दी सीख ली।"

"रेमंड कैसा काम कर रहा है? मैंने उसके बारे में कुछ ऐसी बातें सुनी हैं जो अच्छी नहीं थीं।" नीनो ने पूछा।

"कई लोगों ने मुझे रेमंड के अतीत के बारे में बताया है। वह जवान है, और उसके बारे में कुछ ऐसा है जो मुझे सोचने पर मजबूर करता है कि वह किसी दिन एक अच्छा इंसान बन सकता है।"

की जैकेट को देखने के लिए ऊपर उठाया । "यह हो गया है। देखो तुम्हें क्या लगता है।"

उसने रिपेयर देखा और इम्प्रेस हुई। नीनो में सच में टैलेंट है। "यह बहुत अच्छा लग रहा है। थैंक यू। अब मुझे पता है कि अपने सारे कपड़े जिन्हें रिपेयर करवाना है, उन्हें कहाँ ले जाना है। मैं कुछ दिनों में स्कर्ट ले आऊँगी। तुम अच्छा काम करते हो।"

“धन्यवाद, और आपसे बात करके अच्छा लगा, हसीया।”

वह नीनो के पास से निकली, लेकिन घर जाने से पहले, वह रुकी और कोर्टहाउस की सीढ़ियों पर बैठ गई। अपनी कोहनियों को घुटनों पर रखकर, उसने अपनी ठुड्डी को हाथों से टिकाया और अपनी आँखें बंद कर लीं।

"क्या आप भारतीय जासूस हैं?"

उसने आँखें खोलीं तो देखा कि एक लड़का उसे गौर से देख रहा है। उसने पूछा, “तुम कौन हो?”

“वे मुझे किड कहते हैं। आप भी मुझे किड कह सकते हैं। मैं आपके लिए काम करना चाहता हूँ।”

“क्या तुम्हारा कोई नाम है? कोई बात नहीं। मुझे कोई फ़र्क नहीं पड़ता क्योंकि मैं अभी हायर नहीं कर रहा हूँ। सॉरी। चले जाओ।”

“मैं मुफ़्त में काम करता हूँ. चिंता मत करो.”

उसे यकीन नहीं हो रहा था कि यह बच्चा, शायद ग्यारह साल का, अचानक आ गया और वहाँ खड़ा होकर नौकरी की भीख माँग रहा था। उसने गंदे, फटे-पुराने कपड़े पहने थे। उसके बाल आसानी से चिड़िया के घोंसले जैसे लग सकते थे, और ऐसा लग रहा था जैसे पिछली बार बारिश होने के बाद से उसने नहाया ही नहीं था। “आप मेरे लिए क्या कर सकते हैं?” उसने पूछा।

“मेरे पास आँखें और कान हैं, और मैं तेज़ दौड़ता हूँ। तुम्हें मेरी ज़रूरत है।”

“तुम्हें कैसे पता कि मुझे क्या चाहिए?”

“मेरे पास आँखें और कान हैं। मैं शेरिफ की बातें सुनता हूँ।”

हसेया सोच रही थी कि उसमें ऐसा क्या था जो इन अजीब लोगों को खींचता था, पहले रेमंड और अब यह 'किड'। उसे याद आया कि नीनो ने और लोगों से मदद लेने के बारे में क्या कहा था। क्यों नहीं? अब इससे बुरा कुछ नहीं हो सकता।

“तुम्हारे माता-पिता क्या कहेंगे?”

"वे कुछ नहीं कहेंगे ", उसने धीरे से कहा.

“ठीक है. क्या आप क्लिंट क्रिसन नाम के किसी व्यक्ति को जानते हैं?”

"कौन?"

“वह एक बड़ा आदमी है जिसने बैगी लेवी पैंट पहनी हुई है और सस्पेंडर्स पहने हुए है। क्या आपने ऐसा कोई देखा है?”

“ज़रूर। तुम उसे उसके नाम से क्यों नहीं बुलाते, 'पैंट्स'? मैं उसे जानता हूँ।”

“पैंट्स? ठीक है, और अब से, 'किड' तुम्हारा नाम है - मैं तुम्हारा असली नाम नहीं जानना चाहता। पैंट्स साउथ प्लेजेंट स्ट्रीट पर कमिंग्स के घर पर काम कर रहा है। मैंने सुना है कि वह उनकी खिड़कियाँ ठीक कर रहा है। मैं चाहता हूँ कि तुम उस पर नज़र रखो और अगर वह कुछ भी अजीब करे तो रिपोर्ट करो। क्या तुम ऐसा कर सकते हो?”

"असामान्य?"

“हाँ. कुछ भी जो आपको लगता है कि पैंट्स आम तौर पर नहीं करेगा. अपनी कल्पना का इस्तेमाल करें.”

“कल्पना?”

“बस अपनी पूरी कोशिश करो। जब तुम्हें कुछ मिल जाए तो मेरे ऑफिस में आना। ठीक है?” उसने उसे बताया कि उसका ऑफिस कहाँ है। ऐसा लग रहा था कि उसे पहले से पता था कि वह कहाँ है। “क्या तुम्हें पता है कि कमिंग्स का घर कहाँ है?”

“ज़रूर, मुझे पता है। आप मुझे काम पर रखकर खुश होंगे।”

“मैंने नहीं...” बहुत देर हो चुकी थी। वह पहले ही प्लेजेंट स्ट्रीट की ओर भाग रहा था।

अध्याय नौ

रेमंड ने हसेया को बताया कि वह बिग माउथ जा रहा है, जहाँ माइक ने उसे बताया कि प्रेस्कॉट राइफल्स के कुछ लोगों ने एक अनऑफिशियल ब्रेकफास्ट मीटिंग प्लान की है। वह इसके लिए तैयार थी, और वह रेस्टोरेंट की तरफ चला गया।

“अरे, रेमंड, कुर्सी खींचो। हम अभी शुरू ही कर रहे हैं। तुम्हें रॉबर्ट और माइक याद हैं?” बकी ओ'नील ने पूछा।

“हाँ, मैं करता हूँ। सुप्रभात।”

"सुप्रभात," उन दोनों ने कहा।

बकी के हाथ में एक अखबार था, लेकिन रेमंड ने देखा कि यह *प्रेस्कॉट प्रॉस्पेक्टर नहीं* बल्कि एक अजीब सा दिखने वाला, पीले रंग का अखबार था। “यह *जर्नल है*, लड़कों, और यहाँ असली खबरें हैं, हमारे लोकल अखबार की आम बोरिंग बातें नहीं। तुम्हें इसमें दिलचस्पी हो सकती है, रेमंड।” उसने उसकी तरफ देखते हुए कहा।

“इसमें लिखा है कि क्यूबा में हालात बिगड़ रहे हैं। क्यूबा के लोगों को लगता है कि स्पेन के लोग उनके साथ बुरा बर्ताव कर रहे हैं, इसलिए वे बगावत कर रहे हैं। अब आप आर्मी जॉइन कर लें, और हो सकता है कि आप किसी दूसरी जगह जाकर कुछ असली एक्साइटमेंट महसूस करें।”

रेमंड ने दिलचस्पी दिखाने का नाटक किया। “यह रैंक में आगे बढ़ने का एक शानदार मौका होगा। अगर मैंने अच्छा किया, जो मुझे पता है कि मैं करूँगा, तो मैं मशहूर हो सकता हूँ।”

“अरे यार, पहले तुम्हें बड़ा होना होगा। इसकी शुरुआत ट्रेनिंग कैंप से ही हो जाएगी।” रॉबर्ट ने कहा।

“बेशक। मैं अब लगभग बड़ा हो गया हूँ, और मैं ज़्यादातर लोगों से ज़्यादा तेज़ी से सीखता हूँ।”

“कॉन्फिडेंस एक अच्छी चीज़ है, एक हद तक, रेमंड।” बकी ने डांटा।

रेमंड ने कुछ नहीं कहा और सख़्ती से पेश आने की कोशिश की। “राइफल्स में नया क्या है?”

“हमेशा की तरह। हम खड़े हैं - बल्कि 'बैठे' हुए हैं। हम प्रेस्कॉट पर हमला करने के लिए पागल खरगोशों के झुंड का इंतज़ार कर रहे हैं, और हम इसके लिए तैयार रहेंगे। आपको यकीन करना चाहिए। हालांकि, हमें जल्द ही खरगोशों की उम्मीद नहीं है।” माइक ने मज़ाक में कहा।

रेमंड डिटेक्टिव विलियम्स को रेस्टोरेंट में आते देख हैरान रह गया। उसने ग्रुप की तरफ हाथ हिलाया और कहा, “सुप्रभात, दोस्तों। सुप्रभात, रेमंड।” विलियम्स उनकी टेबल पर गया और पूछा, “मेन्यू में नया क्या है?”

बकी ने जवाब दिया, “हमेशा की तरह। कुछ नहीं। मेयर के कातिल को ढूंढने में कोई प्रोग्रेस हुई?”

"मैं इस बारे में कुछ नहीं कह सकता।" उसने रेमंड को शक से देखते हुए कहा।

रॉबर्ट ने पूछा, "आप हमारे साथ क्यों नहीं जुड़ते?"

“नहीं, धन्यवाद। मैं किसी से मिल रहा हूँ। अपना ख्याल रखना, दोस्तों।” वह डाइनिंग रूम के दूसरी तरफ एक टेबल पर जाकर बैठ गया।

आदमियों ने अपना नाश्ता ऑर्डर किया, और फिर रॉबर्ट ने बातचीत शुरू की। “मैं अपनी लेडी को रोडियो डांस में ले जा रहा हूँ। उसे डांस करना बहुत पसंद है, और अगर टेरिटरी में उससे ज़्यादा खूबसूरत कोई औरत है, तो मैंने उसे अभी तक नहीं देखा है। माइक, तुम शहर में नए हो। क्या तुम्हें डांस में ले जाने के लिए कोई लड़की मिली है?”

रेमंड को शक था कि रॉबर्ट को पता है कि माइक के पास कोई नहीं है। माइक अपनी कुर्सी पर बैठ गया और बुदबुदाया, “अभी नहीं। मैं देख रहा हूँ।”

“ठीक है, लगे रहो।” फिर उसने रेमंड की तरफ देखा। “मुझे लगता है कि तुम डांस करने के लिए बहुत छोटे हो।”

“मैं बहुत बिज़ी रहा हूँ। मुझे डांस के बारे में सोचने का टाइम ही नहीं मिला।”

“बिज़ी? क्या तुम अभी भी उस इंडियन औरत के साथ काम कर रहे हो? मैंने सुना है कि शेरिफ ने उसे साफ-साफ कहा था कि मेयर के केस से दूर रहो। तुम बिज़ी कैसे हो?” रॉबर्ट ने पूछा।

“मैं बहुत सारे छोटे-मोटे काम करता हूँ।”

एक आदमी जिसे उसने क्ले के रूप में पहचाना, अपने हमेशा की तरह सादे कपड़े पहने हुए, रेस्टोरेंट में आया और डिटेक्टिव विलियम्स के बूथ पर उनके साथ बैठ गया।

माइक ने अचानक कहा और रॉबर्ट को गुस्से से देखा, “तुम्हारे पास सब कुछ सबसे अच्छा है, है ना? तुम यह कैसे करते हो?”

“मेरे जैसे लोगों के साथ ऐसा ही होता है। तुम शहर में नए हो, माइक। किसी लड़की से मिलने के लिए ज़्यादा समय न होना कोई गुनाह नहीं है। मैं तुम्हें जज नहीं कर रहा, बस दया करके।” रॉबर्ट ने कहा।

बकी ने बीच में कहा, “खाना आ गया है। खाने का समय हो गया है।”

“यह सच नहीं है। यह बिल्कुल सच नहीं है, सर।” क्ले ने ज़ोर से कहा। रेमंड समेत कई लोग खाना जारी रखने और खाने के बारे में शिकायत करने से पहले क्ले और डिटेक्टिव विलियम्स को देखने के लिए रुके।

नाश्ते के बाद, वे सब उठे और सामने के दरवाज़े की तरफ़ बढ़े। “रेमंड, तुम मेरे साथ क्यों नहीं आते? मुझे तुम्हें कुछ दिखाना है।” रॉबर्ट ने कहा।

"यह क्या है?"

“आप देखेंगे. क्या आपके पास घोड़ा है?”

“हाँ। फ़ैमिली घोड़ा। मैं थोड़ी दूर पैदल चलकर घर आऊँगा, घोड़ा ले आऊँगा, और कुछ ही मिनटों में यहाँ आपसे मिलूँगा।”

“अच्छा. मुझे कुछ लेना है, फिर मैं यहाँ वापस आऊँगा. कुछ मिनटों में मिलते हैं.”

दोनों फिर मिले, अब दोनों घोड़े पर सवार होकर पूरब की ओर चल पड़े। “क्या तुम्हारे पास बंदूक है, रेमंड?”

“नहीं, लेकिन कभी-कभी मैं शिकार करने के लिए अपने पिताजी की पुरानी राइफल का इस्तेमाल करता हूँ।”

“मैं आपको जो दिखाऊंगा, वह आपको बहुत पसंद आएगा।”

वे कुछ मील चले, फिर रुक गए। “अब तुम कुछ खास देखने वाले हो। यह मेरी अपनी विंचेस्टर लीवर-एक्शन राइफल है। मैंने इसे सीधे मैन्युफैक्चरर से खरीदा है, बेशक, सभी बेहतरीन अपग्रेड के साथ। टेरिटरी में किसी और के पास इतनी अच्छी राइफल नहीं है। मैं इसे थोड़ा चलाऊंगा, फिर तुम्हें इसे आज़माने दूंगा। इससे तुम्हें इसके एहसास की

आदत हो जाएगी। भगवान जानता है कि तुम्हें और सीखने की ज़रूरत है, लड़के।"

रॉबर्ट ने ध्यान से राइफल को उसकी आस्तीन से निकाला, उसमें छह गोलियां भरीं, और फिर टारगेट के लिए इधर-उधर देखा। "मैं वहाँ उस छोटे से चीड़ के पेड़ की सबसे ऊपरी टहनी पर निशाना लगाने जा रहा हूँ। देख रहे हो? यह देखो।" रॉबर्ट ने ध्यान से निशाना लगाया और टहनी पर गोली चला दी।

रेमंड काफी इम्प्रेस हुआ। रॉबर्ट ने आगे कहा, "अब यह देखो।" रॉबर्ट ने पेड़ पर गोली चलाई, लीवर एक्शन का इस्तेमाल करके चैंबर में एक नई गोली भरी, और फिर पेड़ पर दो बार और गोली चलाई, हर बार लीवर आसानी से काम कर रहा था। "तुम कोशिश करो।"

रेमंड ने सावधानी से बंदूक ली और उसे देखा। उसने निशाना लगाया और गोली चलाई, फिर अनाड़ीपन से लीवर चलाने की कोशिश की। उसने बिना गोली चलाए, सावधानी से लीवर से खेला, और उसे लगा कि उसे सब समझ आ गया है। उसने लीवर का इस्तेमाल करके एक और गोली चलाई और फिर एक और।

"इसमें थोड़ी प्रैक्टिस लगती है। तुमने ठीक किया। तुम्हें बंदूक कैसी लगी?"

"यह पक्का अच्छा है। लेकिन मुझे लगता है कि मैं बंदूकों को लेकर उतना उत्साहित नहीं होता जितना आप होते हैं।"

"बहुत कम लोग करते हैं। चिंता मत करो। अगर तुम आर्मी में भर्ती हो जाओगे तो तुम्हें बंदूक चलाने की खूब प्रैक्टिस हो जाएगी। चलो, थोड़ा बैठते हैं। क्या तुमने मेयर की हत्या पर काम करना बंद कर दिया है, या तुम अभी भी इसकी जांच कर रहे हो?"

"शेरिफ़ ने हमें बंद कर दिया, लेकिन हम अभी भी इसके बारे में सोचते हैं। डिटेक्टिव विलियम्स ने हसेया से कहा कि अगर वह नहीं रुकी तो वह उसे जेल में डाल देगा। अब हम ज़्यादा कुछ नहीं कर सकते।"

"मुझे हैरानी है कि आप न सिर्फ़ एक भारतीय के लिए काम कर सकते हैं, बल्कि एक भारतीय महिला के लिए भी, और वो भी कम से कम। मैं ऐसा नहीं कर सकती।"

"मुझे उम्मीद है कि प्रेस्कॉट के अच्छे लोग और छोटे-मोटे क्राइम करना शुरू कर देंगे ताकि उसका बिज़नेस बेहतर हो जाए। मुझे लगता है कि यह एक अजीब बात है, लेकिन मुझे काम चाहिए।" रेमंड ने कहा।

"यह आसान नहीं होगा। यहाँ हर समय बहुत सारे छोटे-मोटे क्राइम होते रहते हैं, लेकिन बड़े क्राइम बहुत कम होते हैं। कई छोटे क्राइम की जाँच नहीं होती। कोई भी उसे खोए हुए कुत्ते या धोखेबाज़ पति को ढूँढ़ने के लिए काम पर नहीं रखेगा। कम से कम मुझे तो ऐसा नहीं लगता। ज़्यादा चांस है कि पत्नी अपने धोखेबाज़ आदमी और उससे होने वाली शर्मिंदगी से बचने के लिए शहर छोड़ देगी।" रॉबर्ट ने कहा।

"मैंने ऐसा कुछ नहीं सुना है। लेकिन इसमें कोई शक नहीं कि ऐसा होता रहता है।"

"मुझे एक शौकिया इन्वेस्टिगेटर बनने के बारे में ज़्यादा नहीं पता, जैसा तुम बनना चाहती हो, लेकिन मुझे शहर में धोखेबाज़ पतियों के बारे में पता है। मुझे लगता है कि मैं तुमसे अलग लोगों से बात करती हूँ, बड़े लोगों से। लगे रहो, और अगर तुम अपनी आँखें और कान खुले रखोगी तो तुम्हें चीज़ें पता चलेंगी।"

"ठीक है, सच बताओ। मुझे किसी धोखेबाज़ पति के बारे में बताओ।" रेमंड ने पूछा।

“ओह, ठीक है। चलो देखते हैं। मिस्टर टर्नर हैं। वह व्हिस्की रो पर थर्स्टी रैकून सैलून में काम करने वाली एक लड़की से मिल रहे हैं। वह सालों से मिल रहे हैं। मुझे नहीं पता कि उनकी पत्नी को यह पता है या नहीं, लेकिन अब तक उन्हें पता चल गया होगा। कुल मिलाकर, यह एक दुखद स्थिति है।

"और?"

“हम्म...ठीक है, मैंने सुना है कि क्लिंट क्रिसन, एडा यंग के साथ समय बिता रहा है। आप एक्स-मेयर की पत्नी को जानते हैं। इस मामले में वह डबल मर्डरर थी। क्लिंट एक हैंडीमैन है जो शहर में काम करता है। वह बहुत काम का होगा।” रॉबर्ट ने हल्की हंसी के साथ कहा।

“क्या तुम्हें पक्का पता है कि यह एडा के साथ है? अरे, सोचने पर, मैंने उसे हाल ही में शहर में नहीं देखा है। मुझे लगा कि वह दुखी होगी, इसलिए यह नॉर्मल लगा।”

“यह एक अफ़वाह है , बच्चे। तुमने पूछा, इसलिए मैंने तुम्हें वह बताया जो मुझे पता है। अगर तुम चाहो, तो तुम कई लोगों के बारे में बहुत कुछ जान सकते हो, लेकिन तुम्हें शायद यह उदास कर देगा। यहाँ रहने वाले लोगों की ज़्यादा लिमिट नहीं हैं।”

रेमंड को सोचना पड़ा कि रॉबर्ट का "लिमिट्स" से क्या मतलब है, और फिर वह समझ गया। "अब तुम क्या करना चाहते हो?"

“चलो वापस चलते हैं। यहाँ बाहर करने के लिए और कुछ नहीं है, और मुझे शहर में ज़रूरी काम निपटाना है। मुझे खुशी है कि आपको मेरी राइफ़ल पसंद आई,” रॉबर्ट ने कहा।

वे शहर में गए। रेमंड ने शांत रहने और हल्की-फुल्की बातें करने की कोशिश की। वह बहुत उत्साहित था और हसेया के साथ यह खबर शेयर करने का इंतज़ार नहीं कर सकता था।

अध्याय दस

जब वे मिट्टी वाले फ़र्श पर इधर-उधर घूम रहे थे, तो धूल उनकी आँखों तक आने लगी, और हमला करने के लिए सबसे अच्छे एंगल पर अपनी जगह बना रहे थे। क्लिंट ने शुरुआत करने के लिए ठोड़ी पर कुछ हल्के घूंसे मारे। एक घूंसा लगा, और उसका विरोधी हैरान रह गया। यह एक आसान लड़ाई होगी। उसने एक क्रॉस फेंका, जिसे, जैसा कि उम्मीद थी, विरोधी ने आसानी से चकमा दे दिया। वह इस लड़ाई को चेहरे पर ज़ोरदार हुक मारकर खत्म करने के लिए सही समय का इंतज़ार कर रहा था। उस आदमी ने उस पर कुछ घूंसे मारे, लेकिन उससे सिर्फ़ थोड़ा ही नुकसान हुआ।

जब उसका मौका आया, तो वह पीछे नहीं हटा। यह एक सेकंड से भी कम समय तक चला, लेकिन क्लिंट को यह दो सेकंड जैसा लगा। वह आदमी बस वहीं खाली चेहरे के साथ खड़ा रहा, हार की भीख मांग रहा था। वह और क्या कर सकता था? उसने अपने विरोधी के चेहरे के ठीक बीच में एक ज़ोरदार हुक मारा। उसके मुंह से थोड़ा खून निकला, और वह गिर गया। लड़ाई खत्म हो गई थी।

उसे ये सारे नए नियम पसंद नहीं थे—राउंड में लड़ना और रेफरी रखना—उसे पुराने दिन ज़्यादा पसंद थे जब वह किसी आदमी से लड़ता, उसे थका देता, और फिर जब मन करता उसे खत्म कर देता। रेफरी

मज़ाक थे। उसे बस रेफरी को देखना होता था, और क्लिंट अक्सर अपनी बात मनवा लेता था।

उसे लड़ाई और एक्सरसाइज़ बहुत पसंद थी। शार्प रहने के लिए, वह हफ़्ते में एक या दो बार स्पैरिंग करता था और महीने में एक बार असली फाइट करता था। वह शहर के नॉर्थ साइड में एक पुराने खलिहान में ट्रेनिंग करता था, जिसमें किसी की दिलचस्पी नहीं थी। वह जितना हो सके, खाने पर ध्यान रखता था और फाइट से पहले खूब आराम करता था। भले ही वह एक बड़ा अट्रैक्शन था, लेकिन सैलरी कम थी क्योंकि उसकी फाइट अक्सर एकतरफ़ा होती थीं। उसे बस फाइट करना पसंद था और जो भी सैलरी मिलती थी, उससे उसे कोई दिक्कत नहीं थी।

नंगे हाथों से लड़ना कानूनी था लेकिन शहर के सभ्य समाज के लोग इसे पसंद नहीं करते थे। क्लिंट वैसे भी शोहरत के लिए इसमें नहीं था। उसे बस जीतना और दूसरे आदमी को सज़ा देना पसंद था।

क्लिंट ने अपनी सैलरी ली और बाहर चला गया। उसे दर्द हो रहा था और कुछ कट और चोट के निशान थे, लेकिन उसे सब ठीक करने का सबसे अच्छा तरीका पता था।

*

जोसी, उसकी दोस्त हेलेन और नेटी आने वाले रोडियो डांस पर बात करने के लिए जोसी के घर पर मिलीं। जोसी ने इस मौके के लिए नींबू पानी बनाया, जबकि उसके दोनों बच्चे बाहर खेल रहे थे।

“वाह, कितना रोमांचक है। एक और साल और एक और डांस।” जोसी ने कहा।

“हाँ। पिछले साल यह अच्छा था, लेकिन इस साल यह और भी बेहतर हो सकता है।” नेटी ने कहा।

"मैं ऑफिशियली कमिटी में नहीं हूँ। मैं यहाँ सीखने और अपनी दोस्त जोसी को सपोर्ट करने आई हूँ।" हेलेन ने नेटी की तरफ देखते हुए कहा।

"ठीक है। सबसे पहले, बड़े सवालों से निपट लेते हैं: तारीख, समय, जगह और एक्टिविटीज़। मुझे लगता है कि हम डांस के लिए नया ट्रेन डिपो बुक कर सकते हैं। कैसा लग रहा है, नेटी?" जोसी ने पूछा।

"कोई बात नहीं। अप्रैल के आखिरी शनिवार की रात हमने वही किया जो हमने पिछले साल किया था। ज़्यादातर लोगों के लिए यह ठीक रहा।"

जोसी ने पूछा, "ठीक है, आगे बढ़ते हुए, क्या हमें पूर्व मेयर यंग के लिए एक पल का मौन रखना चाहिए?"

"मुझे वह आदमी पसंद नहीं आया, लेकिन उसके बारे में कुछ अच्छी बातें कहना सही रहेगा। हमें अंतरिम मेयर को बुलाना चाहिए और सबसे मिलवाना चाहिए।"

"मुझे ऐसा नहीं लगता, नेटी। यह एक डांस है, कोई पॉलिटिकल मीटिंग नहीं।" जोसी ने जवाब दिया।

"मैं सहमत हूँ। क्या हमें एडमिशन चार्ज लेना चाहिए?" हेलेन ने कहा।

"क्यों नहीं? कम से कम एक पैसा तो मिलेगा ही।" नेटी ने कहा।

"नहीं। हम एडमिशन चार्ज नहीं लेंगे। कभी नहीं लिया, कभी नहीं लेंगे," जोसी ने नेटी की तरफ देखते हुए तेज़ी से कहा, जो जोसी के तुरंत जवाब से हैरान लग रही थी।

"हमें किसी तरह के मनोरंजन की ज़रूरत है। पिछले साल का बैंड सबसे अच्छा नहीं था।" नेटी ने कहा।

"पिछले एक साल में उनमें बहुत सुधार हुआ है। मेरे पति अब बैंड के लिए बो बजाते हैं। मैं आपको बता दूँ कि वह उस तार को गुनगुनाते हैं।" जोसी ने कहा।

“मुझे नहीं पता। मैं एक बेहतर बैंड की तलाश में हूँ।” नेटी ने कहा।

“नहीं, यह तय है। मेरे पति का बैंड सबसे अच्छा है। मैं दूसरे बैंड सुन रही हूँ, और उनका बैंड सबसे अच्छा है।” जोसी ने कहा।

नेटी का चेहरा थोड़ा लाल हो गया। “मुझे लगता है कि हम उनके साथ एक और साल रह सकते हैं। अब, एक्टिविटीज़ का क्या होगा?” नेटी ने पूछा।

हेलेन ने सबसे पहले कहा, “मैं पिछले साल डेनवर में थी और मुझे एक नए ग्रुप डांस के बारे में बताया गया। सब लोग एक लाइन में खड़े होते हैं, एक-दूसरे के बगल में, और हाथ पकड़ते हैं। डांसर एक लाइन बनाते हैं, शायद एक दर्जन के पार, जिसमें पुरुषों की एक लाइन महिलाओं की एक लाइन के सामने होती है। इसमें कुछ मूव्स सीखने पड़ते हैं, लेकिन यही इसे मज़ेदार बनाता है।”

“मैंने ऐसा कभी नहीं सुना। सच कहूँ तो यह अजीब लगता है। हम यहाँ ऐसा कुछ नहीं करते।” जोसी ने कहा।

“जोसी, मैं हैरान हूँ। मुझे लगा था कि यह कुछ ऐसा होगा जो तुम्हें पसंद आएगा। यह तुम्हारे लिए खुद को दिखाने का मौका है, जब तक कि तुम अभी से डांस के बीच कभी लगातार दो टाइम का खाना खाने की सोच नहीं रही हो। तब तुम इतनी पतली नहीं होती।” नेटी ने कहा।

जोसी ने अपनी बात का कोई जवाब नहीं दिया। वह कुछ और डिटेल्स देखना चाहती थी और उसे लगा कि मीटिंग लगभग खत्म हो गई है। “ठीक है, हम यह बात फैला देंगे कि हम यह नया लाइन डांस ट्राई करेंगे। हेलेन, मैं चाहती हूँ कि आप कुछ आसान इंस्ट्रक्शन प्रिंट करवा लें और डांस में सबको बता दें ताकि लोग समझ सकें कि नया ग्रुप डांस कैसे काम करता है। अगर डांसर बेहतर तैयारी करें तो उन्हें ज़्यादा मज़ा आएगा। क्या आप ऐसा कर सकती हैं?”

"मैं करूंगी", हेलेन ने कहा।

आज के लिए इतना ही काफी है। हेलेन, तुम्हें क्या लगता है?"

"हाँ. कितनी अच्छी मीटिंग थी."

"ठीक है। मीटिंग खत्म हो गई है। इस साल फिर से कोई एडमिशन फीस नहीं।" जोसी ने नेटी को घूरते हुए कहा।

*

डिटेक्टिव विलियम्स ने फीनिक्स US मार्शल्स ऑफिस में अपने कॉन्टैक्ट्स का इस्तेमाल करके उन सभी लोगों की बैकग्राउंड जानकारी हासिल की जिन पर उन्हें मेयर की हत्या में शामिल होने का शक था। रिक्वेस्ट से ज़्यादा काम की जानकारी नहीं मिली, लेकिन माइक टैपस्कॉट के पब्लिक रिकॉर्ड ने उनका ध्यान खींचा।

उन्होंने दो दिन तक माइक का पीछा किया और कुछ भी अजीब नहीं देखा। संदिग्ध एक्स-मिलिट्री था, जो प्रेस्कॉट में आदमियों के लिए कोई नई बात नहीं है, लेकिन विलियम्स को उसके रिकॉर्ड में कुछ उम्मीद की बात लगी। वह आदमी एक औरत पर कथित तौर पर हमला करने के बाद न्यू मेक्सिको से एरिज़ोना चला गया। कोई गुस्सैल और शायद हिंसक प्रवृत्ति वाला आदमी ही वह आदमी था जिसकी उसे तलाश थी। आगे की जांच की ज़रूरत थी।

विलियम्स ने देखा कि वह आदमी लंच के लिए शहर के कैस्केबेल रेस्टोरेंट में गया था । वह उस आदमी के पीछे रेस्टोरेंट में गया। अब माइक से बात करने का समय था।

"अरे, तुम माइक हो, है ना? क्या मैं तुम्हारे साथ आ सकता हूँ?"

"बैठ जाओ। मैं अभी-अभी आया हूँ। तुम मैट विलियम्स हो, वो जासूस। मैंने तुम्हें शहर में देखा है।"

“वह मैं हूँ।” विलियम्स ने माइक के और कहने का इंतज़ार किया, लेकिन बस इतना ही। माइक ज़्यादा बातूनी नहीं था, जो डिटेक्टिव को ठीक लगा क्योंकि वह बातचीत को बेहतर तरीके से कंट्रोल कर पाएगा। “आज के लिए बड़े प्लान हैं?” मैट ने पूछा।

“नहीं, सच में। मैं मोची हूँ, इसलिए मैं अपने हिसाब से काम करता हूँ। मैं आजकल इतना बिज़ी नहीं रहा हूँ। मुझे तब तक इंतज़ार करना पड़ता है जब तक लोगों के जूते फिर से घिस न जाएँ। अगर आप अपने काम में अच्छे हैं तो यह काम का मुश्किल हिस्सा है।” वह हँसा।

“आपने मोची बनना कहाँ से सीखा?”

"मैंने इसके बारे में कुछ मिलिट्री में सीखा, फिर मुझसे पहले जो दुकान थी, उसके मालिक बूढ़े आदमी ने मुझे अपने साथ रखा और दिखाया कि यह सब क्या है।"

“आप शहर में नए हैं, है ना?”

“हाँ, अब एक साल होने वाला है।”

“क्या आप परेड में थे जब किसी ने मेयर को गोली मारी?”

“हाँ। मैंने उस बेचारे आदमी को घोड़े से गिरने के बाद देखा था। मेरी दुकान में आने वाले लोग बातें करना पसंद करते हैं, और मैंने उस दिन के बारे में कई कहानियाँ सुनी हैं। कुछ ही लोग उस आदमी को पसंद करते थे, लेकिन वह खबरों से दूर रहा, कम से कम बुरी खबरों से तो। शहर में सब ठीक था, इसलिए लोग उसके बारे में ज़्यादा नहीं सोचते या बात नहीं करते थे। उसका मर्डर एक बहुत बुरी बात थी।”

विलियम्स ने कहा, “आजकल दुनिया थोड़ी पागल हो गई है। पहले जैसी नहीं।”

“आपने सही कहा। जब मैंने आर्मी छोड़ी तो मुझे लगा कि यह सब पीछे छूट गया है। मैं इससे दूर नहीं जा पाता, चाहे मैं कहीं भी जाऊं।

उन्होंने अपना खाना ऑर्डर किया, और डिटेक्टिव ने आगे कहा, “मैं उन दिनों मिलिट्री में था। मैं यह नहीं कह सकता कि मुझे इसमें मज़ा आया, लेकिन इससे मुझे कई तरह से मदद मिली। मुझे खुशी थी कि मुझे इंडियंस के साथ नहीं पड़ना पड़ा। मुझे अपना स्कैल्प पसंद है।”

माइक ने अपनी प्लेट देखी और खाने से खेला। विलियम्स ने बात बदलने का फैसला किया। “मैं अभी भी मेयर के कातिल को ढूंढ रहा हूं। क्या आपने सुना है कि उस आदमी का कोई दुश्मन था जिसके पास उसे मारने की कोई वजह हो सकती थी?”

माइक जैसे अपनी समझ से बाहर आया, ऊपर देखा, और एक पल के लिए सोचा। “नहीं, सच में। मुझे हैरानी हुई कि कोई मेयर को इतना नापसंद करता था कि उसे मार डाले। मुझे लगता है कि मेयर के अतीत में कोई ऐसा रहा होगा, जिसके बारे में आपको पता नहीं है, जिसने यह जुर्म किया हो। कोई नहीं कहेगा कि इस शहर के लोग संत हैं, लेकिन दिन-दहाड़े, सैकड़ों लोगों के सामने किसी को मारना, ऐसा लगता है कि किसी ने उस आदमी की मौत का दिखावा किया हो। यह किसी ऐसे व्यक्ति का काम नहीं था जिसे अचानक गुस्सा आया हो और उसने मेयर को गोली मारने का फैसला किया हो। मुझे ऐसा लगता है कि हत्यारे ने कुछ समय पहले ही उस गोली मारने की योजना बनाई थी।”

डिटेक्टिव विलियम्स ने भी यही सोचा था, लेकिन उन्हें थोड़ी हैरानी हुई कि माइक को भी यही समझ थी। माइक को पता था कि उसके आस-पास क्या हो रहा है और वह विलियम्स जितना सोचता था, उससे कहीं ज़्यादा सोचता था। अगर माइक ने जो कहा वह सच था, जिसका डिटेक्टिव को पक्का शक था, तो उसके मन में एक उदास करने वाला ख्याल आया - हो सकता है कि वह मेयर के कातिल को कभी न ढूंढ पाए।

अध्याय ग्यारह

वह ध्यान से फर्श पर झाड़ू लगा रही थी, तभी रेमंड उसके ऑफिस में घुस आया।

"मुझे एक महत्वपूर्ण बात पता चली है।"

उसने झाड़ू को एक कोने में रख दिया और जवाब दिया, "मुझे ज़रूरी खबर चाहिए।"

"मैं रॉबर्ट के साथ शहर के बाहर शूटिंग करने गया था। वह अपनी नई राइफल दिखाना चाहता था। हमने बात की, और उसने मुझे बताया कि क्लिंट क्रिसन अपनी पत्नी के अलावा किसी और औरत के साथ समय बिता रहा था। यह कोई बड़ी बात नहीं है जब तक आप दूसरी औरत का नाम नहीं सुनते - एडा यंग, मेयर की पत्नी।"

"उसने सुना? उसे पक्का पता नहीं था?" हसेया ने पूछा।

"किसी ने उसे बताया। इस शहर में ऐसी खबरें तेज़ी से फैलती हैं।"

अफवाह से ज़्यादा कुछ नहीं हो सकता , या यह वह ब्रेक हो सकता है जिसकी हमें ज़रूरत है। मैं इस बारे में सोचूंगा।"

वह चुपचाप बैठा रहा, जबकि वह अपने अगले कदम के बारे में सोच रही थी। "तुम इस शहर में दूसरों के साथ घुलमिल जाती हो। मैं नहीं। मैं चाहता हूँ कि तुम कम से कम बाकी दिन एडा के घर के आस-पास रहो

और देखो कि क्या होता है। सावधान रहना। क्लिंट वहाँ हो सकता है। उसे दोबारा पकड़ने मत देना।"

"अगर उसने मुझे देख लिया, तो मैं भाग जाऊँगा। वह बड़ा है, लेकिन मैं उससे आगे निकल सकता हूँ। अब मैं आखिरकार अपनी नाक से साँस ले सकता हूँ, और मैं उसे दोबारा मुझे मारने नहीं दूँगा।"

"जाओ और सावधान रहो।" वह चला गया।

खबर बहुत अच्छी थी। हसेया ने शेरिफ से मिले कम समय में जितना हो सका, उतना काम कर लिया था। अब उसे इन्वेस्टिगेशन में एक बड़ा कदम आगे बढ़ाने की ज़रूरत थी।

वह चाहती थी कि कातिल को पकड़ते समय शक की कोई गुंजाइश न रहे, लेकिन वह सोच रही थी कि अपना मकसद पूरा करने के लिए वह कितना अंदाज़ा लगाएगी, नियम तोड़ेगी या फैक्ट्स को नज़रअंदाज़ करेगी। शेरिफ लुईस ने जब उसकी इन्वेस्टिगेशन रोकी तो उसके साथ जो किया वह गलत और छोटी सोच वाला था। आखिर में, अगर क्लिंट के साथ इस डेवलपमेंट से कुछ काम का निकला, तो उसने सोचा कि इसका क्रेडिट शेरिफ को देना सबसे अच्छा होगा। शेरिफ के साथ बहुत लंबे समय तक अनबन रहना उसके आगे के काम के लिए अच्छा नहीं था।

हालात और उसका जवाब उसे अब भी परेशान कर रहे थे। केस में इस संभावित ब्रेक से उसे खुश होना चाहिए था, लेकिन वह खुद से आगे नहीं बढ़ना चाहती थी। उसे शांत रहने की ज़रूरत थी। हसेया कोने में गई, फिर से झाड़ू उठाई और झाड़ू लगाने लगी।

दरवाज़ा खुला और किड अंदर भागा। "लेडी, जैसा आपने कहा, मैं क्लिंट के पीछे-पीछे गया। वह बेयर-नक्कल फाइट बिल्डिंग के अंदर था, फिर एक औरत के घर गया।"

"तुम्हें कैसे पता कि वह एक महिला का घर था?"

"वहाँ हफ़्तों से कोई आदमी नहीं है. सबको पता है."

"बच्चे, मैंने रेमंड को पहले ही उसके घर भेज दिया है, और उसे अब तक वहाँ पहुँच जाना चाहिए। मैं चाहता हूँ कि तुम वहाँ जाओ और घर पर नज़र रखने में उसकी मदद करो। सावधान रहना। क्लिंट ने पहले ही रेमंड का चेहरा खराब कर दिया है। रेमंड को तुम्हारी आँखों और कानों की ज़रूरत है। जाओ।"

"जी मैडम। मैं जाता हूँ। चिंता मत करो।" वह उसके ऑफिस से भाग गया, और उसके जाने के बाद उसने उसके पीछे दरवाज़ा बंद कर दिया।

*

रेमंड को शौकिया इन्वेस्टिगेशन के काम में आने के बारे में दोबारा सोचना पड़ रहा था। अब, वह यंग्स के घर पर नज़र रख रहा था, एक ऐसा काम जो कई दिनों तक चल सकता था, जो उसका स्टाइल नहीं था। आज की अच्छी बात बस यही थी कि लगातार हवा चल रही थी जो बारी-बारी से ठंडी और गर्म हवा ला रही थी। उसे जल्दी एक्शन लेना और ऐसा इंसान बनना पसंद था जिसके बारे में लोग बात करें। अब, उसे क्लिंट के घर जाकर इंतज़ार करने के लिए कहा गया, उस आदमी के पड़ोसियों से छिपकर और लगातार अपने कंधे के ऊपर से देखते हुए कि कहीं ओवरसाइज़ पैंट वाला खतरनाक दानव उसे फिर से चेहरे पर तो नहीं मारने वाला।

वह केस में मदद कर रहा था, जो अच्छी बात थी, और उसे नौकरी की ज़रूरत थी। उसके पास घर पर नज़र रखने और हसीया के बिज़नेस के सफल होने की उम्मीद करने के अलावा कोई चारा नहीं था। उसकी ज़िंदगी में कुछ भी आसानी से नहीं मिला था, इसलिए उसे यहीं इंतज़ार करना होगा। अगर उसे कुछ और दिन यहाँ रहना पड़ा, तो कोई पड़ोसी उसे देख सकता है, उस पर दया कर सकता है, और उसके लिए लंच लाने का फैसला कर सकता है। काश उसने टोपी लाने के बारे में सोचा होता।

*

बच्चा खुश था। उसके जानने वाले ज़्यादा बच्चे उसके जैसा रोमांचक काम नहीं कर रहे थे। उसे नई चीज़ें सीखना और नए लोगों से मिलना पसंद था। वह एक दिन इस शहर में कोई बड़ा आदमी बनेगा।

उसे लंबी दूरी के लिए बसने की जगह मिल गई। घर चीड़ के जंगल के काफी पास था, इसलिए वह जंगल में इंतज़ार करते हुए भी घर पर नज़र रख सकता था। वह एक पेड़ के सहारे बैठ गया, पैर फैलाए और देखता रहा। एक घंटे तक कुछ नहीं हुआ, फिर उसे कुछ हलचल दिखी। औरत ने सामने का दरवाज़ा खोला, बाहर निकली और उसे बंद कर दिया। वह घर से दूर गली में जाने लगी। किड ने पैंट्स को ढूँढा लेकिन वह नहीं दिखा। वह शायद अब तक घर या काम पर होगा। उसने औरत को एक सेफ़ कुशन देने के लिए इंतज़ार किया, फिर उसके पीछे चला गया।

कुछ मिनटों के बाद, किड को पता चल गया कि वह कहाँ जा रही है। वह सीधे पैंट के घर जा रही थी, और उसे कोई हैरानी नहीं हुई। जब वह क्लिंट के घर के पास पहुँची तो उसने उसे देखा। औरत ने दरवाज़ा खटखटाया। पैंट ने दरवाज़ा खोला, और वह अंदर चली गई। चीज़ें हो रही थीं, और किड उनके बीच में था। इंडियन औरत ने उसे बताया कि रेमंड भी घर देख रहा था, लेकिन वह कहाँ था? उसने पूरे दिन रेमंड को नहीं देखा था।

*

रेमंड को एक फ़ैसला करना था। उसने लगभग दो घंटे एडा के घर पर नज़र रखी और कोई हलचल नहीं देखी। इतने समय में उसने एक भी आवाज़ नहीं सुनी थी और न ही कोई हलचल देखी थी। उसके मन ने उसे बताया कि बाकी दिन यहाँ कुछ भी दिलचस्प नहीं होगा। हो सकता है कि एडा और क्लिंट क्लिंट के घर पर मज़े कर रहे हों। अगर ऐसा था, तो उसे यहाँ इंतज़ार करने और अपना समय बर्बाद करने के बजाय क्लिंट के घर

पर उसका इंतज़ार करना चाहिए था। हसेया ने उसे एडा यंग के घर पर नज़र रखने के लिए कहा, लेकिन थोड़ी देर क्लिंट के घर पर नज़र रखने में क्या हर्ज़ है? हसेया उसकी हरकतों पर नज़र रखने के लिए वहाँ नहीं थी। उसने यंग के घर से निकलने का फ़ैसला किया।

जैसे-जैसे वह क्लिंट के घर के पास पहुँचता गया, उसे अपने फ़ैसले पर उतना ही अफ़सोस होने लगा। उसकी नाक अभी भी दर्द कर रही थी, और वह पहले से थोड़ा दूर घर में घुस गया। उसने चेक किया, और उसके पीछे कोई नहीं था। उसने यहाँ एक या दो घंटे इंतज़ार करने का प्लान बनाया।

उसके हाथ पर कुछ लगा। वह एक कंकड़ था। क्या? उसने अपनी दाईं ओर देखा और किड को अपनी बाहें हिलाते हुए देखा। हसेया ने ही उसे यहां भेजा होगा। बात समझ में आई। जितने ज़्यादा लोग क्लिंट और एडा को ढूंढेंगे, वे उतनी ही जल्दी मिल जाएंगे।

अगले आधे घंटे तक कुछ नहीं हुआ। रेमंड ने किड की तरफ देखा, जो अचानक खड़ा हुआ और उसकी तरफ ऐसे चलने लगा जैसे वह संडे को टहलने निकला हो। वह क्या कर रहा था? किड आया और उसके बगल में बैठ गया।

"तुम्हें क्या लगता है तुम क्या कर रहे हो?"

"मैं बात करना चाहता हूँ। मैं वहाँ बैठे-बैठे थक गया हूँ।"

"अगर उसने तुम्हें देख लिया तो?"

घड़ी की सुई की तरह, क्लिंट घर से निकला और उनकी तरफ़ चलने लगा। रेमंड को एक प्लान की ज़रूरत थी।

"ठीक है, बच्चे। जब वह सड़क पर आए, तो जितनी तेज़ी से भाग सकते हो, उस तरफ़, दाईं ओर भागो। समझे?"

"समझ गया।"

किड उठा और भागा, फिर वह लड़खड़ा गया। रेमंड ने क्लिंट को तेज़ी से किड की तरफ बढ़ते देखा, और अपनी आँख के कोने से उसने देखा कि एक औरत घर से निकलने लगी है। वह खड़ा हुआ और सड़क पर भाग गया।

“अरे, मोटे आदमी। तुम उस लड़के का पीछा क्यों कर रहे हो? क्या तुम उसे भी वैसे ही पीटोगे जैसे तुमने मुझे पीटा? क्या वह इसके लिए थोड़ा छोटा नहीं है?”

जब क्लिंट ने रेमंड की आवाज़ सुनी तो उसने लड़के का पीछा करना बंद कर दिया, फिर मुड़कर उसकी तरफ़ दौड़ा। रेमंड जान बचाने के लिए भागने लगा। वह भागता रहा और उसने पीछे मुड़कर नहीं देखा। कई मिनट बाद, उसे अपने पीछे क्लिंट की आवाज़ सुनाई नहीं दी, तो उसने हिम्मत करके पीछे मुड़कर देखा। क्लिंट ने पीछा करना छोड़ दिया था। वह धीमा हुआ, रुका, मुड़ा और अपनी साँसें लीं। उसे कुछ नहीं दिखा। अब हसेया के पास लौटने और उसे बताने का समय आ गया था कि क्या हुआ था।

जब वह उसके ऑफिस के अंदर था, तो किड पहले से ही वहां था, और रेमंड ने उसे घूरते हुए बैठ गया और हसेया की तरफ देखा।

“ठीक है. तुम दोनों मुझे बताओगे कि क्या हुआ. रेमंड, तुम पहले जाओ.”

“जैसा आपने कहा था, मैंने यंग के घर पर इंतज़ार किया, लेकिन वहाँ कुछ नहीं हुआ। वहाँ बहुत शांति थी, इसलिए मैं क्लिंट के घर गया यह देखने के लिए कि क्या मुझे वहाँ कुछ दिलचस्प मिल सकता है। आपने मुझे ऐसा करने के लिए नहीं कहा था, लेकिन मैंने अपनी पहल करने का फ़ैसला किया।”

"पहल?" बच्चे ने पूछा।

रेमंड ने उसे इग्नोर किया। "मैंने किड को वहाँ देखा, जो मुझे अच्छा लगा, आप जानते हैं, अलग-अलग घरों पर नज़र रखना जब तक हमें क्लिंट नहीं मिल गया। फिर, अचानक, किड वहाँ आया जहाँ मैं बैठा था। क्लिंट ने ज़रूर किड को देख लिया होगा, क्योंकि वह बाहर आया, सीधे हमारी तरफ़ बढ़ा, और हम भाग गए।"

"बच्चे. इस बारे में तुम्हारा क्या कहना है?"

"जैसा तुमने कहा, मैं उस औरत को देख रहा हूँ। वह चली गई और क्लिंट के घर चली गई। मैं वहाँ पहुँचा और रेमंड को देखा। गर्मी बढ़ने लगी थी, और मैं इंतज़ार करते-करते थक गया था, इसलिए मैं रेमंड से बात करने के लिए चला गया। क्लिंट बाहर आया, और हम भागे, जैसा उसने कहा।"

हसेया ने एक पल सोचा। तुम्हारी कहानियाँ मुझे समझ नहीं आतीं। तुम दोनों एडा के घर पर थे, लेकिन तुमने, रेमंड, कुछ नहीं देखा, जबकि तुमने, किड, एक औरत को जाते हुए देखा? ऐसा कैसे हो सकता है?"

"मैं तुम्हें सच बता रहा हूँ", रेमंड ने कहा।

"रुको। तुम समझ नहीं रही हो, हसेया। मैं उस औरत के घर पर था जिसे मैंने कल रात देखा था। एडा के घर पर नहीं। जिस औरत को मैंने देखा था वह एडा से छोटी और ज़्यादा सुंदर थी।" किड ने कहा।

हसेया हैरान रह गई। तो बस यही था।

"आज तुम दोनों ने अच्छा काम किया, और अब मुझे कुछ ज़रूरी बात पता चली है। धन्यवाद। तुम अब जा सकते हो, मैं इस पर सोच रहा हूँ। कल मिलते हैं।" वे दोनों चले गए।

वह अपनी कुर्सी पर बैठ गई और उसे हैरानी हुई। क्लिंट ने उससे झूठ बोला कि वह परेड में नहीं था क्योंकि वह किसी दूसरी औरत के साथ समय बिता रहा था और नहीं चाहता था कि किसी को इस बारे में पता चले। एडा क्लिंट के साथ शामिल नहीं थी, और क्लिंट मेयर की हत्या में उतना ही शामिल नहीं था जितना परेड में मौजूद कोई भी दूसरा देखने वाला हो सकता था। प्रेस्कॉट में उससे मिले आधे लोगों की तरह, क्लिंट भी झूठा था। उसे इतना हैरान क्यों होना चाहिए? उसका केस ठीक वहीं लौट आया था जहाँ से शुरू हुआ था। उसके पास कुछ भी नहीं था।

अध्याय बारह

डिटेक्टिव मैट विलियम्स ने अपनी रिसर्च की, सभी सही सवाल पूछे, और केस के फैक्ट्स को गहराई से समझने के लिए काफी समय दिया। अब, उसकी सारी मेहनत रंग लाने लगी थी। वह मेयर के मर्डर केस को सुलझाने के करीब था और उसे बस कुछ और डिटेल्स जानने की ज़रूरत थी। उसके पास दो सस्पेक्ट थे और वह काम खत्म करना चाहता था, उनमें से एक को हमेशा के लिए जेल भेजना चाहता था।

वह एक सोचने-समझने वाला जासूस था जो अपना ज़्यादातर समय अपनी डेस्क पर बिताता था, एक्शन लेने से पहले मन ही मन क्राइम सॉल्व करता था। उसने फिंगरप्रिंटिंग के नए फील्ड में बहुत तरक्की की थी, लेकिन किसी ने ध्यान नहीं दिया।

आज उनके लिए कुछ नया शुरू हुआ, जिसके लिए एक्शन और जल्दी फैसला लेने की ज़रूरत थी, और वह तैयार थे। उन्हें पक्के इरादे और विलपावर के साथ इन्वेस्टिगेशन को आगे बढ़ाना होगा। पक्का हिम्मत वाले एक्शन की ज़रूरत होगी।

टाइमिंग बहुत ज़रूरी थी। जब विलियम्स ने केस सुलझाया, तो इस छोटे से शहर और शायद पूरे इलाके में उनकी बहुत तारीफ़ हुई। आज उनके कामों से उन्हें फिंगरप्रिंटिंग के नए साइंस के बारे में अपनी जानकारी फैलाने का मौका मिला। इस हफ़्ते से उनकी विरासत शुरू होगी।

वह माइक की मोची की दुकान में गया, और वहाँ बहुत गंदगी थी। वह एक छोटी सी जगह थी, और जूतों और जूतों के पार्ट्स की भरमार होने से वह और भी तंग लग रही थी। फेंके हुए लेदर के टुकड़े फर्श पर बिखरे हुए थे। जासूस स्वाभाविक रूप से व्यवस्थित था, और यह सब गंदगी उसे परेशान कर रही थी। "सुप्रभात, माइक।"

"गुड मॉर्निंग, डिटेक्टिव। क्या आपके पास कोई जूता है जिसे रिपेयर की ज़रूरत है?"

"आज नहीं, थैंक्स। मैं आपसे कुछ और सवाल पूछना चाहता था।" माइक ने जो कर रहा था, उसे रोक दिया और अपने वर्कबेंच के किनारे झुक गया। डिटेक्टिव विलियम्स ने कमरे में मौजूद अकेली कुर्सी से कुछ कचरा हटाया और बैठ गए।

"प्रेस्कॉट आने से पहले मैं आपकी पिछली एक्टिविटीज़ के बारे में जानना चाहता हूँ। आपने किस तरह की सैनिक सेवा की?"

"हमेशा की तरह। हम इधर-उधर पड़े रहते और कुछ नहीं करते, फिर जल्दी से किसी नई जगह चले जाते, एक-दो हफ़्ते कुत्तों की तरह काम करते, और फिर तब तक इधर-उधर पड़े रहते जब तक नई जगह जल्दी जाने का ऑर्डर नहीं आ जाता। हम ज़्यादातर नॉर्दर्न टेरिटरी की सड़कों पर जनरल क्रुक के लिए रिपेयर का काम करते थे।"

"बस इतना ही?"

"मेरा यकीन करो, बस इतना ही काफी था। यह बहुत ज़्यादा मेहनत वाला काम था, और हमारा इनाम सिर्फ़ घटिया खाना था।"

"ठीक है, मेयर की हत्या वाले दिन के बारे में। आपने मुझे बताया था कि आप परेड में नहीं थे। क्या आप अभी भी उस बात पर कायम हैं?"

“हाँ, बिल्कुल। मैंने तुम्हें यह इसलिए बताया क्योंकि यह सच है। मैं वहाँ नहीं था।”

“माइक, मुझे तुम्हें बताना है कि एक और गवाह ने मुझे बताया कि उन्होंने तुम्हें उस दिन वहाँ देखा था। मुझे नहीं पता कि किस पर विश्वास करूँ, लेकिन तुम में से एक झूठ बोल रहा है।”

“मैं नहीं. मैं तुम्हें सच बता रहा हूँ.”

“जैसा कि पता चला, मेयर यंग के साथ कई लोगों की दिक्कतें थीं, इसलिए मुझे हैरानी नहीं होगी अगर पहले आपकी और उनकी कहासुनी हुई हो, भले ही मुझे पता है कि आप शहर में ज़्यादा समय से नहीं हैं। क्या मेयर के साथ आपकी कोई पुरानी बात थी जिसके बारे में आप अब मुझसे बात करना चाहेंगे?”

"नहीं कोई नहीं।"

“मेयर यंग आर्मी में थे, मुझे पता है। क्या आप मुझे बता रहे हैं कि आप उनसे कभी नहीं मिले? प्रेस्कॉट आने से पहले आप मेयर यंग से कभी नहीं मिले?”

"कभी नहीं।"

"मेरे पास इसका पता लगाने के तरीके हैं, और इसमें मुझे ज़्यादा समय नहीं लगेगा।"

“आपको गुड लक और आपका दिन शुभ हो, सर,” माइक ने शांति से कहा।

"जब मैं इस मामले की तह तक पहुँच जाऊँगा, तब तुम और मैं फिर बात करेंगे।" विलियम्स ने जाने से पहले माइक को गंभीरता से देखा।

डिटेक्टिव विलियम्स को एक पल के लिए माइक पर यकीन नहीं हुआ, लेकिन उसे अभी भी यह साबित करना था, इसलिए उसने एक गवाह के

बारे में झांसा दिया जिसने माइक को परेड में देखा था। उसके कई साथी विलियम्स से ज़्यादा झूठे को पहचानने में माहिर थे। सच कहूँ तो, जब कोई उससे सरासर झूठ बोलता था तो वह हमेशा हैरान हो जाता था। उसे समझ नहीं आता था कि कुछ लोगों में इतनी कम नैतिकता क्यों होती है। उसे लगता था कि उसके जैसे ईमानदार आदमी की ज़िंदगी ऐसी ही होती है।

वह क्ले से बात करता, फिर उसे फीनिक्स में US मार्शल के ऑफिस में अपने दोस्तों को टेलीग्राफ करना होता। उनके वाशिंगटन, DC में डिपार्टमेंट ऑफ़ वॉर में कॉन्टैक्ट होने की ज़्यादा संभावना थी, जो माइक के मिलिट्री रिकॉर्ड ले सकते थे। उनसे बात होने में कम से कम कुछ घंटे लगते, लेकिन ज़्यादातर दो दिन या उससे ज़्यादा समय लगता।

वह कोर्टहाउस में चला गया। गार्ड उसे जानता था, उसे जाने दिया, और जब उसने विलियम की होल्स्टर वाली रिवॉल्वर देखी तो कुछ नहीं कहा। डिटेक्टिव सीधे ऑफिस ऑफ़ रिकॉर्ड्स की ओर चला गया।

"गुड मॉर्निंग, क्ले।" विलियम्स ने कहा, लेकिन कोई जवाब नहीं मिला।

डिटेक्टिव विलियम्स क्ले जैसे लोगों को कभी समझ नहीं पाए। वे अपनी नौकरी के पीछे ऐसे छिपते थे जैसे वे असली लोग न हों। क्या क्ले कोर्टहाउस में अपनी पोजीशन के पीछे छिप रहा था, या बस आम तौर पर छिप रहा था? डिटेक्टिव विलियम्स ने इस बारे में थोड़ा सोचा। कम से कम क्ले का ऑफिस साफ और ठीक-ठाक था, जो माइक से मिलने के बाद एक अच्छा बदलाव था।

“मेरे पास आपके लिए कुछ सवाल हैं। क्या आपके पास थोड़ा समय है?”

“थोड़ा सा, पर मुझे बहुत काम करना है।”

“मैं मेयर की हत्या के दिन की घटनाओं पर फिर से बात करना चाहता हूँ।”

“देखो, हम इस बारे में पहले ही बात कर चुके हैं। तुम मुझसे क्या चाहते हो? अगर तुम्हें लगता है कि मेरा भाई या मैं इसमें शामिल थे, तो तुम गलत बात कह रहे हो और मेरा समय बर्बाद कर रहे हो।”

क्ले और हेनरी पर उसका शक ठीक वही था जिसकी ओर डिटेक्टिव इशारा कर रहा था, लेकिन वह हैरान था कि क्ले ने इतनी जल्दी यह कह दिया। उसे अपनी तरकीबें बदलनी होंगी। “ज़रूरी नहीं। बस बात यह है कि मेयर यंग की बुरी तरह मौत से आपके भाई को फ़ायदा हुआ, और मुझे आपसे इस बारे में फिर से पूछना होगा। मिस्टर लेस्टर, प्लीज़ समझिए कि मैं यहाँ सिर्फ़ अपना काम कर रहा हूँ।”

“तुम कितने बुरे हो। तुम अच्छे लोगों को परेशान कर रहे हो, जबकि तुम्हें अपराधियों का पीछा करना चाहिए। मेरे ऑफिस से निकल जाओ। अभी।”

“मिस्टर लेस्टर, मेरा एक और सवाल है। आप माइक टैपस्कॉट को कितना जानते हैं?”

जब क्ले शांत हुआ और सवाल पर सोचा तो वह हैरान रह गया। “माइक और मैं दोनों प्रेस्कॉट राइफल्स के सदस्य हैं, लेकिन वह शहर में नया है, और मैं उसे बहुत अच्छी तरह से नहीं जानता।”

“ठीक है। अच्छा दिन।” डिटेक्टिव विलियम्स चले गए। उनके इंटरव्यू से कुछ जानकारी मिली, लेकिन काफी नहीं, और केस का वह जल्दी अंत नहीं हुआ जिसकी उन्हें उम्मीद थी। सब्र रखो, उन्होंने खुद से कहा। विलियम्स एक डिटेक्टिव थे, और उनका काम मुश्किल था। विलियम्स ने चीज़ों पर सोचने, कोर्ट के सामने बिग माउथ में लंच करने और उस सुबह जो हुआ उसे सुलझाने का फैसला किया।

वह बैठ गया और बीफ़ सूप और एक बिस्किट ऑर्डर किया। उसके दिल ने उसे बताया कि माइक और क्ले दोनों ने उससे झूठ बोला था,

लेकिन ऐसा कैसे हो सकता है? वे दोनों कातिल नहीं हो सकते। यह बात नामुमकिन थी कि वे साथ काम कर रहे थे, लेकिन इतना झूठ क्यों? क्या वे एक-दूसरे को बचा रहे थे? शायद। क्या उनके अतीत में कुछ और भी था जो वे नहीं चाहते थे कि उसे पता चले? शायद। माइक के आर्मी रिकॉर्ड देखने से उसे मदद मिल सकती है। वह फिलहाल उलझन में था, इसलिए जब खाना आया, तो उसने मन ही मन केस को एक तरफ रख दिया और खाना शुरू कर दिया।

विलियम्स ने ऊपर देखा और माइक को रेस्टोरेंट के सामने से जाते हुए देखा। यह एक आज़ाद देश है, उसने सोचा। वह तब तक देखता रहा जब तक माइक नज़र से ओझल नहीं हो गया, और ब्लॉक के नॉर्थ-ईस्ट कोने की ओर बढ़ गया। इस समय वह उसका पीछा करने वाला नहीं था। कुछ मिनटों के बाद, माइक फिर से दिखाई दिया, मोंटेज़ुमा स्ट्रीट के किनारे व्हिस्की बार के बोर्डवॉक पर उत्तर की ओर चलते हुए। मोंटेज़ुमा पर बाएँ मुड़ने से पहले वह गुरली स्ट्रीट के कोने पर एक पल के लिए रुका होगा। डिटेक्टिव विलियम्स माइक को मोंटेज़ुमा पर उत्तर की ओर जाते हुए देखता रहा। उसने अपना बिस्किट उठाया और एक बड़ा बाइट लिया। उसे आज बिस्किट पसंद आए—बहुत सारा मक्खन। यहाँ ज़रूर कोई नया कुक काम कर रहा होगा।

वह माइक को तब तक देखता रहा जब तक माइक रुककर दूसरे आदमी से बात नहीं करने लगा। क्या ऐसा हो सकता है? हाँ, ऐसा ही था। वह क्ले लेस्टर से बात कर रहा था। उसके लिए यह काफी था कि वह अचानक सीधा बैठ गया। क्या बात हुई। उनमें से किसी को भी पता नहीं चल सकता था कि वह उन्हें देख रहा है। थोड़ी बातचीत के बाद, माइक उत्तर की ओर चलने लगा जबकि क्ले दक्षिण की ओर चला गया। उसे उनमें से किसी एक को चुनना था कि वह उसके पीछे जाए, और उसने

अपने मन की सुनी। वह क्ले के पीछे जाएगा। विलियम्स ने अपने लंच के लिए काफी सिक्के नीचे रखे, खड़ा हुआ, और रेस्टोरेंट से चला गया।

वह बिना पकड़े गए लोगों का पीछा करने में माहिर था और इस पल का पूरा फ़ायदा उठाना चाहता था। वह ठीक-ठाक दूरी पर रहा लेकिन क्ले को नज़र में रखते हुए दक्षिण की ओर चलने लगा और कुछ ही मिनटों में शहर के किनारे पहुँच गया। उसे पक्का शक था कि क्ले ने उसे देखा है। उसकी मेहनत आखिरकार रंग ला रही थी, और वह सोच रहा था कि क्या वह इस केस को पूरी तरह से खोल देगा। क्ले एक ऐसी बिल्डिंग के सामने रुका जो इस्तेमाल में नहीं थी। वह कभी एक सैडल शॉप थी, लेकिन अब खाली थी। डिटेक्टिव विलियम्स छिपकर देख रहा था।

क्ले को घबराहट बढ़ती दिख रही थी। उसने पहले बाईं ओर देखा, फिर दाईं ओर, फिर अपने पीछे, और फिर सीधे दरवाज़े की ओर देखा। उसने अपनी रिवॉल्वर निकाली और सावधानी से अंदर गया, और अपने पीछे दरवाज़ा बंद कर लिया।

डिटेक्टिव विलियम्स आराम से बिल्डिंग के पास पहुंचे, अपनी पिस्तौल निकाली, धीरे से दरवाज़ा खोला, और क्ले के पीछे अंदर चले गए।

अध्याय तेरह

हसेया एक और दिन बिना कुछ किए बिताने को लेकर उत्साहित नहीं थी। उसे अपने ऑफिस में झाड़ू भी नहीं लगानी थी क्योंकि उसने पिछली रात ही झाड़ू लगाई थी। वह यहाँ क्या कर रही थी? उसकी नई ज़िंदगी वैसी नहीं चल रही थी जैसी उसने उम्मीद की थी। उसे बेहतर होने के लिए काम करने की ज़रूरत थी। उसे अपने काम की प्रैक्टिस करने की ज़रूरत थी और उम्मीद थी कि अब तक वह ज़्यादा बिज़ी हो जाएगी। ऐसा लग रहा था कि एक शौकिया इन्वेस्टिगेटर के तौर पर उसकी नई ज़िंदगी जल्द ही खत्म हो जाएगी।

रेमंड ऑफिस में आया।

“बच्चा कहाँ है?”

“उसे नहीं देखा। शायद वह सैलून में लोगों की जेबें काट रहा होगा। कोई नया काम नहीं?” उसने पूछा।

"नहीं।"

दरवाज़े पर दस्तक हुई और एक परेशान अधेड़ उम्र का आदमी अंदर आया। “किसी ने मेरा घोड़ा चुरा लिया। क्या आप मेरी मदद कर सकते हैं?”

“शायद। मुझे अपने घोड़े के बारे में और बताओ,” हसेया ने पूछा।

“उसका नाम जॉर्ज है, और वह एक बहुत बढ़िया घोड़ा है। मैं उसे खेत में घुमाता हूँ। उसने मुझे कभी ऐसे नहीं छोड़ा। वह हमेशा वहीं रहता है जहाँ उसका खाना होता है, इसलिए मुझे पता है कि किसी ने उसे चुरा लिया है।”

“मेरी फीस एक डॉलर और पचास सेंट है। आधी फीस पहले दी जाती है, और बाकी आधी तब देनी होती है जब हम आपका घोड़ा वापस लाते हैं,” उसने कहा।

“डेढ़ डॉलर? यह तो डकैती है।”

“आप लकी हैं कि हमारे पास आपके जैसा केस लेने का टाइम है। आपका नाम क्या है, सर?” रेमंड ने पूछा।

"एडवर्ड।" उस आदमी ने अपनी जेब में हाथ डाला, फीस के पहले आधे पैसे निकाले और उसे पैसे दे दिए।

“यह रेमंड है। यह जांच शुरू करने के लिए आपके साथ आपके खेत पर जाएगा। क्या आपका खेत पास में है?”

“लगभग आधा मील, बस इतना ही। मैंने रेमंड नाम के एक लड़के के बारे में सुना है। क्या तुम वही नौजवान हो जिसे मैंने—”

“उसकी चिंता मत करो। मैं रेमंड की गारंटी देता हूँ, और वह जो करता है उसमें बहुत अच्छा है। तुम दोनों को आगे बढ़ना चाहिए,” हसेया ने कहा। रेमंड और एडवर्ड चले गए, लेकिन रेमंड खुश नहीं लग रहा था।

एडा से मर्डर केस लेने के बाद से यह उसकी अकेली नौकरी थी, और इससे वे शायद एक और हफ़्ते तक गुज़ारा कर पाते। फिर भी, यह दुख की बात थी। उसका बिज़नेस फेल हो रहा था, और रिज़र्वेशन में वापस जाने की बात उसके लिए बहुत असली हो गई थी। उसे थोड़ी ताज़ी हवा की ज़रूरत थी।

सुबह ठंडी थी और उसे पता था कि दोपहर गर्म हो जाएगी, इसलिए जब बाहर मौसम सुहावना था, तो वह टहलने चली गई। उसके पैर उसे डाउनटाउन कोर्टहाउस प्लाज़ा ले गए, जहाँ उसे फिर से एक बेंच मिली और वह बैठ गई। ताज़ी हवा में बैठने से उसे हमेशा अच्छा महसूस होता था। उसने चारों ओर देखा और हमेशा की तरह लोगों को इधर-उधर घूमते हुए देखा। उसने कॉर्टेज़ स्ट्रीट के किनारे के बिज़नेस देखे , नीनो के ऑल्टरेशन्स को देखा, और अपने नए दोस्त से मिलने के लिए उसी तरफ चल दी ।

“ या - अतीह , हसेया ,” नीनो ने कहा।

" या - अतीह . आप व्यस्त हैं, मैं देख रही हूँ," हसेया ने कहा जब उसने कार्यक्षेत्र में फैले कपड़ों के ढेर को देखा।

“बहुत ज़्यादा काम है. मुझे लगता है कि आप अभी भी धीमे हैं?”

“हाँ। आज सुबह एक छोटा सा काम आया था, लेकिन यह कुछ ऐसा था जो मैं रेमंड को दे सकती थी।” वह रुकी। “मुझे खुशी है कि आपका बिज़नेस इतना अच्छा है। लोग मुझसे कहते हैं कि आप शहर में सबसे अच्छे हैं, और उन्हें आपकी सर्विस के लिए आपको थोड़ा ज़्यादा पैसे देने में कोई दिक्कत नहीं है।”

नीनो ने कहा, “जब तुम्हारी रेप्युटेशन बढ़ेगी तो तुम शहर में सबसे अच्छे हो जाओगे।”

“अब इसकी कोई संभावना नहीं है।”

"वह कैसा है?"

“मैं एक नवाजो महिला हूँ।”

“यह एक फ़ायदा हो सकता है, क्या आपको ऐसा नहीं लगता?”

"नहीं। ज़्यादातर गोरे लोग मुझसे बात नहीं करना चाहते। वे अपनी प्रॉब्लम अपने तरीके से सॉल्व करना चाहते हैं। मैं बाहर हूँ, और वे मुझे अपनी ज़िंदगी में नहीं आने देना चाहते। वे मुझे अनजान रखना चाहते हैं। इससे उन्हें ज़्यादा ज़रूरी महसूस होता है। मैं अलग हूँ, इसलिए वे मुझ पर भरोसा नहीं करते, और मैं बता सकता हूँ कि उनके पास ऐसी जानकारी है जो वे मेरे साथ शेयर नहीं करना चाहते।"

हसेया ने आगे कहा, "कभी-कभी, मुझे ऐसा लगता है कि मैं एक सूखे कुएं के नीचे काम कर रही हूं, जिसकी रखवाली ऊपर बैठा गोरा आदमी करता है ताकि लोग मुझसे दूर रहें। मुझे डर है कि मेरे पास जल्द ही रिज़र्वेशन में लौटने के अलावा कोई चारा नहीं होगा।"

"मुझे तुम्हें इतना दुखी देखना अच्छा नहीं लगता। तुम ज़िंदा हो, है ना? तुम्हें कोई रास्ता मिल जाएगा। चलो कुछ और बात करते हैं।" नीनो ने अमेरिकन फ़ैशन के बारे में बात शुरू करने की कोशिश की, लेकिन हसेया को इसके बारे में ज़्यादा पता नहीं था। जब उसकी बारी आई, तो उसने रिज़र्वेशन के पुराने दिनों के बारे में बात की। कुछ ही मिनटों में, वे दोनों बातें करके शांत हो गए। हसेया नीनो का ध्यान अपने काम से भटकाना नहीं चाहती थी, इसलिए उसने उसके सपोर्ट के लिए उसे धन्यवाद दिया और चली गई।

नीनो जैसा दोस्त होना अच्छा था। उनकी बातचीत के बाद, हसेया का हौसला बढ़ गया, जैसे कोई बाल्टी अचानक और जादुई तरीके से पानी से भर गई हो, और फिर उसे कुएं के नीचे से बाहर निकाला गया हो जिसमें वह फंसी हुई थी। हसेया अपने घर के ऑफिस वापस जाने लगी। वह थोड़ा समय लेकर ठंडी हवा और तेज धूप का मज़ा लेना चाहती थी।

शेरिफ लुईस सीधे उसकी तरफ़ आ रहा था, उसका ध्यान भटका हुआ लग रहा था। जैसे ही वह पास आया, उसे नमस्ते करने के बजाय, उसने उसे ऐसे देखा जैसे वह दिखाई न दे रही हो और चलता रहा। वह

रुकी और उसे वापस देखा। उसे लगा कि वह अब और तेज़ चल रहा है। क्या हो रहा है? कुछ तो गड़बड़ है, इसलिए वह मुड़ी और उसके पीछे चलने लगी।

वह शहर के दक्षिणी हिस्से की ओर जा रहा था। हसेया ने उसके साथ चलने की कोशिश की, लेकिन कोई फ़ायदा नहीं हुआ। उस आदमी के पैर बहुत लंबे थे। वह उसे नज़र में रखने में कामयाब रही और शेरिफ़ को शहर के किनारे एक बिल्डिंग पर पहुँचकर रुकते हुए देखा। तीन आदमी पहले से ही वहाँ थे, बिल्डिंग के सामने खड़े होकर, शायद उसका इंतज़ार कर रहे थे। उसने उनसे थोड़ी देर बात की, फिर बिल्डिंग के अंदर चला गया। हसेया थोड़ी साँस फूली हुई, उन तीन आदमियों से बात करने के लिए आगे बढ़ी। वे उदास लग रहे थे ।

वह उन आदमियों को नहीं पहचानती थी, इसलिए उसने उन सबसे पूछा, "क्या हुआ?"

किसी ने उसे जवाब नहीं दिया, और उसने फिर से सवाल पूछा। आखिर में, उनमें से एक आदमी ने कहा, “गोलीबारी हुई है। एक आदमी मर गया है।”

"कौन है भाई?"

“हम आपको यह नहीं बता सकते,” दूसरे आदमी ने कहा। “अब आपके लिए सबसे अच्छा यही होगा कि आप घर चले जाएं। खबर जल्द ही बाहर आ जाएगी।”

“मैं शेरिफ का इंतज़ार करूँगी,” उसने कहा। उसने बिल्डिंग से मरे हुए आदमी की आत्मा को महसूस करने की कोशिश की, लेकिन कुछ महसूस नहीं हुआ। हत्या शायद दिन में पहले या कल हुई होगी। शेरिफ लुईस को बिल्डिंग से बाहर निकलने में लगभग आधा घंटा लगा। जब वह बाहर निकला, तो वह उस आदमी जैसा नहीं लग रहा था जिसे उसने उस

दिन पहले चलते हुए देखा था। उसका चेहरा सफ़ेद था, और उसकी आँखें एक जगह नहीं थीं। उसने उसे तुरंत नोटिस नहीं किया।

“शेरिफ लुईस, क्या आप ठीक हैं?”

“मैं...मैं ठीक हूं।”

“क्या आप मुझे कुछ बता सकते हैं कि क्या हुआ?”

शेरिफ ने दूर शहर की ओर देखा, फिर मुड़कर कहा, “कल सुबह आठ बजे मेरे ऑफिस में मिलो।”

हसेया ने अगली सुबह रेमंड के आने का इंतज़ार किया, और जब वह आया, तो उसने उससे पूछा कि जॉर्ज, जो खोया हुआ घोड़ा था, के साथ उसका क्या हाल है। “मुझे घोड़ा लगभग दो घंटे में मिल गया। इसमें ज़्यादा कुछ नहीं था। यह रही उसकी फ़ीस का दूसरा आधा हिस्सा। मैं कल यहाँ वापस आई थी, लेकिन तुम नहीं थे, इसलिए मैं घर चली गई। उम्मीद है सब ठीक रहा होगा।”

“हाँ, ठीक है। मैं यहाँ इसलिए नहीं थी कि कुछ बुरा हुआ था। मैंने शेरिफ को तेज़ी से चलते और परेशान दिखते हुए देखा, इसलिए मैं उनके पीछे चली गई।” उसने पिछले दिन की बाकी बातें बताईं।

“काश तुम मज़ाक कर रहे होते, लेकिन मुझे पता है कि तुम मज़ाक नहीं कर रहे हो। यह चौंकाने वाला है। जब से मैं यहाँ रह रहा हूँ, मेयर तक प्रेस्कॉट में एक भी मर्डर नहीं हुआ। कौन मारा गया?” रेमंड ने पूछा।

“शेरिफ़ ने मुझे नहीं बताया। मैं कुछ ही मिनटों में उनसे बात करने के लिए उनके ऑफ़िस जाऊँगा। वापस आने पर मैं आपको और बताऊँगा।”

"मुझे आश्चर्य है कि वह आपसे बात क्यों करना चाहता है?"

“मुझे नहीं पता। मुझे चिंता हो रही है।” वह ऑफिस से चली गई और रेमंड को वहीं रुकने और नए कस्टमर आने पर इंतज़ार करने को कहा।

जब वह शेरिफ के ऑफिस में दाखिल हुई, तो वह अपनी डेस्क पर बैठा उसका इंतज़ार कर रहा था। "मेरे पास आपको बताने के लिए एक दुखद खबर है। यह हम सबके लिए दुखद खबर है। हमने एक अच्छा इंसान खो दिया। वह समझदार, मेहनती था, और उसकी कमी खलेगी। डिटेक्टिव मैट विलियम्स को उस खाली बिल्डिंग में मार दिया गया—दिल में गोली लगी।"

उसे तुरंत डिटेक्टिव की हत्या के पीछे किसी वजह पर शक हुआ लेकिन उसने कुछ नहीं कहा। इसके बजाय, शेरिफ ने यह बात कही।

"डिटेक्टिव विलियम्स अकेले मेयर के मर्डर केस पर काम कर रहे थे, जबकि मैं अपने रेगुलर कामों में लगा हुआ था। उन्होंने मुझे बताया कि उन्हें लगा कि वे मेयर के कातिल को ढूंढने के करीब पहुँच रहे हैं, लेकिन बदकिस्मती से, हमारे पास इस पर बात करने के लिए कभी भी काफी समय नहीं था। मुझे पता है कि उन्होंने लोगों के मिलिट्री रिकॉर्ड मांगे थे, लेकिन मुझे नहीं पता कि उन्होंने ऐसा क्यों किया या जानकारी कब आएगी। लेकिन यह मेरी अभी की प्रॉब्लम नहीं है। मैं बिज़ी हूँ। मैं इस शहर में अकेला हूँ जो यहाँ के लोगों को स्टेबिलिटी और सेफ्टी दे सकता हूँ।"

उन्होंने आगे कहा, "मैंने डिटेक्टिव विलियम्स के रिप्लेसमेंट के लिए रिक्वेस्ट की है, लेकिन हो सकता है कि वह एक हफ़्ते, एक महीने या शायद उससे ज़्यादा समय तक अवेलेबल न हो। कौन जानता है? उनके रिप्लेसमेंट को मिलिट्री रिकॉर्ड्स को छोड़कर, दोनों मर्डर पर एकदम नए सिरे से काम शुरू करना होगा, जब और अगर वे आते हैं। मुझे नहीं लगता कि उनका रिप्लेसमेंट विलियम्स जितना अच्छा हो सकता है, और मुझे आपकी मदद चाहिए।"

"मुझे इस केस के बारे में कुछ पता है। जैसा कि आप जानते हैं, मैंने कुछ लोगों से बात की है, लेकिन मेरे पास ऐसा कुछ भी पक्का नहीं है

जिससे पता चले कि कातिल या कातिल कौन हैं। मैं कोई जासूस, शेरिफ नहीं हूँ। मैं एक शौकिया इन्वेस्टिगेटर से ज़्यादा कुछ नहीं हूँ।"

"किसी ने तुम्हें मेयर के कातिल को ढूंढने के लिए हायर किया था। क्या यह सच है?"

"हाँ।"

"तो फिर यह तय हो गया। आप रेमंड का इस्तेमाल करने पर ज़ोर दे रहे हैं, जो मुझे लगता है कि एक गलती है, लेकिन आज से, आपको और रेमंड को मेरी तरफ़ से अपनी इन्वेस्टिगेशन जारी रखने की इजाज़त है। मैं यह भी चाहता हूँ कि आप यह पता लगाने की कोशिश करें कि डिटेक्टिव विलियम्स को किसने मारा। मैं आपको भरोसा दिलाता हूँ कि कातिल की पहचान करने में आप जो भी प्रोग्रेस करेंगे, उसके लिए आपको सही मुआवज़ा दिया जाएगा। हसीया, मैं आपको इन मर्डर को सुलझाने में मदद करने के लिए सारी जानकारी और मदद दूँगा, और बदले में, मैं आपकी प्रोग्रेस पर रेगुलर अपडेट की उम्मीद करता हूँ। क्या आप मेरी मदद करेंगे?"

वह एक ही समय में बहुत खुश और डरी हुई थी। एक मर्डर को सुलझाने की कोशिश में वह बहुत परेशान महसूस कर रही थी, और अब उससे दो मर्डर सुलझाने को कहा जा रहा था। इसमें खतरनाक लोग शामिल थे, और उसके पास बंदूक भी नहीं थी। उसने शेरिफ लुईस से कहा कि वह मदद करने की कोशिश करेगी, लेकिन उसे नहीं पता था कि कहां से शुरू करे। वह रेमंड से बात करना चाहती थी, लेकिन एक बार फिर, उसे खुद से पूछना पड़ा कि वह उस पर कितना भरोसा कर सकती है।

अध्याय चौदह

रेमंड ने हसेया का ऑफिस के दरवाज़े पर लिखा नोट देखा। 'लंच के बाद वापस आना।' वह उससे पहले कुछ काम का काम करना चाहता था। उसने एक अफ़वाह सुनी थी कि डिटेक्टिव विलियम्स के साथ कुछ बुरा हुआ है, लेकिन उसे कोई डिटेल्स नहीं पता थीं। इस बारे में जानना अच्छा होगा ताकि वह आज दोपहर हसेया को बता सके।

शेरिफ ने अंदर आते ही रेमंड को शक भरी नज़र से देखा। "तुम्हें क्या चाहिए?"

"मेरे पास जासूस के लिए ज़रूरी खबर है। मैं उसे कहाँ ढूँढ सकता हूँ?"

"देखते रहो। मेरे पास तुमसे बात करने का समय नहीं है, जब तक कि मैं तुम्हें तुम्हारे किसी जुर्म के लिए जेल में न डाल दूं।"

"जासूस का ठिकाना इतना गुप्त क्यों है?"

"देखते रहो। तुम यहाँ से निकलकर और बाहर रहकर जासूस को ढूँढना शुरू कर सकते हो। मुझे काम करना है।"

"ठीक है, शेरिफ। अगली बार तक," रेमंड ने बाहर जाते हुए कहा।

कुछ तो गड़बड़ थी। रेमंड को यह महसूस हो रहा था। प्लाज़ा शुरू करने के लिए एक बढ़िया जगह थी, इसलिए वह थोड़ा पैदल चलकर वहाँ गया। वह वहाँ ज़्यादा देर नहीं रुका था कि उसने एक अचानक नज़ारा

देखा। अंडरटेकर शहर के दक्षिणी हिस्से की ओर एक वैगन चला रहा था। वह वैगन का पीछा करता रहा जब तक कि वह शहर के किनारे एक बिल्डिंग के सामने नहीं रुक गई।

फिर उसने देखा। अंडरटेकर बिल्डिंग के अंदर गया और कुछ मिनट बाद, डिटेक्टिव विलियम्स की बॉडी लेकर बाहर आया। विलियम्स और रेमंड का एक साथ इतिहास था, जिसमें से ज़्यादातर रेमंड के लिए बुरा था, लेकिन वह हमेशा डिटेक्टिव का सम्मान करता था। एक समय में वे एक-दूसरे के बड़े दुश्मन थे, लेकिन अब वह खत्म हो गया था। रेमंड ने वैगन को शहर की ओर वापस आते देखा, जब वह धीरे-धीरे प्लाज़ा की ओर चल रहा था।

"रेमंड, इधर आओ। मेरे पास तुम्हारे लिए एक प्रपोज़ल है।" वह मुड़ा और देखा कि मर्केंटाइल का मालिक जेक, रेमंड को स्टोर में आने के लिए हाथ हिला रहा था। रेमंड को पता भी नहीं चला कि वह प्लाज़ा के पास है और मर्केंटाइल के पास से गुज़र गया था। वह जेक के पीछे अंदर चला गया।

"रेमंड, मुझे एक प्रॉब्लम है। लोग मुझे अंधाधुंध लूट रहे हैं। मुझे कस्टमर्स पर नज़र रखने के लिए किसी की ज़रूरत है। तुम, सब लोगों में से, उन लोगों को पहचान लोगे जो मुझसे चोरी करने वाले हैं और जब वे ऐसा करेंगे तो उन्हें पकड़ लोगे। मैं तुम्हें अच्छे पैसे दे सकता हूँ। तुम क्या कहते हो? क्या तुम इंटरेस्टेड हो?"

"मेरे पास पहले से ही एक नौकरी है, जेक। मैं हसीया की असिस्टेंट हूँ। सॉरी।"

"हाँ, मैंने इसके बारे में सुना है। तो फिर उसके लिए सब कुछ अच्छा चल रहा है? तुम्हें तो अच्छा पैसा मिलता है, है ना?"

“अभी थोड़ा धीमा है, लेकिन कम से कम कभी-कभी घंटे लंबे होते हैं, और ज़्यादातर काम बोरिंग होता है। देखो, जेक, उसने मुझे तब मौका दिया जब कोई और नहीं देता, इसलिए मैं उसके साथ रहूँगा। ऑफ़र के लिए धन्यवाद। मैं इसकी तारीफ़ करता हूँ।”

“ठीक है. अगर आपका मन बदल जाए तो मुझे बताइएगा.”

रेमंड वहाँ गया और प्लाज़ा में घास की एक जगह पर बैठ गया। वह शहर में अपनी इमेज सुधारना चाहता था, लेकिन यह बहुत मुश्किल काम था। पहले तो शेरिफ ने उसे टाल दिया; फिर जेक ने कहा कि वह, 'सब लोगों में से,' चोर को पहचान लेगा। ऐसा ही होता है। उसने जवानी में अपने फ़ैसले किए थे, और अब जब तक वह प्रेस्कॉट में रहा, उसे उन फ़ैसलों के नतीजों के साथ जीना पड़ा।

उसे इस समय लोगों पर ज़्यादा भरोसा नहीं था। हर दिन, वह कई लोगों को गलतियाँ करते देखता था। वह अकेला नहीं था, लेकिन उसे मानना पड़ा कि उसकी गलतियाँ ज़्यादातर लोगों से ज़्यादा बुरी थीं। उसने प्लाज़ा में चारों ओर देखा और उसे कुछ भी दिलचस्प नहीं दिखा। जल्द ही, हसेया के ऑफिस लौटने का समय हो जाएगा।

जब समय आया, तो वह उसके ऑफिस वापस चला गया। “मेरे पास एक खबर है। आप हैरान रह जाएंगी।” उसने बैठते हुए कहा।

उसने उसे देखा और कुछ नहीं कहा। दरवाज़े पर दस्तक हुई, और जेक अंदर आया। “यह रहा आपका रेमिंगटन डबल डेरिंगर, निकेल-प्लेटेड फ़िनिश और रोज़वुड हैंडल वाला। मैंने इसे अंदर और बाहर से साफ़ कर दिया है। आपने बहुत समझदारी से फ़ैसला किया, मैडम।”

उसने छोटी पिस्तौल को देखा, उसे अपने दाहिने हाथ से बाएं हाथ में ले गई और फिर वापस अपने दाहिने हाथ में ले आई, और कहा, "धन्यवाद,

जेक, मुझे इसका उपयोग करने की अनुमति देने के लिए जब तक मैं आपको किश्तों में भुगतान करती हूं ।"

जेक ने सिर हिलाया, फिर रेमंड के पीछे दरवाज़े की तरफ़ गया। वह थोड़ा मुड़ा और उसे आँख मारी। उसने लगभग बिना किसी को पता चले सिर हिलाया।

"आपने एक बंदूक खरीदी", रेमंड ने कहा।

"आप सब कुछ देखते हैं।"

"तुम्हें बंदूक की क्या ज़रूरत है?"

"चीज़ें बदल गई हैं. आपके पास क्या खबर है?" उसने पूछा.

"डिटेक्टिव विलियम्स मर चुका है। उन्हें वह शहर के साउथ साइड में एक खाली बिल्डिंग में मिला। यह बहुत... परेशान करने वाला है।"

"हाँ। मैंने डिटेक्टिव के बारे में सुना है। शेरिफ ने मुझे मेयर और डिटेक्टिव की हत्याओं की जांच करने के लिए कहा है, इसलिए मैंने एक बंदूक खरीदी है। इस मामले में कोई बहुत गंभीर व्यक्ति शामिल है, और अब हमें ज़्यादा सावधान रहना होगा।"

"क्या मुझे बंदूक लेनी चाहिए?"

"शायद बाद में। अभी, मुझे लगता है कि तुम ठीक हो। अब हमें बिल्कुल शुरू से शुरू करना होगा। कोई मेयर को क्यों मारेगा? फिर, कोई डिटेक्टिव को क्यों मारेगा? आखिर में, क्या मेयर और डिटेक्टिव के कातिल एक ही हैं, या दो कातिल हैं?"

"आप भूल रहे हैं कि अगर कोई मेयर और जासूस को मारने को तैयार है, तो उसे हमारे जैसे शौकिया जांचकर्ताओं को मारने में कोई दिक्कत नहीं होगी।"

हसेया ने कहा, "मैं यह बात नहीं भूली हूँ, लेकिन वे ऐसा क्यों करेंगे? उनका मोटिवेशन क्या होगा? जहाँ तक मुझे पता है, मेयर की हत्या की प्लानिंग बहुत पहले से की गई थी। यह एक पब्लिक एग्जीक्यूशन था, इसलिए कातिल को लगा होगा कि उसके पास मेयर की हत्या करने का कोई अच्छा कारण है।"

हसेया ने आगे कहा, "चार मर्डर से ज़्यादा ध्यान खींचा जा सकता है। इससे यहाँ और ज़्यादा पुलिस वाले आ सकते हैं। हमें मारने की कोशिश करने से पहले कातिल को बहुत ज़्यादा हताश होना पड़ेगा। उसे सोचना होगा कि हम उसे पकड़ने के बहुत करीब हैं, तभी वह इतना बड़ा कदम उठाएगा। अगर हमने उसे सरप्राइज़ दिया और कातिल को लगा कि वह फँस गया है, तो यह एक अलग स्थिति हो सकती है। इसीलिए मेरे पास बंदूक है। लेकिन इस बात की ज़्यादा संभावना है कि अगर कातिल को हमसे खतरा महसूस हुआ तो वह शहर छोड़ने के बारे में गंभीरता से सोचेगा।"

"अगर किलर शहर छोड़कर चला गया है, तो भी हमारे पास यह पता लगाने का मौका है कि उसने जो किया वह क्यों किया, और इसका इस्तेमाल करके हम उसकी पहचान कर सकते हैं। एक बार पहचान हो जाने पर, कोई और उसे ट्रैक कर सकता है। हमें किलर के कामों का कारण जानने के लिए कड़ी मेहनत करनी होगी। हमें शहर में ज़्यादा चिंता पैदा किए बिना अपने काम में तेज़ और पक्के इरादे वाले होने चाहिए।" हसेया ने आगे कहा।

"कहना आसान है, करना मुश्किल। डिटेक्टिव विलियम्स की हत्या से लोग बातें करेंगे, मेरा विश्वास करो। क्या तुम्हारे पास कोई आइडिया है?" रेमंड ने पूछा।

"नहीं। अभी नहीं। मुझे इस बारे में सोचना होगा। जैसा मैंने कहा, हमें फिर से शुरू करना होगा। ज़्यादा सीखने का सबसे अच्छा तरीका है काफ़ी

लोगों से बात करना। अगर हम ऐसा करते हैं, तो हमें ज़रूर कुछ ऐसा सुनने को मिलेगा जो हमें सही दिशा में ले जा सकता है।"

"क्या लोगों को पता है कि शेरिफ ने हमें हत्याओं की जांच करने के लिए कहा है?"

"नहीं, और मैं चाहता हूँ कि यह जितना हो सके लंबे समय तक ऐसा ही रहे। हमें सफल होने के लिए हर मुमकिन फ़ायदे की ज़रूरत होगी और शायद रास्ते में थोड़ी किस्मत भी।"

रेमंड अपनी कुर्सी पर उदास बैठा था । उसे लगा कि इस काम में उसकी मौत हो सकती है, यह बात उसे पहली बार सूझी होगी। वे जो कर रहे थे वह कोई खेल नहीं था। उसे भी ऐसा ही लगा। "तुम्हें क्या लगता है हमें कहाँ से शुरू करना चाहिए?" उसने पूछा।

"हमें पहले मर्डर से शुरू करना चाहिए। डिटेक्टिव विलियम्स को शायद इसलिए मारा गया क्योंकि उन्हें अंदाज़ा था कि मेयर का कातिल कौन है। क्या आपको पक्का यकीन है कि शेरिफ लुईस को डिटेक्टिव ने जो पता लगाया था, उसके बारे में कुछ नहीं पता था?"

"हाँ। लुईस ने मुझे ऐसा बताया। उसे बस इतना पता है कि डिटेक्टिव विलियम्स ने मारे जाने से पहले कुछ आर्मी रिकॉर्ड्स मांगे थे, लेकिन लुईस को नहीं पता था कि उसने मिलिट्री रिकॉर्ड्स क्यों मांगे या रिक्वेस्ट के बारे में कुछ और, जैसे कि वह किसके रिकॉर्ड्स देखना चाहता था।" उसने कहा।

"मेरे पास तुम्हारे लिए एक गंभीर सवाल है, रेमंड, और मैं चाहता हूं कि तुम अपने जवाब पर ध्यान से विचार करो।"

रेमंड अपनी सीट पर धीरे-धीरे बैठा और सीधे उसकी आँखों में देखा।

"यह एक खतरनाक काम है जिसमें तुम्हें शामिल होने की ज़रूरत नहीं है। अगर तुम चले गए तो मैं तुम्हें दोषी नहीं ठहराऊँगी। मुझे अभी

तुम्हारा जवाब नहीं चाहिए, लेकिन मैं चाहती हूँ कि तुम कल तक फैसला कर लो।" हसेया ने उसे उतनी ही गंभीरता और उदासी से देखते हुए कहा। अगर वे सफल हो गए, तो और भी अच्छा, लेकिन अगर रेमंड मारा गया, तो यह एक ऐसी गलती होगी जिसके लिए वह खुद को कभी माफ़ नहीं कर पाएगी।

"मैं तुम्हें अभी अपना जवाब देता हूँ, और कल भी वही जवाब दूँगा। मैं तैयार हूँ, और मैं वह बनना चाहता हूँ जो कातिल को पकड़वाए। मुझे उम्मीद है कि तुम समझोगे और इसे मानना सीखोगे।"

और बहादुरी। रेमंड कब बड़ा होगा? "मैं कल फिर पूछूँगी। अभी के लिए, मैं आपको यह साफ़ करना चाहती हूँ कि हम आगे कैसे बढ़ेंगे।" उसने कहा।

"वह कैसा है?"

"जब हम किसी के पास जाते हैं, तो हम उनसे बराबरी से बात करेंगे, न ज़्यादा, न कम। हम उनके साथ ऐसा बर्ताव नहीं करेंगे जैसे वे कोई शक करने वाले हों। देर-सवेर, कातिल को एहसास हो ही जाएगा कि हम उसके पीछे हैं, लेकिन हमारे कामयाब होने का एक ही मौका है कि हम एक अच्छी शुरुआत करें। जब तक हम कर सकते हैं, हमें कातिल को बिना यह जाने कि हम उसका पीछा कर रहे हैं, ढूंढना है। हम कल से शुरू करेंगे।"

रेमंड खड़ा हो गया। "कल मिलते हैं," उसने कहा।

उसके जाने के बाद, वह बहुत देर तक अपनी डेस्क पर बैठी रही, उसे घूरती रही। फिर वह पीछे झुकी और सीधे सामने देखने लगी, यह सोचते हुए कि उसका पहला कदम क्या होना चाहिए। उसे कोई आइडिया नहीं था।

अध्याय पंद्रह

हसेया और रेमंड सुबह सबसे पहले मिले और एक एक्शन प्लान बनाने की कोशिश की, लेकिन यह बेकार था। उन्हें और आइडिया चाहिए थे। हसेया ने रेमंड को फिर से बताया कि वे किस मुश्किल में हैं। उसने उसे फ्रस्ट्रेट नज़र से देखा लेकिन चुप रहा।

"मैंने सुना है कि मेथोडिस्ट विमेंस लीग की आज दोपहर में मीटिंग है। मैं जा रही हूँ, लेकिन आपको आने की इजाज़त नहीं है। अगर मुझे कुछ पता चला तो मैं आपको बता दूँगी।" उसने कहा।

*

पादरी की पत्नी मैरी एन टेलर ने चर्च में मीटिंग को लीड किया। "यह मीटिंग शुरू हो गई है," वह चिल्लाईं। कमरे में चारों ओर बातचीत धीमी हो गई। हसेया पीछे बैठी थीं। उन्होंने कमरे में कुछ औरतों को पहचान लिया।

"हमें कुछ बातों पर बात करनी है, लेकिन मैं अपनी बातचीत उसी बात से शुरू करना चाहता था जो हमारे ज़्यादातर दिमाग में है - पुराने मेयर और डिटेक्टिव विलियम्स की हत्याएँ। हमें इसके बारे में क्या करना चाहिए? क्या हम कुछ कर सकते हैं? जब हमारे सिविक लीडर्स पर बुराई आती है तो इस दुनिया में हमारा क्या रोल होता है? क्या किसी के पास कोई विचार है?"

एक महिला ने कहा, “हमें प्रार्थना करनी चाहिए और बार-बार प्रार्थना करनी चाहिए। प्रभु इस समस्या का समाधान करेंगे।”

“यह बहुत अच्छी बात है। प्रार्थना की शक्ति को कोई कम नहीं आंक सकता। कोई और सुझाव?” उसने कुछ सेकंड के लिए कमरे में इधर-उधर देखा, और एक और महिला बोली।

“मुझे नहीं पता कि आप में से कोई भी मेरी तरह ही हालात से गुज़र रहा है या नहीं, लेकिन मैं परेशान हूँ। मेरी नींद उड़ गई है। मुझे शहर में हर जगह बुरे लोग दिखते हैं, यहाँ तक कि किसान बाज़ार में भी। शेरिफ़ लुईस सिर्फ़ एक आदमी है, और मर्डर शुरू होने से पहले ही वह परेशान था। हमें डिटेक्टिव विलियम्स की जगह कोई और कब मिलेगा? भगवान उनकी आत्मा को शांति दे।”

एक और औरत अचानक बोली। सब लोग हैरान होकर उसकी तरफ देखने लगे, जैसे वह बहुत कम बोलती हो। “यहाँ कोई भी बड़ी पिक्चर नहीं देख रहा है। बुरे लोग इस शहर पर कब्ज़ा कर रहे हैं। हमें खुद के बारे में सोचना होगा और खुद से ईमानदार होना होगा। यह हमने खुद किया है। शायद यह शहर के सभी व्हिस्की बार की वजह से हो रहा है, लेकिन मुझे ऐसा नहीं लगता। कोई नहीं जानता कि यह कब और कहाँ से शुरू हुआ। हममें से हर एक को आईने में देखने और अपने तरीके बदलने की ज़रूरत है। इस शहर से बुराई को भगाने के लिए कुछ बड़ा और ड्रामाटिक होना चाहिए, इससे पहले कि हम सब शैतान के बुरे सेवकों से ज़्यादा कुछ न बनें।”

कुछ देर तक कोई कुछ नहीं बोला। आखिर में, एक औरत अपनी सीट से उठकर बोलने लगी। हसेया ने उसे नेटी के तौर पर पहचाना। “मैं यह नहीं कह रही कि तुम सब गलत हो, लेकिन इसके बारे में सोचो। इस प्रॉब्लम का सीधे सामना करने की ज़रूरत है। एक्शन की ज़रूरत है, न कि

हाथ मलना, व्हिस्की बार को दोष देना, या अपने घरों में छिपकर आईने देखना।"

नेटी ने और ज़्यादा ध्यान से बात जारी रखी, "मैं नए मेयर पर डिटेक्टिव विलियम्स की जगह किसी और को रखने के लिए दबाव डालने के आइडिया से सहमत हूँ। आज, जिसने भी ये जुर्म किए हैं, उनके सामने हम बेबस हैं , और हमें मदद की ज़रूरत है। एक ग्रुप के तौर पर, हमें मेयर लेस्टर से मदद की अपील करनी चाहिए और प्रेस्कॉट प्रॉस्पेक्टर अखबार में एक बयान देकर उन पर दबाव भी डालना चाहिए, ताकि लोगों को पता चले कि हमारा महिला ग्रुप इस बारे में सीरियस है। यह कम्युनिटी इसकी हकदार है। कातिल को यह समझने की ज़रूरत है कि प्रेस्कॉट के लोग इन भयानक जुर्मों को बर्दाश्त नहीं करेंगे।"

"बहुत बढ़िया," मैरी एन ने कहा। "क्या सब लोग इस बात पर सहमत हैं कि हमें अखबार से बात करके अपना स्टेटमेंट छापने के लिए कहना चाहिए?" उसने ग्रुप में चारों ओर देखा, और लगभग सभी ने हाँ में सिर हिलाया। "बहुत बढ़िया। नेटी, क्या तुम स्टेटमेंट लिखने में मेरी मदद करोगी? अगर हम जल्दी से अपने विचार एक साथ रख सकें, तो मैं इसे आज दोपहर अखबार की बिल्डिंग में ले जा सकती हूँ।"

"मैं तुम्हारी मदद करूंगा।"

मीटिंग में महीने की पिकनिक और दूसरे रोज़ के कामों के बारे में बोरिंग बातें होती रहीं। मीटिंग खत्म होने और ज़्यादातर औरतों के जाने के बाद, नेटी ने कुछ मिनट मिसेज़ टेलर के साथ अखबार के लिए मैसेज पर काम किया। उनके खत्म होने के बाद हसेया नेटी के पास गई।

"मुझे आपकी बात पसंद आई। हमें एक साथ खड़ा होना चाहिए, आप सही कह रहे हैं।"

“महिलाओं की भी अपनी आवाज़ है। हम ही वो चीज़ हैं जो इस समुदाय को एक साथ जोड़े रखती हैं।”

'फैब्रिक' शब्द सुनकर हसेया को नीनो और लोगों के साथ मिलकर काम करने के बारे में उसकी बात याद आ गई। हसेया ने नेटी से पूछा, “ऐसी भयानक चीजें कौन करेगा? मुझे समझ नहीं आ रहा।”

नेटी काफी शांत हो गई और सोचने लगी। “जिसने भी यह किया है, उसे इसकी कीमत चुकानी पड़ेगी। मैं बस इतना ही कह सकती हूँ।”

हसेया ने नेटी के कमेंट के बारे में सोचा। इससे हसेया को उत्सुकता और चिंता दोनों हुई।

“बस करो ये सीरियस बातें। बाहर आओ। मैं तुम्हें कुछ दिखाना चाहती हूँ।” नेटी ने कहा।

बाहर आकर, नेटी ने गर्व से एक अजीब सी दिखने वाली चीज़ की ओर इशारा किया जिसे हसेया ने दूर से देखा था लेकिन कभी पास से नहीं देखा था। उसे साइकिल कहते थे। “तुम्हें क्या लगता है?”

“मुझे समझ नहीं आ रहा कि यह कैसे काम कर सकता है। ऐसा लगता है कि इसका गिरना बहुत आसान होगा।”

“मैं कई बार गिर चुका हूँ, लेकिन साइकिल चलाने में मज़ा आता है अगर आप सड़क पर किसी बड़े गड्ढे में न जाएँ या किसी मोड़ पर बहुत तेज़ी से साइकिल चलाने की कोशिश न करें। क्या आप इसे आज़माना चाहेंगे?”

“अभी नहीं। धन्यवाद।”

“जो जैसा है।” नेटी ध्यान से साइकिल पर बैठी, खुद को आगे बढ़ाया और सड़क पर चलने लगी। उसने साइकिल चलाना आसान बना दिया।

हसेया अपने ऑफिस की ओर वापस चलने लगी, यह सोचते हुए कि क्या उसने उस दोपहर कुछ सीखा। रास्ते में रेमंड उसके पास आ गया।

"तुम्हें यहाँ देखकर मैं हैरान हूँ। क्या तुम मेरा इंतज़ार कर रहे थे?"

रेमंड ने कहा, "मैं बस वही कर रहा हूं जो मुझे करने के लिए कहा गया था, आप जानते हैं, शहर में घूम रहा हूं और किसी भी असामान्य चीज की तलाश कर रहा हूं।"

"तुम्हें मुझसे यहीं मिलने का प्लान बनाना चाहिए था।"

"एक टॉप इन्वेस्टिगेटर बनने के लिए प्लानिंग एक ज़रूरी हिस्सा है।"

हसीया का गेम खेलने का कोई मूड नहीं था, इसलिए उसने कुछ नहीं कहा। "कैसा रहा?" उसने पूछा।

"शायद समय की बर्बादी है। मैंने नेटी से बात की। वह भी बाकी सब की तरह हत्याओं को लेकर परेशान है।"

"क्या तुमने आज सुबह कुछ सीखा?" उसने पूछा।

"नहीं। शहर के आस-पास के लोग सिर झुकाए हुए हैं, और मैंने ज़्यादा लोगों को अकेले चलते हुए नहीं देखा। ज़्यादातर समय, मैंने दो या तीन लोगों के ग्रुप को एक साथ चलते हुए देखा।"

दोनों हसेया के ऑफिस की तरफ़ चलते रहे, हल्की-फुल्की बातें करते रहे, तभी उन्होंने क्ले को सिर झुकाए सीधे उनकी तरफ़ आते देखा। जल्द ही, वे बात करने की दूरी पर थे। उससे बात करने से पहले वह रुकी। उसने अच्छे कपड़े पहने थे, और उसे याद आया कि क्ले सादे कपड़े पहनता था। उसने सावधानी बरतने का फ़ैसला किया और कहा, "हेलो, मिस्टर लेस्टर।"

थोड़ा चौंककर उसने ऊपर देखा और कहा, "गुड मॉर्निंग।" हसेया ने उसे यह न बताने का फैसला किया कि दोपहर हो चुकी है। "तुम ज़रूर

हेनरी होगे। मैं तुम्हारे भाई, क्ले से कुछ दिन पहले मिली थी। वह बहुत प्यारा था।" उसने कहा।

"तुम्हारा मतलब है कि यह जंग लगे कील जैसा आकर्षक है?"

"आप शहर के नॉर्थ साइड में हैं, अपने ऑफिस से दूर, और आपका ध्यान भटका हुआ लग रहा है। क्या कुछ हो रहा है?" रेमंड ने पूछा।

"नहीं, मैं ठीक हूँ। तुम रेमंड हो। है न? आजकल तुम और शेरिफ कैसे रह रहे हो?"

"सबसे अच्छे दोस्त। वह अपराधियों को पकड़ने के लिए मुझसे सलाह भी मांग रहा है।"

हसेया सिहर गई। हेनरी को शक हुआ लेकिन उसने आगे कहा, "मैं अपना दिमाग साफ़ करने के लिए यहाँ आया था। कोर्टहाउस अब साँपों का अड्डा बन गया है। लोग झूठ बोलते हैं, इसलिए किसी पर भी यकीन करना मुश्किल है। आजकल मर्डर की वजह से भरोसा खत्म हो गया है। लोग हमेशा अपने कंधों पर नज़र रखते हैं। हर कोई परेशान है।" वह रुका। "इतना बोलने के लिए माफ़ करना। ये तुम्हारी प्रॉब्लम नहीं हैं। ये मेरी हैं।"

"मैं अभी मेथोडिस्ट विमेंस लीग की मीटिंग से आई हूँ। वे आप पर डिटेक्टिव विलियम्स की जगह किसी और को हायर करने का दबाव डालेंगे। वे अखबार में एक आर्टिकल छपवाने की योजना बना रहे हैं जिसमें ज़ोर दिया जाएगा कि आपके लिए जल्दी एक्शन लेना कितना ज़रूरी है।" हसेया ने कहा।

हेनरी ने उसकी तरफ देखा और फिर रेमंड से बात की। "अभी, प्रेस्कॉट एक पिछड़ा हुआ शहर है। हमें जल्द ही कोई रिप्लेसमेंट मिल जाएगा, लेकिन यह मुश्किल है कि हमें डिटेक्टिव विलियम्स जितना अच्छा कोई मिलेगा। वह किसी वजह से यहाँ रहना चाहता था, और हम

खुशकिस्मत थे कि वह हमारे साथ था, लेकिन चिंता मत करो। हम सबसे अच्छा आदमी पाने के लिए कड़ी मेहनत करेंगे।"

हसेया ने देखा कि रेमंड की रेप्युटेशन के बावजूद हेनरी उससे ज़्यादा रेमंड से बात करने को तैयार था। वह गोरे लोगों के इस रवैये से वाकिफ थी और उसने इसे मानना शुरू कर दिया था।

"मुझे ऑफिस वापस जाना है। आपसे बात करके अच्छा लगा," हेनरी ने रेमंड से कहा और चला गया।

*

हसेया और रेमंड चलते रहे। "रोडियो डांस आने वाला है। मैं शहर में नई हूँ और अभी तक किसी नवाजो आदमी से नहीं मिली जिसके साथ मैं जा सकूँ।" उसने कहा।

ऐसा लगा कि वह अपनी बात रोकने की कोशिश कर रहा था, इसलिए उसने आगे कहा, "तुम्हें जाना चाहिए, देखना चाहिए और सीखना चाहिए। क्या तुम किसी लड़की को जानते हो जिसे तुम अपने साथ चलने के लिए कह सको?"

"मेरे पास हमेशा दो या तीन होते हैं जिन्हें मैं अपने पास रखता हूँ। सुसान शायद सबसे अच्छी हो। मैं उससे पूछूंगा।"

"अच्छा। याद रखना, जब तक कातिल पकड़ा नहीं जाता, तब तक हर कोई हमारी सस्पेक्ट लिस्ट में रहता है, है ना?"

"हां, यही आपका नियम है।"

"डांस में घूमें-फिरें और लोगों से बात करें। मुझे अमेरिकन डांस का रिचुअल समझ नहीं आता, लेकिन मुझे पता है कि यह इंडियन डांस के मुकाबले कम स्ट्रक्चर्ड होता है। आप डांस में कई लोगों को सुन पाएंगे।"

"हाँ। मैं अपनी डेट से सुनने में मदद ले सकता हूँ। शायद मैं इसे एक ऐसा गेम बना सकता हूँ जिसे वह खेलना पसंद करे। अगर यह काम नहीं करता है तो मैं कुछ और सोचूंगा।"

"बहुत अच्छा। आप बाकी दिन छुट्टी लेकर सुसान या जिससे भी बात करनी हो, उससे बात कर सकते हैं। डांस दो दिन में है।"

*

हेनरी अपने ऑफिस में बैठा था, और अब भी इस बात पर सोच रहा था कि उसके शहर में सब कुछ कितना बुरा हो गया है। हाल की घटनाओं की वजह से, वह हर दिन ऐसे काम करता था जो वह नहीं करना चाहता था, और उसने ऐसे काम किए जो उसने मेयर यंग की हत्या से पहले कभी सोच भी नहीं सकता था। समय बदल गया था। उसे समय के साथ बदलना ही था, भले ही इसका मतलब यह हो कि उसे कुछ ऐसा करना पड़े जिसके बारे में उसे पता हो कि उसे पछतावा होगा।

ज़्यादातर लोगों ने उसे निराश किया। पहले उसे दूसरों में बुराई नहीं दिखती थी, लेकिन अब पता चल गई थी, और इससे उसे बुरा लगता था। हेनरी को लगा कि प्रेस्कॉट में जो गंदगी फैली थी, उसे साफ करने में मदद करना उसका काम है। उसने खुद में भी बुराई देखी, लेकिन उसे दूर कर पाया। उसकी विरासत दांव पर लगी थी, और लोगों में जो बुराई दिखती थी, उसे खत्म करने के लिए वह किसी भी हद तक जा सकता था।

अध्याय सोलह

रेमंड ने दरवाज़ा खटखटाया। सुसान ने दरवाज़ा खोला और उसे देखा। उसने उसके मुँह पर दरवाज़ा बंद कर दिया। उसने फिर से दरवाज़ा खटखटाया। थोड़ी देर बाद, सुसान ने फिर से दरवाज़ा खोला।

"रेमंड, तुम क्या चाहते हो?"

"मुझे एक काम करना है। रोडियो डांस आने वाला है, और मैं जानना चाहता हूँ कि क्या तुम मेरे साथ डांस में चलोगी।"

हैरान होकर उसने कहा, "लगता है आजकल तुम ईवा के साथ ज़्यादा समय बिताते हो। मुझसे अभी क्यों पूछ रहे हो? तुम्हें कैसे पता कि मुझे कोई नया नहीं मिला?"

"मैं तुम्हारे बारे में सोच रहा था, बस इतना ही। तुम ईवा से कहीं ज़्यादा अट्रैक्टिव हो, इसलिए अगर तुम्हें कोई नया मिल जाए तो मुझे हैरानी नहीं होगी। अगर तुम्हें मिल गया, तो मैं उससे मिलना चाहूँगा, फिर मैं तुम्हें वह सब कुछ बता सकता हूँ जो मेरे पास तुम्हें देने के लिए है जो उसके पास नहीं है। मुझे यकीन है कि मैं तुम्हें वापस जीत सकता हूँ।"

"मुझे सोचने दो।" उसने दरवाज़ा बंद कर दिया। उसने कम से कम एक मिनट इंतज़ार किया, फिर दरवाज़ा फिर से खटखटाया। उसने दरवाज़ा खोला और उसे देखा। "ठीक है। मेरा रेगुलर आदमी कुछ दिनों के

लिए शहर से बाहर है, इसलिए मैं तुम्हारे साथ डांस में जाऊँगी। मुझे उम्मीद है कि तुम ठीक से पेश आओगे।"

"हम साथ में कुछ मज़ा करने वाले हैं। मैं तुम्हें छह बजे ले आऊँगी।" उसने सिर हिलाया। उसने जितना हो सके उतना एक्साइटेड होने का नाटक किया, फिर चला गया।

*

"लेडीज़ एंड जेंटलमैन, सालाना रोडियो डांस में आपका स्वागत है। आज रात, हमारे पास आपके लिए एक खास ट्रीट है। हमारे यहां 'एरिज़ोना चार्ली मीडोज़' हैं। जैसा कि आप जानते हैं, वह एक रोडियो स्टार हैं और बफ़ेलो बिल के वाइल्ड वेस्ट शो में लंबे समय से परफॉर्म कर रहे हैं। पिछले साल, उन्होंने हमारे रोडियो में टॉम हॉर्न को हराकर बड़ी जीत हासिल की थी, साथ ही अपने मशहूर सफेद घोड़े 'स्नोस्टॉर्म' के साथ। चार्ली, यहां आएं और कुछ शब्द कहें।" चार्ली स्टेज के पास आए, चलते हुए लोगों को हाथ हिलाते और मुस्कुराते हुए।

"थैंक यू। प्रेस्कॉट, क्या तुम कुछ मज़ा करने के लिए तैयार हो?" भीड़ से एक ज़ोरदार आवाज़ आई। "एक छोटी चिड़िया ने मुझसे कहा कि तुम सबको अभी अपनी परेशानियाँ भूलने की ज़रूरत है, तो चलो शुरू करते हैं, और मुझे उम्मीद है कि मैं तुम सबको रोडियो में देखूँगा, जो कल शुरू हो रहा है। यह पक्का मज़ेदार होगा।"

चार्ली ने अपना दाहिना हाथ सिर के ऊपर उठाया, जैसे वह सामने खड़ी एक सुंदर लड़की को रस्सी से बांधने के लिए कोई मनगढ़ंत रस्सी फेंक रहा हो। लड़की के साथ वाले लड़के ने ऐसा दिखाया जैसे उसे यह बात बुरी लगी हो। उसने अपने हाथ को पिस्तौल जैसा बनाया, उसे एरिज़ोना चार्ली की तरफ़ किया, और उससे उसे गोली मारने का नाटक किया। चार्ली ने ऐसा दिखाया जैसे उसे गोली लगी हो और उसने अपने हाथ

अपने दिल पर रख लिए। भीड़ फिर से ज़ोर से चिल्लाई, और चार्ली ज़ोर से मुस्कुराया जब वह चलकर भीड़ में घुलने-मिलने लगा।

बैंड, जिसे उनके सिर के ऊपर लगे एक बड़े बैनर से 'द गो- अलॉन्स ' के नाम से पहचाना गया, ने बजाना शुरू किया। उनका पहला गाना 'ए हॉट टाइम इन द ओल्ड टाउन' था। सभी लोग अच्छे मूड में लग रहे थे।

“देखो, रेमंड। उनके पास एक नया फैंसी सेल्फ-प्लेइंग पियानो है। कितना खास है।” सुसान ने कहा।

उसने सिर हिलाया और मुस्कुराया, यह सोचकर कि यह अच्छा है कि उनके पास पियानो था क्योंकि वह समझ नहीं पा रहा था कि गो- अलॉन्स कौन सी धुन बजा रहे हैं। बैंड ने 'द सनशाइन ऑफ़ पैराडाइज़ वैली' बजाना शुरू कर दिया। उसने सोचा कि बातचीत सुनने में मदद मांगने से पहले सुसान के साथ कम से कम एक डांस करना एक अच्छा विचार होगा। सिंगर बहुत बुरा नहीं था, इसलिए वे डांस फ़्लोर पर चले गए। यह एक धीमा, पुरानी यादों वाला गाना था, इसलिए रेमंड ने सुसान को अपने पास खींच लिया। उसे यह पसंद आया।

जब गाना खत्म हुआ, तो रेमंड ने सुसान को गले लगाया और पंच बाउल ढूंढने के लिए उसे थोड़ी देर के लिए छोड़ दिया। उसे वह मिल गया और उसने उसे टेस्ट किया। उसमें वैसी ही मिलावट थी जैसी उसने उम्मीद की थी। उसने दोनों के लिए पूरा गिलास भर दिया। जब तक अगला गाना बजता रहा, उन्होंने अपना सारा पंच पी लिया। रेमंड को यह काम पसंद आ रहा था।

“मुझे पता है कि आप यह नहीं जानते, लेकिन मैं शेरिफ के साथ मर्डर पर काम कर रहा हूं। शेरिफ और मेरा पुराना रिश्ता है।”

“मुझे पता है. सब बुरा है.”

“नहीं। अब चीज़ें अलग हैं। अरे, मुझे अभी याद आया कि वह चाहता था कि मैं यहाँ की बातचीत सुनने की कोशिश करूँ ताकि समझ सकूँ कि शहर के लोग क्या सोच रहे हैं। तुम चाहो तो मदद कर सकते हो। चार कान दो से बेहतर होते हैं, है ना? यह मज़ेदार भी हो सकता है।”

“मैं इस बारे में सोचूंगा, लेकिन मुझसे ज़्यादा मदद लेने का प्लान मत बनाना। मैं जासूसी में अच्छा नहीं हूं।”

रेमंड ने खुद को आश्चर्यचकित कर दिया जब उसने कहा, “आप अच्छे दिखने में अच्छे हैं।”

उसने कुछ नहीं कहा, इसलिए उसने उसका खाली गिलास लिया, मुड़ा, और सीधे एरिज़ोना चार्ली से टकरा गया। रेमंड खुश था कि उसके हाथ में जो दो गिलास थे वे खाली थे। वह आदमी बहुत बड़ा था। रेमंड को इस बात पर गर्व था कि वह लगभग छह फीट लंबा है और अपने जानने वाले ज़्यादातर आदमियों से लंबा है, लेकिन चार्ली उससे कम से कम छह इंच लंबा था। “हेलो, चार्ली। तुमसे मिलकर अच्छा लगा।”

“तुमसे मिलकर अच्छा लगा, और मज़े करो, बेटा। यह पार्टी बहुत अच्छी है।”

रेमंड थोड़ा पीछे हटा, चार्ली की तरफ सिर हिलाया, और पंच बाउल की तरफ बढ़ गया। रेमंड ने उनके गिलास भर लिए और फिर सुसान के पास वापस चला गया। क्ले उसके रास्ते में था। “हेलो, क्ले।”

“मैं हेनरी हूँ।”

“सॉरी, हेनरी, हाँ।” हेनरी अभी भी परेशान लग रहा था, और उसे हैरानी हुई कि क्यों। “आज रात तुम्हारे साथ कोई लड़की नहीं है, हेनरी?”

"मैं अपनी लड़की को भी साथ ला सकता था, लेकिन उसने आखिरी मिनट में न आने का फैसला किया।"

"यह सुनकर दुख हुआ। खैर, आपकी रात अच्छी हो," सुसान के पास दोबारा जाने से पहले, रेमंड ने एक आदमी को देखा, जो एलिमिनेशन प्रोसेस के हिसाब से क्ले ही था। उसने उससे बात करने का फैसला किया और अपनी तरफ चल दिया। "शाम, क्ले। मैंने अभी तुम्हारे भाई से बात की। वह ठीक नहीं लग रहा था। उसने कहा कि उसकी औरत नहीं आना चाहती। मुझे उम्मीद है कि तुम्हारी ज़िंदगी उससे ज़्यादा पूरी होगी।"

"मैं भी ऐसा ही सोचता था, लेकिन मेरी औरत भी यहाँ नहीं है। मुझे उम्मीद है कि आज रात बाद में उससे मिलूँगा। क्या तुम किसी के साथ हो?"

"हाँ, सुसान, मेरी पक्की लड़कियों में से एक।"

"अच्छा हुआ। फिर मिलते हैं।" वह जाते हुए बोला।

आखिरकार, रेमंड ने सुसान को पकड़ लिया और उसे पूरा गिलास पंच दिया। "जब मैं गया था तो क्या तुमने कुछ सुना?"

"ज़्यादातर गॉसिप। कुछ लोग कह रहे हैं कि इस पूरे मामले के पीछे प्रेस्कॉट राइफल्स का हाथ है। अफवाह यह है कि क्योंकि उनके पास करने के लिए कुछ नहीं था, इसलिए उनके पास लोगों को मारना शुरू करने के अलावा कोई चारा नहीं था। अब, राइफल्स किसी को बलि का बकरा ढूंढने और क्राइम सॉल्व करके हीरो बनने की कोशिश कर रहे हैं। यह पूरी तरह बकवास है। मैं बकी ओ'नील से मिला हूँ। आपको उनसे ज़्यादा ईमानदार इंसान कभी नहीं मिलेगा। क्या बकवास है।"

"जब तक हत्यारा नहीं मिल जाता, वह अभी भी संदिग्ध है।"

"क्या?

"कोई बात नहीं। देखो, लोग उस नए ग्रुप डांस के लिए लाइन में लग रहे हैं। चिंता मत करो, कोई न कोई सबको बता देगा कि यह कैसे करना

है। मैंने यहीं कहीं एक पेपर देखा था जिसमें नए डांस के बारे में बताया गया था। चलो। अपनी ड्रिंक नीचे रखो, और चलो कुछ मज़ा करते हैं।"

एक औरत जिसने अपना नाम हेलेन बताया, उसने बताया कि डांस कैसे होता है, और जिस तरह से उसने बताया, वह काफी आसान लग रहा था। सभी आदमी, औरतों की लाइन के दूसरी तरफ, कंधे से कंधा मिलाकर खड़े थे। रेमंड, सुसान के सामने खड़ा था। बैंड ने 'ए बाइसिकल बिल्ट फॉर टू' बजाया, और रेमंड खुश था कि यह बहुत तेज़ नहीं था। उन दोनों ने गलतियाँ कीं और फिर उन्हें इसकी आदत पड़ने लगी। कितना मज़ा आया।

आखिरकार, म्यूज़िक बंद हो गया, और वे हँसे। "चलो एक और करते हैं।" उसने कहा। वह मान गई, और बैंड ने एक और गाना गाया, 'ता-रा-रा बूम-डी-ए।' यह गाना बहुत तेज़ था, लेकिन अब वे बेहतर हो रहे थे और दूसरे डांस में उन्हें ज़्यादा मज़ा आया। गाना खत्म होने के बाद वे गले मिले और डांस फ्लोर से चले गए।

रेमंड और सुसान रॉबर्ट से मिले, जो ऐसे आगे-पीछे हिल रहा था जैसे उसने बहुत ज़्यादा पी ली हो। "हेलो, रॉबर्ट। तुम्हें नया डांस ट्राई करना चाहिए। यह मज़ेदार है।"

"मेरी पत्नी...पत्नी...मिन्नी ने मुझे...परेशान कर दिया है। वह कभी...डांस करना बंद नहीं करती। अब वह किसी जवान लड़के के साथ...डांस कर रही है।" उसने अपनी पत्नी की ओर इशारा किया।

"हम बाद में बात करेंगे। आपसे मिलकर अच्छा लगा।" रेमंड ने कहा।

"ठीक है, स्मोदर डे। बाय।" उसने कहा और लड़खड़ाते हुए उनसे दूर चला गया। सुसान मुस्कुराई। "तुम्हारे दोस्तों में से कोई?"

"नहीं, बस एक ऐसा इंसान जिससे मैं हाल ही में मिला हूँ। वह हमेशा कहता है कि उसके पास सब कुछ सबसे अच्छा है और वह सबको इसके

बारे में बताना पसंद करता है, इसलिए वह थोड़ा परेशान करने वाला है। मुझे खुशी है कि हमने अपनी जासूसी ड्यूटी से कुछ समय निकाला और ग्रुप डांस किया। क्या हमें अलग होकर लोगों की बात सुननी चाहिए?"

"नहीं. चलो साथ रहते हैं. तुम जासूसी का काम खुद करते हो. तुम्हें मुझसे ऐसा काम करने के लिए नहीं कहना चाहिए."

"ठीक है, सुसान। मैं समझ गया।" उसने लोगों को नाचते हुए देखने के लिए उसे इधर-उधर घुमाया, लेकिन उसे इससे कुछ नहीं मिला। वह जोसी के पास गया। एक आदमी उसके बगल में खड़ा था, और रेमंड उनसे बातें करने लगा।

"मज़ा आ रहा है, जोसी?"

"कोई बात नहीं। म्यूज़िक अच्छा है।" जोसी ने अपने बगल में बैठे आदमी की तरफ इशारा करते हुए कहा, "यह मेरे पति जॉन हैं। आप शायद उन्हें बैंड से पहचानते होंगे। वह अभी थोड़ा ब्रेक ले रहे हैं।" रेमंड ने सिर हिलाया।

जोसी ने आगे कहा, "क्या तुम देख रहे हो कि इतने सारे लोग पसीना बहा रहे हैं? इस शहर के खराब होने का असली कारण यह है कि लोग अपना ख्याल नहीं रखते। लोगों को कोई परवाह नहीं है, और यह बहुत बुरा है। ऐसा लगता है जैसे वे जानवरों का झुंड हों। मेरा परिवार एक्टिव रहता है। हम अपना और एक-दूसरे का ख्याल रखते हैं। यह शहर नहीं, अरे नहीं, प्रेस्कॉट नहीं। यहाँ एक कातिल घूम रहा है। मुझे उम्मीद है कि कोई बहुत ज़्यादा शराब पीकर घर लौटने की कोशिश न करे, और सीधे कातिल से टकरा जाए। या इससे भी बुरा, शायद वह कातिल यहीं, सबके सामने, नाच रहा हो और चुपचाप अपने बुरे काम का जश्न मना रहा हो।"

रेमंड अब उसकी बात नहीं सुनना चाहता था, इसलिए उसने जोसी को शुभकामनाएं दीं और सुसान को दूर ले गया। वे जोसी से काफी दूर थे

जब उन्होंने किनारे से शोर सुना, फिर रुक गए। रेमंड चिल्लाने की आवाज़ सुनने के लिए मुड़ा। वह ज़्यादा कुछ नहीं सुन सका कि वे क्या कह रहे थे क्योंकि पास में पियानो सोलो बज रहा था, लेकिन वह जुड़वां भाइयों को एक-दूसरे पर चिल्लाते हुए देख सकता था।

लेस्टर ट्विन्स में से एक ने दूसरे को सीने में धक्का दिया, फिर खुद को धक्का लगा। उनकी चीखें तेज़ होती गईं। उसने बातचीत के कुछ हिस्से सुने।

"तुम दूर रहो, सुन रहे हो।"

"मैं? तुम्हारा कोई अधिकार नहीं है।"

"मेरे पास भी उतना ही है जितना आपके पास।"

दोनों जुड़वाँ भाइयों ने एक-दूसरे पर मुक्के मारे। रेमंड ने चारों ओर देखा, और सब हैरान थे। प्रेस्कॉट में जो हो रहा था, उसे देखते हुए, अंतरिम मेयर और उसके जुड़वाँ भाई को लड़ते हुए देखना सबके लिए अनएक्सपेक्टेड और निराशाजनक रहा होगा। "इस शहर को क्या हो रहा है?" सुसान ने पूछा। आखिरकार, शेरिफ ने लड़ाई रोकी और भाइयों को बाहर ले गया। शेरिफ लुईस डांस में इसलिए था क्योंकि उसे इस तरह की चीज़ होने की उम्मीद थी , लेकिन रेमंड ने अंदाज़ा लगाया कि शेरिफ लुईस ने कभी उम्मीद नहीं की होगी कि लेस्टर जुड़वाँ भाई ही लड़ेंगे।

अध्याय सत्रह

रेमंड और सुसान शेरिफ और जुड़वा बच्चों के पीछे बाहर गए, लेकिन जब तक वे पहुंचे, लेस्टर जुड़वा बच्चे अपने-अपने रास्ते जा चुके थे। हेनरी गुस्से में जा रहा था, और क्ले पास की एक खाई में मुंह के बल पड़ा रो रहा था।

रेमंड और सुसान शेरिफ के पास गए। रेमंड ने हेनरी को देखा, फिर क्ले को। रेमंड ने क्ले की तरफ इशारा किया और शेरिफ से पूछा, "उसे क्या हुआ है?"

"मुझे नहीं पता, और मुझे कोई फ़र्क भी नहीं पड़ता, बेटा। मुझे तो उनमें से कोई भी भीगा हुआ नहीं लगा, इसलिए मैं उन्हें जेल में नहीं डाल सकता। क्ले, मुझे लगता है, उसमें जो भी गड़बड़ है, वह उसके और उसके पादरी के बीच की बात है।" शेरिफ़ लुईस ने कहा। क्ले अभी भी रो रहा था। "मैं उसे वहीं छोड़ दूँगा और कल सुबह देखूँगा। तब तक वह रो-रोकर चला जाएगा।"

रेमंड ने कहा, "उन्हें लड़ते देख मैं हैरान था।"

"इस शहर में लोग हर दिन लड़ते हैं, हत्याओं के बाद तो और भी ज़्यादा। आज मेरी ज़िंदगी का एक और दिन था, जैसे कल था और जैसा कल होगा। मैं लोगों को खतरे से बचाने के लिए कुश्ती करता हूँ और कोशिश करता हूँ कि कोई मेरे मुँह पर मुक्का न मारे। उन्होंने किसी और को परेशान नहीं किया, इसलिए मैंने उन्हें जाने दिया।"

“अच्छा आइडिया है। आप अंतरिम मेयर को अपनी जेल में नहीं रखना चाहेंगे। बहुत सारे सवाल हैं।” रेमंड ने कहा।

“हाँ, और तुम दोनों को डांस छोड़ने की ज़रूरत नहीं है। वापस अंदर जाओ। मेरा काम हो गया।” शेरिफ ने दोनों भाइयों को आखिरी बार देखा, मुड़ा और रेमंड को आँख मारी, और वापस अंदर चला गया।

जब रेमंड और सुज़ैन डांस पर वापस आए, तो यह साफ़ था कि लेस्टर ट्विन्स के साथ हाल की घटनाओं ने पार्टी में आए लोगों का मूड खराब कर दिया था, लेकिन जैसे ही बैंड ने नया गाना शुरू किया, चीज़ें नॉर्मल होने लगीं।

“एक और ड्रिंक चाहिए?” उसने पूछा।

“नहीं, धन्यवाद। मैं आज रात अपना दिमाग शांत रखना चाहता हूँ।”

उन्होंने भीड़ में इधर-उधर देखा और डांस करने के लिए किसी और जोशीले गाने का इंतज़ार किया। रेमंड ने पहली बार क्लिंट को देखा और हैरान रह गया कि उसने अभी भी अपनी रोज़ की ओवरसाइज़्ड पैंट और सस्पेंडर्स पहने हुए थे। वह और भी हैरान हुआ जब उसने अपने बगल में खड़ी औरत को देखा। क्या खूबसूरत औरत थी। उसने सोचा कि उसके जैसी खूबसूरत औरत क्लिंट जैसे गुंडे में क्या देखेगी। रॉबर्ट लड़खड़ाते हुए क्लिंट से बात करने के लिए उसके पास आ रहा था।

“सुसान, क्या तुम यहीं एक पल रुक सकती हो? मैं जितनी जल्दी हो सकेगा वापस आ जाऊंगा।” रेमंड ने कहा।

वह क्लिंट के पास गया और उसे यह सोचकर बेचैनी होने लगी कि जब घमंडी रॉबर्ट उस बड़े बदमाश क्लिंट से बात करने आएगा तो क्या होगा।

"क्लिंट, रॉबर्ट तुमसे बात करने आ रहा है। वह बहुत ज़्यादा नशे में है। जब वह होश में होता है, तो उसे सहना बहुत मुश्किल होता है, इसलिए तुम दूसरी तरफ़ चले जाना चाहोगे।"

"मैं किसी से भी पीछे नहीं हटता, चाहे वह नशे में हो या नहीं।"

रॉबर्ट पास आया और बोला, "मुझे चाहिए... मुझे तुम्हारी औरत चाहिए... मोटे आदमी।" क्लिंट ने तुरंत रॉबर्ट को मुक्का मारना शुरू नहीं किया, और रेमंड सोच रहा था कि रॉबर्ट की पत्नी मिन्नी कहाँ है।

"बस हो गया। जाने का समय हो गया।" शेरिफ लुईस, समझदारी की आवाज़, इतनी ज़ोर से आई कि रॉबर्ट मुड़ा और शेरिफ का सामना किया। रॉबर्ट की रात खत्म हो गई थी। रेमंड जानता था कि अगर शेरिफ उस समय नहीं आता तो क्लिंट रॉबर्ट को घूंसा मारकर ज़मीन पर गिरा देता। शेरिफ ने रॉबर्ट को पकड़ा और उसे जेल ले गया। रेमंड वापस सुसान के पास गया, जो सब्र से इंतज़ार कर रही थी।

एक धीमा, रोमांटिक गाना बजने लगा। "क्या मैं यह डांस कर सकता हूँ, मैडम?"

"हां, दयालु महोदय।"

उन्होंने अपना आखिरी डांस किया और जल्द ही जाने का समय हो गया।

"क्या तुम्हें मज़ा आया?" उसने पूछा.

"हाँ. मुझे नहीं पता था कि तुम इतनी अच्छी डांसर हो. तुम बहुत बेहतर हो गई हो. शायद ईवा के साथ डांस करने से तुम्हें मदद मिली है?"

"तुम्हें ईवा को भूल जाना चाहिए। मैं भूल गया हूँ। अब मैं सिर्फ़ तुम्हारे बारे में ही सोचना चाहता हूँ।"

वे कुछ और मिनट तक चले, फिर सुसान ने पूछा, "क्या तुम बदल गए हो, रेमंड?"

"थोड़ा सा। मेरे पास कोई चॉइस नहीं है। अगर मुझे हसीया के साथ काम करना है, तो मुझे उसके तरीके से काम करना होगा। वह टफ है। मुझे पहले भी प्रॉब्लम हुई हैं, लेकिन कौन जानता है? हो सकता है कि आप मुझे नए और बेहतर रूप में देख रहे हों, पक्का।"

"हम इस बारे में देखेंगे। क्या हसेया आपको अच्छा पेमेंट करता है?"

"अभी तो नहीं, लेकिन मुझे लगता है कि बिज़नेस शुरू होने के बाद सैलरी बेहतर होगी।"

"मेरे पिता ने भी कभी ज़्यादा पैसे नहीं कमाए हैं। मुझे लगता है कि आप कह सकते हैं कि हम गरीब हैं। क्या आपका परिवार भी ऐसा ही है?"

"हाँ। आप, मैं, और इस शहर के ज़्यादातर लोग। हम सब गरीब हैं। कुछ लोग, जैसे मार्टिन्स अपने बड़े फार्म के साथ, अमीर हैं। हालाँकि, मुझे इससे कोई दिक्कत नहीं है। मैं उन्हें जानता हूँ, और वे अच्छे लोग हैं।"

उसने उसे अपनी बांहों में भर लिया और उसे उसके घर तक ले गया। गुडनाइट कहने के बाद, उसने उसे किस किया। वह इसी का इंतज़ार कर रही थी, फिर मुस्कुराई और अंदर चली गई। यह उसके लिए एक अच्छी रात थी, भले ही उसके पास हसेया को बताने के लिए ज़्यादा कुछ नहीं था। सुसान उसे फिर से पसंद आने लगी थी, लेकिन उसे पक्का नहीं था कि वह इसके लिए तैयार है या नहीं।

*

"रिपोर्ट करो," हसेया ने मांग की।

"क्या रात थी. मैं इसे लंबे समय तक याद रखूंगा."

हसेया को कोई दिलचस्पी नहीं दिख रही थी, जैसे उसे रेमंड की पर्सनल लाइफ के बारे में बहुत ज़्यादा जानकारी मिलने वाली हो।

“बहुत कुछ हुआ। एरिज़ोना चार्ली वहाँ था और उसने कुछ बातें कहीं। क्या आपने उसके बारे में सुना है?”

"हाँ।"

“हेनरी और क्ले दोनों वहाँ थे, लेकिन दोनों के साथ कोई औरत नहीं थी। मैं अपनी दोस्त सुसान के साथ गया था, और उसने किसी को यह कहते हुए सुना कि प्रेस्कॉट राइफल्स क्लब इन हत्याओं के पीछे था, लेकिन उसे इस पर यकीन नहीं हुआ। रॉबर्ट स्नाइडर नशे में था और क्लिंट ने लगभग उसके चेहरे पर मुक्का मार ही दिया था। मैंने जोसी हंटले से बात की - वह इतनी अपनी राय रखती है कि उससे बात करना भी मुश्किल है - और मैंने उससे ऐसा कुछ नहीं सीखा जिससे हमें मदद मिल सके। रात तब खत्म हुई जब हेनरी और क्ले के बीच चिल्लाने और धक्का-मुक्की होने लगी। शेरिफ ने उन्हें बाहर निकाल दिया। वह शाम काफी मज़ेदार थी।”

“मुझे शक है कि प्रेस्कॉट राइफल्स इन हत्याओं में शामिल थे। मुझे यह ठीक नहीं लग रहा। रॉबर्ट का नशे में होना हैरानी की बात है, लेकिन मुझे नहीं लगता कि इससे हमारी जांच में कोई मदद मिलेगी। मुझे लगता है कि जोसी के पास अभी जांच में बताने के लिए कुछ नहीं है। एक दिलचस्प बात जो आपने बताई वह यह है कि हेनरी और क्ले किसी बात पर सहमत नहीं थे। मुझे हैरानी है कि वह किस बारे में था?” उसने पूछा।

"मैं उनसे बहुत दूर था और पियानो के बहुत करीब था, इसलिए मैंने ज्यादा कुछ नहीं सुना।"

“तुमने अच्छा किया, लेकिन मुझे किड की चिंता होने लगी है। हम दोनों में से किसी ने भी उसे कई दिनों से नहीं देखा है।”

“मुझे पता है. मुझे नहीं पता कि उसके साथ क्या हुआ. शायद उसे कोई बेहतर मौका मिल गया हो.”

"यह संभव है, और यह उसके लिए अच्छा हो सकता है, लेकिन किसी कारण से, मुझे नहीं लगता कि ऐसा हुआ है।"

दरवाज़े पर दस्तक हुई और शेरिफ़ लुईस अपने ऑफ़िस में दाखिल हुए। “गुड मॉर्निंग, हसेया, रेमंड।”

“यह एक सरप्राइज़ है. तुम्हें क्या चाहिए?” हसेया ने पूछा.

“आपकी प्रोग्रेस के बारे में अपडेट अच्छा रहेगा। मेरे पास भी आपको देने के लिए कुछ है।”

हसेया ने हेनरी और क्ले की बहस के बारे में रेमंड की बातें दोहराईं। “मुझे हैरानी है कि उन्होंने बहस क्यों की?” उसने पूछा।

“कौन जाने? आजकल इस शहर में लोग हर समय बहस करते रहते हैं। हर कोई घबराया हुआ है। सुनो, डिटेक्टिव विलियम्स के मारे जाने से पहले, उसने यह जानकारी भेजी थी। यह माइक टैपस्कॉट के आर्मी रिकॉर्ड हैं। मुझे नहीं पता कि उसने ये क्यों मांगे, लेकिन मुझे इस पर बहुत शक है। उसके पास यह जानकारी मांगने का कोई कारण ज़रूर रहा होगा।”

“थैंक यू, शेरिफ। अगर हमें कुछ और मिला तो मैं आपको बता दूंगा। क्या आप कॉफी पीना चाहेंगे?”

“नहीं, धन्यवाद। मुझे ऑफिस वापस जाना है। मुझे जेल में शराबियों के लिए पेपरवर्क प्रोसेस करना है, जिनकी वजह से कल रात मैं बिज़ी रहा। ध्यान रखना।” उसने जाने से पहले कहा।

हसेया ने अपने और रेमंड के लिए कॉफी बनाई और फिर माइक के आर्मी रिकॉर्ड्स को देखा। दो चीज़ों ने तुरंत उसका ध्यान खींचा।

“रेमंड, इसे देखो और अगर तुम्हें कुछ असामान्य दिखे तो मुझे बताओ।”

उन्होंने माइक के रिकॉर्ड देखे। “उसका रिकॉर्ड साफ़ है। वह कभी डिसिप्लिन में नहीं रहा और रैंक में ऊपर नहीं गया, जैसा कि आप एक अच्छे सैनिक से उम्मीद करते हैं। उसने मुझे बताया कि वह रोड मेंटेनेंस में काम करता था, और वह यहाँ दिखाया गया है। मुझे नहीं पता। मुझे इसमें कुछ भी गड़बड़ नहीं दिखी।” उसने उसे माइक के रिकॉर्ड वापस दे दिए।

“मैं निराश हूँ, रेमंड। कम से कम एक तो साफ़ प्रॉब्लम है।” उसने उसे रिकॉर्ड वापस दे दिए। “रिकॉर्ड देखे बिना, मुझे बताओ कि माइक कितना लंबा है और उसकी आँखों का रंग क्या है।”

रेमंड ने एक मिनट सोचा, फिर कहा, “उसकी हाइट नॉर्मल है, शायद पाँच फ़ीट सात इंच। उसकी आँखें...मुझे लगता है कि वे भूरी हैं।”

"ठीक है, उसके आर्मी रिकॉर्ड देखो और मुझे उसकी हाइट और आंखों का रंग बताओ ।"

“इसका कोई मतलब नहीं बनता। रिकॉर्ड बताते हैं कि माइक छह फीट, एक इंच लंबा है और उसकी आँखें नीली हैं। यह सही नहीं हो सकता। ऐसा कोई भी व्यक्ति भीड़ में अलग दिखेगा, और माइक नहीं।” रेमंड ने कहा।

“हो सकता है कि रिकॉर्ड गलत हों, लेकिन मुझे ऐसा नहीं लगता। इस प्रॉब्लम का एक जवाब है, और यह साफ़ है। क्या होगा अगर जिस माइक को हम जानते हैं, वह असली माइक टैपस्कॉट नहीं है? क्या होगा अगर जिस आदमी को हम जानते हैं, वह सिर्फ़ माइक टैपस्कॉट बनकर दिखावा कर रहा है, और वह ऐसा क्यों करेगा?”

रेमंड हैरान रह गया। “हमें माइक, इस धोखेबाज़ का तुरंत सामना करना होगा।”

"नहीं, हम नहीं जानते। हम इस आदमी के बारे में कुछ जानते हैं जो उसे नहीं पता कि हम जानते हैं। यह हमारा फ़ायदा है, और हमें इसे समझदारी से इस्तेमाल करना चाहिए। खुद को उस आदमी की जगह रखो जो माइक होने का दावा करता है। अगर हम उसे डराते हैं, तो वह आधी रात को शहर छोड़ सकता है। हमें सावधान रहना होगा। प्लीज़ अपना दिमाग़ इस्तेमाल करना शुरू करो। ऐसा करने में कभी देर नहीं होती। इस इन्वेस्टिगेशन में यह हमारा पहला फ़ायदा है, और हमें इसका पूरा फ़ायदा उठाना चाहिए।"

रेमंड निराश और कन्फ्यूज्ड लग रहा था। उसने आगे कहा, "मुझे सबसे अच्छा तरीका चुनना है। मैं चाहती हूँ कि तुम किड को ढूंढो, फिर लंच के बाद वापस आओ, और हम माइक या जो भी वह है, उससे निपटने के लिए एक प्लान पर काम करेंगे। उसने रेमंड को माइक टैपस्कॉट के आर्मी रिकॉर्ड्स में देखी गई सबसे बड़ी गड़बड़ी के बारे में नहीं बताया।

अध्याय अठारह

हसेया ने रेमंड के ऑफिस आने का आधे घंटे तक इंतज़ार किया। उसे देर से आना पसंद नहीं था, और वह सोच रही थी कि क्या हुआ होगा। हसेया ने किड के बारे में भी सोचा। उसके पास अपने दिन का प्लान था और उसने उनके बिना ही काम शुरू करने का फैसला किया। उसने पाँच मिनट ध्यान से एक जूते को खराब किया, रेमंड के लिए एक नोट छोड़ा, और माइक की शू रिपेयर शॉप पर चली गई।

"सुप्रभात, माइक।" उसने उसकी दुकान में घुसते हुए कहा, वह कैजुअल और फ्रेंडली लगने की कोशिश कर रही थी। वह सिर झुकाए जूते के सोल में ब्रैड ठोक रहा था, और उसने धीरे से जवाब में हैलो कहा। उसने मौके का फ़ायदा उठाते हुए उसकी एक कमरे वाली दुकान देखी। जैसा उसे शक था, वह अस्त-व्यस्त थी, जूतों और लेदर के टुकड़े शेल्फ़, टेबल और फ़र्श पर बिखरे पड़े थे। "लगता है तुम बिज़ी हो।"

उसने ऊपर देखा. "हाँ, आज पूरे दिन. मैं आपके लिए क्या कर सकता हूँ?"

"मेरी एक हील है जिसे मुझे फिर से लगवाना है। मुझे लगता है कि मुझे ज़्यादा सावधान रहने की ज़रूरत है।"

उसने जूता लिया और उसे देखा। "मैं कहता हूँ। यह एक अच्छा बना हुआ जूता है। ठीक है, मैं इसे कुछ घंटों में कर सकता हूँ। क्या कुछ और है?"

“नहीं, बस यही बात है। मुझे वैसे भी डाउनटाउन में और भी काम निपटाने थे, इसलिए जब मैं उस इलाके में था तो मैं जूता साथ लाना चाहता था। ओह, एक बात मैं तुमसे पूछना चाहता था। मुझे पता है कि तुम प्रेस्कॉट राइफल्स के मेंबर हो, और यह अफवाह फैल रही है कि प्रेस्कॉट राइफल्स, या उसका कोई मेंबर, मेयर यंग की शूटिंग में शामिल था। मुझे इस पर यकीन करना बहुत मुश्किल लग रहा है।”

“प्रेस्कॉट राइफल्स में कोई भी मेयर की हत्या में शामिल नहीं था, निश्चिंत रहें। हमारा काम लोगों की रक्षा करना है, उन्हें मारना नहीं।”

“किसी ने मुझे बताया कि यहां आने के कुछ समय बाद ही आप राइफल्स में शामिल हो गये थे।”

“हां, यहां आने के बाद से मैं एक गौरवान्वित सदस्य रहा हूं।”

“मुझे मेयर के मर्डर को सुलझाने के लिए हायर किया गया था। जब हम केस पर काम कर रहे थे, तो हमें उस रेस्टोरेंट की छत पर एक शेल केसिंग मिली, जो मेयर यंग को गोली लगने की जगह के उस पार थी। मैं इसे देखकर हैरान रह गया। कातिल ज़रूर कोई नौसिखिया रहा होगा जो शेल केसिंग को मौके पर ऐसे छोड़ गया। यह शायद उन लीवर राइफलों में से किसी एक का शेल था जो बहुत पॉपुलर हैं। हो सकता है कि मौके पर मिली गोली का मैच उस राइफल से हो जाए जिससे गोली चली थी, किसी तरह। मैंने अफवाहें सुनी हैं कि यह मुमकिन है, हालांकि मुझे समझ नहीं आ रहा कि कैसे।”

“आप मुझे ये सब क्यों बता रहे हैं?”

“मुझे नहीं पता। मैं बस ज़ोर से सोच रहा हूँ। जब तक वे डिटेक्टिव की जगह कोई और नहीं ढूंढ लेते, मैं ऑफिशियली इस केस पर हूँ। मुझे लगता है कि इस बारे में बात करने से मुझे सोचने में मदद मिलती है।”

“अच्छा हुआ। आज दोपहर बाद मिलते हैं?” उसने बेपरवाही से पूछा।

“फिर मिलते हैं। ओह, क्या आप आज दोपहर डिटेक्टिव विलियम्स की सर्विस में जा रहे हैं?” उसने पूछा।

“हाँ. ज़्यादातर राइफ़ल्स वहीं होंगी.”

“अगर कुछ और नहीं होता है तो मैं जाने का प्लान बना रहा हूँ। मैं जूते के लिए कुछ घंटों में वापस आऊँगा।”

नीनो का ऑल्टरेशन्स पास में ही था, इसलिए हसेया हैलो कहने के लिए रुक गई।

“ या - अतीह , नीनो. तुम कैसे हो?”

“अच्छा है। पिछली बार जब हमने बात की थी, उससे ज़्यादा अलर्ट लग रहे हो। क्या तुम्हारा बिज़नेस बेहतर हुआ?”

“हाँ, थोड़ा सा। सॉरी, मैं इस बारे में बात नहीं कर सकता ।”

“मैं पूरी तरह समझ गया।”

“नीनो, मुझे यह पूछना अच्छा नहीं लग रहा, लेकिन यह ज़रूरी हो सकता है। मैंने सुना है कि क्ले और हेनरी रोडियो डांस में लड़ रहे थे। क्या तुम जानते हो कि वे किस बात पर लड़ रहे थे, और क्या मैं कुछ मदद कर सकता हूँ?”

“क्या तुमने पहली बार भाइयों को लड़ते देखा है?” नीनो ने पूछा।

"नही बिल्कुल नही।"

“मुझे बस इतना ही पता है। वे लड़ते हैं, और हम सोचते हैं कि क्यों। फिर वे सुलह कर लेते हैं और फिर से भाई बन जाते हैं। वे ऐसे ही हैं।”

“क्ले ने इसके बारे में बात नहीं की?”

“नहीं. मुझे माफ़ करें, मेरे पास आपको बताने के लिए और कुछ नहीं है.”

“मुझे उम्मीद है कि अब दोनों के बीच अच्छी बन रही होगी। खैर, अलविदा। बहुत ज़्यादा मेहनत मत करो।”

के ऑल्टरेशन्स से दूर जाते हुए , हसेया ने उन पचास या उससे ज़्यादा लोगों के बारे में सोचा जिनसे उसने मेयर के मर्डर के बाद बात की थी। उसका नियम 'जब तक दोषी व्यक्ति नहीं मिल जाता, तब तक हर कोई संदिग्ध माना जाता है' हमेशा उसके दिमाग में रहता था। वह सबकी सुनती और उनसे बातचीत करती, इस दौरान सोचती रहती कि क्या वह जिससे बात कर रही है, वह कातिल हो सकता है। उसे नहीं लगता था कि इनमें से कोई भी व्यक्ति कातिल है। फिर भी, उसकी सारी बातचीत उसकी मेमोरी में स्टोर हो गई थी, ताकि अगर कोई नई जानकारी पिछली बातचीत से जुड़ती तो उसे याद किया जा सके। वह ऐसे ही काम करती थी। वह जितनी ज़्यादा जानकारी इकट्ठा करती, उसे उतने ही ज़्यादा संभावित कनेक्शन मिलते।

इसके बाद वह थोड़ी देर के लिए चर्च गईं और अपने ऑफिस लौटने से पहले पास्टर टेलर से बात की। जब वह लौटीं तो रेमंड इंतज़ार कर रहा था, लेकिन किड अभी भी गायब था।

“हमें डिटेक्टिव विलियम की सर्विस में जाना है। मैंने अभी उसके लिए कपड़े पहन लिए हैं। तुम्हें घर जाकर वह लाल शर्ट उतारकर कुछ हल्का पहनना होगा। वैसे, मेरे लिए काम करते समय वह शर्ट कभी मत पहनना। हम अलग नहीं दिखना चाहते। तुम वह शर्ट तब पहन सकते हो जब तुम सुसान के साथ हो। मैं तुमसे मेथोडिस्ट चर्च में मिलूंगा।”

वे दोनों चले गए। जब हसेया चर्च में थोड़ा जल्दी पहुँची, तो वह हेनरी लेस्टर के पास गई, या कम से कम उसके फैंसी कपड़ों को देखकर उसे लगा कि वह हेनरी ही है। सेफ रहने के लिए, उसने कहा, “मिस्टर लेस्टर, आपका आना अच्छा हुआ।”

"वह एक अच्छा जासूस था, और मुझे उसकी जगह लेने के लिए कोई सही आदमी ढूंढने में मुश्किल हो रही है। शेरिफ लुईस ने मुझे भरोसे में बताया कि आप मर्डर सुलझाने पर काम कर रहे हैं, और क्योंकि मुझे लग रहा है कि आप मुझसे इसके बारे में पूछेंगे, तो मैं बता दूं कि डांस में क्ले और मेरी एक मामूली बहस हो गई थी। कभी-कभी, उसे कोई समझ नहीं आती, और मुझे उसे यह समझाना पड़ता है।"

"उसे कोई अक्ल नहीं है?"

"नहीं, कभी-कभी तो ऐसा नहीं होता। यह एक फ़ैमिली मैटर था, और मुझे इस पर बात करने की आज़ादी नहीं है। इसके अलावा, यह ऐसी बात पर बात करने का सही समय या जगह नहीं है। हमें डिटेक्टिव विलियम्स का सम्मान करना चाहिए । मैं अब यह समझने लगा हूँ कि वह इस शहर के लिए क्या मायने रखते थे।"

"तुम सही हो।" वह एक बेंच पर बैठ गई और सर्विस शुरू होने का इंतज़ार करने लगी। कई प्रेस्कॉट राइफल्स मौजूद थे, जिसमें वह आदमी भी शामिल था जिसने खुद को माइक टैपस्कॉट बताया था। रेमंड चर्च में आया और हसेया के बगल में बैठ गया।

गंभीर स्वर में प्रार्थना सभा शुरू की । "हम यहां हमारे पूर्व जासूस स्वर्गीय मैथ्यू विलियम्स को सम्मान देने आए हैं। आज यहां आप में से कई लोग और हमारा पूरा समुदाय उन्हें बहुत याद करेगा। वह एक अच्छे इंसान और एक अच्छे सरकारी सेवक थे।"

पादरी ने जासूस के बारे में बहुत अच्छी बातें कहीं। "उस आदमी में अपने काम के लिए एक अनोखी जिज्ञासा और जुनून था। मुझे याद है कि उसने मुझे नई फिंगरप्रिंटिंग और बुलेट आइडेंटिफिकेशन साइंस में अपनी कोशिशों के बारे में बताया था। क्या आप जानते हैं कि आपकी उंगलियों पर बनी लकीरें सिर्फ़ आपकी होती हैं, किसी और की नहीं? यह सच है।

उसने मुझे यह भी बताया कि अगर वह हर छोटी-छोटी बात पर ध्यान दे, तो वह किसी क्राइम से ली गई गोली की जांच कर सकता है, उसकी तुलना बंदूक से चली दूसरी गोली से कर सकता है, और यह पता लगा सकता है कि क्राइम में मिली गोली उसी खास हथियार से चली थी या नहीं। हर हथियार से चली सभी गोलियों पर उसकी खास पहचान बनी रहती है। यह कमाल की बात है, ठीक वैसे ही जैसे वह आदमी कमाल का था। खैर, मुझे इस छोटी सी यात्रा के लिए माफ़ करना। मैं उस आदमी से बहुत इम्प्रेस हुआ। वह एक बहुत अच्छा इंसान था। क्या यहां कोई कुछ कहना चाहता है?”

दो लोग पोडियम पर आए और डिटेक्टिव विलियम्स की तारीफ़ की। पास्टर टेलर ने प्रार्थना की, और सर्विस खत्म हो गई। इसके बाद, डिटेक्टिव को एक प्राइवेट सर्विस में दफ़नाया गया, जिसमें सिर्फ़ परिवार के लोगों को ही आने की इजाज़त थी। लोग चर्च से बाहर निकल गए।

अपने ऑफिस जाते समय, हसेया ने रेमंड से पूछा कि वह माइक के बारे में क्या सोचता है।

“मैंने जो देखा है, उससे लगता है कि वह आदमी अकेला है। वह शहर में नया है, लेकिन मैं किसी ऐसे व्यक्ति से नहीं मिला जो माइक को अपना दोस्त कहता हो। उसने यहाँ एक बिज़नेस शुरू किया है, जिससे मुझे पता चलता है कि वह कुछ समय यहीं रहने वाला है। आप किसी हत्यारे से ऐसी उम्मीद नहीं करेंगे, लेकिन सच कहूँ तो मुझे नहीं पता कि इसका कितना मतलब है। एक बात तो पक्की है। वह आदमी आलसी है। मैंने देखा कि उसने सर्विस के लिए थोड़ी सफाई की थी।”

हसेया रुकी और बोली, “मैंने माइक की दुकान पर रिपेयर के लिए एक जूता छोड़ा है। चलो देखते हैं कि यह तैयार है या नहीं और पता लगाते हैं कि क्या हम माइक से कुछ सीख सकते हैं। मैं चाहती हूँ कि जब हम

उसकी दुकान में हों तो तुम उसे देखो और जितना हो सके कम बोलो। हमारे जाने के बाद, मैं तुमसे पूछूँगी कि तुमने क्या देखा।"

"गुड आफ़्टरनून, माइक," रेमंड ने अंदर आते हुए कहा।

"हेलो, रेमंड। हसेया, तुम्हारा जूता तैयार है।" उसने उसे जूता दिया, और उसने उसे देखा। वह अपने काम में माहिर था, और जूता बिल्कुल नया जैसा लग रहा था। उसने उसे तय रकम दे दी।

"आपको सर्विस में देखकर अच्छा लगा। यह बहुत दुखद था। डिटेक्टिव विलियम्स एक अच्छे इंसान थे।" हसेया ने कहा।

"मैं उसे ज़्यादा अच्छे से नहीं जानता था, लेकिन मैं सहमत हूँ। लोगों ने मुझे बताया कि वह जो करता था, उसमें अच्छा था।"

हसेया ने पूछा, "वह कभी राइफल्स का सदस्य नहीं था, है ना?"

"ऐसा कभी नहीं सुना। विलियम्स अपने काम में बिज़ी रहते थे। शायद उनके पास कभी समय नहीं था।" माइक ने कहा।

"ठीक है, हमें निकलना होगा। मेरा जूता ठीक करने के लिए धन्यवाद।"

"किसी भी समय अंदर आ जाइए।"

दोनों चले गए, फिर जाकर एक बेंच पर बैठ गए। "तुमने क्या देखा?" उसने पूछा।

"कुछ भी नहीं। ऐसा लग रहा है जैसे पिछली बार जब मैं वहाँ गया था - सब कुछ अस्त-व्यस्त और अस्त-व्यस्त था।"

"मैं आज सुबह ही उसके लिए जूता लाया था। अगर कोई बिज़ी है, जैसा माइक कहता है, तो हर बार जब आप उसकी दुकान में जाते हैं तो थोड़ा बहुत फ़र्क होता है। कुछ जूते अलग-अलग जगहों पर होते हैं। वहाँ

नए जूते होते हैं, जो रिपेयर होने का इंतज़ार कर रहे होते हैं। इससे मुझे हैरानी होती है कि क्या हो रहा है। वह अपने समय का क्या करता है?”

अध्याय उन्नीस

अफवाह फैलाओ कि प्रेस्कॉट राइफल्स का कोई आदमी मेयर की हत्या में शामिल था। यकीन मानो, और ज़्यादा मत करो। जब तक मैं न कहूँ, तब तक ऐसा करते रहो।"

"क्या तुम हत्यारे का पता लगाना चाहते हो?" रेमंड ने पूछा।

"उम्मीद है, हाँ। मैंने माइक से कहा कि मैंने एक अफ़वाह सुनी है कि राइफ़ल्स का एक सदस्य इसमें शामिल था। मैंने उसे यह भी झूठा बताया कि मेयर यंग को मारने वाली गोली मिल गई है। जहाँ तक मुझे पता है, उसने इसे अपने सीने से लगाकर रखा और ज़्यादा रिएक्ट नहीं किया। शायद अगर वह दूसरे लोगों से राइफ़ल्स के बारे में कोई अफ़वाह सुनेगा , तो वह कुछ करने पर मजबूर हो जाएगा। मुझे उम्मीद है, वैसे भी। हमें यह पता लगाना होगा कि वह झूठी पहचान के साथ क्यों रह रहा है। हमें माइक को खुद को दिखाना होगा और गलती करनी होगी, इससे पहले कि हम मामले को जोड़ना शुरू करें।"

"मैं आज सुबह बिग माउथ जा रहा हूँ। कुछ प्रेस्कॉट राइफल्स वहाँ होने चाहिए।" रेमंड ने कहा।

"अच्छा आइडिया है। तुम्हें काम पर जाना होगा।" उसने कहा।

वह चला गया, और जब वह घर आई, तो उसने चाय बनाई। पिछले साल बहुत कुछ बदल गया था। उसने अपना परिवार छोड़ दिया था और

गोरों के साथ रहने के लिए कबीलाई राज छोड़ दिया था। वह एक ऐसे शहर में अपना नया बिज़नेस शुरू करने की कोशिश कर रही थी जहाँ वह किसी को नहीं जानती थी। कितनी बेवकूफी है। उसने आह भरी।

उसका मन भटकता रहा। वह एक इंडियन औरत थी, तो उसे रेमंड की मदद करने या किड के साथ क्या हुआ, इसकी परवाह क्यों थी? उसे मानना पड़ा कि वह इन दो लड़कों से जुड़ गई थी, जिन्हें शहर न तो चाहता था और न ही उनकी ज़रूरत थी। जो बीत गया सो बीत गया, और जो आगे है, वही आगे होगा।

*

रेमंड रेस्टोरेंट में घुसा और तुरंत प्रेस्कॉट राइफल ग्रुप को देखा। बकी, माइक, रॉबर्ट और क्ले का हमेशा वाला ग्रुप एक टेबल पर बैठा था।

"सुप्रभात," उसने बैठते हुए कहा। अभी तक किसी ने ऑर्डर नहीं दिया था।

बकी ने बातचीत शुरू की, "रोडियो खत्म हो गया है, और अब शूटिंग कॉम्पिटिशन के बारे में बात करने का समय है। तैयारियां कैसी चल रही हैं?" उसने माइक की तरफ देखते हुए पूछा।

"अच्छा। हम खड़े होकर और ज़मीन पर लेटकर, दोनों तरह से शूटिंग करेंगे। पचास, सौ और डेढ़ सौ यार्ड के टारगेट काफी होंगे। मैं विनचेस्टर 94 लीवर-एक्शन राइफल कॉम्पिटिशन को लेकर एक्साइटेड हूँ। हमें सौ यार्ड पर ऐसा करना चाहिए और देखना चाहिए कि कोई टारगेट हिट कर पाता है या नहीं। जब समय आएगा तो रेमंड और मैं ऑन-साइट काम संभाल लेंगे। हमें एडवर्टाइज करना चाहिए। मुझे छोटे पोस्टर बनाने हैं जिन्हें हम शहर में चारों ओर लगाकर यह बात फैला सकें।"

"मैं पोस्टर बनाने में आपकी मदद करूँगा", बकी ने कहा।

वेट्रेस आई और सबने अपना ऑर्डर दिया।

"रेमंड, मैंने सुना है कि तुम और वह भारतीय महिला मेयर यंग केस पर काम कर रहे थे। क्या यह सच है?" रॉबर्ट ने पूछा।

उसे हैरानी हुई कि रॉबर्ट को यह कैसे पता चला और उसे इस बात से चिढ़ हुई कि उसे यह पता था। अगर रॉबर्ट को पता था, तो शहर में हर कोई जानता था या जल्द ही जान जाएगा। "अगर यह सच भी होता, तो मैं इसके बारे में बात नहीं कर सकता था।"

"रेमंड, मुझे डर है कि हमें पहले से ही पता है कि तुम इस केस पर काम कर रहे हो, इसलिए दिखावा करने का कोई फ़ायदा नहीं है। यह तुम्हारे लिए अच्छा है, और मुझे तुम पर गर्व है। मैंने भी कभी नहीं सोचा था कि मैं ऐसा कहूंगा, सोचो तो।" बकी ने कहा।

रेमंड को समझ नहीं आया कि क्या जवाब दे, इसलिए उसने कुछ नहीं कहा। जल्द ही, खाना आ गया। "मैं उम्मीद कर रहा हूँ कि यहाँ आस-पास कुछ अच्छा खाना मिलेगा। मैं कितना बेवकूफ़ हूँ।" क्ले ने अपने नाश्ते को देखते हुए कहा।

बकी ने कहा, "मैंने एक बार सैन फ्रांसिस्को के एक रेस्टोरेंट में खाना खाया था। मैंने इतना अच्छा खाना पहले कभी नहीं खाया था। मुझे लगा कि मैं मर गया हूँ और स्वर्ग चला गया हूँ।"

"आप हर जगह गए हैं और सब कुछ किया है, है ना?" क्ले ने जवाब दिया।

"नहीं, लेकिन मैं एक अच्छे भोजन को चख कर पहचान लेता हूँ।"

"यह इतना बुरा नहीं है। मैं एक और प्लेट ऑर्डर करने जा रहा हूँ," रॉबर्ट ने वेट्रेस को इशारा करते हुए कहा।

"तुम्हें पता नहीं कि कब छोड़ना है, है ना?" माइक ने मज़ाक में कहा।

रेमंड ने सोचा कि बातचीत का टोन बदलने का यह अच्छा समय होगा। अब उनके पास कुछ एक्स्ट्रा टाइम था क्योंकि उन्हें रॉबर्ट को दूसरा ब्रेकफ़ास्ट करते हुए देखना था।

"मुझे लगता है कि अब मैं मर्डर इन्वेस्टिगेशन के बारे में बात कर सकता हूँ क्योंकि सबको पता है कि मैं इसमें शामिल हूँ। मैंने जो सुना है, लेकिन यकीन नहीं हो रहा, वह यह है कि प्रेस्कॉट राइफल्स में कोई मेयर और शायद डिटेक्टिव विलियम्स की शूटिंग में भी शामिल था। क्या यह मज़ेदार नहीं है कि अफवाहें कैसे फैलती हैं?"

"मैं इसे मज़ेदार नहीं कहूँगा, रेमंड। यह बिल्कुल भी मज़ेदार नहीं है। हम अपने सालाना गाला को करने के लिए कड़ी मेहनत करते हैं, और हम सब लोगों को यह एहसास दिलाने की कोशिश करते हैं कि ज़रूरत पड़ने पर हम कम्युनिटी की रक्षा के लिए यहाँ हैं। इस तरह की अफ़वाह हम नहीं चाहते कि लोग सोचें। काश मैं उस व्यक्ति तक पहुँच पाता जिसने यह अफ़वाह फैलाई थी । यह अच्छा नहीं होगा, मैं आपको बता सकता हूँ।" बकी ने कहा।

रॉबर्ट ने फिर से खाना शुरू किया। कुछ हैश उसकी गोद में गिर गया, लेकिन उसने उस पर ध्यान नहीं दिया और अपना खाना बनाना जारी रखा। रेमंड को हैरानी हुई कि क्या रॉबर्ट ने कल रात शराब पी थी।

अफवाहें फैलाने के लिए कोर्टहाउस प्लाजा गया ।

*

माइक शेरिफ की कुर्सी पर बैठ गया और सवालों का जवाब देने लगा।

"आप कौन हैं?" शेरिफ लुईस ने तीसरी बार पूछा।

"मैंने तुमसे कहा था। मैं माइक टैपस्कॉट हूँ। तुम मुझ पर विश्वास क्यों नहीं करते?"

“आप कहते हैं कि आप आर्मी में थे। क्या यह सही है?”

“मैंने तुम्हें पहले ही बताया था। मैंने ज़्यादातर जनरल क्रुक की सड़कों के मेंटेनेंस का काम किया है। अगर तुम्हें मुझ पर यकीन नहीं है तो इसे देख लो।”

“मैंने पहले ही कर दिया है। माइक टैपस्कॉट के आर्मी रिकॉर्ड साबित करते हैं कि आप वह नहीं हैं।”

यह बात उसके दिल पर लगी। शेरिफ को पता चल गया। धत् तेरे की।

"कुछ गलती अवश्य हुई है।"

“आप यहाँ सहयोग न करके एकमात्र गलती कर रहे हैं। मैं इस स्थिति में बहुत कुछ कर सकता हूँ, और कोई भी आपके लिए अच्छा नहीं होगा।”

'माइक' ने कुछ नहीं कहा।

“ठीक है, मैं तुम्हारे लिए एक रास्ता देख सकता हूँ। मान लो तुम्हारे पास अपने अतीत के बारे में झूठ बोलने का कोई अच्छा कारण था। हो सकता है कि तुम आर्मी में मुसीबत में पड़ गए हो और अपना नाम बदलकर अपने बारे में एक ज़्यादा इज़्ज़तदार कहानी बनाना चाहते हो। ऐसा होना कोई नई बात नहीं है। लोग अक्सर अपने अतीत के बारे में झूठ बोलते हैं। हो सकता है कि तुम्हें किसी ऐसे व्यक्ति से छिपने की ज़रूरत थी जो तुम्हें नुकसान पहुँचाना चाहता था। अगर ऐसा होता, तो सच के आधार पर तुम बच सकते हो।”

शेरिफ ने आगे कहा, “तुम्हें अब मेरी बात बहुत ध्यान से सुननी होगी। अभी, मैं तुम पर गुमराह करने के इरादे से नकली पहचान बताने का चार्ज लगा सकता हूँ। मैं तुम्हें ट्रायल तक जेल में डाल सकता हूँ, और शहर में हर कोई तुम्हारे झूठ बोलने के तरीकों के बारे में जान जाएगा। कोर्ट तुम्हें सज़ा देगी, और तुम अपने छोटे से जूते के बिज़नेस को अलविदा कह सकते हो।

कोई तुम्हें काम नहीं देगा। तुम्हें यहाँ मेरी मदद करनी होगी ताकि मैं तुम्हारी मदद कर सकूँ। समझे?"

जॉन आर्थर पकड़े जाने से बहुत गुस्से में थे और उन्हें लगा कि वे फंस गए हैं। माइक टैपस्कॉट एक एक्सप्लोसिव एक्सपर्ट थे जो कभी-कभी उनके साथ काम करते थे। एक दिन, वे ग्रेनाइट के एक बड़े टुकड़े को ब्लास्ट करके हटा रहे थे जहाँ सड़क बननी थी। ज़्यादातर छेद जिन्हें डायनामाइट की छड़ियों से भरना था, पहले ही ड्रिल हो चुके थे। सिर्फ़ एक छेद ड्रिल करना बाकी था, और वे दोनों उस सुबह उसे पूरा करने में लग गए। जब उनका काम हो गया, तो माइक ने आखिरी डायनामाइट की छड़ी डालना और ब्लास्ट की तैयारी शुरू कर दी।

जॉन ड्रिलिंग का सामान ब्लास्ट ज़ोन से दूर ले जा रहा था, तभी उसे धमाका महसूस हुआ। कुछ गड़बड़ हो गई, बहुत बुरी तरह। ब्लास्ट ने उसे ज़मीन पर गिरा दिया। जब वह खड़ा हुआ तो उसके चारों ओर धूल और मलबा था। वह वहाँ गया जहाँ असली माइक कुछ देर पहले था और देखा कि माइक का क्या बचा था, जो ज़्यादा नहीं था। आर्मी की जांच में यह नतीजा निकला कि जो हुआ उसके लिए वह ज़िम्मेदार नहीं था, हालाँकि धमाके का सही कारण एक राज़ बना रहा।

जॉन एक हफ़्ते बाद माइक की सर्विस में गया, लेकिन कोई रिश्तेदार नहीं आया। तभी जॉन को पहली बार यह आइडिया आया कि वह क्या कर सकता है। माइक ऐसा आदमी नहीं था जो मुसीबत में पड़ जाए। जॉन का अपना रिकॉर्ड भी साफ़ था, लेकिन उसका ज़मीर साफ़ नहीं था। उस दिन की याद उसे परेशान करती रही, लेकिन उसके बीते हुए कल की याद उसे और भी ज़्यादा परेशान करती रही।

माइक दिल और दिमाग से साफ़ था। उसे हमेशा पता होता था कि क्या करना है। जॉन माइक जैसा बिल्कुल नहीं था। जॉन को खुद पर शक था और उसे शक था कि आर्मी छोड़ने के बाद वह ज़्यादा दिन ज़िंदा रह

पाएगा, इसलिए उसने किसी ऐसे इंसान से नई पहचान बनाने का फ़ैसला किया जिसे वह अपना आदर्श मानता था और जिसका सम्मान करता था, जिसका भविष्य अच्छा था – माइक टैपस्कॉट। इसमें क्या बुराई थी? उसने अपनी ज़िंदगी नए सिरे से शुरू की, अपना अतीत भुला दिया, और गर्व से माइक टैपस्कॉट बन गया।

अब, उसके पास कोई चारा नहीं था। उसे सच बताना ही था, या कम से कम ज़्यादातर सच। उसने इस सिनेरियो के बारे में अपने दिमाग में कई बार सोचा था।

"मेरा असली नाम जॉन आर्थर है, और मैं मिशिगन से हूँ। आप मेरे आर्मी रिकॉर्ड देख सकते हैं। वे साफ़ हैं। माइक टैपस्कॉट एक डायनामाइट एक्सपर्ट थे जिनकी एक एक्सीडेंट में मौत हो गई थी। मैं उनकी इज़्ज़त करता था। मेरा बचपन मुश्किलों भरा था, और माइक ऐसे इंसान थे जिनसे मैं बहुत प्यार करता था। उनमें एक कॉन्फिडेंस और अच्छाई थी जिसकी मैं तारीफ़ करता था। बस इतना ही था। आर्मी छोड़ने के बाद, मुझे एक साफ़ स्लेट चाहिए थी, इसलिए मैं माइक टैपस्कॉट बन गया।"

"मेरे पिता और एक बड़े भाई मोची थे। मैं उन्हें काम करते देखता था और जब भी हो पाता, उनकी मदद करता था। जैसे-जैसे मैं बड़ा हुआ, मैंने यह काम सीखा, और आर्मी छोड़ने के बाद, मैं फिर से शुरू करने के लिए प्रेस्कॉट चला गया। आप जितनी चाहें जांच कर लें। आपको पता चलेगा कि मैं सच कह रहा हूं। जॉन आर्थर ने आर्मी को एक साफ रिकॉर्ड के साथ छोड़ा था।"

शेरिफ ने उसे देखा, फिर आगे बढ़कर अपनी डेस्क पर बैठ गया।

"मैं तुम्हें चेक करने जा रहा हूँ। तुम इस पर भरोसा कर सकते हो।" शेरिफ लुईस ने कहा, लेकिन वह कन्फ्यूज्ड लग रहा था। जॉन ने सोचा, यह अच्छा है। शेरिफ उसे एक मौका दे सकता है।

"मैं तुम्हें माइक बनने का नाटक करते रहने दूँगा, लेकिन अगर किसी बात से मेरा मन बदल जाए तो भगवान तुम्हारी मदद करे। गुड डे।"

अध्याय बीस

हसेया ने शेरिफ लुईस से कहा, "माइक के साथ यह शेयर न करने के लिए धन्यवाद कि मुझे उसका सीक्रेट पता है।"

“हमारी कुछ बातें हुईं। माइक ने बताया कि उसका असली नाम जॉन आर्थर है। मैंने उसके आर्मी रिकॉर्ड मंगवाए हैं और उसका बैकग्राउंड साफ़ करने के लिए कुछ और टेलीग्राम भी भेजे हैं। मैं भी उस पर नज़र रखूँगा। अगर मुझे पता चला कि वह शहर छोड़ने वाला है, तो मैं उसे फौरन जेल में डाल दूँगा। तुम्हें अब तक क्या पता चला?”

“यह धीमा रहा है। माइक प्राइम सस्पेक्ट था। अब, आपको पक्का नहीं पता, ऐसा लगता है।” हसेया ने कहा।

“वह अभी तक पूरी तरह से ठीक नहीं है। देखते हैं मुझे क्या जानकारी मिलती है।”

“शेरिफ...कोई बात नहीं।”

वह दरवाज़े की तरफ़ जाते हुए लगभग मुड़ ही गई थी, लेकिन बाहर निकलते समय बस थोड़ी देर के लिए रुकी। शेरिफ़ के ऑफ़िस से निकलने के बाद, उसे खुद पर गुस्सा आया। उसने शेरिफ़ को सच क्यों नहीं बताया जैसा उसने देखा था? उसे लगा कि माइक दोषी है। वह एक कातिल था। किसी तरह, माइक शेरिफ़ को धोखा देने में कामयाब हो गया था।

एक बार फिर, हसेया प्लाज़ा में गई और एक बेंच पर बैठ गई। वह इनमें से एक बेंच पर बैठकर बहुत ज़्यादा समय बिता रही थी, और अपना टैलेंट बर्बाद कर रही थी।

"हेलो, हसेया।" उसने ऊपर देखा तो नेटी उसके पास आकर उसके पास बेंच पर बैठ गई।

"सुप्रभात, नेटी। आज काम नहीं कर रही?"

"नहीं। हम आम तौर पर शनिवार को आधा दिन काम करते हैं, लेकिन कल आरी में कुछ दिक्कत आ गई थी, इसलिए बॉस ने सबको आज घर पर रहने को कहा। मुझे शहर में कुछ काम करने थे, फिर मैंने तुम्हें देखा और सोचा कि तुम यहाँ क्या कर रहे हो।"

"मुझे सोचने के लिए कुछ समय चाहिए। कभी-कभी मैं इसके लिए यहाँ आता हूँ। मैं हर समय ऑफिस में बैठे-बैठे थक जाता हूँ, लेकिन आजकल, मैं यहाँ बहुत ज़्यादा समय बिता रहा हूँ। मुझे या तो अपने काम में बिज़ी हो जाना चाहिए या कोई दूसरी जगह ढूँढ़नी चाहिए जहाँ मैं जाकर सोच सकूँ।"

"अब आपके पास एक बड़ा काम है, है ना? मैंने सुना है कि आप मर्डर इन्वेस्टिगेशन पर वापस आ गए हैं। कोई प्रोग्रेस हुई?"

"मैं इस बारे में कुछ नहीं कह सकता। आपने कुछ नहीं सुना, है ना?"

"नहीं. पूरा शहर थोड़ा पागल हो गया है. शायद पूरी दुनिया. ये मर्डर - आप हमारे जैसे छोटे से शहर में इनकी उम्मीद नहीं करेंगे, है ना?"

"नहीं, मुझे नहीं लगता," हसेया ने कहा और दूर की ओर देखते हुए उसकी आँखें एक जगह नहीं थीं। नेटी बिना कुछ और कहे चली गई।

* * *

जब माइक अपना काम शुरू करने के लिए अपनी दुकान के अंदर गया, तो उसने अपने सामने के दरवाज़े के पीछे कागज़ की पर्ची देखी। उसने नोट उठाया और पढ़ा। क्या हुआ? 'आज सुबह बाद में आइस हाउस आना। हमें बात करनी है,' बस इतना ही लिखा था। उसे काम करना था, इसलिए उसने नोट एक तरफ रख दिया और चीज़ों को ठीक करने लगा। उसने एक बूट ठीक करना शुरू किया लेकिन नोट के बारे में सोचना बंद नहीं कर सका। क्या शेरिफ उसके साथ कोई खेल खेल रहा था? अगर ऐसा है, तो उसने गलत आदमी को चुना है। उसने बूट को वापस सिलने की कोशिश की, लेकिन कोई फायदा नहीं हुआ, इसलिए उसने बिग माउथ में नाश्ता करने और चीज़ों के बारे में सोचने का फैसला किया।

माइक ने अपना सख्त, सूखा बिस्किट चबाया और अपने भविष्य के बारे में सोचते हुए कहा कि काश इस शहर में एक अच्छा रेस्टोरेंट होता। शेरिफ अब उसके पीछे था। किसी वजह से उस इंडियन औरत ने उसे डरा दिया था। उसकी ज़िंदगी गड़बड़ थी, लेकिन यह कोई नई बात नहीं थी। उसने हिम्मत दिखाने की कोशिश की और ज़्यादातर बार कामयाब भी रहा, लेकिन अब चीज़ें अलग थीं। उसे हैरानी हुई कि क्या इंडियन औरत ने उस नकाब के पीछे छिपे असली आदमी को देखा है। उसने कितनी भी कोशिश की, वह वापस वैसे ही सोचने लगा जैसे पुराने जॉन आर्थर सोचते थे।

कुछ दिन पहले, वह कॉन्फिडेंट माइक टैपस्कॉट था। उसने दूसरी कप कॉफी मांगी। उसे सोचने के लिए समय चाहिए था। शैतान की बात करते हुए, वह इंडियन औरत पास आई और कोर्टहाउस के सामने एक बेंच पर बैठ गई, उससे नज़रें फेरकर।

एक और औरत बेंच पर आई और इंडियन के साथ बैठ गई। उसने उसे पहले भी शहर में देखा था, लेकिन उसका नाम नहीं जानता था। दोनों औरतों ने थोड़ी देर बात की। अब उसके जाने का सही समय था।

वह सड़क पर पूरब की ओर चल पड़ा। अगर उसे आइस हाउस जाना होता तो वह पूरब की ओर ही जाता। *मुझे लगता है कि मैं आखिरकार आइस हाउस ही जा रहा हूँ।* गर्मियों की शुरुआत में वह खाली हो जाएगा। उसने सुना था कि बर्फ साल में सिर्फ़ दो या तीन महीने ही मिलती है।

जब वह अपनी दुकान के बाहर होता था तो हमेशा अपनी पिस्तौल साथ रखता था और जब दुकान में काम करता था तो उसे दराज में रख देता था। जैसे ही वह आइस हाउस के पास पहुँचा, उसने अपनी पिस्तौल निकाली और छोटी सी बिल्डिंग के दरवाज़े के पास गया। दरवाज़ा खुला था, और अंदर अंधेरा था।

वह धीरे-धीरे दरवाज़े के सामने एक जगह पर गया। कुछ नहीं हुआ। फिर उसे रिवॉल्वर के कॉक होने की क्लिक की आवाज़ सुनाई दी। उसके झुकने और एक तरफ़ हटने के ठीक बाद गोली चलने की आवाज़ आई। उसने अचानक दरवाज़े के पीछे अंधेरे में गोली चला दी।

उसे नहीं लगा कि उसे गोली लगी है, इसलिए वह भागने लगा और भागता रहा। कुछ मिनट बाद, उसे एहसास हुआ कि उसके हाथ में अभी भी बंदूक है, इसलिए उसने अपनी रफ़्तार धीमी की, उसे अपनी पैंट में पीछे रखा और फिर से दौड़ना शुरू कर दिया। वह धीरे-धीरे रेगुलर चलने लगा और अपनी सांस को कंट्रोल करने की कोशिश करने लगा। उसे बस अपनी दुकान के बारे में ही सोचना पड़ रहा था। वह वहाँ जाता, फिर ऐसा दिखाता कि कुछ हुआ ही नहीं।

* * *

हसेया ने एक आवाज़ सुनी और अपनी बाईं ओर देखा। किड पूरी स्पीड से उसकी ओर दौड़ रहा था, एक्साइटेड लग रहा था। उसे देखकर वह खुश हुई, लेकिन हैरानी हुई कि वह इतना परेशान क्यों था।

"हसेया. मैंने गोली की आवाज़ सुनी और एक आदमी को बंदूक लेकर शहर में भागते देखा. तुम्हें छिपना होगा."

उसने आस-पास देखा और कुछ भी अजीब नहीं देखा। "तुम क्या बात कर रहे हो? यहाँ कोई बंदूक वाला नहीं है।" उसी समय, उसने माइक को अपनी मोची की दुकान की तरफ जाते और फिर अंदर जाते देखा। यह अनएक्सपेक्टेड था क्योंकि सुबह का समय था, और वह जानती थी कि वह आमतौर पर अपना काम जल्दी शुरू कर देता है। उसने अपना ध्यान वापस किड की तरफ लगाया।

"मैंने हफ़्तों से आपसे बात नहीं की है, और अब आप घबराए हुए यहाँ आए हैं। क्या आप मुझे बताएँगे कि आप क्या कर रहे थे? "

" चारों ओर देख रहा हूँ । तुम्हारे लिए। यही तो तुम चाहते थे, है ना?"

हसेया को समझ नहीं आ रहा था कि इस लड़के का क्या करे। उसे नहीं लगता था कि उसके माता-पिता नहीं हैं और न ही वह स्कूल जाता है। *यह बच्चा अपनी औकात से ज़्यादा मुसीबत बन सकता है।*

"आप पिछले कुछ हफ़्तों से दूर रहे हैं. मैं सोच रहा था कि आपको क्या हुआ. क्या आपने अपना ज़्यादातर समय लोगों की जेबें काटने में बिताया?"

वह चुप हो गया, "तुम्हें यह किसने बताया?"

"इससे कोई फ़र्क नहीं पड़ता। अगर तुम मेरे लिए काम करना चाहते हो, तो तुम मेरे नियमों को मानोगे। तुम वो काम करोगे जो मैं तुमसे करवाना चाहता हूँ, और वहीं रहोगे जहाँ मैं तुमसे उम्मीद करता हूँ। अगर मैं तुम्हें कुछ करने के लिए कहता हूँ, तो मुझे उस पर भरोसा करना होगा कि तुम वो करोगे। तुम अपने काम वैसे ही करोगे जैसे मैं तुम्हें करने के लिए कहूँगा, बिना किसी छूट या बहाने के। अगर तुम्हारे पास बताने के लिए कुछ नहीं है, तो मैं तुमसे हफ़्ते में कम से कम एक बार बात करना चाहता हूँ। हम इस बारे में बाद में और बात करेंगे।"

उसने उसी दिशा में पीछे देखा, जिस दिशा से वह आया था और बेचैन हुआ, फिर उसकी ओर देखा। "हाँ, हसीया।"

अच्छा। यहीं रुको और कुछ मिनट इस बेंच पर बैठो। मैं वापस आऊँगी। अगर मेरे लौटने पर तुम यहीं हो, तो तुम मेरे लिए काम कर रहे होगे। नहीं तो, तुम नहीं कर रहे होगे। " वह मुड़ी और माइक से मिलने चली गई।

जब वह दुकान में घुसी तो उसने माइक को अच्छी तरह देखा। वह पसीने से तर था।

"माइक, तुम्हें पसीना आ रहा है. क्या तुम बीमार हो?"

"नहीं, मैं ठीक हूँ. मुझे कभी-कभी पसीना आता है...जैसे मेरे पापा को आता था."

उसने उसे झूठ बोलते हुए पकड़ लिया और उस पर दबाव डालना चाहा। "तुम्हारे पापा बीमार थे, है ना?"

"नहीं। इसकी चिंता मत करो।" उसने कहा। उसे लगा कि उसका शांत बाहरी रूप खत्म हो रहा है, और वह मुखौटे के पीछे के असली आदमी को देख रही थी।

"आज तुमने इतनी देर से काम क्यों शुरू किया? मैं प्लाज़ा में एक बेंच पर बैठा था और तुम्हें बस एक मिनट पहले आते देखा।"

"मुझे यहां सवाल पूछने आने वाले किसी भी इंडियन से अपने शेड्यूल पर बात करने की ज़रूरत नहीं है। मैंने कुछ भी गलत नहीं किया है, इसलिए आपको मुझसे सवाल करने का कोई हक नहीं है। गुड डे, और इससे छुटकारा मिला।" उसने अपना सिर नीचे किया और ज़ोर-ज़ोर से जूते पीटने लगा। बातचीत खत्म हो गई थी।

वह वहाँ से चली गई और बेंच पर वापस चली गई। “मुझे खुशी है कि तुम अभी भी यहीं हो, बच्चे। मुझे दिखाओ कि तुमने उस आदमी को कहाँ भागते हुए देखा था। चिंता मत करो, अब कोई खतरा नहीं है।”

वे दोनों पूरब की ओर बढ़े, फिर रुक गए। “यहीं पर मैंने उसे देखा था, जूते वाला आदमी।”

"आपने मोची माइक को पिस्तौल लेकर भागते हुए देखा?"

“हाँ, मुझे लगता है कि यह वही था।”

“मुझे दिखाओ कि वह किस तरफ से आ रहा था।”

किड ने उस तरफ इशारा किया जहाँ उसने माइक को भागते हुए देखा था। उसने उस तरफ देखा और शहर के किनारे, जंगल के किनारे के सामने कुछ बिखरी हुई इमारतें देखीं। उसने अपनी जेब में हाथ डाला ताकि अपना डेरिंगर महसूस कर सके, उसे निकाले बिना और धीरे-धीरे आगे बढ़ी। वे एक छोटे से घर के पास पहुँचे और खिड़कियों से अंदर देखा। उसे ऐसा कुछ नहीं दिखा जिससे उसे लगे कि अंदर कोई है। फिर, उसने हाल की किसी गतिविधि के निशान देखे। वहाँ कोई पैरों के निशान या संघर्ष के निशान नहीं थे। उसने कई बार दरवाज़ा खटखटाया, लेकिन किसी ने जवाब नहीं दिया, इसलिए वे दूसरी बिल्डिंग में चले गए।

उन्हें वहां भी कुछ नहीं मिला, और आइस हाउस ही अकेली बिल्डिंग बची थी जिसे चेक करना था। हसेया ने अपना डेरिंगर निकाला। वह बिल्डिंग के चारों ओर घूमी और उसे कुछ नहीं दिखा। वह उस दरवाज़े के किनारे थी जिसमें कब्ज़े थे। वह आगे बढ़ी और दरवाज़ा ज़ोर से बंद कर दिया। कोई रिएक्शन नहीं। उसने उस आदमी को धीरे से बाहर आने के लिए चिल्लाया, लेकिन फिर भी कोई रिएक्शन नहीं हुआ। उसे यकीन था कि आइस हाउस खाली है, इसलिए उसने सावधानी से दरवाज़ा खोला और अंदर देखा। कुछ न देखकर, वह अंदर चली गई। जब उसकी आँखें अंधेरे में एडजस्ट हो गईं, तो उसे अंदर कुछ नहीं दिखा।

"यहाँ कोई नहीं है. क्या तुम्हें पक्का पता है कि वह इसी तरफ़ से आया है?"

"हाँ, हसीया. मैंने उसे देखा."

वह दरवाज़े से बाहर निकली, नीचे देखा, और दरवाज़े से दूर तक लाल धब्बों - खून - का एक निशान देखा। वह घुटनों के बल बैठी और अपनी उंगली से एक धब्बे को देखा। वह खून था। वह खड़ी हो गई।

"अच्छा, बच्चे। क्या तुम थोड़ा एडवेंचर करने के लिए तैयार हो?"

"साहसिक काम?"

उसने अपना सिर हिलाया, "कोई बात नहीं। इस तरफ़।"

अध्याय इक्कीस

हसेया और किड ने खून के निशान का पीछा किया, कई बार उसे खो दिया और फिर उसे फिर से पा लिया। इसमें कई मिनट लगे। खून बह रहा व्यक्ति रुकने का पक्का इरादा कर रहा था।

"तुम क्या कर रहे हो?" वह मुड़ी और फुसफुसाई।

"आपकी तरह चल रहा हूँ।" बच्चे ने उलझन भरी नज़रों से जवाब दिया।

"तुम बहुत ज़्यादा शोर करते हो। जब तुम किसी ऐसी चीज़ या इंसान की तरफ़ जा रहे हो जो खतरनाक हो सकता है, तो तुम्हें चुप रहना चाहिए। मैं तुम्हें दिखाती हूँ।" उसने उसे दिखाया कि वह कहाँ चल रहा है, इस पर ध्यान कैसे देना है और अपने पैर एक खास तरीके से नीचे कैसे रखने हैं ताकि वह कम से कम शोर करे। "अब, तुम इसे आज़माकर देखो।"

पहले तो उसने कोई प्रोग्रेस नहीं की, लेकिन उसने देखा कि वह कोशिश कर रहा है। "अच्छा है। इस पर काम करते रहो।"

वे तब तक चलते रहे जब तक उन्हें मिट्टी में एक बॉडी पड़ी नहीं दिखी। हसेया सावधानी से पास गई। बॉडी औंधे मुँह पड़ी थी। उसने किड से मदद मांगी, और उन्होंने बॉडी को पलट दिया। वह क्ले था, या शायद हेनरी, लेकिन उसके कपड़ों से शायद क्ले ही था। उसके कंधे में गोली का घाव था, वह बहुत पीला दिख रहा था, और बेहोश था।

“बच्चे, तुमने मुझे बताया था कि तुम तेज़ दौड़ते हो। डॉक्टर को बुलाओ, और ध्यान देना कि तुम कहाँ हो ताकि वापस आते समय तुम दोनों खो न जाओ। डॉक्टर से कहो कि स्ट्रेचर ले आए। जाओ।”

बच्चा भाग गया और जल्द ही नज़र से ओझल हो गया। डॉक्टर के आने तक वह कुछ नहीं कर सकती थी। वह क्ले को हटाना नहीं चाहती थी, लेकिन वह जानना चाहती थी कि उसके पास क्या है। उसने देखा।

उसने इधर-उधर टटोला लेकिन उसे कोई बंदूक नहीं मिली। उसकी हालत को देखते हुए, हो सकता है उसने उसे कहीं गिरा दिया हो या किसी वजह से फेंक दिया हो। क्ले के कोट में कुछ कागज़ थे, लेकिन कुछ खास नहीं। उसे उसकी पैंट में चाबियां और एक पॉकेट नाइफ मिला। उसे उसके पास कुछ भी ऐसा नहीं मिला जो काम आ सके, इसलिए उसने इंतज़ार किया। कुछ ही मिनटों में, डॉक्टर और किड एक स्ट्रेचर लेकर आ गए।

“चलो देखते हैं। अरे बाप रे। किसी ने उसे गोली मार दी।” डॉक्टर ने कहा और अपना बैग खोला, कुछ पट्टियाँ निकालीं और क्ले की देखभाल की। उसे यकीन था कि यह क्ले था, हेनरी नहीं। डॉक्टर ने उसे ठीक करने की पूरी कोशिश की। वह बच जाएगा।

“हमें उसे कहीं और ले जाना चाहिए। मैं उस पर नज़र रखने के लिए उसे अपने ऑफिस ले जाना चाहती हूँ।” उसने कहा।

“अगर आपका ऑफिस ज़्यादा दूर नहीं है तो यह काम करेगा। मुझे वैसे भी रॉयल में अपनी पोस्ट पर लौटना है।” हसेया ने सुना कि डॉक्टर जल्द ही एक असली डॉक्टर के ऑफिस में अपना शिंगल टांगने का प्लान बना रहा है, लेकिन तब तक, वह रॉयल सैलून में अपने मरीज़ों को ले जा रहा था। डॉक्टर, हसेया और किड ने क्ले को स्ट्रेचर पर रखा और उसे हसेया के ऑफिस ले गए। रेमंड उनके ऑफिस के बाहर उनका इंतज़ार

कर रहा था और ग्रुप के साथ अंदर चला गया। वह अपने घर के अंदर गई और उसे आराम देने के लिए एक गद्दा और एक तकिया लेकर बाहर आई। सबने उसे अपने ऑफिस के कोने में गद्दे पर लिटाने में मदद की।

डॉक्टर ने आगे कहा, "उसे आराम की ज़रूरत है। उसे इतना खून बहने के बाद ठीक होने की ज़रूरत है। अगर उसकी हालत और खराब होती है तो मुझे ज़रूर बुलाना। उसे कनकशन हो सकता है।"

"मैं वादा करती हूँ कि मैं उस पर करीब से नज़र रखूँगी," उसने कहा। डॉक्टर ने क्ले को आखिरी बार देखा, मुड़कर उसकी तरफ सिर हिलाया और ऑफिस से चले गए।

"इंतज़ार करने के लिए धन्यवाद, रेमंड।" उसने कहा।

"मुझे एक ज़रूरी मीटिंग पोस्टपोन करनी पड़ी, इसलिए तुम पर भी एक ज़िम्मेदारी है।"

हसेया ने उसकी तरफ देखा। वह निराश थी लेकिन उसने बस अपना सिर हल्का सा हिलाया और कुछ नहीं कहा।

"जब वह जागेगा, तो हमें उससे कुछ जानकारी लेनी होगी। यह ज़रूरी है।" उसने यह कहते ही सबने क्ले को कराहते हुए सुना। उन्होंने उसे देखा और महसूस किया कि क्ले को बोलने में अभी कई मिनट और लगेंगे।

"मैं कुछ कॉफ़ी बनाऊँगा। तुम दोनों उस पर नज़र रखना। बच्चे, तुम्हें कॉफ़ी चाहिए या पानी?"

"कॉफी।"

वह अंदर चली गई।

हसेया के अंदर जाने के बाद, रेमंड ने किड से पूछा, "मैं इस बारे में नहीं सोचना चाहता कि वह अब तुम्हारे साथ क्या करने का प्लान बना रही

है। उसे तुम्हारे साथ काम करने की ज़रूरत है, न कि छोटे-मोटे जुर्म करके भागने की। क्या तुम यह नहीं जानते?"

"शायद जब मुझे पैसे मिलेंगे। मुझे खाना तो खाना ही है।"

हसेया तीन कॉफ़ी और एक गिलास पानी संभालते हुए वापस आई। वे बैठे और क्ले को देखने लगे। उसकी आँखें अब खुली थीं, लेकिन वह पीला और कमज़ोर लग रहा था। उसने उसे पानी दिया।

"क्या आपके सिर में दर्द है?" रेमंड ने पूछा।

"सब कुछ दुखता है. मैं यहाँ क्यों हूँ?"

"हमने तुम्हें जंगल में पाया। किसी ने तुम्हें गोली मार दी। हमने डॉक्टर को बुलाया, और उसने तुम्हें सिल दिया।" उसने कहा।

"धन्यवाद।"

"आइस हाउस में क्या हुआ?"

"बर्फ का घर?"

"हमने तुम्हें जंगल में पाया क्योंकि हमने आइस हाउस से तुम्हारे खून के निशान का पीछा किया था। हमें पता है कि किसी ने तुम्हें वहीं गोली मारी थी। हमें यह जानना है कि तुम्हें किसने और क्यों गोली मारी। तुम क्ले हो, है ना?" हसेया ने पूछा।

"हाँ, मैं क्ले हूँ।" उसने जवाब दिया, लेकिन कन्फ्यूज़ लग रहा था और आगे कुछ नहीं कहा। हसेया को हैरानी हुई कि क्या वह खुद को यह सोचने के लिए काफ़ी समय देने के लिए टाल रहा था कि वह क्या कहेगा।

"यह पर्सनल था. सॉरी, मैं इसके बारे में बात नहीं कर सकता."

"आप कर सकते हैं, और आप करेंगे भी। अगर आप मुझे मजबूर करेंगे, तो मैं शेरिफ लुईस को यहां बुलाकर ऑफिशियल पूछताछ

करवाऊंगा, लेकिन आपको पता होना चाहिए कि शेरिफ ने मुझे इस तरह की जांच का इंचार्ज बनाया है। अभी मुझे सच बताना आपके लिए सबसे अच्छा है।"

"हाँ, मैंने तुम्हारे बारे में ऐसा ही कुछ सुना है। ठीक है, मैं तुम्हें बताता हूँ। माइक ने मुझसे कॉन्टैक्ट किया और बताया कि उसने एक अफ़वाह सुनी है कि मुझे उसके बारे में कुछ पता चला है। वह इस बारे में बात करने के लिए मिलना चाहता था, और मैं मान गया। शायद मुझे नहीं मिलना चाहिए था।"

"आपने उसे क्या बताया जो आपने उसके बारे में जाना?"

"मुझे मौका नहीं मिला। मैं आइस हाउस के अंदर गया, और जैसे ही हम बात करने लगे, उसने रिवॉल्वर निकाल ली। मैंने बंदूक देखी और घबरा गया। मैं पीछे हटा और आइस हाउस से बाहर गिर गया। भगवान का शुक्र है कि मैंने ऐसा किया क्योंकि अगर मैंने ऐसा नहीं किया होता, तो शायद उसने मुझे वहीं गोली मार दी होती। मुझे अपने कंधे में थोड़ा दर्द महसूस हुआ। खैर, जितनी जल्दी हो सका, मैं भाग गया। उसने मुझ पर दो बार और गोली चलाई, लेकिन चूक गया। मैं भागता रहा क्योंकि मुझे यकीन नहीं था कि वह मेरा पीछा कर रहा है। मैं बस भागता रहा। फिर मुझे अच्छा नहीं लगा और मैं रुक गया। बस यही आखिरी बात मुझे याद है।"

"आपने माइक के बारे में क्या सीखा?"

क्ले ने उसकी तरफ देखा, फिर रेमंड और किड की तरफ। वह रुका लेकिन आखिर में बोला, "माइक उसका असली नाम नहीं है। उसका असली नाम जॉन आर्थर है। मैं उससे मिलना चाहता था, यह पता लगाना चाहता था कि क्या यह सच है, लेकिन मुझे कभी मौका नहीं मिला।"

"ठीक है, क्ले, मुझे बताने के लिए धन्यवाद, लेकिन आपको यह कैसे पता चला?"

"माफ़ करना, मैंने वादा किया था कि मैं नहीं बताऊंगा, और मैं नहीं बताऊंगा।"

उसने लड़कों की तरफ देखा। “जब मैं जाऊँगी तो तुम दोनों उसका ध्यान रखना। रेमंड, मेरे जाने से पहले थोड़ी देर के लिए मेरे साथ बाहर आओ।”

वह बाहर रेमंड के सामने खड़ी हो गई। “मैं चाहती हूँ कि तुम क्ले पर ज़ोर डालो ताकि वह तुम्हें बता सके कि उसे कैसे पता चला कि माइक का असली नाम जॉन है। मुझे कोई फ़र्क नहीं पड़ता अगर तुम उसे धोखा देते हो। मुझे जानना है।”

“मैं कुछ सोचूंगा।”

“अच्छा। मुझे उम्मीद है कि मैं जल्द ही वापस आऊँगी। बाय।” वह मुड़ी और शेरिफ से मिलने चली गई।

*

जब वह शेरिफ के ऑफिस के अंदर गई तो वह गुस्से में थी। “क्या तुमने आज सुबह शूटिंग के बारे में सुना?”

“शूटिंग नहीं। मैं पेपरवर्क में बिज़ी था। किसने किसे गोली मारी, और कितनी बुरी तरह?”

“जहां तक मुझे पता है, जॉन आर्थर ने माइक टैपस्कॉट बनकर क्ले लेस्टर को गोली मारी। क्ले ठीक हो रहा है। माइक ने कहा कि उसे एक नोट मिला जिसमें उसे आइस हाउस जाने के लिए कहा गया था। क्ले ने कहा कि माइक ने उसे आइस हाउस में मिलने के लिए कहा था क्योंकि क्ले ने माइक के बारे में एक अफवाह सुनी थी । किसी तरह, क्ले को जॉन आर्थर की पहचान पता चल गई। उनमें से एक झूठ बोल रहा है। मैं इसकी तह तक जाऊंगा, लेकिन क्ले को कैसे पता चला कि माइक का असली

नाम जॉन आर्थर था? प्रेस्कॉट में सिर्फ़ दो लोगों को यह पता है। क्या तुमने किसी को बताया?"

"नहीं, बिल्कुल नहीं। मैं कभी भी इस तरह से धोखा नहीं करूँगा। अगर आप मेरी बात पर यकीन करें तो अच्छा होगा। कल रात या आज सुबह कोई यहाँ के फ्रंट ऑफिस में घुस आया। मैं आपको दिखाता हूँ।"

वह एक साइड विंडो के पास गया जिसका कांच टूटा हुआ था। हसेया को ऐसा लगा जैसे किसी ने बाहर से खिड़की तोड़ दी हो क्योंकि पूरे फर्श पर कांच बिखरा हुआ था।

उसने उसे देखा और जान गई कि वह सच कह रहा है। उसने उसका भरोसा नहीं तोड़ा, और जो कोई भी शेरिफ ऑफिस में घुसा होगा, वह माइक के बारे में रिपोर्ट देख सकता था। उसे बस इतना पता था कि आइस हाउस में जो हुआ, उसके बारे में उसके पास दो अलग-अलग कहानियाँ थीं।

"ठीक है, शेरिफ। मुझे आप पर भरोसा है, और धन्यवाद। जब मुझे और पता चलेगा तो मैं आपको अपडेट रखूंगा, और अगर शूटिंग में शामिल कोई भी चार्ज लगाना चाहता है तो मैं आपको बता दूंगा।"

शेरिफ ऑफिस से निकलने के बाद, उसने सब कुछ जोड़ने की कोशिश की। यह मुमकिन नहीं था। कुछ ऐसा हुआ था जिसके बारे में उसे अभी तक पता नहीं था। उसके पास सारे फैक्ट्स नहीं थे।

अगर कोई शेरिफ के ऑफिस में घुसकर माइक का डॉक्यूमेंट पढ़ता, तो उसे यह जानना ज़रूरी था कि डॉक्यूमेंट वहाँ है, और ऐसा कोई तरीका नहीं था जिससे कोई जान पाता कि ऐसा है। किसी को गलती से माइक के रिकॉर्ड मिल सकते थे, लेकिन उसे नहीं लगता था कि ऐसा हो सकता है। फिर क्या? उसे रेमंड से बात करनी थी। वह अपने ऑफिस वापस गई और सीधे क्ले को देखा।

"मुझे पता है कि तुम शेरिफ के ऑफिस में घुसे थे। इसका मतलब है कि तुम झूठे हो। मुझे बताओ कि तुम झूठ क्यों बोल रहे हो।"

"मैं झूठ नहीं बोल रहा हूँ। मैं शेरिफ के ऑफिस में नहीं घुसा। मैंने बस रेमंड को बताया। प्रेस्कॉट राइफल्स के एक नए सदस्य ने माइक होने का दावा करने वाले आदमी की पहचान जॉन आर्थर के तौर पर की। इसी से मुझे पता चला। मुझे शेरिफ के ऑफिस में सेंधमारी के बारे में कुछ नहीं पता।"

रेमंड ने कहा, "क्ले ने मुझे नए प्रेस्कॉट राइफल सदस्य के बारे में बताया। मुझे नहीं लगता कि वह झूठ बोल रहा है।"

वह जल्दबाज़ी में किसी नतीजे पर पहुँच गई थी और क्ले को झूठा कह दिया था। उसकी समझदारी और उसके अंदर की आवाज़ ने उसे बताया कि क्ले को माइक का राज़ पता होने की कोई अच्छी वजह ज़रूर होगी। कुछ ऐसा हुआ होगा जिसके बारे में उसे पता नहीं था, फिर भी उसने अपने अंदर की आवाज़ को नज़रअंदाज़ कर दिया। अगर वह इन मर्डर को सुलझाना चाहती थी तो वह दोबारा उस तरह का प्रेशर अपने ऊपर नहीं आने दे सकती थी।

अध्याय बाईस

"नाम।" उसने पूछा।

"हर्बर्ट. वह राइफल्स का नया सदस्य है जिसने मुझे माइक के बारे में बताया. वह ईगल्स नेस्ट सैलून में बारटेंडर के तौर पर काम करता है." क्ले ने कहा.

हसेया अकेले अपने ऑफिस से निकली और हर्बर्ट को ढूंढने के लिए सीधे ईगल्स नेस्ट की तरफ चली गई। जब वह पहुंची, तो ड्यूटी पर सिर्फ़ एक बारटेंडर था।

"क्या आप हर्बर्ट हैं?"

"हाँ," उसने हिचकिचाते हुए जवाब दिया।

"मैं हसेया हूँ, शेरिफ लुईस के साथ काम कर रही हूँ, शहर में हाल ही में हुई दो हत्याओं की जाँच कर रही हूँ। मैंने सुना है कि आपके पास माइक टैपस्कॉट के बारे में जानकारी थी, और मैं चाहती हूँ कि आप वह जानकारी मेरे साथ शेयर करें।"

"शेरिफ कब से भारतीयों को काम पर रखता है?"

उसने पलकें झपकाईं और जवाब दिया, "मैं एक शौकिया इन्वेस्टिगेटर हूँ जिसका अपना बिज़नेस है। शेरिफ ने मुझे तब तक काम पर रखा है जब तक वह डिटेक्टिव विलियम्स की जगह कोई और नहीं ढूंढ लेता। यह सिर्फ़ एक टेम्पररी पोस्ट है।" उसने उसे घूरकर देखा।

हर्बर्ट ने पीछे बैठे एक साथ काम करने वाले को इशारा किया और फिर कहा, “चलो गली में चलते हैं।”

वे सैलून के पीछे वाली गली में घुसे, और हर्बर्ट ने उसका सामना किया, वह वहाँ होने से साफ़ तौर पर नाखुश था। “मैं माइक टैपस्कॉट के साथ आर्मी में था। वह एक धमाके में मर गया। माइक होने का नाटक करने वाला आदमी जॉन आर्थर है। मुझे नहीं पता कि वह माइक होने का दावा क्यों कर रहा है। आपको खुद उससे पूछना होगा। मैंने इस बारे में सिर्फ़ क्ले लेस्टर को बताया है। वह कोर्टहाउस में काम करता है। मैंने उसके साथ एक घंटे से ज़्यादा समय एक खोए हुए डॉक्यूमेंट को ढूँढ़ने में बिताया, और मैंने हमारी बातचीत के दौरान इसका ज़िक्र किया था। आपने क्ले से माइक के बारे में सुना होगा।”

"हाँ।"

“मुझे बस इतना ही पता है। मुझे काम करना है,” हर्बर्ट ने कहा और मुड़कर सैलून में लौट गया। हसेया खुश थी कि हर्बर्ट ने क्ले की कहानी कन्फर्म कर दी थी। वह सड़क पार करके उस जगह गई जो अब उसके दूसरे ऑफिस जैसा लग रहा था, कोर्टहाउस के सामने एक बेंच।

उसे पता था कि उनमें से किसी एक ने, या तो माइक ने या क्ले ने, उससे झूठ बोला था। माइक पर मर्डर का शक था, और क्ले शहर का एक एम्प्लॉई था जिसने सच बताया कि उसे कैसे पता चला कि माइक गलत पहचान के साथ रह रहा था। उसे लगा कि माइक ज़रूर उससे पूरे समय झूठ बोल रहा होगा। हसेया माइक को बाहर निकालना चाहती थी, लेकिन उसके पास कोई प्लान नहीं था। उसे एक आइडिया आया और वह शेरिफ के ऑफिस चली गई।

“नमस्ते, शेरिफ।”

“नमस्ते। कुछ नया बताना है?”

"नहीं। मुझे तुम्हारी मदद चाहिए।" उसने बताया कि वह क्या करना चाहती थी। दोनों प्लाज़ा पर लौट आए। वह बैठ गई और शेरिफ को कोर्टहाउस की तरफ चलते हुए और अंदर जाते हुए देखा। जब वह बाहर आया, तो वे मिले और साथ में जॉन आर्थर की शू रिपेयर शॉप तक गए। अंदर जाने के बाद, जैसा कि वे पहले तय कर चुके थे, शेरिफ लुईस ने बातचीत शुरू की।

"जॉन, मुझे तुम्हारी राइफल, '94 चाहिए।"

"मुझे डर है कि इसके लिए आपको वारंट की ज़रूरत पड़ेगी, शेरिफ।"

शेरिफ लुईस ने जॉन को वह वारंट दिया जो उसे अभी-अभी जज से मिला था। माइक थोड़ा हैरान था। "यह मेरे घर पर है। मैं तुम्हें वहाँ ले चलूँगा।" वे सब जॉन के घर गए, जहाँ जॉन ने अपनी राइफल शेरिफ को सौंप दी, जिसने बंदूक पर एक टैग लगा दिया।

"मैं कल आपको राइफल वापस दे सकता हूँ। आज बाद में, मैं आपके हथियार से गोली चलाऊँगा, उस गोली की तुलना उस गोली से करूँगा जिससे मेयर की मौत हुई थी, और शेरिफ ऑफिस में उनका एनालिसिस करूँगा । इस प्रोसेस में ज़्यादा समय नहीं लगेगा। मैं आपके सहयोग की सराहना करता हूँ।" शेरिफ और हसेया ऑफिस से चले गए।

जब वे जूते की दुकान से दूर थे, तो हसेया ने शेरिफ लुईस से कहा, "बहुत अच्छा काम किया, शेरिफ, जैसा हमने प्लान किया था, और मुझे लगता है कि वह लालच में आ जाएगा।"

"मुझे उम्मीद है कि आप सही हैं। मेरी जानकारी के मुताबिक, हमने जो दावा किया था कि हम कर सकते हैं, उसके पीछे का साइंस अभी तक पूरी तरह से डेवलप और टेस्ट नहीं हुआ है। हो सकता है कि जॉन हमारी बात को गलत साबित कर दे।" लुईस ने कहा।

“उसे कुछ भी पता नहीं है, है ना? उसे शक हो सकता है कि डिटेक्टिव विलियम्स ने गोलियों की तुलना करने का कोई तरीका निकाला होगा। विलियम्स ने अपनी रिसर्च और टेस्टिंग खुद की थी, और ज़्यादातर लोगों को यह पता था। पादरी टेलर ने भी डिटेक्टिव के अंतिम संस्कार में गोलियों की तुलना के साथ विलियम्स के काम का ज़िक्र किया था। जॉन सर्विस में था, और मुझे नहीं लगता कि उसे पता है कि हम गोलियों की तुलना कर सकते हैं या नहीं।”

“बिलकुल सही। आज रात मिलते हैं।”

जब वह अपने ऑफिस वापस आई, तो हसेया क्ले से मिलना चाहती थी। “जॉन आर्थर के बारे में बताने के लिए धन्यवाद। आप कैसा महसूस कर रहे हैं?”

“कुछ बेहतर। मुझे लगता है कि मैं जल्द ही अपने घर वापस जा पाऊँगा।”

"अच्छा।"

रेमंड और किड कहीं गए हुए थे, इसलिए वह आराम से बैठ गई और शाम के लिए प्लान बनाया। उम्मीद है, जॉन आज रात शेरिफ के ऑफिस में घुसकर वह गोली चुराने की कोशिश करेगा जो उसके हिसाब से मेयर को मारने में इस्तेमाल हुई थी, और शेरिफ उसे रंगे हाथों पकड़ लेगा। शेरिफ की टूटी खिड़की पर बोर्ड लगा दिया गया था, लेकिन जॉन को अंदर जाने में कोई दिक्कत नहीं होगी।

रेमंड और किड लंच के बाद उसके ऑफिस लौटे, और उसने उन्हें बताया कि सुबह क्या हुआ था।

“रेमंड, शेरिफ आज रात मेरा इंतज़ार कर रहे हैं, लेकिन तुम जवान हो, और मैं चाहता हूँ कि तुम मेरी जगह जाओ। तुम्हें बस आज रात और कल सुबह शेरिफ को स्पेलिंग बतानी है ताकि तुम दोनों सो सको।”

वह खुश नहीं लग रहा था। “मैं वहाँ रहूँगा, लेकिन मुझे नहीं पता कि शेरिफ चाहेंगे कि मैं उनके साथ काम करूँ।”

“तुम्हें कोशिश करनी होगी।” उसने किड की तरफ देखा, “आज दोपहर मेरे पास तुम्हारे लिए कुछ नहीं है। तुम जा सकते हो।”

“ठीक है, हसीया। मैं अपनी आँखें और कान खुले रखूँगा।”

“रेमंड, आज रात सावधान रहना। क्या तुम्हारे पास पिस्तौल है?” उसने किड के जाने के बाद पूछा।

"नहीं, लेकिन मैं अपने पिता का उधार ले सकता हूँ।"

“ऐसा करो, और तुम्हें जाना चाहिए। शेरिफ से कहो कि मैं कल सुबह उनके ऑफिस में रहूँगी।” उसने कहा।

*

रेमंड के पास शेरिफ के ऑफिस पहुंचने में अभी भी कई घंटे थे। वह पुराने दिनों की तरह शेरिफ से बचने के बजाय उनके साथ काम करेगा। अजीब बात है। पिछले दो सालों में उसके लिए चीजें बदल गई थीं। उसने बाकी दोपहर चुपके से किड की जेब काटने की टेक्नीक देखने में बिताई।

जब वह शेरिफ के ऑफिस में दाखिल हुआ, तो लुईस ने उसे एक बार देखा। उसने पूछा, "हसेया कहाँ है?"

“वह चाहती थी कि मैं यहाँ रहूँ। कहा कि मैं छोटा हूँ। मुझे बस इतना ही पता है।”

शेरिफ निराश दिखे लेकिन प्लान में इस बदलाव को मान लिया। “हम दो घंटे की शिफ्ट में काम करेंगे। ड्यूटी के दौरान सोना नहीं है। हम उम्मीद है कि जेल की खाली कोठरी में सोएंगे, और जब हम जागेंगे, तो यहीं इसी जगह बैठेंगे।” शेरिफ ने ऑफिस के एक अंधेरे कोने की ओर

इशारा किया, जहाँ खिड़की से बोर्ड हटाने वाला कोई उन्हें नहीं देख पाएगा। “क्या तुम्हारे पास पिस्तौल है?” शेरिफ ने पूछा।

"हाँ"

“ठीक है। प्लीज़ अपनी पिस्टल तब तक इस्तेमाल मत करना जब तक जॉन तुम्हारे पास कोई चारा न छोड़े। अगर वह दिखे तो खूब शोर मचाना, और मैं बाहर आकर उसे अरेस्ट कर लूँगा। मैं देखना शुरू करूँगा, और तुम सोना शुरू करो।”

“समझ गया।” वह पीछे वाले कमरे में गया और एक खाट पर लेट गया। वह कितनी बुरी खाट थी। उससे बहुत बुरी बदबू आ रही थी, और वह सोच रहा था कि पिछले हफ़्ते कितने शराबियों ने इस पर उल्टी की होगी। आखिर में, इससे कोई फ़र्क नहीं पड़ा क्योंकि वह कुछ ही मिनटों में सो गया। फिर, शेरिफ़ ने उसे जगाया।

वह अंधेरे कोने में अपनी जगह ले ली और जॉन के खिड़की से बोर्ड हटाने का इंतज़ार करने लगा, लेकिन वो आवाज़ें कभी नहीं आईं। और इसी तरह पूरी रात शांति रही, कुछ चूहों के इधर-उधर भागने के अलावा कोई हलचल नहीं थी। उसे पता भी नहीं चला कि सुबह हो गई।

“यह तो समय की बर्बादी थी। कुछ कॉफी चाहिए?” शेरिफ ने पूछा।

“हाँ. जॉन ने लालच नहीं किया. मैं अभी भी थका हुआ हूँ. मैं घर जाकर थोड़ी देर सो जाऊँगा.”

दरवाज़ा खुला और हसेया अंदर आई। “कैसा हुआ? मैंने देखा कि खिड़की अभी भी बंद है।”

“वह नहीं आया। मैं थोड़ा हैरान हूँ।” शेरिफ ने कहा।

रेमंड ने कहा, "मैं अब थोड़ी देर आराम करने के लिए घर जा रहा हूं।"

“रुको। जाने से पहले मुझे थोड़ी कॉफ़ी पिला दो।” उसने कहा।

रेमंड ने उसे थके हुए देखा और फिर बैठ गया। उसने अपने लिए एक कप कॉफ़ी बनाई और ऑफिस में घूमकर उसे पीने लगी। "हमें कुछ करना होगा। हम कुछ न करने का रिस्क नहीं उठा सकते , खासकर अभी।" वह ऑफिस में घूमती रही और फिर बैठ गई।

"रेमंड, मुझे तुमसे कुछ काम करवाना है। घर जाओ और अपना एक पुराना जूता ढूंढो जिसे रिपेयर की ज़रूरत है, फिर जॉन की जूते की दुकान पर जाओ और चुपके से काम करो। हिंट दो कि शेरिफ को गोलियों से एक माचिस मिल गई है और वह आज बाद में एक्शन लेगा।"

उसने अपना सिर नीचे किया, उसे पीछे उठाकर उसकी तरफ देखा, और कहा कि वह यह करेगा। कुछ देर प्लानिंग करने के बाद, वह ऑफिस से बाहर निकल गया।

रेमंड घर गया, देखा कि उसके पिता का एक जूता रिपेयर के लिए चाहिए था, और वह शू रिपेयर की दुकान पर गया। "हे, माइक।" अंदर आते हुए उसने कहा।

"अब क्या? कुछ जलाने के बाद क्या तुम्हें मेरी दुकान में छिपने की ज़रूरत है?"

"बहुत मज़ेदार। नहीं, मुझे एक जूते के लिए थोड़ी मदद चाहिए। मेरे पापा ने मुझे इसे आपके पास लाने के लिए कहा था। अब मैं चाहता हूँ कि उन्होंने ऐसा न किया होता।"

"मुझे इसे देखने दो," जॉन ने कहा। रेमंड ने उसे जूता दिया, फिर बेसब्री से इंतज़ार करने लगा।

"मेरे पापा के जूते ऐसे नहीं हैं कि वे डींगें हांकें। उन्हें एक नया जोड़ा खरीद लेना चाहिए, लेकिन वे बहुत कंजूस हैं।" रेमंड ने कहा।

जॉन ने जूते को देखा, फिर सहमति जताई, “तुम सही हो। यह एक पुराना जूता है, लेकिन मैं इसके साथ जो कर सकता हूँ, करूँगा।”

“शेरिफ ने मुझे आज सुबह पकड़ा...उम...जैसा तुम सोच रहे हो वैसा नहीं। उसने मुझसे सलाह मांगी।” रेमंड ने कहा।

“मुझे यकीन है कि यही हुआ होगा।”

“खैर, हमने बात की। शेरिफ ने कहा कि कल रात कोई मर्केंटाइल में घुस गया। क्या गड़बड़ है, उसने कहा। वे फिंगरप्रिंट इस्तेमाल करने वाले थे, उसने कहा। मुझे पक्का नहीं पता कि इससे क्या मदद मिलेगी। शेरिफ लुईस ने कहा कि कल उसका एक मैच था, तो आज दूसरा क्यों नहीं? मैं पहेलियों में अच्छा नहीं हूँ, इसलिए मैंने हमारी बातचीत रोक दी और आगे बढ़ गया। मुझे लगता है कि उसने बहुत ज़्यादा शराबियों से कुश्ती लड़ी, उस आदमी ने। अब वह ठीक से सोच भी नहीं पाता।”

रेमंड ने चुपके से जॉन से जवाब की उम्मीद की लेकिन उसे कुछ भी अजीब नहीं लगा।

"इसमें कितना समय लगेगा?"

“मैं इसे कल लेने के लिए तैयार रखूँगा।”

रेमंड ने सिर हिलाया, फर्श पर बिखरे चमड़े के टुकड़ों पर ठोकर न खाने की कोशिश की और चला गया।

अध्याय तेईस

जॉन के मन में डर बैठ गया। क्या यह सच था? प्रेस्कॉट जैसे छोटे से शहर में ऐसा कैसे हो सकता था? *शायद इसीलिए ऐसा हुआ।* ये लोग भ्रष्ट और खतरनाक थे, और उन्हें किसी बलि का बकरा चाहिए था। वह किसी का बेवकूफ नहीं था । जॉन को कुछ करना ही था, लेकिन वह अपने सबसे अच्छे ऑप्शन से खुश नहीं था।

उसने न्यू मेक्सिको में उस औरत को मुक्का मारा जो लगातार उसकी बेइज़्ज़ती कर रही थी, और उसके पास वहाँ से जाने के अलावा कोई चारा नहीं था। यह उसकी गलती थी। अब, उसे प्रेस्कॉट छोड़ना होगा, लेकिन इस बार यह उसकी गलती नहीं थी। बहुत बुरा हुआ। उसने प्रेस्कॉट में कुछ दोस्त बना लिए थे। जॉन ने अपनी दुकान के आस-पास देखा। अगली बार, वह इससे दोगुनी बड़ी जगह किराए पर लेगा। वह धीरे से खड़ा हुआ और अपनी इन्वेंट्री को ठीक करने लगा।

*

हसेया ने रेमंड को जॉन की शू रिपेयर शॉप में घुसते देखा, फिर कुछ मिनट बाद उसे बाहर आते देखा। वह वहाँ पहुँचा जहाँ वह कोर्टहाउस की सीढ़ियों के पीछे छिपी हुई थी। “हो गया,” उसने कहा।

“क्या तुम्हें लगता है कि वह तुम्हारी चाल में फंस गया?”

“यह बताना मुश्किल है, लेकिन मुझे ऐसा लगता है। लेकिन यह तुम्हारी चाल थी, है ना?”

“इससे कोई फ़र्क नहीं पड़ता. फ़र्क इस बात पर पड़ता है कि जॉन आगे क्या करता है.”

उन्होंने एक घंटे से ज़्यादा इंतज़ार किया, फिर जॉन को अपनी दुकान से बाहर निकलते देखा। वह कई बक्से ले जा रहा था। रेमंड ने अंदाज़ा लगाया कि बक्सों में जूते ठीक करने के लिए ज़रूरी सामान है। "वह क्या कर रहा है?" रेमंड ने पूछा।

“वह जा रहा है—वह शहर छोड़कर जा रहा है। मैं उसका पीछा करने जा रही हूँ। तुम शेरिफ को बुला लाओ,” उसने कहा।

रेमंड चला गया, और उसने जॉन को अपनी दुकान के सामने खड़ी एक गाड़ी में अपना सामान लोड करते हुए करीब दो घंटे तक देखा। आखिर में वह बाहर निकला, अपना सामने का दरवाज़ा बंद किया, और उसे शक था कि वह अपना आखिरी सामान गाड़ी में रख देगा। जॉन गाड़ी पर चढ़ा और आगे बढ़ गया। हसेया देखती रही और सोचती रही कि रेमंड और शेरिफ को इतनी देर क्यों लग रही है।

हसेया को शक था कि जॉन का अगला कदम शहर छोड़ने से पहले अपना सारा सामान लादकर अपने घर जाना होगा। वह घर की ओर चल पड़ा, और उसके पास बस यही रास्ता था कि वह उसके पीछे जाए, इस उम्मीद में कि रेमंड शेरिफ को वहाँ लाने के बारे में सोचेगा। घर पहुँचते ही, जॉन ने फिर से वैगन लोड करना शुरू कर दिया और अब वह ज़्यादा जल्दी में लग रहा था। जॉन काम करता रहा और मिनट बीतते गए, और रेमंड या शेरिफ का अभी भी कोई पता नहीं था। हसेया ने वैसे भी जॉन का सामना करने के बारे में सोचा, लेकिन उसने ऐसा न करने का फैसला

किया। वह चाहती थी कि शेरिफ जॉन से बात करने वाला पहला व्यक्ति हो।

हसेया ने गोली चलने की आवाज़ सुनी जो जॉन के घर के अंदर से आई लग रही थी। वह थोड़ी देर के लिए रुकी, घर के सामने कोई हलचल नहीं देखी, अपना डेरिंगर निकाला और घर में भाग गई।

जॉन अपने घर के मेन कमरे में फ़र्श पर पड़ा था, उसके दिल में गोली लगी थी। पिछला दरवाज़ा खुला था, इसलिए उसने जॉन को छोड़ दिया और ध्यान से पिछले दरवाज़े के पास गई। उसे कुछ नहीं दिखा, उसने दाएँ-बाएँ देखा, और फिर भी कुछ नहीं मिला। हसेया ने पैरों के निशान ढूंढे लेकिन कोई निशान नहीं मिला। घर में चारों ओर देखने के बाद भी कोई नतीजा नहीं निकला, तो वह वापस अंदर गई। जॉन मर चुका था। किसी ने उसके मेन सस्पेक्ट को मार दिया था।

जिस आदमी से वह पूछताछ करने और शेरिफ को सौंपने का इंतज़ार कर रही थी, वह ज़मीन पर मरा हुआ पड़ा था। वह जो कुछ भी जानता था और जो कुछ भी उसे दो मर्डर सुलझाने से पहले सीखना था, वह सब उसके साथ ही मर गया। अब, वह पिछले तीन महीनों में प्रेस्कॉट में मारा गया तीसरा आदमी था।

हसेया को सांस लेने में दिक्कत हो रही थी और वह जॉन की तरफ देख नहीं पा रही थी। वह थोड़ी देर लड़खड़ाई, फिर उसे फर्श पर बैठने के लिए जगह मिली।

“हसीया, क्या हुआ?”

उसने ऊपर देखा तो रेमंड, शेरिफ और एक अधेड़ उम्र का आदमी, जिसे वह नहीं जानती थी, उसके पास आए और उसके सामने खड़े हो गए।

“किसी ने उसे गोली मार दी. वह मर गया. तुम्हें इतना समय क्यों लगा?”

“सॉरी। मुझे किसी और काम से बुलाया गया था। जब मैं ऑफिस लौटा, तो रेमंड मेरा इंतज़ार कर रहा था। हम तुरंत जॉन की जूते की दुकान पर गए, फिर यहाँ। क्या आप ठीक हैं?” शेरिफ लुईस ने पूछा।

“मैं ठीक नहीं हूँ, लेकिन मुझे कोई चोट नहीं लगी है।” उसने कहा, फिर हाल की घटनाओं के बारे में बताया।

हसेया ने कहा, "हमारे अलावा कोई और भी उसे देख रहा था, लेकिन मुझे नहीं पता कौन," फिर उसने अपना ध्यान उनके साथ मौजूद तीसरे आदमी की ओर लगाया। "यह कौन है?"

“मैं डिटेक्टिव क्लेरेंस ब्राउन हूँ, और वह डिटेक्टिव विलियम्स की जगह ले रहा है। प्लीज़ उसके साथ रिव्यू करें कि आपने पहले दो मर्डर केस में क्या किया है। अब, एक तीसरे मर्डर केस पर काम करना है, लेकिन वह इस पर पहले से ही तैयार है। अगर आपको कुछ और सूझता है तो उसे बताना। आप दोनों मिलकर काम करेंगे, और जब वह तैयार हो जाएगा, तो वह सभी मर्डर केस की ज़िम्मेदारी ले लेगा। मैं आपकी मदद की तारीफ़ करता हूँ, और मैं आपके काम के लिए आपको सही पैसे दूँगा।”

“मैं तुम्हारी मदद करूँगी। मैं करूँगी। रेमंड, तुम आज़ाद हो जाओ।” हसेया ने उदास होकर कहा। रेमंड नहीं गया।

“मैंने तुम्हारे बारे में अच्छी बातें सुनी हैं, हसेया। चलो क्राइम सीन को देखते हैं।” डिटेक्टिव ब्राउन ने कहा।

उन्होंने कुछ मिनट कमरे में इधर-उधर देखा लेकिन उन्हें कुछ खास नहीं मिला। “किसी ने यह प्लान किया था। हत्यारा पिछले दरवाज़े से अंदर आया, जॉन को गोली मारी, और फिर जहाँ तक मैं देख सकती हूँ, बिना कोई सबूत छोड़े तेज़ी से निकल गया। जिसने भी उसे गोली मारी, उसने शायद मुझे उसे देखते हुए देखा होगा और उसने भागने का प्लान बनाया होगा,” उसने कहा।

वे लाश के चारों ओर खड़े होकर हैरान थे। "डिटेक्टिव ब्राउन, क्या अब आप फ्री हैं? हम बात करने के लिए मेरे ऑफिस जा सकते हैं," उसने कहा।

"हाँ, ज़रूर, मुझे यह पसंद आएगा।"

*

शेरिफ अपने ऑफिस लौट आया, और रेमंड, डिटेक्टिव ब्राउन और हसेया उसके ऑफिस चले गए। उसने कुछ मिनट कॉफी बनाई और फिर भाप से भरे मग बांटने के लिए बाहर निकली।

"डिटेक्टिव ब्राउन, आपका बैकग्राउंड क्या है?" हसेया ने पूछा।

"मैं युमा ऑफिस से आया हूँ। उन्होंने मेरी जगह एक युवा जासूस को रखा है। सब उसे पसंद करते हैं। वह एक तेज़ तर्रार इंसान है और चीज़ों को तेज़ी से समझ लेता है।"

"क्या आपने ट्रांसफर के लिए कहा था?" रेमंड ने पूछा।

"नहीं। आजकल के युवा जासूसों के पास नए आइडिया होते हैं, जो अच्छी बात है। मुझे पुराने तरीके से क्राइम सॉल्व करने की ज़्यादा आदत है। बूढ़े लोगों को नई ट्रिक्स सिखाना मुश्किल होता है, या कम से कम मुझे तो यही बताया गया था। प्रेस्कॉट मेरा आखिरी स्टॉप होगा।"

वह थोड़ा हिचकिचाया, फिर बोला, "मुझे आपको बताना है, मेरी आँखों की रोशनी में दिक्कत होने लगी है। मैंने नया चश्मा लगवाया, लेकिन उससे कोई फ़र्क नहीं पड़ा। हर साल, मेरी बाईं आँख की नज़र धुंधली और धुंधली होती जा रही है। डॉक्टर ने मेरी आँख में सेलैंडिन नाम की चीज़ का एक मरहम लगाया, लेकिन उससे कोई फ़ायदा नहीं हुआ। मुझे अपनी तरफ़ से पूरी कोशिश करनी होगी। माफ़ करना अगर आपको लगे कि उन्होंने आपको एक बूढ़ा, लंगड़ा कुत्ता भेजा है, लेकिन मुझे अब भी भरोसा

है। मैंने अपने समय में बहुत सारे क्राइम सॉल्व किए हैं। हम इन क्राइम को सॉल्व कर लेंगे, मुझे इसका यकीन है।”

“मुझे आपकी सोच पसंद है। अभी, मैं समझ नहीं पा रहा हूँ कि इन मर्डर को कैसे सॉल्व करूँ। शेरिफ लुईस को लगता है कि हमें आखिरकार मर्डर केस आपको सौंप देने चाहिए। क्या आपको लगता है कि आपकी नज़र को देखते हुए हमें ऐसा करना चाहिए?” हसेया ने पूछा।

“हाँ, कोई बुरा मत मानना। मैंने शेरिफ को अपनी आँख की प्रॉब्लम के बारे में ज़्यादा नहीं बताया है, लेकिन हो सकता है कि उन्हें पहले से ही पता हो। देखते हैं क्या होता है।”

“मैं इस केस पर काम कर रही थी, ज़्यादातर लोगों से बात कर रही थी। शुरू में, मुझे शक था कि क्लिंट क्रिसन नाम का कोई व्यक्ति इसमें शामिल हो सकता है क्योंकि उसने मुझसे झूठ बोला था कि वह उस परेड में था जहाँ किसी ने मेयर को गोली मारी थी। पता चला कि उसने झूठ इसलिए बोला क्योंकि वह नहीं चाहता था कि मुझे उस महिला के बारे में पता चले जिससे वह मिल रहा था।” उसने कहा।

“फिर हमें पता चला कि आज जिस आदमी की हत्या हुई, माइक टैपस्कॉट नाम का कोई आदमी, एक गलत पहचान के साथ रह रहा था, और उसका असली नाम जॉन आर्थर था। मुझे यकीन था कि वह मेयर की हत्या में शामिल था, लेकिन बेशक, अब मुझे शक है।”

“डिटेक्टिव विलियम्स के साथ क्या कहानी है?”

“हमें भी इस बारे में ज़्यादा नहीं पता। हमें विलियम्स शहर के साउथ साइड में एक खाली बिल्डिंग में मिला। ऐसा लगता है कि किसी ने उसे एक दिन पहले मार दिया था।” उसने जवाब दिया। हसेया ने अब तक हुई दूसरी घटनाओं के बारे में भी बताया।

“तो फिर कोई मकसद नहीं?”

रेमंड ने कहा, "नहीं, लेकिन यह समझ में आता है कि अगर किसी को लगता कि डिटेक्टिव विलियम्स मेयर के हत्यारे को ढूंढने के बहुत करीब पहुंच गया है, तो उसने उसे मार दिया होगा।"

“वाह. यह कहना भी मुश्किल है कि कहां से शुरू करूं. मुझे इसके बारे में सोचने दो. मैं कल सुबह सबसे पहले यहां आऊंगा. आप दोनों से मिलकर अच्छा लगा,” ब्राउन ने कहा, फिर बाहर चला गया.

उसने रेमंड की तरफ देखा और कहा, “यह पहले खतरनाक था, लेकिन अब यह तुम्हारे और किड के लिए बहुत ज़्यादा खतरनाक है। तुम दोनों इस केस से बाहर हो। मुझे माफ़ करना। जब शेरिफ मुझे पैसे देगा, तो मैं तुम्हें और किड को पैसे दूँगी।”

"लेकिन..."

“मेरा फ़ैसला आख़िरी है. मुझे आपके साथ काम करने में मज़ा आया, लेकिन अब आप मेरे लिए काम नहीं कर सकते .”

रेमंड ने उसे थका हुआ, गंभीर नज़र से देखा, फिर उदास होकर दरवाज़े से बाहर निकल गया।

हसेया ने डिटेक्टिव ब्राउन और उनके केस के बारे में सोचा। उन्हें कल सुबह कुछ करना था। वह अपनी कुर्सी पर पीछे झुकी और आँखें बंद कर लीं। वह शायद सो गई थी।

शाम हो रही थी, एक ऐसा समय जब दुनिया में दिन और रात बराबर होते थे। हसेया टहलने के लिए बाहर गई। कुछ मिनट बाद, उसे लगा कि उसके पीछे कोई चल रहा है। वह तुरंत चौकन्नी हो गई, उसने पूरी कोशिश की कि उसे आवाज़ सुनाई न दे, और चलती रही। पैरों के निशान अब साफ़ थे और पास आ रहे थे। उसने धीरे-धीरे अपनी रफ़्तार बढ़ाई। हसेया शहर के बीचों-बीच थी जब वह पीछे आ रहे किसी का सामना करने के लिए मुड़ी। उसने अपने पीछे लगभग बीस कदम की दूरी पर एक आदमी

को खड़ा देखा। हसेया ने उसे थोड़ी देर देखा, फिर वह एक बिल्डिंग के पीछे छिप गया। उसे यकीन था कि उस आदमी के पास बंदूक है, और वह थोड़ा जाना-पहचाना लग रहा था, लेकिन बहुत अंधेरा था, और वह उसे ठीक से पहचान नहीं पा रही थी।

हसेया ने खुद को डांटा कि उसके पास डेरिंगर नहीं है, फिर उसने अपना सिर हिलाकर अपना मन साफ़ किया। ऐसा लगा जैसे वह सपने में है, लेकिन वह जानती थी कि वह सपने में नहीं है। वह सावधानी से उस बिल्डिंग के पास गई जहाँ वह आदमी गया था, लेकिन उसे कुछ नहीं दिखा। वह जा चुका था। उसके होश तब भी बने रहे जब वह जितनी जल्दी हो सके अपने घर लौट आई। जब वह अंदर गई, तो उसने अपने दोनों दरवाज़ों के सामने फ़र्श पर कुछ ऐसी चीज़ें रखीं जिनसे अगर कोई दरवाज़ा खोलने की कोशिश करे तो आवाज़ आए। उस रात उसे नींद नहीं आई, उसकी पिस्तौल तकिये के नीचे थी।

अध्याय चौबीस

हसीया ने पिछली रात जो हुआ था, उसके बारे में सोचा। उसने बहुत कोशिश की, लेकिन वह उस आदमी को पहचान नहीं पाई जिसने उसका पीछा किया था। वह बेमन से उठी, कपड़े पहने, नाश्ता बनाया, चाय बनाई और दिन की तैयारी के लिए अपने ऑफिस चली गई।

वह उम्मीद कर रही थी कि डिटेक्टिव ब्राउन उससे बात करने आएंगे, तभी रेमंड और किड ने उनके दरवाज़े पर दस्तक दी और उनके ऑफिस में चले गए।

उन्होंने एक स्वर में कहा , *"हम नहीं जा रहे हैं।"*

“क्या? तुम इस मामले से बाहर हो। मैंने तुम्हें कल ही यह बता दिया था।”

रेमंड ने कहा, “हम नहीं जा रहे हैं। हम जानते हैं कि यह खतरनाक है, लेकिन हम हार नहीं मानेंगे। आप हमें इस केस से नहीं रोक सकते।”

“हाँ, मैं कर सकता हूँ, और हाँ, मैंने किया।”

" आप जहां भी जाएंगे हम आपका पीछा करेंगे, इसलिए बेहतर होगा कि आप हमें बताएं कि जांच में क्या हो रहा है।"

“मैं आपकी मदद कर सकता हूँ। आपको मेरी ज़रूरत है,” किड ने कहा।

“मैं तुम्हें रोक नहीं सकता—यह सच है—लेकिन अगर किसी ने तुममें से एक या दोनों को मार दिया तो मुझे हमेशा इसके साथ रहना होगा। खुद को मेरी जगह रखकर देखो।”

“हम इतने जवान और तेज़ हैं कि हमें चोट नहीं लगेगी। हम नहीं जा रहे,” रेमंड ने ज़ोर देकर कहा।

उसने अपने हाथ एक फुट हवा में उठाए और उन्हें अपनी जांघों पर पटक लिया, उनकी वफ़ादारी के लिए मन ही मन शुक्रगुज़ार और साथ ही सच में परेशान भी। “यह आखिरी बार है जब तुम मुझे यकीन दिला पाओगे। अगली बार जब मैं तुमसे कहूँगी कि यह खत्म हो गया है—यह खत्म हो गया है, और तुम मेरा मन बदलने के लिए कुछ नहीं कर सकते। अगर ज़रूरत पड़ी तो मैं तुम्हें शेरिफ़ को सौंप दूँगी। क्या यह साफ़ है?”

“*जी मैडम,*” उन्होंने एक साथ कहा.

“चले जाओ। अभी।” उसने कहा, हालांकि उसे शक था कि वे सच में नहीं जाएंगे। वे दरवाज़े के बाहर ही इंतज़ार करेंगे।

कुछ मिनट बाद, डिटेक्टिव ब्राउन ने दरवाज़ा खटखटाया और अपने ऑफिस में अंदर आईं। “क्या आपके ऑफिस में गार्ड तैनात हैं?”

“नहीं। मैंने लड़कों से खतरे की वजह से दूर रहने को कहा था, लेकिन उन्होंने मना कर दिया। फिर भी, कल रात मुझे कुछ गार्ड की ज़रूरत थी।” उसने उसे उस आदमी के बारे में बताया जिसे उसने अपना पीछा करते देखा था।

“वाह! उसके पास बंदूक भी थी?”

“हाँ। इससे मुझे आश्चर्य हुआ कि वह वहाँ क्यों था—और क्या वह हत्यारा था।”

ब्राउन सोचते हुए रुका। "जिन खूंखार क्रिमिनल्स से मैं मिला हूँ, वे ऐसा नहीं करेंगे। अगर वे तुम्हें मारना चाहते, तो तुम मर जाओगे। वे तुम्हें चलते हुए या पीठ में गोली मार देंगे। इससे मुझे पता चलता है कि यह आदमी या तो एक नौसिखिया है जिसे किसी को मारने की अपनी काबिलियत पर शक है, या वह चाहता था कि तुम उसे देखो - शायद तुम्हें डराने के लिए।"

हसेया ने उसकी बातों की तारीफ़ की। इस अनुभव ने उसे जितना सोचा था उससे कहीं ज़्यादा हिला दिया होगा। उस पल, उसे पता था कि वह और ब्राउन साथ में अच्छा काम कर सकते हैं। "मैंने देखा है कि इस शहर में ज़्यादातर लोग लगातार झूठ बोलते हैं। क्या युमा में भी ऐसा ही था?"

ब्राउन ने कहा, "यहां, युमा में और हर जगह लोग एक जैसे हैं—खासकर अगर उनके पास छिपाने के लिए कुछ हो।"

"हाँ, बिल्कुल। मैंने क्ले और हेनरी से बात की है, जो कोर्टहाउस में काम करने वाले जुड़वां भाई हैं। वे तुम्हें नहीं जानते, और आज सुबह अपनी इन्वेस्टिगेशन शुरू करने के लिए वे एक अच्छी जगह हो सकते हैं। अपना इंट्रोडक्शन दो, देखो कि तुम क्या सीख सकते हो, और झूठ बोलने वालों से सावधान रहना।"

"इसमें कुछ नया नहीं है।" ब्राउन हिचकिचाया, फिर बोला, "हसेया... मुझे कुछ और साल काम करना है। मेरी नज़र कमज़ोर होती जा रही है और मैं अपनी नौकरी नहीं खो सकता। मुझे पता है कि आप नहीं कह सकते कि चीज़ें कैसे होंगी, लेकिन अगर कातिल को लाने में मेरा कोई रोल होता, तो लोग देख सकते थे कि मेरी अभी भी यहाँ ज़रूरत है।"

“बेशक, लेकिन हम दोनों जानते हैं कि मैं शायद कुछ नहीं कर पाऊँगा। मैं तुम्हारी मदद करने की कोशिश करूँगा, लेकिन जो होगा, सो होगा। मैं बस कोशिश कर सकता हूँ।”

“धन्यवाद,” उन्होंने जाने से पहले मुस्कुराते हुए कहा।

हसीया ने ऑफिस का दरवाज़ा खोला और कहा, “अंदर आओ, लड़कों।”

जैसे ही वह बैठी, वे अंदर आए। “मैं तुम सबको खर्च के लिए एक-एक डॉलर दूँगी। जब तुम्हारे पैसे खत्म हो जाएँ, तो मुझे बता देना, मैं तुम्हें एक और दे दूँगी। बच्चे—अगर मुझे फिर से तुम्हारी जेब काटने की भनक लगी, तो तुम्हारा काम यहाँ खत्म।”

उसने उन दोनों को एक-एक डॉलर दिया और कहा, “मैं चाहती हूँ कि तुम दोनों बाहर जाकर देखो। अगर तुम डिटेक्टिव ब्राउन या मेरे पीछे आए, पकड़े गए, या किसी भी तरह से हमारे काम में दखल दिया, तो तुम केस से बाहर हो जाओगे।” उसने उन दोनों को तब तक देखा जब तक उन्होंने हाँ में सिर नहीं हिला दिया।

"जाना।"

*

हसेया ने कैथोलिक चर्च में नेशनल अमेरिकन वुमन सफ़रेज एसोसिएशन की मीटिंग के बारे में एक पोस्टिंग देखी थी और वह उसमें शामिल होना चाहती थी। मीटिंग दोपहर में थी, और उसके पास कुछ समय था।

उनके लिए, वोट देने के अधिकार का आंदोलन उनकी लड़ाई नहीं थी—कम से कम, अभी तक तो नहीं। उनकी नवाजो परवरिश बहुत अलग थी। नवाजो औरतें अपने होगन और प्रॉपर्टी की मालिक होती थीं। शादी के बाद एक आदमी अपनी पत्नी के साथ *उसके* होगन में रहता था। गोरे

आदमी की ज़िंदगी इसके उलट लगती थी—प्रॉपर्टी पिता से बेटे को मिलती थी, और मर्दों का अपने परिवारों पर ज़्यादा कंट्रोल होता था।

उन्होंने अपनी नवाजो ज़िंदगी पीछे छोड़ दी थी, और हालांकि उन्हें वोट देने के अधिकार से हमदर्दी थी, लेकिन वह इसे पूरी तरह से समझ नहीं पाई थीं। फिर भी, सबसे ज़्यादा, वह अपनी कम्युनिटी में शामिल होने और ज़्यादा लोगों से मिलने के लिए इसमें शामिल होना चाहती थीं।

उसने अपना समय अपने छोटे से बगीचे की देखभाल करके बिताने का फैसला किया, जिसमें हमेशा कुछ काम की ज़रूरत होती थी। उसे यह आरामदेह लगा। लेकिन जैसे ही वह बाहर निकली, उसने देखा कि परेशान करने वाले जैवलिना फिर से खुदाई कर रहे थे—लानत है इन जानवरों पर। अब उसके पास करने के लिए बहुत काम था।

हसेया मीटिंग शुरू होने से ठीक पहले वहाँ पहुँची। कमरा खचाखच भरा था, ज़्यादातर अनजान चेहरे थे, हालाँकि वह जोसी और नेटी को पहचानती थी। वह देखने के लिए पीछे की तरफ़ बैठ गई। मेथोडिस्ट पादरी की पत्नी, मिसेज़ टेलर ने मीटिंग को लीड किया।

"लेडीज़, चलिए शुरू करते हैं। आज, मैं हमारे मूवमेंट की अभी की हालत का रिव्यू करना चाहता हूँ और आपके विचार जानना चाहता हूँ। आपके आइडिया ज़रूरी हैं—कभी भी कुछ और न सोचें। वे हमारे शहर और यहाँ तक कि हमारे देश में भी बड़े बदलाव ला सकते हैं।"

मिसेज़ टेलर ने आगे कहा, "भगवान ने हमें एक नैचुरल काबिलियत दी है। हम अपने घरों की देखभाल करना जानते हैं, लेकिन उनके बाहर क्या होता है, इस पर हमारा कोई कंट्रोल नहीं है। औरतें मर्दों से ज़्यादा नैतिक रूप से ज़िम्मेदार होती हैं—बेशक, मेरे पति को छोड़कर।" औरतें हँस पड़ीं।

"हम अपने बच्चों की परवरिश सही तरीके से करते हैं, लेकिन जब वे घर से बाहर निकलते हैं, दुनिया की बुराई के सामने आते हैं, तो क्या होता है, इस पर हमारा कोई कंट्रोल नहीं होता। मर्द वोट देते हैं। हम नहीं। और आज, इस शहर में, बुराई हर जगह है। आप यह जानते हैं। आपने इसे देखा है। हमें अपने बच्चों को बचाने के लिए कुछ करना *होगा*—और अपने पतियों को भी। मैं अब चर्चा शुरू करती हूँ। कृपया अपनी बातें छोटी रखें।"

एक औरत खड़ी थी। "मैं अपने परिवार के लिए अच्छा खाना बनाने के लिए कड़ी मेहनत करती हूँ, लेकिन जो खाना मैं खरीदती हूँ, उसमें से कुछ खराब या सड़ा हुआ होता है। बेईमान खाना बनाने वालों से हमें बचाने के लिए कानून होने चाहिए। मेरे बच्चे हर समय बीमार रहते हैं। अगर हमारे पास वोट का अधिकार होता, तो हम खराब खाने से खुद को बचाने के लिए कानून पास कर सकते थे। मर्दों को उतनी परवाह नहीं है जितनी उन्हें होनी चाहिए। औरतों को वोट की ज़रूरत है।"

"धन्यवाद," मिसेज टेलर ने जोसी की ओर इशारा करते हुए कहा। "अगला।"

जोसी खड़ी हुई। "प्रेस्कॉट की औरतों, हमारी गलियाँ सेफ़ नहीं हैं। बाहर एक किलर है जिसे शेरिफ़ शायद कभी पकड़ न पाए। क्या आप में से किसी ने शेरिफ़ को वोट दिया था? मैंने नहीं दिया। मुझे याद नहीं कि मैंने उसे वोट दिया था। वह जो कर सकता है, करेगा, लेकिन इसके बाद कोई और किलर आ जाएगा। यह शहर टूट रहा है। मेरे दो बच्चे हैं, और मैं उन्हें अकेले घूमने नहीं दूँगी। यह बहुत खतरनाक है। हमें एक औरत के असर की ज़रूरत है।" कमरे में तालियाँ बजीं।

एक और महिला बोली, और फिर नेटी की बारी थी।

"मैं आप सबसे निराश हूँ," उसने शुरू किया। "इसलिए नहीं कि आप जो कह रहे हैं वह सच नहीं है—यह सच है। लेकिन शिकायत करने से कुछ

हल नहीं होगा। जब हम आज इस चर्च को छोड़ेंगे, तो वही समस्याएँ अभी भी होंगी। हमें *एक्शन लेने की ज़रूरत है।*"

उसने आवाज़ उठाई। "हमारे अंतरिम मेयर को सिर्फ़ दो लोगों ने चुना था—टाउन काउंसिल—जिन्हें *हमने* नहीं चुना था। अगले हफ़्ते, लोग एक नया मेयर चुनेंगे, शायद हेनरी लेस्टर। उसने अब तक क्या किया है? कुछ नहीं। कातिल अभी भी खुला घूम रहा है। महीने दर महीने, हमारा बुरा सपना जारी है। क्या हेनरी लेस्टर को कोई फ़र्क पड़ता है?"

नेटी ने सिर हिलाया। "हमें लोगों के सामने अपनी बात रखनी होगी। हमें विरोध प्रदर्शन करने होंगे। हम कहाँ खड़े हैं, इस पर कोई शक नहीं होना चाहिए। एक्शन ही एकमात्र चीज़ है जो बदलाव लाएगी। मुझे नफ़रत है कि हमारे शांत छोटे से शहर का क्या हाल हो गया है। मुझे मेयर और काउंसिल में उनके दो दोस्तों से नफ़रत है। यह सही नहीं है। हमें अपने लिए खड़ा होना होगा। हमें कोर्टहाउस तक मार्च करना होगा और विरोध करना होगा!"

कमरे में हंगामा मच गया। औरतों ने नेटी को घेर लिया और ज़ोर-ज़ोर से बातें करने लगीं। मिसेज़ टेलर ने कंट्रोल करने की कोशिश छोड़ दी और हाँ में सिर हिलाते हुए बाहर निकल गईं।

हसेया पीछे ही खड़ी रही, हैरान। उसने ऐसा पहले कभी नहीं देखा था। जब कमरा आखिरकार खाली हुआ, तो वह नेटी के पास गई, जिसका चेहरा अभी भी लाल था, और आँखें खुली हुई थीं, और वह चमक रही थी।

"तुमने सबको उत्साहित कर दिया। तुम्हें कैसा लग रहा है?" हसेया ने पूछा।

नेटी ने कहा, "मैं तैयार हूं। मुझे लगता है कि कुछ भी हो सकता है, और मैं यहां बदलाव लाने के लिए कुछ भी करूंगी।"

अध्याय पच्चीस

वह जल्दी उठी और सुबह होते ही अपने बगीचे में काम करने चली गई। कुछ गड़बड़ थी। उसके मन में कुछ चल रहा था, लेकिन वह सामने नहीं आ रहा था। उसे एक अजीब सा एहसास हो रहा था जिसे उसे समझने और साफ़ करने की बहुत ज़रूरत थी। हसेया को उम्मीद थी कि कुछ फिजिकल एक्सरसाइज़ से उसे डर की इस भावना को बाहर लाने में मदद मिलेगी। सच सामने आने से पहले उसे और फैक्ट्स चाहिए थे। वह एक कनेक्शन ढूंढ रही थी। हसेया को एक घंटे की मेहनत के बाद पसीना आ गया , लेकिन कुछ भी काम का नहीं निकला। जो भी उसे परेशान कर रहा था, वह जल्द ही सामने नहीं आने वाला था।

उसके दिमाग में कुछ और भी था। वह चाहती थी कि उसके कामों का ज़्यादा असर हो। शहर में बुरी घास-फूस फैली हुई थी, जिन्हें किसी भी फसल को काटने से पहले उखाड़ना ज़रूरी था। वह यह बात अच्छी तरह जानती थी। अगर वह इन हत्याओं को सुलझा पाती तो प्रेस्कॉट के लोगों के नॉर्मल होने का मौका था। अगर उसे लोगों को शतरंज के मोहरों की तरह मैनिपुलेट करना पड़ा, तो वह अपनी जांच को आगे बढ़ाने के लिए ऐसा करेगी।

वह एक तरह से हमेशा एक बाहरी ही रहेगी, लेकिन उसे कोई परवाह नहीं थी। वह एक इंडियन और एक औरत थी, और शहर के कुछ अनजान और इनसिक्योर लोग उसे कभी पूरी तरह से अपना नहीं पाएंगे। उसे

इसकी उम्मीद थी। हसेया को एक काम करना था। उसे इन्वेस्टिगेशन और अपनी ज़िंदगी की ज़िम्मेदारी लेने की ज़रूरत महसूस हुई। अब एक्शन लेने का समय था, जैसा कि नेटी ने मीटिंग में कहा था।

हसेया ने ऊपर देखा और डिटेक्टिव ब्राउन को अपनी ओर आते देखा। वह खड़ी हुई, अपने हाथों से कुछ मलबा हटाया, फिर ब्राउन की तरफ हाथ हिलाया और अपने ऑफिस में चली गई।

"क्या तुमने कुछ सीखा?" उसके अंदर आते ही उसने पूछा।

“ज़्यादा कुछ नहीं। मैंने पहले क्ले से बात की। उसका हाथ स्लिंग में था। मुझे उसकी नौकरी से जलन नहीं होती, वह ऑफिस में बंद रहता था, कागज़ इधर-उधर करता था। उसे मर्डर के बारे में कोई जानकारी नहीं थी। इससे भी बुरी बात यह थी कि वह डिफेंसिव लग रहा था। जब मैंने उससे उसके जुड़वां भाई के बारे में पूछा, तो वह पूरी तरह चुप हो गया। ऐसा लगता है कि उनकी आपस में नहीं बन रही है। वह इस बारे में बात नहीं करना चाहता था। उसने कहा कि मेयर यंग के साथ उसकी बस थोड़ी-बहुत बातचीत हुई थी, लेकिन मुझे पक्का नहीं पता कि मैंने उस पर यकीन किया या नहीं। वह डिटेक्टिव विलियम्स को अच्छी तरह नहीं जानता था। वह और माइक टैपस्कॉट - जॉन आर्थर - दोनों प्रेस्कॉट राइफल्स ग्रुप में थे, लेकिन उसने कहा कि जॉन अक्सर लोगों से खुलकर बात नहीं करता था।”

“हेनरी से बात करने की कोशिश करना और भी बुरा था। जब मैंने क्ले का ज़िक्र किया, तो उसने बिज़ी होने का नाटक किया, जैसे मैं उसका टाइम बर्बाद कर रहा हूँ। उसने कहा कि उसे नहीं पता कि मेयर को कौन चोट पहुँचाना चाहेगा। वह डिटेक्टिव विलियम्स की इज़्ज़त करता था लेकिन उन्हें अच्छी तरह नहीं जानता था, यह बात उन लोगों में आम थी जिनसे मैंने विलियम्स के बारे में बात की। मैंने उससे पूछा कि क्या वह प्रेस्कॉट राइफ़ल्स का मेंबर है, और उसने कहा कि वह उनकी एक मीटिंग में गया

था लेकिन कभी वापस नहीं आया। उसने कहा कि वह शहर की भलाई के लिए उनके ऑर्गनाइज़ेशन को सपोर्ट करना चाहता था, लेकिन उसे लगा कि राइफ़ल्स गैर-ज़रूरी है और सबका टाइम बर्बाद करती है। हेनरी ने मुझे बताया कि वह माइक टैपस्कॉट को बिल्कुल नहीं जानता।"

"क्या क्ले मेयर यंग का सम्मान करता था?"

"अब जब आपने इसका उल्लेख किया है, तो नहीं , लेकिन ऐसा लगता है कि किसी कारणवश वह मेयर यंग की अपेक्षा अपने भाई को अधिक नापसंद करते थे।"

"हेनरी कितना महत्वाकांक्षी लग रहा था?" उसने पूछा।

"बहुत। हेनरी ने कॉन्फिडेंस से बात की, लेकिन मुझे कभी नहीं लगा कि मैं उस पर भरोसा कर सकता हूँ। मुझे लगता है कि ऊँचे पदों पर बैठे लोगों का ऐसा बर्ताव करना कोई अजीब बात नहीं है। मुझे यह भी लगा कि मैं उसके साथ कोई भी बहस हार जाऊँगा। उसने मुझे उन लोगों की याद दिला दी जिनसे मैं पहले मिला हूँ, जिनके पास बहुत सारा बकवास ज्ञान होता है जिसे वह बिना शक वाले और भोले-भाले लोगों पर खुशी-खुशी डाल देता है।"

"मेयर यंग ऐसे ही थे। हेनरी ने ज़रूर उनसे यह सीखा होगा। ठीक है, क्लेरेंस। आपके अपडेट के लिए धन्यवाद। मुझे खुशी है कि हम साथ काम कर रहे हैं, और जैसे ही मेरे पास अपडेट होंगे, मैं आपको बता दूँगा। क्या आप लड़कों को अंदर आने देंगे?"

"तुम्हें कैसे पता कि वे बाहर हैं?"

"ये दीवारें पतली हैं। मैंने उन्हें बात करते हुए सुना, और मुझे यकीन है कि वे हमें सुन सकते हैं। फिर से धन्यवाद।"

जासूस चला गया और लड़के अंदर आए। उसने पूछा, “तुमने क्या सीखा?”

“कुछ नहीं। अब ज़्यादातर शराबी घर पर शराब पी रहे हैं।” रेमंड ने कहा। बच्चा बेचैन लग रहा था।

“मैं बिना कुछ किए बैठे-बैठे थक गया हूँ। मैं बोर हो रहा हूँ।” बच्चे ने कहा।

“बैठे रहना और कुछ न करते हुए दिखना तुम्हारे काम का हिस्सा है। जब कुछ होगा तो तुम्हें तैयार रहना होगा क्योंकि यह बहुत जल्दी होगा, बच्चे। मैं चाहता हूँ कि तुम आज लकड़ी मिल के पास घूमो। जो भी औरत शिफ्ट खत्म होने से पहले मिल से निकले, उसका पीछा करना। रेमंड, मैं चाहता हूँ कि तुम मेरे साथ चलो।” बच्चा चला गया।

“क्ले और हेनरी लेस्टर की आपस में नहीं बन रही है। हम उससे बात करने के लिए नीनो की ऑल्टरेशन शॉप जा रहे हैं। वह अक्सर बिज़ी रहती है और उसके पास ज़्यादा टाइम नहीं होगा, इसलिए मैं बात करूँगा। मैं चाहता हूँ कि तुम उसके रिएक्शन ध्यान से देखो, बिना ज़्यादा दिखे।” वे दोनों नीनो के पास गए और अंदर चले गए।

“ या - अतीह , नीनो. बिज़नेस कैसा चल रहा है?”

“अच्छा. मैं हमेशा की तरह व्यस्त हूँ.”

"क्या आप शहर के नए जासूस, क्लेरेन्स ब्राउन से मिले हैं?"

“वह यहाँ नहीं आया है। मेरे पास भी गपशप करने के लिए कोई खाली समय नहीं है।”

“हम मर्डर केस पर उनके साथ काम कर रहे हैं। वह एक अनुभवी आदमी हैं।”

नीनो ने सिर हिलाया लेकिन कुछ नहीं कहा। हसेया एक पल के लिए रुकी।

“क्ले कैसा है? क्या वह कुछ रोमांचक कर रहा है?”

“जहां तक मुझे पता है, नहीं। मैंने हाल ही में क्ले को नहीं देखा है। मैं बहुत बिज़ी रहा हूं।”

“हमारे पास छोड़ने के लिए कुछ नहीं है। हम उस इलाके में थे और हैलो कहने के लिए रुके थे। कभी-कभी थोड़ा समय निकालना याद रखें।”

हसेया और रेमंड नीनो के ऑल्टरेशन्स से बाहर निकले और बोर्डवॉक पर आगे बढ़े। “मुझे बताओ तुमने क्या देखा।” उसने पूछा।

“नीनो का मूड ठीक नहीं था। पता नहीं क्यों, वह चाहती थी कि तुम जो भी बात कर रहे हो, वह बंद हो जाए। मुझे हैरानी है कि वह क्ले के बारे में बात नहीं करना चाहती थी।”

“वह बहुत मेहनत करती है, और मुझे नहीं पता कि वह खुद की मदद कर पाएगी या नहीं। वह सफल होने के लिए बहुत मेहनत करती है, लेकिन वह ऐसी ही है, और कोई भी उसे बदल नहीं सकता।”

उन्होंने उसके ऑफिस लौटने का प्लान बनाया लेकिन नेटी को अपनी तरफ आते देखा। वह उनके सामने रुक गई।

“सुप्रभात, हसेया, रेमंड। उम्मीद है सब ठीक होगा। मेरे पास कुछ खाली समय है और मैं क्ले लेस्टर से मिलने जा रहा हूँ। उसने मुझसे कहा कि वह विमेंस सफ़रेज प्रोटेस्ट के लिए आइडिया देने में मेरी मदद करेगा। तुम दोनों शहर में घूमकर क्या कर रहे हो?”

रेमंड ने कहा, "मुझे नहीं पता था कि तुम और क्ले दोस्त हो।"

“हम नहीं हैं। कल, मैं गलती से क्ले से मिला। हमने थोड़ी देर बात की, और उसने मेरी मदद करने की पेशकश की। वह उस तरह का इंसान नहीं

है जिसके साथ मैं आम तौर पर समय बिताता हूँ, लेकिन मुझे पता है कि वह मेरी मदद कर सकता है। जब मैं उसे बहुत ज़ोर दूँगा तो वह कुछ अच्छे आइडिया देगा। आप उसे जानते हैं। वह बिना पतवार का जहाज है, अपने छोटे से ऑफिस में इधर-उधर घूमता रहता है, कागज़ इधर-उधर करता रहता है। हमने बस थोड़ी देर बात की, लेकिन मैं आपको बता सकता हूँ कि उसमें कोई हिम्मत नहीं है। क्ले उस तरह का इंसान है जिसे लीड करने की ज़रूरत होती है, और मैं उसे पूरी तरह से आगे बढ़ाने का इरादा रखता हूँ ताकि देख सकूँ कि क्या वह इस काम में मेरी मदद कर सकता है।"

हसीया ने पूछा, "तुम दोनों के लिए तुम्हारे पास काफ़ी हिम्मत है, लेकिन तुम्हें क्यों लगता है कि उसके पास बिल्कुल नहीं है?"

"मुझे नहीं पता। मैं इसे शब्दों में बयां नहीं कर सकता। क्ले का जुड़वाँ भाई अभी का मेयर है, लेकिन क्ले कुछ नहीं करता। उसकी गर्लफ्रेंड एक डरपोक इंडियन है, भगवान के लिए। बुरा मत मानना। उसमें कुछ तो है जो मुझे गुस्सा दिलाता है। मेरा मन करता है कि उसे कंधों से पकड़ूँ, अच्छे से हिलाऊँ, और कहूँ कि उठ जाए।"

हसेया ने नेटी की तरफ सिर हिलाया, लेकिन जब उसने नेटी के कंधे के ऊपर से देखा तो हसेया का ध्यान एक पल के लिए उस चीज़ पर चला गया जो उसने देखी। किड ने एक बिल्डिंग के किनारे से अपना सिर बाहर निकाला और उन्हें देखा। हसेया इस बात से इम्प्रेस हुई कि उसने कितनी जल्दी किसी को फॉलो करना सीख लिया था। "मुझे यकीन है कि उसके पास तुम्हारे लिए कुछ अच्छे आइडिया होंगे, लेकिन मुझे समझ नहीं आ रहा कि यह इतना ज़रूरी क्यों है। गोरी औरतें अपनी ज़िंदगी को क्यों नहीं अपना सकतीं? हम सब खुश क्यों नहीं रह सकते?" उसने पूछा।

उसके सवालों का मनचाहा असर हुआ। "तुम्हें कैसे पता? तुम इंडियन हो।" नेटी ने गुस्से में वहाँ से जाने से पहले कहा।

रेमंड ने कहा, "उसे आसानी से परेशान किया जा सकता है।" हसेया ने हाँ में सिर हिलाया, किड को नमस्ते किया और रेमंड के साथ अपने घर के ऑफिस चली गई।

हसेया ने अपने ऑफिस के पास पहुँचते ही अपने दरवाज़े पर एक नोट चिपका हुआ देखा। उसने उसे उतारकर पढ़ा:

अपने काम से काम रखो - और तुम जीओगे

तुम घमंडी औरत हो

रिजर्वेशन पर वापस जाएं

हमें यहां किसी भारतीय की ज़रूरत नहीं है

उसने त्योरियां चढ़ाईं और नोट रेमंड को थमा दिया। “तुम्हारा क्या ख़याल है?”

“लगता है किसी को इंडियन पसंद नहीं हैं, वो नहीं चाहता कि तुम मर्डर की इन्वेस्टिगेशन करो, या दोनों। यह ठीक नहीं है।”

“रेमंड, इस नोट का मतलब है कि हमारी इन्वेस्टिगेशन तेज़ी पकड़ रही है और सही लोगों को असहज कर रही है। अब हम बहुत बिज़ी रहेंगे और हमें ज़्यादा सावधान रहने की ज़रूरत होगी। अब से, मैं जब भी हो सके, जोड़ियों में काम करना चाहता हूँ। इस तरह सेफ़ है। अगर हम सही काम करते रहे और कातिल के करीब पहुँचते रहे तो कोई गलती करेगा। कोई गलत कदम उठाएगा।”

"शायद मुझे अपने पिता की बंदूक ले जानी चाहिए।"

“शायद तुम्हें ऐसा करना चाहिए।”

अध्याय छब्बीस

"सुप्रभात, रेमंड। बच्चा कहाँ है?"

"वह फिर से गायब हो गया है। मैंने व्हिस्की बार में चेक किया और वह मुझे नहीं दिखा, लेकिन अभी भी सुबह थी। हो सकता है उसने मुझे पहले देखा हो और छिप गया हो। कहना मुश्किल है।"

"ठीक है। मुझे लगता है कि अब हमें आपके पुराने दोस्त क्लिंट से मिलने जाना चाहिए।" उसने कहा।

रेमंड ने हसेया को ऐसे देखा जैसे उसके साथ कुछ गड़बड़ हो, जैसे उसके पेट में तकलीफ हो रही हो, या उसे सिरदर्द हो।

"चिंता मत करो. मैं तुम्हारे साथ चलूँगा. मैं क्लिंट के साथ थोड़ी मस्ती करना चाहता हूँ."

उसका चेहरा बदल गया, जैसे अब कोई शक ही न रहा हो। उसे यकीन हो गया था कि हसीया पागल हो गई है। "क्या?" उसने पूछा।

वह बहुत सोच रही थी और उसने जवाब नहीं दिया। "पता करो कि क्लिंट आज कहाँ काम कर रहा है, फिर यहाँ वापस आना। अगर किड दिखे तो उसे भी ले आना।"

रेमंड के जाने के बाद, हसेया सोचने लगी। क्या होगा अगर वह अभी तक कातिल से मिली या बात नहीं की है? उसके पास कुछ लोग थे जिन्हें उसने अच्छे सुराग के तौर पर पहचाना, लेकिन हसेया जानती थी कि

कातिल कोई और भी हो सकता है जिसे उसने अभी तक संदिग्ध के तौर पर पहचाना न हो।

किसी भी हत्या का कोई मकसद नहीं था। हसेया के पास एकमात्र सबूत शेल केसिंग था जो शायद '94 विनचेस्टर राइफल का था। हत्याओं में इस्तेमाल की गई कोई भी गोली बरामद नहीं हुई। अब जब जॉन आर्थर मर चुका था, तो उसे रेमंड से जॉन को यह इशारा देने के लिए कहने में बुरा लग रहा था कि एक गोली बरामद हुई है जिसका मिलान किया जा सकता है, लेकिन उसने जल्दी ही यह बात अपने दिमाग से निकाल दी। सच तो यह था कि किसी को नहीं पता था कि किसी खास बंदूक से चली दूसरी गोली का मिलान कैसे किया जाए, और किसी भी क्राइम सीन पर कोई फिंगरप्रिंट नहीं लिया गया था। हत्याओं को सुलझाने में मदद के लिए गोलियों या फिंगरप्रिंट का इस्तेमाल करने की संभावना डिटेक्टिव विलियम्स के साथ ही खत्म हो गई।

हसेया अब पहले से कहीं ज़्यादा शहर का मूड महसूस कर सकती थी। लोग परेशान हो रहे थे, और बेमतलब का बर्ताव सामने आने की संभावना, शायद हिंसक तरीके से, असली थी और हर दिन बदतर होती जा रही थी। उसने गहरी सांस ली, शांत होने की कोशिश की, और रेमंड के लौटने तक अपने बगीचे में काम करने के लिए बाहर चली गई।

उसने एक घंटे तक काम किया, फिर अंदर जाकर सफाई की। जल्द ही, रेमंड उसके ऑफिस में आया, लेकिन किड उसके साथ नहीं था। "तुम्हें वह नहीं मिला?"

“नहीं। कहीं नहीं। क्लिंट यहाँ से ज़्यादा दूर नहीं एक पुराने घर की बाहरी मरम्मत कर रहा है। जब मुझे कोई ऐसा मिला जो जानता था कि वह कहाँ है, तो मैंने घर चेक किया और उसे वहाँ देखा। क्या तुम सच में उससे बात करना चाहते हो?”

"हाँ. अब समय हो गया है. अपनी पिस्तौल यहीं छोड़ दो." उसने उसे यह नहीं बताया कि वह इन दिनों जहाँ भी जाती है, अपना डेरिंगर अपने साथ रखती है. वह चाहती थी कि वह शांत रहे और नैचुरल बिहेव करे. वे बाहर निकल गए.

थोड़ी देर टहलने के दौरान उसने कहा, "क्लिंट से डरने की कोई ज़रूरत नहीं है।"

"ये बात मेरे मुँह पर कहो. जब मैं इसे कुछ जगहों पर छूता हूँ तो अभी भी नरम महसूस होता है."

"मुझे लगता है कि मैं उसे तुमसे बेहतर समझता हूँ। हम उससे बात करेंगे, और तुम समझ जाओगे कि मेरा क्या मतलब है।"

वे उस जगह के पास पहुँच रहे थे जहाँ क्लिंट काम कर रहा था, तभी हसेया क्लिंट के पास आई और उसे नमस्ते किया, "गुड मॉर्निंग, क्लिंट। तुम्हें देखकर अच्छा लगा।"

क्लिंट क्रिसन ने हथौड़ा मारना बंद किया, मुड़ा और उन दोनों को शक भरी नज़रों से देखा। उसने हसेया को देखा, फिर अपनी नज़र रेमंड पर टिका दी। "तुम फिर से। तुम बहुत जल्दी नहीं सीखते, है ना, लड़के?"

रेमंड की आवाज़ बंद हो गई और उसने क्लिंट को कोई जवाब नहीं दिया। इसके बजाय, उसने कुछ नहीं कहा और उसकी तरफ देखा, जो हसेया को मज़ेदार लगा। उसने कहा, "वह तुम्हें चोट पहुँचाने के लिए यहाँ नहीं है, क्लिंट। उसके पास हथियार नहीं है, और हम सिर्फ़ बात करना चाहते हैं।"

क्लिंट आराम से लग रहा था लेकिन उसने अपना हथौड़ा पकड़ रखा था।

"मैं वोट देने वालों की मीटिंग के लिए जा रहा हूँ। मैंने रेमंड से मेरे साथ चलने को कहा। अब मुझे इस शहर में अकेले चलने में आराम महसूस नहीं होता।"

"मताधिकार मीटिंग? क्या मज़ाक है। औरतें वोट नहीं दे सकतीं, और ज़्यादातर को इन मुद्दों के बारे में पता नहीं है या वे इन्हें समझती नहीं हैं। अगर औरतों को वोट देने का मौका मिला तो यह बहुत बड़ी मुसीबत होगी। तुम्हें वापस घर चले जाना चाहिए। बुरा मत मानना, लेकिन तुम एक भारतीय हो। तुम लोगों की अपनी ही बहुत सारी परेशानियाँ हैं। तुम हमारी परेशानियों में क्यों उलझने की कोशिश कर रहे हो?"

"क्योंकि यह करना सही है। क्या आपको लगता है कि महिलाएं सेकंड-क्लास नागरिक हैं?"

"औरतों की अपनी खूबियां होती हैं, इसमें कोई शक नहीं। लेकिन मर्द ज़्यादातर चीज़ों में औरतों से बेहतर होते हैं। क्या यह साफ़ नहीं है ? तुम आखिर कर क्या रहे हो? क्या तुम यहाँ मुझसे लड़ने आए हो?"

"बिलकुल नहीं। वैसे भी, तुम ही बहस कर रहे हो। मैंने तो बस इतना कहा था कि मैं मीटिंग में जा रहा हूँ। सच?"

"लगता तो है, लेकिन वोट के बारे में आप अभी भी गलत हैं। क्या आप कुछ और बात करना चाहते हैं?"

"मैं बस मिलनसार बनने की कोशिश कर रहा हूँ। अगर आप इस बारे में बात नहीं करना चाहते, तो मैं आपकी पत्नी से पूछ सकता हूँ कि वह वोट देने के अधिकार के आंदोलन के बारे में कैसा महसूस करती हैं।"

"...मेरी...पत्नी?"

"हाँ। मैंने इन्वेस्टिगेशन के लिए शहर में कई लोगों का बैकग्राउंड चेक किया है। जब मैंने कोर्ट में चेक किया, तो मुझे पता चला कि आपकी एक

पत्नी है जो फ्लैगस्टाफ में रहती है। मुझे हैरानी है कि आप उसके बारे में कभी बात नहीं करते।"

हम अलग-अलग जीवन जीते हैं और कई सालों से ऐसा करते आ रहे हैं।"

"क्या आप उसे पैसे भेजते हैं?"

"उसे किसी पैसे की ज़रूरत नहीं है. वह अमीर है."

"ओह, तब तो वह तुम्हें पैसे भेजती है," हसेया ने कहा। उसने देखा कि क्लिंट अब कम डरावना लग रहा था।

"...खैर...कुछ, हाँ।"

"क्लिंट, मेरे पास आपके लिए एक और सवाल है। क्या आपके पास विनचेस्टर '94 लीवर राइफल है?"

वह फिर से अपने पुराने रूप में आ गया। "हाँ, ऐसा ही है।"

"मैं बस पूछ रहा हूँ। मैंने जिन ज़्यादातर आदमियों से बात की है, उनसे यही सवाल पूछा है। उस तरह की राइफ़ल और मेयर की हत्या के बीच एक कनेक्शन है। ओह, और इतना पर्सनल सवाल पूछने के लिए माफ़ करना, लेकिन मैं एक और बात जानना चाहता हूँ। क्या आपकी पत्नी को फ़्लैगस्टाफ़ में दूसरे आदमियों का साथ पसंद है?"

"नहीं। हमारा एग्रीमेंट है। हम दोनों एक-दूसरे के प्रति वफ़ादार रहेंगे।" उसने तुरंत उसे ऐसे देखा जैसे उसे अपनी बात पर पछतावा हो।

"तो फिर एग्रीमेंट? यह तो मज़ेदार है। हम आपके एग्रीमेंट के बारे में चुप रहेंगे, लेकिन हो सकता है कि हमें अपनी चुप्पी के बदले में किसी दिन कोई एहसान चाहिए हो । क्या आप इसके लिए राज़ी हैं?"

"अगर वह दिन कभी आएगा, तो शायद।"

"सुनकर अच्छा लगा। अच्छी बातचीत। आपका दिन शुभ हो, क्लिंट।"

जब वे काफी दूर चले गए, तो रेमंड ने कहा, "तुमने उसे चुप करा दिया, बिल्कुल। तुम्हें शक क्यों हुआ कि वह शादीशुदा है? मुझे तो पता ही नहीं था।"

"मुझे शक नहीं था, मैंने चेक किया। यह मेरा काम है। रिसर्च काम का एक ज़रूरी हिस्सा है, और हर चीज़ को चेक करने की ज़रूरत होती है। तुम्हें यह सीखना चाहिए। और एक और बात - तुम्हें यह समझना होगा कि ज़्यादातर बुली करने वाले अंदर से बच्चों जैसे होते हैं। उनमें एक कमज़ोरी होती है जिससे वे लोगों को डराना चाहते हैं। तुम्हें उनकी कमज़ोरी ढूंढनी होगी और उसे दबाना होगा। फिर, वे तुम्हें परेशान नहीं करेंगे। मेरे साथ चलो। मैं शहर जाना चाहता हूँ।"

वे कुछ मिनट तक चुपचाप चलते रहे, और फिर रेमंड ने आदर से कहा, "आप एक समझदार महिला हैं। मुझे कभी एहसास नहीं हुआ कि..."

"चोर! रोको इसे, चोर!"

हसेया और रेमंड ने पीछे से किसी को अपनी ओर दौड़ते हुए सुना और मुड़कर देखा कि किड उनकी तरफ़ तेज़ी से दौड़ रहा है। वह बिना रुके या कुछ कहे उनके पास से गुज़र गया। उनका ध्यान किड का पीछा कर रहे मोटे, अधेड़ उम्र के आदमी पर गया। जैसे ही वह उनके पास आया, हसेया को एक फ़ैसला करना पड़ा।

वह उस आदमी के सामने आ गई, जिससे उसे गाड़ी धीमी करके रुकना पड़ा। उसने उसके चारों ओर भागने की कोशिश की, लेकिन उसने उसे ऐसा नहीं करने दिया।

"मेरे रास्ते से हट जाओ, बेवकूफ इंडियन। उस लड़के ने मुझसे चोरी की है, और मैं उसकी ज़िंदा खाल उतार दूँगा।"

"उसने ऐसा कुछ नहीं किया। आप खुद ही समझाइए, सर।"

"मुझे तुम्हें अपनी बात समझाने की ज़रूरत नहीं है. वो लड़का चोर है. सब जानते हैं. उसने मेरा बटुआ ले लिया, और मैं ऐसा बर्ताव बर्दाश्त नहीं करूँगा . मैं उसे इतनी सज़ा दूँगा कि वो कभी नहीं भूलेगा कि उसने मेरे साथ क्या किया."

"वह नौजवान मेरा साथी है। वह मेरे लिए काम करता है, और मुझे पता है कि वह बेगुनाह है। तुम तुरंत वापस लौटकर चले जाओ।"

उस आदमी का चेहरा और लाल हो गया। उसने अपनी मुट्ठियाँ भींच लीं और ऐसा लगा जैसे वह उसे मारने के बारे में गंभीरता से सोच रहा हो। उसने चाकू निकाला। "मेरे रास्ते से हट जाओ, नहीं तो मैं पहले तुम्हारी खाल उतार दूँगा, फिर लड़के की।"

उसने शांति से अपना डेरिंगर निकाला और उस आदमी की तरफ़ तान दिया। पिस्तौल देखकर वह चौंक गया।

"मेरी बंदूक कम दूरी पर भरोसेमंद है, और मैं अपना बचाव करूँगा। अगर तुम मरना चाहते हो तो अपने चाकू से मुझ पर हमला करो।"

"तुम बुरी औरत हो. क्या वह तुम्हारे लिए जुर्म करता है? तुम्हारा हिस्सा क्या है?"

"मैं एक शौकिया इन्वेस्टिगेटर हूँ और अभी शेरिफ हरमन लुईस के लिए काम कर रहा हूँ। मुझे आपको उनसे मिलवाने में खुशी होगी।"

वह आदमी हार गया। उसने बिना मन के अपना चाकू रख दिया, हसेया के सामने थूका और वहाँ से चला गया।

थोड़ी देर बाद, वह रेमंड की तरफ मुड़ी। "मुझे किड से बात करनी है। तुम्हें हमारी बातचीत सुननी चाहिए।" उसे शक था कि लड़का उसके

ऑफिस में होगा, और जब वे पहुँचे तो वह वहाँ मिला। “क्या हुआ? क्या तुमने उस आदमी से चोरी की?”

बच्चा दुखी लग रहा था लेकिन उसने हिम्मत से अपना निचला होंठ भींच लिया। “मैंने आज उससे चोरी नहीं की।”

“अपनी जेबें खाली करो।”

बच्चा खड़ा हुआ और धीरे-धीरे अपनी जेबें खाली कीं। उसके पास कुछ भी अजीब नहीं था। "देखा?"

हसीया ने सिर हिलाया, “तुम कहाँ थे?”

“वह आदमी कल मेरे पीछे पड़ा था, इसलिए मैं एक पुरानी बिल्डिंग में छिप गया और उसे चकमा दे दिया। सोचा था कि अब सब खत्म हो गया, लेकिन उसने आज मुझे देख लिया और पूरे शहर में मेरा पीछा करने लगा। मुझे माफ़ करना, हसेया। वह आदमी कभी नहीं भूलता।”

“आपने पहले भी उसकी जेब काटी है?”

बच्चे ने फ़र्श की तरफ़ देखा और तुरंत कुछ नहीं कहा। आख़िरकार, उसने धीरे से कहा, “हाँ।”

“तुमने उससे कितने पैसे चुराये?”

“चार डॉलर।”

“तुम्हारा क्या विचार है, रेमंड?”

“वह सच कह रहा है।”

“ठीक है, बच्चे। मैं अगले दस डॉलर में से चार डॉलर लेकर उस आदमी का पैसा चुकाने जा रहा हूँ। इस बीच, सच बोलते रहना। मुझे अभी जितनी मदद मिल सकती है, चाहिए।

अध्याय सत्ताईस

“रेमंड, तुम्हें और माइक को प्रेस्कॉट राइफल्स शूटिंग कॉम्पिटिशन का इंचार्ज होना था। अब माइक के नहीं रहने पर इंचार्ज कौन है?” हसेया ने पूछा।

“मुझे नहीं पता। राइफल्स को आज बिग माउथ में मिलना चाहिए। मैं जाकर पता करूँगा।”

"अच्छा।" हसेया ने रेमंड के जाने के बाद पांच मिनट तक इंतज़ार किया, फिर उसके पीछे चली गई।

वह रेस्टोरेंट की सामने वाली खिड़की के पास गई और अंदर झाँका। रेमंड, क्ले, बकी और रॉबर्ट जोश में बातें कर रहे थे। हसेया अंदर आई। उसने उनके साथ बैठने का प्लान नहीं बनाया था, लेकिन जब वह अंदर गई, तो उसने एक मौका लेने और कोशिश करने का फैसला किया। वह रेमंड के बगल में बैठ गई। पहले तो किसी ने कुछ नहीं कहा, फिर बकी बोला।

“यह प्रेस्कॉट राइफल्स की मीटिंग है। क्या आप सदस्य हैं?” उसने उसकी ओर देखते हुए कहा।

“नहीं। मुझे बहुत अफ़सोस है। मुझे पता नहीं चला। यहाँ शहर में मेरा बिज़नेस अभी नया है, और मैं हमेशा नए लोगों से मिलने की कोशिश

करता हूँ। मैंने रेमंड को यहाँ देखा और सोचा कि मैं आप लोगों के साथ बैठ जाऊँ। अगर आप लोग प्राइवेट मीटिंग कर रहे हैं, तो मैं चला जाऊँगा।"

वह उठने लगी, लेकिन बकी ने कहा, "बैठ जाइए। यह एक अनऑफिशियल मीटिंग है, और आपका स्वागत है।" रेमंड खुश लग रहा था, क्ले के चेहरे पर कोई भाव नहीं था, और रॉबर्ट निराश लग रहा था। वह वापस बैठ गई।

"आप जो बात करने का प्लान बना रहे थे, उसे बदलने मत दीजिए। मैं ज़्यादा कुछ नहीं कहूँगी। नाश्ते के बाद, रेमंड और मुझे कुछ प्राइवेट में बात करनी है।" उसने कहा।

"बहुत बढ़िया। हम अपना खाना ऑर्डर करने वाले हैं। सोचो कि तुम क्या ऑर्डर करना चाहते हो, अगर कुछ ऑर्डर करना चाहते हो तो।"

सबने ऑर्डर किया, और हसेया को थोड़ी हैरानी हुई जब बातचीत शहर में हाल ही में हुई हत्याओं पर आ गई।

"आपकी इन्वेस्टिगेशन कैसी चल रही है? हम सब जानना चाहते हैं।" क्ले ने उससे पूछा।

"यह धीमा है। मैं कुछ लीड्स पर काम कर रहा हूँ, लेकिन कोई भी प्राइम सस्पेक्ट के तौर पर सामने नहीं आ रहा है। डिटेक्टिव ब्राउन और मैं साथ मिलकर काम कर रहे हैं।"

"क्या आपको अच्छा लगता है जब आपके साथ कोई गोरा आदमी काम करता है? बुरा मत मानना, लेकिन मुझे नहीं लगता कि रिज़र्वेशन में सीखी गई स्किल्स अब आपके काम आ रही हैं।" रॉबर्ट ने पूछा।

"हाँ, मैं डिटेक्टिव ब्राउन के साथ काम करके खुश हूँ। इन्वेस्टिगेशन मुश्किल साबित हुई है, और डिटेक्टिव ब्राउन बहुत अनुभवी हैं। वह और मैं साथ में अच्छा काम करते हैं।"

रॉबर्ट ने दूसरा सवाल पूछा। "मैंने सुना है कि वह आधा अंधा है। क्या यह सच है?"

"उसकी एक आँख में दिक्कत है, लेकिन इससे उसकी रफ़्तार कम नहीं होती। सच कहूँ तो, उसे कुछ ऐसी चीज़ें दिख जाती हैं जो मैं नहीं देख पाता।"

रॉबर्ट ने उसे गर्व से देखा। उसका मन किया कि वह उसके चेहरे पर गर्म कॉफी फेंक दे, लेकिन उसने कोई भावना नहीं दिखाने की कोशिश की।

"मुझे बस उम्मीद है कि कोई इन अपराधों का पता लगाएगा। मुझे परवाह नहीं कि कौन। बिना जवाब के बहुत समय बीत गया है, खासकर मेयर के मामले में।" बकी ने कहा।

जब खाना आया तो हसेया खुश हुई। इन्वेस्टिगेशन में प्रोग्रेस न होने से वह किसी और से ज़्यादा फ्रस्ट्रेट थी। जब सबने अपना खाना खा लिया तो ग्रुप शांत हो गया। खाने की क्वालिटी को लेकर कई शिकायतें थीं। वह कभी शिकायत नहीं करती थी। गोरे आदमी का खाना उससे कहीं बेहतर था जो उसने रिज़र्वेशन में खाया था।

"क्योंकि माइक अब शूटिंग कॉम्पिटिशन की देखभाल करने के लिए नहीं है, तो कौन यह काम संभालेगा? हमें किसी को यह काम सौंप देना चाहिए, या कम से कम इस साल के लिए इसे भूल जाना चाहिए।" बकी ने नैपकिन से अपना मुंह पोंछते हुए कहा।

"मैं उसकी मदद कर रहा था। मैं यह कर सकता हूँ।" रेमंड ने कहा।

बकी ने पूछा, "क्या आप कभी शूटिंग कॉम्पिटिशन में गए हैं?"

"नहीं, लेकिन यह इतना मुश्किल नहीं हो सकता।"

“अगर आप पहले कभी किसी मीटिंग में नहीं गए हैं, तो आप किसी नई मीटिंग के इंचार्ज नहीं हो सकते। आपको पता नहीं चलेगा कि क्या करना है। हमें एक अनुभवी आदमी की ज़रूरत है जो इसकी ज़िम्मेदारी ले सके। कोई सुझाव?” बकी ने टेबल के चारों ओर देखते हुए पूछा।

हसेया ने बीच में कहा, “रॉबर्ट एक अच्छे आदमी हैं। मैं उन्हें वोट दूंगी।”

रॉबर्ट हैरान और अचानक गुस्से में दिखे। उन्होंने पलटकर कहा, “तुम्हारे पास वोट देने का अधिकार नहीं है, तुम घमंडी जंगली हो। मुझे लगा था कि तुम अपना मुंह बंद रखोगे।”

हसीया हैरान रह गईं लेकिन उन्होंने खुद को संभाला। “माफ़ करना, सर। क्या आप यह काम करने के काबिल नहीं हैं?”

“बेशक मैं हूँ। मैं इसके लिए सबसे अच्छा आदमी भी हूँ।”

एक अजीब सी खामोशी छा गई, और फिर बकी ने कहा, “थैंक यू, रॉबर्ट। मेरा मतलब है कि आपने इस काम के लिए अपनी मर्ज़ी से हामी भरी है। क्या आप अब भी रेमंड को हेल्पर के तौर पर चाहते हैं?”

"क्या...हाँ, बिल्कुल।" उसने कहा और हसीया को बुरी नज़र से देखा।

“बस, बात पक्की हो गई। अगले हफ़्ते, मुझे अपडेटेड रिपोर्ट मिलने की उम्मीद है। क्या कोई और काम है?” बकी ने पूछा।

किसी के पास कहने के लिए और कुछ नहीं था, और अनऑफिशियल मीटिंग ऑफिशियली खत्म हो गई। लोग एक मिनट तक वहीं रुके, फिर जाने लगे। रॉबर्ट मुड़ा और उसे फिर से गुस्से वाली नज़र से देखा। *कितना अजीब आदमी है।*

“उस आदमी को क्या हुआ?” हसेया ने रेमंड से पूछा जब सभी प्रेस्कॉट राइफल्स बाहर आ गए। “वह मुझे बुरी नज़र से देखता रहा।”

"रॉबर्ट से बात करना मुश्किल है क्योंकि वह खुद में बहुत मगन रहता है। लेकिन जिस तरह से उसने तुम्हें देखा वह अजीब था। मुझे नहीं पता कि उसे क्या दिक्कत है।"

बिग माउथ से निकलने के बाद, उन्होंने एक जानी-पहचानी आवाज़ सुनी। "रुको, क्या तुम?" जब वे मुड़े, तो डिटेक्टिव ब्राउन तेज़ी से उनकी तरफ़ आ रहे थे। "एक बात, प्लीज़।" वे दोनों इंतज़ार करने लगे।

ब्राउन ने पूछा, "मेरे पास एक नाजुक मामला है जिस पर मुझे आपसे बात करनी है। क्या हम आपके ऑफिस जा सकते हैं?"

"ज़रूर, डिटेक्टिव," हसेया ने कहा। वे सीधे उसके ऑफिस गए। वह बैठ गई और उसने देखा कि डिटेक्टिव ब्राउन रेमंड को सवालिया नज़र से देख रहा है। फिर ब्राउन ने भी उसे वैसी ही नज़र से देखा। वह जानती थी कि उसे क्या परेशान कर रहा है। ब्राउन ने शेरिफ से रेमंड के अतीत के बारे में कहानियाँ सुनी होंगी। वह रेमंड का बचाव करते-करते थक गई थी। बस बहुत हो गया। उसने उसे सख्ती से देखा और अपना चेहरा ऐसे सिकोड़ा जैसे कह रही हो, 'पीछे हटो।' ब्राउन को मैसेज समझ आ गया और उसने खुद को संभालने के लिए एक पल के लिए नीचे देखा।

"ठीक है, जासूस, आपको क्या चाहिए?"

"मुझे कल रात फीनिक्स में मार्शल के ऑफिस से एक टेलीग्राम मिला। प्रेस्कॉट का एक आदमी वहां एक साल पुराने मर्डर केस में सस्पेक्ट बन गया है। फीनिक्स केस में एक बुजुर्ग आदमी की हत्या हुई है, और अजीब बात यह है कि इस बेचारे आदमी के पास से सिर्फ़ उसकी कीमती सोने की वॉल्थम रेलवे घड़ी गायब थी। मारे जाने के बाद भी उसके पास काफ़ी पैसे थे। घड़ी के पीछे लिखा था, 'लव ऑलवेज, एडिथ', और घड़ी अभी भी गायब है।"

“वायर के अनुसार, इस हफ़्ते एक और आदमी को एक अलग केस में अरेस्ट किया गया। जब उससे पूछताछ की गई, तो उसने एक और आदमी का नाम बताया जिससे वह मिला था, जिसने अपनी महंगी पॉकेट वॉच के बारे में शेखी बघारी थी, वह भी एक गोल्ड वॉल्थम रेलवे वॉच थी। यह शेखी बघारने वाला आदमी, प्रेस्कॉट में रहता है।”

“जिस आदमी से पूछताछ हो रही थी, उसे वह लिखावट याद नहीं थी, जब उस शेखी बघारने वाले ने उसे पीछे की तरफ खुदी हुई चीज़ दिखाई। उसने इसके बारे में बस कुछ 'प्यार वाली बकवास' ही कहा। मुझे प्रेस्कॉट में इस आदमी से बात करनी है, उम्मीद है कि उसके पास घड़ी होगी, उसे गिरफ्तार करना है, और उसे फीनिक्स भेजना है।”

“मैं समझ गया कि तुम्हें क्या चाहिए, लेकिन मैं समझ नहीं पा रहा कि मैं कैसे मदद कर सकता हूँ। तुम्हें बस उस आदमी को अरेस्ट करना है और घड़ी पर लिखा हुआ देखना है।” हसेया ने कहा।

“मैंने सोच लिया है। हो सकता है कि उस आदमी के पास घड़ी हो या न हो। अगर मैं उसे अरेस्ट कर लूँ और उसके पास घड़ी हो, तो जो तुमने कहा वह सच है, और यह एक आसान मामला होगा। अगर उसके पास घड़ी उसके घर पर हो या कहीं छिपी हो तो यह बिल्कुल अलग बात है। अगर उसे पता होता कि मैं घड़ी ढूंढ रहा हूँ और मेरे पास थोड़ा भी समय है, तो वह पक्का करता कि मुझे वह कभी न मिले।”

डिटेक्टिव ब्राउन ने आगे कहा, “सबसे पहले, मुझे इस आदमी को ढूंढने में तुम्हारी मदद चाहिए। तुम मेरे काम आ सकते हो क्योंकि जब वह तुम्हें देखेगा तो उसे पता नहीं चलेगा कि तुम घड़ी ढूंढ रहे हो। मैं यह तुम पर छोड़ता हूँ कि तुम यह पता लगाओ कि उसके पास घड़ी है या नहीं। उसे अपनी चीज़ें दिखाना पसंद है, इसलिए शायद तुम उससे घड़ियों, रेलरोड या किसी और चीज़ के बारे में बात शुरू कर सकते हो। डिटेल्स मैं तुम पर छोड़ता हूँ।”

रेमंड कुछ कहने ही वाला था कि हसेया ने उसे बीच में ही टोक दिया। "तुम्हारी बात सही है। हम तुम्हारी मदद करेंगे। हम एक हफ़्ते के अंदर घड़ी का पता लगा लेंगे और तुम्हें तुरंत उसकी लोकेशन बता देंगे। लेकिन, मैं जानना चाहता हूँ। क्या तुम्हें लगता है कि यह संदिग्ध हत्यारा प्रेस्कॉट हत्याओं में शामिल हो सकता है?"

"कुछ भी हो सकता है। जब हमें घड़ी मिल जाए और हम उसे उस आदमी से जोड़ दें, तो मैं चाहता हूँ कि आप उससे यहाँ हुई हत्याओं के बारे में पूछताछ करें, इससे पहले कि उसे फ़ीनिक्स भेजा जाए। उस आदमी का नाम रॉबर्ट स्नाइडर है।"

अध्याय अट्ठाईस

“तुमने मुझे क्यों टोका? मेरे पास एक आइडिया था।” रेमंड ने पूछा।

“डिटेक्टिव ब्राउन को हमारी मदद चाहिए, लेकिन उन्हें तुम पर भरोसा नहीं है, रेमंड। मैं इन्वेस्टिगेशन में शामिल होना चाहता हूँ, और मैं नहीं चाहता था कि तुम कुछ ऐसा कहो जिससे मेरे मौके खराब हो जाएँ। मुझे माफ़ करना।”

इससे रेमंड चुप हो गया। उसने उसकी तरफ देखा और सिर हिलाया।

“आपका क्या विचार था?” उसने पूछा।

“मैं एक ऐसे आदमी को जानता हूँ जो जेब काटने में माहिर है। अगर रॉबर्ट के पास घड़ी होगी, तो किड उससे ले सकता है। फिर तुम या जासूस देख सकते थे कि वह सही है या नहीं, और किड उसे वहीं वापस रख सकता था जहाँ उसे मिली थी। रॉबर्ट को कभी पता नहीं चलेगा कि क्या हुआ और उसे मौके पर ही गिरफ्तार किया जा सकता था।”

“बच्चा कहाँ है? क्या तुम्हें पता है?”

“मैं उसे ढूंढने की कोशिश कर सकता हूं।”

“ऐसा करो. जब तुम दोनों वापस आओगे तो मैं यहीं रहूँगा.”

जब वे एक घंटे बाद लौटे, तो हसेया ने किड को देखा लेकिन कुछ नहीं कहा। वह उसे तब तक देखती रही जब तक वह बैठ नहीं गया और उसकी नज़रों से नहीं मिला।

"क्या रेमंड ने आपको बताया कि हमें क्या करना है?" उसने पूछा।

"उसने मुझसे कहा कि मुझे किसी की जेब काटनी है। मैं थोड़ा कमज़ोर हूँ। मैंने बहुत समय से किसी की जेब नहीं काटी है।"

"मुझे यकीन है कि यह तुम्हारे पास वापस आएगा।" उसने उसे एक जानी हुई नज़र से देखते हुए कहा। "हमें यह जल्द ही करना होगा। मैंने एक हफ़्ते के अंदर घड़ी ढूंढने का वादा किया था। टारगेट रॉबर्ट स्नाइडर है, किड, और हमें उसे किसी तरह बाहर निकालना होगा। वह एक फ़ेरियर है। उसकी अपनी दुकान है लेकिन वह अपना ज़्यादातर समय हैप्पी की लिवरी में या लोगों के घरों और खेतों में घोड़ों की नाल बनाने में बिताता है।"

"हम एक खास घड़ी ढूंढ रहे हैं जिसके पीछे कुछ लिखा हो, लेकिन मुझे लगता है कि वह काम करते समय यह घड़ी अपने साथ नहीं रखेगा। घोड़ों के साथ काम करते समय इसके खराब होने का बहुत ज़्यादा चांस है।" उसने कहा, फिर उसने रेमंड की तरफ देखा।

"मुझे लगता है कि जिस घड़ी को हम ढूंढ रहे हैं, वह उसके घर पर होगी जब वह काम कर रहा होगा, लेकिन हम उसे ढूंढने के लिए उसके घर में घुस नहीं सकते।" उसने किड को देखा और सोचा कि उसने उसके चेहरे पर निराशा की एक झलक देखी है। "हमें घड़ी तब ढूंढनी होगी जब हम उम्मीद करते हैं कि वह उसके पास होगी।"

"रेमंड, क्या आपने कभी रॉबर्ट को प्रेस्कॉट राइफल्स की किसी मीटिंग में घड़ी लाते देखा है?"

रेमंड ने उसके सवाल का जवाब देने में कुछ पल लगाए। "नहीं, मुझे याद नहीं कि उसने कभी घड़ी निकाली हो। नहीं, सॉरी।"

"ठीक है, हम उसके घर में घुस नहीं सकते , और शायद वह रेगुलर घड़ी अपने साथ नहीं रखता, तो हम कहाँ रहेंगे?" हसेया ने पूछा।

"हमें किसी तरह रॉबर्ट को ऐसी सिचुएशन में लाना है जहाँ वह अपने सबसे अच्छे कपड़े पहने। हमें रॉबर्ट को अच्छे कपड़े पहनने की ज़रूरत है। हो सकता है कि वह बनियान भी पहने और चाहे कि घड़ी जेब में हो ताकि वह उसे निकालकर आराम से दिखा सके। हम उसे अच्छे कपड़े कैसे पहना सकते हैं?" रेमंड ने पूछा।

हसेया ने एक मिनट जवाब के बारे में सोचा। "मेरे पास एक आइडिया है। रेमंड ध्यान भटकाएगा। सबसे पहले, किड घड़ी लेकर उसे चेक करेगा। फिर वह उसे रॉबर्ट की बनियान या शर्ट में वापस रख देगा। इसके बाद, हम तुरंत डिटेक्टिव ब्राउन को शामिल करेंगे। यह एकदम सही होगा।" उसने किड की तरफ देखा और कहा, "हम देखेंगे कि तुम कितने अच्छे हो।"

*

अगले दिन, हसेया के प्लान तैयार थे। प्रेस्कॉट प्रॉस्पेक्टर अखबार के एक रिप्रेजेंटेटिव, जिसे डिटेक्टिव ब्राउन ने चुना था, ने रॉबर्ट स्नाइडर को बताया कि अखबार लोकल बिजनेसमैन के बारे में आर्टिकल की एक सीरीज़ पब्लिश करने का प्लान बना रहा है। वह पहले व्यक्ति होंगे जिनका इंटरव्यू लिया जाएगा, और एक फोटो की ज़रूरत होगी। इंटरव्यू कोर्टहाउस प्लाज़ा में, बाहर होगा। उसके बाद, कोर्टहाउस के सामने उनकी फोटो ली जाएगी। सभी बिजनेसमैन की फोटो कोर्टहाउस के अंदर खास तौर पर लगाई जाएंगी, साथ में उनके अखबार के आर्टिकल की एक कॉपी भी होगी। इंटरव्यू ठीक सुबह नौ बजे शुरू होगा। रॉबर्ट को सलाह दी गई कि वह देर न करे, वरना वह अपना मौका गँवा सकता है।

हसेया और डिटेक्टिव ब्राउन उस जगह से नज़र से दूर थे जहाँ इंटरव्यू होना था। एक बार जब यह शुरू हुआ, तो वे कोर्टहाउस के एक कोने से झाँककर देख सकते थे कि क्या हो रहा है। "जब रॉबर्ट आया, तो मैंने रिपोर्टर से कहा कि उसे बता दे कि वह इंटरव्यू के लिए लेट हो गया है। अगर वह अपनी घड़ी निकालकर यह साबित कर दे कि वह लेट नहीं हुआ है, तो हम उसे पकड़ लेंगे। आसान है। रिपोर्टर जानता है कि वॉलथम रेलवे घड़ी कैसी दिखती है और अगर वह उसे देख लेगा तो मुझे इशारा कर देगा। बेशक, इसके कई तरीके हो सकते हैं।" ब्राउन ने कहा।

"हम किसी भी चीज़ के लिए तैयार रहेंगे। सिग्नल क्या है?" हसेया ने पूछा।

"रिपोर्टर अपनी टोपी छुएगा।"

"मैं उसका सिग्नल देखूंगी, फिर आपको बताऊंगी।" उसने कहा।

वह एक पल के लिए चुप रही, फिर ज़ोर से सोचने लगी, "अगर यह पता चला कि रॉबर्ट प्रेस्कॉट मर्डर का दोषी है, तो यह शहर के लिए कितनी अच्छी बात होगी। यह पहली बार नहीं होगा जब किसी ने टेरिटरी में हत्या की हो। रॉबर्ट शहर में ज़्यादा समय से नहीं रहा है। उसका कातिल होना कुछ हद तक सही भी होगा क्योंकि जहाँ तक हमें पता है, पीड़ितों को रैंडम तरीके से चुना गया लगता है। इस शहर को आराम करने की ज़रूरत है, और यह आखिरकार तब हो सकता है जब हम कातिल को ढूंढ लेंगे।"

"शायद। याद रखना कि फीनिक्स में मार्शल उसके अरेस्ट के तुरंत बाद उससे बात करना चाहेंगे। हमें अपने कातिल को सज़ा दिलाने के लिए सबूत चाहिए, और अभी तक हमारे पास कुछ भी नहीं है। मान लो कि वह हमारा आदमी है, अगर वह महीनों या सालों तक फीनिक्स में रहा, तो सबूत इकट्ठा करने के हमारे चांस हर दिन कम होते जाएंगे। भले ही हमें प्रेस्कॉट मर्डर के लिए रॉबर्ट से कन्फेशन मिल जाए, जिसकी उम्मीद कम

है, मैं अपने केस को सपोर्ट करने के लिए और सबूत चाहूंगा।" डिटेक्टिव ब्राउन ने कहा।

हसेया ने कहा, "अगर रॉबर्ट प्रेस्कॉट में एक या दो दिन के लिए भी जेल में होता तो भी राहत की बात होती। अगर प्रेस्कॉट मर्डर के किसी सस्पेक्ट को जेल में डाल दिया जाता तो लोग इसे प्रोग्रेस के तौर पर देखते। आप और शेरिफ भी इन्वेस्टिगेशन में आगे बढ़ते हुए देखे जाते , और इससे लोगों का मन शांत होता।"

ब्राउन ने कहा, "हां, ऐसा होगा।"

रॉबर्ट को देखने से पहले उन्होंने कुछ और मिनट इंतज़ार किया, और फिर उसे रिपोर्टर के पास आते देखा। उन्होंने उन दोनों को बात करते देखा, लेकिन रिपोर्टर ने अपनी टोपी छूकर उन्हें इशारा नहीं किया। दोनों इतनी दूर थे कि वे बातचीत नहीं सुन सके, जो दूर से देखने पर आम और सभ्य लग रही थी।

उन्होंने देखा कि रेमंड और किड रॉबर्ट और रिपोर्टर की तरफ़ बढ़े। हसेया को लगा कि इसमें बहुत समय लगेगा। जल्दी करो। जब दोनों आखिरकार पहुँचे तो कुछ नहीं हुआ, सिवाय इसके कि इंटरव्यू रुक गया, और चारों ने बातचीत शुरू कर दी। फिर, रेमंड ने रॉबर्ट के कंधे पर हाथ रखा, जिससे रॉबर्ट तेज़ी से रेमंड की तरफ़ मुड़ा, और किड सबूत लेने के लिए आगे बढ़ा। वह हैरान थी कि यह सब कितनी आसानी से और तेज़ी से हुआ। रॉबर्ट को पता ही नहीं चला कि उसकी जेब कट गई है।

रेमंड के छूने से रॉबर्ट परेशान हो गया। वह और भी खुश हो गया और उसने रेमंड को पीछे हटने का इशारा किया। उसे लगा कि रॉबर्ट ने उस सिचुएशन में ज़्यादातर लोगों से ज़्यादा विरोध किया। रेमंड ने कुछ ऐसा कहा जिससे रॉबर्ट शांत हो गया। फिर, रेमंड और किड वहाँ से चले गए

और उसकी और डिटेक्टिव की तरफ चलने लगे। हसेया कोने के पीछे छिप गई और इंतज़ार करने लगी।

"क्या तुम समझ गए?" जब दोनों उनके पास आए तो उसने किड से पूछा।

"उसकी बनियान पर दो उभार थे। मुझे चुनना था। मैंने इसे चुना," किड ने कहा, उसने अपना हाथ आगे बढ़ाया, हथेली ऊपर की, अपनी उंगलियां खोलीं, और उसे एक डेरिंगर दिखाया। घड़ी नहीं।

हसेया ने नवाजो में धीरे से गाली दी। इस छोटे ग्रुप की लीडर होने के नाते, उसे ज़ोर से गाली देना ठीक नहीं लगा। “हमें वहाँ वापस जाना होगा। मैं कुछ सोचूँगी। चलो।” वे सब इंटरव्यू की तरफ़ बढ़े, जो अभी भी चल रहा था जब उसने धीरे से किड के कान में कुछ फुसफुसाया।

“क्या आपके पास कोई प्लान है?” डिटेक्टिव ब्राउन ने पूछा।

“गिरफ्तार करने के लिए तैयार रहो। मैं अपने दाहिने हाथ से बालों में कंघी करके तुम्हें इशारा करूंगी।” उसने फुसफुसाते हुए कहा। जब वे पहुंचे, तो हसेया ने रॉबर्ट के पास खड़े होने का ध्यान रखा।

रॉबर्ट खुद को रोक नहीं सका। “क्या आप मुझे माफ़ कर देंगी? मैं यहाँ एक ज़रूरी इंटरव्यू कर रहा हूँ। थोड़ी प्राइवेसी, प्लीज़।” उसने उसे घूरते हुए कहा।

“मुझे बहुत अफ़सोस है। अगला इंटरव्यू मेरा ही होगा। मुझे यकीन है कि आप जानते ही होंगे कि मुझे एंटरप्रेन्योर ऑफ़ द ईयर के तौर पर सम्मानित किया जाएगा। आप यहाँ मेरे बारे में अच्छी बातें कहने आए हैं? उम्मीद है?”

रॉबर्ट ने बात करना बंद कर दिया, उसे घूरा, और कन्फ्यूज्ड लग रहा था। वह घबराया हुआ लग रहा था। बोलते समय उसके मुंह से थूक के

टुकड़े निकल रहे थे। "क्यों, तुम घमंडी छोटी इंडियन औरत। तुम्हारी हिम्मत कैसे हुई।"

वह उस पर झपटा। किड तेज़ी से उसके सामने आ गई, और रॉबर्ट की छाती पर दोनों हाथ रखकर उसे धीमा करने की बेकार कोशिश की। किड एक गुस्सैल, बड़े आदमी का मुकाबला नहीं कर सकती थी। रेमंड रॉबर्ट के पास गया और उसे हसेया तक पहुँचने से ठीक पहले ज़मीन पर धकेल दिया। उसने किड की तरफ देखा, जिसने उसे हल्का सा सिर हिलाया।

रॉबर्ट खड़ा हुआ और ऐसा लगा कि वह उस पर फिर से हमला करने वाला है, तभी डिटेक्टिव उसके सामने आ गया। "शांत हो जाइए, सर।" उसने कहा।

डिटेक्टिव ब्राउन ने हसेया की तरफ देखा, जो अपने दाहिने हाथ से अपने बालों में कंघी करने लगी, जैसे उस पर हमला होने वाला हो। डिटेक्टिव रॉबर्ट की तरफ मुड़ा और अपनी हैंडगन निकालकर उस पर तान दी।

"अपनी बनियान की सामग्री खाली कर दीजिए, महोदय।"

"क्या? मैं ऐसा कुछ नहीं करूँगा।"

डिटेक्टिव ब्राउन ने अपनी बंदूक कोक की। धीरे-धीरे और बिना मन के, रॉबर्ट ने अपनी बनियान में रखी चीज़ें निकालीं - पहले, डेरिंगर, फिर एक घड़ी। "घड़ी को हाथ की दूरी पर रखो ताकि मैं इसे जांच के लिए ले जा सकूँ।"

ब्राउन ने सावधानी से रॉबर्ट से घड़ी ली और फिर उसे देखा। "रॉबर्ट स्नाइडर, तुम मर्डर के लिए अरेस्ट हो। बहुत सावधानी से, अपने हाथ अपने सिर पर रखो और घुटनों के बल बैठो।"

"मैं ऐसा कुछ नहीं करूँगा। मुझे नहीं पता कि तुम क्या कह रहे हो। भगवान के लिए, मैंने किसी पर गोली नहीं चलाई।"

"जैसा मैं कहता हूँ वैसा करो, वरना गिरफ्तारी का विरोध करने पर मैं तुम्हें अभी गोली मार दूँगा। मेरे पास गवाह हैं।" ब्राउन ने अपना हाथ थोड़ा ऊपर उठाया, जैसे वह गोली चलाने की तैयारी कर रहा हो।

रॉबर्ट स्नाइडर अपनी किस्मत को मान गया और उसने ब्राउन की बात मान ली। डिटेक्टिव उसके पीछे गया, उसके हाथ उसकी पीठ के पीछे किए और उसे हथकड़ी पहना दी। "चलो, रॉबर्ट," उसने रॉबर्ट के हाथ उठाकर उसे शेरिफ ऑफिस की तरफ धकेलते हुए कहा। "तुम जेल जा रहे हो। कोऑपरेट करो, तुम्हें कोई नुकसान नहीं होगा।" जाने से पहले, ब्राउन ने हसेया को देखा और सिर हिलाकर थैंक्स कहा।

हसेया ने खुद को संभाला। यह काम कर गया। रॉबर्ट को बंद कर दिया जाएगा। उसने रेमंड और किड को देखा और मुस्कुराई। "अच्छा काम, लड़कों। किड, तुम एक खास नौजवान हो। तुम्हें जादूगर बनना चाहिए। घड़ी के बारे में भी अच्छा अंदाज़ा लगाया।"

"हसेया, यह कोई अंदाज़ा नहीं था। मैंने उसे रोकने की कोशिश करते हुए घड़ी निकाली और देखा कि यह एक ओपन-फेस्ड वॉल्थम रेलवे घड़ी थी। फिर मैंने उसे वापस उसकी जेब में रख दिया। कसम से।"

रेमंड ने ज़ोर से कहा, "क्या? तुम्हें पता ही नहीं चलेगा कि वह किस तरह की घड़ी थी। मुझे माफ़ करना, बच्चे। तुम झूठ बोल रहे हो, लेकिन इस बार इसमें कोई शर्म की बात नहीं है। तुमने एक कातिल को पकड़ने में मदद की। तुम लकी हो। अगली बार, शायद तुम इतने लकी न हो।"

बच्चा गुस्सा होने लगा। "यह किस्मत नहीं थी, बेवकूफ खच्चर। मैंने घड़ी पहचान ली। मैं...मैं अपनी घड़ियाँ जानता हूँ..."

अध्याय उनतीस

हसेया ने सोचा कि रॉबर्ट स्नाइडर के साथ आने वाले इंटरव्यू में उसके लिए सबसे अच्छा तरीका क्या होगा। वह उसके साथ नरमी से पेश आ सकती थी और उसे यह महसूस कराने की कोशिश कर सकती थी कि वह उसकी तरफ है, या वह सख्त हो सकती थी और उससे कबूलनामा करवाने की कोशिश कर सकती थी। हत्यारे सख्त आदमी होते हैं, और अब वह मुश्किल में पड़ गया था क्योंकि वह घड़ी के साथ रंगे हाथों पकड़ा गया था। अगर उसे उससे कुछ निकलवाना था तो उसे सावधान रहने की ज़रूरत थी।

अगर वह फ्रेंडली बनने की कोशिश करती, तो रॉबर्ट अपनी कहानी के हिसाब से उसकी बातों को तोड़-मरोड़कर उसके खिलाफ कर देता। वह जितनी फ्रेंडली होती, रॉबर्ट उतना ही ज़्यादा उसके मुंह में अपनी बातें डालने की कोशिश करता।

अगर वह उसकी कमज़ोरी, उसके घमंड को दबाती, तो वह अपना सेल्फ़-कंट्रोल खो सकता था। उसके जवाब कम लॉजिकल और ज़्यादा भरोसे लायक नहीं होते। अगर वह लकी होती, तो वह गलती से कुछ ऐसा कह देता जिसका उसे बाद में अफ़सोस होता, लेकिन वह लक पर डिपेंड नहीं रह सकती थी, और यह तरीका बहुत रिस्की होता। अगर वह उस पर बहुत ज़्यादा ज़ोर डालती, तो इस बात का अच्छा चांस था कि वह कभी कुछ सीख ही नहीं पाती।

एक बेहतर तरीका था। उसे बस इतना करना था कि वह थोड़ा होश में आए और उस पर थोड़ा भरोसा करे। फिर, उसके कुछ ऐसा कहने का चांस ज़्यादा होता जिससे उसे गलत लगे। उसे इस तरह के बर्ताव की उम्मीद नहीं थी और वह हैरान रह सकता था। हसेया अच्छी तरह जानती थी कि उस आदमी को इंडियंस या औरतों की कोई इज्ज़त नहीं थी। शेरिफ के ऑफिस जाते हुए उसने इन बातों के बारे में सोचा।

"सुप्रभात, शेरिफ लुईस। मिस्टर स्नाइडर के साथ कोई लक?" उसने शेरिफ के ऑफिस में घुसने के बाद कहा।

"अभी तक नहीं। वह एक सख्त आदमी है। मतलबी कमीना। मेरे पास फीनिक्स में हुए मर्डर के बारे में और जानकारी है। विक्टिम का पहला नाम भी रॉबर्ट था, लेकिन उसका लास्ट नेम कॉटन था। कोई भी रॉबर्ट कॉटन को ज़्यादा पसंद नहीं करता था। वह गुस्सैल था, थोड़ा पागल था, और लड़ाई-झगड़ों से उसे कोई दिक्कत नहीं थी। दोनों रॉबर्ट एक स्टोर पर थे और किसी बात पर उनकी अनबन हो गई, वे पास की एक गली में चले गए, और रॉबर्ट कॉटन को गोली मार दी गई और कुछ ही देर बाद उसकी मौत हो गई। कोई गवाह नहीं था।"

उन्होंने कहा, "मैं मिस्टर स्नाइडर से बात करना चाहूंगी।"

"गुड लक। आज सुबह जब मैंने और रॉबर्ट ने बात की थी, तो शायद मैंने उन्हें गुस्सा दिला दिया होगा। कम से कम शुरू में तो उन पर नरमी बरतें।"

उसने लुईस की तरफ सिर हिलाया, फिर अंदर जाकर रॉबर्ट के सेल के सामने एक कुर्सी पर बैठ गई। "सुप्रभात, रॉबर्ट," उसने कहा, लेकिन कोई जवाब नहीं मिला।

"आप और मैं बहुत ज्यादा अलग नहीं हैं, आप जानते हैं," उसने कहा।

“इसमें बहुत बड़ा फ़र्क है. तुम एक छोटी इंडियन औरत हो. मैं एक नॉर्मल गोरा आदमी हूँ, या तुम यह नहीं देख सकती?”

“बेशक मैं कर सकता हूँ। लेकिन तुम अभी यह नहीं समझ रहे हो कि लोग तुम्हारे कामों और तुम कैसे इंसान हो, इस पर सवाल उठा रहे हैं। मुझे हर दिन लोगों से ऐसा रिएक्शन मिलता है, इसलिए मैं समझता हूँ कि तुम कैसा महसूस करते हो।”

रॉबर्ट अपने सेल में खाट पर बैठा और उसे देखा लेकिन कुछ नहीं कहा। उसे उस पर बिल्कुल भी यकीन नहीं हो रहा था। *यह मुश्किल होने वाला है।* उसने कहा, “मुझे कई ऐसी चीज़ों के लिए दोषी ठहराया जाता है जिनमें मेरी कोई गलती नहीं है। कुछ लोगों को लगता है कि मैं कुछ भी सही नहीं करती।”

उसने उसे सवालिया नज़र से देखा। उसने उसकी बात नहीं मानी। वह जानता है कि वह क्या करने की कोशिश कर रही है। *यह काम नहीं कर रहा है।*

“आपको क्या लगता है कि मिस्टर कॉटन ने आपको क्यों उकसाया?”

“मुझे नहीं पता कि उसे क्या प्रॉब्लम थी। वह डींगें मारने लगा कि वह कितना अच्छा कपड़े पहनता है, कितना इंटेलिजेंट है, और उसके पास हर चीज़ सबसे अच्छी है। वह रुकता ही नहीं था। मैं काफी देर तक यह सब सहता रहा। ऐसा लगता था कि मैं जहाँ भी जाता, वह वहाँ होता था। थोड़ी देर बाद, मुझे लगने लगा कि वह मुझे परेशान करने के लिए स्टोर में मेरे पीछे-पीछे घूम रहा है। वह कम से कम पंद्रह मिनट तक ऐसा करता रहा।”

"फिर वह तुम्हारे पीछे साइड के दरवाज़े से बाहर आया, और तुम दोनों पास की गली में थे?"

“हाँ, वह मेरे पीछे-पीछे बाहर आया, लेकिन जब हम गली में गए, तो वह वहाँ पहले से मौजूद एक दूसरे आदमी को परेशान करने लगा। यह

दूसरा आदमी गंदा, गुस्सैल दिखने वाला था। मुझे याद है कि उस समय मैंने सोचा था कि यह दूसरा आदमी लड़ाई करने के लिए सही नहीं है, लेकिन मैं कुछ कह नहीं सका। वे दोनों गुस्से में आ रहे थे, जैसे एक-दूसरे को मुक्का मारने वाले हों। मैंने वही किया जो कोई भी करता। मैं मुड़ा और उन दोनों को अकेला छोड़ दिया, और जब मैं गली से बाहर निकला, तो मुझे गोली चलने की आवाज़ सुनाई दी। मैं वहाँ वापस नहीं जाने वाला था। मुझे इसके बारे में बस यही आखिरी बात याद है।"

"यही समझदारी की बात थी। बहुत से लोगों को पता नहीं होता कि कब पीछे हटना है। यहां शेरिफ ने सवाल किया कि हमें पीड़ित की घड़ी आपके पास कैसे मिली। आप इसका क्या जवाब देंगे?" हसेया ने पूछा।

"कुछ दिनों बाद मैंने इसे एक गिरवी की दुकान से खरीद लिया।"

"एक पॉन शॉप। यह तो समझ में आता है। इस पॉन शॉप का नाम क्या था?"

"गोल्डेंस. बहुत बढ़िया जगह है."

"गोल्डन, ठीक है. रॉबर्ट, मैं तुम्हें ज़्यादा अच्छे से नहीं जानता. मुझे अपने बारे में बताओ. तुम कहाँ पले-बढ़े? तुम्हारे माता-पिता कैसे थे?"

"मैं टेक्सास में पला-बढ़ा हूं और हां, मेरे माता-पिता अच्छे थे।"

अब उसे बात करने में कम दिलचस्पी लग रही थी, और हसेया को लगा कि वह जानती है क्यों। उसके माता-पिता अच्छे नहीं थे। *अब मैं इस आदमी को बेहतर समझती हूँ।*

"मिस्टर स्नाइडर, आपके सब्र के लिए धन्यवाद। एक भारतीय और एक महिला से इस तरह इंटरव्यू लेना आपके लिए मुश्किल रहा होगा।"

"मुझे कोई दिक्कत नहीं है। मेरे पास करने के लिए और कुछ नहीं है। वैसे भी, यहाँ सिर्फ़ हम दोनों ही हैं। अगर मेरी किसी बात से कोई दिक्कत

होती, तो लोग हर बार एक इंडियन औरत के बजाय मुझ पर ही यकीन करते। आपको यह तो पता ही होगा।"

"हाँ, बिल्कुल। मेरे साथ आपके सब्र के लिए मैं आपकी तारीफ़ करता हूँ। मिस्टर स्नाइडर, मुझे आपसे पूछना है, क्या आपको अपने कामों पर बुरा लगता है?"

"कौन सी कार्रवाई?"

"कोई खास बात। आपके जो भी काम याद आएं।"

"मैं तुम्हें बता दूँ, छोटी औरत, मैंने कुछ भी गलत नहीं किया है। मान लो मैंने किया, जो मैंने नहीं किया, बेशक, लेकिन मुझे यकीन है कि जिन लोगों को नुकसान हुआ, उन्हें इसका फल ज़रूर मिला होगा। मानो या न मानो, कुछ चीज़ें ऐसी होती हैं जो हमारे कंट्रोल से बाहर होती हैं। कुछ लोगों की आत्माएँ इतनी खराब हो जाती हैं कि उन्हें ठीक नहीं किया जा सकता। कुछ लोगों में सही मोरल्स की कमी होती है। तुम्हें क्या लगता है उन लोगों का क्या होगा? देर-सवेर, उन लोगों की ज़िंदगी खत्म हो जाएगी और उन्हें वह इंसाफ मिलेगा जिसके वे हकदार हैं। यह बस कुदरत का तरीका है।"

"मैं समझ रहा हूँ कि आप क्या कह रहे हैं, मिस्टर स्नाइडर। हमारे मेयर को मार दिया गया। अगर हम गहराई से जाँच करें, तो हमें वजह पता चल सकती है। शायद वह गलत था और उसने दूसरों को नुकसान पहुँचाया, इसलिए उसे वही मिला जो उसके साथ हुआ। यह इतना आसान है। इसे देखने का यह एक दिलचस्प तरीका है। मैंने कभी चीज़ों के बारे में इस तरह से नहीं सोचा, जैसा आप कह रहे हैं।"

"ईमानदारी से कहूँ तो, मैं आपसे ऐसा कुछ सोचने की उम्मीद नहीं करता। बुरा न मानना, लेकिन आपके पास गहरी सोच के लिए ज़रूरी

बैकग्राउंड नहीं है। यह आपकी गलती नहीं है। यह बस आप कहाँ से आए हैं, इसकी वजह है।"

"आइए डिटेक्टिव विलियम्स के मामले को देखें। मैंने जितने भी लोगों से बात की, उन्होंने मुझे बताया कि वह एक अच्छे इंसान थे।"

"मैं उसे इतना अच्छे से नहीं जानता था। आपको यह ध्यान रखना चाहिए कि कभी-कभी कुदरत वह देख लेती है जो लोग नहीं देख पाते। मैं यह नहीं कह सकता कि डिटेक्टिव विलियम्स के साथ ऐसा ही हुआ था या नहीं, क्योंकि कभी-कभी लोग गलत समय पर गलत जगह पर होते हैं। यह बहुत बुरा है।"

हसेया ने कहा, "मिस्टर रॉबर्ट कॉटन एक बुरे आदमी थे, और उन्हें वही मिला जो उनके साथ होना था। हालांकि, बारह बार चाकू मारे जाने के बाद उनकी मौत बहुत मुश्किल रही होगी। मैं सोच भी नहीं सकता कि कोई ऐसा क्यों करेगा और इससे उन्हें कितना दर्द होगा।"

"मुझे लगा कि उसे सीने में गोली मारी गई थी. किसी ने मुझे छुरा घोंपने के बारे में नहीं बताया... छुरा घोंपने के बारे में. दिलचस्प."

"मुझे यकीन है कि आप सही हैं, लेकिन इससे कोई फ़र्क नहीं पड़ता। मुझे यकीन है कि रॉबर्ट कॉटन को वही मिला जो उसे मिलना चाहिए था, मिस्टर स्नाइडर। चलिए माइक टैपस्कॉट के बारे में बात करते हैं। क्या आपको पता था कि वह एक झूठी पहचान के साथ रह रहा था?"

"मज़ाक नहीं कर रहा? मुझे यह नहीं पता था. उसने ऐसा क्यों किया?"

"मुझे लगता है उसे भी एक नई शुरुआत की ज़रूरत थी, जैसे तुम्हें थी।"

“मैं प्रेस्कॉट एक बिज़नेस के मौके के लिए आया था, और कुछ नहीं। फ़ीनिक्स में बहुत ज़्यादा कॉम्पिटिशन था। लोगों को यहाँ मेरी ज़रूरत है, और मुझे प्रेस्कॉट पसंद है।”

“माइक टैपस्कॉट का असली नाम जॉन आर्थर था। जब वह छोटा था तो उसने कुछ गलतियाँ कीं, इसलिए वह यहाँ आया और खुद को सुधारने की कोशिश की। उसकी कहानी दुखद है।”

“मैं माइक को कभी अच्छे से जान नहीं पाया। ज़्यादातर समय, वह शांत रहता था और लोगों से खुलकर बात नहीं करता था। हालाँकि, वह एक मास्टर मोची था। मैं यह मानता हूँ।”

“हाँ, वह था। मुझे नहीं पता कि आगे आपके साथ क्या होगा, मिस्टर स्नाइडर। वे आपको ट्रायल के लिए फीनिक्स ले जाएंगे, और आप शूटिंग कॉम्पिटिशन मिस कर देंगे। मैं बस आपको गुड लक कह सकता हूँ, और आपके समय के लिए धन्यवाद।”

रॉबर्ट फिर चुप हो गया और सिर्फ़ शुक्रिया कह सका। वह सेल रूम से निकली, फ्रंट ऑफिस में गई, शेरिफ लुईस की नज़र उस पर पड़ी, और उसे बाहर मिलने का इशारा किया।

“एक पल मेरे साथ चलो,” बाहर निकलने के बाद उसने कहा। वे शेरिफ ऑफिस के सामने थोड़ी देर धीरे-धीरे चले, और उसने धीमी आवाज़ में कहा। “रॉबर्ट स्नाइडर ने रॉबर्ट कॉटन को मारा। उसने कबूल नहीं किया, लेकिन मुझे पता है कि उसने किया है। वह कहेगा कि वह रॉबर्ट कॉटन के साथ स्टोर से बाहर निकला, जिसने फिर गली में पहले से मौजूद एक दूसरे आदमी से लड़ाई की। उसने मुझे बताया कि वह गली से चला गया और उसने नहीं देखा कि क्या हुआ। उसने मुझे यह भी बताया कि उसने 'गोल्डेंस' नाम की एक पॉन शॉप से घड़ी खरीदी थी। मुझे नहीं लगता कि उसने घड़ी वहाँ खरीदी थी। यह उसकी मनगढ़ंत कहानी है।”

उन्होंने आगे कहा, “आपको फीनिक्स मार्शल को बताना होगा कि पॉन शॉप में काम करने वाला कोई व्यक्ति रॉबर्ट स्नाइडर की कहानी को सपोर्ट करेगा। उन्हें इस व्यक्ति की अच्छी तरह से जांच करनी होगी, चाहे वह कोई भी हो। जब वे ऐसा करेंगे, तो मुझे यकीन है कि उन्हें पता चलेगा कि मिस्टर स्नाइडर और पॉन शॉप में उनकी कहानी को सपोर्ट करने वाला व्यक्ति एक-दूसरे को जानते हैं। पॉन शॉप वाले आदमी को शायद रॉबर्ट की कहानी को सपोर्ट करने के लिए पैसे दिए गए थे। एक बार जब वे इसकी तह तक पहुंच जाएंगे, तो मिस्टर स्नाइडर के पास कोई केस नहीं बचेगा, और घड़ी एक ज़रूरी सबूत बन जाएगी।”

“तुमने उसे कैसे मना लिया कि वह तुमसे बात करे?”

“मैंने उसे जज नहीं किया और उसकी बकवास मान ली। मुझे अब अपने ऑफिस लौटना होगा। गुड लक, शेरिफ।” हसेया मुड़ा और चला गया।

जब वह अपने ऑफिस के पास पहुंची, तो उसने देखा कि रेमंड वहां इंतज़ार कर रहा है। अंदर जाने के बाद, वह अपनी डेस्क के पीछे बैठ गई और कुछ देर के लिए अपना सिर अपने हाथों में छिपा लिया, जब तक कि रेमंड अंदर आकर बैठ नहीं गया।

"यह कैसे हुआ?"

“अच्छा और बुरा। रॉबर्ट स्नाइडर ने फीनिक्स में उस आदमी को मारा था। वही था जिसने मेरा पीछा किया था और मेरे दरवाज़े पर नोट छोड़ा था। अब हमें उस तरह की चीज़ों की चिंता करने की ज़रूरत नहीं है क्योंकि वह अब फीनिक्स जेल सेल से मुझे परेशान नहीं कर सकता, लेकिन मुझे नहीं लगता कि वह यहाँ की हत्याओं में शामिल था, और आप जानते हैं इसका क्या मतलब है?”

“हम फिर से शुरू करते हैं।”

“हाँ. हम फिर से शुरू करते हैं. फिर से.”

अध्याय तीस

पिछली रात ठीक से सो न पाने के कारण हसेया जल्दी उठ गई। रॉबर्ट स्नाइडर जैसा घटिया इंसान उससे बहुत कम मिला था, और “नेचर” और नेचर के तरीके के बारे में उसके कमेंट्स ने उसे सबसे ज़्यादा चोट पहुँचाई। उसे यह मानकर बड़ा किया गया था कि नेचर और जिस ज़मीन पर वह रहती थी, वे पवित्र हैं। नवाजो एक खास जगह पर रहते थे जहाँ उन्हें नेचर का आशीर्वाद मिला हुआ था। रॉबर्ट ने अपने गुनाहों का इल्ज़ाम नेचर और दूसरे लोगों की गलतियों पर लगाया, जो कि गलत था।

हसेया का मानना था कि हर किसी का एक डार्क साइड होता है, और कई लोगों के कुछ राज़ होते हैं जिन्हें वे दूसरों से छिपाते हैं। रॉबर्ट अलग था। उसके अंदर ज़्यादातर लोगों के मुकाबले बहुत ज़्यादा बुराई थी, और थोड़ी सी हिम्मत मिलने पर ही वह बाहर आ जाती थी। उसे सुबह जल्दी टहलने की ज़रूरत थी।

सूरज निकला, हवा ताज़ी थी, और चिड़ियाँ गा रही थीं। इससे उसे अपनी जवानी की याद आ गई, जब वह जानवरों को खाना खिलाने में मदद करने के लिए सुबह जल्दी उठती थी। वो खुशी के दिन थे। आज, उसे इस शहर में अपनी जगह पर शक हुआ और उसे लगा कि वह गोरों के साथ क्यों रह रही है।

वह अपने ऑफिस में वापस आकर अपनी डेस्क पर बैठी थी, तभी रेमंड अंदर आया। वह बहुत खुश लग रहा था, जिससे वह परेशान हो गई।

उसे नर्वस होना चाहिए था क्योंकि शूटिंग कॉम्पिटिशन का दिन आखिरकार आ ही गया था।

"क्या तुम ठीक हो?" उसने पूछा।

"हाँ। सुसान आज मेरी मदद करेगी। बकी इंचार्ज है।"

"आप कितने लोगों के वहां आने की उम्मीद कर रहे हैं?"

"उम्मीद है, बहुत सारे लोग आएंगे। हमारे पास एक छोटी सेना के लिए काफ़ी खाना है।"

"अच्छा। तुम्हें जाना चाहिए। मैं किड का इंतज़ार करूँगा, फिर हम दोनों तुम्हें वहाँ देखेंगे।"

रेमंड के जाने के बाद, हसेया ने सोचा कि वह शूटिंग कॉम्पिटिशन में क्या खोजना चाहती है। कुछ खास दिमाग में नहीं आया, जो पिछले कुछ दिनों में उसकी प्रोग्रेस से भी मेल खाता था।

किड उस सुबह बाद में आई, और वे दोनों शूटिंग कॉम्पिटिशन के लिए निकल गए। जब वे पहुँचे, तो उसने कई खाने की टेबल और कई लोगों को छोटे-छोटे ग्रुप में बातें करते देखा। हर कोई शांत लग रहा था, त्योहार शुरू होने का इंतज़ार कर रहा था। रेमंड और सुज़ैन इधर-उधर भाग-दौड़ में बिज़ी थे, यह पक्का कर रहे थे कि सब कुछ ठीक से सेट हो गया है।

उसने नेटी, जोसी और दूसरे लोगों को देखा जिन्हें वह जानती थी। कई लोग ऐसे थे जिन्हें वह नहीं पहचानती थी, और हमेशा की तरह, उसने इनमें से ज़्यादा से ज़्यादा लोगों से बात करने की कोशिश की, जितना उसके पास समय था। उसने हेनरी और नीनो को भीड़ में आते और घुलते-मिलते देखा। उसे उम्मीद थी कि क्ले कुछ देर बाद आएगा और नीनो के साथ हेनरी की जगह ले लेगा।

बकी ने अपना मेगाफोन उठाया और कहा, "देवियो और सज्जनों, चलिए शुरू करते हैं।"

"हम घुटनों के बल बैठकर पचास गज की दूरी से शूट शुरू करेंगे। हर हिस्सा लेने वाला पाँच राउंड फायर करेगा।" इस कॉम्पिटिशन में लगभग पंद्रह पुरुषों और दो महिलाओं ने हिस्सा लिया। लोगों ने निशाना लगाने और फायर करने में अपना समय लिया, और तेज़ आवाज़ें आस-पास की पहाड़ियों से टकराकर गूंजीं। इस सारे शोर में कुछ ऐसा था जिसने भीड़ को उत्साहित कर दिया।

मार्क एगुइलर नाम के एक आदमी ने पचास गज की नीलिंग प्रतियोगिता जीती। मार्क ने बहुत तालियों के बीच अपनी जीत को स्वीकार करने के लिए हाथ उठाया। वह उस आदमी को नहीं पहचान पाई, लेकिन जब उसे पता चला कि वह एक इंडियन है, तो वह हैरान रह गई, हालांकि वह नवाजो नहीं लग रहा था।

इसके बाद सौ यार्ड नीलिंग इवेंट था। बकी ने तब तक इंतज़ार किया जब तक सबने अपने राउंड नहीं मार लिए। यह पहले जैसा ही था, बस कुछ और कराहें थीं जब कुछ शूटर्स को एहसास हुआ कि वे अपने टारगेट चूक गए हैं। बकी रिज़ल्ट देखने के लिए बाहर गए। उन्होंने दो टारगेट चुने और उन्हें ध्यान से देखा, फिर आगे बढ़कर कॉम्पिटिशन के इस हिस्से के विनर मार्क एगुइलर की ओर इशारा किया। मार्क ने फिर से हाथ उठाया, और तालियाँ और तेज़ हो गईं।

बकी ने अपना मेगाफोन पकड़ा। "चलो आधे घंटे का ब्रेक लेते हैं। मिस्टर मार्क एगुइलर सिर्फ़ दो इवेंट के बाद ही काफ़ी आगे हैं। उन्हें चैलेंज करने कौन आएगा? ज़रूर, कोई और कंटेस्टेंट होगा जो जीतना चाहता होगा। सबको तीस मिनट।"

हसेया मार्क एगुइलर के बारे में जानना चाहती थी और उससे मिलना चाहती थी। जब वह शूटिंग एरिया से निकला तो वह उसकी तरफ बढ़ी, और जल्द ही, उसने खुद को कॉम्पिटिशन के लीडर के सामने पाया। उसकी स्किन भी उसकी तरह डार्क थी। उसकी आँखें साफ़ थीं, और उसका चेहरा गोल था। वह एवरेज हाइट का और एथलेटिक बॉडी वाला था।

"क्या मैं आपकी मदद कर सकता हूँ?" उसने पूछा।

उसे एहसास हुआ कि वह उसे कुछ ज़्यादा देर से घूर रही थी। "हाँ... मुझे माफ़ करना। मेरा नाम हसेया है। मैं यहाँ एक साल से भी कम समय से रह रही हूँ और हमेशा नए लोगों से मिलने की कोशिश करती हूँ। मैं एक शौकिया इन्वेस्टिगेटर हूँ। सुना है, आप मार्क हैं।"

"हाँ, मैडम, मैं ही हूँ।" उसने अपनी टोपी उसके सामने झुकाई।

"मैं एक नवाजो हूँ। आप भी इंडियन हैं, लेकिन आप नवाजो नहीं हैं, अगर मैं गलत नहीं हूँ।"

"आप गलत नहीं हैं। मैं एक याकी हूं।"

"अब आप यहाँ प्रेस्कॉट में हैं। आप हमारे छोटे से शहर में कैसे आए?"

"मैंने जनरल क्रुक के साथ नौ साल काम किया, आखिर में एक स्काउट के तौर पर। आर्मी में रहते हुए, मैं कुछ बार इस इलाके में गया और मुझे यह पसंद आने लगा। जब आर्मी में मेरा समय खत्म हुआ, तो मैं टेरिटरी में घूमता रहा, और अलग-अलग छोटे-मोटे काम करता रहा। अब मेरे पास पैसे जमा हैं और मैं अपना खुद का बिज़नेस शुरू करने के बारे में सोच रहा हूँ। मैं जनरल स्टोर या मर्केंटाइल में बंदूकें बेचना चाहता हूँ, और छोटे-मोटे काम भी करना चाहता हूँ। मुझे अभी पक्का नहीं पता। मेरे प्लान अभी भी बदल रहे हैं।"

"मुझे एक बात पता है। तुम एक अच्छे शूटर हो। बाकी कॉम्पिटिशन के लिए गुड लक।" हसेया ने उसे देखकर मुस्कुराया और अपनी पिछली जगह पर लौट आई। जोसी वहीं थी। उसने देखा कि किड कहीं भाग गया। उसे हैरानी नहीं हुई, लेकिन वैसे भी उसे इस समय उसकी ज़रूरत नहीं थी।

"हेलो, हसेया," जोसी ने कहा। "मैं यह खुद देखना चाहती थी। मुझे यकीन नहीं हो रहा। इस शहर में बहुत बुराई है, और अब हम सबसे अच्छे शूटर को इनाम देते हैं। क्या यह बात तुम्हें समझ में आई? राइफल का एकमात्र कारण किसी जानवर या इंसान को मारना है। मेरा पेट खराब हो रहा है।"

"बंदूकें बुरी नहीं हैं। अगली बार जब आप हिरण का मांस खाएं तो यह बात याद रखें। आप बस शहर में हाल ही में हुई हत्याओं की वजह से परेशान हैं। हम हत्यारे को ढूंढ लेंगे।" हसेया ने कहा।

जोसी हैरानी से हसेया को घूर रही थी। यह साफ़ था कि जोसी बंदूकों के बारे में उससे पूरी तरह सहमत नहीं थी। जोसी हंगामा करने के लिए तैयार लग रही थी, लेकिन शायद उसने कुछ और ही सोचा होगा, इसलिए वह मुड़ी और चली गई। हसेया सोच रही थी कि अगर यह इतना बुरा कॉम्पिटिशन था तो जोसी वहाँ क्यों थी। हसेया को अब तक जोसी की राय की आदत हो गई थी और उसने जोसी के बारे में और कोई सवाल पूछना अपने दिमाग से निकाल दिया। हसेया ने कुछ मिनट तक इधर-उधर देखा ताकि कोई नया आदमी बात कर सके, लेकिन लोग अपनी-अपनी प्राइवेट बातों में लगे हुए थे, और वह उन्हें बीच में नहीं टोकना चाहती थी।

"लेडीज़ एंड जेंटलमेन, चलिए कॉम्पिटिशन शुरू करते हैं। अगला राउंड स्टैंडिंग फिफ्टी-यार्ड शूट का है। पार्टिसिपेंट्स, प्लीज़ अपनी पोजीशन पर आ जाएं। अपना टाइम लें और सीधा निशाना लगाएं। प्लीज़ शुरू करें।" तेज़ आवाज़ें एक बार फिर शुरू हो गईं। उसकी नज़र मार्क

पर थी। उसकी हरकतें बहुत स्मूद थीं। वह एक नेचुरल इंसान जैसा लग रहा था। जब यह खत्म हुआ, और टारगेट्स को देखा गया, तो किसी और ने राउंड जीत लिया, और मार्क दूसरे नंबर पर आया। ऐसा लगा कि उसने इसे आसानी से लिया।

बकी ने कहा, "अब हमारे पास एक सौ यार्ड का स्टैंडिंग कॉम्पिटिशन होगा।" पहले की तरह, सभी ने अपनी पोजीशन ली और फायरिंग शुरू कर दी। इस बार, मार्क टॉप पांच में नहीं आया।

कॉम्पिटिशन के फ़ाइनल राउंड का समय आ गया था, ग्लैमर इवेंट, टाइम्ड सिक्स-शॉट लीवर-एक्शन राउंड। यह पचास गज की दूरी से होना था। हसेया को शक था कि भीड़ में कई लोग खास तौर पर कॉम्पिटिशन का यह हिस्सा देखने आए थे। अठारह पार्टिसिपेंट्स थे, और भीड़ में हलचल होने लगी।

"हर किसी को अपने छह शॉट फायर करने के लिए पाँच सेकंड का समय मिलेगा। पाँच सेकंड के बाद, रेंज के दोनों तरफ झंडे फहराए जाएँगे। झंडे फहराने के बाद जो कोई भी फायर करेगा, उसे इस राउंड से डिसक्वालिफाई कर दिया जाएगा। मैंने प्रेस्कॉट राइफल्स के दो सदस्यों से झंडों में मदद करने के लिए कहा है। डिसक्वालिफाई करने के बारे में लिया गया कोई भी फैसला आखिरी होगा। क्या कोई सवाल है?"

कोई हिला नहीं, न ही कोई सवाल पूछा। हसेया ने बाहर देखा और देखा कि दोनों तरफ आखिरी टारगेट से करीब तीस गज की दूरी पर झंडे लिए दो आदमी घुटनों के बल बैठे थे और थोड़े घबराए हुए लग रहे थे।

"ठीक है, दोस्तों। इस बार, मैं आप सबको बताऊँगा कि कब शुरू करना है। शूटिंग पाँच सेकंड में शुरू होगी। तैयार हो जाओ... तैयार हो जाओ... आग लगा दो।"

हसेया को ऐसा लगा जैसे कोई जंग छिड़ गई हो। बहुत सारी गोलियां चलीं। बहुत शोर था। झंडे फहराने के बाद एक आदमी ने अपनी आखिरी गोली चलाई। प्रेस्कॉट राइफल के जज ने उस आदमी की तरफ इशारा किया, और उसे तुरंत राउंड से डिसक्वालिफाई कर दिया गया। दो लोग पांच सेकंड में अपनी सारी गोलियां नहीं चला पाए। ज़्यादातर शूटर्स को अपनी राइफल के लीवर चलाने में कोई दिक्कत नहीं हुई, लेकिन उनमें से तीन को अजीब तरह से दिक्कत हुई। कॉम्पिटिशन खत्म हो गया था, और जल्द ही ओवरऑल विनर का नाम बताया जाएगा।

बकी और राइफल्स के दो सदस्यों ने सभी टारगेट की जांच की, फिर वापस चले गए।

बकी ने अपना मेगाफोन उठाया और भीड़ से बात की। "हमारे कॉम्पिटिशन के लेटेस्ट राउंड में एक साफ़ विनर है। यही कंटेस्टेंट इस साल के कॉम्पिटिशन का हमारा ओवरऑल चैंपियन भी बन गया है। इससे पहले कि मैं बताऊं कि वह कौन है, प्लीज़ याद रखें कि हम जल्द ही घोड़े की नाल फेंकने का कॉम्पिटिशन शुरू करने वाले हैं, और मुझे बताया गया है कि बहुत सारा खाना बचा है। प्लीज़ एन्जॉय करें।"

थोड़ी देर रुकने के बाद, उन्होंने आगे कहा। "इस साल के शूटिंग कॉम्पिटिशन के विनर मार्क एगुइलर हैं। प्लीज़ उनके लिए ज़ोरदार तालियाँ बजाएँ।" भीड़ ने तालियाँ बजाईं और ज़ोर से चीयर किया। हसेया इस आदमी से बहुत इम्प्रेस हुई और उससे फिर से बात करना चाहती थी, इसलिए वह उसकी तरफ़ चली गई।

"बधाई हो, मार्क। बहुत बढ़िया। मैं तुम्हारे बारे में जानना चाहता हूँ। तुमने जो किया वह बहुत बढ़िया है। तुम ज़्यादातर लोगों के लिए अजनबी हो, फिर भी तुम यहाँ आए और हमारे चैंपियन बन गए। तुम प्रेस्कॉट में कब से रह रहे हो?"

"तीन हफ़्ते। मैं अभी थर्ड एवेन्यू पर एक जगह किराए पर ले रहा हूँ। तुम पूछ रहे हो क्यों?"

"सॉरी। यह मेरा नेचर है। एक शौकिया इन्वेस्टिगेटर के लिए सवाल पूछना नॉर्मल है, है ना? क्या आप कॉफी के लिए किसी रेस्टोरेंट में जाना चाहेंगे? डाउनटाउन में बिग माउथ नाम की एक जगह है, जहाँ अच्छी कॉफी मिलती है।"

मार्क एक पल के लिए हिचकिचाया, फिर बोला, "ज़रूर। मैं वहाँ गया हूँ। अब मेरा काम हो गया है, तो चलो।"

हसेया और मार्क ज़्यादा दूर नहीं जा पाए। कोई ऐसा जो बहुत दर्द में लग रहा था, ज़ोर से बोला, "नहीं। मत जाओ। मैं तुमसे प्यार करता हूँ।" हसेया और मार्क उस दुखी आवाज़ की तरफ़ मुड़े और देखा कि हेनरी नीनो को रुकने के लिए मनाने की कोशिश कर रहा है। वह तेज़ी से दूर जा रही थी, और वह हाथ फैलाकर छोटे कदम उसकी तरफ़ बढ़ा, मिन्नतें कर रहा था। हसेया हेनरी की तरफ़ चली गई। कितना अजीब और अचानक नज़ारा था।

जब वह पास आई, तो उसने लगभग फुसफुसाते हुए पूछा, "हेनरी, तुम ठीक हो? नीनो तुम्हारे भाई क्ले से प्यार करता है। तुम जो कहते हो, उसका ध्यान रखना। तुम मेयर हो, और लोग तुम्हें देख रहे हैं।"

हेनरी घुटनों के बल गिर पड़ा और रोने लगा। "उसने मुझे मेरे भाई के लिए छोड़ दिया। मैं उसके लिए कुछ भी करूँगा। वह मेरी ज़िंदगी है। अब यह सब खत्म हो गया है।"

"हेनरी, प्लीज़। खुद पर कंट्रोल रखो। मुझे तुमसे फिर पूछना होगा– लोग देख रहे हैं।"

"तुम्हें समझ नहीं आ रहा, है ना? मैं हेनरी नहीं हूँ। मैं क्ले हूँ। मैंने नीनो का मन बदलने के आखिरी मौके के लिए हेनरी जैसे कपड़े पहने थे। कुछ

मिनट पहले तक सब ठीक चल रहा था। अब, वह चली गई है। वह हेनरी को उतना नहीं जानती जितना मैं जानता हूँ। उसे अपने फैसले पर पछतावा होगा, मेरा विश्वास करो। वह उसके साथ है, और मेरी ज़िंदगी खत्म हो गई है।”

हसेया को यकीन नहीं हो रहा था कि वह क्या सुन रही है। वह बस क्ले को अपने हाथों और घुटनों के बल पर, हेनरी बनकर रोते हुए अजीब तरह से देख सकती थी। उसने अपने कंधे पर किसी का हाथ महसूस किया और ऊपर देखा।

"शायद कल सुबह कॉफी के लिए बेहतर समय होगा।"

“हाँ, मुझे ऐसा लगता है। आठ बजे कैसा रहेगा?”

“मैं वहाँ पहुँच जाऊँगा। तब मिलते हैं,” मार्क ने जाते हुए कहा। वह फिर से क्ले पर ध्यान देने लगी।

“क्ले, प्लीज़। अभी तुम्हें इस तरह देखे जाने का सही समय या जगह नहीं है। शहर में लगभग हर कोई तुम्हें अभी देख रहा है। तुम अपने भाई की इज़्ज़त खराब कर रहे हो। मेरे साथ आओ।”

उसने क्ले का हाथ पकड़ा और धीरे-धीरे उसे शहर की ओर ले गई। बहुत दूर चलने से पहले ही उसने मुड़कर देखा कि कई लोग अभी भी उन दोनों को घूर रहे थे।

अध्याय इकतीस

वह जानती थी कि नीनो अपना दिन जल्दी शुरू कर देती है और मार्क से कॉफी पर मिलने से पहले उससे बात करना चाहती थी। रेमंड और किड के लिए एक नोट छोड़ने के बाद, हसेया नीनो के ऑल्टरेशन्स की तरफ चली गई, यह सोचने की कोशिश कर रही थी कि वहां पहुंचने पर वह क्या सवाल पूछेगी।

" या -अती- ईह नीनो।"

"आप जल्दी आ गए। क्या आपके पास कपड़ों की इमरजेंसी है?" नीनो ने जवाब दिया।

"नहीं, असल में, मैं देखना चाहता था कि तुम कैसे हो। मैं कल शूटिंग कॉम्पिटिशन में था। मैंने तुम्हें जाते हुए देखा और फिर क्ले को टूटते हुए देखा। मैं जानना चाहता था कि क्या तुम इस बारे में बात करना चाहते हो।"

नीनो ने हसेया के सवाल के बारे में एक पल सोचा, फिर कहा, "नहीं। यह एक पर्सनल मामला है। क्ले ने मुझे धोखा दिया। उसने यह बहुत बुरा काम किया, और मैं शायद उसे कभी माफ़ नहीं करूँगा। वह एक मतलबी बेवकूफ़ है।"

"उसने मुझसे कहा कि वह तुमसे प्यार करता है, और तुमने उसे हेनरी के लिए छोड़ दिया।"

"यह सच है। हेनरी आगे बढ़ रहा है। वह अभी हमारा मेयर होगा, और किसी दिन, वह हमारा गवर्नर भी बन सकता है। क्ले अलग है। वह अपने छोटे से ऑफिस में रहकर खुश है, जो वहां होने पर एक कोठरी जैसा लगता है, और उसका कोई भविष्य नहीं है। उसे वहीं अच्छा लगता है।"

"मुझे अपना काम पसंद है, लेकिन मैं अपनी बाकी ज़िंदगी पूरे दिन लोगों के कपड़े सिलने में नहीं बिताना चाहता। मुझे बच्चों और एक असली परिवार के साथ ज़िंदगी चाहिए। तुम समझ रहे होगे कि मैं क्या कह रहा हूँ। तुमने बेहतर ज़िंदगी के लिए रिज़र्वेशन छोड़ा था, है ना? क्ले मुझे हेनरी जितना एक्साइट नहीं करता। मुझे क्ले के लिए बुरा लगता है, और कभी-कभी मुझे उसे छोड़ने का मतलबीपन भी महसूस होता है, लेकिन मुझे अपनी ज़िंदगी जीनी है।"

"मैं तुम्हें जज नहीं कर सकता, और हाँ, मैं समझता हूँ कि तुम कैसा महसूस कर रहे हो, लेकिन कल मेरे लिए एक बड़ा सरप्राइज़ था। मैंने कभी ऐसे जुड़वाँ बच्चों को नहीं देखा जो इतने एक जैसे दिखते और बात करते हों। क्ले ने तुम्हें दिन भर बेवकूफ़ बनाया, और उसने बस अपने कपड़े बदले। अब तुम कह रहे हो कि तुमने हेनरी के लिए क्ले को छोड़ दिया है।"

"कन्फ्यूजिंग है, मुझे पता है। दोनों भाई अलग-अलग कपड़े पहनते हैं, लेकिन मैं उनकी बातों से भी उन्हें अलग पहचान सकता हूँ। हेनरी को कोर्टहाउस में होने वाली बातें पता हैं जो क्ले को नहीं पता। कल, मुझे आखिरकार एहसास हुआ कि मेरे साथ धोखा हुआ था जब क्ले ने मुझे बताया कि वह और उसका भाई कभी-कभी एक-दूसरे की तरह कपड़े पहनकर लोगों को बेवकूफ बनाने में मज़ा करते हैं। मैं बहुत गुस्से में था।"

"मुझे उम्मीद है कि अब तुम बेहतर होगे, नीनो। अगर तुम्हें किसी चीज़ की ज़रूरत हो तो मुझे बताना। अपना ख्याल रखना।" हसेया ने सिर

हिलाया और चली गई। उसने अपनी घड़ी देखी और देखा कि उसके पास बिग माउथ में मार्क से मिलने के लिए अभी भी काफ़ी समय है।

जब वह अंदर आई, तो मार्क एक टेबल पर बैठकर अपनी कॉफी पी रहा था। "गुड मॉर्निंग," उसने कहा जब वह पास आई।

“सुप्रभात, चैंपियन। कल आप प्रभावशाली थे।”

"धन्यवाद।"

हसेया मार्क के सामने बैठ गई। दोनों में से किसी ने भी तुरंत कुछ नहीं कहा, और वह उसे दूसरी बार देख पाई। वह सच्चा और ईमानदार लग रहा था, लेकिन वह आसानी से बेवकूफ नहीं बनने वाली थी। उसने खुद को अपना नियम याद दिलाया कि जब तक दोषी पार्टी नहीं मिल जाती, तब तक हर कोई संदिग्ध होता है। उसने अपने विचार ज़ाहिर न करने की कोशिश की।

“चलो नाश्ता करते हैं। मुझे भूख लगी है।” उसने कहा। दोनों ने ऑर्डर किया।

“कल तुम सबसे अच्छे शूटर थे। मुझे लगता है कि तुम बहुत समय से अपने खाने के लिए जानवरों को शूट कर रहे हो।”

“हाँ। मैं ऐसा नहीं कहना चाहता कि मैं शेखी बघार रहा हूँ, लेकिन मुझे कभी समझ नहीं आया कि लोगों को शूटिंग इतनी मुश्किल क्यों लगती थी। मेरे पिता ने मुझे बहुत सी चीज़ें सिखाईं, जिसमें शिकार करना भी शामिल है। वह आदमी शूट कर सकता था, और मैं मज़ाक नहीं कर रहा, वह मुझसे कहीं ज़्यादा अच्छा शूटर था। हमारा परिवार कभी भूखा नहीं रहा।”

“क्या आपको अभी तक नौकरी मिल गयी है?”

“नहीं। मैं आज कुछ लोगों से बात करने जा रहा हूँ जो मुझे बंदूकें बेचने में मदद कर सकते हैं, और फिर मैं किसी तरह की नौकरी ढूंढने का

प्लान बना रहा हूँ। मुझे अभी भी नहीं पता कि वह क्या होगी या कहाँ होगी।"

उसे उसका बात करने का खुला और आसान तरीका पसंद आया। यह आदमी जिससे वह अभी-अभी मिली थी, उसे अब पुराना दोस्त जैसा लगने लगा था। "मैं हाल ही में यहां हुई तीन हत्याओं को सुलझाने में लोकल पुलिस की मदद कर रहा हूं। मैं इस पर महीनों से काम कर रहा हूं, लेकिन अभी भी ज़्यादा तरक्की नहीं हुई है।"

"तुम एक काबिल औरत लगती हो। रुको, इस छोटे से शहर में तीन मर्डर? मैंने ऐसी बात कभी नहीं सुनी। मुझे लगता है कि कोई इतना खतरनाक आदमी जो तीन लोगों को मार डाले, वह बहुत अलग दिखेगा। अगर तुम्हें अब तक कोई संभावित संदिग्ध नहीं मिला है, तो पक्का तुम एक धोखेबाज आदमी से डील कर रही हो।"

उसने एक दोषी आदमी की तरह बचाव नहीं किया, और वह उस पर थोड़ा और भरोसा करने लगी। फिर भी, अगर वह एक चालाक आदमी होता जैसा उसने कहा कि हत्यारा है, तो वह ठीक यही उम्मीद करती कि वह कहे, ताकि वह खुद पर से नज़र हटा सके। आखिरकार उसने अपने मन की आवाज़ पर भरोसा करने का फैसला किया और आराम करने लगी।

मार्क ने कहा, "मेरे माता-पिता उत्तरी मेक्सिको के याकी इंडियन थे। मेरे जन्म के बाद मेरा परिवार टक्सन चला गया। मेरे माता-पिता हमेशा मुझसे कहते थे कि हम अमेरिका इसलिए आए क्योंकि उन्हें मैक्सिकन लोगों के गुलाम बनाए जाने का डर था।"

"गुलाम बनाया? मुझे कोई अंदाज़ा नहीं था। कितना भयानक।"

"दुर्भाग्य से, उस समय यह आम बात थी। मेरे बहुत से लोगों को दक्षिणी मेक्सिको ले जाया गया ताकि वे अपनी बाकी ज़िंदगी गुलामों की तरह काम करें। यह बहुत दुखद था।"

उसे सब पर इतना शक क्यों था? दुनिया में अच्छे लोग भी हैं। उसने उसे बताया कि उसका ऑफिस कहाँ है और कहा कि जब भी वह उस इलाके में हो, उससे मिलने आए। उन्होंने अपना नाश्ता खत्म किया, एक-दूसरे से नमस्ते किया और अपने-अपने रास्ते चले गए।

हसेया एक पल के लिए अपने विचार समेटना चाहती थी, इसलिए वह कोर्टहाउस प्लाज़ा में रेस्टोरेंट के सामने वाली बेंच पर बैठ गई। एक मिनट से भी कम समय में, किड उसके बगल वाली बेंच पर बैठ गया। उसे कभी नहीं पता था कि यह लड़का कब आ जाएगा। वह एक मधुमक्खी की तरह था जो जब चाहे उसे परेशान कर देता था। ज़्यादातर समय, जब वह उसे ढूंढना चाहती थी, तो उसे पता नहीं होता था कि वह कहाँ है।

"क्या आपने मेयर हेनरी के बारे में सुना है?" उन्होंने पूछा।

"नहीं, तुम्हारा क्या मतलब है?"

"वह शहर के खजाने से पैसे ले रहा है। यह चोरी है, और बहुत ज़्यादा। पहले, मर्डर, और अब चोरी। वाह।"

"तुम जो कुछ भी सुन रहे हो, उस पर यकीन नहीं कर सकते, बच्चे। मुझे नहीं लगता कि हेनरी पैसे चुरा रहा है। अंतरिम मेयर के तौर पर उसके पास ऐसा करने के लिए काफी समय नहीं था। लेकिन, शनिवार को होने वाले चुनाव में उसके खिलाफ कोई नहीं खड़ा है, इसलिए इससे कोई फर्क नहीं पड़ता।"

"यहीं पर तुम गलत हो। आज एक औरत रेस में शामिल हुई, और तुम उसे जानते हो - जोसी हंटले। वह कहती है कि प्रेस्कॉट को फिर से ज़्यादा धर्म अपनाने की ज़रूरत है और यह शहर नरक में जा रहा है। मुझे नहीं

पता कि वह कहाँ है, हसेया, लेकिन मेरे दोस्त बॉबी का कहना है कि वहाँ फ़ीनिक्स से ज़्यादा गर्मी है।"

"मुझे यह बताने के लिए धन्यवाद, बच्चे। वैसे, आज के लिए तुम्हारे क्या प्लान हैं?"

"कुछ भी बड़ा नहीं जब तक आपके पास मेरे लिए कुछ न हो।"

"अभी नहीं। हम कल सुबह फिर कोशिश करेंगे। मुझे अभी कुछ लोगों से बात करनी है।"

"ठीक है. मिलते हैं ." बच्चा भाग गया.

उसे हेनरी की कहानी पर यकीन नहीं था, लेकिन उसे पता था कि इस शहर में बहुत से लोग इसके बारे में बात करेंगे, और कुछ तो पहले से ही इस पर यकीन कर रहे थे। इस तरह की गॉसिप जंगल में आग की तरह फैल जाएगी।

वह क्ले से मिलना चाहती थी। वह आदमी कल इतना परेशान था कि उसे नहीं पता था कि वह आज अपने ऑफिस आ पाएगा या नहीं। वह फिर भी कोशिश करना चाहती थी। जब वह कोर्टहाउस के रिकॉर्ड डिपार्टमेंट में गई, तो उसे वह मिला, और वह अच्छा नहीं लग रहा था। उसकी आँखें गहरी और सूजी हुई थीं, और वह पीला लग रहा था।

उसे समझ नहीं आ रहा था कि क्या कहे, इसलिए उसने बोलना शुरू किया, "तुम और तुम्हारा भाई दोनों आर्मी में थे। क्या तुमने कभी एक ही यूनिट में साथ काम किया है?"

"हाँ, थोड़े समय के लिए, लेकिन जब वे हमें अलग नहीं कर पाए तो हम अलग हो गए। मुझे नहीं पता कि वे हमें अलग क्यों नहीं कर पाए क्योंकि हेनरी इतना बेवकूफ है कि यह साफ़ पता चल जाना चाहिए था।"

"मैंने आज आपके भाई के बारे में कुछ बुरा सुना है, लेकिन मुझे विश्वास नहीं है कि यह सच है।"

"शायद यह सच है। हेनरी एक धोखेबाज़ है, तुम्हें पता है।"

"मैंने सुना है कि वह शहर से पैसे चुरा रहा था। किसी के लिए यह कहना बहुत बुरी बात है। मुझे यकीन नहीं हो रहा। ऐसी अफवाह कौन फैलाएगा ?"

क्ले ने मुस्कुराते हुए कहा, "मुझे कोई जानकारी नहीं है।"

"ज़्यादातर लोग आपके भाई की इज़्ज़त करते हैं, या कम से कम इस अफ़वाह के शुरू होने से पहले तो करते थे। आप मेयर के भाई हैं, और आपको उन पर थोड़ा तो गर्व होना चाहिए, लेकिन मैं समझता हूँ कि आप उनके और नीनो के बारे में कैसा महसूस करते हैं। इससे आपको दुख ज़रूर होगा।"

क्ले ने कुछ नहीं कहा, लेकिन उसके चेहरे पर दर्द भरे भाव ने उसे सब कुछ बता दिया। "जब तक हेनरी को वह नहीं मिल जाता जिसके वह हकदार है, मैं खुश नहीं होऊंगा। मैं वोटों की गिनती देख रहा हूं, तो देखते हैं कि शनिवार को वह कैसा करता है। मैं जोसी हंटले को बहुत अच्छे से नहीं जानता। कोई नहीं जानता।"

"मैं उसे जानती हूँ। वह बहुत धार्मिक है। कम से कम उसके चर्च के ज़्यादातर लोग उसे वोट देंगे। क्या तुम्हें ऐसा लगता है?" हसेया ने पूछा।

"मुझे नहीं पता। देखो, हसीया, मुझसे मिलने आने के लिए शुक्रिया, लेकिन यह सही समय नहीं है। मैं अभी बात करने के मूड में नहीं हूँ।"

"मैं समझ गई। थोड़ा आराम करो।" उसने कहा।

"मैं करूँगा। मैं पहले से ही बेहतर महसूस करने लगा हूँ। अलविदा।"

वह अपने ऑफिस वापस जाने के लिए निकली, लेकिन अब उसके पास जवाबों से ज़्यादा सवाल थे।

अध्याय बत्तीस

आज शनिवार था, जिस दिन शहर ऑफिशियली नया मेयर चुनेगा। कल, हसेया ने डिटेक्टिव ब्राउन और रेमंड को क्ले के बैलेट काउंटिंग पर नज़र रखने को लेकर अपनी चिंता बताई, यह देखते हुए कि क्ले ने दो दिन पहले कैसा बर्ताव किया था, और वह चाहती थी कि वे दोनों इसमें शामिल हों ताकि यह पक्का हो सके कि नतीजे फेयर हों। किड, जिसे पहले से ही अपना काम पता था, रेमंड के साथ हसेया के ऑफिस में था, और जल्द ही डिटेक्टिव ब्राउन ने दरवाज़ा खटखटाया और अंदर आ गए।

"मदद करने के लिए राज़ी होने के लिए शुक्रिया, क्लेरेंस। आज का प्लान है कि तुम और रेमंड क्ले पर नज़र रखो। तुम में से कम से कम एक को हर समय उस पर नज़र रखनी होगी, बिना अपनी तरफ़ ध्यान खींचे। रेमंड, बाहर मत खड़े होना, वरना तुम्हें बिल्डिंग से बाहर निकाला जा सकता है। गायब रहो। जासूस को वहाँ रहने का हक़ है, इसलिए वह जो चाहे कर सकता है। मुझे उम्मीद है कि तुम दोनों एक टीम की तरह काम करोगे।"

"क्लेरेंस, एक और बात है। आज सुबह, मुझे तुमसे यह पता करना है कि हेनरी कब वोट देगा, फिर किड को बताना, जो यहाँ आकर मुझे बताएगा। मैं हेनरी से बात करना चाहता हूँ, और यह रिस्क नहीं लेना चाहता कि वह मुझसे बचने की कोशिश करेगा।"

किसी ने कुछ नहीं कहा। ऐसा लगा कि सबको पता था कि क्या करना है, और हसेया ने उन्हें कोर्ट के लिए निकलते समय गुड लक कहा।

हसेया ने इन्वेस्टिगेशन के अभी के स्टेटस पर सोचा। क्ले का बर्ताव उसके विचारों में लगातार दखल दे रहा था। वह अभी तक कोई सीरियस सस्पेक्ट नहीं था, लेकिन महीनों तक कातिल को ढूंढने के बाद, वह सामने आने लगा था। फिर भी, उसे यकीन नहीं हुआ।

उसे लगा कि क्ले को सस्पेक्ट के तौर पर देखने का आइडिया उसे मिला था। उसे वह मिला नहीं; वह उसके पास आया। उसने सोचा, जब लोगों को मैनिपुलेट किया जा रहा हो तो ऐसा ही होता है। यह बहुत आसान था, और उसकी नौकरी में कुछ भी आसानी से नहीं होता था। हसेया का शक करने वाला मन उसे जाने नहीं दे सका। उसने थोड़ी देर सोचा कि क्या उसके साथ कुछ गड़बड़ है, फिर उसने खुद को डांटा। उसका काम बस फैक्ट्स को फॉलो करना था।

महीनों तक लोगों से बात करने, उन्हें देखने और जान जोखिम में डालने के बाद, क्ले अब उसके दिमाग में सबसे ऊपर था । दिक्कत यह थी कि उसे कोई अंदाज़ा नहीं था कि क्ले ने हत्याएँ करने के पीछे क्या मकसद रखा होगा। दूसरी ओर, उसने सोचा कि अगर क्ले हत्याओं में शामिल नहीं था, तो भी यह मुमकिन है कि वह असली कातिल या कातिलों के बारे में कुछ बता सके। उसे इस सुराग का पीछा करना था, चाहे उसे यह पसंद हो या न हो।

बच्चा ऑफिस में आया। “मेयर हेनरी दोपहर में वोट देने वाले हैं। मैंने लाइन में लगे लोगों से कुछ बातें सुनीं, और हर कोई मेयर के बारे में बात कर रहा था कि वह चोर है।”

“ठीक है, बच्चे। धन्यवाद। तुम जा सकते हो।” वह चला गया, और वह कोर्ट जाने के लिए तैयार होने से पहले अपने बगीचे की देखभाल करने के लिए बाहर चली गई।

जब वह दोपहर से थोड़ा पहले कोर्टहाउस में थी, तो सिर्फ़ मर्द ही वोट देने के लिए लाइन में इंतज़ार कर रहे थे। तभी उसे नेटी की औरतों के वोट देने के अधिकार को लेकर निराशा समझ में आने लगी। हसेया इस या किसी भी दूसरे चुनाव में समझदारी भरा वोट दे सकती थी। वह भी मर्दों की तरह कम्युनिटी में रहती थी। वह वोट क्यों नहीं दे सकती थी और अपने शहर की आगे की दिशा में अपना हिस्सा क्यों नहीं दे सकती थी? हसेया के पास अब इस बारे में सोचने का समय नहीं था। उसे तीन मर्डर की इन्वेस्टिगेशन पर काम करना था, इसलिए उसने औरतों के वोट देने के अधिकार को अपने दिमाग से निकाल दिया।

हसेया ने क्लिंट क्रिसन को लाइन में देखा, लेकिन उसने उससे सीधे आँख मिलाने से परहेज किया। जल्द ही, हेनरी कई गज दूर कोर्टहाउस के सामने से निकला। जब वह वेटिंग लाइन में लग गया तो वह उसके करीब आ गई। वह परेशान और थका हुआ लग रहा था।

“हेलो, हेनरी। आप कैसे हैं?” उसने धीरे से पूछा।

“ठीक है, या कम से कम आज के दिन के खत्म होने पर तो ठीक हो जाऊंगा।”

अफवाह सुनी थी . ऐसी बात कौन शुरू करेगा?"

“मुझे लगता है कि मुझे पता है, लेकिन सॉरी, मैं इस बारे में बात नहीं कर सकता। सही समय आने पर मैं अपने तरीके से इससे निपटूंगा।”

“तुम्हारा मतलब क्ले का सामना करने से है?” उसने कहा।

हेनरी पहले तो हैरान हुआ, फिर नहीं। "हमें बात करनी है। बीस मिनट में मेरे ऑफिस में मिलो," उसने कहा।

हेनरी ने बातचीत शुरू की जब वे दोनों उसके ऑफिस में बैठे थे। "मैं अपने भाई से प्यार करता हूँ, मुझे गलत मत समझना, लेकिन हमारे बीच सालों से दिक्कतें रही हैं। जब मैं तुमसे कहता हूँ कि नीनो मेरे पास आया है तो तुम्हें मेरी बात पर यकीन करना होगा। मैंने उसे क्ले से नहीं चुराया। सच तो यह है कि जब वे दोनों साथ थे तो मैं उसके लिए खुश था। सच कहूँ तो मैं खुश भी था और हैरान भी। मुझे कभी पता नहीं चला कि उसने उसमें क्या देखा।"

"मैं तुम पर विश्वास करना चाहती हूँ," उसने कहा। वह खुश थी कि हेनरी के साथ उसकी पहली बातचीत हुई, बिना उसे नज़रअंदाज़ करने की कोशिश किए।

"मेरा यकीन करो क्योंकि यह सच है। मुझे इस बारे में थोड़ा बुरा लग रहा है। नीनो और मैं बहुत समय साथ बिताते हैं, और मुझे उसका साथ बहुत अच्छा लगता है। बेशक, अगर तुम उससे पूछोगे, तो वह कहेगी कि वह मुझे अपनी छोटी उंगली पर रखती है, लेकिन मुझे कोई फर्क नहीं पड़ता। वह एक ऐसी प्रेजेंस है। मैं पहले कभी इतना खुश नहीं था।"

"मुझे तुम्हारे और मेरे दोस्त नीनो के लिए खुशी है, लेकिन मैं क्ले के बारे में बात करना चाहता हूँ। मैंने कुछ दिन पहले उससे बात की थी। वह खुश नहीं था। जब हमने तुम्हारे बारे में अफवाह पर बात की , तो मुझे पक्का शक था कि यह उसी ने शुरू की है। वह बहुत चिड़चिड़ा है। जब मैं अपने कबीले में बड़ा हो रहा था, तो मैंने दो औरतों और एक आदमी के बीच ऐसा ही झगड़ा देखा था, जो उन तीनों के लिए ज़िंदगी भर की प्रॉब्लम बन गया। अगर तुम अपने भाई के साथ रिश्ते ठीक करना चाहते हो, तो तुम्हारे सामने एक मुश्किल काम है।"

"तुम्हें कुछ समझने की ज़रूरत है। मेरा भाई क्ले कभी भी निराशा को झेल नहीं पाया। यह उसकी कमज़ोरी है। जब चीज़ें उसके हिसाब से नहीं होतीं, तो वह बुरा रिएक्ट करता है और अक्सर गलत काम करता है। उसके आस-पास के लोग यह देखते हैं, लेकिन वह अपनी गलतियाँ नहीं पहचान पाता।"

"हमारे पिता हमारे साथ बहुत सख़्त थे। जब हम कुछ गलत करते थे, तो वह हमें कड़ी सज़ा देते थे। कभी-कभी, उनकी सज़ा ज़रूरत से ज़्यादा बुरी होती थी। मैंने इससे सीखा और सुधार किया। क्ले ने इसे पर्सनली लिया और उसे तकलीफ़ हुई। हमारी एक जैसी बातों के बावजूद, हम इस मामले में बहुत अलग हैं। मुझे अफ़सोस है कि क्ले को पिछले कुछ सालों में इमोशनल प्रॉब्लम हो गई हैं। मेरे बारे में यह अफ़वाह कि उन्होंने ही शुरू की थी, इसका सबसे नया उदाहरण है।"

हेनरी ने आगे कहा, "ज़िंदगी को लेकर उसका नज़रिया मेरे लिए हमारे बीच चीज़ें ठीक करना मुश्किल बना देगा, और इससे मुझे दुख होता है। मैंने उसे रिकॉर्ड्स में नौकरी दिलाई क्योंकि यह कम स्ट्रेस वाली नौकरी थी, और वह कामयाब रहा। उसकी नौकरी उसे लोगों से सीरियस बातचीत करने नहीं देती, और वह आसानी से नए दोस्त नहीं बनाता। वह काम पर किसी से अपनी प्रॉब्लम डिस्कस नहीं कर सकता। घर पर बात करने के लिए कोई नहीं है। वह बस अपने ही रस में डूबा रहता है, और हर दिन वह थोड़ा और कड़वा होता जाता है।"

"मैं आप दोनों के लिए शुभकामनाएं देता हूं, और क्ले के साथ अपने रिश्ते को साफ करने के लिए धन्यवाद। आज पहली बार हमने एक साथ कोई मतलब की बात की है। क्या आपके पास कुछ और मिनट हैं?"

"हां बेशक।"

"मुझे याद है कि मैंने तुम्हें उस दुखद दिन देखा था जब मेयर यंग की हत्या हुई थी। मुझे लगता है कि यह कल की ही बात है, कई महीने पहले की नहीं। क्या तुम किसी ऐसे व्यक्ति के बारे में सोच सकते हो जिसने इतना भयानक अपराध किया हो?" हसेया ने पूछा।

हेनरी इस सवाल से थोड़ा घबरा गया और उसने तुरंत जवाब नहीं दिया।

"मेयर परफेक्ट नहीं थे और उनके भी बहुत दुश्मन थे। कोई इतनी हद तक चला जाए, मुझे नहीं पता। कहना मुश्किल है।" आगे बोलने से पहले, हेनरी का चेहरा मूर्ति जैसा सख्त हो गया। "मुझे यह कहते हुए दुख हो रहा है। मैं उनसे बहुत प्यार करता हूँ, आप जानते हैं, लेकिन आपको क्ले की जांच करनी चाहिए। मुझे पूरी उम्मीद है कि मैं गलत हूँ।"

उसने उसके चेहरे पर तकलीफ़ देखी, और वह असली थी। उसे लगा कि अपने भाई के बारे में ऐसा कहने से हेनरी को बहुत दुख हुआ होगा, इसलिए उसने कोई जवाब नहीं दिया।

"आपके समय के लिए धन्यवाद। मुझे उम्मीद है कि अगली बार जब मैं आपसे मिलूँगी तो आपको मिस्टर मेयर कह पाऊँगी। गुड डे, सर।" उसने कहा।

हसेया ताज़ी हवा लेने के लिए कोर्ट के सामने से बाहर निकली और गहरी सांस ली। दोपहर अभी भी शुरू ही हुई थी, और बहुत से लोग अभी भी वोट देने का इंतज़ार कर रहे थे, इसलिए वह रेमंड और डिटेक्टिव ब्राउन को ढूंढते हुए बिल्डिंग के किनारे बने दरवाज़े तक लाइन में लगी रही। कुछ लोगों ने उसके आने का विरोध किया, लेकिन ब्राउन पास ही था और उसने अपना बैज दिखाकर शिकायत करने वालों को चुप करा दिया। रेमंड बिल्डिंग के अंदर ही था, और गायब दिखने की कोशिश कर रहा था।

"कैसा चल रहा है?" उसने रेमंड से फुसफुसाकर पूछा।

“अभी तक कुछ भी गलत नहीं है, बस क्ले की तरफ से गंदी नज़रें हैं। आज वह ठीक नहीं लग रहा है।”

उसने क्ले की तरफ देखा। वह अपने भाई से भी बुरा लग रहा था, और उसने तुरंत नोटिस किया कि वह कितना नर्वस था। वह उसे तब तक देखती रही जब तक उसने उसकी नज़र नहीं पकड़ी और भौंहें चढ़ा लीं। उसने नज़रें दूसरी तरफ कर लीं।

हसेया ने डिटेक्टिव ब्राउन की ओर रुख किया। “काउंटिंग खत्म होने तक प्लीज़ यहीं रुकिए। यह ज़रूरी है।”

“हाँ, ज़रूर। आपकी मदद के लिए धन्यवाद, हसीया।”

उसने एक पल के लिए बेंच पर बैठने का सोचा, लेकिन चलती रही क्योंकि उसे डर था कि किड कहीं से अचानक आ जाएगा और बात करना चाहेगा, और वह उससे डील करने के मूड में नहीं थी।

“दोपहर, हसेया।” एक आदमी ने कहा।

वह मुड़ी और मार्क एगुइलर को देखा।

“मैंने वोट दिया, फिर आपको चलते हुए देखा। क्या आप आज ठंडी हवा का मज़ा लेना चाहेंगे और प्लाज़ा में घूमना चाहेंगे?”

वह किसी सुखद चीज़ के लिए तैयार थी। “हाँ। चलो चलें।”

दिन अच्छा था। आसमान साफ़ था, और अभी गर्मी नहीं थी। पहले तो किसी ने कुछ नहीं कहा। “मैंने लाइन में कुछ लोगों को बात करते सुना। उन्होंने कहा कि अंतरिम मेयर शहर से चोरी कर रहे हैं।” उन्होंने कहा।

“झूठी अफवाह , मुझे यकीन है।”

“मुझे खुशी है। इस शहर में अभी बहुत सारी प्रॉब्लम हैं। इन्वेस्टिगेशन में कोई प्रोग्रेस हुई?”

हसेया खुलकर सब कुछ बताना चाहती थी, और अपने दिल की बात कहना चाहती थी, लेकिन उसके मन की आवाज़ ने उसे काबू में कर लिया। वह अभी भी मार्क को अच्छी तरह से नहीं जानती थी और अपनी समस्याओं को खुद ही सुलझा लेगी। "कुछ नया नहीं है," उसने जवाब दिया।

उन्होंने खूब सैर की और ज़्यादातर शहर के बारे में बातें कीं। मार्क को हेनरी पसंद था, और वह खुश थी कि मार्क गॉसिप करने वाला नहीं था। “टहलने के लिए धन्यवाद, मार्क।”

“थैंक यू,” उन्होंने हाथ मिलाते हुए कहा और अलग हो गए। क्या दिन था। अब, हसेया को लगा कि वह शहर की समस्याओं के बीच में है।

अध्याय तैंतीस

उसे पक्का नहीं था कि वह आज का विमेंस सफ़रेज मार्च देखना चाहती है या नहीं, लेकिन हसेया ने रेमंड और किड को छुट्टी दे दी और यह देखने गई कि क्या वह कुछ सीख सकती है। आज वह बस इतना ही कर सकती थी कि किसी भी अजीब चीज़ के लिए अपनी आँखें और कान खुले रखे। यह दोपहर दो बजे शुरू होना था।

जैसे ही हसेया डाउनटाउन एरिया के पास पहुँची, उसने परेड को देखने से पहले उसकी आवाज़ सुनी। जब वह मोंटेज़ुमा स्ट्रीट पर पहुँची, तो उसने अपनी बाईं ओर देखा और परेड को पूरी तरह से देखा। दर्जनों औरतें धीरे-धीरे गुरली स्ट्रीट से नीचे मार्च कर रही थीं, मोंटेज़ुमा स्ट्रीट के पास, जहाँ प्रोटेस्ट मार्च खत्म होने वाला था। दो लड़कियाँ सबसे आगे मार्च कर रही थीं। वे बारह से चौदह साल की लग रही थीं। लड़कियों ने अपने बीच एक साइन रखा था जिस पर लिखा था, 'काश माँ वोट दे पातीं।'

आगे लड़कियों के पीछे तीन औरतें थीं जिन्होंने लंबी सफ़ेद ड्रेस पहनी हुई थी। उनके हाथ में एक चौड़ा साइन था जिस पर लिखा था, 'औरतों को वोट देने का अधिकार दो।' बाकी औरतें सफ़ेद ड्रेस पहनी तीन औरतों के पीछे चल रही थीं, और उन्होंने लंबी काली या गहरे रंग की ड्रेस पहनी हुई थी।

हसेया के लिए यह एक शानदार नज़ारा था, जिसके बारे में उसने कभी सोचा भी नहीं था। यह एक और याद दिलाने वाला था कि गोरों के बीच ज़िंदगी कितनी अलग थी।

कम से कम आधी औरतों के हाथ में साइन या पोस्टर थे, जबकि बाकी अमेरिकी झंडे लहरा रहे थे। औरतें जोश से बार-बार 'आज़ादी के लिए एक हो जाओ' और 'औरतों के लिए बराबरी' के नारे लगा रही थीं। हसेया को यह जुलूस एक अकेले इंसान जैसा लग रहा था, इंसानों का एक झुंड जो एनर्जी और मकसद से भरा हुआ था। कुछ उत्साहित देखने वालों, खासकर औरतों के साथ उनकी छोटी बेटियां भी थीं।

उसने नेटी को सामने देखा, उसने एक लंबी सफ़ेद ड्रेस पहनी हुई थी, जो एक लकड़ी मिल में काम करने वाली के तौर पर उसके नेचर से बिल्कुल अलग थी। हसेया को ऐसा लगा जैसे नेटी पहले से ही कंट्रोल से बाहर थी। वह जितनी ज़ोर से चिल्ला सकती थी, चिल्ला रही थी और झंडा लहरा रही थी। थोड़ी देर के लिए, हसेया ने सोचा कि नेटी के मुँह से झाग निकल रहा है, और उसकी बड़ी-बड़ी आँखें उसके चेहरे से बाहर निकलने की कोशिश कर रही हैं। हसेया ने तुरंत वह इमेज अपने दिमाग से निकाल दी। यह गलत था, और उसे ऐसा सोचने के लिए बुरा लग रहा था।

उसे याद आया कि नेटी और क्ले ने मिलकर साइन बनाए थे, जो उसे लगा कि बहुत अच्छा किया गया था। उसने खुद को शांत किया और क्राइम की इन्वेस्टिगेशन के अपने काम पर लौटने की कोशिश की।

हसेया को उम्मीद थी कि कोई छोटा बैंड बजेगा, लेकिन कोई नहीं था क्योंकि बैंड की ज़रूरत नहीं थी। चिल्लाती हुई औरतें इतनी ज़ोर से चिल्ला रही थीं कि सबका ध्यान खींच लिया। उसने देखा कि यह सिलसिला धीरे-धीरे मोंटेज़ुमा स्ट्रीट पर खत्म होने की ओर बढ़ रहा था। उसे अचानक एहसास हुआ। वह उस जगह के बहुत करीब थी जहाँ मेयर यंग का मर्डर

हुआ था। उसने गुरली स्ट्रीट के किनारे छतों पर कई बार चिंता से देखा लेकिन उसे कुछ भी शक वाला नहीं दिखा।

जब प्रोटेस्ट करने वालों की भीड़ रुकी, तो देखने वालों ने ताली बजाई और चिल्लाए। मार्च में शामिल कई औरतों ने भी हाथ उठाए और ज़ोर-ज़ोर से हाथ हिलाए। हसेया ने इधर-उधर देखा और गुरली स्ट्रीट के पास कोर्टहाउस प्लाज़ा के सामने एक ऊंचा मंच देखा। सफेद कपड़ों में तीन औरतें बाकी औरतों को छोड़कर भाषण देने के लिए मंच पर चली गईं। नेटी उनमें से एक भाषण देने वाली थीं। एक औरत ने मेगाफोन उठाया और बोलना शुरू किया। उसकी आवाज़ इज्ज़तदार थी, फिर भी अंदर का गुस्सा दिखा रही थी।

हसेया जाना चाहता था लेकिन उसने नेटी के भाषण का इंतज़ार करने का फ़ैसला किया। दूसरे स्पीकर ने मेगाफ़ोन लिया और भीड़ को संबोधित किया। वह लंबी-चौड़ी बातें कर रहा था और पहले स्पीकर से थोड़ा ज़्यादा ज़ोरदार था। हसेया ने देखा कि नेटी उस औरत की हर बात सुन रही थी। अगली नेटी थी।

जब उसकी बारी आई, तो नेटी पीछे नहीं हटी। उसने धीरे-धीरे और शांति से, अपने खास अंदाज़ में शुरू किया, फिर अपनी आवाज़ में जोश भर लिया। “क्या हम इस देश के नागरिक हैं, या हम सिर्फ़ एक आदमी के नौकर हैं? हमारे पास मर्दों जैसे अधिकार नहीं हैं। हमारे पास क्यों नहीं हैं? क्योंकि मर्द नहीं चाहते कि हमें वे अधिकार मिलें जिनकी हम हक़दार हैं। वे हमारी इज़्ज़त नहीं करते। हम अब इस गैर-बराबरी को और बर्दाश्त नहीं कर सकते। हमें सही के लिए लड़ना होगा। हमें लड़ना होगा। हमें अभी लड़ना होगा!”

उसका जोश प्रदर्शनकारियों में फैल रहा था। जैसे-जैसे भीड़ का शोर बढ़ता गया, उसने एक नई और डरावनी जानी-पहचानी मर्द की आवाज़ सुनी जो शोर के बीच चिल्लाने की कोशिश कर रहा था।

"अपने घर जाओ, जहाँ तुम्हें होना चाहिए। घर जाओ। तुम वोट देने के लायक नहीं हो! यह बकवास बंद करो, अभी।"

पहले तो उसने उस आदमी को नहीं देखा जिसने यह कहा था, लेकिन फिर उसने देखा। क्ले हाथ हिला रहा था और चिल्ला रहा था। प्रोटेस्ट करने वालों ने भी उस पर चिल्लाना शुरू कर दिया। उन्होंने कहा, "हमें अकेला छोड़ दो। तुम खुद घर जाओ।" आगे-पीछे, यह चलता रहा। हर गुजरते सेकंड के साथ सभी औरतें और ज़्यादा गुस्से में लग रही थीं। हसेया ने आगे जो देखा वह अनएक्सपेक्टेड और डरावना था।

नेटी प्लेटफॉर्म से कूदी और क्ले की तरफ दौड़ने लगी। वह अपनी जगह पर खड़ा रहा, उसे ताना मारा, और ऐसा लगा जैसे उसकी दुश्मनी और बढ़ गई हो। उसने दौड़ना बंद नहीं किया और आखिरी मिनट में, अपनी कोहनी बाहर निकालकर सिर नीचे कर लिया। वह उससे टकरा गई और उसे धक्का देकर ज़मीन पर गिरा दिया। वह कुछ देर ज़मीन पर ही रहा, साफ़ तौर पर हैरान और हैरान था।

"तुम पागल औरत हो। मुझसे दूर रहो।" उसने खड़े होते हुए कहा।

उन्होंने एक-दूसरे को धक्का दिया। दोनों को पता था कि सब उन्हें देख रहे हैं। नेटी ने सबसे ज़ोर से धक्का दिया, उसे पीछे किया। जल्द ही, क्ले मोंटेज़ुमा स्ट्रीट के किनारे पहुँच गया, इससे पहले कि उसने उसे धक्का देना बंद किया और वहाँ से जाने लगा, लेकिन उसकी गालियाँ जारी रहीं।

"देख रहे हो मैं क्या कह रहा हूँ ? तुम सब औरतें पागल हो। एक पागल इंसान सही वोट नहीं दे सकता। घर जाओ।" उसके ज़ुबानी हमले बंद नहीं हुए, लेकिन इसमें कोई शक नहीं था कि झगड़ा खत्म हो गया था। वह हार गया था। वह कोर्टहाउस में वापस गया, कई बार घूमा, और गालियाँ दीं, और आखिर में बिल्डिंग के अंदर चला गया।

नेटी ने क्ले को कोर्टहाउस में घुसते देखा, फिर मुड़ी और प्लेटफॉर्म पर चली गई, और ऊपर चढ़ गई। प्लेटफॉर्म पर खड़ी दूसरी औरतें हैरान दिखीं। नेटी ने गुस्से में मेगाफोन पकड़ लिया।

"लेडीज़, आपने अपनी आँखों से देखा है। मर्द हमेशा हमें दबाने की कोशिश करेंगे, लेकिन वे कभी मानेंगे नहीं। वह आदमी क्ले लेस्टर है। अगर आपको पहले से पता नहीं है, तो वह मेयर का जुड़वाँ भाई है।" उसने कहा और इशारा किया कि वह बिल्डिंग में कहाँ गया था। "उसने आज आपके हाथ में जो साइन थे, उन्हें बनाने में मेरी मदद की और मेरा दोस्त होने और हमारे मकसद को सपोर्ट करने का नाटक किया। आज, आपने नकाब के पीछे असली आदमी को देखा। हमें ज़ोर लगाना है, ज़ोर लगाना है, और लड़ना है, लड़ना है। ज़ोर लगाना है, ज़ोर लगाना है, और लड़ना है, लड़ना है।" वह बार-बार यही कहती रही, और औरतों की भीड़ जल्द ही उसके साथ हो गई। हसेया ने बहुत कुछ देख लिया था। वह क्ले से बात करना चाहती थी।

कोर्ट का दरवाज़ा खुला था, इसलिए वह अंदर चली गई। उसे उम्मीद नहीं थी कि रविवार को कोई काम कर रहा होगा, लेकिन कुछ लोग वहाँ थे, अपने काम में लगे हुए। किसी ने उसकी तरफ़ नहीं देखा। वह क्ले के आधे दरवाज़े वाले काउंटर के पास गई और छोटे से ऑफ़िस के अंदर देखा। उसकी कोहनियाँ उसकी डेस्क पर थीं, उसका सिर हाथों में था, और वह रो रहा था। उसकी डेस्क लगभग पूरी तरह से कागज़ों से ढकी हुई थी।

"नमस्ते, क्ले।"

उसने अपना सिर उठाया और चिल्लाया, "बाहर निकलो।"

"मैं नहीं करूँगी। मैं यहाँ तुम्हारी मदद करने आई हूँ। बाहर की औरतें कुछ नहीं जानतीं कि तुम किस दौर से गुज़र रही हो। मैं जानती हूँ। मैं तुम्हारी मदद करने के अलावा और कुछ नहीं चाहती।"

"एक औरत। एक नवाजो। मैं देख रहा हूँ कि अब क्या हो रहा है। क्या नीनो ने तुम्हें मुझे टॉर्चर करने के लिए भेजा है?"

"नहीं। मैंने कई दिनों से नीनो से बात नहीं की है। मुझे तुम्हारी चिंता है, बस।"

वह थोड़ा शांत हो गया, लेकिन वह जानती थी कि वह आज उससे बात नहीं कर पाएगी। "मैंने हाल ही में तुम्हारे भाई से बात की थी। वह तुमसे प्यार करता है और तुम्हारी चिंता करता है।"

क्ले धीरे से खड़ा हुआ और अपने ऑफिस के सामने चला गया। "अपने काम से काम रखो, और मेरे काम से दूर रहो।" उसने उसे घूरा और थोड़ा कांपने लगा, और उसने देखा कि अब उसके जाने का समय हो गया है। "अपना ख्याल रखना, क्ले। लोग तुम्हारी चिंता कर रहे हैं।"

वह कोर्ट के सामने वाले दरवाज़े की तरफ़ चली गई। उस दिन के सारे हंगामे के बाद, हसेया को पता था कि बाहर जाने के बाद किड ज़्यादा दूर नहीं होगा, और बिल्डिंग से बाहर निकलने के थोड़ी देर बाद ही वह उससे मिला।

"हसेया. क्ले को क्या हुआ? तुम ठीक हो?"

"मैं ठीक हूँ। चिंता मत करो। यह बस एक गलतफहमी थी।"

"कोई ग़लतफ़हमी?"

"इसका मतलब है कि लोग कभी-कभी फैक्ट्स जानने के लिए समय नहीं निकालते। उन्हें पता नहीं होता कि क्या हो रहा है।"

ऐसा लगा कि उसे यह समझने में एक मिनट लगेगा कि उसने क्या कहा, लेकिन फिर वह मुस्कुराया, सिर हिलाया, हाथ हिलाया और फिर भाग गया।

महिलाओं का वोट देने का विरोध खत्म हो गया था, और बस कुछ औरतें ही इधर-उधर बातें करती हुई बची थीं। हसेया के पास करने के लिए और कुछ नहीं था। ऑफिस वापस जाते समय, वह सोचने लगी कि उसने किड को गलतफहमियों के बारे में क्या बताया था। क्या उसने भी वही गलती की थी? क्या वह उन पुरानी जानकारी और इंप्रेशन पर बहुत ज़्यादा भरोसा कर रही थी जो उसने हफ़्तों और महीनों पहले इकट्ठा की थीं?

अध्याय चौंतीस

किड उसके ऑफिस नहीं आया, लेकिन वह फिर भी रेमंड से अकेले में बात करना चाहती थी।

रेमंड ठीक समय पर आया और उसके सामने बैठ गया। “मेरे पास तुम्हारे लिए एक ज़रूरी काम है, रेमंड। मैं चाहता हूँ कि तुम क्ले को जान लो और उम्मीद है कि उसके दोस्त बन जाओ। यह आसान नहीं होगा। मुझे यकीन है कि तुम जानते हो, वह इन दिनों बुरे मूड में है।”

“मैंने सुना कि कल क्या हुआ था। हर कोई इसके बारे में बात कर रहा है। क्ले एक साँप है, और हम दोनों में कुछ भी कॉमन नहीं है। आप जो पूछ रहे हैं, वह इम्पॉसिबल है।” रेमंड ने कहा।

हसीया ने कुछ नहीं कहा और उसे खाली नज़रों से देखा।

“ठीक है. मैं अपनी पूरी कोशिश करूँगा, लेकिन मैं कुछ भी गारंटी नहीं दे सकता.”

वह बिना कुछ कहे उसे देखती रही।

“ठीक है। बाद में मिलते हैं।” वह गुस्से में चला गया।

उसके पास करने के लिए बहुत कुछ था और क्ले पर नज़र रखने का समय नहीं था। उसने अपने बगीचे में काम करते हुए कुछ समय अपने दिन की प्लानिंग में बिताया, फिर दोपहर से थोड़ा पहले ऑफिस से निकल गई।

जब वह लकड़ी की मिल में पहुँची, तो उसने नेटी को एक लट्ठे पर बैठकर अपना लंच खाते हुए देखा, और उससे बात करने गई। जैसा कि उसने सोचा था, नेटी शांत और बिल्कुल शांत लग रही थी।

“गुड मॉर्निंग, नेटी. आज तुम कैसी हो?”

"मैं अनुमान लगा रहा हूँ कि आप मताधिकार मार्च में थे और आपने क्ले के साथ मेरी छोटी सी झड़प देखी?"

“हाँ, मैंने देखा। वह बहुत ही शानदार नज़ारा था।”

“मुझे इसका कोई अफ़सोस नहीं है. क्ले को यह मिलना ही था.”

“तुम्हें यह नहीं पता, लेकिन उसकी ज़िंदगी बहुत खराब है। उसने अपनी लेडी फ्रेंड खो दी है और वह इससे ठीक से डील नहीं कर पा रहा है।” हसेया ने कहा।

“हम सबकी अपनी-अपनी परेशानियाँ होती हैं। क्ले ने जो किया वह गलत था, और उसके पास कोई बहाना नहीं है।”

“तुम्हारा बहाना क्या है?” हसीया ने पूछा.

नेटी का शांत चेहरा देखकर हसेया परेशान हो गई। उसे उम्मीद थी कि नेटी आरोप पर रिएक्ट करेगी, गुस्सा होगी। जहाँ तक हसेया को पता था, नेटी ने कोई जवाब नहीं दिया। नेटी ने कहा, “मैंने एक इंसान के तौर पर अपने अधिकारों का बचाव किया।”

“मैं उस बारे में नहीं पूछ रहा था। मैं मेयर यंग के बारे में पूछ रहा था। सब जानते हैं कि आप गुस्सैल हैं, और एक भरोसेमंद सोर्स ने मुझे बताया कि मेयर के साथ आपकी अनबन थी जिसके बारे में आपने मुझे नहीं बताया।”

“तुम्हारा सोर्स झूठ बोल रहा है। मैं इस सोर्स से मिलना चाहता हूँ। मेयर यंग एक बेवकूफ आदमी और एक बुरा मेयर था। मेयर लेस्टर भी

एक और बेवकूफ है। वह लगभग उतना ही बेवकूफ है जितना मेयर यंग था, लेकिन शहर उसके नए मेयर बनने से बेहतर है। तुम्हारी हिम्मत कैसे हुई यहाँ आने और इस बेवकूफी से मेरे लंच में रुकावट डालने की? तुम्हें यहाँ से जाना होगा।"

वो रही। "नेटी, किसी से सहमत न होना कोई गुनाह नहीं है। मेरे साथ ऐसा लगभग हर दिन होता है। मुझे इस बात से परेशानी है कि तुमने मुझे इसके बारे में नहीं बताया। मुझे हैरानी है कि तुमने मुझे क्यों नहीं बताया, और क्या मैं आगे तुम्हारी बातों पर भरोसा कर सकती हूँ।"

नेटी चिढ़ने लगी थी। हसेया को उसे ऐसे देखने की आदत थी।

नेटी खड़ी हो गई और और भी अड़ गई। "अब जाओ, नहीं तो मैं तुम्हें मिल से बाहर निकाल दूँगी। समझे, इंडियन?"

"मुझे माफ़ करें. मैं अपना सोर्स दोबारा चेक करूँगा. शायद मैंने गलत समझा हो. आपके समय के लिए धन्यवाद."

हसेया बाहर चली गई, और जाते हुए उसने सोचा कि क्या हुआ था। नेटी की पुराने मेयर से अनबन की उसकी मनगढ़ंत कहानी ने उसके मन में एक नया सवाल खड़ा कर दिया। नेटी गुस्से में थी और उसने इल्ज़ाम पर एतराज़ जताया। हसेया पहले से जानती थी कि नेटी में बहुत इमोशन हैं। उसे इस बात की चिंता थी, जो उसे नहीं पता था, कि नेटी में कितना ज़मीर है। वह इस बारे में बाद में सोचेगी। अब, उसके अगले काम का समय था।

वह मेयर के ऑफिस में सही समय पर पहुंची। हेनरी अपनी डेस्क पर देर से लंच खत्म कर रहा था। "गुड मॉर्निंग, मिस्टर मेयर।"

"हसेया, तुमसे फिर मिलकर अच्छा लगा। मेरे पास कुछ मिनट हैं। तुम्हें क्या चाहिए?"

"मैं आपसे पूछना चाहता था कि क्ले के मताधिकार मार्च में दखल देने के बारे में आप क्या सोचते हैं?"

“मैं हैरान था लेकिन हैरान नहीं था। क्ले अब एक चौराहे पर है। मुझे उम्मीद है कि वह बेहतर फ़ैसले ले पाएगा और सही काम करेगा।”

“मैं अभी भी थोड़ा कन्फ्यूज़्ड हूं। मैं चाहता था कि आप इस बारे में और डिटेल में बताएं कि जिस दिन मेयर की हत्या हुई थी, उस दिन आप क्या कर रहे थे।”

“तुम्हें और डिटेल चाहिए? हाँ। मैं इसे कभी नहीं भूलूंगा। जब मैंने हंगामा सुना तो मैं कोर्टहाउस में था। मैं बाहर आया, और मेयर के चारों ओर भीड़ जमा हो गई थी। जब मैं उनके आस-पास के लोगों के पास गया, तो मैंने उस आदमी और उसके आस-पास खून की एक झलक देखी। यह एक बहुत ही भयानक, भयानक नज़ारा था, जिसे मैं कभी नहीं भूलूंगा।”

“हाँ, ऐसा ही था। आप ज़रूर चौंक गए होंगे।”

"मैं था।"

“आप उन लोगों को क्या जवाब देते हैं जो कहते हैं कि उस दिन जो हुआ उससे आपको फ़ायदा हुआ?”

मेयर के ऑफिस में पीछे की तरफ एक खिड़की थी, और हेनरी खड़ा हुआ और हसेया की तरफ पीठ करके खिड़की के पास गया। “यह मुश्किल है...लोग परेशान हैं...मैं समझता हूँ कि कुछ लोग ऐसा क्यों कहेंगे।”

“क्या तुम्हें गुस्सा नहीं आता जब तुम्हारे अच्छे नाम पर सवाल उठाया जाता है?”

वह मुड़ा और उसकी तरफ देखा। "कभी-कभी मुझे हैरानी होती है। मेयर बनना आसान नहीं है, इतने छोटे शहर में भी। इस काम के साथ बहुत स्ट्रेस होता है।"

"लेकिन क्या आपको गुस्सा नहीं आता जब लोग पूछते हैं कि मेयर यंग की मौत से आपको क्या फ़ायदा हुआ?"

"लोग परेशान होते हैं, लेकिन ज़्यादातर का अपना एजेंडा होता है। मैं बस इतना ही कह सकता हूँ।"

"उस दिन के बारे में आपको और क्या याद है?"

"ज़्यादा कुछ नहीं। मैं कोर्टहाउस से निकला और भीड़, मेयर और खून देखा। जैसा कि मैंने कहा, यह बहुत भयानक था।"

हसेया ने हॉल में ज़ोरदार धमाके की आवाज़ सुनी, उसके बाद घुरघुराने और धमाके की आवाज़ें आईं। मेयर की जान में जान आई। "ये क्या हो रहा है?" उन्होंने कहा। वे दोनों अपनी कुर्सियों से उठे और यह देखने के लिए दौड़े कि क्या हो रहा है।

वह रेमंड और क्ले को हॉल के फ़र्श पर एक-दूसरे को मुक्का मारने और पकड़ने की कोशिश करते देखकर चौंक गई। कुछ आदमी दौड़कर आए और उन्हें अलग किया। "उसने शुरू किया, वह पागल है," रेमंड चिल्लाया।

"झूठा। तुम मुझे बार-बार धकेलते रहे। मुझे अपनी इज़्ज़त बचानी थी।" क्ले चिल्लाया।

क्ले के कमेंट से रेमंड में फिर से गुस्सा भड़क गया, और उसने खुद को छुड़ाने और क्ले पर हमला करने की कोशिश की। एक और आदमी रेमंड को और रोकने के लिए आया, और एक अलग आदमी क्ले को रोकने में मदद करने के लिए आगे आया। फिलहाल स्थिति कंट्रोल में थी।

"रेमंड, मेरे ऑफिस जाओ। मैं कुछ ही मिनटों में तुमसे वहीं मिलूँगी। शांत रहो," उसने कहा। वह नाराज़ लग रहा था, लेकिन अब क्ले पर हमला करने की कोई इच्छा नहीं दिखा रहा था। उसने देखा कि रेमंड को पकड़े हुए दो आदमी उसे तेज़ी से सामने के दरवाज़े से बाहर ले गए, और फिर उसने अपना ध्यान क्ले की ओर लगाया।

"क्ले, पाँच मिनट रुको और फिर सीधे घर जाओ। समझ गए?"

उसने कुछ नहीं कहा, इतना शांत दिखा कि आदमियों ने उसे छोड़ दिया, और जल्दी से अपने ऑफिस चला गया।

"चिंता मत करो, हसीया। लड़ाई चाहे जिसने भी शुरू की हो, हम कोई चार्ज नहीं लगाएंगे। यह एक छोटी सी गलतफहमी थी, बस। मेरा भाई तब लड़ने लगा जब वह हॉस्पिटल में था। मुझे लगा कि वह अब ठीक हो गया है।"

"अस्पताल?" उसने पूछा.

हेनरी कुछ देर के लिए हिचकिचाया, खुद से निराश होकर, फिर पूछा, "क्या आप एक पल के लिए मेरे ऑफिस में वापस आएंगे?"

अंदर जाकर वे फिर बैठ गए। हेनरी ने उसकी तरफ देखा और कहा, "मुझे अफ़सोस है कि तुम्हें यह देखना पड़ा। क्ले कुछ साल पहले एक झगड़े की वजह से मुसीबत में पड़ गया था। उसकी हरकतें बिना सोचे-समझे थीं। लड़ाई शुरू करने में उसकी गलती थी, और मेरे पास उसे फ़ीनिक्स के मेंटल हॉस्पिटल में भर्ती कराने के अलावा कोई चारा नहीं था। वहाँ के डॉक्टरों ने कहा कि वह मामूली स्ट्रेस से परेशान था और कुछ हफ़्ते बाद उसे छुट्टी दे दी। प्रेस्कॉट लौटने के बाद, वह फिर से नॉर्मल लगने लगा। मैं उसके वहाँ रहने के बारे में लगभग भूल ही गया था। मुझे अफ़सोस है कि मैंने तुम्हें पहले नहीं बताया।" हेनरी ने घबराकर कहा।

"मैं समझ गई। मुझे माफ़ करना। हम कोई चार्ज नहीं लगाएंगे, हेनरी। आपके समय के लिए धन्यवाद, सर।" उसने सिर हिलाया और रेमंड से बात करने चली गई।

हसेया को गुस्सा आ गया जब उसने अपने ऑफिस में रेमंड का सामना किया। "क्या तुम ऐसे दोस्त बनाते हो? तुम मेरे किस काम के हो?"

"मैंने बस फ्रेंडली बनने की कोशिश की। तुम्हें मेरी बात पर यकीन करना होगा। मैंने क्ले से दो बार बात की, और उसने नॉर्मल इंसान की तरह बर्ताव नहीं किया। वह ज़्यादा पागल आदमी लग रहा था और उसने मुझे दोनों बार भगा दिया। मुझे पता था कि तुम चाहोगे कि मैं कोशिश करता रहूँ, इसलिए मैंने किया। जब मैं तीसरी बार उससे बात करने आया, तो मुझे उम्मीद थी कि वह आखिरकार शांत हो जाएगा, लेकिन वह आया, अपने ऑफिस का आधा दरवाज़ा खोला, और मुझ पर टूट पड़ा। मैं बस अपना बचाव करने की कोशिश कर सकता था, और मैंने बस इतना ही किया। मुझे खुशी है कि तुमने लड़ाई रोक दी। उस आदमी पर भूत सवार था और वह मुझ पर हावी होने लगा था। वह पागल है, हसेया।"

उसने बस उसे देखा। "क्या तुमने उसे बात करने के लिए राज़ी कर लिया?"

"वह नहीं माना। मैंने उससे सवाल पूछे ताकि वह अपने बारे में बात करे। मैं जितना हो सकता था, उतना रिलैक्स और बिना डरे रहा, लेकिन वह कुछ कहना नहीं चाहता था। मैंने कभी नहीं सोचा था कि वह मुझ पर हमला करेगा। मैंने ऐसा होते नहीं देखा था। वह एक जंगली आदमी है।"

"तुमने अपना बेस्ट किया. इसकी चिंता मत करो. कल मिलते हैं."

अध्याय पैंतीस

हसेया ने कहा, "पहले तो मुझे उस पर शक नहीं हुआ, लेकिन अब मुझे पक्का नहीं है। वह बहुत अनप्रेडिक्टेबल हो गया है।"

“हाँ, वह इतना अजीब बर्ताव कर रहा है कि हम उसे नज़रअंदाज़ नहीं कर सकते। मैं जितना हो सके उस पर नज़र रख रहा हूँ। अभी तक कुछ नहीं, लेकिन कभी न कभी, वह कोई गलती करेगा।” डिटेक्टिव ब्राउन ने कहा।

हसेया, रेमंड और ब्राउन एक-दूसरे को केस के बारे में अपडेट देने के लिए बिग माउथ में कॉफी पर मिल रहे थे। क्लेरेंस ब्राउन मीटिंग चाहते थे, और हसेया को यह एक अच्छा आइडिया लगा। वह रेमंड को भी साथ ले गई ताकि देख सके कि मीटिंग खत्म होने के बाद उसके पास देने के लिए कोई आइडिया है या नहीं।

“पिछले कुछ हफ़्तों में बहुत कुछ हुआ है, लेकिन हम कातिल या कातिलों को ढूंढने के करीब नहीं हैं। मैंने कई लोगों का इंटरव्यू लिया है। तुमने भी इस पर कई घंटे बिताए हैं, हसेया। मेयर लेस्टर हमारी प्रोग्रेस की कमी से जूझ रहे हैं। हत्याओं के बाद से वह बदल गए हैं। ऐसा लगता है कि उनका कॉन्फिडेंस हमेशा के लिए खत्म हो गया है। इस शहर के लोग बहुत ज़्यादा डर और दुश्मनी से भरे हुए हैं, और प्रेस्कॉट की टेरिटरी में बदनामी हो रही है। मेयर पर हत्याओं को सुलझाने के लिए गवर्नर का बहुत प्रेशर

होगा। मुझे पता है कि शेरिफ लुईस मुझ पर बहुत ज़्यादा दबाव डाल रहे हैं।”

उन्होंने कहा, "हत्याओं का कोई साफ़ मकसद नहीं है और मारे गए तीनों लोगों के बीच कोई कनेक्शन नहीं है। यही प्रॉब्लम है।"

“शेरिफ़ कई संभावित संदिग्धों का बैकग्राउंड खंगाल रहा है। यह उसके लिए एक समय लेने वाला और परेशान करने वाला काम है, उसके रेगुलर समय लेने वाले और परेशान करने वाले कामों के अलावा। आजकल उसके आस-पास रहना मुश्किल है।”

रेमंड ने पूछा, “उसने क्या किया है?”

“मैं आपको नहीं बता सकता क्योंकि लुईस मुझे इसके बारे में ज़्यादा नहीं बताएगा। वह अब हर चीज़ को बहुत सीक्रेट रखता है।”

“उसने अब तक तुम्हें क्या बताया है?” हसीया ने पूछा।

“बस इतना कि वह चीज़ों को देख रहे हैं। उन्होंने कहा कि अगर उन्हें कुछ काम का मिला तो वह मुझे अपडेट करेंगे।”

“और उसके बाद आप हमें अपडेट करेंगे?” रेमंड ने पूछा।

"बिल्कुल।"

हसेया ने कहा, “जोसी हंटले, क्लिंट क्रिसन और नेटी वार्ड सभी पर शक है, खासकर नेटी। वह बहुत पैशनेट है। अगर उसे लगता कि कोई इसके लायक है, तो मैं उसे किसी को मारते हुए देख सकती हूँ।”

“शेरिफ और मैंने क्लिंट को छोड़कर उन लोगों के बारे में बात की है। आपने मुझे बताया था कि क्लिंट अब सस्पेक्ट नहीं है। क्या इसमें कोई बदलाव आया है?”

"मुझे उसका नाम नहीं लेना चाहिए था। हाँ, मुझे पहले उस पर शक था, लेकिन अब मुझे नहीं लगता कि वह है। भूल जाओ कि मैंने उसका नाम लिया था।" उसने कहा।

"ठीक है. आपने हाल ही में क्या सीखा है?"

"मुझे नहीं पता कि आपको इस बारे में पता है या नहीं, लेकिन मेयर लेस्टर ने मुझे बताया कि क्ले कुछ साल पहले दो हफ़्ते मेंटल हॉस्पिटल में रहा था। उन्होंने कहा कि यह क्ले के बहुत ज़्यादा स्ट्रेस में होने का एक सीधा-सादा मामला था। क्ले जल्दी ठीक हो गया, हॉस्पिटल से छुट्टी मिल गई, और प्रेस्कॉट लौट आया।"

"मैं इस बारे में शेरिफ से पता करूँगा। यह मेरे लिए नई बात है। क्या कुछ और है?" डिटेक्टिव ब्राउन ने पूछा।

"नहीं, बताने लायक कुछ नहीं है। क्या तुम कुछ कहना चाहोगे, क्लेरेंस?"

"कुछ नहीं। जब तक हमें कोई मोटिव नहीं मिल जाता, हमारी इन्वेस्टिगेशन लगभग रुकी हुई है। मैं एक फील्ड मैन हूँ, हसेया। मैं लोगों से बात करके चीजें सीखता हूँ, और हमने हर उस इंसान से बात की है जिसके बारे में हम सोच सकते हैं। मुझे पता है कि लुईस मुझ पर भरोसा करता है, लेकिन सही हो या गलत, मुझे लगता है कि मेरी नज़र थोड़ी धीमी हो रही है।"

"हम सब अंधे बकरियों जैसे दिख रहे होंगे, है ना, बिना किसी दिशा के भटक रहे हैं। तो फिर, डिटेक्टिव ब्राउन, आपका दिन शुभ हो। अगर कोई नई जानकारी सामने आती है तो मैं आपको बताऊँगा।"

हसेया और रेमंड उठे, रेस्टोरेंट से बाहर निकले और धीरे-धीरे हसेया के ऑफिस की ओर वापस चले गए।

"तुमने क्या सोचा?" उसने पूछा.

"वह हमसे जानकारी छिपा रहा है।"

"हाँ, मुझे भी ऐसा लगा। मुझे लगता है कि शेरिफ लुईस नहीं चाहते कि हमें पता चले कि उन्हें क्या पता चला है। मुझे समझ नहीं आता कि वह कुछ भी क्यों छिपा रहे हैं। हमें साथ मिलकर काम करना चाहिए।" उसने कहा।

"मुझे लगता है मुझे पता है क्यों। अगर मैं शेरिफ होता, तो मैं खुद ही केस सॉल्व करना चाहता। मैं पक्का नहीं चाहता कि कोई नौसिखिया इन्वेस्टिगेटर, और मेरे जैसा आदमी, जिसे कोई फॉर्मल ट्रेनिंग नहीं मिली है, केस को सुलझाए। सोचो तो, तुम्हें इसे अच्छी खबर समझनी चाहिए, हसेया। उसे डर होगा कि हम कितने अच्छे हैं। हम उसे सीधी-सादी धमकी देते हैं।"

"रेमंड, तुम फिर से बहुत घमंडी हो रहे हो, लेकिन मुझे लगता है कि तुम सही कह रहे हो जब तुम कहते हो कि वह केस सुलझाने का क्रेडिट चाहता है। मुझे इससे कोई फर्क नहीं पड़ता। हम कोशिश करते रहेंगे।"

*

थोड़ा लंच करने के बाद अपने गार्डन में काम करने से कुछ मदद मिली, लेकिन इससे उसका फ्रस्ट्रेशन कम नहीं हुआ। अब, जब शेरिफ और डिटेक्टिव ब्राउन जानकारी छिपा रहे थे, तो किसी भी मर्डर को सुलझाने की उम्मीद और भी दूर लग रही थी। अब तक उसने जो तरक्की की थी, वह एक मृगतृष्णा जैसी लग रही थी, जो आती-जाती रहती थी। कुछ तो बदलना था। उसे एक हिम्मत वाला कदम उठाने की ज़रूरत थी। हिम्मत वाले कदमों के साथ दिक्कत यह है कि अगर वे फेल हो जाते हैं तो उनके गंभीर नतीजे हो सकते हैं। उसे सावधान रहना था।

अगले एक घंटे तक, उसने मन ही मन अलग-अलग आइडिया परखे कि चीज़ों को कैसे बदला जाए—कुछ में रेमंड शामिल था, कुछ में रेमंड और किड, और कुछ में सिर्फ़ वह शामिल थी। उसे कोई भी पसंद नहीं आया, इसलिए उसने अपने गार्डन के काम से ब्रेक लेने का फ़ैसला किया। उसने गली में कुछ आवाज़ सुनी और शोर की तरफ़ देखा। एक छोटी लड़की पागलों की तरह चिल्ला रही थी कि उसने एक साँप देखा है। अपने घर के रास्ते में, उसे एक आइडिया बिजली की तरह लगा। उस पागल लड़की ने हसेया को एक अचानक आईडिया दिया। कुछ प्लानिंग की ज़रूरत थी।

हसेया ने अपने इकलौते अमेरिकन कपड़े पहने और प्रेस्कॉट प्रॉस्पेक्टर अखबार के डाउनटाउन ऑफिस चली गईं । इसे ठीक से करना मुश्किल होता, इसलिए वह अखबार के ऑफिस की तरफ चली गईं और ठीक-ठीक बताया कि उन्हें क्या कहना है।

“नमस्ते. मुझे अखबार में एक विज्ञापन देना है.” उसने कहा.

वह काउंटर पर बैठे आदमी को नहीं पहचान पाई, जिसने उसे खाली नज़रों से देखा। उसे लगा कि उसे नहाने से फ़ायदा होगा, लेकिन उसने अपनी सुकून भरी मुस्कान बनाए रखने की कोशिश की। “क्या आपके पास ऐड के लिए पैसे हैं, मैडम?”

“हाँ, मुझे पता है।” उसने हल्का सा मज़ाक बनाया, शायद उसे लगा कि एक भारतीय महिला के पास ऐड खरीदने के लिए इतने पैसे नहीं होंगे। “ठीक है, तुम्हारा ऐड कहाँ है?”

“मैंने इसे अभी तक नहीं लिखा है। मुझे इस बारे में कुछ मदद चाहिए कि हर शब्द या शायद हर लाइन में कितना खर्च आएगा। मुझे नहीं पता कि आप इसके लिए कितना चार्ज करते हैं।” उसने कहा।

“एक औसत ऐड के लिए आपको बीस से तीस सेंट देने होंगे, अगर यह लंबा है तो ज़्यादा भी। अपना ऐड लिखें, और हम देखेंगे।”

हसीया ने अपना ऐड लिखा। उसे पहले से ही पता था कि वह क्या कहने वाली है;

शौकिया जांच सेवाएँ

हम प्रोफेशनल जांच करते हैं

अत्यंत विवेक के साथ और

उचित मूल्य। हम एक ही टीम हैं

जिसने दिवंगत मेयर की हत्या की जांच की थी।

हमारे ऑफिस एक गली में हैं

गुरली स्ट्रीट से दूर, 48 ईस्ट फर्स्ट स्ट्रीट पर।

हसीया ने इसे देखा और जो देखा वह उसे पसंद आया। *यह ऐड कुछ चूहों को उनके बिलों से डराकर बाहर निकाल देगा*। यह गुमराह करने वाला था और ऐसा लग रहा था कि मेयर का केस बंद हो गया है। वह चाहती थी कि कोई सोचे कि उन्हें गिरफ्तार किया जाने वाला है।

यह एक ऐसा रिस्क था जो कम्युनिटी में उसके बनाए भरोसे को खतरे में डाल सकता था। वह हताश थी, शेरिफ और डिटेक्टिव से केस हारने की कगार पर थी, और यह कदम उसके नए बिज़नेस का रास्ता बदलने का आखिरी मौका था। हसेया को किसी दूसरे शहर या राज्य में फिर से शुरू करने की कोई इच्छा नहीं थी। वह अपने ऑफिस के जितना करीब होती, उतनी ही धीरे चलती। उसने क्या किया था?

*

वह अगले दो दिन तक उदास रही, जब तक उसका ऐड पब्लिश नहीं हो गया और दोनों दिन लड़कों को बिना असाइनमेंट के भेज दिया गया। वह अपने गार्डन में काम कर रही थी जब शेरिफ और डिटेक्टिव उसकी गली में तेज़ी से आए। वह इसके लिए तैयार थी, या कम से कम उसे ऐसी उम्मीद थी। वह उठी, हाथ हिलाया, और अपने ऑफिस में चली गई।

जब वे अंदर आए तो शेरिफ गुस्से में लग रहा था और डिटेक्टिव परेशान लग रहा था।

"तुम्हें ऐसा क्या पता है जो तुम हमें नहीं बता रहे हो?" शेरिफ ने गुर्राते हुए कहा।

"मैं भी आपसे यही सवाल पूछ सकता था, लेकिन मैं नहीं पूछूंगा। मैं समझता हूं कि आप क्यों गुस्सा हैं।"

"आपके पास कुछ नया नहीं है, है ना?"

"मुझे कातिल का पता लगाना है। उसे यह सोचने पर मजबूर करना कि केस लगभग खत्म हो गया है, ऐसा करने का एक अच्छा तरीका है। मुझे माफ़ करना कि मैंने पहले आपसे सलाह नहीं ली। ऐसा दोबारा नहीं होगा।" उसने कहा।

"तुम बिल्कुल सही कह रहे हो। ऐसा दोबारा नहीं होगा, और तुम बहुत लकी हो कि मैंने शहर में सबको नहीं बताया कि तुम झूठे हो। मुझे अगले हफ़्ते के अख़बार में यह बताते हुए एक आर्टिकल देना चाहिए। मुझे यकीन है कि तुम्हें कभी एहसास नहीं हुआ कि कुछ लोग तुम्हारा ऐड पढ़कर सोच सकते हैं कि तुमने केस पर काम करना छोड़ दिया है। मुझे हैरानी है कि जिस आदमी ने तुम्हें हायर किया है, उसे यह कैसा लगता होगा? अगर तुम्हारी इंडियन लॉजिक मेरे केस में दखल देती है, तो मैं तुम्हें खुद शहर से बाहर निकाल दूँगा। मैं तुम्हें घोड़े से बाँधकर उसके पिछवाड़े में आग लगा

दूँगा। मुझे तुम पर केस भी करना चाहिए, लेकिन तुम्हारे पास ज़्यादा पैसे नहीं हैं। तुम कितनी डिसअपॉइंटमेंट हो, लेडी।" शेरिफ़ लुईस ने कहा।

"हमें अभी जहां हैं, वहां से आगे बढ़ना होगा। क्या होगा अगर मेरा छोटा सा ऐड इन मर्डर को सुलझाने में मदद करे? महीनों तक कातिल के डर में रहने के बाद इस शहर को इसी की ज़रूरत है। कातिल को इस बात से नर्वस होना ही चाहिए। बेशक, जब हम कातिल को ढूंढ लेंगे, तो सारा क्रेडिट तुम्हें ही मिलेगा। मैं तुमसे इस बारे में इसी तरह सोचने के लिए कह रहा हूं, शेरिफ।"

हसेया ने शेरिफ लुईस को उसकी बातों पर सोचते हुए देखा। वह शांत लग रहा था। उसे लगा कि उसने बिल्कुल सही कहा है क्योंकि उसका गुस्सा फिलहाल खत्म हो गया था, और उसे एक छोटी सी जीत की ठंडी राहत महसूस हुई।

"ठीक है, हम ये करने वाले हैं। तुम्हारे पास अपना बेवकूफी भरा प्लान कामयाब करने के लिए एक हफ़्ता है। अगर ऐसा नहीं होता, और अगर कातिल सामने नहीं आता, तो मैं अख़बार में एक आर्टिकल छपवाऊँगा कि केस अभी भी चल रहा है, हालाँकि कुछ तरक्की हुई है। तुम्हें धोखेबाज़ या हार मानने वाला साबित किया जाएगा। शायद ऐसा ही होना चाहिए। अगर तुम्हारा बेवकूफ़ी भरा प्लान फेल हो जाता है तो भगवान तुम्हारी मदद करे। गुड डे, हसेया।" लुईस ने जाने से पहले कहा।

जब दो गुस्से में कानून के रखवाले उसके ऑफिस से चले गए तो उसे बहुत बुरा लगा। शेरिफ की धमकी से इस शहर में उसका समय खत्म हो सकता था। इससे भी बुरी बात यह थी कि शेरिफ उसके पैसों के बारे में सही था। ऐड के लिए पैसे देने के बाद वह पूरी तरह कंगाल हो गई थी, जिससे अभी तक कोई नया बिजनेस नहीं आया था।

अध्याय छत्तीस

बच्चा ऑफिस में आया और बैठ गया।

"रेमंड कहाँ है?" उसने पूछा।

"मैंने उसे शहर के दक्षिणी हिस्से की ओर जाते देखा। मुझे लगा कि तुमने उसे वहीं भेजा है।"

"मैंने नहीं किया। खैर, तुम्हें और मुझे बात करनी चाहिए। बच्चे, अब हम सबको और ज़्यादा कोशिश करनी होगी। हमारे पास केस सॉल्व करने के लिए एक हफ़्ते से भी कम समय है। मुझसे मत पूछना क्यों। मुझे तुम्हारी मदद की ज़रूरत होगी, इसलिए आज से, तुम जब चाहो भाग नहीं सकते।"

"अख़बार में उस ऐड की वजह से, है ना? क्या आपके पास कुछ है जो मैं कर सकता हूँ?"

"मैं सोच रहा हूँ। पहले रेमंड को ढूँढ़कर देखो कि वह क्या कर रहा है, फिर यहाँ वापस आकर मुझे इसके बारे में बताओ।" किड ने सिर हिलाया और चला गया।

हसेया ने किड को इसलिए भेज दिया क्योंकि उसके पास कोई असली प्लान नहीं था। वह प्रेशर महसूस कर रही थी। उसे कुछ प्रोडक्टिव करने की ज़रूरत थी, लेकिन उसे लग रहा था कि वह एक के बाद एक मृगतृष्णा की ओर जितनी तेज़ी से भाग सकती थी, भाग रही है। हसेया को कुछ ठोस चाहिए था, कुछ असली जिसे वह चबा सके और छोड़ न सके, लेकिन उसे

बस मृगतृष्णाएँ ही दिख रही थीं। अब उसके सामने के बगीचे को नुकसान उठाना पड़ेगा। उसके पास अब इसके लिए कोई समय नहीं था।

बच्चा आधे घंटे बाद वापस आया। "रेमंड उस मार्क वाले के साथ घूम रहा है जिस पर तुम बहुत फ़िदा हो।"

वह हैरान थी लेकिन उसने यह दिखाने की कोशिश नहीं की। "मार्क और मैं दोस्त हैं, बस इतना ही," उसने किड की बढ़ती मुस्कान को देखते हुए कहा।

"आप जानना चाहते हैं कि वे दोनों क्या कर रहे हैं, है ना?" उन्होंने पूछा।

"आप ही बताइए। आप एक ही समय में हर जगह और कहीं नहीं हैं, लेकिन फिर भी ऐसे बर्ताव करते हैं जैसे आपको सब कुछ पता हो।"

"मैं मदद करने की कोशिश कर रहा हूँ। लगता है तुम्हें इसकी ज़रूरत है।"

"तुम और मैं बाहर जा रहे हैं और गलती से रेमंड और मार्क को ढूंढ लेंगे।" वह खड़ी हुई, दरवाज़े की तरफ़ हाथ हिलाया, और वे दोनों चले गए। बाहर निकलते ही, किड आगे बढ़ा। वे कुछ मिनट चले और आखिरकार रेमंड और मार्क को दक्षिण की ओर जाते हुए, एक-दूसरे से बात करते हुए देखा। हसेया पहले उन्हें देखना चाहती थी, इसलिए उसने अपनी रफ़्तार धीमी कर दी और दूरी बनाए रखी। वह हैरान रह गई जब वे उसी बिल्डिंग के बाहर रुके जहाँ डिटेक्टिव विलियम्स मरा हुआ मिला था। रेमंड और मार्क ने एक मिनट और बात की, फिर अंदर चले गए। हसेया और किड के पास इंतज़ार करने के अलावा कोई चारा नहीं था।

कुछ मिनट बाद, वे बाहर आए, हाथ मिलाया और अपने-अपने रास्ते चले गए। "बच्चे, मार्क के पीछे आओ, और मैं रेमंड से बात करूँगी। मैं एक घंटे में ऑफिस में तुमसे मिलूँगी।" वह इस तरह हिली कि रेमंड उसे

देख ले, उसने हाथ हिलाया और रेमंड के उसके पास आने तक इंतज़ार किया।

“रेमंड, मैंने तुम्हें मार्क एगुइलर के साथ चलते देखा और मुझे उत्सुकता हुई, इसलिए मैं तुम्हारे पीछे चला गया। ऐसा लग रहा था कि तुम दोनों लंबी बातें कर रहे थे।”

“वह जानना चाहता था कि जांच कैसे चल रही है। उसने अखबार में आपका ऐड देखा और जानना चाहता था कि क्या वह आपकी मदद के लिए कुछ कर सकता है। वह बहुत अच्छा आदमी है।”

हसेया को रेमंड का किसी से केस पर बात करना पसंद नहीं था, लेकिन उसने कुछ नहीं कहा। उसे मार्क पर भरोसा था और उसने जो रेमंड से कहा था, उस पर भी यकीन किया, कि वह सिर्फ़ मदद करना चाहता था। हसेया ने पूछा, “तुमने और क्या बात की?”

“ज़्यादा कुछ नहीं। मार्क ने पूछा कि डिटेक्टिव विलियम्स कहाँ हैं जब किसी ने उन्हें पहली बार खाली बिल्डिंग के अंदर देखा था, तो मैं उन्हें अंदर ले गया और दिखाया कि डिटेक्टिव ब्राउन ने मुझे कहाँ बताया था कि वह हैं। मार्क सोच रहा था कि विलियम्स को उनके शरीर पर कहाँ गोली लगी है, और मैंने उन्हें बताया कि दिल में। वह मर्डर के बारे में और भी बहुत सी बातें जानना चाहते थे, इसलिए मैंने उन्हें वह सब बताया जो मैं बता सकता था।”

“बहुत अच्छा। चलो वापस ऑफिस चलते हैं।” उसने कहा।

वे उसके ऑफिस में घुसे और बैठ गए। उसे हैरानी हुई कि मार्क ने रेमंड के बजाय उससे बात क्यों नहीं की, लेकिन उसमें रेमंड से इस बारे में बात करने का सब्र नहीं था। “किड को जल्द ही वापस आना चाहिए। मैं चाहती हूँ कि जब तक वह यहाँ न आ जाए, तुम यहीं रहो। आज सुबह तुम

दोनों के अलग होने के बाद वह मार्क के पीछे-पीछे आया था। हो सकता है किड को कुछ पता चल गया हो। प्लीज़, किड का बाहर इंतज़ार करो।"

एक घंटे बाद किड आया, और वह और रेमंड अंदर आए। "तुम्हें क्या पता चला?" उसने पूछा।

"कुछ नहीं। मार्क एक रेस्टोरेंट में गया था, लेकिन उसे कुछ खाने से ज़्यादा वेटर से बातें करने में दिलचस्पी थी। मैंने वहाँ वेटर के लिए कुछ एहसान किए थे , इसलिए उसने मार्क को यह नहीं बताया कि मैं उसके ठीक पीछे बैठा था , सुन रहा था । मैं नज़र से दूर रहा।"

"और?" रेमंड ने बेसब्री से पूछा।

"वे लगातार बातें करते रहे। जहाँ तक मुझे पता है, मार्क एक अच्छा आदमी है लेकिन उसकी ज़िंदगी बोरिंग है। मुझे उम्मीद है कि मैं कभी वैसा न बनूँ। वे मौसम, लोगों के फ़ैशन, घोड़ों के नए तरह के लगाम, टाउन काउंसिल कितनी खराब थी, और भी बहुत सी बेकार की बातों पर बात कर रहे थे। मुझे लगता है कि मार्क टाइम बर्बाद करना चाहता था। मैं सिर्फ़ इसलिए रुका क्योंकि तुमने मुझसे इस हफ़्ते और ज़्यादा कोशिश करने को कहा था।"

"इसके लिए धन्यवाद। तुम्हें कभी नहीं पता कि क्या ज़रूरी हो जाए, बच्चे। मुझे और बताओ।"

"तुम मेरा मज़ाक उड़ा रहे हो , है ना?"

"नहीं. मैं सीरियस हूँ. इस बारे में सोचने के लिए एक मिनट लो."

"ठीक है। देखते हैं। मार्क ने वेटर से पूछा कि वह वहाँ कितने समय से काम कर रहा है। वेटर ने कहा चार साल। वेटर ने पूछा कि मार्क काम क्यों नहीं कर रहा है, और मार्क ने उसे कुछ बकवास जवाब दिया। वेटर ने कहा कि वे आमतौर पर इतने बिज़ी नहीं होते। उसने कहा कि ज़्यादा लोग बिग

माउथ जाते हैं, लेकिन वहाँ का खाना उस जगह से अच्छा नहीं था जहाँ वह काम करता था, और आखिरी बार जब उसका रेस्टोरेंट बिज़ी था, उस दिन मेयर की हत्या हुई थी...”

“रुको। वहीं रुको। मार्क जिस रेस्टोरेंट में गया था, वह असल में कहाँ था?”

“बिग माउथ के पास. मुझे देखने दो...बिग माउथ के बाईं ओर एक, नहीं दो दरवाज़े हैं, सड़क से देख रहा हूँ .”

हसेया ने एक पल के लिए इस बारे में सोचा, फिर उसे एहसास हुआ कि मार्क उसी रेस्टोरेंट में था जहाँ कातिल ने मेयर को गोली मारी थी। "क्या वेटर ने बताया कि क्या उसने कभी किसी को मालिक के न देखते हुए छत पर चुपके से जाते देखा है?" उसने पूछा।

“हाँ। लड़के और लड़कियाँ कभी-कभी चुपके से एक-दूसरे को किस करने और छूने के लिए आते हैं। आप समझ रहे हैं मेरा क्या मतलब है। उसने कहा कि हॉरिबल्स परेड के दौरान कुछ लोग छत पर चढ़ गए थे। उस जगह के मालिक ने ध्यान भी नहीं दिया क्योंकि वह बहुत बिज़ी था। इससे वेटर को हंसी आ गई।”

"क्या उसने उन लोगों के नामों का उल्लेख किया, जिन्हें उसने उस दिन, परेड के दिन, छत पर जाते देखा था?"

“हाँ, मुझे ऐसा लगता है, लेकिन मुझे नाम याद नहीं हैं। क्या यह कोई बड़ी बात है?”

“हो सकता है। मैं चाहती हूँ कि हम तीनों अभी इस वेटर से बात करें।” वे वहाँ से निकले और शहर की तरफ़ चले गए। “जल्दी करो, किड,” उसने जाते हुए कहा। वह जल्दी में थी, और किड को उसके साथ चलने के लिए दौड़ना पड़ा।

तीनों बार में घुसे, और किड ने उसे देखा, फिर एक वेटर की तरफ सिर हिलाया। उसने शांत रहने की कोशिश की, फिर उस आदमी के पास गई। “हेलो, मेरा नाम हसेया है। मैं आपसे बात करना चाहती हूँ। यह ज़रूरी है। क्या आपके पास एक मिनट है?”

वह आदमी हैरान हुआ और फिर किड की तरफ देखा, जिसने जवाब में सिर हिलाया। “ज़रूर, चलो ऑफिस चलते हैं।” उसने दूसरे वेटर से कहा कि वह कुछ मिनट के लिए जा रहा है। “मेरे बॉस, यहाँ के मालिक, अभी चले गए हैं। हमारे पास बात करने के लिए कुछ समय होना चाहिए, लेकिन तुम मुझसे क्या पूछना चाहते हो? मैं तो बस एक वेटर हूँ।”

हसेया ने कहा, “हो सकता है आपने कुछ ज़रूरी देखा हो, और हम आपसे पूछना चाहते थे कि क्या आपको वह याद है। प्लीज़ रिलैक्स करें और जान लें कि आपने कुछ भी गलत नहीं किया है, लेकिन आप हमारी बहुत मदद कर सकते हैं।”

"मैं सुन रहा हूँ, लेकिन मुझे अभी भी नहीं पता कि मैं कैसे मदद कर सकता हूँ।"

“मैं यहाँ छत पर गई हूँ और जानती हूँ कि वहाँ जाने के लिए सीढ़ियाँ चढ़नी पड़ती हैं।” उसने हॉलवे के दरवाज़े की तरफ़ इशारा करते हुए कहा जो सीढ़ियों की तरफ़ जाता था। “लोग कभी-कभी अलग-अलग वजहों से चुपके से वहाँ चले जाते हैं, और मैं आपसे उस दिन के बारे में सोचने के लिए कह रही हूँ जब मेयर का मर्डर हुआ था। क्या आपको याद है कि आपने उस दिन किसी को छत पर जाते देखा था?” हसेया ने पूछा।

वेटर को जैसे ही उनके आने का मकसद समझ आया, वह अकड़ गया। “लोग कह रहे हैं कि तुमने मेयर के कातिल को ढूंढ लिया है। क्या यह सच है? तुम्हें मेरी क्या ज़रूरत है? मैं किसी को परेशानी में नहीं डालना चाहता। लोग वहाँ हमेशा जाते रहते हैं।”

“चिंता मत करो। तुम हम पर बहुत बड़ा एहसान कर रहे हो। हम इस केस में बहुत करीब हैं। तुम्हारी याददाश्त कातिल को आज़ाद होने और दोबारा हत्या करने से रोकने में ज़रूरी हो सकती है। हम शेरिफ के साथ काम कर रहे हैं, और हम सभी को तुम्हारी मदद चाहिए। प्लीज़,” उसने कहा।

“मुझे उस दिन के बारे में सोचने और याद करने के लिए थोड़ा समय दो। बहुत समय पहले की बात है। चलो देखते हैं...मैं उस दिन बिज़ी था और हमेशा सीढ़ियों के दरवाज़े पर नज़र नहीं रख पाया। ठीक है, मुझे दो यंग कपल याद हैं जो परेड से पहले वहाँ गए थे। हो सकता है एक या दो और लोग ऊपर गए हों, लेकिन मैंने उन्हें सिर्फ़ अपनी आँख के कोने से देखा था और उन्हें ठीक से नहीं देख पाया था। एक और इंसान था...मुझे सोचने दो। ओह, हाँ, सरप्राइज़, सरप्राइज़। नया मेयर, नहीं, उसका भाई, वही जो बहुत अजीब हरकतें कर रहा था। वह परेड शुरू होने से ठीक पहले ऊपर गया था। मुझे बस इतना ही याद है, लेकिन मैं कसम नहीं खा सकता कि उस दिन सिर्फ़ वही लोग सीढ़ियों का इस्तेमाल कर रहे थे।”

हसीया की स्किन में झुनझुनी हुई—आखिरकार, केस में कुछ गड़बड़ हो गई। उसने खुद को शांत किया, फिर आगे कहा। “सर, क्या आपने किसी को सीढ़ी के दरवाज़े से बाहर आते और पीछे के दरवाज़े से बाहर जाते देखा?”

“नहीं, नहीं। मेयर यंग को गोली लगने के बाद, काफी हंगामा हुआ। हममें से ज़्यादातर लोग सामने और सड़क पर यह देखने गए कि क्या हो रहा है। मैं रेस्टोरेंट के पीछे नहीं देख रहा था। सॉरी।”

“पछताओ मत। तुमने हमारी बहुत मदद की है, लेकिन तुमने उस दिन क्ले को छत पर जाते हुए देखने के बारे में किसी और को क्यों नहीं बताया?”

“पता नहीं। मुझे नहीं लगा कि यह ज़रूरी है, शायद। लोग हर समय वहाँ चुपके से आते रहते हैं।” वेटर ने कहा।

हसेया ने पूछा, "क्या उस दिन की कोई और बात याद है जो काम की हो?"

आदमी थोड़ा रुका, फिर बोला, “नहीं, मुझे ऐसा नहीं लगता।”

“बहुत-बहुत धन्यवाद। आपका दिन शुभ हो, सर।” हसेया ने कहा। वे तीनों रेस्टोरेंट से चले गए।

उनके जाने के बाद रेमंड ने सबसे पहले कुछ कहा। “बस हो गया। अब वह ठंडा पड़ गया है। हमें शेरिफ से बात करनी चाहिए और उस आदमी क्ले को जेल में डलवाना चाहिए।”

“अभी नहीं, रेमंड। मेरे पास मार्क एगुइलर के लिए कुछ सवाल हैं। क्या आप में से कोई जानता है कि वह कहाँ रहता है?”

“हाँ, हसेया।” बच्चे ने कहा।

“हमें अभी वहाँ ले चलो।”

अध्याय सैंतीस

हसेया ने मार्क का दरवाज़ा खटखटाया लेकिन कोई जवाब नहीं मिला। वे इंतज़ार कर रहे थे और जब दरवाज़ा खुला तो वे जाने ही वाले थे। "हसेया, रेमंड, बच्चे; कितना अच्छा सरप्राइज़ है। अंदर आओ।" मार्क ने कहा।

मार्क ने उन्हें कॉफी ऑफर की, लेकिन हसेया ने मना कर दिया। "मार्क, मैंने सुना है कि आपने इन्वेस्टिगेशन में मदद करने का ऑफर दिया है। मैं आपकी दिलचस्पी की तारीफ़ करती हूँ। हमें मदद की ज़रूरत है।"

"जब मैंने आपका ऐड देखा तो मुझे जानने की इच्छा हुई, इसलिए मैं शेरिफ के पास गया और उनसे इसके बारे में पूछा। उन्होंने कहा कि केस अभी सुलझने के करीब भी नहीं है। मैं नहीं चाहता था कि आपको शर्मिंदा होना पड़े, इसलिए मैंने सोचा कि क्या मैं आपकी मदद कर सकता हूँ। मेरा यकीन मानिए, मैं बस मदद करना चाहता हूँ।"

"हमने अपनी खोज को एक ही सस्पेक्ट तक सीमित कर दिया है, और हो सकता है कि एक ही आदमी ने तीनों पीड़ितों को मारा हो। मुझे अभी इस बारे में पक्का नहीं पता, लेकिन एक सस्पेक्ट सामने आया है। फिर भी, इस जांच में चीजें तेज़ी से बदल रही हैं। आपको पता होना चाहिए कि क्या हो रहा है ताकि आप अचानक से पकड़े न जाएं या गलती से हमारे काम के बीच में न आ जाएं।"

"आपको किस पर शक है?" मार्क ने ईमानदारी से पूछा।

"मैं अभी नाम नहीं बताना चाहता. अभी बहुत जल्दी होगी."

मार्क निराश लग रहा था, और उसे तुरंत बुरा लगा कि उसने उस पर भरोसा नहीं किया, खासकर यह देखते हुए कि उसे उससे एक मुश्किल सवाल पूछना था। उसने किड के उस कमेंट के बारे में सोचा जिसमें उसने कहा था कि वह मार्क के साथ अच्छी है।

"मार्क, तुम्हें यह समझना होगा कि मेरे पास तुमसे एक सवाल पूछने के अलावा कोई चारा नहीं है। एक आदमी ने मुझे कुछ बताया, और अगर मैं इस बारे में तुमसे फॉलो-अप नहीं करता तो मैं एक बुरा इन्वेस्टिगेटर होता। हमारे पास एक सोर्स से एक रिपोर्ट है जिसमें कहा गया है कि तुम हत्याओं में शामिल थे। तुम इसका क्या जवाब दोगे?"

उसका चेहरा निराशा से हैरान हो गया—इतना हैरान कि उसने ध्यान ही नहीं दिया कि रेमंड और किड कितने हैरान लग रहे थे। "मुझे नहीं पता कि ऐसा किसने कहा होगा। यह सच नहीं है। प्लीज़ मुझे इस आदमी से बात करने दो, और मैं इसकी तह तक पहुँचूँगा।"

"इसकी ज़रूरत नहीं होगी। आपसे फ़ॉलो अप करना और इस बारे में पूछना मेरा काम था, लेकिन मुझे कभी नहीं लगा कि आप इसमें शामिल थे। आपने मुझे बताया था कि मेयर की हत्या के बाद ही आप प्रेस्कॉट आए थे। प्लीज़ मुझे यह बात उठाने के लिए माफ़ करें, और प्लीज़ इस बात की चिंता न करें कि उस झूठे ने मुझे क्या बताया। कुछ लोग अगर खतरा महसूस करते हैं तो कुछ भी कह देते हैं। मेरे पास कोई चारा नहीं था। मुझे आपसे पूछना पड़ा, और मुझे अफ़सोस है कि मैंने आपको यह सब सहना पड़ा," उसने कहा।

हसेया ने आगे कहा, "अब हमारा काम हो गया है, और मुझे यकीन है कि मुझे कभी न कभी, शायद जल्द ही, इन्वेस्टिगेशन में आपकी मदद की ज़रूरत पड़ेगी। मुझे उम्मीद है कि आप आज के लिए मुझे माफ़ कर देंगे।

बदकिस्मती से, अभी हमें और भी बहुत कुछ करना है, और अब हमारे जाने का समय हो गया है। थैंक यू, मार्क।" वे तीनों चले गए। जब वे घर से काफी दूर निकल गए, तो किड ने सबसे पहले कुछ कहा।

"हसेया, तुमने हमें क्यों नहीं बताया कि किसी ने कहा था कि मार्क इसमें शामिल था?"

"क्योंकि ऐसा कभी हुआ ही नहीं। मैं देखना चाहता था कि अगर मैंने ऐसा कुछ कहा तो मार्क का रिएक्शन क्या होगा। जैसा कि हुआ, उसके रिएक्शन से मुझे उतना पता नहीं चला जितना मैंने सोचा था। मुझे लगता है कि यह एक अच्छा साइन है। वह हैरान था लेकिन उसने डरने जैसा कुछ नहीं किया और वह अपना नाम साफ़ करना चाहता था। वह एक बहुत अच्छा झूठा भी हो सकता है। मैं इस बारे में सोचूंगा, लेकिन मुझे नहीं लगता कि वह किलर या झूठा है। वह किसी भी दूसरे किलर जैसा नहीं है जिससे मैं मिला हूं, इसलिए अभी के लिए, मुझे उसे हमारी सस्पेक्ट लिस्ट से हटाना होगा।"

"हसेया, क्ले का अंदाज़ा नहीं लगाया जा सकता और वह हिंसक है। वह हमारा आदमी है। हम बेचारे मार्क को परेशान करके अपना समय क्यों बर्बाद कर रहे हैं?"

हसेया ने कहा, "आप सही कह रहे हैं, लेकिन डिटेल्स ज़रूरी हैं। यह याद रखें। अब, मेरे पास एक नया प्लान है और इसमें आप दोनों की मदद चाहिए।" उसने उन्हें बताया कि वह उनसे क्या करवाना चाहती है। उसने आगे कहा, "मैं अपने ऑफिस में रहूँगी।"

जैसा कि उसने सोचा था, जोसी सबसे पहले अंदर आई। "गुड आफ़्टरनून, जोसी। मैं आपकी क्या मदद कर सकती हूँ?"

“मैंने आज आपके लड़के को मेरे घर के आस-पास घूमते हुए देखा। जब मैं उसे टोकने के लिए बाहर गया, तो वह भाग गया। आप इस बारे में क्या कहते हैं?”

“वह एक लड़का है। इससे सब कुछ समझ में आ जाना चाहिए।”

“तुम्हारे स्टैंडर्ड बहुत कम हैं। मुझे लगता है कि तुम्हारी विरासत को देखते हुए यह नॉर्मल है। मेरे दोनों बच्चों में तमीज़ है; तुम कभी मेरे किसी बच्चे को किसी मोहल्ले में खोए हुए पिल्ले की तरह घूमते हुए नहीं देखोगे। तुम्हें उस बच्चे को कंट्रोल में रखना चाहिए।”

“क्या आपको किसी चीज़ की जांच करवानी है?”

“आखिर वो लड़का मेरे घर पर नज़र क्यों रख रहा था? मुझे पता है कि तुमने मेयर के कातिल को पकड़ लिया है। अच्छा हुआ।”

“मैं उस लड़के से बात करूँगा, और हाँ, हम अरेस्ट के बहुत करीब हैं। मैं नहीं बता सकता कि कौन है, लेकिन शायद आप उसे जानते होंगे।”

“मैं उसे जानता हूँ, लेकिन मैं उसके साथ कभी समय नहीं बिताऊँगा। मुझे लगता है कि आप क्ले लेस्टर की बात कर रहे हैं, वह परेशान आदमी। मैं उसके लिए बुरा महसूस करना चाहता था, लेकिन अब जब वह शायद एक हत्यारा है, तो मुझे न्याय चाहिए। हत्यारों के साथ सख्ती से और जल्दी निपटा जाना चाहिए। मुझे अपना शांत, सुकून भरा शहर वापस चाहिए।”

हसेया ने उसे भावशून्यता से देखा। “तुम्हें फिर से देखकर अच्छा लगा, जोसी। मुझे काम करना है। क्या तुम कुछ और बात करना चाहती हो?”

“नहीं. अपने लड़के को कंट्रोल में रखो, और तुम्हें मुझसे कोई प्रॉब्लम नहीं होगी. बस इतना ही.”

जोसी के जाने के बाद, हसेया को लगा कि बातचीत वैसी ही हुई जैसी उसने उम्मीद की थी। उसने जोसी की कही बात के बारे में सोचा और

अपने अगले विज़िटर का इंतज़ार करने लगी। नेटी कुछ मिनट बाद अंदर आई, शांत लग रही थी। "गुड आफ़्टरनून, नेटी। मूवमेंट कैसा चल रहा है?"

"यह एक मुश्किल है, लेकिन यह एक ऐसी लड़ाई है जिसका हिस्सा बनकर मुझे खुशी है। बदकिस्मती से, मैं यहां आपके पास एक ऑफिशियल शिकायत दर्ज कराने आया हूं। आपका साथी, वह परेशान करने वाला नौजवान रेमंड, आज मुझे काम करते हुए देख रहा था। जब मैं उसकी तरफ गया, तो वह भाग गया। क्या अजीब बर्ताव है। उसे क्या दिक्कत है? इससे मुझे आपके फैसले पर शक होता है, आप जानते हैं, उसे काम पर रखने के।"

"यह सुनकर मुझे बहुत दुख हुआ। मैं इस मामले की पूरी जांच करूंगी और पता लगाऊंगी कि रेमंड को क्या लगता था कि वह क्या कर रहा है। मैं उससे निराश हूं क्योंकि उसने हाल ही में सुधार के संकेत दिखाए हैं।"

"वह नहीं बदलेगा। एक बार जो मुसीबत खड़ी करता है, वह हमेशा मुसीबत खड़ी करता है। वैसे, इस अचानक हुई उत्तेजना ने, अगर आप इसे ऐसा कह सकते हैं, मुझे सोचने पर मजबूर कर दिया। ऐसा लगता है कि मेयर के कातिल के खिलाफ आपका केस खत्म हो गया है, या लगभग खत्म होने वाला है। मैं समझता हूं कि आपको एक काम करना है, और मैं वह सब नहीं जानता जो आप जानते हैं, लेकिन मैंने जिनसे भी बात की है, उन सभी के लिए यह बात बिल्कुल साफ है कि क्ले ने उन तीन लोगों को मारा है। उसके अलावा यह और कौन हो सकता है?"

नेटी ने आगे कहा, "जैसा कि आप जानते हैं, मैंने सफ़रेज मूवमेंट के लिए क्ले के साथ साइन पर काम किया था, और मुझे तब भी यह साफ़ था कि वह ठीक नहीं था। मैंने उसके आस-पास कभी सुरक्षित महसूस नहीं किया, लेकिन कुछ दिन पहले तक मैंने उसे कभी कातिल के तौर पर नहीं देखा। अब, मुझे यकीन है कि वह वही था। मैं दखल देने की कोशिश नहीं

कर रही, बिल्कुल नहीं, लेकिन प्लीज़, अगर क्ले ने ही उन लोगों को मारा है, तो उसे मार डालना चाहिए इससे पहले कि गुस्साई भीड़ उसे ढूंढ ले और उसकी गर्दन का इस्तेमाल अपनी रस्सी खींचने के लिए करे।"

हसेया देख सकती थी कि नेटी एक्साइटेड हो रही थी। हाल ही में यह दूसरी बार था जब हसेया ने उसे चैलेंज किया था, और उसे लगने लगा था कि नेटी में आखिर ज़मीर तो है, लेकिन हसेया को नेटी के शांत होने की ज़रूरत थी। अब हिस्टीरिया का समय नहीं था। "तुम जो कह रही हो वह सच है। तुम एक समझदार औरत हो, इतनी समझदार कि वोटिंग के फैसले समझदारी से ले सकती हो।" हसेया ने नेटी को देखकर मुस्कुराते हुए कहा।

नेटी काफी रिलैक्स हो गई और जाने के लिए तैयार लग रही थी। "थैंक यू। उस रेमंड को मुझसे दूर रखो, प्लीज़।"

"मैं वादा करता हूँ। शुभ दिन, नेटी।"

नेटी के जाने के एक मिनट बाद, लड़के ऑफिस में घुसे, जैसा उन्हें पहले बताया गया था, और बैठ गए। "ठीक है?" बच्चे ने पूछा।

"अच्छा काम किया, तुम दोनों ने। जोसी थोड़ी डिफेंसिव थी, और नेटी चाहती थी कि मैं पक्का करूँ कि क्ले के साथ सही बर्ताव हो।"

"डिफेंसिव?" बच्चे ने पूछा।

"सावधान, सतर्क, किसी भी चीज़ का आरोप नहीं लगना चाहता, आप जानते हैं," रेमंड ने हल्के व्यंग्य के साथ कहा।

"हमारे दोनों मेहमानों को लगा कि क्ले ही कातिल है। मैं यह पक्का करना चाहता था कि मैं हमारे सभी पहले के शक के घेरे में आए कातिल को सुरक्षित रूप से खत्म कर सकूँ, और मैंने ऐसा किया। मुझे लगता है कि

क्लिंट, मार्क, जोसी और नेटी बेगुनाह हैं। मुझे पक्का होना था। अब तो यह ज़्यादा से ज़्यादा क्ले जैसा लग रहा है।"

"मुझे लगता है कि तुम सही हो, लेकिन उसने ऐसा क्यों किया? क्या उसने मेयर यंग से बहस की? क्या वह चाहता था कि उसका भाई नया मेयर बने? हमें नहीं पता कि वह हत्यारा बनकर क्या हासिल करना चाहता था।" रेमंड ने पूछा।

वह सही था, लेकिन बीमार दिमाग को कौन समझ सकता है? "मुझे इस पर सोचने दो। वैसे, शेरिफ ही किसी का सामना करेगा और उसे गिरफ्तार करेगा। मैं इस बारे में सीरियस हूँ। मैं तुम दोनों से कल सुबह मिलूँगा।"

अब उसका रात का खाना बनाने का समय हो गया था, लेकिन उसके पास पैसे खत्म हो गए थे, और उसका सामान भी लगभग खत्म हो गया था। उसे अपने पास बचे हुए थोड़े से खाने के सामान से कुछ बनाना था, जिसमें थोड़ा आटा, थोड़ी चीनी, और पोर्क और बीन्स का एक डिब्बा था। आज के लिए बस इतना ही काफी था। जब कल आएगा तो वह उसकी चिंता करेगी।

पोर्क और बीन्स टमाटर सॉस में थे, जिससे मदद मिली। हसेया को एक आइडिया आया और उसने पोर्क फैट के छोटे-छोटे टुकड़े निकाले, उन्हें जितना हो सके फ्राई किया, आटे में मिलाया, पोर्क और बीन्स, थोड़ी चीनी डाली, और फिर सब कुछ मिलाया। यह अच्छा नहीं लग रहा था और गांठदार भी था, लेकिन इससे काम चल जाएगा। उसने कुछ नहीं से कुछ बना दिया था और वह खुद से खुश थी।

वह अपनी टेबल पर बैठी और दिन भर की घटनाओं को देखा। उसे नहीं लगा कि वे चार लोग दोषी थे, तो आगे क्या होगा? वह क्ले के मर्डर या

मर्डर का कारण कैसे पता लगाएगी, या क्या वह बस अपने दिमाग से दूर हो गया था और उसे मारने की बेकाबू इच्छा होने लगी थी?

उसे क्ले से बात करनी थी ताकि वह उससे और सीख सके। पहेली का एक टुकड़ा गायब था, और कुछ समझ में नहीं आ रहा था। उसे एक आइडिया आया जो शायद सब कुछ जोड़ने में मदद कर सकता था। उसे कल क्ले से बात करनी होगी और कुछ नहीं से कुछ बनाना होगा।

अध्याय अड़तीस

"मैं क्ले को अपने ऑफिस कैसे बुला सकती हूँ? मुझे उससे कुछ सीखना है।" हसेया ने पूछा।

रेमंड हमेशा की तरह दिन की शुरुआत करने के लिए अपने ऑफिस में थी। उस सुबह किड नहीं आया। "अच्छा सवाल है। वह यहाँ नहीं आना चाहेगा।"

हसेया ने कहा, "हमें उसे ऐसा महसूस कराना होगा कि उसके पास कोई चॉइस नहीं है, और यह आसान नहीं होगा। हमें किसी और को शामिल करने की ज़रूरत पड़ सकती है—कोई ऐसा जिस पर वह भरोसा करता हो। मुझे नहीं पता कि वह कौन हो सकता है या हम यह कैसे करेंगे। मैं अभी भी इस पर काम कर रही हूँ।"

दोनों ही समस्या पर विचार करते हुए एक जगह रुक गए। "क्ले को समझना मुश्किल है, है ना?" रेमंड ने पूछा।

"ज़्यादातर परेशान लोगों को समझा जा सकता है अगर आपको पता हो कि उन्हें क्या परेशान करता है। यही हमारी सबसे बड़ी प्रॉब्लम है। हम क्ले को नहीं समझते, और मुझे चिंता है कि हम शायद कभी समझ न पाएं। हो सकता है वह बहुत दूर चला गया हो।" उसने कहा।

चर्चा फिर रुक गई। ऐसा लग रहा था कि कोई उम्मीद नहीं है। "प्रेस्कॉट राइफल्स की वीकली ब्रेकफास्ट मीटिंग कल है, और क्ले

आमतौर पर वहाँ होता है। मैं मीटिंग में जाकर उसे वह करने के लिए मनाने की कोशिश कर सकता हूँ जो आप चाहते हैं। मुझे उससे कैसे बात करनी चाहिए?"

हसेया ने कुछ देर सोचा, फिर कहा, "मुझे पक्का नहीं पता।" एक और ब्रेक। "बातचीत को फ़ॉलो करो। तुम शायद यह हिंट देने का कोई तरीका ढूंढ लो कि हमें कुछ पता है, लेकिन जो हम जानते हैं, वह किसी को मत बताना। सावधान रहना। तुम बहुत ज़्यादा साफ़ नहीं हो सकते। अगर कुछ नहीं होता, तो नाश्ते के बाद और मीटिंग से निकलने से पहले क्ले से बात करना। उसे बताना कि वह मुश्किल में पड़ सकता है, और शेरिफ़ के उसे अरेस्ट करने आने से पहले उसे मुझसे बात करनी चाहिए और मेरी मदद मांगनी चाहिए। उसे यहाँ लाने के लिए इतना काफ़ी होना चाहिए।"

रेमंड ने कहा, "मैं कल मीटिंग में जाऊंगा, फिर आपको रिपोर्ट दूंगा।"

"ज़रूरी नहीं है। मैं आपके साथ चलूँगा और सबसे पास वाले बूथ में बैठूँगा, उम्मीद है कि कोई मुझे देखेगा नहीं।"

"जो भी आप चाहें। मैं कल मीटिंग शुरू होने से पहले यहाँ आ जाऊँगा।"

"मैं तब तुमसे मिलूंगा। अगर तुम किड को देखो, तो उससे कहो कि वह मुझसे मिलने आए।"

किड कभी नहीं दिखा। अगली सुबह, रेमंड और हसेया उसके ऑफिस से बिग माउथ के लिए निकले। रेमंड आगे से आया, और हसेया पीछे से। जैसे ही रेमंड बूथ के पास पहुँचा, उसने देखा कि बकी ओ'नील वहाँ अकेला आदमी था। उसने बकी का इतना ध्यान भटकाया कि हसेया बिना देखे उनके पीछे वाले बूथ में चली गई।

“रेमंड, मेरे बेटे। बैठ जाओ। मैं तारीफ़ करता हूँ कि तुम थोड़ा जल्दी आ गए। एक जवान फौजी के लिए यह अच्छी आदत है। क्या तुमने आर्मी जॉइन करने का फ़ैसला कर लिया है, बेटा?”

“मैं चाहता तो हूँ, लेकिन मैं अभी भी इसके बारे में सोच रहा हूँ। यह एक बड़ा फ़ैसला है।”

“चिंता मत करो। जब मैं तुम्हारी उम्र का था, तब भी मेरा दिमाग कन्फ्यूज्ड रहता था, ठीक वैसे ही जैसे तुम्हारा है।” जल्द ही, बाकी रेगुलर लोग अंदर आए और अपनी सीट पर बैठ गए, जिसमें क्ले और जो नाम का एक और आदमी भी शामिल था। किसी ने हसेया पर ध्यान नहीं दिया।

बकी ने सबसे पहले बात की। “बुरी खबर है, लड़कों। इस साल जो हुआ, उसे देखते हुए, मैंने सुना है कि अगले साल हॉरिबल्स परेड शायद न हो। यह हमारे लिए कुछ पहचान बनाने का अच्छा मौका था। हमें शायद किसी नए तरह के इवेंट के बारे में सोचना पड़े। कोई आइडिया?”

कोई कुछ नहीं बोला। सब बस अपनी प्लेट्स को ऐसे देख रहे थे जैसे कोई नामुमकिन पहेली सुलझाने की कोशिश कर रहे हों। रेमंड को अचानक हुई चुप्पी पसंद नहीं आई। “क्यों न हम अपनी परेड करें, शायद क्रिसमस जैसी किसी छुट्टी के आस-पास?”

“शायद, लेकिन फिर हमारे कॉम्पिटिशन, ग्रेज़ , इसमें शामिल होना चाहेंगे। उनके पास बेहतर यूनिफॉर्म खरीदने के लिए ज़्यादा पैसे हैं और उस बुज़ुर्ग महिला के साथ उनका अंदरूनी कनेक्शन है जो कॉस्ट्यूम बनाने में बहुत अच्छी है। मुझे तुम्हारी सोच पसंद है, रेमंड, लेकिन चलो दूसरे आइडिया सोचते हैं।” बकी ने कहा।

थोड़ी देर की चुप्पी के बाद, बकी ने कहा, “ठीक है, सब लोग, इस हफ़्ते इस बारे में सोचो, और हम अगले शनिवार को फिर इस पर बात करेंगे।” उनका नाश्ता आया, और वे सब खाने लगे।

जब उनका ज़्यादातर खाना लगभग खत्म हो गया, तो क्ले ने रेमंड से केस के बारे में पूछा, "रेमंड, क्या तुम हमें मेयर की हत्या की जांच के बारे में कुछ बता सकते हो?"

रेमंड ने इस बारे में सोचा और क्ले को सवालिया नज़र से देखने का फैसला किया। "नहीं, मुझे माफ़ करना। मैं खास बातें नहीं बता सकता। यह कॉन्फिडेंशियल है। मुझे उम्मीद है कि शेरिफ जल्द ही गिरफ्तारी करेगा। उसे लगता है कि उसने कातिल की पहचान कर ली है और गिरफ्तारी करने से पहले उसे एक-दो और डिटेल्स ठीक करनी होंगी।"

"तुम हमें और कुछ नहीं बता सकते? अगर तुम हमें थोड़ा और नहीं दे सकते तो तुम्हारा क्या फ़ायदा?" जो ने पूछा।

"मेरे निर्देश साफ़ हैं। अगर मैं ज़्यादा बकबक करूँगा, तो वे सस्पेक्ट की जगह मुझे जेल में डाल सकते हैं। यह इन्वेस्टिगेशन बहुत बड़ी बात है। आपको यह समझने की ज़रूरत है। मेरे बॉस, हसेया ने शेरिफ़ और डिटेक्टिव ब्राउन की मदद करने में बहुत समय और मेहनत लगाई है। मुझे आपको इतना नहीं बताना चाहिए था जितना मैंने बताया। मुझे इसके बारे में बात नहीं करनी चाहिए। हसेया ने मुझे बार-बार कहा है कि अपना मुँह बंद रखूँ।"

"मुझे समझ नहीं आ रहा कि उन्होंने एक भारतीय महिला को जांच में मदद करने की इजाज़त क्यों दी। ज़्यादा समय नहीं हुआ जब भगवान से डरने वाले अमेरिकी और जंगली, भारतीय, माफ़ करना, एक-दूसरे को मार रहे थे। वे हमारी तरह नहीं सोचते। वे अजीब और बेवकूफ़ हैं और सबसे बड़ी बात, उन पर भरोसा नहीं किया जा सकता।" जो ने कहा।

रेमंड जवाब देना चाहता था, लेकिन खुद को रोक पाया। उसने क्ले की तरफ देखा, जो बातचीत से परेशान लग रहा था। उसका चेहरा और सफेद हो गया था, और रेमंड को लगा कि वह फिर से कांप रहा है। रेमंड

को कोर्टहाउस में क्ले के साथ हुई अपनी लड़ाई अच्छी तरह याद थी और उसने बाकी मीटिंग में क्ले पर एक नज़र रखी, जितना हो सके बेपरवाही से उसकी तरफ देखता रहा। उसे चिंता थी कि क्ले के पास कोई हथियार होगा, लेकिन उसे कोई नहीं दिखा। शुक्र है रेमंड के लिए, मीटिंग जल्द ही खत्म हो गई। उसने अपने बिल पर एक लंबी नज़र डाली, फिर सबसे कहा कि उसे रेस्टोरेंट में ही रुकना है क्योंकि वेट्रेस से गलती हो गई थी। किसी ने उससे पूछा नहीं, और वे सब चले गए। जब सब नज़रों से ओझल हो गए, तो वह अगले बूथ में गया और हसेया के साथ बैठ गया।

“मुझे अफ़सोस है कि तुम्हें यह सुनना पड़ा. वह जो बहुत ही घटिया इंसान है.”

“चिंता मत करो। मुझे इसकी आदत है। इसके अलावा, जो के कमेंट्स से हमें बहुत मदद मिली।”

"सच्ची कैसे?"

“हम चाहते हैं कि क्ले मेरे ऑफिस आकर अपनी बात कहे। आपने एकदम सही कहा था जब आपने कहा था कि कातिल जल्द ही गिरफ्तार हो जाएगा, और जो ने मुझे एक बेवकूफ इंडियन से ज़्यादा कुछ नहीं दिखाया, जिसके पास इस मामले में ज़रूरी जानकारी हो सकती है जो क्ले को चाहिए। क्ले को बाहर निकालने के लिए शायद यह काफी हो। देखते हैं।”

हसेया और रेमंड उस सुबह इंतज़ार करते रहे, लेकिन उसके ऑफिस में कोई नहीं आया। रेमंड लंच के लिए घर चला गया, और हसेया कुछ खाने के लिए अंदर चली गई। लंच के बाद वे दोनों ऑफिस लौटे और इंतज़ार करने लगे। दो घंटे बाद, हसेया ने कहा, “रेमंड, अब तुम घर जा सकते हो। मैं यहीं इंतज़ार करूँगी।” रेमंड चला गया, और वह इंतज़ार करती रही। वह दरवाज़ा बंद करने ही वाली थी कि उसे खटखटाहट सुनाई दी।

"अंदर आएं।"

क्ले परेशान और घबराया हुआ लग रहा था। “प्लीज़, बैठ जाइए। क्या आप थोड़ा पानी लेंगे?” उसने पूछा।

“नहीं। हाँ, प्लीज़।” हसेया अंदर गई और ठंडे पानी का जग लेकर वापस आई। उसने उसे एक गिलास पानी पिलाया।

“पिछले कुछ हफ़्तों में आपने बहुत कुछ झेला है। आप कैसे हैं?”

“ठीक है, मुझे लगता है. मैं बेहतर हो गया हूँ. हत्याएँ मुझे परेशान करती हैं.”

“तुम और शहर के बाकी सब लोग,” उसने कहा। हसेया ने पूरे दिन इस पल के बारे में सोचा था और क्ले को संभालने के लिए प्लान बनाए थे।

हसेया ने कहा, “मुझे उम्मीद है कि जिसने भी मेयर को मारा है, उसे अब उसे गोली मारने का पछतावा होगा। वह बहुत बुरा दिन था।”

उसकी बात का क्ले पर साफ़ असर हुआ, जो ऐसा लग रहा था जैसे किसी ने उसे थप्पड़ मारा हो। धीरे करो। उसे शांत रखो। उसने कुछ नहीं कहा और उसे देखकर मुस्कुराने की कोशिश की। उसने उसकी आँखों में नहीं देखा, इसलिए वह बैठी रही और उसके बोलने का इंतज़ार करने लगी।

उन्होंने पूछा, "क्या आपने कभी किसी के साथ कुछ गलत किया है और बाद में आपको पछतावा हुआ है?"

“हाँ. कई बार. मुझे लगता है कि हर किसी ने ऐसा किया है.”

क्ले ने पूछा, "अगर कोई कुछ बुरा करता है लेकिन उसे सही ठहराता है और उसे पछतावा नहीं होता, तो क्या वह बुरा इंसान होगा?"

"मुझे नहीं पता, हो सकता है।"

“अगर कोई किसी दूसरे इंसान से प्यार करता है, तो क्या उस इंसान को हर हाल में उसका साथ देना चाहिए? आप उनकी मदद करने के लिए किस हद तक जाएंगे?” उसने पूछा।

“यह डिपेंड करता है। मुझे नहीं पता। आपके सवालों से और सवाल ही उठते हैं, लेकिन मुझे खुशी है कि हम यह बात कर रहे हैं। क्या आप थोड़ा और पानी लेंगे?” उसने पूछा।

“नहीं. कभी-कभी, कड़े कदम उठाने पड़ते हैं. लोगों को जानना चाहिए कि आप कैसा महसूस करते हैं, समझे?”

“हाँ. यह बहुत ज़रूरी है.”

“मैं आपसे पूछना चाहता हूँ। बहुत से लोग आपके बारे में बुरी बातें कहते हैं, लेकिन आपको इससे कोई फ़र्क नहीं पड़ता। आप यह सब कैसे झेल लेते हैं?” उन्होंने पूछा।

"आपका मतलब है कि लोग मुझे छोटी कद की भारतीय महिला कहते हैं?"

"हाँ।"

“मेरे पास कोई चॉइस नहीं है। मैं एक छोटी इंडियन औरत हूँ, और मैं गोरे लोगों जैसी नहीं हूँ। मैं और क्या कर सकती हूँ? मुझे अपनी ज़िंदगी को कुछ मतलब देना है।”

“मैं समझ गया. तुम समझदार हो.”

बातचीत रुक गई। हसेया को उम्मीद थी कि उसकी बातों से कुछ नतीजा निकलेगा, लेकिन उसे नहीं पता था कि आगे क्या होगा।

“रेमंड ने आज सुबह कहा कि मेयर यंग की हत्या की जांच लगभग पूरी हो गई है। क्या आप जानते हैं कि मेयर को किसने मारा?” क्ले ने पूछा।

"शेरिफ़ लुईस को लगता है कि उन्हें पता है कि उन्हें किसने मारा, और मुझे लगता है कि वह सही हैं। ऐसे सबूत हैं जो एक ही व्यक्ति की ओर इशारा करते हैं। मुझे अब भी हैरानी है कि मेयर को क्यों मारा गया। क्या यह प्यार, बदला, पैसा, किसी और वजह से, या इन सब वजहों से हुआ? क्या मेयर को मारने वाले उसी व्यक्ति ने डिटेक्टिव विलियम्स और माइक टैपस्कॉट को भी मारा, और क्यों? इन सवालों के जवाब जल्द या बाद में मिल ही जाएँगे।"

"मैं समझ गया। इससे मुझे दुख होता है," क्ले ने कहा। हसेया ने देखा कि वह अकेला और उदास हो रहा था। वह जानती थी कि वह किसी तरह हत्याओं में शामिल था। वह उसे आगे बढ़ाना चाहती थी।

"क्ले, तुम्हें पता होना चाहिए कि जिन लोगों से मैंने बात की है, उनमें से ज़्यादातर को लगता है कि तुमने मेयर यंग की हत्या की है।"

वह अचानक से खड़ा हो गया, लगभग चिल्लाते हुए, "यह बकवास है। मुझे तुम्हें कुछ बताने की ज़रूरत नहीं है। तुम्हें पता नहीं क्या हुआ।" वह उसके ऑफिस से गुस्से में बाहर निकला और दरवाज़ा ज़ोर से बंद कर दिया। उसके रिएक्शन ने उसे बहुत कुछ बता दिया।

अध्याय उन्तालीस

“तुम कहाँ थे? मैंने तुमसे कहा था कि इस हफ़्ते पास ही रहना।” जब किड और रेमंड ऑफिस में आए तो हसेया ने किड से पूछा।

“यह ज़रूरी था. मुझे माफ़ करें.”

“कल हमें तुम्हारी ज़रूरत नहीं थी, लेकिन हो सकता है पड़ जाए, इसलिए ज़्यादा ध्यान दो। हमारा टाइम अब लगभग खत्म हो गया है। हमें कल तक केस सॉल्व करना है, और मुझे लगता है कि हमने कर लिया है। काश हमारे पास और सबूत होते, लेकिन अगर शेरिफ लुईस मुझे एक्सपोज़ करने की अपनी धमकी पर कायम रहता है तो उसके इंतज़ार में मेरा काम यहीं खत्म हो जाएगा। हमें आज कुछ करना है। क्या तुम दोनों के पास कोई अपडेट है?” दोनों ने सिर हिलाकर मना कर दिया।

“ठीक है, हम शेरिफ से मिलने के लिए यहां से निकलेंगे।” वे शेरिफ के ऑफिस की ओर चले और अंदर चले गए।

“नमस्ते, शेरिफ लुईस। आप कैसे हैं?”

उसने गुस्से से उसे देखा, “तुम्हारी वजह से, मैं अपना ज़्यादातर समय लोगों को यह बताने में बिताता हूँ कि मेयर यंग का कातिल जेल में नहीं है। मैंने देखा कि तुम अपने साथ कुछ गलत लोगों को भी लाए हो। मुझे बताओ कि तुम्हारे पास कुछ नया है। मैंने पेपर के लिए अपना आर्टिकल पहले ही

लिख लिया है और कल उनके ऑफिस ले जाऊँगा, जब तक कि तुम मुझे कुछ काम का न बता दो।"

"मेरे पास कुछ है. क्या हम बैठ सकते हैं?"

"बेशक।" शेरिफ के ऑफिस में मेहमानों के लिए सिर्फ़ दो कुर्सियाँ थीं, इसलिए हसेया और रेमंड बैठ गए, और किड पीछे की तरफ़ अकेला खड़ा था।

"हमारे पास एक गवाह है जिसने क्ले लेस्टर को मेयर की हत्या से कुछ समय पहले, मेयर को गोली मारने की जगह के ठीक सामने, रेस्टोरेंट की छत पर चुपके से चढ़ते देखा था। हत्या के कुछ समय बाद, रेमंड और मुझे उसी छत पर यह शेल केसिंग मिली। ऐसा लगता है कि यह '94 विनचेस्टर राइफल का हो सकता है।" उसने उसे केसिंग दी, और उसने उसे ध्यान से देखा।

"आप मुझे अभी क्ले को छत पर जाते हुए देखे जाने के बारे में क्यों बता रहे हैं?"

"हमें इसके बारे में हाल ही में पता चला।"

"मैं तुम पर यकीन करना चाहता हूँ, लेकिन मुझे नहीं पता क्यों। अगर तुम्हारी बात सच है, तो यह एक ज़रूरी सबूत है। यह सबूत नहीं है, लेकिन यह ज़रूरी हो सकता है। फिर भी, मुझे एक काम करना है। मैं इस शहर का कानून हूँ, और मैं ही तय करता हूँ कि हम क्ले को कब या लाएँगे या नहीं, तुम नहीं।"

शेरिफ ने आगे कहा, "शहर में ज़्यादातर लोग सोचते हैं कि क्ले दोषी है, लेकिन मैंने ऐसे मामले देखे हैं जहाँ ऐसा लगा कि कोई दोषी था ही नहीं, और बाद में वे बेगुनाह साबित हुए। मैं उसे यहाँ सिर्फ़ इसलिए नहीं लाना चाहता कि आधी रात को भीड़ आ जाए और उसे फाँसी देने के लिए बेचैन हो।"

“क्ले को लाने से पहले, मुझे सबूत चाहिए। क्या यह गवाह कोर्ट में गवाही देगा?” शेरिफ लुईस ने पूछा।

“मुझे ऐसा लगता है, हाँ, लेकिन हम पक्का नहीं कह सकते। हत्या के समय वह आदमी रेस्टोरेंट में काम कर रहा था और उसने कहा कि वह कुछ सालों से वहाँ काम कर रहा है। जब मैंने उससे बात की तो वह एक भरोसेमंद आदमी लगा।” उसने कहा।

“मुझे यह तय करना है कि क्या यह उसे अरेस्ट करने के लिए काफी है। मुझे इस बारे में सोचने दो। एक घंटे में वापस आओ, और हम बात करेंगे।”

बाहर आकर उसने रेमंड से कहा, “हमारा यहीं इंतज़ार करना। किड और मैं एक काम से जा रहे हैं और एक घंटे में लौटेंगे।” वह चली गई, किड भी उसके पीछे-पीछे चला गया।

“हम कहाँ जा रहे हैं, हसेया?”

“मैं चाहता हूँ कि तुम मुझे दिखाओ कि एडा यंग कहाँ रहती है।”

बच्चे ने उसे सवालिया नज़र से देखा लेकिन आगे बढ़ गया।

जब वे एडा के घर के पास पहुँचे तो हसेया रुक गई और किड की तरफ मुड़ी। “मैं कुछ समय से तुम्हें पैसे नहीं दे पा रही हूँ। तुम्हें खाना चाहिए, इसलिए मुझे लगता है कि तुम फिर से जेबकतरी करने लगे हो। मैं समझती हूँ क्यों, लेकिन मैं चाहती हूँ कि तुम जेबकतरी करना बंद कर दो, और मेरा मतलब है हमेशा के लिए। आज पहली बार नहीं है जब हमने इस बारे में बात की है। चूँकि हम केस सुलझाने के बहुत करीब हैं, एडा हमें कुछ पैसे दे सकती है, और तुम फिर से एक ईमानदार नौजवान बन सकते हो। क्या तुम इसे रोकने के लिए राज़ी हो?”

उसने शर्म से उसकी ओर देखा, फिर कहा, “जी मैडम।”

वे एडा के सामने वाले दरवाज़े तक गए और खटखटाया।

एडा ने दरवाज़ा खोला, “नमस्ते. क्या आपके पास मेरे लिए कोई खबर है?”

"मेरे पास कुछ खबर है, और मुझे एक मदद चाहिए।" हसेया ने किड की तरफ देखा और कहा, "बाहर इंतज़ार करो।"

वह घर के अंदर चली गई, और कुछ मिनट बाद, हसेया बाहर आई और किड को दो डॉलर दिए। “एडा ने हमें जो देना है उसका आधा देने के लिए हाँ कर दी है। याद रखना मैंने तुमसे क्या कहा था, बेटा।”

“हाँ, हसीया।”

“अच्छा. अब हम शेरिफ के ऑफिस वापस चलते हैं.”

तीनों ऑफिस के सामने मिले और रेमंड को पैसे देने के बाद अंदर चले गए।

“प्लीज़ बैठ जाइए,” शेरिफ लुईस ने कहा। डिटेक्टिव ब्राउन शेरिफ की डेस्क के दाईं ओर खड़ा था। फिर से, किड पीछे अकेला खड़ा था।

लुईस ने कहा, “मैं सोच रहा था और मैंने तय किया है कि क्ले को अरेस्ट करने के लिए हमारे पास काफी सबूत हैं। बेशक, हम जानते हैं कि क्ले कहाँ काम करता है, और मेरा प्लान है कि उसे बिना कोई सीन बनाए कोर्टहाउस से बाहर निकाल दूँ। बस कुछ ही लोगों को पता होना चाहिए कि वह जेल में होगा। डिटेक्टिव और मैं यह ऑपरेशन संभाल लेंगे।”

“शेरिफ लुईस, जब क्ले सुरक्षित जेल में होगा, तो मैं उसकी पूछताछ में शामिल होना चाहूंगा। हम दोनों पहले भी बात कर चुके हैं, और मुझे लगता है कि मैं उसे ज़्यादातर लोगों से बेहतर समझता हूं। मुझे पता है कि उसे कैसे संभालना है, और मैं आपकी मदद कर सकता हूं।”

शेरिफ उससे सहमत नहीं लग रहा था। उसने अपना सिर नीचे किया और कुछ देर के लिए उसे इधर-उधर हिलाया। “मैंने तुम्हें इन मर्डर पर काम करने की इजाज़त सिर्फ़ इसलिए दी क्योंकि डिटेक्टिव की आह...कमियाँ थीं। तुम जो पूछ रहे हो वह सही तरीका नहीं है। यहाँ बहुत कुछ दांव पर लगा है। हमारे पास क्ले को दोषी ठहराने के लिए पक्के सबूत नहीं हैं, और अगर तुमने कोई गलत कदम उठाया, तो सब कुछ बर्बाद हो सकता है। मुझे माफ़ करना, लेकिन मैं चाहता हूँ कि तुम इससे दूर रहो।”

“मैं मदद कर सकता हूँ, और मैं तुम्हारे साथ एक डील करूँगा। जब तक तुम मुझसे नहीं कहोगे, मैं कुछ नहीं बोलूँगा। मैं तुमसे वादा करता हूँ। क्ले से पूछताछ करने के बाद, मैं तुम्हें बताऊँगा कि मैंने क्या देखा। हो सकता है कि मुझे कुछ ऐसा दिखे जो तुम या जासूस ने मिस कर दिया हो। मैं सिर्फ़ एक ऑब्ज़र्वर रहूँगा। मैं दखल नहीं दूँगा, और मेरे वहाँ होने से सिर्फ़ तुम्हारी मदद होगी। तुम्हारा कुछ नहीं जाएगा। कैसा रहेगा?”

शेरिफ लुईस ने त्योरियां चढ़ाईं और एक पल के लिए रुके। “ठीक है, लेकिन अगर आपने ज़रा सी भी गलती की तो आप बाहर हो जाएँगे। गलती की कोई गुंजाइश नहीं होगी। अगर मैं आपको जाने के लिए कहूँ, तो आप चले जाएँ। समझे?”

"मैं सहमत हूं।"

“ठीक है, डिटेक्टिव, चलो उसे पकड़ते हैं। हसीया, मैं कल सुबह नौ बजे तुमसे मिलूंगा और वह भी सिर्फ़ तुमसे। गुडबाय।”

हसेया रात भर की खराब नींद के बाद शेरिफ के ऑफिस गई। यह एक ज़रूरी दिन था। जब वह शेरिफ के ऑफिस में घुसी, तो उसे लुईस नहीं दिखा, लेकिन ब्राउन वहाँ था। उसने उसे उसकी डेस्क पर आने का इशारा किया और बैठने को कहा।

"हसेया, मुझे कुछ दिन पहले एक बात पता चली। लुईस नहीं चाहता था कि मैं इसे तुम्हारे साथ शेयर करूँ, लेकिन यह ज़रूरी है। कोर्टहाउस में काम करने वाले किसी व्यक्ति ने मुझे पिछले साल की शुरुआत में एक घटना के बारे में बताया था जहाँ मेयर यंग ने क्ले लेस्टर को बेइज्जत करने के लिए हद पार कर दी थी।"

ब्राउन ने आगे कहा, "क्ले टाउन काउंसिल की मीटिंग में थे और उन्होंने एक नए फाइलिंग सिस्टम का प्रस्ताव रखा जो शहर के रिकॉर्ड रखने को मॉडर्न और बहुत बेहतर बनाएगा। जिस व्यक्ति ने मुझे यह बताया, उसने कहा कि क्ले का प्रस्ताव अच्छा लग रहा है, और मीटिंग में क्ले ने बताया कि इसमें ज़्यादा खर्च नहीं होगा। मेयर यंग ने उनका प्रस्ताव लिया, उसे देखा, और फिर सबके सामने फाड़ दिया। मेयर ने क्ले से कहा कि अगर वह अपनी नौकरी बचाना चाहते हैं, तो उन्हें काउंसिल का समय और शहर का पैसा बर्बाद करने के तरीके सोचना बंद करना होगा। क्ले बहुत दुखी दिखे और मीटिंग से गुस्से में बाहर चले गए।"

ब्राउन ने कहा, "अपने आप में, इसका कोई खास मतलब नहीं है, लेकिन क्ले के खिलाफ हमारे पास जो भी सबूत हैं, उन्हें देखते हुए, यह उसके लिए आखिरी तिनका हो सकता है। किसी भी हालत में, यह घटना क्ले की मदद नहीं करती है, ज़ाहिर है, और मैं चाहता था कि आप इसके बारे में जानें।"

"यह दिलचस्प है। अगर क्ले का ट्रायल होता है तो जूरी ऐसी किसी बात को नज़रअंदाज़ नहीं कर पाएगी। थैंक यू, डिटेक्टिव।" उसने कहा।

ब्राउन ने कहा, "लुईस पीछे हमारा इंतज़ार कर रहा है।" हसेया और ब्राउन ऑफिस के पीछे वाले सेल रूम में गए। क्ले अपने सेल में बैठा था, बहुत बुरा लग रहा था—दुबला, गंदा, और उसकी आँखों के नीचे काले बैग थे। वह ऐसा लग रहा था जैसे वह कल रात बिल्कुल सोया नहीं था।

शेरिफ क्ले की कोठरी के सामने बैठा था। "सुप्रभात, हसेया। कृपया बैठ जाइए।" शेरिफ ने अपना ध्यान क्ले की ओर किया।

"मिस्टर लेस्टर, आपको यह नहीं पता, लेकिन ऐसे बहुत सारे सबूत हैं जो दिखाते हैं कि आपने इस साल की शुरुआत में हॉरिबल्स परेड के आखिर में हमारे पुराने मेयर, मेयर यंग को गोली मारी थी। जब सबूत आपकी ओर इशारा कर रहे थे, और सिर्फ़ आपकी ओर, तो हमारे पास आपको अरेस्ट करने के अलावा कोई चारा नहीं था। हम यह पहले भी कर सकते थे, लेकिन हमें कुछ डिटेल्स ट्रैक करनी थीं। क्या इस समय आपके पास कोई कमेंट्स हैं?"

"नहीं, मैंने ऐसा नहीं किया। ऐसा नहीं हो सकता कि आपके पास मेरे खिलाफ कोई सबूत हो। आप झूठ बोल रहे हैं।"

"आप कहते हैं कि हमारे पास आपके खिलाफ़ काफ़ी सबूत नहीं हैं, लेकिन आप ग़लत हैं। सबूत पक्के हैं।"

क्ले ने शेरिफ को चुनौती भरी नज़रों से देखा।

"बातचीत के लिए, मैं एक पल के लिए आपकी तरफ़ जाता हूँ और जितना हो सके उतना सही रहूँगा। मान लीजिए कि हमारे सबूत सिर्फ़ इत्तेफ़ाक पर आधारित हैं। कुछ भी हो सकता है, है ना? प्रेस्कॉट में बुरे लोग हैं। कोई और भी यह कर सकता था। मैं इससे इनकार नहीं कर सकता। परेड में मौजूद गवाहों ने बताया कि मेयर यंग अपने घोड़े के रुकने से पहले ही उस पर गिर गए थे, और वह ज़मीन पर गिर गए। परेड खत्म होने से एक मिनट, दो मिनट, या शायद कई मिनट पहले किसी ने मेयर को गोली मार दी होगी, और जब उनका घोड़ा रुका, तभी मेयर अपनी चोट के कारण ज़मीन पर गिरे। क्या यह बात समझ में आती है?" लुईस ने क्ले की तरफ़ देखते हुए कहा।

"हाँ, बिल्कुल करता है।"

शेरिफ लुईस ने आगे कहा, "कोई भी उसे गोली मार सकता था। भगवान के लिए, वह खुले में था, और लोग उन सभी जगहों को नहीं देख रहे थे जहाँ से गोली चल सकती थी। परेड और भीड़ से इतना शोर आ रहा था कि किसी को पता नहीं चल पाया कि मेयर को कब गोली लगी, या गोली कहाँ से आई। हर कोई परेड देख रहा था। यह एक कातिल के लिए हमला करने का एकदम सही समय था। लेकिन ऐसा नहीं हुआ, है ना, मिस्टर लेस्टर? जब परेड खत्म हुई तो आप उस रेस्टोरेंट की छत पर थे जहाँ मेयर को गोली लगी थी।"

"मैं नहीं था. आपके पास कोई सबूत नहीं है."

"आप गलत हैं, सर। हमारे पास सबूत हैं। एक चश्मदीद कोर्ट में गवाही देगा कि आप शूटिंग से कुछ देर पहले चुपके से सीढ़ियों से छत पर चढ़ गए थे।"

"यह...गलत है। आपका गवाह झूठा है।"

"सर, गवाह इस समुदाय का एक विश्वसनीय, स्थिर सदस्य है।"

"अरे नहीं, यह सही नहीं हो सकता।"

"और भी बहुत कुछ है, सर। मैं सब कुछ नहीं बताऊँगा, लेकिन मैं आपको बता सकता हूँ कि बहुत से लोग हमारे पास एक के बाद एक कहानियाँ लेकर आए हैं कि कैसे आपने उन्हें फिजिकल नुकसान पहुँचाने की धमकी दी थी। आपने कुछ समय मेंटल इंस्टीट्यूशन में बिताया है। आप इस शहर के बहुत से लोगों के लिए एक डरावने आदमी हैं, और यह कहना सही होगा कि कोई भी जूरी आपको एक हिंसक और खतरनाक आदमी मानेगी जिसे जेल में डाल देना चाहिए या फांसी पर लटका देना चाहिए।"

जब शेरिफ ने 'फांसी' शब्द का ज़िक्र किया, तो क्ले चौंक गया, शेरिफ की बातों से वह हिल गया और ऐसा लगा जैसे उसका ध्यान भटक गया हो। वह कमज़ोर और गुमसुम सा लग रहा था। डिटेक्टिव ब्राउन ने शेरिफ

लुईस से ज़्यादा शांत आवाज़ में कहा, “सुनो, क्ले, यह ज़रूरी है। हमें तुम्हें बताना होगा कि तुम्हारे लिए हमें सच बताना ज़रूरी है। कोई भी जूरी मेंबर तुम पर यकीन नहीं करेगा अगर हममें से एक या ज़्यादा जूरी के सामने यह गवाही दें कि तुमने आज यहाँ जो कुछ भी कहा वह एक के बाद एक झूठ से ज़्यादा कुछ नहीं था। सच से कोई बच नहीं सकता—वह हमेशा सामने आता है।”

“तुम्हें सच नहीं पता! मैं अब सिर्फ़ उस इंडियन औरत से बात करूँगा। मैं तुमसे या शेरिफ़ से एक शब्द भी नहीं कहूँगा।” क्ले चिल्लाया।

अध्याय चालीस

शेरिफ लुईस ने डिटेक्टिव ब्राउन और हसेया को लगभग सामने वाले ऑफिस में और बाहर अपने ऑफिस के सामने बोर्डवॉक पर धकेल दिया। “वह कमीना। वह मुझसे बात करेगा, धत् तेरे की, और जो उसने किया है, उसे कबूल करेगा। मैं यह इन्वेस्टिगेशन कर रहा हूँ, और अब वह कह रहा है कि वह सिर्फ़ उसी से बात करेगा।” उसने हसेया की ओर आरोप लगाते हुए कहा।

हसेया चाहती थी कि लुईस शांत हो जाए। वह बहुत इमोशनल था, और उसे लगा कि वे प्रेस्कॉट मर्डर की इन्वेस्टिगेशन बंद करने के करीब हैं। उसने नीचे देखा, कुछ नहीं कहा, और सीधे उससे नज़र नहीं मिलाई। अभी लुईस को धक्का देने का सही समय नहीं था। “चलो वापस अंदर चलते हैं,” उसने काफी देर रुकने के बाद कहा।

तीनों वापस सेल रूम में चले गए। क्ले अपने हाथों में सिर लिए अपनी खाट पर बैठा था, और फिर उसने धीरे से उनकी तरफ देखा। “नहीं। नहीं। तुम दोनों को जाना होगा। मैंने तुमसे पहले ही कहा था कि मैं सिर्फ़ हसेया से बात करूँगा।” क्ले ने मज़बूती से कहा। लुईस और ब्राउन हिचकिचाए, फिर गुस्से में चले गए। हसेया क्ले के सामने बैठ गई और कुछ नहीं बोली।

क्ले ने पूरे एक मिनट तक कुछ नहीं कहा। आखिर में, हसेया ने कहा, “तुम मुझसे बात करना चाहते थे?”

"नहीं, मैं नहीं करता, लेकिन मुझे लगता है कि मुझे करना चाहिए।"

“तुम्हें बोलना चाहिए और अपना बचाव करना चाहिए। याद रखो शेरिफ लुईस ने क्या कहा था। कुछ बुरी बातें हो सकती हैं जो तुम्हें कातिल बताती हैं, जबकि असल में तुम बेकसूर हो। तुम्हें बोलना चाहिए और अपना बचाव करना चाहिए। ऐसा करने का एक ही तरीका है कि तुम हमें बताओ कि क्या हुआ।”

क्ले कुछ मिनट पहले के मुकाबले और भी ज़्यादा गुमसुम लग रहा था और बोल भी नहीं पा रहा था। वह तेज़ी से फिसल रहा था, और एक पल के लिए, वह इन्वेस्टिगेशन के भविष्य को लेकर परेशान हो गई। क्ले खुद को संभाले हुए लग रहा था, उसे समझ नहीं आ रहा था कि क्या कहे और क्या करे। वह ऐसा लग रहा था जैसे वह किसी भी पल इमोशनली टूट जाएगा, और उसका दुख देखना उसके लिए मुश्किल था।

“मेरे साथ बात करने के लिए धन्यवाद, क्ले। क्या आप थोड़ा पानी लेंगे?”

"नहीं।"

“क्ले, मैं तुमसे कुछ पूछने जा रहा हूँ। प्लीज़ समझो कि मुझे तुमसे यह सवाल पूछने में मुश्किल हो रही है। सवाल पूछने के बाद, मैं तुम्हें कुछ मिनट के लिए छोड़ दूँगा ताकि तुम अपने जवाब के बारे में सोच सको। फिर मैं वापस आऊँगा, और हम थोड़ी और बात कर सकते हैं। क्या यह ठीक है?”

कुछ क्षणों के बाद क्ले ने फुसफुसाते हुए कहा, “हाँ।”

“ठीक है, क्ले, सवाल यह है। अपने जवाब के बारे में ध्यान से सोचो। क्या तुमने मेयर को मारा? कोई नहीं चाहता कि तुम्हें या यहां शामिल किसी और को चोट लगे। हम बस यह जानना चाहते हैं कि यहां से आगे क्या होगा। हमें सिर्फ़ सच चाहिए। प्लीज़, जवाब देने से पहले थोड़ा समय लो।”

हसेया ने उसे बहुत देर तक ध्यान से देखा, उसे उस पर तरस आ रहा था। वह बहुत परेशान था। कम से कम दो मिनट इंतज़ार करने के बाद, वह उठी और दरवाज़े तक गई जो फ्रंट ऑफिस की तरफ़ जाता था, उसने दरवाज़े के हैंडल पर हाथ रखा और उसे घुमाने लगी।

उसने एक धीमी आवाज़ सुनी जिसमें कोई जान, उम्मीद या एहसास नहीं था: "मैंने मेयर, डिटेक्टिव विलियम्स और मार्क टैपस्कॉट को मारा। मैंने यह किया।"

हैरान होकर, वह धीरे से मुड़ी और उसे देखा। उसका सिर नीचे था, और वह अपने सेल के फ़र्श को घूर रहा था। वह सावधानी से फिर से बैठ गई और अपने अगले कदम के बारे में सोचने लगी। "मुझे सच बताने के लिए धन्यवाद, क्ले। वैसे, मुझे तुमसे एक और सवाल पूछना है। प्लीज़ मुझे समझाओ कि तुमने उन तीन आदमियों को क्यों मारा।"

वह हिला नहीं। हसेया ने उसके सवाल का जवाब देने का इंतज़ार किया, लेकिन उसने जवाब नहीं दिया।

"यह ज़रूरी है। प्लीज़ मुझे बताओ कि तुमने उन्हें क्यों मारा।" उसने फिर पूछा।

उसके कुछ कहने से पहले उसने एक और लंबा इंतज़ार किया। "मुझे नहीं पता क्यों। मुझे नहीं पता। यह बस हो गया।"

"ठीक है, यहीं रुको। मैं अभी आती हूँ।" वह फ्रंट ऑफिस गई। लुईस और ब्राउन वहाँ बैठे थे, जब वह उनके पास पहुँची तो उसने सवालिया नज़रों से देखा। "अच्छा?" शेरिफ लुईस ने पूछा।

"मुझे कुछ कागज़ और कुछ पेंसिल चाहिए। जब तक मैं बाहर न आ जाऊँ, प्लीज़ वहीं रहो। क्ले अपना कन्फेशन लिखने वाला है।"

हसेया खुश थी कि शेरिफ ने उस पर इतना भरोसा किया कि उसे क्ले के साथ कन्फेशन लिखने दिया, लेकिन उसे यह प्रोसेस थकाने वाला लगा। क्ले कई बार रो पड़ा। एक बार तो उसने कागज़ और पेंसिल ज़मीन पर रख दी, अपनी खाट पर लेट गया और झपकी ले ली। आधे घंटे बाद उसने उसे जगाया, और न चाहते हुए भी, वह लिखता रहा।

दो लंबे घंटों के बाद यह खत्म हुआ, और हसेया पूरी तरह थक गई थी। शेरिफ लुईस कोर्ट में ट्रायल के लिए प्रॉसिक्यूटर का लाइन अप करने गए, जबकि वह घर लौट रही थी। यह उसके लिए अब तक का सबसे मुश्किल काम था। कोई भी उस छोटे से सेल में क्ले से मिले पछतावे को नहीं समझ सकता था, और वह कभी भी यह नहीं बता पाएगी कि उसे कैसा महसूस हुआ। हसेया को ऐसा लगा जैसे कमरे में घूमता हुआ, काला दुख का एक अनदेखा बादल छा गया हो और वह हर कोने में घुस गया हो और हमेशा के लिए बस गया हो। उस दिन उसने जो देखा, वह उसे कभी नहीं भूल पाएगी।

हसेया तीन हफ़्ते बाद अपने ऑफ़िस में लड़कों से मिली। “क्या तुममें से कोई पहले कभी किसी ट्रायल में गया है?” दोनों ने सिर हिलाकर मना कर दिया। “यह देखने लायक चीज़ है। मुझे पता है कि जिस वेटर ने उस दिन क्ले को छत पर चुपके से जाते देखा था, वह आज सुबह गवाही देगा। हम सबको ट्रायल का कुछ हिस्सा देखने के लिए वहाँ जाना चाहिए। हम अब निकलेंगे।”

वे कोर्टरूम में ठीक उस समय पहुँचे जब वेटर अपनी गवाही देने वाला था और जितना हो सका चुपचाप पीछे की तरफ़ वाली सीटों पर बैठ गए। किड बेचैन था। वह समझ सकती थी कि वह वहाँ नहीं रहना चाहता था, लेकिन वह चाहती थी कि वह गोरे आदमी के इंसाफ़ को समझे।

सरकारी वकील बोल रहा था। “जूरी की लेडीज़ एंड जेंटलमैन, एरिजोना टेरिटरी ने डिफेंडेंट, क्ले लेस्टर का साइन किया हुआ कन्फेशन

पहले ही सबूत के तौर पर जमा कर दिया है। उसका कन्फेशन पढ़ने के बाद, मुझे लगा कि एक बात को और साफ़ करने की ज़रूरत है। यह नया गवाह इस सवाल को साफ़ करने के लिए गवाही देगा।" वकील वेटर के पास गया और बोलना शुरू किया।

"मुझे पता चला है कि आप उस रेस्टोरेंट में वेटर का काम करते हैं, जिसके ठीक सामने पूर्व मेयर की हत्या हुई थी। क्या यह सही है, और क्या आप उस दिन काम कर रहे थे?"

"हाँ। मैं कुछ सालों से वहाँ काम कर रहा हूँ, और जिस दिन मेयर यंग को गोली मारी गई थी, मैं वहाँ काम कर रहा था।"

"बहुत अच्छा, धन्यवाद। सर, मुझे यकीन है कि आपको पता होगा कि डिफेंडेंट का एक जुड़वां भाई है, जो प्रेस्कॉट का मेयर है। मैं किसी भी तरह से मेयर को किसी क्राइम में नहीं फंसा रहा हूँ, लेकिन मुझे यकीन है कि आप समझ सकते हैं कि डिफेंस वकील शायद आपसे यह सवाल पूछेगा, इसलिए मैं पहले आपसे पूछूंगा। आप बिना किसी शक के कैसे कह सकते हैं कि जिस आदमी को आपने दरवाज़े से अंदर आते देखा, वह क्ले था, न कि उसका जुड़वां भाई, हेनरी? या आप कह सकते हैं?"

"मुझे बस इतना पता है कि मेयर और डिफेंडेंट अलग-अलग कपड़े पहनते हैं। भगवान का शुक्र है, नहीं तो, उनमें फर्क करना नामुमकिन होता। वे इतने मिलते-जुलते हैं कि डरावना लगता है। वैसे, उस दिन पहले, मैंने हेनरी लेस्टर को देखा, और उसने वैसे ही कपड़े पहने थे जैसे मैंने उसे पहले हमेशा देखा था। वह अपने भाई, डिफेंडेंट से ज़्यादा फॉर्मल कपड़े पहनता है। वह एक-दो मिनट के लिए रेस्टोरेंट के सामने रुका और परेड देखी।"

“मैं समझ गया। आपके जवाब से यह शक खत्म हो गया है कि आपने किसे देखा, सर। आपको क्या लगता है कि आरोपी कितनी देर छत पर था? क्या आपने उसे जाते और सीढ़ियों के दरवाज़े से बाहर आते देखा?”

“नहीं। जब मेयर अपने घोड़े से गिरे, तो रेस्टोरेंट के सामने बहुत ज़ोर-ज़ोर से बातें और चिल्लाहट हो रही थी। मैंने उस तरफ देखा, फिर सड़क पर जाकर देखा कि क्या हुआ। उसके बाद मैं कई मिनट तक रेस्टोरेंट में वापस नहीं गया, और मुझे याद नहीं कि उस दरवाज़े से कोई बाहर आया हो, जब तक कि उस दोपहर बहुत देर बाद एक जवान आदमी और औरत बाहर नहीं आए।”

सरकारी वकील रुका और बोला, “मेरे पास और कोई सवाल नहीं है, योर ऑनर ।” वह अपनी टेबल पर वापस जाकर बैठ गया।

“मिस्टर जॉनस्टोन, क्या आपके पास इस गवाह के लिए कोई सवाल है?” जज ने पूछा।

“जी, योर ऑनर।” कोर्ट द्वारा नियुक्त डिफेंस अटॉर्नी मिस्टर जॉनस्टोन, वेटर के पास गए और उसका सामना किया।

“सर, आपने कहा है कि आपने आरोपी को छत की ओर जाने वाली सीढ़ी का दरवाज़ा खोलते देखा था। जब आरोपी ने वह दरवाज़ा खोला, तो क्या आपने देखा कि उसके पास कोई हथियार था? शायद कोई राइफ़ल?”

"जब मैंने उसे देखा, तो वह दरवाज़े के लगभग आधे रास्ते तक पहुँच चुका था, इसलिए मैं यह नहीं बता सका कि उसके पास कोई हथियार है या नहीं, लेकिन मैंने उसका चेहरा देखा और उसे तुरंत पहचान लिया कि वह क्ले लेस्टर है।"

"जब क्ले लेस्टर छत पर गया था तो क्या आपने उसे हथियार ले जाते हुए नहीं देखा?"

"नहीं मैने नहीं।"

“अब कोई और सवाल नहीं, माननीय सदस्य।”

“थैंक यू, काउंसलर्स। यह कोर्ट कल सुबह नौ बजे तक के लिए पोस्टपोन किया जाता है।” उसने अपना हथौड़ा ज़ोर से नीचे पटका, और लोग उठकर जाने लगे। हसेया ने किड को देखा, जो लगभग अपनी जगह पर ही चल रहा था, कोर्टरूम से निकलने के लिए तैयार। अंदर बंद होकर प्रोसिडिंग्स देखना उसे पसंद नहीं था। तीनों चले गए और बाहर आकर थोड़ी देर के लिए मिले।

“यह क्ले के लिए अच्छा नहीं लग रहा है, बेचारे आदमी के लिए।” उसने कहा।

“तुम्हें नहीं लगता कि उसे जो मिला है, वह उसके लायक है? आखिर उसने तीन लोगों को मार डाला।” रेमंड ने कहा।

“अगर उसने तीन लोगों को मारा है, तो आप सही कह रहे हैं, लेकिन उसकी तकलीफ़ देखना मुश्किल है। कितनी दुखद घटना है।”

अध्याय इक्यावन

प्रेस्कॉट प्रॉस्पेक्टर अखबार ने अपने पहले पेज का लगभग आधा हिस्सा ट्रायल के बारे में कहानियों को दिया। हसेया ने आर्टिकल पढ़े कि क्या उसकी नई शौकिया इन्वेस्टिगेशन कंपनी का ज़िक्र है और एक लाइन देखी जहाँ शेरिफ लुईस ने उसके 'योगदान' के लिए उसे धन्यवाद दिया। अखबार ने इस बारे में कोई और जानकारी नहीं दी कि उसने क्या योगदान दिया, लेकिन उसे जो भी क्रेडिट मिलेगा, वह उसे लेगी। अब आगे बढ़ने का समय आ गया था। पहले तो उसे लगा कि उसे आगे बढ़ना चाहिए और वह आगे बढ़ सकती है, लेकिन आखिरकार, वह नहीं कर सकी। एक अजीब सी फीलिंग ने उसे जकड़ लिया और जाने नहीं दे रही थी।

इमोशनल और मेंटल कमजोरी की वजह से क्ले को तीनों मर्डर का दोषी पाया गया। उसे फीनिक्स के मेंटल हॉस्पिटल के एक सिक्योर विंग में भेज दिया गया। उसे लगा कि कोर्ट ने सही किया और वह खुश थी कि उसे इन जुर्मों के लिए मौत की सज़ा नहीं मिली। हसेया क्ले को समझ नहीं पाती थी। यह बात उसे किसी भी और चीज़ से ज़्यादा परेशान करती थी। वह तीन लोगों का मर्डर क्यों करेगा? हसेया को क्ले हमेशा विलेन से ज़्यादा विक्टिम लगता था। यह सवाल उसे तब तक परेशान करता रहेगा जब तक उसे इसका जवाब नहीं मिल जाता, लेकिन उसे यकीन नहीं था कि वह कभी इसका जवाब ढूंढ पाएगी।

ज़्यादातर लोग उससे सहमत नहीं थे। कई लोगों ने सबके सामने फांसी की मांग की। दूसरों ने शिकायत की कि हत्यारे के रहने और खाने का खर्च जनता को उठाना पड़ता है। कुछ समय के लिए शहर में टेंशन वाली हालत थी। उसे विश्वास था कि लोग धीरे-धीरे अपने डर से बाहर निकलेंगे और हत्याओं से पहले जैसी ज़िंदगी में लौटने लगेंगे। उसने सोचा कि इसमें कुछ समय लगेगा।

हसेया को नए बिज़नेस की ज़रूरत थी। एडा ने उसे बाकी फीस दी, और वो पैसे खर्च करने के बाद, वह फिर से कंगाल और परेशान हो जाती, जिससे वह पहले से ही परेशान महसूस कर रही थी। वह रेमंड और किड को ज़्यादा से ज़्यादा समय तक अपने पास रखना चाहती थी, अगर उसे उनकी ज़रूरत पड़े, इसलिए उसने उन्हें पेमेंट करना जारी रखा, इस उम्मीद में कि उसका बिज़नेस चल निकलेगा। ट्रायल के बाद वह एक हफ़्ते तक अपने ऑफिस में बैठी रही, अभी भी कोई नया कस्टमर नहीं आया था। बैठने से उसकी पीठ में दर्द हो रहा था। एक धूप वाली सुबह, किसी ने उसका दरवाज़ा खटखटाया।

“अंदर आइए,” उसने कहा.

परेशान सा दिख रहा एक आदमी उसके ऑफिस में आया और उसकी डेस्क के सामने बैठ गया। “मेरा नाम अल्फ्रेड फर्ग्यूसन है। किसी ने मेरी पत्नी की ज्वेलरी चुरा ली है , और मुझे उम्मीद है कि आप उसे वापस पाने में मेरी मदद कर सकते हैं। क्या आपके पास इस मामले को देखने का समय है?”

“हाँ, मैंने ऐसा किया। क्या आपने शेरिफ या डिटेक्टिव ब्राउन से संपर्क किया?”

“हाँ, और नहीं। डिटेक्टिव ने मेरी जानकारी नोट कर ली, लेकिन वह मेरे केस से ज़्यादा ज़रूरी केस में बिज़ी लग रहा था। उन्होंने उन भयानक

मर्डर में कातिल को ढूंढ लिया, इसलिए मुझे उन पर पूरा भरोसा है, लेकिन मुझे डर है कि जब तक वे मेरी पत्नी की गायब ज्वेलरी देखेंगे , तब तक बहुत देर हो चुकी होगी, और ज्वेलरी बहुत पहले गायब हो चुकी होगी। मैंने कुछ समय पहले पेपर में आपका नाम देखा और यहाँ आने का फ़ैसला किया।"

"आपने सही फ़ैसला किया। मेरी टीम और मैं आज ही आपकी इन्वेस्टिगेशन शुरू कर सकते हैं। मेरा स्टैंडर्ड रूल है कि आधी फ़ीस पहले ली जाए और बाकी आधी केस सॉल्व होने पर। आपके केस में , एक सफल रिज़ल्ट में ज्वेलरी या जितना हो सके उतना वापस करना शामिल होगा । हो सकता है कि चोर ने कुछ पीस पहले ही बेच दिए हों।"

वह उदास दिखे लेकिन बोले, "मैं समझ गया। डकैती को दो दिन हो चुके हैं।"

उसे लगा कि मिस्टर फर्ग्यूसन ने जो फीस ऑफर की थी, वह सही से ज़्यादा थी, और उन्होंने केस पर आगे बात की। उसने जितने भी सवाल सोच सकती थी, पूछे और ऑफिस से जाने से पहले उस आदमी को धन्यवाद दिया।

"अंदर आओ, लड़कों," उसने कहा।

उसने दोनों को बाहर बात करते हुए सुना था। उन्होंने शायद मिस्टर फर्ग्यूसन को ऑफिस में आते देखा होगा और वे किसी पोटेंशियल कस्टमर के साथ उसकी बातचीत में खलल नहीं डालना चाहते थे। उनके अंदर आने और बैठने के बाद, उसने केस पर बात करना शुरू किया। "मिस्टर फर्ग्यूसन को कोई आइडिया नहीं है कि चोर कौन है। उसने कहा कि वह और उसकी पत्नी अच्छे चर्च जाने वाले लोग हैं और उन्हें नहीं लगता कि उनके जान-पहचान में कोई ऐसा होगा जो ऐसा क्राइम करेगा।"

"रेमंड, तुम क्या सोचते हो?"

गहने पहनना पसंद है । इस शहर में, फैंसी, महंगे दिखने वाले गहने दिखाना अच्छा आइडिया नहीं है। मैं शर्त लगाता हूँ कि किसी ने उसे गहने पहने देखा होगा और वो अपने लिए भी लेना चाहेगा।”

उसने भी यही सोचा था, और वह खुश थी कि वह भी ऐसा ही सोचता था। उस लड़के में काबिलियत थी। उसने पूछा, “हमें आगे क्या करना चाहिए?”

“यह ज़्यादा मुश्किल है. मुझे नहीं पता. मुझे इस बारे में सोचना होगा,” रेमंड ने कहा.

, “मैं चाहती हूँ कि तुम पता करो कि वह किस चर्च में जाती है, अपने संडे के सबसे अच्छे कपड़े पहनो, और उसकी चर्च सर्विस में जाओ। आस-पास देखो और देखो कि कोई शक करने वाला तो नहीं है। हो सकता है कोई उसे देख रहा हो कि उसने नई ज्वेलरी पहनी है या नहीं। ध्यान से देखो और जितना हो सके पता करो।”

"ठीक है।"

“बच्चे, मैं चाहता हूँ कि तुम शहर में घूमकर देखो कि क्या शहर में कोई महिला नई ज्वेलरी दिखा रही है और पूछो कि क्या महिलाओं की कोई नई ज्वेलरी बिक्री के लिए उपलब्ध हुई है।”

"ठीक है।"

“अच्छा. काम पर लग जाओ, तुम दोनों.”

जब लड़के अपना काम शुरू करने के लिए उसके ऑफिस से चले गए, तो लंच का समय करीब आ रहा था, और उसने नीनो से मिलने का फैसला किया। वह टहलते हुए नीनो के छोटे, बिखरे हुए वर्कस्पेस में चली गई।

“ या -अती -ईह , नीनो।”

"गुड मॉर्निंग, हसेया। आपसे मिलकर अच्छा लगा। बैठ जाइए।"

हसीया ने कुर्सी पर बैठे-बैठे कपड़े के कुछ टुकड़े हटाए और बैठ गई।

"हमेशा की तरह बिज़ी हैं, मैं देख रहा हूँ। आप ठीक होंगे, उम्मीद है?"

"हाँ, जितनी उम्मीद की जा सकती है," नीनो ने जवाब दिया।

"हेनरी कैसा है?"

"वह अभी भी अपने भाई के लिए परेशान है। उसे और समय लगेगा। क्ले एक सुरक्षित जगह पर है, जिससे हेनरी का मन शांत हो गया है।"

"तुम्हें इस बारे में कैसा लगा?" हसीया ने पूछा।

"मेरे हिसाब से, यह गलत था। अगर कोई किसी दूसरे इंसान को मारता है, तो उसे अपनी जान देकर इसकी कीमत चुकानी चाहिए। मुझे नहीं लगता कि उसकी सज़ा सही थी।"

हसेया ने कहा, "क्ले को एक नहीं, बल्कि तीन लोगों की हत्या का दोषी पाया गया। मैं आपकी बात समझता हूं।"

नीनो ने तब मुंह बनाया जब गलती से उसकी उंगली में सुई चुभ गई। "क्ले को गोरे लोगों के नरक में जाना चाहिए और हर दिन के आखिर में एक नई मौत झेलनी चाहिए।"

हसेया को इतनी ज़्यादा भावनाओं की उम्मीद नहीं थी और वह सोच रही थी कि यह सब कहाँ से आया। "क्ले का दिमाग ठीक नहीं था। उसे कुछ सहानुभूति मिलनी चाहिए, और मैं जज के उसकी जान बख्शने से सहमत हूँ। शायद वहाँ उसकी हालत ठीक हो जाएगी।"

नीनो ने उसे ऐसी गहरी, गहरी नज़र से देखा जैसी हसेया ने पहले कभी नहीं देखी थी। "क्या तुम्हें याद नहीं है कि उसने तुमसे क्या कबूल किया था?" नीनो ने कहा। हसेया के लिए बात बदलने का समय आ गया था।

"नीनो, तुम्हें बाहर जाकर ताज़ी हवा का मज़ा लेने का मौका कब मिलता है? तुम शॉपिंग करने जा सकते हो या हेनरी या कुछ दोस्तों के साथ आराम से खाना खा सकते हो।"

"तुम सही हो। मुझे माफ़ करना। तुम्हें, हेनरी, और मुझे एक साथ ज़्यादा समय बिताना चाहिए। मुझे काम से दूर रहने, ज़्यादा लोगों से बात करने और यहाँ बैठकर हर दिन इतने लंबे समय तक काम करने के बजाय ज़्यादा बार अपने पैर फैलाने की ज़रूरत है। क्या मैं इस बारे में सोच सकता हूँ और समय-समय पर तुमसे संपर्क करके कुछ इंतज़ाम कर सकता हूँ? यह हम दोनों या कभी-कभी हेनरी के साथ हो सकता है। उसे अपने काम से ज़्यादा समय दूर रहने की ज़रूरत है।"

"हाँ, मुझे यह पसंद आएगा। अब लंच का समय हो गया है, और मुझे भूख लगने लगी है। अपना ख्याल रखना, नीनो।" हसेया ने उसे हल्का सा हाथ हिलाया, फिर अपने ऑफिस के लिए चली गई।

ऑफिस के अंदर पहुँचकर हसेया ने अपना लंच बनाने के बारे में सोचा, लेकिन उसने बाहर लड़कों को बात करते हुए सुना। "अंदर आओ, तुम दोनों," उसने कहा।

वे सब बैठ गए। हसेया ने उन्हें देखा, और उनके चेहरों के भाव देखकर उसे यकीन हो गया कि उनके पास बताने के लिए कुछ है। "रेमंड, तुम पहले जाओ।"

"मिसेज़ फर्ग्यूसन कैथोलिक चर्च में रेगुलर आती हैं। मैंने पादरी से बात की, जिन्होंने मुझे बताया कि वह अक्सर पंद्रह या बीस मिनट पहले आ जाती थीं क्योंकि उन्हें दूसरे रेगुलर लोगों से बात करना पसंद था।"

"अच्छा। बच्चे, क्या तुम्हें कुछ पता चला?" उसने पूछा।

नई ज्वेलरी दिखाते हुए नहीं देखा , लेकिन मैंने हाल ही में दो लोगों के बारे में सुना जिन्हें लूटा गया था। लगता है इस शहर में लोग फिर से एक-दूसरे से झगड़ा कर रहे हैं, एक-दूसरे से लूट रहे हैं और ऐसा ही कुछ।"

रेमंड बोला, "बच्चे, ज़रा सोचो तो। मैंने कम से कम एक साल से यहाँ किसी लूट की खबर नहीं सुनी। अब तुम कहते हो कि मिस्टर फर्ग्यूसन के अलावा तुमने दो और लोगों को लूटते हुए सुना है? अगर यह सच है, तो शायद सारी चोरियाँ एक ही आदमी या चोरों के ग्रुप का काम हैं, इसलिए नहीं कि शहर बिगड़ रहा है। यह तुम्हारी बात से ज़्यादा समझ में आता है, है ना?"

"धन्यवाद, मिस्टर परफेक्ट," बच्चे ने व्यंग्यात्मक ढंग से कहा।

उस दिन दूसरी बार, हसेया रेमंड से इम्प्रेस हुई। वह उसके अंदाज़े से सहमत थी कि क्या हो सकता था। "तुम दोनों ने अच्छा किया है, और मैं आज रात तुम दोनों को बिग माउथ में एक अच्छे डिनर पर ले जाना चाहती हूँ। क्या तुम लोग वहाँ पाँच बजे मुझसे मिल सकते हो?" दोनों ने हाँ में सिर हिलाया, और बात तय हो गई। "अब मुझे अपने दिन की शुरुआत करनी है। मुझे लगता है कि तुम दोनों जानते हो कि तुम्हें आगे क्या करना है।"

उस दोपहर, हसेया के घर एक और मेहमान आया और नौकरी का एक और मौका आया। इस बार, यह मामला किसी के कुल्हाड़ी से जानबूझकर दूसरे लोगों की प्रॉपर्टी को नुकसान पहुँचाने का था। उसने तय किया कि रेमंड रविवार को चर्च जाने के अपने काम के अलावा कुल्हाड़ी

वाले मामले को भी देखेगा, और किड शहर में घूमकर ज्वेलरी चोरी वाले मामले पर काम करता रहेगा।

तीनों रात के खाने के लिए मिले। वेटर और किड ने एक-दूसरे को देखा, और किड ने पीछे कोने में एक खुले बूथ की ओर इशारा किया। उन सभी को वहाँ ले जाया गया और बूथ में बैठा दिया गया। ऐसा लग रहा था कि रेमंड ने खुद को साफ कर लिया था, लेकिन उसे शक था कि किड को साफ-सफाई करना भी आता होगा क्योंकि वह ज़्यादातर समय ऐसा ही दिखता था—गंदा और पुराने कपड़े पहने हुए जिन्हें या तो फेंक देना चाहिए या आखिरी बार धोना चाहिए। उसे सेलिब्रेट करने का मन कर रहा था और उसे इस बात की ज़्यादा परवाह नहीं थी कि लोग उन तीनों को देखकर क्या सोचेंगे।

खाना आने से पहले, उसने उन्हें दिन के दूसरे केस के लिए असाइनमेंट दिए। वे इतने बिज़ी होने से बहुत खुश थे। सबने अपने खाने का मज़ा लिया और अच्छा समय बिताया। हसेया को दो नए कस्टमर पाकर अच्छा लगा। ज़िंदगी अच्छी थी, लेकिन जब भी उसे ऐसा लगता, तो वह जानती थी कि उसे शांत रहना है और बुरी खबर के लिए तैयार रहना है जो हमेशा आस-पास ही लगती थी।

खाना खत्म करने के बाद उसने अपने विचार संभाले। “मेरे पास तुम दोनों के लिए कुछ सलाह है,” उसने कहा, फिर रेमंड की तरफ देखा। “रेमंड, क्या तुम्हें याद है मैंने कहा था कि कोई भी केस तब तक खत्म नहीं होता जब तक दोषी आदमी नहीं मिल जाता?”

“हां, बिल्कुल।”

“कुछ केस कभी ट्रायल में नहीं जाते, लेकिन आइडिया वही है। इससे कोई फ़र्क नहीं पड़ता। मैं चाहता हूँ कि आप दोनों याद रखें कि हमारे काम में, आपको कभी यह नहीं मानना चाहिए कि आपको सब कुछ पता है जो

हुआ, या जो होगा। यह बहुत ज़रूरी है और इससे सफलता और असफलता में फ़र्क पड़ सकता है। मुझसे कसम खाओ कि तुम इसे हमेशा याद रखोगे।"

उन दोनों ने उसे सच्ची नज़र से देखा और कसम खाई कि उसकी कही हर बात हमेशा याद रखेंगे। "ठीक है, लड़कों। तुम जा सकते हो। मैं कुछ मिनट रुककर अपनी चाय खत्म करना चाहता हूँ। कल मिलते हैं।" दोनों ने रात के खाने के लिए उसे धन्यवाद दिया और चले गए।

उसे अच्छा लगा, फिर थोड़ा कम। उसके दिमाग की सबसे गहरी कोठरियों में कुछ उसे कचोटने लगा। जैसे-जैसे वह वहाँ बैठी, उसकी चिंता बढ़ती गई। कुछ गड़बड़ थी, लेकिन उसे पता नहीं था कि वह क्या है। कुछ गड़बड़ थी।

भाग दो

अध्याय बयालीस

उत्तरी एरिज़ोना क्षेत्र

1864

यानाहा जानती थी कि उसकी ज़िंदगी और उसके परिवार और कबीले की ज़िंदगी जल्द ही हमेशा के लिए बदल जाएगी, लेकिन उसे यह नहीं पता था कि कब। क्या यह कल होगा? अब से दो चांद बाद? छह चांद बाद?

कई सीज़न पहले, गोरों ने मेस्केलेरो अपाचे पर हमला किया और उन्हें उत्तर-पूर्वी न्यू मेक्सिको टेरिटरी में बोस्के रेडोंडो रिज़र्वेशन में ले गए। अपाचे के घर तबाह कर दिए गए, फसलें जला दी गईं, उनके जानवर मारे गए, और उनके कुएँ खराब कर दिए गए। अगला नंबर नवाजो लोगों का था। उसके कबीले के कई लोगों ने आस-पास के कबीलों में यह बात फैला दी कि उन्हें शांति से रहना होगा, और कोई हमला नहीं करना होगा।

एक दिन, उसे खबर मिली कि गुस्से में आए नवाजो आदमियों के एक ग्रुप ने गोरे आदमी के खिलाफ रेडिंग पार्टी की है। हर कोई अच्छी तरह जानता था कि इससे गोरे लोग और गुस्सा होंगे, और जिससे भी उसने बात की, उसे डर था कि नवाजो के एक छोटे ग्रुप का यह एक रेड सभी नवाजो को सज़ा देगा। 'डरने का समय' उन पर आ गया था, और हर दिन उनका डर बढ़ता जा रहा था।

"ऊपर," यानाहा ने इशारा किया। "एक मरी हुई मंज़ानिटा झाड़ी। क्या तुम उसे देख रही हो?" उसने अपनी सबसे बड़ी बेटी से पूछा। अभी सुबह ही हुई थी, और वे जलाने की लकड़ी ढूंढ रहे थे।

"मैं देख रही हूँ।" उसकी बेटी उनके कैंप के ऊपर पहाड़ी पर गई और रुकी। "माँ, जल्दी से यहाँ आओ।"

अपनी बेटी की आवाज़ सुनकर यानाहा हैरान रह गई। उसने जो कर रही थी, उसे रोक दिया और अपनी बेटी के पास जाकर देखने लगी। जब उसने उन्हें देखा, तो वह चौंक गई और उसने जो डंडे पकड़े थे, उन्हें गिरा दिया। नीली यूनिफॉर्म पहने और लाल शर्ट पहने एक आदमी के साथ घोड़ों पर सवार कई गोरे आदमी उसकी तरफ आ रहे थे। यानाहा के पास एक आसान सा रास्ता था। वह अपनी बेटी के साथ उन पहाड़ियों में भाग सकती थी जिन्हें वह अच्छी तरह जानती थी, या वह अपनी और अपनी बेटी की मौत का जोखिम उठा सकती थी और वापस जाकर कबीले को उनके आने वाले खतरे के बारे में चेतावनी दे सकती थी। उसने कोई हिचकिचाहट नहीं दिखाई।

"रेड क्लॉथ्स आ रहा है! रेड क्लॉथ्स आ रहा है!" वह कम्युनिटी के पास पहुँचते हुए चिल्लाई। लोग घबरा गए और घबरा गए, ऐसा लगा जैसे वे एक ही समय में सभी दिशाओं में जा रहे हों।

नवाजो लोग उसे रेड क्लॉथ्स कहते थे, और अमेरिकी लोग उसे किट कार्सन कहते थे। यानाहा ने अफवाहें सुनी थीं कि रेड क्लॉथ्स और उसके सैनिकों का ग्रुप दूसरे नवाजो कबीलों पर सोच-समझकर हमले कर रहा था, एक-एक करके एक कबीले को खत्म कर रहा था। अपने कबीले के साथ रहना ही उसकी पूरी ज़िंदगी थी। वह वही थी जो वह थी, और वह अपनी दो बेटियों, अपनी बहन, या अपनी बहन की दो बेटियों को कभी नहीं छोड़ेगी। उनके साथ उसका पारिवारिक रिश्ता बहुत मज़बूत था।

भविष्य में जो भी हो, लेकिन वह चाहे कुछ भी हो जाए, अपने परिवार और कबीले के साथ रहेगी।

हमलावर अब इतने पास आ गए थे कि यानाहा उनके चेहरे देख सकता था। वे तेज़ी से आगे बढ़ रहे थे और अपनी बंदूकें चला रहे थे।

गोरे लोग किसी भी इंडियन को गोली मार देते थे जो तेज़ी से आगे बढ़ता था। यानाहा अपने होगन के सामने रुकी और अपनी सबसे बड़ी बेटी को अंदर जाने के लिए चिल्लाई। उसकी सबसे छोटी बेटी प्रेग्नेंट थी और पहले से ही होगन के अंदर थी। बड़ी बेटी अंदर भागी। यानाहा अपनी जगह पर खड़ी रही और जो होना था उसका इंतज़ार करती रही, अपने हाथ सामने रखे हुए वह ज़मीन को देख रही थी। जब उसने ऊपर देखा, तो उसने देखा कि बहुत से लोग हिलना बंद कर चुके थे और सरेंडर करने के लिए तैयार थे। यानाहा चुपचाप खड़ी रही और वहीं रही। उसने ऊपर देखा और पाया कि कुछ नफ़रत करने वाले यूट्स गोरों के लिए इंटरप्रेटर का काम कर रहे थे।

यानाहा ने सोचा कि आगे क्या हो सकता है। हो सकता है कि उसे और उसके परिवार को गोली मार दी जाए या पकड़कर यूट गुलाम बना दिया जाए। उसके पति की कई सीज़न पहले यूट के खिलाफ एक रेड में मौत हो गई थी। उसे नहीं लगता था कि अगर उसे गुलाम बनने के लिए मजबूर किया गया तो वह बच पाएगी। जल्द ही, एक सैनिक का सामना करने की उसकी बारी थी।

“होगन में कौन?” इंटरप्रेटर ने पूछा।

“मेरी केवल दो बेटियाँ हैं।”

“आओ बेटियों अब।”

वह धीरे से मुड़ी, दरवाज़ा खोला और अपनी दोनों बेटियों को बाहर आने का इशारा किया। वे धीरे से बाहर निकलीं और अपनी माँ के पीछे खड़ी हो गईं।

"वहाँ जाओ।" बदसूरत यूट ने इशारा किया जहाँ कई नवाजो खड़े थे। वह और उसकी बेटियाँ दूसरों के पास चली गईं। उसकी बहन और उसकी बहन की बेटियाँ पहले से ही वहाँ थीं, घबराहट में अपनी किस्मत का इंतज़ार कर रही थीं।

"क्या तुम्हें चोट लगी है?" उसने अपनी बहन से पूछा।

"नहीं. हमें चोट नहीं लगी है."

यानाहा और उसका परिवार बस इंतज़ार कर सकता था और देख सकता था। गोरों और यूट्स ने उनके होगन और उनकी फसलों में आग लगा दी। उन्होंने कुछ बकरियों को मारकर कुओं में डाल दिया। कुछ जानवरों को मारकर वहीं सड़ने के लिए छोड़ दिया गया जहाँ वे मर गए, लेकिन ज़्यादातर भेड़ों और बकरियों को ले जाने के लिए इकट्ठा कर लिया गया।

"एक दूसरे के पीछे लाइन में खड़े हो जाओ," एक यूट इंटरप्रेटर ने ऑर्डर दिया। यानाहा जानता था कि ज़्यादातर यूट नवाजो नहीं बोलते, लेकिन यह यूट सबसे बेहतर था। हर कोई समझ गया कि वह उनसे क्या करवाना चाहता है।

जिन नवाजो ने सरेंडर किया था और कुछ घायल और ज़िंदा नवाजो ने एक लाइन बनाई। यानाहा की बेटियाँ उसके पीछे खड़ी थीं। हर नवाजो के हाथ कलाई से बंधे थे। एक सैनिक ने एक लंबी रस्सी ली और उसका एक सिरा लाइन में पहले खड़े आदमी की कलाई पर बाँध दिया। फिर उसने उसे पीछे खड़े और लाइन में अगले नवाजो की बाहों के बीच में लपेट दिया। जब रस्सी लगभग खत्म हो गई, तो सैनिक ने उसे ग्रुप के आखिरी

नवाजो की कलाई पर बाँध दिया। इस तरह दूसरी लंबी रस्सियों का इस्तेमाल तब तक किया गया जब तक सभी नवाजो कैदी मज़बूती से बंध नहीं गए।

"चलो," यूट ने आदेश दिया। हर सैनिक ने अपनी राइफल निकाल ली थी, और भारतीयों की तरफ तान दी थी।

यह सब बहुत जल्दी हुआ। कबीले ने अपने घर पीछे छोड़ दिए और एक अनजान भविष्य की ओर चल पड़े। नवाजो कैदी चार दिन तक चलते रहे - ठंड, थकान और भूख के साथ।

यानाहा ने दूर एक स्ट्रक्चर देखा जिसे किला कहा जाता होगा। जैसे ही वे पास पहुँचे, एंट्रेंस पर एक साइन था, 'फोर्ट कैनबी'। उसे नहीं पता था कि उस साइन का क्या मतलब है। वहाँ एक बड़ा, अच्छी तरह से बना हुआ स्ट्रक्चर था जिसके बारे में उसे शक था कि वह किले के बगल में एक होल्डिंग पेन है। यह चारों तरफ से लगभग सौ सीढ़ियाँ थीं - ऊँचे लट्ठे पेन की दीवारों का काम करते थे। होल्डिंग पेन के दो कोनों पर एक ऊँचा स्टैंड था, जहाँ हथियारबंद सैनिक अपनी राइफलों से उन्हें देख रहे थे। बच निकलना लगभग नामुमकिन होगा।

कुछ सैनिक होल्डिंग पेन के दरवाज़े पर आए और उसे खोल दिया। सैनिकों ने नवाजो लोगों को दरवाज़े के सामने लाइन में खड़ा होने के लिए मजबूर किया, जहाँ एक सैनिक ने एक-एक करके उनकी रस्सियाँ खोलीं। वहाँ इंतज़ार कर रहे दो और सैनिकों ने फिर खुली हुई इंडियन्स को होल्डिंग पेन के अंदर धकेल दिया। जल्द ही, सभी नए आए लोग अंदर थे, और गेट बंद कर दिया गया।

दूसरे नवाजो पहले से ही बाड़े के अंदर थे, एक तरफ खड़े थे। होल्डिंग बाड़े के अंदर एक खाली, खुली जगह थी। बाड़े के एक कोने से बहुत बदबू आ रही थी।

वे कई दिनों तक वहीं रहे। ज़्यादातर लोगों के पास पकड़े जाने पर अपने साथ कुछ भी लाने का समय नहीं था, और रात में ठंड थी। यानाहा और उनकी बेटियों के पास गर्मी के लिए एक गलीचा था और वे उसी के नीचे सोती थीं। वह शुक्रगुजार थीं कि उनकी सबसे छोटी बेटी ने गलीचा लाने के बारे में सोचा था। दिन बीतते गए। किसी भी नवाजो को काफ़ी खाना और पानी नहीं दिया गया, और हर दिन, वे कमज़ोर होते गए। वे किले के अंदर पक रहे खाने की महक ले सकते थे, लेकिन वे बस अपने दाँत पीस सकते थे और मन ही मन गोरों को कोस सकते थे। कुछ नवाजो लोग उस चीज़ से मर गए जिसे यूट्स 'कैंप फीवर' कहते थे।

फिर, एक सुबह-सुबह गेट खुला। "समय बीत गया। एक बार गया, फिर एक बार," एक मोटे यूटे ने ऑर्डर दिया। एक बहादुर आदमी ने पूछा, "हम कहाँ जा रहे हैं?" किसी ने जवाब नहीं दिया। इस बार, वे बंधे नहीं थे, बस राइफल लिए सैनिकों से घिरे हुए थे। किसी भी नवाजो में लड़ने की ताकत नहीं बची थी । "अब जाओ," एक बहुत ही खतरनाक दिखने वाला यूटे सूरज उगने की तरफ इशारा करते हुए चिल्लाया।

नवाजो कैदियों ने एक ग्रुप में चलना शुरू किया, लेकिन जल्द ही वे एक लंबी लाइन में फैल गए। ज़्यादा ताकतवर नवाजो, जिनमें ज़्यादातर लड़के और जवान लड़के थे, जो शिकार करते समय लंबी दूरी तक चलने और दौड़ने के आदी थे, आगे की तरफ़ खिंचे चले गए। बूढ़े, घायल, बीमार, बहुत ज़्यादा डिहाइड्रेटेड और कुपोषित लोग आगे वाले ग्रुप से पीछे रह गए। सबसे बुरी हालत वाले लोग सबसे पीछे थे। वे सैनिकों की बेसब्री भरी नज़रों को जानते हुए भी, उनके साथ बने रहने की पूरी कोशिश कर रहे थे। कोई भी राइफ़ल पकड़े सैनिकों से ध्यान नहीं हटाना चाहता था।

जब बर्फ़बारी शुरू हुई तो सबको ठंड लग रही थी, लेकिन उन्हें किसी भी वजह से रुकने की इजाज़त नहीं थी। यानाहा की सबसे छोटी बेटी, जो प्रेग्नेंट थी, उसके लिए साथ चलना मुश्किल हो रहा था। वह दूसरों की तरह

तेज़ नहीं चल पा रही थी। उसने अपनी ताकत जुटाई और बीच-बीच में तेज़ी से आगे बढ़ती, फिर धीरे-धीरे पीछे छूटने लगी, उसे चिंता थी कि इसका उसके होने वाले बच्चे पर क्या असर पड़ेगा। हर नया दिन उसके लिए पिछले दिन से ज़्यादा मुश्किल होता था।

यानाहा ने पहली बार गोली की आवाज़ सुनी तो वह चौंक गई। उसने पीछे मुड़कर नहीं देखा कि क्या हुआ था। उसे पहले से ही पता था। उसने महसूस किया कि उसके कबीले में किसी की प्रताड़ित आत्मा उसके शरीर से निकल गई है। ऐसा लग रहा था कि हर दिन, वह पिछले दिन से ज़्यादा गोलियों की आवाज़ सुन रही थी।

"माँ, मेरा बच्चा आ रहा है।" यह सुनकर यानाहा घबरा गई। *अभी नहीं!* उसने अपनी बहन को आवाज़ दी, जो मदद करने के लिए पीछे हट गई। उसकी बहन की बेटियाँ भी मदद के लिए लाइन में लग गईं।

"आप आइए", दुभाषियों में से एक ने कहा।

"नहीं, मेरी बेटी को बच्चा होने वाला है," यानाहा ने विनती की।

"हम देखते हैं, तुम अज्ञानी हो", यूटे ने कहा।

उसने अपनी बेटी को पकड़ रखा था और उसे जाने नहीं दे रही थी। एक सैनिक उसके पास आया और उसकी बेटी को खींचने की कोशिश की। वह ऐसा नहीं कर सका। दो और सैनिक आए और उस जवान औरत को यानाहा से दूर ले जाने में मदद की। एक सैनिक ने यूटे से कुछ कहा। यूटे ने यानाहा को देखा और कहा, "हम उसे छोड़ देते हैं।" वे उसे ले गए। यानाहा परेशान हो गई लेकिन उसके पास चलते रहने के अलावा कोई चारा नहीं था क्योंकि वह अपने कंधे के ऊपर से अपनी प्रेग्नेंट बेटी को देखती रही।

यानाहा ने हर बार पीछे मुड़कर देखा तो उसे वही चीज़ दिखी। उसकी प्रेग्नेंट बेटी और वह सैनिक एक जगह पर फंसे हुए लग रहे थे। वह ज़मीन

पर बैठी थी, और वह चुपचाप अपने घोड़े पर बैठा था, उसकी राइफ़ल उसकी तरफ़ तानी हुई थी, उसे देख रहा था, उसे डरा रहा था। जैसे-जैसे वह चलती रही, आखिरकार, उसे अपनी प्रेग्नेंट बेटी या उसकी रखवाली कर रहे सैनिक दिखाई नहीं दिए। उसकी सबसे बड़ी बेटी, बहन और उसकी बहन की दो बेटियों ने उसे समझाने की कोशिश की, लेकिन कोई फ़ायदा नहीं हुआ।

हर नवाजो जो देख सकता था, उसने देखा कि सामने से एक और सैनिक पीछे हट गया और उस जगह की ओर बढ़ गया जहाँ उन्हें पता था कि यानाहा की बेटी बच्चे को जन्म देने के लिए तैयार है। कुछ मिनट बाद, उन्होंने गोली चलने की आवाज़ सुनी। यानाहा ज़ोर से चिल्लाई, "नहीं! नहीं!" वह घुटनों के बल गिर गई और सैनिकों की गोली से बचने के लिए उसे आगे बढ़ने में मदद करनी पड़ी।

यानाहा समझ गए थे कि अमेरिकियों के लिए नवाजो लोगों को कंट्रोल करना क्यों आसान था, जिनका कोई एक मुखिया नहीं था। नवाजो अलग-अलग कबीलों में रहते थे, मीलों दूर, और हर एक का अपना 'मुखिया' होता था। अगर नवाजो एक साथ आ जाते तो संख्या में ताकत होती, लेकिन कबीले छोटे थे और एक नहीं थे। कुछ मुखियाओं का मानना था कि गोरों से लड़ने के बजाय उनके सामने सरेंडर करना ज़्यादा समझदारी थी।

नवाजो लोग अपने देश के उत्तर, दक्षिण, पूरब और पश्चिम में चार पवित्र पहाड़ों से घिरे इलाके में रहते थे। पवित्र लोग कई पीढ़ियों पहले धरती से निकले और इन पहाड़ों को बनाया। यानाहा ने पीछे मुड़कर देखा लेकिन उसे कुछ भी जाना-पहचाना या सुकून देने वाला नहीं मिला। पवित्र पहाड़ कहीं नहीं दिख रहे थे। उसका दुख उस पर हावी हो गया। गोरों ने उसकी बेटी और उसके पोते को मार डाला था। अपनी बाकी ज़िंदगी में, यानाहा के मन में बार-बार अपने पैरों के चलने, चट्टानों पर ठोकर खाने

और बर्फ़ में से गुज़रने की तस्वीरें आती रहीं, लेकिन नवाजो लोगों के लंबे चलने की कोई और याद नहीं रही।

अध्याय तैंतालीस

प्रेस्कॉट, एरिज़ोना क्षेत्र

1898

प्रेस्कॉट के डाउनटाउन में सूरज डूबने वाला था, जब हसेया दुकानों, रेस्टोरेंट और बिज़नेस के सामने बने लंबे बोर्डवॉक पर चल रही थी। टीनएज के दो लड़के उसकी तरफ आ रहे थे। उन्होंने अपने चेहरे और चमकती आँखों को हाथों से ढकने की कोशिश की ताकि वह उन्हें उस पर हँसते हुए न देख ले। यह अजीब था। तीन औरतें पास आईं लेकिन उन्होंने अपने मज़ाकिया चेहरे छिपाने की कोई कोशिश नहीं की। उसे कमतर समझे जाने की आदत थी, लेकिन यह अलग लग रहा था। वह असहज थी। क्या उसे पसीना आ रहा था? लोगों की एक लगातार लाइन उसके पास से गुज़री, हर कोई ज़ोर-ज़ोर से हँस रहा था, अब खुलकर उस पर हँस रहा था।

हसेया सुबह होने से पहले ही जाग गई जब यह नया बुरा सपना जो उसे समय-समय पर परेशान करता था, आखिरकार खत्म हो गया। उसने अर्ल ग्रे ब्लैक टी बनाई, जो उसकी नई पसंदीदा थी , एक कुर्सी ली और अपने ऑफिस के सामने बाहर बैठ गई। जब उसने चिड़ियों की चहचहाहट सुनी और ठंडी हवा महसूस की, तो उसने अपने दिन की प्लानिंग करने की कोशिश की, लेकिन ऐसा नहीं हो सका। वह बस यही सोच पा रही थी कि सब कुछ कैसे बदल गया है।

क्ले के जाने के बाद, उसकी ज़िंदगी में एक बड़ा बदलाव आया। उसके पास इतना काम आ रहा था कि अब उसे खाने या रेमंड और किड को पैसे देने की चिंता नहीं थी। प्रेस्कॉट के पास हमेशा छोटे-मोटे क्राइम होते रहते थे जिन्हें सुलझाना ज़रूरी था। वह गुज़ारा कर रही थी और उसे इस बात पर बहुत गर्व था। फिर भी, कुछ बात उसे परेशान कर रही थी, लेकिन उसने कितनी भी कोशिश की, उसे समझ नहीं आ रहा था कि वह क्या है।

हसेया के ख्याल पिछले साल की तरफ चले गए जब चीज़ें बदलने लगीं। मिस्टर फर्ग्यूसन उसके ऑफिस में आए और कहा कि किसी ने उसकी पत्नी की ज्वेलरी चुरा ली है । हसेया को पता चला कि उसने खुद ज्वेलरी ली थी, फिर उसे जेरोम में बेच दिया। मिस्टर फर्ग्यूसन ने हसेया से कहा कि उसे अपने पैसे वापस चाहिए क्योंकि उसकी पत्नी अब ज्वेलरी की हकदार नहीं है , और हसेया को उस केस के लिए उसकी फीस का दूसरा आधा हिस्सा कभी नहीं मिला। उसे एक और केस याद आया जिस पर उसने लगभग उसी समय काम किया था। कुल्हाड़ी वाला एक आदमी अपने पड़ोसियों पर गुस्सा हो गया और उनके खलिहानों और घरों पर हमला करना शुरू कर दिया। उसने उसे रंगे हाथों पकड़ लिया, और उसे युमा की जेल भेज दिया गया। उसे कभी नहीं पता चला कि वह इतना गुस्सा क्यों था, लेकिन इससे कोई फर्क नहीं पड़ा। तब तक, वह अपने अगले केस पर आगे बढ़ चुकी थी।

पिछले छह महीनों में, उसने हर तरह के केस इन्वेस्टिगेट और सॉल्व किए थे: रॉबरी, झगड़ा सुलझाना, एक भगोड़े को ढूंढना, और यहाँ तक कि एक बैंक एम्प्लॉई का केस भी जो हर दिन थोड़ी-थोड़ी रकम चुराता था। उसके पकड़े जाने से पहले वह दो साल से चोरी कर रहा था। उसकी रेप्युटेशन बढ़ रही थी। लोग अब उसे सिर्फ़ एक इंडियन औरत से कहीं ज़्यादा समझते थे। वह गोरे लोगों की दुनिया में गुज़ारा कर रही थी, लेकिन

वही पुरानी बेचैनी वाली फीलिंग जो पिछले कई महीनों से उसे परेशान कर रही थी, कभी खत्म नहीं हुई।

हसेया सोच रही थी कि उसकी नींद इतनी खराब क्यों है। उसकी ज़िंदगी बेहतर हो रही थी, और कोई उस पर हँसता नहीं था—कम से कम उसके मुँह पर तो नहीं। क्या काम का प्रेशर उस पर हावी हो रहा था? वह अपनी बात मनवाना चाहती थी, यह पता लगाना चाहती थी कि उसे इतना बुरा क्यों लग रहा है, और प्रॉब्लम का सीधे सामना करना चाहती थी। अपनी ज़िंदगी की ज़िम्मेदारी सिर्फ़ उसी की थी, और अब समय आ गया था कि वह इस बारे में कुछ करे। वह एक सादी ज़िंदगी चाहती थी और चाहती थी कि उसकी ज़िंदगी में कोई ऐसा आदमी हो जिससे वह इन बातों पर बात कर सके। उसे ज़्यादा बैलेंस चाहिए था, काम के अलावा कुछ करने और सोचने के लिए। यह शुरू करने के लिए एक अच्छी जगह होगी।

लड़के जल्द ही आने वाले थे, इसलिए उसने इन बातों को एक तरफ रखकर अपने ऑफिस में चली गई। उसके पास एक केस था जिस पर वह चाहती थी कि लड़के काम करें, लेकिन उसने अभी तक उनके लिए कोई प्लान नहीं बनाया था। अब उसके लिए यह आसान था क्योंकि रेमंड आखिरकार बड़ा हो गया था, और वह उस पर ज़्यादा निर्भर हो गई थी।

किड भी तेज़ी से बड़ा हो रहा था। ज़्यादा समय नहीं हुआ जब उसके चेहरे पर बाल आ गए, और उसे हैरानी हुई कि क्या वह जवान होने के बाद भी किड कहलाना चाहेगा। शायद नहीं। वह अब भी कुछ समय के लिए गायब हो जाता था, लेकिन ऐसे समय कम होते जा रहे थे, और उसे हमेशा उस पर भरोसा था कि वह अपने काम पूरे करेगा।

जब तक दोनों लड़के आए, वह तैयार थी। तीनों ने केस पर बात की, और हसेया ने उन दोनों को एक असाइनमेंट दिया। उनके जाने के बाद, उसे ब्रेक चाहिए था और उसने नीनो से बात करने का फैसला किया। उसके पास एक आइडिया था। अब काम बदलने का समय था।

जब वह नीनो के ऑल्टरेशन्स में पहुँची, तो उसे यह देखकर हैरानी हुई कि नीनो में कितना कम बदलाव आया था। हसेया जब भी उसे देखती थी, वह हर बार एक जैसे कपड़े पहनती थी, और उसका वर्कस्पेस हमेशा कपड़ों और कपड़े के टुकड़ों से भरा रहता था। जब भी हसेया अंदर आती, नीनो अपना सिर नीचे करके अपने काम पर ध्यान लगाए रहती थी।

"सुप्रभात, नीनो। तुम कैसे हो?"

"इस शहर में रहने से मुझे बूढ़ा महसूस हो रहा है, लेकिन मुझे नहीं पता कि मैं और कहाँ जा सकती हूँ। ऐसी बहुत सी जगहें नहीं हैं जो एक भारतीय महिला को स्वीकार करेंगी। समस्या शायद मेरी नौकरी है। यह बहुत दोहराव वाला काम है, और जो भी मेरे लिए काम लाता है वह बदतमीज़ और जल्दी में होता है। लेकिन इन सब बातों से कोई फ़र्क नहीं पड़ता। मैं वहीं जाऊँगी जहाँ हेनरी जाएगा।"

हसेया ने कहा, "मुझे कोई जल्दी नहीं है, और हाल ही में किसी ने मुझे बदतमीज़ नहीं कहा, इसलिए आप आराम कर सकते हैं।" नीनो ने उसकी आँखों में नहीं देखा। उसने उससे बात करने के बजाय उसके कपड़े से बात की, और हसेया को यह निराशाजनक और परेशान करने वाला लगा।

हसेया ने आगे कहा, "अब बाहर ब्रेक लेने का समय है, शायद पिकनिक पर। आप क्या कहते हैं? रविवार दोपहर, प्लाज़ा पर? मैं ब्रेड और बीन्स ला सकती हूँ, और आप जो चाहें ला सकते हैं। शायद कुछ डेज़र्ट? मैं कुछ ताज़ी, धूप में बनी चाय भी लाऊँगी। ठीक है?"

अपनी आवाज़ में कोई यकीन न होने के बावजूद, नीनो मान गई। "मैं हेनरी को लाऊँगी। उसे मुझसे ज़्यादा खुश होने की ज़रूरत है। वह अभी भी परेशान है। क्ले के यकीन से पहले वह हर दिन क्ले के बारे में शिकायत करता था, और अब वह हर दिन दुखी रहता है।"

“मुझे लगता है कि हमें पिकनिक की ज़रूरत है। रविवार को दोपहर में मिलते हैं?”

"ठीक है।"

हसेया चली गई, और जब वह अपने घर वापस जा रही थी, तो उसे एहसास हुआ कि नीनो ने पूरे समय उसकी तरफ नहीं देखा था, एक बार भी नहीं, एक नज़र भी नहीं।

आखिरकार रविवार आ गया और वे तीनों कंबल बिछाकर बैठ गए।

हसेया ने कहा, "क्या दिन था। हवा चल रही थी, और हमें एक छायादार जगह मिल गई।"

न तो नीनो और न ही हेनरी ने कोई जवाब दिया। वे खाने की टोकरी उतारते समय बहुत बिज़ी लग रहे थे। हसेया को हाल ही में अनुभव हुआ था कि क्ले को भेजे जाने से पहले वे पहले की तुलना में कम सोशल हो गए थे। उसे आधी उम्मीद थी कि वे ऐसे ही होंगे, लेकिन उम्मीद थी कि अब तक वे इससे बाहर निकल गए होंगे।

“कल मैंने और लड़कों ने एक और केस बंद कर दिया। शुक्र है कि यह आसान था।”

हेनरी ने कहा, “आसान काम मिलना अच्छा लगता होगा। मैं इस शहर के लालची डेवलपर्स से लड़ रहा हूँ। मुझे लगता है कि वे पूरा जंगल काट देना चाहते हैं। फिर हमारे पास क्या बचेगा? क्या हमें इतने सारे नए घरों की ज़रूरत है? हमारे छोटे से शहर को जैसा है वैसा ही रखने में क्या गलत है?”

“मुझे कहना होगा, हेनरी, लगता है आपके विचार बदल गए हैं। पहले आपका तरीका हमेशा 'पुश-फॉरवर्ड' वाला था। अब आप इसका उल्टा कह रहे हैं।” हसेया ने कहा।

"सच नहीं है। इस शहर की खासियत हमेशा यही रही है कि यह छोटा है। अब, लोग अच्छी चीज़ों के साथ खिलवाड़ करना चाहते हैं। हमारे पास भी यहाँ बस थोड़ा सा पानी ही उपलब्ध है। लोग यह भूल जाते हैं।"

हसेया ने नीनो की तरफ देखा, जो कुछ नहीं बोला और हेनरी से सहमत लग रहा था। हसेया को यह अजीब लगा कि हेनरी ने शहर को बढ़ाने के बारे में अपना मन बदल लिया था। वह पहले आशावादी और बड़े-से-बड़े इंसान हुआ करते थे, यहाँ तक कि बकी ओ'नील, जो पहले मेयर थे और शहर के दूसरे बड़े आगे बढ़ने वाले आदमी थे, उनसे भी ज़्यादा। हेनरी में कुछ बदल गया था। वह जानती थी कि उसे सच को 'बढ़ा-चढ़ाकर' बताने की आदत है , लेकिन हेनरी अब जो कह रहा था वह झूठ बोलने के ज़्यादा करीब था।

नीनो ने कहा, "अगर शहर बहुत बड़ा हो गया, तो मैं आपके साथ यह पिकनिक नहीं ले पाऊँगा। मुझे अपनी दुकान में ही रहना होगा और लगातार सिलाई करनी होगी, शाम तक भी।"

हसेया ने कहा, "आप अपनी मदद के लिए किसी को रख सकते हैं।"

"कौन? उन दो बदमाशों की तरह जो तुम्हारे लिए काम करते हैं?"

हसेया को हैरानी हुई कि नीनो ऐसा क्यों कर रहा है। उसने सोचा, थोड़ा खाना सबकी मदद कर सकता है। "हमारे पास यहाँ कुछ अच्छा-खासा खाना है, और मुझे भूख लगी है।"

"हसीया, मुझे बहुत अफ़सोस है। मैंने आपके वर्कर्स के बारे में ऐसा कहकर गलती की। उन्हें अपने साथ रखने के पीछे आपके पास ज़रूर कोई अच्छा कारण होगा। आप बहुत अच्छे इंसान हैं। प्लीज़ मुझे माफ़ कर दीजिए।"

"चिंता मत करो। मैंने देखा कि तुम कॉर्नब्रेड लाए हो, हेनरी।"

हेनरी ने कहा, "मैंने इसे आज सुबह रेस्टोरेंट से लिया। उन्होंने इसे मेरे लिए खास बनाया। कम से कम मेयर होने की एक अच्छी बात तो है। उन्होंने शायद मुझसे ज़्यादा पैसे लिए, लेकिन कोई बात नहीं।"

लंच करते समय बातचीत धीमी हो गई। हसेया को उम्मीद थी कि वह अपने दोस्तों के साथ ज़्यादा आराम और सहज समय बिताएगी, लेकिन गेट-टुगेदर की शुरुआत खराब रही। हसेया को शक था कि उसके दोनों दोस्त जल्द ही आराम करेंगे।

"मैंने आपके बिज़नेस की बुराई करके बहुत बड़ी गलती की, हसीया। मुझे उम्मीद है कि आप मुझे माफ़ कर देंगी।"

"मैंने पहले ही कर लिया है। अब इसकी चिंता मत करो।"

हेनरी ने कहा, "हम कुछ ध्यान खींच रहे हैं। मुझे लगता है कि लोग आसानी से खुश हो जाते हैं। मेयर को लंच करते देखना ही यहाँ अच्छा समय बिताने का तरीका है।"

हसेया ने कहा, "आप प्रेस्कॉट में एक महत्वपूर्ण व्यक्ति हैं। अब तक आपको इसकी आदत हो गई होगी।"

"सच तो यह है कि मुझे इसकी कभी आदत नहीं पड़ी। इसीलिए मैं आजकल अपने ऑफिस में ज़्यादा समय बिताना पसंद करता हूँ। अगर कोई आता है, तो मैं उनसे बात करता हूँ। हम मामला सुलझाते हैं, और फिर वे चले जाते हैं। इस तरह यह आसान है। मुझे अपना बिज़नेस ऐसे ही करना पसंद है।"

वे तीनों कुछ और मिनट बैठे और दिन का मज़ा लेने की कोशिश की। नीनो ने अपना सामान पैक करना शुरू किया, और फिर नीनो और हेनरी खड़े हुए, थोड़ी देर किस किया, और अपने-अपने रास्ते चले गए। पिकनिक खत्म हो गई थी। हसेया हैरान थी। क्ले को महीनों पहले भेज दिया गया था, और वे अभी भी इससे उबर नहीं पाए थे। उसे उनके लिए

बुरा लगा। उसने सोचा कि क्या नीनो और हेनरी को आगे बढ़ने से पहले क्ले को उसके कामों के लिए पूरी तरह से माफ़ कर देना चाहिए।

अध्याय चौवालीस

रेमंड हसेया के ऑफिस में घुसा और मार्क एगुइलर को अंदर खड़ा देखकर हैरान रह गया। हसेया अपनी रोज़ की जगह पर, अपनी डेस्क के पीछे बैठी थी।

"बैठ जाइए। आज कोई बच्चा नहीं है?" उसने पूछा।

"उसे नहीं देखा।"

"हमारे पास एक नया केस है। शनिवार को, शहर के ईस्ट साइड में रहने वाली एक औरत ने हमें एक काम दिया जिसमें एक अजीब आदमी था जो ताक-झांक करता था। वह डेबोरा कार्टर नाम की एक बिना शादी की औरत है। उसने किसी को अपनी खिड़की से झाँकते हुए देखा, लेकिन वह बहुत तेज़ी से नज़रों से ओझल हो गया और वह उसका चेहरा ठीक से नहीं देख पाई। वह चाहती है कि हम उसे ढूँढ़ें और अरेस्ट करवाएँ। मैंने उससे कहा कि हम इस पर शेरिफ के साथ मिलकर काम करेंगे। जो लोग इस तरह की एक्टिविटी में शामिल होते हैं, वे आमतौर पर खतरनाक नहीं होते, लेकिन सावधानी के तौर पर, मैंने मार्क से इन्वेस्टिगेशन में हमारी मदद करने के लिए कहा है। अगर आपको यह आदमी मिल जाए और वह लड़ना चाहे, तो आप पीछे हट जाएँगे। क्या यह साफ़ है?" हसेया ने पूछा।

रेमंड ने सिर हिलाया।

"मैं शेरिफ से बात करके देखूंगा कि क्या उसने इस तरह की कोई और शिकायत सुनी है। रेमंड, मैं चाहता हूं कि तुम डेबोरा के घर पर नज़र रखो। उसने कहा कि जो आदमी उसे देख रहा है, वह लगभग तीस साल का, पतला और छोटा लग रहा है। अगर तुम उसे देखो, तो अपना परिचय दो और उसे बताओ कि तुम मेरे साथ काम कर रहे हो, ताकि वह डरे नहीं। कोई सवाल?"

"नहीं, मैं यह कर सकता हूँ, कोई दिक्कत नहीं।" रेमंड ने कहा।

"तुम्हें शायद अंधेरा होने के बाद भी उसके घर के बाहर रहना होगा। यह उसका पता है। कल मुझे बताना। गुड लक," उसने रेमंड के दरवाज़े से बाहर जाने से पहले कहा।

वह और मार्क शेरिफ से मिलने गए।

शेरिफ लुईस और डिटेक्टिव ब्राउन दोनों अंदर थे।

लुईस ने पूछा, "इस बार क्या है?"

"डेबोरा कार्टर, एक अविवाहित महिला, मुझसे मिलने आई और उसने एक जिज्ञासु आदमी के बारे में शिकायत की जो उसकी खिड़की में झाँक रहा था, लेकिन वह उसे ठीक से नहीं देख पाई। मैं पूछना चाहती थी कि क्या आपको इस तरह की कोई और शिकायत मिली है।"

"हाँ, हमने किया है। जब आप आए तो हम इस पर बात कर रहे थे। हमें इस कैरेक्टर के बारे में दो और शिकायतें मिली हैं, लेकिन अभी तक किसी ने उसे ठीक से नहीं देखा है। दोनों शिकायतें ईस्ट साइड, माउंट वर्नोन स्ट्रीट पर या उसके आस-पास थीं, लेकिन आपके क्लाइंट ने अभी तक मेरे पास कोई शिकायत दर्ज नहीं की है।"

“मुझे यकीन है कि जब उसे मौका मिलेगा तो वह ऐसा करेगी। इसे पर्सनली मत लेना, शेरिफ।” जब उसने कोई जवाब नहीं दिया तो वह मन ही मन मुस्कुराई।

“मार्क, क्या आप इस पर हसेया के साथ काम कर रहे हैं?” शेरिफ ने पूछा।

“अभी तो शुरुआत हुई है, हाँ।”

"मुझे तैनात रखें।"

“जब हम उसे ढूंढ लेंगे तो हम आपको बता देंगे ताकि आप उसे अरेस्ट कर सकें। गुड डे,” उसने कहा। लुईस ने उसे गुस्से से देखा। जब से उसका बिज़नेस सफल होने लगा था, शेरिफ उसे डरा हुआ सा महसूस कर रहा था। हाल ही में वह उसे बहुत गुस्से से देख रहा था। हसेया सोच रही थी कि शेरिफ लुईस उसे अपना कॉम्पिटिशन कब समझना बंद करेगा।

हसेया और मार्क ने और कुछ प्लान नहीं किया था, इसलिए वे उसके ऑफिस की ओर वापस चलने लगे।

उसने किड को सड़क पर चलते देखा और उसे पुकारा, “किड, इधर आओ।”

जब बच्चे ने उसकी बात सुनी तो वह मुड़ा और उनकी तरफ दौड़ा।

“आज सुबह आप कहाँ थे?”

"व्यस्त।"

“हमारे साथ ऑफिस वापस आओ। हमारे पास एक नया केस है।” वे तीनों हसेया के ऑफिस लौट आए। उसने कुछ मिनट उस जिज्ञासु आदमी के बारे में डिटेल्स बताने में लगाए जिसे वे ढूंढ रहे थे। किड बोला, और वे दोनों उसकी बात सुनकर हैरान रह गए।

"मुझे पता है कि वह कौन है और वह किस पड़ोस में रहता है।"

"तुम्हें यह कैसे पता?" मार्क ने शक से पूछा। हसेया हैरान रह गई।

"एक नया आदमी है। लगभग एक महीने से यहाँ है। मैंने उसे शहर में घूमते देखा था। एक दिन, मैंने उसे शक वाली हरकतें करते देखा, वह ऐसे इधर-उधर घूम रहा था जैसे उसे कहीं जाना ही न हो। समझ नहीं आ रहा था कि क्या करूँ, इसलिए मैंने उसका पीछा किया। जब हम ईस्ट साइड पहुँचे, तो वह तेज़ी से मुड़ा। मुझे लगता है कि उसने मुझे तब देखा था, इसलिए मैंने उसका पीछा करना बंद कर दिया। फिर मैंने थोड़ी देर इंतज़ार किया और उसे फिर कभी नहीं देखा। मैंने आस-पास भी देखा, और मुझे लगा कि वह अपने घर में चला गया है।"

"अच्छा काम किया। हम शहर में इस नए आदमी को ढूंढेंगे, लेकिन तुम इसका हिस्सा नहीं हो सकते। मार्क और मैं उसके घर पर नज़र रखेंगे, लेकिन तुम इसमें शामिल नहीं हो सकते क्योंकि यह खतरनाक हो सकता है। अगर उसने तुम्हें पहले देखा है, तो वह तुम्हें पहचान सकता है, और फिर उसे पता चल जाएगा कि उस पर नज़र रखी जा रही है। हम तीनों चलेंगे, और तुम हमें उसका मोहल्ला दिखाओगे । उसके बाद, तुम बाकी दिन के लिए निकल जाओगे। तुम्हें कल सुबह समय पर आना होगा। रेमंड आज जो कुछ भी सीखा है, उसकी रिपोर्ट देने के लिए वहां होगा," हसेया ने कहा।

जिस इलाके को ढूंढ रहे थे, वह शहर के सबसे पूर्वी हिस्से में था, इसलिए वहां पहुंचने में उन्हें करीब पंद्रह मिनट लगे। किड के जाने के बाद, हसेया और मार्क ने एक प्लान बनाया। शुरू में, वे इंतज़ार करेंगे और देखेंगे। उन्हें बैठने के लिए एक अच्छी जगह मिल गई।

"मार्क, तुम्हारा हैंडीमैन का काम कैसा चल रहा है?" उसने धीरे से पूछा।

“अच्छा. मैं कुछ काम एक दिन में खत्म कर सकता हूँ, लेकिन कुछ में एक हफ़्ते या उससे ज़्यादा समय लगता है. मुझे काम में मज़ा आता है और नए लोगों से मिलना अच्छा लगता है.”

हसेया ने कहा, "मुझे अपने काम में विविधता भी पसंद है, और मदद के लिए लड़कों का लगातार आस-पास रहना भी पसंद है।"

“रेमंड की उम्र लगभग उन्नीस साल होगी। वह अब लड़का नहीं रहा, तुम्हें नहीं लगता?” मार्क ने पूछा।

“मुझे पता है. क्या आप एक चौकस आदमी हैं?”

“शायद। मैंने रेमंड को सड़क के नीचे एक घर पर नज़र रखते हुए देखा है। क्या आपने देखा?”

“अरे नहीं. क्या आप क्लिंट क्रिसन से मिले हैं?”

“नहीं करना मुश्किल है। क्लिंट बहुत शोर करता है, और वह बहुत बड़ा है। मेरे कुछ कस्टमर बताते हैं कि उन्होंने मुझे इसलिए काम पर रखा क्योंकि उन्हें क्लिंट पसंद नहीं था, भले ही उसे प्रेस्कॉट में काम करने का ज़्यादा अनुभव है।”

वे काफी देर तक चुप रहे। हसेया को उसका साथ अच्छा लगा। उसने उसे अपने बुरे सपनों के बारे में बताने के बारे में सोचा, लेकिन वह अभी इतनी पर्सनल बात बताने के लिए तैयार नहीं थी। धीरे-धीरे घंटे बीतते गए, और जल्द ही दोपहर हो गई।

उन्होंने रेमंड को सड़क के किनारे अपनी ओर दौड़ते हुए देखा।

“जाओ. उसके पास बंदूक है! जाओ.” जल्द ही, तीनों पश्चिम की ओर शहर की ओर भाग रहे थे. कुछ मिनटों के बाद, हसेया ने अपनी रफ़्तार धीमी की, पीछे देखा, और देखा कि कोई उनका पीछा नहीं कर रहा है.

वह रुक गई, “रेमंड, रुको। क्या हुआ?”

"मैंने उसे बंदूक लेकर अपने घर से बाहर आते देखा। उसने मुझे देख लिया होगा क्योंकि वह सीधे मेरी तरफ़ चलने लगा, इसलिए मैं भाग गया," रेमंड ने उस आदमी का पता बताने से पहले कहा।

"तुमने सही किया। मार्क और मैं शेरिफ से बात करेंगे। कल मिलते हैं।"

रेमंड ने सिर हिलाया और चला गया।

हसेया और मार्क शेरिफ के ऑफिस की तरफ़ बढ़े। फिर से, शेरिफ और डिटेक्टिव दोनों वहीं थे, काम की बातें कर रहे थे। लुईस ने गुस्से से ऊपर देखा। "एक ही दिन में दो बार। मैं इतना लकी कैसे हो गया?"

"आप आराम कर सकते हैं, शेरिफ। हमें वह जिज्ञासु आदमी मिल गया है जो ताक-झांक कर रहा था। वैसे भी, हमें पता है कि वह कहाँ रहता है। रेमंड अपने घर पर नज़र रख रहा था। वह आदमी अपने घर से निकला, रेमंड की तरफ बढ़ा, और उसके पास एक बंदूक थी। यह रहा उसका पता, और आप यहाँ से केस अपने हाथ में ले सकते हैं।"

लुईस ने पता लिखा हुआ कागज़ का छोटा टुकड़ा लिया और खड़ा हो गया।

"अब मुझे समझ आया कि तुम खुद को शौकिया इन्वेस्टिगेटर क्यों कहते हो। मैं किसी को सिर्फ़ इसलिए अरेस्ट नहीं कर सकता क्योंकि उसके पास बंदूक है। अगर ऐसा होता, तो आधा शहर अरेस्ट हो जाता। क्या तुम यह नहीं देख सकते?"

"बेशक, शेरिफ, लेकिन वही है। मेरी टीम ने उसे ढूंढ लिया, और वह पिस्तौल लेकर हम पर आया। आपको और क्या चाहिए?" हसेया ने पूछा।

शेरिफ ने कुछ नहीं कहा और उसे घूरता रहा।

“मेरे पास एक आइडिया है, शेरिफ। मुझे लगता है कि वह आदमी अब घर पर है। आपको वहाँ जाकर उससे बात करनी चाहिए।”

“जैसा कि आप अच्छी तरह जानते हैं, आप जो सोचते हैं, वह हमेशा वैसा नहीं होता जैसा मैं सोचता हूँ। हमारी इन्वेस्टिगेशन में मदद करने के लिए धन्यवाद। अगर केस में कोई और डेवलपमेंट होता है तो मैं आपको बताऊँगा।”

हसेया चली गई, लेकिन वे दोनों ज़्यादा दूर नहीं गए। वह और मार्क नज़रों से दूर रहे और इंतज़ार करते रहे। लगभग पाँच मिनट बाद, लुईस और ब्राउन अपने ऑफिस से निकले और शहर के पूर्वी हिस्से की ओर चल दिए। वे धीरे-धीरे उनके पीछे-पीछे चले क्योंकि उन्हें पता था कि वह कहाँ जा रहा है। जब वे लुईस और ब्राउन के पास पहुँचे, तो शेरिफ उस आदमी के घर का दरवाज़ा खटखटा रहा था।

एक दुबले-पतले, छोटे कद के आदमी ने दरवाज़ा खोला। पहले तो लगा कि वे अच्छे से बात कर रहे हैं, लेकिन जल्द ही बात गरमा गई। थोड़ी देर तक चिल्लाने की आवाज़ आई। वह आदमी अपने घर से बाहर आया और डिटेक्टिव ब्राउन को धक्का दिया, जिससे वह पोर्च से लड़खड़ाकर ज़मीन पर गिर गया। बस इतना ही काफी था। शेरिफ लुईस ने उस आदमी के हाथ पकड़े, उन्हें उसकी पीठ के पीछे किया, और उसकी कलाइयों में हथकड़ी लगा दी। उस जिज्ञासु आदमी को गिरफ्तार कर लिया गया।

हसेया शेरिफ के साथ उस आदमी की गिरफ्तारी का जश्न मनाने के लिए खड़ी होने लगी, लेकिन मार्क ने उसे रोक लिया।

“बेहतर होगा कि शेरिफ को अपना दिन देखने दो, हसेया। अभी उसे दिखाने का कोई मतलब नहीं है। तुम्हें शायद किसी और केस में उसके सहयोग की ज़रूरत पड़ेगी, शायद जितना तुम सोच रही हो उससे भी जल्दी।”

मार्क सही था, और वह नीचे ही बैठी रही जब उसने शेरिफ को उस आदमी को जेल ले जाते देखा।

हसेया ने कहा, “मैं अपने क्लाइंट को अपडेट करना चाहती हूँ। वह पास में ही रहती है।” वह और मार्क डेबोरा कार्टर से बात करने गए। हसेया ने जो कुछ भी हुआ था, वह सब बताया, और मिस कार्टर को राहत मिली। हालाँकि, हसेया ने पूरा पेमेंट नहीं लिया।

“जब तक हमें पक्का पता नहीं चल जाता कि वह आदमी दोषी है, तब तक केस खत्म नहीं होगा। मैं आपको जल्द से जल्द अपडेट करूँगा। मुझे खुशी है कि हमने उसे ढूंढ लिया, और मुझे उम्मीद है कि अब जब यह लगभग खत्म हो गया है तो आप आराम कर सकते हैं। मुझ पर और मेरी टीम पर आपके भरोसे के लिए धन्यवाद।”

वे मुस्कुराते हुए चले गए।

“तो बस इतना ही। मार्क, आपकी मदद के लिए शुक्रिया। क्या मैं भविष्य में आपसे मिल सकता हूँ?”

"बिल्कुल।"

हसीया ने उसे पैसे दिए और अपने ऑफिस वापस चली गई। सब कुछ उसके हिसाब से चल रहा था। कल, वह और लड़के एक और सफल केस के खत्म होने का जश्न मनाएंगे।

अध्याय पैंतालीस

रेमंड और किड अंदर आकर बैठ गए। “हमने एक और केस सुलझा लिया, दोस्तों। शेरिफ ने उस आदमी को जेल में डाल दिया है। इस केस में सबने मदद की।”

रेमंड ने पूछा, “क्या मुझे इस खतरनाक, हथियारबंद आदमी की सही जगह का पता लगाने के लिए एक्स्ट्रा पैसे मिलेंगे?”

"नहीं, लेकिन बाद में मुझे याद दिलाना, और मैं शायद आपको धन्यवाद दूँ।"

किसी ने दरवाज़ा खटखटाया। नीनो और हेनरी अंदर आए। “ या - अतीह , हसेया । मुझे उम्मीद है कि तुम्हें हमारे बीच में आने से कोई दिक्कत नहीं होगी। यह ज़रूरी है।”

नीनो परेशान लग रहा था। “बिल्कुल नहीं। रेमंड, बच्चे, क्या तुम एक मिनट बाहर इंतज़ार कर सकते हो?” दोनों ने सिर हिलाया और चले गए।

नीनो और हेनरी बैठ गए। “हसेया, कल रात एक अजीब आदमी मुझसे मिलने आया था। वह मेरी खिड़की से झाँक रहा था, और जब मैंने मुड़कर उसे देखा, तो वह दूर चला गया, और मैंने उसका चेहरा नहीं देखा। हेनरी के पास भी कुछ दिलचस्प कहने को है।”

हेनरी बोला, “मैं आज सुबह शहर के बीचों-बीच घूम रहा था, और मुझे लगा कि कोई मेरा पीछा कर रहा है, इसलिए मैं एक बिल्डिंग के कोने पर

मुड़ा और इंतज़ार करने लगा। जब मैंने पीछे मुड़कर देखा, तो मैंने देखा कि एक आदमी तेज़ी से नज़रों से ओझल हो गया। कोई मेरा पीछा कर रहा था, हसेया, मुझे पक्का यकीन है। हो सकता है यह वही आदमी हो जो नीनो को परेशान कर रहा था, मुझे नहीं पता। हम इस आदमी को ढूंढने के लिए तुम्हें हायर करना चाहते हैं।"

हसेया हैरान रह गई। "उन्होंने कल उस जिज्ञासु आदमी को पकड़ लिया, और तब से वह जेल में बंद है। मैंने आज सुबह शेरिफ से पूछा, और उस आदमी ने कई लोगों की खिड़कियों में झाँकने की बात कबूल की है। वह कल शाम से जेल में है। नीनो, तुमने कहा था कि कल रात कोई तुम्हें देख रहा था, और हेनरी, तुमने कहा था कि आज सुबह कोई तुम्हारा पीछा कर रहा था?" उसने पहले नीनो और फिर हेनरी की तरफ देखते हुए पूछा।

"हाँ, इसका कोई मतलब नहीं है, लेकिन हम दोनों जानते हैं कि हमने क्या देखा। हम यह सब बना-बनाया नहीं है," नीनो ने कहा।

"हाँ, मैं समझ गया...मैंने कभी नहीं कहा कि तुमने कुछ बनाया है। मैं इसे देखूंगा। तुम्हें अभी मुझे पैसे देने की ज़रूरत नहीं है। जैसे ही मुझे और जानकारी मिलेगी, मैं तुम दोनों से बात करूंगा। प्लीज़ शांत रहो और चिंता करना बंद करने की कोशिश करो, तुम दोनों। मुझे यकीन है कि तुमने जो देखा वह सच था, लेकिन इसका कोई आसान सा कारण होना चाहिए।"

"थैंक यू। अब मैं बेहतर महसूस कर रहा हूँ। मुझे उम्मीद है कि आप इस आदमी को ढूंढ लेंगे, ताकि हम नॉर्मल हो सकें। फिर से थैंक यू।" वे दोनों चले गए, और लड़के वापस आ गए।

"यह सब क्या था?" रेमंड ने पूछा।

"मुझे पक्का नहीं पता। नीनो और हेनरी का कहना है कि उन पर अभी भी नज़र रखी जा रही है। शेरिफ ने आज सुबह मुझे बताया कि जिस आदमी को उन्होंने कल दोपहर को अरेस्ट किया था, वह तब से जेल में है

और उसने सब कुछ कबूल कर लिया है। जब से मैं यहाँ हूँ, तब से किसी जिज्ञासु आदमी का कोई केस नहीं आया है, और अब एक ही समय में दो हैं? मुझे अभी समझ नहीं आ रहा कि किस पर यकीन करूँ।"

रेमंड और किड ने तुरंत सिर हिलाया और कुछ नहीं कहा। "मुझे नहीं पता क्या कहना है, हसेया। तुम सही हो, इसका कोई मतलब नहीं बनता," रेमंड ने कहा।

तीनों ही हैरान थे। "तुम दोनों लंच के बाद वापस आना। शायद तब मैं तुम्हारे लिए कुछ बनाऊँ।" जब वह अकेली होती, तो वह छत को देखती, ख्यालों में खोई रहती। नीनो और हेनरी के साथ प्लाज़ा में हाल ही में हुई पिकनिक किसी भी ऐसी पिकनिक से अलग थी जहाँ वह पहले कभी गई थी। उसके दोनों दोस्त टेंशन में थे। वे आराम नहीं कर पा रहे थे या कोई मज़ा नहीं कर पा रहे थे। पिकनिक छोटी थी और एक फॉर्मल मीटिंग जैसी लग रही थी। नीनो और हेनरी चिड़चिड़े और परेशान लग रहे थे, जैसे उन्हें लग रहा हो कि किसी भी पल आसमान उन पर टूट पड़ेगा। यह अजीब था, लेकिन अब उन दोनों को लग रहा था कि कोई उन्हें देख रहा है। यह और भी अजीब था।

जितना ज़्यादा वह इस बारे में सोचती, उतना ही उसे लगता कि उसे उन पर यकीन करना चाहिए, कम से कम अभी के लिए तो। हसेया खुद को एक शौकिया इन्वेस्टिगेटर बताती थी, लेकिन वह खुद को एक प्रोफेशनल समझने लगी थी। प्रोफेशनल तरीके के लिए उसे फैक्ट्स को फॉलो करना था, चाहे वे उसे कहीं भी ले जाएं। उसे ऐसी कहानी बनाने का कोई अच्छा कारण नहीं सूझ रहा था। वह इस केस को ऐसे देखती जैसे कोई उन्हें देख रहा हो और फॉलो कर रहा हो, और यह पता लगाना उसकी ज़िम्मेदारी थी कि वह व्यक्ति कौन है।

जब लंच के बाद लड़के उससे मिलने आए, तो उसने उनसे थोड़ी देर बात की और फिर उन्हें भेज दिया। उसने अभी तक कोई प्लान नहीं बनाया था। “शायद कल,” उसने कहा। “तब मिलते हैं।”

हसीया को इस प्रॉब्लम पर सोचने की ज़रूरत थी। मिनट बीतते गए, फिर और मिनट, लेकिन कुछ भी समझ नहीं आया। उसे एक्शन और मूवमेंट की ज़रूरत थी। शुरुआत करने के लिए एक अच्छी जगह ऑफिस से बाहर निकलकर टहलने जाना होगा, इसलिए वह बिना किसी मंज़िल के अपने ऑफिस से निकली।

यह एक अजीब इत्तेफ़ाक था कि लगभग उसी समय एक और जिज्ञासु आदमी भी आस-पास था, जो पहले वाले के सामने सबसे पहला सवाल था, लेकिन उस समय वह उलझन में नहीं थी। वह किसी और चीज़ को लेकर कन्फ्यूज़ थी, लेकिन उसे नहीं पता था कि वह क्या है, उसने उसे क्यों अट्रैक्ट किया, या वह ठीक से सोच भी पा रही थी या नहीं। कुछ तो था, बहुत असली, फिर भी साफ़ नहीं। कुछ ऐसा जो वह थोड़ा-बहुत ही समझ पा रही थी, लेकिन अगर वह अपने अंदर की आवाज़ पर ध्यान देती, तो इस पहेली को सुलझाने से उसके सारे सवाल जवाब मिल जाते। उसके विचार एक एहसास पर आधारित थे—या तो एहसास या कोई अंदाज़ा; उसे पक्का नहीं पता था कि कौन सा।

वह घंटों चलती रही, आखिर में उसे ध्यान आया कि वह गोल-गोल घूम रही थी और जवाबों की तलाश में उसे कोई खास तरक्की नहीं मिली थी। वह अचानक शेरिफ ऑफिस चली गई, इस उम्मीद में कि किसी से बात करने से मदद मिलेगी। वह अंदर गई। लुईस वहाँ नहीं था, लेकिन डिटेक्टिव ब्राउन था। “दोपहर, क्लेरेंस।”

ब्राउन ने पूछा, “मैं आपके लिए क्या कर सकता हूँ?”

"मुझे नहीं पता कि आप कुछ कर सकते हैं या नहीं। मैं एक केस में अटका हुआ हूँ। आज सुबह दो लोग मेरे पास आए, उन्होंने कहा कि उन पर नज़र रखी जा रही थी और उनका पीछा किया जा रहा था—एक कल रात और एक आज सुबह। जहाँ तक मुझे पता है, आपने उस आदमी को पूरे दिन जेल में रखा है। क्या यह सच है?"

"आप जानते हैं कि ऐसा है। तो ये दोनों दावा करते हैं कि कोई दूसरा और अलग आदमी उन्हें देख रहा है। क्या आपने यह दावा करने वाले दो लोगों के बैकग्राउंड की जांच की है? हो सकता है कि उनमें से एक या दोनों और उस आदमी के बीच कोई कनेक्शन हो जो वे कहते हैं कि उनका पीछा कर रहा है, या उस आदमी के साथ जो हमारी जेल में है, जहाँ तक हम जानते हैं। शायद कोई उनका पीछा नहीं कर रहा है, और उन्होंने बस सोचा कि कोई उनका पीछा कर रहा है। किसी भी मामले में, आपके सामने बहुत सारी खुदाई और मेहनत है। मैं मदद करना चाहता हूँ, लेकिन आपको अपना केस खुद ही सुलझाना शुरू करना होगा। यह अपने आप नहीं सुलझेगा, और आप यहाँ बैठकर मुझसे बात करके कुछ भी पता नहीं लगा सकते।"

"मुझे लगा कि हम इस तरह के मामलों पर साथ मिलकर काम करते हैं।"

"शेरिफ़ और मुझे दूसरे जिज्ञासु आदमी के बारे में कोई नई शिकायत नहीं मिली है। जब मुझे कोई प्रॉब्लम होती है तो मैं आपके ऑफिस में आकर नहीं बैठता, और मैं अभी आपकी मदद नहीं कर सकता। आपको बाहर जाकर अपना काम करना होगा, और ज़्यादा जानकारी लेनी होगी।"

"अलविदा, डिटेक्टिव। इतनी मेहनत करके खुद को मत थकाओ।" वह गुस्सा होकर चली गई, फिर शांत हुई और जान गई कि ब्राउन इस तरह बात करने लायक नहीं है। फिर भी, हसेया चलते रहना चाहती थी, भले ही उसके पैरों में दर्द हो रहा हो। उसके पास एक आइडिया था। दिन

के इतने देर में वह बस यही कर सकती थी। वह या तो नीनो या हेनरी के पीछे जाएगी, जो भी उसे पहले दिखेगा।

वह चुपके से कोर्ट के आस-पास घूमती रही, और कुछ मिनट बाद, उसने देखा कि नीनो ने उसकी दुकान का दरवाज़ा बंद कर दिया और घर की ओर चल पड़ा। वह जानती थी कि नीनो कहाँ रहता है और उसे पकड़े जाने का खतरा होने पर भी उसके बहुत करीब जाने की ज़रूरत नहीं थी।

हसेया सावधान थी, और पहले तो उसे कुछ भी अजीब नहीं दिखा। नीनो लगभग घर पहुँच ही गया था कि हसेया की नज़र किसी चीज़ पर पड़ी। नीनो के पीछे और बगल में एक ऊँची झाड़ी में हलचल हो रही थी। हसेया अचानक रुक गई, छिप गई और देखने लगी। वह फिर से वहीं था। क्या वह कोई जानवर था, शायद हिरण? उसे ऐसा नहीं लगा। उसने जो देखा वह एक आदमी जैसा लग रहा था जो धीरे-धीरे और जान-बूझकर आगे बढ़ रहा था। वह देखती रही, जहाँ उसने हलचल देखी, वहाँ से नज़र हटाने की हिम्मत नहीं हुई।

नीनो अपने घर में चला गया था, और उसके तुरंत बाद, हसेया को नीनो के घर से नई आवाज़ें आती सुनाई दीं। अपनी समझ के खिलाफ़, उसने झाड़ियों में छिपे आदमी से अपनी नज़रें हटा लीं और देखा कि नीनो बाहर आया, उसने अपना सामने का दरवाज़ा बंद किया, और एक कालीन हिलाने लगा। हसेया ने वापस उस झाड़ी की तरफ़ देखा जहाँ उसने कुछ देखा था। वह अलग दिख रहा था। वह झाड़ियों को देखती रही लेकिन उसे कुछ नहीं दिखा, कोई नई हलचल नहीं हुई। जो भी पहले वहाँ था, वह जा चुका था। हसेया को एक फ़ैसला करना था। वह बाहर निकली और नीनो की तरफ़ दौड़ने लगी।

जब नीनो ने किसी को अपनी तरफ दौड़ते हुए सुना, तो वह चौंक गई, उसने कालीन गिरा दिया और अंदर जाने लगी, तभी उसे एहसास हुआ कि

वह हसेया है। वह रुकी और हसेया को देखा, फिर इधर-उधर देखा, बाएं, फिर दाएं। हसेया को लगा कि नीनो घबराने लगा है।

"नीनो, अंदर जाओ। मैंने देखा कि एक आदमी तुम्हें देख रहा है, और मुझे पक्का करना है कि तुम सुरक्षित हो। जाओ, अभी।" नीनो घबराई हुई लग रही थी और जल्दी से अपने घर के अंदर चली गई।

हसेया ने अपना डेरिंगर निकाला और देखते और सुनते हुए अपनी सांस धीमी करने की कोशिश की। सब शांत था। वह ध्यान से उस जगह गई जहाँ उसने झाड़ियों में हलचल देखी थी। वहाँ कोई नहीं था। उसने कुछ और कदम उठाए और ज़मीन पर उलझे हुए पौधों को देखा। कोई वहाँ था, और हाल ही में। उसने कई मिनट तक उस जगह को देखा कि कोई अभी भी मौजूद है या नहीं। जो भी वहाँ नीनो को देख रहा था, वह बहुत पहले जा चुका था। उसने अपनी बंदूक रख दी, नीनो के सामने वाले दरवाज़े तक गई और खटखटाया। "नीनो, मैं हूँ, हसेया। दरवाज़ा खोलो।"

दरवाज़ा खुला. "क्या हो रहा है? तुम यहाँ क्या कर रहे हो?"

"मैंने तुम्हारे घर तक तुम्हारा पीछा किया, यह देखने के लिए कि क्या कोई तुम्हें देख रहा है। कोई तुम्हारा इंतज़ार कर रहा था और वहाँ से तुम्हें देख रहा था।" हसेया ने झाड़ियों की ओर इशारा किया।

"यहाँ आने के लिए शुक्रिया। इस शहर में कुछ गड़बड़ है। अगर हेनरी न होता, तो मैं महीनों पहले ही यह जगह छोड़ चुका होता। नीनो रुका। खैर, शुक्रिया, हसेया। तुम एक अच्छी दोस्त हो और...जो करती हो उसमें अच्छी हो।"

"मुझे लगता है कि भविष्य में हेनरी को आपको घर तक छोड़ना चाहिए," हसेया ने दुखी होकर कहा।

अध्याय छियालीस

“आप कैसे हैं, मार्क? क्या आप व्यस्त थे?” अगले दिन सबसे पहले हसेया ने उनके घर पर उनका स्वागत किया।

“मैं ठीक हूँ। आज दोपहर को मेरे पास काम है, लेकिन आज सुबह मेरे पास बहुत खाली समय है। अंदर आ जाओ।”

वे एक मिनट तक बैठे और बातें कीं। फिर, हसेया काम पर लग गई। “मुझे तुम्हारी मदद चाहिए।” उसने डिटेल में बताया कि दूसरे जिज्ञासु आदमी के मामले में क्या हुआ था।

“लगता है तुम्हारा मुकाबला किसी अनुभवी आदमी से है। तुमने और उसने एक ही समय पर एक दूसरे को देखा। तुम्हें सावधान रहना होगा।”

“जो भी यह कर रहा है, वह चालाक है और उसे ढूंढना मुश्किल होगा। मैं उसे अकेले नहीं पकड़ सकती, लेकिन हम दोनों के साथ मिलकर काम करने से उसके पकड़ने का चांस ज़्यादा है। क्या आप अपने काम के शेड्यूल में थोड़ी जगह बना सकते हैं?” हसेया ने पूछा।

“हाँ, आज दोपहर के बाद, मैं मदद कर सकता हूँ।”

“मैं पहले से बेहतर महसूस कर रहा हूँ। प्लीज़ आज सुबह लड़कों के साथ मेरी रेगुलर मीटिंग में शामिल हो जाओ। मैं तुम्हें सही सैलरी दूँगा।”

उन्होंने कुछ और बेकार की बातें कीं, फिर हसेया मुस्कुराई और चली गई।

रेमंड और किड के साथ अपनी रोज़ाना की मीटिंग से पहले उसके पास समय बचा था, इसलिए वह शेरिफ के ऑफिस चली गई।

“तुम फिर से। अब क्या?” शेरिफ लुईस ने अंदर आते ही पूछा। जब से वह उसे जानती थी, उसने कभी उसकी ज़्यादा इज्ज़त नहीं की थी। वह उनके बीच की अनबन से थक चुकी थी। अगर वे दोनों मिलकर काम करें तो ज़्यादा कामयाब हो सकते हैं।

“मैंने कल डिटेक्टिव ब्राउन से जो कहा, उसके लिए मैं माफ़ी मांगना चाहता हूँ। मेरे पास ऐसा करने का कोई अच्छा कारण नहीं था, और ऐसा कभी नहीं होना चाहिए था।”

लुईस ने उसे भावशून्यता से देखा लेकिन कुछ नहीं कहा।

“मेरे पास उस केस का अपडेट है जिसके बारे में मैंने कल डिटेक्टिव को बताया था। कल दोपहर, जब आपका आदमी यहाँ बंद था, मैंने देखा कि एक दूसरा आदमी मेरे क्लाइंट के घर पर नज़र रख रहा था। मैंने उसे डरा दिया होगा क्योंकि वह चला गया, और मैं उसे कभी ठीक से देख नहीं पाया। मुझे लगा कि आपको यह पता होना चाहिए।”

“आपका ग्राहक कौन है?”

“हम एक-दूसरे को कई महीनों से जानते हैं और एक-दूसरे पर भरोसा करना सीख गए हैं। आप डिटेक्टिव के अलावा किसी को नहीं बताएंगे?” हसेया ने पूछा।

"बिल्कुल।"

“नीनो, ऑल्टरेशन वाली औरत, और हेनरी लेस्टर दोनों ने मुझे काम पर रखा था। क्या आपको किसी जिज्ञासु आदमी के बारे में कोई और शिकायत मिली है?”

“कोई नहीं। मेरी सारी शिकायतें जेल में बैठे आदमी के कबूलनामे से पूरी हो गईं।”

उसने कुछ देर सोचा और फिर कहा, “अभी के लिए, हमें यह मानना होगा कि जो कोई भी नीनो और हेनरी को देख रहा है, वह सिर्फ़ उन्हें ही देख रहा है और किसी और को नहीं। क्या आप मुझे बताएंगे कि क्या आपके पास इस तरह की कोई और शिकायत है?”

"बिल्कुल।"

“प्लीज़ डिटेक्टिव को बता देना कि मुझे कल के लिए सॉरी है। गुड डे, शेरिफ।” हसेया अपने ऑफिस में मीटिंग के लिए चली गई। आने के बाद, उसे खुद को संभालने का थोड़ा समय मिला, और फिर रेमंड और किड अंदर आ गए।

“सुप्रभात, लड़कों। बैठ जाओ।” उसने मार्क के लिए एक और कुर्सी ढूंढ ली थी, जिसे वह जब भी आए, इस्तेमाल कर सके।

“हसेया, अब मैं एक आदमी हूँ और अब समय आ गया है कि तुम मुझे इसी नाम से बुलाओ।”

“इस साल आपने सुधार किया है, इसलिए आप एक मर्द कहलाने के करीब हैं। इसे जारी रखें।”

मार्क एगुइलर ऑफिस में आए और बैठ गए। “क्या तुमने लड़कों को कल के बारे में बताया है?”

“अभी नहीं,” हसेया ने कहा, फिर रेमंड और किड को बताया कि क्या हुआ था।

मार्क ने कहा, “यह एक गंभीर आदमी है जिससे हम डील कर रहे हैं। मैं यह महसूस कर सकता हूं। वह खतरनाक हो सकता है, और हमें सावधान रहना होगा।”

"मुझे यही पसंद है—चुनौती। कई बार मैं..."

"बंद करो, रेमंड। अभी समय नहीं है। मार्क सही है। यह स्थिति गंभीर है। मैं चाहता हूँ कि हर कोई इस मामले पर अपने विचार शेयर करे। मार्क, तुम शुरू करो," हसेया ने कहा।

"किसी आदमी के दूसरे लोगों के बिज़नेस में तांक-झांक करने के अलग-अलग कारण हो सकते हैं। ज़्यादातर मामलों में, पैसा ही ज़्यादातर समस्याओं की जड़ होता है। हो सकता है कि नीनो और हेनरी पर इस आदमी का पैसा उधार हो, और वह आदमी बस उन्हें डराकर पैसे देने की कोशिश कर रहा हो। यह भी हो सकता है कि नीनो या हेनरी ने, अलग-अलग या मिलकर, उस आदमी से पैसे चुराए हों, या उस आदमी को लगता हो कि उन्होंने चुराए हैं, और वह उन्हें वापस पाने की कोशिश कर रहा हो। बेशक, उसके इस व्यवहार के और भी कई कारण हो सकते हैं , लेकिन पैसे से जुड़ी कोई बात शुरू करने के लिए अच्छी जगह है।"

"मुझे तो समझ में आ रहा है। रेमंड, तुम क्या सोचते हो?" हसेया ने पूछा।

"जो आदमी नीनो पर नज़र रख रहा है, हो सकता है वह सिर्फ़ परेशानी खड़ी करने के लिए ऐसा कर रहा हो, और कुछ नहीं। शायद उसे लोगों को डराना पसंद हो। जब नीनो या हेनरी परेशान होते हैं, तो शायद उसे उन्हें हवा में लहराते हुए देखना अच्छा लगता है क्योंकि इससे उसे लगता है कि वह कंट्रोल में है और ज़रूरी है। मैंने ऐसे केस सुने हैं, लेकिन मैंने खुद कभी ऐसा नहीं देखा। अगर यह आदमी सिर्फ़ परेशानी खड़ी करने के लिए ऐसा कर रहा है, तो वह आखिर में खुद ही गायब हो जाएगा। हमें ज़्यादा कुछ नहीं करना पड़ेगा, लेकिन उसे अपनी मौजूदगी का एहसास दिलाने से वह हमारे कुछ न करने के मुकाबले ज़्यादा तेज़ी से चला जाएगा।"

“तुमने खुद देखा है, झूठे। तुम...” बच्चे ने कहना शुरू किया।

“बस बहुत हो गया, किड। रेमंड ने एक अच्छी बात बताई,” उसने कहा, लेकिन वह किड की बात से सहमत हो गई जो लगभग कहा गया था। समय के साथ, उसने रेमंड के अतीत के बारे में और ज़्यादा जानकारी सुनी और जैसे ही वह झूठ बोलना बंद करेगा, वह उसे आदमी कहना शुरू कर देगी।

“बच्चे, तुम क्या सोचते हो?”

“यह वैसा ही हो सकता है जैसा मार्क या रेमंड ने कहा, लेकिन जब कोई दूसरा बच्चा मुझे बुरा-भला कहता है या मेरे साथ बहुत बुरा बर्ताव करता है, तो मैं उससे बदला लेना चाहता हूँ। हो सकता है कि नीनो या हेनरी ने इस आदमी से कुछ बुरा कहा हो जो उनका पीछा कर रहा है और उन पर नज़र रख रहा है , और अब वह उन दोनों से बदला लेना चाहता है। हो सकता है कि वह उन्हें चोट पहुँचाने के लिए कुछ बड़ा प्लान कर रहा हो , समझ रहे हो ना मेरा मतलब?”

रेमंड ने कहा, "हम जानते हैं आपका क्या मतलब है, और आपकी जानकारी के लिए इसे बदला कहा जाता है।"

“बदला?” बच्चे ने पूछा.

“कोई बात नहीं, बच्चे। तुमने सही बात कही। हमें इस आदमी को पहचानने के लिए थोड़ी खोजबीन और मेहनत करनी होगी। हमें शुरू करना होगा। मार्क, तुम किस बारे में आगे बात करना चाहते हो?” हसेया ने पूछा।

“मैं नीनो और हेनरी पर नज़र रख सकता हूँ। मैं शेरिफ और डिटेक्टिव के साथ मिलकर देखूंगा कि केस में कोई नई बात तो नहीं है। हो सकता है कि इस आदमी से किसी और को परेशानी हो रही हो। नीनो या हेनरी को

शेरिफ के पास ऑफिशियल कंप्लेंट करनी चाहिए। हम लुईस और ब्राउन से भी मदद ले सकते हैं।”

“रेमंड, आप अभी मदद के लिए क्या कर सकते हैं?”

“मैं मार्क के साथ काम करना चाहता हूँ। इस आदमी को ढूंढने के लिए दो लोगों का होना, एक से कहीं बेहतर हो सकता है। यह थकाने वाला काम है, लेकिन जब हम उसे ढूंढ लेंगे, तो हममें से एक उस आदमी का निकलने का रास्ता रोक सकता है, जबकि दूसरा उस तक पहुँचेगा। कभी-कभी इसके लिए दो लोगों की टीम की ज़रूरत होती है।”

“और इससे आपको घंटों तक कुछ न करने का मौका मिलेगा, है ना?” बच्चे ने पूछा।

“बस बहुत हो गया। हम एक टीम हैं। अब, तुम खुद को क्या करते हुए देखते हो, बच्चे?” हसेया ने पूछा।

“मैं शहर में पूछ सकता हूँ कि क्या किसी और ने इस आदमी को देखा है। मैं यहाँ आस-पास के लोगों को जानता हूँ, और एक-दो दिन बाद, मैं आपको बता सकता हूँ कि क्या वह आदमी किसी और के कामों में तांक-झाँक कर रहा है। और हाँ, मुझे पता है कि कैसे सावधान रहना है। आपको मुझे याद दिलाने की ज़रूरत नहीं है।”

“बहुत अच्छा. तुम तीनों शुरू कर सकते हो. कल मिलते हैं.”

सबके जाने के बाद, उसने एक पल के लिए खुद को संभाला, फिर नीनो से मिलने जाने का फैसला किया। जब वह नीनो की दुकान में घुसी, तो उसने वही देखा जिसकी उसे उम्मीद थी। नीनो कपड़े के एक टुकड़े पर झुका हुआ था, ध्यान से सिलाई कर रहा था। वह औरत जोश में थी, हसेया समझ गई थी, और बेपरवाह थी। “नीनो, हमें बात करनी है। प्लीज़ एक मिनट के लिए इसे नीचे रख दो।”

नीनो ने बेसब्री से काम करना बंद कर दिया और उसकी तरफ देखा। “हाँ। तुम्हें क्या चाहिए?”

“मुझे चाहिए कि आप शेरिफ के पास नज़र रखे जाने के बारे में एक फॉर्मल कंप्लेंट फाइल करें। जो हुआ उसके बारे में मैंने शेरिफ लुईस से पहले ही बात कर ली है, लेकिन अगर आप उन्हें इन्वेस्टिगेशन में शामिल करना चाहते हैं, तो आपको खुद कंप्लेंट फाइल करनी होगी। वे मेरी बातों के आधार पर कुछ नहीं कर सकते। इन्वेस्टिगेशन शुरू करने से पहले उन्हें आपसे या हेनरी से बात करने की ज़रूरत है। मेरे दोस्त मार्क को लगता है कि जो आदमी आप पर नज़र रख रहा है वह खतरनाक हो सकता है, और मैं चाहता हूँ कि शेरिफ इसमें शामिल हो। क्या आप प्लीज़ आज उनसे मिलने जाएँगे?”

नीनो ने एक पल के लिए उसे देखा। “हाँ। मुझे नहीं पता कि मैंने उनसे बात क्यों नहीं की। पीछा किए जाने और नज़र रखने से मैं घबरा गया था। मुझे अपने लिए और ज़्यादा खड़े होने की ज़रूरत है, लेकिन मेरे विचार और भावनाएँ उलझी हुई हैं, और मैं कन्फ्यूज़ हो जाता हूँ। हेनरी और मैं अभी मुश्किल समय से गुज़र रहे हैं, लेकिन मुझे पता है कि तुम सही हो, और मैं शेरिफ़ से मिलूँगा। तुम्हारी सलाह के लिए धन्यवाद।”

“अच्छा. मुझे भी कभी-कभी यही प्रॉब्लम होती है. शुरू करना सबसे मुश्किल काम हो सकता है. वैसे भी, मैं थोड़ी ताज़ी हवा लेने बाहर जा रहा हूँ. क्या तुम मुझसे वादा कर सकते हो कि जब भी मुमकिन होगा तुम भी ऐसा ही करोगे?”

“हाँ, मैं करूँगा। फिर से धन्यवाद, हसीया। धन्यवाद।”

हसेया नीनो की दुकान से निकली और घर वापस जाने लगी। नीनो कन्फ्यूज्ड लग रहा था, और हसेया यह एहसास अच्छी तरह जानती थी। हसेया का दिमाग ठीक था और उसे चीज़ों को समझने और ठीक से जोड़ने

की ज़रूरत थी। इन्वेस्टिगेशन को सुलझाने के बाद, पीछे मुड़कर देखना और यह समझना आसान था कि केस में सब कुछ कैसे और क्यों हुआ। जब उसे फैक्ट्स पता थे तो सब कुछ समझ में आया। फैक्ट्स ढूंढना मुश्किल काम था।

किसी केस पर काम करते समय, जो बात समझ में नहीं आती थी, वह उसके अंदर बैठ जाती थी। हसेया के मन में एक सवाल बार-बार आता था जो पिछले साल के ज़्यादातर समय से उसे परेशान कर रहा था। उसके पास कोई जवाब नहीं था। क्ले ने मेयर यंग और माइक टैपस्कॉट नाम के आदमी का मर्डर क्यों किया? उसे ऐसा करने का कोई कारण नहीं सूझ रहा था। उसे हमेशा लगता था कि डिटेक्टिव विलियम्स का मर्डर इसलिए हुआ क्योंकि वह बहुत कुछ जानता था। यह लॉजिकल था, भले ही क्ले के डिटेक्टिव को मारने के आइडिया से उसे कुछ परेशानी हो रही थी। हो सकता है उसका दिमाग खराब हो गया हो, लेकिन इस बारे में भी कुछ बात उसे परेशान कर रही थी। वह ठीक से समझ नहीं पा रही थी।

क्ले पक्का एक परेशान आदमी था। उसका दिमाग धूल के शैतान की तरह था, इधर-उधर घूमता रहता था और कंट्रोल से बाहर था, बिना किसी साफ़ दिशा के इधर-उधर घूमता रहता था। फिर भी, क्ले ऐसा नहीं लगता था कि बिना किसी वजह के हत्या कर दे। हसेया ने क्ले के कबूलनामे पर जितना भी यकीन करने की कोशिश की, उसका लॉजिकल दिमाग उसे नहीं मान रहा था। उसके पास मेयर यंग या माइक टैपस्कॉट को चुनकर उन्हें मारने की क्या वजह हो सकती है?

हसेया ने पाया कि वह क्ले के बारे में जितना सोचती थी, उससे कहीं ज़्यादा सोच रही थी। क्ले को तीन मर्डर का दोषी पाया गया था , लेकिन सबसे ज़्यादा उसे क्ले के लिए दुख हो रहा था। अपने दिल में और कहीं न कहीं अपने दिमाग में, वह जानती थी कि क्ले के साथ जो हुआ वह गलत

और एक ट्रेजेडी था। उसे कुछ पता लगाने और शायद कुछ मेहनत करने की ज़रूरत थी।

अध्याय सैंतालीस

हसेया ने ऐसा दिखाया जैसे उसे पता ही न हो। सुबह तेज़ हवा चल रही थी और मौसम के हिसाब से ठंड भी नहीं थी। वह अपने सामने के बगीचे में घास-फूस उखाड़ रही थी और उसने अपनी आँख के कोने से कुछ हलचल देखी। वह उठी और अंगड़ाई ली, फिर आराम से थोड़ा कराह उठी। बिना किसी वॉर्निंग के, हसेया तेज़ी से उस हलचल की ओर दौड़ी जो उसने देखी थी, और चीड़ के जंगल की झाड़ियों में तुरंत सरसराहट हुई। वह उस जिज्ञासु आदमी पर झपट पड़ी जो उसे घूर रहा था।

जब वह उस आदमी का पीछा कर रही थी, तो उसे उसकी झलकें दिखीं। उसके छोटे पैर उसके लंबे कदमों के सामने कुछ नहीं थे, और उसने जल्दी ही बढ़त बना ली। जब वह आदमी शहर से दूर और जंगल में भागा, तो उसने खुद को आगे बढ़ाया। उसे उसकी झलकें कम होती गईं, और जल्द ही, वह उसे बिल्कुल भी नहीं दिखा। वह उसी दिशा में भागती रही, फिर रुक गई। वह उससे बच निकला था। उसने अपने हाथ घुटनों पर रखे, काफ़ी हवा अंदर लेने की कोशिश की, और उसकी कोई आवाज़ सुनने के लिए बहुत ज़ोर लगाया। उसे कुछ नहीं सुनाई दिया, और पीछा खत्म हो गया।

वह खड़ी हुई और चारों ओर देखा। अब वह बस वापस चल सकती थी और अलर्ट रह सकती थी। जब वह अपने घर के पास जंगल के किनारे

पहुँची, तो उसने मार्क को अपने दरवाज़े पर दस्तक देते हुए देखा, वह बेसब्र दिख रहा था। उसने मुड़कर उसका स्वागत किया।

“तुम यहाँ हो। मैं देख रहा हूँ, तुम चल रहे थे?”

“हाँ और नहीं। अंदर आओ, और मैं तुम्हें इसके बारे में सब कुछ बताऊंगा।”

उसने कुछ काली चाय बनाई और फिर बताया कि क्या हुआ था।

मार्क ने कहा, "हो सकता है कि वह एक जवान आदमी हो। कम से कम इससे तो यही पता चलेगा कि वह तुमसे कैसे आगे निकल गया।"

“शायद। बताना मुश्किल है। कोई खबर?”

“हाँ। रेमंड और मैं कुछ दिन पहले हेनरी के घर पर नज़र रख रहे थे, तभी मैंने देखा कि कोई हेनरी के घर पर छिपकर नज़र रख रहा है। मेरे लिए सबसे अच्छा यही था कि मैं इंतज़ार करूँ और देखूँ कि कुछ होता है या नहीं, लेकिन कुछ नहीं हुआ। जो भी था, उसने मुझे ज़रूर देखा होगा क्योंकि वह साँप की तरह आसानी से निकल गया, और मैंने उसे सिर्फ़ उसी बार देखा था। हम कल सुबह उसी जगह पर वापस आए और कुछ नहीं देखा।”

“हमारा आदमी पकड़ा नहीं जाना चाहता। क्या तुम्हें पक्का पता है कि तुमने क्या देखा?” हसेया ने पूछा।

"हाँ।"

"और कुछ?"

मार्क ने कहा, “मैं कल लंच के बाद शेरिफ से मिला था। उनकी तरफ से कुछ भी नया नहीं था।”

हसेया ने कहा, “हम वही करते रहेंगे जो हम करते आ रहे हैं। हो सकता है कि हमारी किस्मत अच्छी हो। बच्चा कल ऑफिस आया था। उसने शहर में अपने लोगों से बात की, और किसी ने भी यह नहीं बताया कि कोई उन्हें देख रहा है। अभी तक, हम खाली हाथ आए हैं।”

“क्या तुम्हें नहीं लगता कि यह अजीब बात है कि नीनो, हेनरी, और अब सिर्फ़ तुम पर ही नज़र रखी जा रही है? इसका कोई कारण ज़रूर होगा। उसे हमारे बारे में पता होगा और वह जानता होगा कि हम उसे पकड़ना चाहते हैं। उसे पता है कि तुम एक शौकिया इन्वेस्टिगेटर हो और उसे पता चल गया होगा कि तुम्हें उसे ढूंढने के लिए हायर किया गया है। अभी, हम सिर्फ़ इतना जानते हैं कि यह चालाक, जिज्ञासु आदमी एक आदमी है,” मार्क ने कहा।

हसेया ने कहा, “मैंने थोड़ी खोजबीन शुरू कर दी है। मैं क्ले के रिप्लेसमेंट कर्टिस से कोर्ट में मिली और कुछ पूछताछ की, लेकिन मुझे अभी तक कोई जवाब नहीं मिला है। मैं हर दिन उनसे बात करूंगी।”

दरवाज़े पर दस्तक हुई और नीनो अंदर आया। “मेरा मतलब आपकी मीटिंग में रुकावट डालना नहीं है, लेकिन यह ज़रूरी है।”

"कृपया, अंदर आइए," हसेया ने कहा।

“मैं आज अपना स्क्वैश ब्लॉसम नेकलेस लेने घर आई थी, यह देखने के लिए कि यह मेरी बनाई ड्रेस के साथ कैसा लगेगा। मेरी कस्टमर एक फैंसी गेट-टुगेदर के लिए एक असली इंडियन लुक चाहती थी, और मैंने सोचा कि मैं उसे नेकलेस उधार दे दूँ। जब मैं इसे लेने गई, तो यह गायब था। मैंने इसे हर जगह ढूँढा, लेकिन यह कहीं नहीं मिला। फिर मैंने अपनी बाकी ज्वेलरी देखी और कुछ और पीस गायब पाए।”

मार्क बोला, “क्या कोई तुम्हारे घर में घुस आया?”

“ऐसा नहीं है कि मैं देख सकता था। सामने का दरवाज़ा खराब नहीं था। मुझे तुम्हारी सलाह याद थी, हसेया, और इस बार, मैंने शेरिफ़ को चोरी की रिपोर्ट की। मैं शेरिफ़ ऑफ़िस से सीधे यहाँ आया हूँ।”

“शेरिफ़ और डिटेक्टिव शायद मदद कर सकते हैं. इससे कोई नुकसान नहीं होगा. क्या आप हमें कुछ और बता सकते हैं?” हसेया ने पूछा.

“हाँ, हाँ। मुझे बहुत अजीब लगा जब मुझे एहसास हुआ कि कुछ खाना गायब है। जिसने भी मेरी ज्वेलरी ली थी, वह भूखा था।”

“स्कैश ब्लॉसम नेकलेस मेरा सबसे कीमती पीस था। क्ले ने इसे मेरे लिए तब खरीदा था जब हम साथ में समय बिताने लगे थे। चोरी हुई दूसरी चीज़ें मेरी कुछ पसंदीदा थीं , लेकिन कम कीमती थीं। मैंने शेरिफ के लिए एक पूरी लिस्ट बनाई है। यह वही लिस्ट आपके लिए है,” नीनो ने हसेया को चोरी हुए गहनों की लिस्ट देने से पहले कहा ।

“मुझे नहीं पता था कि आपके पास इतने गहने हैं ।”

"मैंने समय के साथ कई टुकड़े खरीदे और मुझे दिए गए हैं।"

“हम इस पर काम करना शुरू करेंगे। सावधान रहना, नीनो।” नीनो हिचकिचाते हुए मुस्कुराया और हसेया के ऑफिस से चला गया।

हसेया और मार्क ऑफिस में ही रहे, और उस समय दोनों में से किसी को भी कुछ काम का करने या कहने का ख्याल नहीं आ रहा था। उसे हसेया का साथ अच्छा लग रहा था, और वह भी हसेया के साथ कम्फर्टेबल लग रहा था। ऑफिस के बाहर, वे दो इंडियन थे जो गोरे लोगों की दुनिया में जी रहे थे। वहाँ बैठकर, वे एक-दूसरे से सीखते थे और एक-दूसरे को ताकत देते थे।

“मैं हर समय अपने साथ एक डेरिंगर रखता हूँ। क्या आप अपने साथ बंदूक रखते हैं, मार्क?”

“आमतौर पर नहीं। मुझे पता है कि बंदूक कितना नुकसान कर सकती है। अगर ज़रूरत पड़ी तो मैं अपनी बंदूक अपने पास रखूंगा। नहीं तो, मैं इसे घर पर ही छोड़ देता हूं।”

वह उसे बहुत देर तक देखती रही। “क्या तुमने कभी किसी पर गोली चलाई है?”

वह हिचकिचाया, और उसे लगा कि वह उसके सवाल का जवाब नहीं देगा, लेकिन आखिरकार उसने जवाब दिया। "हाँ।"

वह इस मामले को लेकर सेंसिटिव लग रहा था, और हसेया ने टॉपिक बदलने के बारे में सोचा लेकिन उसने ऐसा नहीं किया। यह उसके काम का एक ज़रूरी मामला था। “क्या तुमने कभी किसी को मारा है?”

वह अचानक खड़ा हुआ और उसकी अकेली खिड़की के पास जाकर बाहर देखने लगा। “हाँ। मैं जवान था और अपनी ताकत से भरा हुआ था, रेमंड अब जैसा है उससे ज़्यादा अलग नहीं। एक आदमी मुझे गोली मारने वाला था, तो मैंने पहले उसे गोली मारी। यही पूरी कहानी है। मैंने उसे मार डाला।”

“मुझे अच्छा लगा कि तुम मेरे साथ ईमानदार हो। ऐसा लगता है कि तुमने जो किया वह सही था। मुझे उम्मीद है कि तुम्हें अपनी बंदूक इस्तेमाल करने की ज़रूरत नहीं पड़ेगी, लेकिन अगर हमें यह आदमी मिल गया तो तुम्हें करनी पड़ सकती है। यह हमारे काम का हिस्सा है और ऐसा होना तय है। फिर भी, कई बार, तुम्हारी बंदूक इस्तेमाल करने की धमकी ही लोगों को वहीं रोकने के लिए काफी हो सकती है जहाँ वे खड़े हैं।”

मार्क ने सहमति में सिर हिलाया, फिर बात बदल दी। उन्होंने कपड़ों, बागवानी, मौसम और दूसरे टॉपिक पर बात की, लेकिन वह बातचीत को इन्वेस्टिगेशन पर वापस लाना चाहती थी।

“क्या आपको लगता है कि हम इस आदमी को पकड़ लेंगे?”

“हाँ। जब हम शामिल हुए तो वह आदमी रुका नहीं। वह नीनो और हेनरी को लेकर ऑब्सेस्ड लगता है। किसी वजह से, मुझे लगता है कि वह शायद डेस्परेट हो रहा है। वह जितना ज़्यादा समय तक हमारे आस-पास रहेगा, उसे पकड़ने के हमारे चांस उतने ही ज़्यादा होंगे। मुझे यह भी लगता है कि यह नया जिज्ञासु आदमी शायद वही आदमी है जिसने नीनो की ज्वेलरी चुराई थी । मुझे नहीं पता क्यों,” मार्क ने कहा।

वह इस बारे में कुछ नहीं कह सकी। वह सहमत थी लेकिन उसे नहीं पता था कि नीनो और हेनरी पर नज़र क्यों रखी जा रही थी। कमरे में सन्नाटा छा गया।

“क्या तुमने सुना?” उसने कहा.

“हाँ. शायद कोई जानवर?”

उसने कंधे उचकाए और सुनती रही। फिर वही हुआ। कोई उसके घर में घुसने की कोशिश कर रहा था। वे चुपचाप उसके सामने वाले ऑफिस से बाहर निकले और शोर का सोर्स सुनने के लिए उसके घर में घुस गए। यह पीछे का दरवाज़ा था। कोई ताला तोड़ने की कोशिश कर रहा था। हसेया ने अपना डेरिंगर निकाला और उसे दरवाज़े की तरफ़ किया, उसे समझ नहीं आ रहा था कि क्या करे। मार्क मज़बूती से खड़ा रहा और हिला नहीं। वह जानती थी कि उसके पास हथियार नहीं है।

हसेया को लगा कि दरवाज़ा किसी भी पल खुल जाएगा, और घुसपैठिया, चाहे वह कोई भी हो, सामने आ जाएगा। उसने अपना हथियार चलाने की तैयारी की।

मार्क चिल्लाया, "जो कर रहे हो बंद करो, वरना अगर तुम अंदर आए तो हम अपनी राइफलों से गोली चला देंगे।"

वह हैरान रह गई। उसके पिछले दरवाज़े के दूसरी तरफ़ जो आदमी था, शायद वही आदमी था जिसे वे ढूंढ रहे थे। शायद वह कुछ खाना चुराने आया था। उसने किसी को भागते हुए सुना और अब उसे पकड़ने का कोई चांस नहीं था। उसने यह मुश्किल सबक अपने पहले के अनुभव से सीखा जब उसने उसे कुचलने की कोशिश की थी। मार्क भी ऐसा नहीं लग रहा था कि वह हिलना चाहता है। सब खत्म हो गया था।

“आपने उसे चेतावनी क्यों दी?”

“मैं तुम्हें उसे मारते हुए नहीं देखना चाहता था। यह इसके लायक नहीं है।”

उसने अपनी छोटी बंदूक रख दी, दरवाज़ा खोला और बाहर देखा। पता नहीं क्यों, उसे डर नहीं लग रहा था। पता नहीं, उसे पता था कि वह आदमी बहुत पहले जा चुका है, और खतरा टल गया है। मार्क फिर से रिलैक्स लग रहा था और खुले दरवाज़े से देखने के लिए उसके पीछे आ गया। वह हैरान और गुस्से में थी जब वही आदमी जिसने शूटिंग कॉम्पिटिशन में दबदबा बनाया था, शहर का सबसे काबिल बंदूक वाला आदमी, उस आदमी को भगा दिया, लेकिन वह समझने लगी। उसे सुरक्षित महसूस हुआ। मार्क यहाँ था।

अध्याय अड़तालीस

“मैंने उसे देखा। वह हेनरी था,” किड ने कहा।

“मुझे फिर से बताओ कि तुमने उसे कब देखा?” रेमंड ने पूछा

“यह कल दोपहर की बात है, करीब एक बजे।”

रेमंड ने एक अखबार निकाला और उसमें कुछ ढूंढने लगा। उसे वह मिल गया जो वह ढूंढ रहा था, फिर उसने खुशी से कहा, “अखबार में लिखा है कि हेनरी कल दोपहर 12 बजे से दो बजे तक टाउन काउंसिल की मीटिंग में था, जिसमें ज़ोनिंग में बदलाव पर चर्चा करने के लिए पब्लिक को भी बुलाया गया था। उस समय हेनरी को घूमते हुए नहीं देखा होगा। वह कोई और ही रहा होगा।”

रेमंड की बातों से किड शांत हो गया, लेकिन हसेया को लगा कि किड ईमानदार लग रहा है। उस सुबह केस के बारे में उनकी रोज़ की बातचीत के दौरान हेनरी का टॉपिक सामने आया। उसने कहा, "इसकी चिंता मत करो, किड। हम सभी कभी-कभी गलतियाँ करते हैं।"

न तो किड और न ही रेमंड ने इस मुद्दे पर और कुछ कहा, लेकिन हसेया देख सकती थी कि दोनों ने अपनी बात पर अड़े हुए हैं और वे अपना मन नहीं बदलेंगे, जिससे वह रुक गई। उसने बात बदल दी।

“कल किसी ने मेरे घर में घुसने की कोशिश की। मैं देख नहीं पाई कि वह कौन था, लेकिन वह वही आदमी रहा होगा जिसे हम ढूंढ रहे थे। मेरे

घर पर चोरी करने लायक ज़्यादा कुछ नहीं है, लेकिन हो सकता है कि वह आदमी बस भूखा हो। कोई आइडिया?" उसने रेमंड की तरफ देखते हुए कहा।

ज्वेलरी ढूंढ रहा हो । मुझे लगता है कि उसे नहीं पता कि आपके पास ऐसी ज़्यादा चीज़ें नहीं हैं। आप इसके बारे में क्या करने वाले हैं?" रेमंड ने पूछा।

"हमेशा की तरह. मैं अपना डेरिंगर हर समय अपने साथ रखता हूँ, जिससे मुझे थोड़ा आराम मिलता है."

लड़के शक में दिखे ।

"ठीक है। आज सुबह ध्यान रखना। अगर दोपहर तक तुम्हारे पास बताने के लिए कुछ नहीं है, तो बाकी दिन छुट्टी ले लेना। गुड लक।" रेमंड और किड उठे और चले गए।

कई मिनट बीत गए, और जब मार्क ने उसके दरवाज़े पर दस्तक दी और अंदर आया तो वह खुश हुई।

"क्या तुम टहलने चलना चाहोगे?" उसने कहा। "हाँ, मैं चल सकता हूँ," उसने कहा, और वे बाहर चले गए।

मार्क ने बातचीत शुरू की, "कल जिस आदमी ने तुम्हारे घर में घुसने की कोशिश की, वह अब बहुत परेशान हो गया होगा। वह बाहर नहीं आना चाहता, इसलिए छिप गया है, लेकिन उसे इसकी एक कीमत चुकानी पड़ रही है। उसे ज़िंदा रहने के लिए खाना चुराना पड़ता है। वह ज़रूर परेशान होगा, लेकिन मुझे नहीं पता क्यों। इस शहर में भी, मैं ऐसे कई लोगों को जानता हूँ जो अगर वह कहे तो उसकी मदद कर देंगे, लेकिन ऐसा लगता है कि वह किसी की मदद नहीं ले सकता, या लेना नहीं चाहता।"

"और वह सिर्फ़ नीनो, हेनरी और अब हमें ही क्यों देख रहा है?" उसने पूछा।

“सवाल यही है। हो सकता है कि उसके साथ कुछ गड़बड़ हो। हो सकता है कि वह नॉर्मल तरीके से ज़्यादा डैमेज हो गया हो, और शायद कुछ भी उसे ठीक न कर पाए। मुझे डर है कि हम एक अनस्टेबल और खतरनाक आदमी की तलाश में हैं,” मार्क ने कहा और वे धीरे-धीरे चलते रहे।

"जब हम उसे पकड़ लेंगे तो पता चल जाएगा कि क्या हो रहा है," उसने कॉन्फिडेंस से कहा। वह जानती थी कि एक परेशान और हताश आदमी खतरनाक भी हो सकता है, लेकिन उसे ऐसा कहकर मामले को और खराब करने की ज़रूरत नहीं थी। दोनों बात करते रहे और आखिर में उनके पास कहने के लिए कुछ नहीं बचा। जब वे उसके ऑफिस के सामने पहुँचे तो उसने थोड़ी देर के लिए उसका हाथ पकड़ा। उनका वॉक खत्म हो गया था, हालाँकि दोनों में से कोई भी ऐसा नहीं चाहता था।

“मुझे कुछ चेक करना है। कल सुबह मिलते हैं?” उसने पूछा।

“मैं वहाँ आऊँगा।” वे एक-दूसरे को देखकर मुस्कुराए, फिर अलग हो गए।

हसेया देखना चाहती थी कि कोई खबर है या नहीं, इसलिए जब उसने शोर सुना तो वह कोर्टहाउस की तरफ चली गई। यह एक और वोटिंग का मार्च था। उत्सुकता में, वह देखने के लिए गुरली स्ट्रीट गई। वह वहीं थी, जैसा हसेया ने सोचा था। नेटी वार्ड सबसे आगे थी, एक बैनर लहरा रही थी और वैसी ही दिख रही थी जैसी वह हमेशा ऐसी स्थितियों में दिखती है— बेकाबू और बेकाबू। हसेया ने बहुत कुछ देख लिया था। वह परेड से बचने के लिए एक ब्लॉक आगे बढ़ी और कोर्टहाउस के पूरब की तरफ से अंदर चली गई।

वह क्ले की जगह आए कर्टिस से मिलने के लिए आधे दरवाज़े वाले काउंटर पर रुकीं। "कर्टिस, कोई खबर?"

उसने इधर-उधर देखा, फिर गर्व से कहा, "आपके लिए दो टेलीग्राफ। आपने कहा था कि यह जानकारी सेंसिटिव है, इसलिए मैंने आपके कहे अनुसार तार लिफाफों में डाल दिए। ये लीजिए।"

उसने उसे धन्यवाद दिया, बाहर गई और कोर्टहाउस के सामने एक बेंच पर बैठ गई, जहाँ से मार्च हो रहा था। उसने पहला लिफ़ाफ़ा खोला। उसने जो पढ़ा वह दिलचस्प खबर थी। पक्का करने के लिए उसने वायर को दो बार पढ़ा। मेयर यंग, क्ले लेस्टर और माइक टैपस्कॉट ने कम से कम एक साल तक एक ही आर्मी यूनिट में साथ काम किया था।

उसने दूसरे लिफ़ाफ़े के बाहर की तरफ़ ध्यान से देखा, फिर उसे खोला। उसने एक अंदाज़े पर फ़ीनिक्स की एक फ़ैसिलिटी को रिक्वेस्ट भेजी थी। जैसा कि पता चला, वह सही थी। क्ले लेस्टर तीन हफ़्ते पहले फ़ीनिक्स मेंटल हॉस्पिटल से भाग गया था।

*

उसके विचार बिखरे हुए थे और उन पर अफ़सोस की बहुत ज़्यादा भावनाएँ हावी थीं। उसके पास जाने के लिए कोई जगह नहीं थी, कोई प्लान नहीं था, और उसके इरादे साफ़ नहीं थे। उसकी भावनाएँ ही उसे रास्ता दिखा रही थीं।

उसे चलते रहना पड़ा ताकि लोग उसे पहचान न सकें और अधिकारियों को खबर न दे दें। उसकी सबसे बड़ी दिक्कत पेट भर खाना मिलना था। हॉस्पिटल में उसे जो रेगुलर खाना मिलता था, उससे वह बिगड़ गया था, इसलिए जब वह भागा तो उसने खाने के बारे में नहीं सोचा। उसे बस बाहर निकलने की ज़रूरत महसूस हुई।

हाल तक, पूरी ज़िंदगी वह हेनरी पर निर्भर था कि वह उसका साथ देगा। अब, हेनरी ने नीनो को उससे छीनकर उसकी पीठ में छुरा घोंपा है। सालों तक, वह हेनरी जैसा जुड़वां भाई पाकर शुक्रगुजार और गर्व महसूस करता था। अब, उसकी भावनाएं मिली-जुली थीं। उसने अपनी ज़िंदगी के प्यार, नीनो, और अपने भाई, जो दुनिया में उसका सबसे अच्छा दोस्त था, को एक ही समय में खो दिया।

वह बस इतना चाहता था कि वे दोनों उसकी ज़िंदगी में वापस आ जाएं। वह चाहता था कि दोनों को पता चले कि सुलह करना ही उसकी सबसे बड़ी ज़रूरत है, चीज़ें पहले जैसी हो जाएं, भले ही मर्डर के बाद यह नामुमकिन लगे।

नीनो के लिए उसका प्यार बहुत गहरा और सच्चा था। उसने उसकी ज़िंदगी बदल दी। जब वह उससे मिला, तो उसका पूरा नज़रिया बदल गया। जब वह नीनो के साथ था, तो उसने अपनी ज़िंदगी एक मकसद और अनगिनत संभावनाओं के साथ जी। अपनी ज़िंदगी को फिर से मतलब का बनाने के लिए उसे नीनो के प्यार की ज़रूरत थी। उसे गाइडेंस और ताकत के लिए अपने भाई की ज़रूरत थी। वह हेनरी पर हमेशा गुस्सा नहीं रह सकता था। सुलह में समय लगेगा, लेकिन कुछ भी मुमकिन था अगर वह उन दोनों को यह समझा सके कि उसे उनकी कितनी ज़रूरत है।

वह उसे ढूंढ रहा था, लेकिन उसे कोई सबूत नहीं मिला कि नीनो प्रेग्नेंट थी। इससे उसे अच्छा लगा, बेशक अपने मतलब के लिए, लेकिन शायद सालों बाद, नीनो को एहसास होगा कि वह उससे हेनरी से भी ज़्यादा प्यार करता है। उसे अचानक एक आइडिया आया। अगर हेनरी तस्वीर से बाहर होता, तो वह नीनो को एक बार फिर दिखा सकता था कि वह उसके लिए अपने प्यार की गहराई साबित करने के लिए किस हद तक जा सकता है। नीनो के साथ लेकिन हेनरी के बिना ज़िंदगी बिताने का ख्याल उसे, बेशक अपने मतलब के लिए, दिलचस्प लगा, लेकिन फिर जब उसे अपने भाई की

मुस्कान याद आई तो उसने यह बात अपने दिमाग से निकाल दी। काश उसके पास खाने के लिए कुछ होता, तो वह बेहतर सोच पाता।

सब कुछ सही समय पर होगा। क्ले के पास अब और भी ज़रूरी काम थे जिनसे उसे निपटना था। वह लेट गया और उस खाली बिल्डिंग की छत को घूरने लगा जहाँ वह रह रहा था। उसने छत को सहारा देने वाली सादी लकड़ी की शहतीरों को देखा—बस यही एक चीज़ थी जो उसके और मौसम के बीच खड़ी थी। उसने शहतीरों पर आरी के निशान देखे और एक सपने में खो गया, उस दिन की कल्पना करने लगा जब मज़दूर शहतीर लगा रहे थे, हँस रहे थे और गुर्रा रहे थे जब वे हथौड़ा चला रहे थे, आरी चला रहे थे, और सीढ़ियाँ इधर-उधर कर रहे थे। सादी दिखने वाली शहतीरों ने अभी के लिए उसकी रक्षा की।

उसे खुशी थी कि उसने कुछ दिन पहले हेनरी के कुछ कपड़े ले लिए। उसके भाई के पास वैसे भी बहुत सारे कपड़े थे और उसे अपने पुराने कपड़ों की कभी कमी महसूस नहीं होती थी। फिर से शान से चलना बहुत अच्छा लगा, बिना पहचाने, सिवाय तब जब कोई उससे बात करना चाहता था। अब तक, वह हेनरी होने का नाटक करते हुए किसी से भी सीरियस बातचीत करने से बचता था। उसे कोई अंदाज़ा नहीं था कि प्रेस्कॉट की पॉलिटिक्स में अभी क्या चल रहा है।

उसे बहुत भूख लगी थी। शहर के पूरब में एक बड़ा सब्ज़ी का खेत था। उन्हें कभी पता नहीं चलता कि कुछ सब्ज़ियाँ गायब हैं। वह कल रात जनरल स्टोर में घुसकर कुछ डिब्बाबंद मीट लेगा। वह खाना पकाने के लिए एक बर्तन चुराना चाहता था ताकि उसे बदलाव के लिए गरमागरम खाना मिल सके। वह इसका हकदार था।

उसने खुद से कहा, एक दिन में एक बार। इसके अलावा, उसे कोई अंदाज़ा नहीं था। लोग उसे ढूंढ रहे होंगे। उसने अपनी छोटी सी ज़िंदगी को कोसा लेकिन उसके पास जो वह चाहता था उसके लिए लड़ते रहने के

अलावा कोई चारा नहीं था। उसने जो कुछ भी किया था, जो भी कुर्बानियां दी थीं, वह सब नीनो और उसके भाई हेनरी के प्यार के लिए किया था। हो सकता है कि वह कल नीनो से मिले। उसे देखकर उसका हौसला बढ़ेगा और उसे फिर से उम्मीद मिलेगी।

अध्याय उनचास

हसेया शेरिफ के ऑफिस में घुसते ही खुश हो गई। ब्राउन अपनी डेस्क के पीछे बैठा और उसे देखकर मुस्कुराया। लुईस ने उसे खाली नज़र से देखा, जिसे उसने सुधार का संकेत समझा। “गुड मॉर्निंग, आप दोनों। हमें बात करनी है। क्या आप बिज़ी हैं? मेरे पास एक खबर है,” उसने कहा।

जब उसने कहा कि उसके पास खबर है तो वे दोनों खुश हो गए, और जब उसने उन्हें बताया कि क्ले भाग गया है तो वे दोनों हैरान रह गए।

“बच गये? कैसे?”

“मुझे नहीं पता, लेकिन मुझे यकीन है कि क्ले ही वह है जो नीनो, हेनरी और मुझ पर नज़र रख रहा है। हमें क्या करना चाहिए?”

“शहर में बस कुछ ही खाली बिल्डिंग हैं। हमें तुरंत उनकी तलाशी शुरू करनी होगी। हमें हमले का प्लान चाहिए। मैं हर बिल्डिंग में सामने से घुसूंगा। डिटेक्टिव ब्राउन पीछे से कवर करेंगे। हसेया, तुम मेरे पीछे जाओगी और क्ले से सिर्फ़ आखिरी मौके पर ही लड़ोगी।” लुईस ने कहा।

कुछ प्लानिंग के बाद, वे बिल्डिंग्स की जांच करने के लिए निकल पड़े। पहली दो बिल्डिंग्स खाली निकलीं। पहली दो पर उनकी कोशिशें 'अंधी गलियां' जैसी थीं, जैसा कि डिटेक्टिव ब्राउन ने उन्हें कहा था, हालांकि उन्हें ऐसा लगा कि हाल ही में कोई बिल्डिंग्स में से किसी एक में रह रहा था।

उन्होंने दोनों बिल्डिंग के लिए एक ही रूटीन फॉलो किया। कभी-कभी, हसेया अपना हाथ अपने डेरिंगर पर रखती, और उसके एहसास से उसे आराम मिलता। तीनों एक तीसरी बिल्डिंग के पास पहुँचे और अपनी पोजीशन ले ली। "बाहर आओ, क्ले, और मैं वादा करता हूँ कि हम तुम्हें गोली नहीं मारेंगे," लुईस ने कहा। उसने कुछ नहीं सुना, और लुईस ने अपनी बात दोहराई—फिर भी कुछ नहीं। लुईस ने दरवाज़े की तरफ मुँह किया और लॉक के साथ कुछ किया। वह देख नहीं पाई कि क्या, लेकिन दरवाज़ा थोड़ा सा खुल गया। शेरिफ लुईस सुनने के लिए एक पल के लिए हिचकिचाया, बिल्डिंग में घुस गया, और अपने पीछे दरवाज़ा बंद कर लिया। उसे लगा कि सब कुछ काफी देर तक शांत रहा। वह पहली दो बिल्डिंग में बहुत तेज़ी से अंदर-बाहर हो रहा था।

समय बीतता गया और उसे चिंता होने लगी। वह अंदर जाकर जांच करने ही वाली थी कि तभी उसे एक गोली की आवाज़ सुनाई दी, फिर दूसरी। वह दरवाज़े की तरफ़ भागी। जब वह दरवाज़े पर पहुँची, तो वह अपने आप खुल गया। वहाँ एक आदमी था, लेकिन अंदर अंधेरा था, इसलिए वह उसे ठीक से देख नहीं पाई और पहचान नहीं पाई। यह सब एक पल में हुआ। उस आदमी ने उसे धक्का देकर ज़मीन पर गिरा दिया और भाग गया।

उसने खुद को संभाला, एक तरफ लुढ़की, और देखा कि जिस आदमी ने उसे धक्का दिया था, वह भाग गया। क्या वह क्ले था? धूल के बीच से जो कुछ वह देख पा रही थी, उससे वह क्ले जैसा लग रहा था। उसका एक छोटा सा हिस्सा उसका पीछा करना चाहता था, लेकिन ज़्यादातर, वह देखना चाहती थी कि लुईस ठीक है या नहीं। वह खड़ी हुई, मुड़ी, और दरवाज़े पर शेरिफ़ लुईस से मिली।

"तुम उसका पीछा क्यों नहीं कर रहे हो?" लुईस चिल्लाया।

"उसने मुझे धक्का दिया, और मैं नहीं देख पाया कि वह किस तरफ गया।"

"ठीक है, चलो उसे ढूँढते हैं।"

अगले कई मिनट उन्होंने क्ले को ढूंढने और उसके निशान या कोई और सबूत ढूंढने में बिताए जिससे उन्हें मदद मिल सके। पंद्रह मिनट बाद, उन्होंने अपनी खोज छोड़ दी।

लुईस ने कहा, "यह नहीं पता कि वह कहां गया। वह अब तक कहीं भी हो सकता है।"

"क्या उसने तुम पर गोली चलाई?" उसने पूछा।

"नहीं। मैं अंदर गया, देखा कि क्ले कहाँ सो रहा था, और फिर कुछ सुना। मैं धीरे-धीरे आवाज़ की तरफ़ बढ़ा, और वह अपनी छिपने की जगह से धमाके की तरह बाहर आ गिरा। क्ले ने मुझे चौंका दिया, और मैं लड़खड़ाकर पीछे हट गया। मैंने अपनी पिस्तौल उसके सिर के ऊपर से दो बार चलाई, उम्मीद थी कि वह जम जाएगा, लेकिन वह भागता रहा। फिर मैं तुमसे सामने के दरवाज़े पर मिला। धत् तेरे की। हम बहुत करीब थे।"

तीनों वहीं खड़े रहे। हर कोई कन्फ्यूज था कि आगे क्या करें। ब्राउन और लुईस ने उदास होकर शेरिफ ऑफिस लौटने का फैसला किया, और हसेया अपने ऑफिस की ओर वापस चली गई।

*

हसेया अपने ऑफिस के आधे रास्ते पर थी जब उसने रेमंड को देखा और उसे इशारा किया। "रेमंड, हमें बात करनी है।" उन्हें घास वाली एक जगह मिली और वे बैठ गए। उसने उसे बताया कि क्या हुआ था, सिवाय उस बात के कि उसने शेरिफ को गुमराह किया था कि क्ले किस रास्ते जाएगा।

“क्ले को लग सकता है कि उसे अब सुरक्षा के लिए जंगल में चले जाना चाहिए। उसे मौसम का सामना करना पड़ेगा, लेकिन शायद वह ज़्यादा सुरक्षित महसूस करेगा। उसका कुछ भी अंदाज़ा नहीं लगाया जा सकता। क्या आपको लगता है कि वह खतरनाक है?” रेमंड ने पूछा।

“हाँ, वह खतरनाक हो सकता है। कोई भी घिरने पर खतरनाक हो सकता है, लेकिन जब मैं दरवाज़े पर था, तो क्ले ने बस मुझे धक्का दिया, इसलिए मुझे अब भी लगता है कि उससे सुरक्षित तरीके से निपटा जा सकता है। क्ले के पास नीनो और हेनरी को नुकसान पहुँचाने के कई मौके थे, लेकिन उसने ऐसा नहीं किया।” हसेया ने कहा।

“तो फिर उसका लक्ष्य क्या है?” रेमंड ने पूछा।

“अच्छा सवाल है, और मुझे इस बारे में सोचना है। मैं अकेले में सबसे अच्छा सोचता हूँ। क्या आपको कोई दिक्कत है?”

“कोई बात नहीं। बाद में बात करेंगे।” रेमंड ने जाते हुए कहा।

हसेया ने कुछ सोचा। उसने क्ले को जाने देकर सही किया। उसे शेरिफ लुईस से झूठ बोलना पड़ा, और एक मिनट पहले, उसने रेमंड को पूरी कहानी नहीं बताई थी, लेकिन वह ठीक था। कुछ चीजें एक-दो छोटे झूठ से ज़्यादा ज़रूरी होती हैं। उसे आज पहेली का एक और टुकड़ा मिला, लेकिन एक टुकड़ा अभी भी गायब था।

*

उसे लगा कि उसे पता है कि क्ले कहाँ छिपा है और उसे उससे बात करने की बहुत ज़रूरत है। वह उससे बात नहीं करना चाहता था, इसलिए उसे उसके पास आकर उसे सच बताना पड़ा। हसेया ने इस बारे में सोचा और उसे एक आइडिया आया। वह वहाँ जाएगी जहाँ उसे लगता था कि क्ले छिपा है और क्ले के लिए एक नोट छोड़ेगी, जिसमें उससे उस दोपहर बाद उसके ऑफिस आने के लिए कहा जाएगा। हसेया ने ध्यान से अपना

नोट लिखा। उसने रेमंड और किड के लिए भी एक नोट छोड़ा, जिसमें उन्हें आज छुट्टी लेने के लिए कहा गया था, फिर हसेया शहर के साउथ साइड में खाली बिल्डिंग की ओर निकल गई, वही बिल्डिंग जहाँ डिटेक्टिव विलियम्स का मर्डर हुआ था।

डिटेक्टिव विलियम्स के बारे में सोचकर उसे दुख हुआ। वह एक अच्छा आदमी था, और अब उसे उसकी मदद की ज़रूरत थी। डिटेक्टिव ब्राउन भी एक अच्छा आदमी था, लेकिन उसमें विलियम्स जैसी समझ और जोश की कमी थी। डिटेक्टिव विलियम्स के बारे में सोचकर उसकी कोशिशें कामयाब हुईं। उसे अच्छा लगा कि उसे इस इन्वेस्टिगेशन में उसके काम को आगे बढ़ाने का मौका मिला, ताकि उसके मर्डर का बदला लिया जा सके, चाहे इसके लिए कुछ भी करना पड़े।

हसेया ध्यान से उस जगह के पास गई और उसे खाली पड़ी बिल्डिंग के सामने का हिस्सा देखने के लिए एक अच्छी जगह मिल गई। वह वहीं बैठी रही, देखती और सुनती रही। वह क्ले को बिल्कुल भी डराना नहीं चाहती थी, इसलिए उसे सावधान रहने की ज़रूरत थी।

उसने कम से कम दो घंटे इंतज़ार किया। उसे नहीं लगा कि यह बिल्डिंग क्ले के लिए ज़रूरी है, लेकिन अब पतझड़ का मौसम था और रात में ठंड थी, इसलिए वह जंगल में छिपना नहीं चाहता था। सबसे ज़रूरी बात यह थी कि उस दिन पहले किसी ने बिल्डिंग की तलाशी नहीं ली थी।

हसेया के चलने का समय हो गया था। वह जितनी शांति से हो सकती थी, सामने के दरवाज़े तक गई। हो सकता है उसने उसे देख लिया हो, लेकिन उसे ऐसा नहीं लगा। जब तक वह चल रही थी, उसने बिल्डिंग के सामने वाली अकेली खिड़की को देखा और उसके पीछे कोई हलचल नहीं देखी। कोई उसे देख नहीं रहा था। उसने अपना कान सामने के दरवाज़े पर लगाया और सुना। कुछ नहीं। वह इंतज़ार करती रही और बार-बार

सुनती रही जब तक उसे लगा कि उसे एक हल्की सी आवाज़ सुनाई दे रही है, जैसे कोई अपने पैर घसीट रहा हो। उसने उसे ढूंढ लिया था।

हसेया ने पूरी तरह से प्लान नहीं किया था कि क्ले को ढूंढने के बाद वह क्या करेगी, इसलिए उसने अपने अगले कदम के बारे में सोचा। उसने तय किया कि सबसे अच्छा यही होगा कि वह नोट को सामने के दरवाज़े के नीचे रखकर ज़ोर से भाग जाए। इस तरह, उसे उम्मीद थी कि क्ले को कम खतरा महसूस होगा। उसे इस बात की ज़्यादा चिंता नहीं करनी पड़ेगी कि कानून उसके छिपने की जगह पर हमला करने के लिए तैयार है। उसने धीरे से अपना नोट दरवाज़े के नीचे रख दिया ताकि वह बाहर से दिखाई न दे, फिर भाग गई।

हसेया ने नज़रों से ओझल होते ही अपनी रफ़्तार धीमी कर ली और बाकी का रास्ता पैदल चलकर घर चली गई। अब वह बस इंतज़ार कर सकती थी। उसे उम्मीद थी कि नोट में कही गई बातें उसे बाहर निकालने के लिए काफ़ी होंगी क्योंकि उसने नोट में यह भी साफ़ कर दिया था कि क्ले जितना उसे लग रहा था, उससे कहीं ज़्यादा खतरे में था। उसने उसे उसकी ज़्यादातर परेशानियों से बाहर निकलने का एक सुरक्षित रास्ता दिया था। यही उसका चारा था, लेकिन उसे पक्का नहीं था कि वह उसका ऑफ़र मानने को तैयार है या नहीं। वह बहुत चाहती थी कि क्ले उससे मिलने आए। इंसाफ़ के लिए, दुनिया को फिर से ठीक करने के लिए, उसे प्रेस्कॉट मर्डर को सुलझाने के लिए एक और खोए हुए टुकड़े की ज़रूरत थी।

अपने घर पहुँचकर, हसेया ने चाय बनाई और अपने फ्रंट ऑफिस में इंतज़ार करने लगी। उसे जो कार्ड दिए गए थे, उनसे उसने सबसे अच्छा खेला था, लेकिन वह जिस चीज़ से निपट रही थी, वह सिर्फ़ एक कार्ड गेम से कहीं ज़्यादा थी। एक आदमी की ज़िंदगी और भविष्य दांव पर लगा था। वह जितना ज़्यादा इंतज़ार करती, उसे उतनी ही कम उम्मीद होती। क्ले

और उसके लिए सूरज ढलने लगा था। वह अंधेरा होने के काफ़ी बाद तक इंतज़ार करती रही, लेकिन क्ले कभी नहीं आया।

अध्याय पचास

उसे इसकी परवाह क्यों थी? उसे ऐसा लग रहा था जैसे वह किसी कीचड़ वाली पहाड़ी पर चढ़ने की कोशिश कर रही हो, और एक खतरनाक तूफ़ान आने वाला है। हसेया ही क्ले का बचा हुआ अकेला दोस्त था। उसे डर था कि वह उसकी पकड़ से फिसल रहा है, और जल्द ही बहुत देर हो जाएगी। उसने सुना था कि सच हमेशा सामने आता है, है ना? रेमंड और किड उसके ऑफिस में आए और बैठ गए।

"लड़कों, मुझे लगता है कि क्ले अभी भी उसी जगह पर है, शहर के साउथ साइड में खाली बिल्डिंग में, जहाँ वह कल था।" उसने पिछले दिन की बातें बताईं। "हम तीनों को क्ले से बात करनी है, लुईस या ब्राउन को शामिल किए बिना। अगर क्ले को कोई पुलिस वाला दिखा तो वह फिर भाग जाएगा, लेकिन मुझे उम्मीद है कि अगर उसे लगेगा कि मैं अकेली हूँ तो वह मुझसे बात करेगा। मुझे उससे बात करनी ही होगी। मेरे पास इसका पूरा जवाब नहीं है कि यह इतना ज़रूरी क्यों है, लेकिन मेरा यकीन करो, यह ज़रूरी है।" उसने उन्हें ईमानदारी से देखते हुए कहा। रेमंड और किड ने कुछ नहीं कहा और उसके आगे बोलने का इंतज़ार किया।

"मैं सावधानी के तौर पर अपना डेरिंगर ले जाऊँगी। हम उसे चोट नहीं पहुँचाना चाहते। मैं सिर्फ़ बात करना चाहती हूँ। अगर किसी वजह से उसे फिजिकली रोकना पड़ा, तो मुझे तुम्हारी मदद की ज़रूरत होगी, रेमंड," उसने उसे देखते हुए कहा। "क्या यह साफ़ है?"

"हाँ, हसीया।" उसने कहा।

"अब, मैं यह करना चाहती हूँ। बिल्डिंग में आगे और पीछे का दरवाज़ा है। मैं क्ले से सामने का दरवाज़ा खुलवाने की कोशिश करूँगी। अगर वह नहीं खुलवाता है, तो मुझे दरवाज़ा खोलने में मदद की ज़रूरत पड़ेगी।" उसने किड की तरफ देखते हुए कहा।

"मैं इसे खोल सकता हूँ। मुझे अपने दोस्त का टूल उधार लेना होगा। बेशक, मैंने ऐसा कभी नहीं किया है, इसलिए मुझे एक मिनट लग सकता है। मैंने उसे पहले भी ऐसा करते देखा है। मैं इसे खोल लूँगा।" उसने कहा।

"अच्छा। रेमंड, तुम पीछे के दरवाज़े पर तैनात रहोगे। तुम्हारा काम क्ले को पीछे के दरवाज़े से भागने से रोकना है। तुम्हारे पास कोई हथियार नहीं होगा, इसलिए तुम्हें उसे रोकने के लिए अपनी अक्ल का इस्तेमाल करना होगा। वह तेज़ दौड़ने वाला है, इसलिए तुम्हें तेज़ होना होगा।"

"हां, बिल्कुल," रेमंड ने कहा।

"बच्चे, मैं चाहता हूँ कि दरवाज़ा खोलने के बाद तुम पीछे हट जाओ। तुम्हें मेरी खाली डेरिंगर मिलेगी। गोलियाँ मेरी जेब में हैं। अगर क्ले सामने के दरवाज़े से मेरे पास से गुज़रता है, तो देखना कि उसके पास बंदूक है या नहीं। अगर क्ले के पास कोई हथियार नहीं है, तो तुम दिखावा करोगे कि डेरिंगर भरी हुई है और उसे उस पर तान दोगे। उम्मीद है, इससे वह रुक जाएगा। अगर वह बंदूक निकालता है, तो अपना सिर नीचे करो और पिस्तौल ज़मीन पर फेंक दो। वह तुम्हें गोली नहीं मारेगा। क्या कोई सवाल है?"

रेमंड और किड ने सिर हिलाया और जाने का समय हो गया।

सब लोग अपनी जगह पर थे और आधे घंटे तक बिल्डिंग को देखते रहे। हसेया को कुछ सुनाई नहीं दिया, और अब उसके लिए कुछ करने का

समय आ गया था। वह सामने के दरवाज़े की तरफ़ गई और खटखटाया, लेकिन किसी ने जवाब नहीं दिया।

"क्ले, मैं बस बात करना चाहता हूँ। तुम्हें मुझ पर भरोसा करना होगा। शेरिफ और डिटेक्टिव यहाँ नहीं हैं, मैं तुमसे वादा करता हूँ।"

उसने एक मिनट इंतज़ार किया, फिर किड को ताला खोलने का इशारा किया। उसने जितना सोचा था उससे ज़्यादा देर तक ताला खोला, फिर आखिर में उसने ताला खोला और गर्व से उसकी तरफ देखा। वह दरवाज़े से पीछे हट गया, और वह आगे बढ़ी और फिर से खटखटाया।

"क्ले, मैं अंदर आ रहा हूँ। गोली मत चलाना। मैं निहत्था हूँ।"

वह अंदर जाने ही वाली थी कि दरवाज़ा थोड़ा सा खुला। उसने इंतज़ार किया, और दरवाज़ा आधा खुल गया। उसने किसी को नहीं देखा। जिस आदमी ने दरवाज़ा खोला था, वह दरवाज़े के पीछे था, उसके अंदर आने का इंतज़ार कर रहा था। "मैं अंदर आ रही हूँ," उसने कहा।

वह अंदर गई और मुड़ी। क्ले ने दरवाज़ा बंद कर दिया। वह बहुत बुरा लग रहा था, उसका चेहरा लाल था और उसे एक नई घबराहट हो रही थी।

"आप कैसे हैं?" उसने पूछा.

"मैं ठीक हूं।"

"क्या हम कहीं बैठ सकते हैं?"

"नहीं. मैं खड़ा रहूंगा."

"ठीक है।" उसने इधर-उधर देखा और बैठने के लिए एक पुरानी कुर्सी देखी।

"मेरे पास तुम्हारे लिए कुछ खाना है।" उसने धीरे से अपना लाया हुआ बैग उठाया, उसे फ़र्श पर, क्ले और कुर्सी के बीच में रखा, फिर वह

चलकर पुरानी कुर्सी पर बैठ गई। उसने डिब्बाबंद सामान इकट्ठा किया था, जिसमें मटर, स्क्वैश, टमाटर, बीन्स, सॉसेज, और कुछ ताज़ी ब्रेड और मिल्क चॉकलेट बार शामिल थे। वह बहुत देर तक बैग को घूरता रहा। उसे भूख लगी थी।

"मैं वादा करती हूँ कि मैं तुम्हें शेरिफ को नहीं सौंपूँगी। मैं सिर्फ़ बात करना चाहती हूँ।" उसने शांति से कहा।

उसने शक से उसे देखा, अपनी नज़रें सामने की खिड़की पर डालीं और फिर वापस उसकी तरफ़। उसने आगे कहा, "जैसा कि मैंने अपने नोट में कहा था, मुझे नहीं लगता कि तुमने किसी को मारा है। मुझे लगता है कि तुम पूरी तरह से बेगुनाह हो। मुझे यह भी लगता है कि तुम जानते हो कि मेयर को किसने मारा, लेकिन तुम बताना नहीं चाहते। क्या तुम किसी को बचा रहे हो?"

"लगता है तुम्हारे पास कोई सबूत नहीं है जो किसी बात की तरफ इशारा करे, और तुम चाहते हो कि मैं तुम्हें वो दे दूं। मैंने पहले ही कबूल कर लिया है।"

"तुम सही हो। मैं सबूत ढूंढ रहा हूँ। हम दोनों जानते हैं कि तुम कोई कातिल नहीं हो। तुम बहुत अच्छे आदमी हो।"

"आपको हैरानी होगी कि जब लोगों पर दबाव डाला जाता है तो वे क्या कर सकते हैं और क्या नहीं। आप झांसा दे रहे हैं। आपके पास कुछ भी नहीं है।" उन्होंने कहा।

बातचीत जल्द ही खत्म होने वाली थी, और उसे कुछ न कुछ करना ही था, नहीं तो सब खत्म हो जाता। "मेरे पास कुछ सबूत हैं जो कातिल की ओर इशारा करते हैं, लेकिन मेरे पास काफी नहीं हैं। मुझे तुम्हारी मदद चाहिए।"

इस नकली खुलासे से क्ले चौंक गया, लेकिन उसने जल्दी ही खुद को संभाला, जैसे भी था। "तुम्हारे पास क्या है?"

“क्ले, मैं यहाँ तुम्हारी कहानी सुनने आया हूँ। सच बताओ, और मुझे उतना बताओ जितना तुम्हें बताने में सहज लगे।”

“मैंने तुमसे कहा था। मैंने तीनों मर्डर पहले ही कबूल कर लिए हैं। तीन मर्डर। तुमने कहा था कि तुम्हारे शक के दायरे में कोई है, तो प्लीज़ मुझे उसका नाम बताओ। कौन है वो?”

जब उसने एक नाम, “रॉबर्ट स्नाइडर” कहा, तो उसने रिएक्शन के लिए उसकी आँखों को ध्यान से देखा। उसकी आँखें सिकुड़ गईं, लेकिन इससे उसे कुछ पता नहीं चला।

"मुझे यकीन है कि जब मैं कहूंगा कि 'मुझे अपने जीवन को सार्थक बनाना है' तो तुम समझ जाओगी," क्ले ने उसे गहरी निगाह से देखते हुए कहा।

यह कमेंट उसे अजीब लगा। उसने कोशिश की लेकिन समझ नहीं पाई कि क्ले का क्या मतलब था।

दोनों ने पीछे के दरवाज़े की चरमराहट सुनी। क्ले टेंशन में आ गया, फिर उसने अपनी पीठ से एक हैंडगन निकाली।

क्ले ने उससे कहा, “हिलना मत, और मुझे ढूंढना बंद करो, इससे पहले कि किसी को चोट लग जाए।” फिर उसने खाने का बैग उठाया और धीरे-धीरे अंदर की दीवार के कोने की तरफ गया, जहाँ से उसने पीछे के दरवाज़े की तरफ जाने वाले छोटे हॉलवे में झाँका। वह मुड़ा और अपनी बंदूक उस पर तान दी। वह हिली नहीं थी। बिना किसी वॉर्निंग के, क्ले पीछे के दरवाज़े की तरफ भागा। उसने एक ज़ोरदार आवाज़ सुनी, उसके बाद एक धमाका और किसी के भागते हुए तेज़ कदमों की आवाज़, फिर कुछ नहीं।

जब उसने पीछे का दरवाज़ा खोला और देखा कि रेमंड खुद को साफ़ कर रहा है, तो उसे कोई हैरानी नहीं हुई।

"मैंने तुमसे कहा था कि पीछे देखो। इसके बजाय, तुमने शोर मचाया और क्ले को डरा दिया। तुम बेवकूफ हो।"

"मुझे माफ़ करना। मुझे नहीं पता था कि दरवाज़े से इतनी आवाज़ आएगी। तुम वहाँ बहुत देर से थे, और मुझे चिंता हो गई थी। मैंने किड से पिछला दरवाज़ा खुलवाया और सुनने के लिए थोड़ा सा दरवाज़ा खोलने की कोशिश की कि क्या हो रहा है। तभी एक लोकोमोटिव ने मुझे कुचल दिया।"

वह इस बात से इम्प्रेस हुई कि वह उसके लिए परेशान था, लेकिन उसके इंस्ट्रक्शन्स न मानने पर उससे बहुत ज़्यादा फ्रस्ट्रेट भी थी। फिर उसे एहसास हुआ - रेमंड ने उसे सच बताया था। उसने इस बार झूठ बोलने या कोई अजीब कहानी बनाने की कोशिश नहीं की थी। किड कोने से आया और उन्हें घूरने लगा। "वह भाग गया, है ना?"

"हाँ, उसने किया, और मुझे नहीं पता कि वह आगे कहाँ जाएगा। हम सुबह फिर से मिलेंगे।" उसने जवाब दिया, और वे सब वहाँ से चले गए।

*

हसेया का मूड अच्छा नहीं था, लेकिन अपने कस्टमर और दोस्त, नीनो को क्ले के बारे में बताने का समय आ गया था। वह चली गई और नीनो के ऑल्टरेशन्स में चली गई। " या -अती- ईह , नीनो।" उसने कहा।

नीनो ने सिलाई करते हुए ऊपर देखा, "आज तुम यहाँ क्यों आयी हो?"

हसेया ने कहा, "मेरे पास एक बड़ी खबर है, और मुझे खुशी है कि आप इसे सुनने के लिए बैठे हैं।" नीनो चिंतित लग रहा था।

"क्ले हॉस्पिटल से भाग गया है, और वह वही जिज्ञासु आदमी है जो तुम पर और हेनरी पर नज़र रख रहा था।"

"क्ले भाग गया है? मुझे विश्वास नहीं हो रहा है। मुझे क्या करना चाहिए?"

"तुम्हें सावधान रहना होगा और जब तुम पब्लिक में हो तो हेनरी को जितना हो सके अपने साथ रखने की कोशिश करनी होगी। मुझे नहीं लगता कि क्ले तुम्हें नुकसान पहुंचाएगा। मेरा मानना है कि वह तुमसे प्यार करता है और तुम्हें कभी नुकसान नहीं पहुंचाएगा, लेकिन अभी उसका कुछ पता नहीं चल रहा है। मैंने आज उससे बात की। जब हम बात कर रहे थे, तो उसे किसी चीज़ ने डरा दिया, और वह भाग गया। मुझे नहीं पता कि वह इस समय कहां है। अच्छी खबर यह है कि वह खतरनाक नहीं लग रहा था। ऐसा लग रहा है कि वह किसी चीज़ या किसी को ढूंढ रहा है।"

"कुछ ढूंढ रहे हो? यह अजीब है, लेकिन वह भी ऐसा ही है, इसलिए यह समझ में आता है।"

हसेया ने कहा, "मुझे उसके लिए सबसे ज़्यादा दुख है। वह मुझे एक अंधी बकरी की तरह लगता है जिसे उसके झुंड ने ठुकरा दिया है और अकेले रहने पर मजबूर कर दिया है।"

नीनो ने अपने हाथों को दोनों तरफ से चौड़ा करते हुए इशारा किया। "वह एक कातिल है, हसेया। क्या तुम्हें यह नहीं दिख रहा? उसने यह खुद किया है। मुझे समझ नहीं आता कि तुम किसी ऐसे इंसान के लिए दुखी क्यों हो जिसने तीन जानें ले लीं। वह सज़ा का हकदार है, और अब वह कहीं बाहर है। वह बुरा है, और तुम्हें उसकी बात नहीं सुननी चाहिए।"

"हो सकता है आप सही हों। मैं आपकी बात समझती हूँ।" हसेया ने कहा। एक लंबा विराम था।

हसेया ने कहा, “नवाजो लोगों ने गोरों के हाथों बहुत कुछ सहा है। मैं खुशकिस्मत हूँ कि मुझे तुम जैसा अच्छा दोस्त मिला, नीनो।”

“हम एक-दूसरे की मदद करते हैं, यह सच है। यह नवाजो तरीका है। हम अपनी ज़िंदगी जीते हैं और जितना हो सके गोरों को नज़रअंदाज़ करते हैं। मैं तो वैसे भी करता हूँ।” नीनो ने कहा।

हसेया ने पूछा, “मुझे याद है जब हमारे लोगों को हमारी पवित्र ज़मीन से ज़बरदस्ती निकाल दिया गया था। मैं छोटा था, लेकिन मुझे आज भी वो समय याद है। क्या आप उस समय आस-पास थे जब हमारे लोगों को न्यू मेक्सिको में एक जगह तक कई दिनों तक पैदल चलने के लिए मजबूर किया गया था?”

“हाँ, मुझे याद है। गोरों का हमें वहाँ भेजना गलत था। गोरों और नवाजो दोनों ने गलत काम किए। वह हमारे अतीत का एक दुखद समय था। मैं उन दिनों को भूल गया हूँ, क्योंकि मैं एक समय में कपड़े के सिर्फ़ एक टुकड़े के बारे में सोचता हूँ - एक टुकड़ा, फिर अगला टुकड़ा, फिर अगला। मेरे पास अतीत के बारे में सोचने का समय नहीं है।” नीनो ने कहा।

“आप लकी हैं। क्या लंबी वॉक के दौरान आपके परिवार के सदस्य खो गए?” हसेया ने पूछा।

“हाँ. मैं हर दिन उनकी हिम्मत महसूस करता हूँ. वे अब आगे बढ़ चुके हैं, हमेशा के लिए चले गए हैं. क्या आपने अपने प्रियजनों को खो दिया?”

“हाँ। यह सोचकर मुझे दुख होता है, लेकिन आज एक नया दिन है, और कल आएगा। आखिर में, मैं बस अपने परिवार में उन लोगों का सम्मान कर सकती हूँ जो गुज़र चुके हैं, और हम दोनों जानते हैं कि देर-सवेर, हम सभी आत्मा की दुनिया में चले जाएँगे।” हसेया ने जवाब दिया।

गंभीर मोड़ पर एक और ठहराव आया, जो पिछले से भी ज़्यादा लंबा था। “हाँ, हम सब अपनी ज़िंदगी में आगे बढ़ते हैं। यह सच है। क्ले के बारे में तुम क्या करने का प्लान बना रहे हो?” नीनो ने पूछा।

“हम उसे ढूंढते रहेंगे। अगर वह प्रेस्कॉट में है, तो हम उसे ढूंढ लेंगे और फीनिक्स वापस भेज देंगे। मैं तुम्हें किसी भी नई डेवलपमेंट के बारे में अपडेट करती रहूंगी। अब समय आ गया है कि मैं तुम्हें अपना काम खत्म करने दूं। अगली बार बात करने तक, नीनो।” हसेया ने जाते हुए कहा। वह अपने ऑफिस के जितना करीब पहुंचती गई, उसे उतना ही बुरा लग रहा था। यह वही पुरानी परेशान करने वाली फीलिंग थी जिससे वह जूझ रही थी। उसने कुछ मिस कर दिया था, और कुछ ठीक नहीं था।

उस रात, हसेया ने एक और सपना देखा, लेकिन उसे यह सपना बहुत लंबे समय से नहीं आया था। सपने में उसे ठंड लग रही थी, वह भूखी थी और थकी हुई थी। जब उसने एक ज़ोरदार गोली चलने की आवाज़ सुनी, और उसके बाद एक और आवाज़ आई, तो उसने ऊपर नहीं देखा।

अध्याय इक्यावन

हसेया ने अपने ऑफिस से उत्तर की ओर जाकर अपनी रोज़ की वॉक शुरू की थी। उसे बहुत अच्छा लगा कि कैसे वॉक करने से उसके विचार साफ़ हो गए। वह उत्तर की ओर बढ़ी, लगभग शहर के किनारे तक, फिर पूर्व की ओर, फिर दक्षिण की ओर, और अपनी वॉक आधी पूरी कर ली। रास्ते में, उसने कुछ जान-पहचान वालों को हाथ हिलाया, जिनमें साल की शुरुआत में आए कुछ संतुष्ट कस्टमर भी शामिल थे। उसके वॉक से अब तक कुछ नहीं हुआ था। उसे कुछ साफ़ नहीं मिला था। वह उलझन में थी, लेकिन रास्ते में मिले मुस्कुराते चेहरों ने उसका हौसला बढ़ाया।

वह एक बिल्डिंग के कोने पर पहुँची, तभी उसे लगा कि एक मज़बूत हाथ ने उसका मुँह ढक लिया है, और दूसरे ने उसे बगल से पकड़ा और बिल्डिंग के दूसरी तरफ़ खींच लिया। क्ले ने कहा, “चुप हो जाओ, नहीं तो मैं तुम्हें चाकू मार दूँगा।”

उसने बिना किसी विरोध के साथ दिया। क्ले उससे बहुत लंबा था और हैरानी की बात है कि वह बहुत ताकतवर था। “हटो। दरवाज़े के अंदर,” उसने कहा, फिर उसे एक बिल्डिंग के अंदर ज़बरदस्ती ले गया। उसने चारों ओर देखा और पाया कि बिल्डिंग खाली नहीं थी, लेकिन उस समय उन दोनों के अलावा कोई भी वहाँ नहीं दिख रहा था।

“तुम्हें क्या चाहिए?” उसने पूछा।

“मुझे बताओ क्या हो रहा है। मेरा मतलब है। तुमने मेरा भरोसा जीतने का नाटक किया, सिर्फ़ मुझे धोखा देने के लिए। तुम मेरी मदद नहीं करना चाहते। तुम्हारा प्लान क्या है?”

उसने समझाने की कोशिश की कि पिछले दिन क्या हुआ था, लेकिन वह नहीं माना। उस पल, उसे लगा कि वह अब अपने आखिरी समय पर है। वह ऐसा कुछ नहीं कह सकती थी जो उस तक पहुँच सके, वैसे भी कुछ भी लॉजिकल नहीं था। वह एक घबराए हुए घोड़े जैसा होता जा रहा था, जो अपने रास्ते में आने वाले किसी भी व्यक्ति को कुचलने को तैयार रहता था। “मुझसे झूठ बोलना बंद करो, इंडियन।”

“कृपया शांत हो जाइये।”

उसने उसे ज़मीन पर धकेल दिया। उसे उम्मीद थी कि उसके पास चाकू होगा, लेकिन अब उसके पास पिस्तौल थी, जो सीधे उसकी तरफ़ तानी हुई थी।

“तुम मेरे दुश्मन हो, और तुम शेरिफ के साथ काम कर रहे हो। मैं बेवकूफ नहीं हूँ। वह कब आएगा? कब? क्या तुम ही वह चारा थे जिससे उसने मुझे ढूंढा?”

“क्ले, तुम्हारी बात का कोई मतलब नहीं है। मैं किसी का चारा नहीं हूँ, और शेरिफ बाहर नहीं है। प्लीज़ इस पर यकीन करो।” अगले ही पल, उन दोनों ने बाहर लोगों को बात करते सुना।

“यहीं पर. मैंने उसे उसे पकड़ते हुए देखा.”

“रिलैक्स, बच्चे। वे ज़्यादा दूर नहीं हैं,” एक आदमी की आवाज़ आई। हसेया को यकीन था कि आवाज़ मार्क की ही थी।

"तो, आखिर तुम ही चारा हो, और मैं फिर से तुम्हारी चाल में फंस गया। मुझे तुम्हें गोली मार देनी चाहिए।" जैसे-जैसे हर सेकंड बीतता गया, क्ले और ज़्यादा परेशान और परेशान होता गया।

"अंदर आओ। मदद करो।" वह चिल्लाई।

क्ले ने अपनी बंदूक उसकी तरफ तान दी, और एक पल के लिए उसे लगा कि वह मर जाएगी, लेकिन उसने गोली नहीं चलाई। वह फिर से चिल्लाना चाहती थी, लेकिन नहीं चिल्लाई। उसने अपना सिर थोड़ा नीचे किया लेकिन अपनी नज़रें उस पर टिकाए रखीं। दोनों में से किसी ने कुछ नहीं कहा। सामने का दरवाज़ा खुल गया।

"क्ले, अगर तुम्हारे पास हथियार है तो उसे नीचे रख दो। मेरे पास हथियार नहीं है, और मैं अंदर आ रहा हूँ।"

उसने देखा कि दरवाज़ा धीरे-धीरे खुला और मार्क हाथ ऊपर करके बाहर आया। उसकी नज़रें क्ले पर टिकी रहीं। जल्द ही, वह अंदर था और एक हाथ से मार्क ने चुपचाप दरवाज़ा बंद कर दिया। बच्चा कहीं नहीं दिख रहा था।

"एक दिन के लिए मेरे पास बहुत सारी इंडियन ट्रिक्स हैं। जाओ और उसके पास फ़र्श पर बैठ जाओ।" मार्क उसके पास गया और धीरे से हसेया के पास बैठ गया। "तुम हमारे साथ क्या करने वाली हो?" मार्क ने पूछा।

क्ले के हाथ कांप रहे थे और उसने कहा, "जो भी मैं चाहता हूँ, उससे कोई फर्क नहीं पड़ता। मैंने उसे इसलिए पकड़ा ताकि वह मुझे परेशान करना बंद कर दे। अब, तुम दोनों मुझे परेशान कर रहे हो। उसके आस-पास होने से मुझे कभी चैन नहीं मिलेगा। और अब तुम बिना हथियार के यहाँ आ रहे हो, जैसे मैं तुम्हारी बहादुरी से इम्प्रेस होना चाहता हूँ? तुम्हें पता नहीं कि बहादुर होने के लिए क्या करना पड़ता है। मेरी ज़िंदगी खत्म हो

गई है। मैं बस किसी डॉक्टर के नोटपैड में कुछ शब्द हूँ, बस किसी डॉक्टर का मुझे ठीक करके ध्यान खींचने का एक तरीका। यह अजीब है। तुम दोनों अजीब हो।"

हसेया ने कहा, "यह अजीब नहीं है कि आपको मदद की ज़रूरत है, लेकिन पहले हमें यह बताएं कि आप प्रेस्कॉट वापस क्यों आए।"

क्ले ने कुछ नहीं कहा, फिर पूछा, "तुम मेरा पीछा क्यों कर रहे हो?"

"नीनो और हेनरी ने हमें उस जिज्ञासु आदमी को ढूंढने के लिए हायर किया था जो उन्हें देख रहा था। बाद में, हमें पता चला कि वह तुम थे। मैं शेरिफ के लिए काम नहीं कर रहा हूँ।"

क्ले का चेहरा उदास था। ऐसा लग रहा था कि वह बैठना चाहता है, लेकिन फिर उसे याद आया कि वह दो इंडियंस को पिस्तौल से धमका रहा था। उसने फिर से उनकी तरफ देखा। "तुम कहते हो, अजीबोगरीब ताक-झांक करने वाला बंदा। मुझे लगता है, एक तरह से, यह अब मेरे बारे में सही बात है। मैं दुनिया को बाहर से, अंदर झाँककर देखता हूँ। अब यही मेरी ज़िंदगी है। तुम सही हो।"

हसेया ने कहा, "प्लीज़, हम आपको एक मौका देना चाहते हैं, तो हमें भी मौका दीजिए। हमें बताइए कि क्या हुआ था। यह हम सबके लिए आगे बढ़ने और इसे पीछे छोड़ने का सबसे अच्छा तरीका है। अगर आप हमें सच बताते हैं, तो आपका भविष्य ऐसा हो सकता है जिसमें आपको अपनी बाकी ज़िंदगी पिंजरे में बंद जानवर की तरह नहीं जीना पड़े।"

एक बार फिर, क्ले ने घबराकर खिड़की से देखा, शेरिफ को ढूंढ रही थी, उसे लगा। इस केस को आगे बढ़ाने के उसके प्लान धुएं में उड़ रहे थे, जैसे ध्यान से बनाई गई कैम्पफायर, गर्म और आरामदायक, बस अचानक पानी की एक बड़ी बाल्टी से बुझ जाए। उसके पास कुछ नहीं था, बस धुएं से भरा चेहरा था।

"मैंने कुछ देखा," क्ले ने कहा, फिर खिड़की से देखा, उन दोनों को नज़रअंदाज़ करते हुए। उसे लगा कि मार्क क्ले की तरफ़ बढ़ने वाला है, तभी क्ले मुड़ा और अपना हथियार उन पर तान दिया। अब उसे एक अलग क्ले दिखा, जिसे उन्हें मारने में कोई परेशानी नहीं होगी। उसे डर था कि या तो मारो या मारे जाओ। उसने जितना हो सके शांत रहने की कोशिश की। क्ले धीरे-धीरे दरवाज़े की तरफ़ बढ़ा, ऐसा करते हुए उसका ध्यान उन पर था।

उसने दरवाज़े के हैंडल पर हाथ रखा। जब उसने दरवाज़ा थोड़ा खोला तो बंदूक अभी भी उन पर तानी हुई थी। हसेया को लगा कि कहीं वह जाने से पहले उन्हें मारने का प्लान तो नहीं बना रहा, लेकिन फिर उसने दरवाज़ा पूरा खोल दिया और बाहर निकलने लगा।

"अपनी बंदूक नीचे करो, अभी।" हसेया ने शेरिफ लुईस की साफ़ आवाज़ सुनी। क्ले उसकी तरफ़ मुड़ा, फिर अपनी बंदूक उस पर और मार्क पर तान दी। वह जल्दी से पीछे झुकी और जितना हो सके नीचे जाने की कोशिश की। क्ले ने दरवाज़े से बाहर निकलने से पहले अपनी बंदूक चलाई। उसने अपनी आँख के कोने से देखा कि मार्क के नीचे गिरते ही खून के छींटे पड़ गए।

बाहर, उसने शोरगुल और कई तरह की आवाज़ें सुनीं, लेकिन गोलियों की आवाज़ नहीं आई। एक आवाज़ आई, किसी के ज़मीन पर गिरने की आवाज़ आई, और मिट्टी में पैरों के तेज़ी से चलने की आवाज़ आई। फिर, आवाज़ें बंद हो गईं।

"अच्छा शॉट, लड़के," लुईस ने कहा.

वह मार्क की तरफ देखने के लिए मुड़ी और उसे तुरंत लगा जैसे उसके फेफड़ों की सारी हवा निकल गई हो। उसका चेहरा खून से लथपथ था, और वह हिल नहीं रहा था। बहुत देर तक वह हिल नहीं पाई, और फिर

उसने देखा कि उसके माथे के किनारे से खून बह रहा है। वह अपने हाथों और घुटनों के बल उठी और उसे करीब से देखने के लिए रेंगने लगी, उसे सबसे बुरे डर से डर था।

जब उसे एहसास हुआ कि उसके सिर के एक तरफ ही खरोंच आई है, तो उसने गहरी सांस ली। ऐसा लग रहा था कि वह अभी भी सांस ले रहा है, लेकिन कोई रिस्पॉन्स नहीं दे रहा था। उसने एक धीमी कराह सुनी। "तुम ज़िंदा हो!" उसने लगभग हांफते हुए कहा।

हसेया उठी और यह देखने के लिए बाहर भागी कि वहाँ क्या हुआ था। बाहर आकर, उसने देखा कि क्ले ज़मीन पर औंधे मुँह पड़ा है और उसके हाथ पीछे की ओर हथकड़ी से बंधे हुए हैं। वह बिना हिले-डुले था और बेहोश लग रहा था। लुईस और किड क्ले के बगल में खड़े थे, उसे घूर रहे थे। बच्चे के हाथ में एक घोड़े की नाल थी।

उसने उसकी तरफ देखा। “मैंने उस पर जूता फेंका, हसेया। उसके सिर पर लगा, और वह पत्थर की तरह नीचे गिर गया।”

लुईस ने उसकी ओर देखा। “मैंने गोली चलने की आवाज़ सुनी।”

“गोली मार्क को लगी है, लेकिन मुझे उम्मीद है कि यह गंभीर नहीं है। उसे अभी डॉक्टर की ज़रूरत है।”

लुईस ने सिर हिलाया, फिर क्ले की तरफ इशारा किया। “इसे भी। लगता है हमारे सिर में दो चोटें आई हैं।” शेरिफ ने नीचे देखा कि किड कुछ देर पहले कहाँ था, लेकिन वह पहले ही डॉक्टर को लाने के लिए सड़क पर दौड़ रहा था।

दो दिन बीत गए। “नीचे ही रहो। खुद को उठाने की कोशिश मत करो,” हसेया ने धीरे से लेकिन ज़ोर देकर कहा। मार्क अपने बिस्तर पर आराम कर रहा था, फिर थोड़ी देर के लिए जाग गया। इससे पहले, किड ने मार्क की जेब से अपने घर की चाबी निकाली थी। वे उसे घर ले आए, और

डॉक्टर उसी दिन बाद में उसका घाव साफ करने के लिए उससे मिलने आया। "वह बहुत खुशकिस्मत है," डॉक्टर ने कहा।

वह रात-दिन उसके घर पर रहती थी, उसे कम खाना खिलाती थी और जहाँ हो सके उसकी मदद करती थी। उसे ज़िम्मेदारी महसूस होती थी। उम्मीद थी कि वह जल्द ही ठीक हो जाएगा, लेकिन उसकी और उसकी भी तकलीफ़ अभी खत्म नहीं हुई थी।

हसेया ने दरवाज़े पर दस्तक सुनी। "हम अंदर आ रहे हैं," रेमंड ने कहा। उसे उम्मीद थी कि किड उसके साथ होगा, लेकिन वह सुसान थी। वे एक-दूसरे का हाथ पकड़े हुए थे, और उसके खाली हाथ में खाने की एक बोरी थी। "मैं कुछ सूप लाया था क्योंकि मुझे पक्का नहीं था कि मार्क अभी तक ठोस खाना खा रहा है या नहीं," उसने आँखें बंद करके बिस्तर पर लेटे मार्क को देखते हुए कहा। "लगता है वह नहीं खा रहा है।"

"अभी नहीं। कोई अपडेट?"

"क्ले अब बेहतर है। उसके सिर के एक तरफ अभी भी एक बड़ी गांठ है, लेकिन वह अब घूम-फिर रहा है। शेरिफ ने मुझे बताया कि उसने अपनी पूरी ज़िंदगी में इससे ज़्यादा बेचारा इंसान नहीं देखा। क्ले किसी से बात नहीं करता, और उससे बहुत बदबू आती है। मुझे यकीन है कि शेरिफ लुईस खुश होगा जब वह आखिरकार क्ले लेस्टर से छुटकारा पा लेगा।"

अध्याय बावन

अगली सुबह, हसेया शेरिफ लुईस को क्ले से बात करते हुए सुन रही थी। " क्ले, तुम्हारा केस बहुत मुश्किल है–इस जेल में अब तक का सबसे बुरा केस, यह तो पक्का है। वे चाहते हैं कि तुम्हारा ट्रायल फीनिक्स में हो, जो मुझे ठीक लगता है। इस शहर में तुम्हारा एक भी दोस्त नहीं है, तुम्हारे भाई का भी नहीं। जब मैंने उससे पूछा तो उसने तुम्हारे बारे में कुछ भी अच्छा कहने से मना कर दिया, लेकिन मुझे लगता है कि उसने शहर से बाहर तुम्हारा फेयर ट्रायल करवाने में मेरी मदद की। तुम्हें फांसी नहीं होगी, लेकिन इस बार, तुम जहाँ जा रहे हो, वहाँ से भाग नहीं पाओगे। तुम अपनी बाकी ज़िंदगी किसी असली जेल में सलाखों के पीछे बिताओगे, किसी आरामदायक हॉस्पिटल में नहीं।"

हसेया ने शेरिफ लुईस को बोलते हुए देखा और फिर क्ले को देखा, लेकिन कुछ नहीं कहा। शेरिफ, डिटेक्टिव ब्राउन और हसेया क्ले के सेल के बाहर बैठकर उससे पूछताछ कर रहे थे। हसेया ने मौजूद रहने के लिए कहा था, और लुईस ने हाँ कह दी।

“क्ले, क्या यहाँ तुम्हारे साथ अच्छा व्यवहार हो रहा है?” उसने पूछा।

“हाँ. अच्छा खाना. अस्पताल से भी बेहतर.”

"मुझे खुशी है। हम आपको बेहतर तरीके से समझना चाहते हैं, यह जानना चाहते हैं कि आपने ऐसा क्यों किया।"

"इससे क्या फ़र्क पड़ता है?" क्ले ने पूछा।

हसेया ने आगे कहा, "क्ले, इससे बहुत फ़र्क पड़ सकता है। मुझे तुमसे कुछ सवाल पूछने हैं। कुछ तुम्हारे लिए ज़रूरी होंगे, और कुछ नहीं। पहले सवाल का जो जवाब तुम दोगे, उसका तुम्हारे ट्रायल पर कोई असर नहीं पड़ेगा, बिल्कुल नहीं। तुम मुझे ईमानदारी से जवाब देकर तुम्हें बेहतर समझने में मेरी मदद कर सकते हो। क्या तुम्हें याद है कि तुम्हें आइस हाउस में गोली लगी थी? क्ले, मुझे बताने से तुम्हारा कुछ नहीं जाएगा। भले ही जॉन आर्थर ने माइक टैपस्कॉट बनकर तुम्हें वहाँ फुसलाया हो, यह तुम्हारी गलती नहीं थी। क्या तुम्हें यह नहीं दिखता? अगर तुम हमें बताओगे कि क्या हुआ था, तो शायद हम तुम्हारी मदद भी कर सकें। कौन जाने?"

"तुम्हें कुछ नहीं पता। मैं अब तुम्हारी इंडियन ट्रिक्स में नहीं आऊँगा, और मैं इसके बारे में बात नहीं करने वाला।"

डिटेक्टिव ब्राउन ने कहा, "तुमने कहा कि उसे कुछ नहीं पता, लेकिन उस दिन के बारे में उसे सिर्फ़ वही पता है जो तुमने उसे बताया था। क्या कोई ऐसी बात है जो तुमने किसी को नहीं बताई? तुम क्या छिपा रहे हो? तुमने हमें बताया कि जॉन आर्थर तुम्हें वहाँ फुसलाकर ले गया था, लेकिन क्या *तुम ही उस दिन उसे* आइस हाउस में फुसलाकर नहीं ले गए थे? "

"मैंने ऐसा नहीं कहा। तुम सब मुझसे गलत बात कहलवाना चाहते हो।" क्ले खड़ा हुआ और उसने अपने हाथ से अपना मुँह ढक लिया। वह परेशान होकर अपने सेल में इधर-उधर घूमने लगा।

"क्ले, अब कोई फ़र्क नहीं पड़ता। मैं यही कहना चाह रही हूँ। प्लीज़ बैठ जाइए। हम सब यहाँ बड़े हैं।" हसेया ने कहा। वह बेमन से फिर बैठ गया लेकिन उसने नज़रें नहीं मिलाईं।

"जैसा कि मैंने तुम्हें बताया, मुझे नीनो और हेनरी को परेशान करने वाले जिज्ञासु आदमी को ढूंढने के लिए हायर किया गया था।" अब हम सब जानते हैं कि वह आदमी तुम ही थे। तुम हॉस्पिटल से भागे, यहाँ लौटे, और उन पर नज़र रखने लगे। मैं जानना चाहता हूँ क्यों। मैं तुम पर प्रेशर नहीं डालना चाहता, लेकिन क्या तुम इस बारे में बात कर सकते हो?"

क्ले फिर से खड़ा हुआ और अपने सेल में टहलने लगा। उसने अपने दोनों हाथ सिर पर रखे और उनसे अपने बाल सुलझाने लगा। "तुम मुझे अकेला क्यों नहीं छोड़ सकते? मैं हमेशा नीनो से प्यार करूँगा, और हेनरी मेरा भाई है। तुम्हारे लिए यह समझना इतना मुश्किल क्यों है? मुझे अपनी ज़िंदगी को कुछ मतलब देना है। मैं इसके बारे में और कुछ नहीं कह सकता।"

शेरिफ लुईस ने बातचीत में कहा, "तुम इस पर अपना टाइम बर्बाद कर रही हो, हसेया। मैंने तुमसे कहा था कि वह एक मुश्किल केस है। क्ले एक बुरा आदमी है और एक पागल कातिल है। तुम उसे कभी नहीं समझ पाओगी। हम यहाँ क्यों हैं? तुम्हें पता है कि वह बात नहीं करेगा। उसने तुम्हें मारने की कोशिश की और मार्क को मारने से बस एक इंच दूर आ गया था। तुम्हें क्ले की इतनी परवाह क्यों है? तुम अपना और मेरा टाइम बर्बाद कर रही हो। उसे वह मिलेगा जिसके वह लायक है और वह किसी जेल में सड़ेगा। मैं इसे इंसाफ कहता हूँ।"

क्या वह प्रेस्कॉट मर्डर का दोषी है, और क्या इस शहर के लोगों को इंसाफ़ मिलेगा? आखिर इंसाफ़ क्या है? क्या क्ले अपनी गलतियों का

पछतावा करने के लिए अपनी बाकी ज़िंदगी जेल में बिताने का फैसला कर रहा है? मुझसे क्या छूट रहा है? उस पल, उसे एहसास हुआ कि वह कभी भी यह साबित नहीं कर पाएगी कि क्ले बेगुनाह है।

इस बीच, क्ले की हालत तेज़ी से खराब हो रही थी। वह दीवार से टिका हुआ था, उसके हाथ ऊपर थे और हथेलियाँ दीवार पर सपाट थीं, जिससे धीमी, कराहने जैसी आवाज़ आ रही थी। फिर यह शुरू हुई। धीरे-धीरे, पहले तो वह रोने लगा। जल्द ही, उसका रोना तेज़ हो गया, फिर और भी तेज़। अब, वह ज़ोर-ज़ोर से रो रहा था। इंटरव्यू खत्म हो गया था। तीनों सेल रूम से बाहर निकल गए, शेरिफ़ और डिटेक्टिव सिर हिला रहे थे, जबकि हसेया हारा हुआ महसूस कर रहा था।

*

ऑफिस वापस आकर, उसने लड़कों को दिन का असाइनमेंट दिया, फिर रेमंड और किड को क्ले से पूछताछ में हुई कमी के बारे में बताया। "यह देखना मुश्किल था, लड़कों। उस आदमी की अब कोई ज़िंदगी नहीं है। वह कोई नहीं है जो तेज़ी से कहीं नहीं जा रहा है। उसका कोई भविष्य नहीं है और उसके पास जेल में धीरे-धीरे सड़ने के अलावा कुछ करने को नहीं होगा।"

"उसने यह खुद किया है। तुम्हें बुरा नहीं लगना चाहिए।" रेमंड ने कहा।

"हम आजकल हर समय बिज़ी रहते हैं, हसेया। तुम यही तो चाहती थीं, है ना?" बच्चे ने पूछा।

"हाँ। प्रेस्कॉट मर्डर शायद सबसे बड़ा केस होगा जिस पर हम कभी काम करेंगे। कौन जानता है? अब जब यह खत्म हो गया है तो मुझे इसके बारे में बात करने का हक है, है ना?

"बेशक आप करते हैं, बिल्कुल सही," रेमंड ने कहा।

बातचीत में एक ठहराव आया और उसने विषय बदलने का फैसला किया। “तो रेमंड, तुम्हारे और सुसान के बीच सब कैसा है?”

“उसने मुझे अच्छे से फंसाया, हसेया। मैं अब आज़ाद आदमी नहीं रहा,” उसने जवाब दिया और किड हंसने लगा। “किड, तुम छोटे बच्चे। तुम किस बात पर हंस रहे हो?” रेमंड ने पूछा।

“रेमंड, तुम एक होनहार नौजवान हो, और किड, जब से मैं तुमसे पहली बार मिला था, तब से तुम बहुत आगे निकल गए हो। तुम दोनों का भविष्य अच्छा है। बारिश के बादलों को एक-दूसरे के ऊपर मत रखो। अब तुम दोनों के लिए बेहतर तालमेल बिठाने का समय आ गया है। हमारे आगे बहुत काम है, इसलिए तुम दोनों लगातार झगड़ते नहीं रह सकते।”

रेमंड ने कहा, “हसेया, अब तुम लगभग एक सेलिब्रिटी हो, क्योंकि तुमने क्ले को फिर से पकड़ने में मदद की है।”

“सेलिब्रिटी?” बच्चे ने पूछा।

“इसका मतलब है कि अब हर कोई उसे जानता है।”

“तो फिर आपने ऐसा क्यों नहीं कहा?”

“क्या मैंने तुम दोनों से नहीं कहा था कि एक-दूसरे को परेशान करना बंद करो? अब, बाकी दिन अपने असाइनमेंट पर काम करो। मैं मार्क से लंच पर मिलने जा रही हूँ। तुम दोनों काम पर लग जाओ।” हसेया ने कहा।

वे चले गए, और हसेया ने पिछले साल जो कुछ हुआ था, उस पर सोचने में कुछ समय बिताया। उसका यहाँ भविष्य है, और शहर को उसकी ज़रूरत है। वह लोगों की समस्याएँ सुलझाने में मदद करती है।

उसने रेमंड और किड की मदद की, और उसने अपनी भी मदद की। उसने एक पल के लिए अपने ऑफिस में चारों ओर देखते हुए, पिछले साल यहाँ जो कुछ भी हुआ था, उसके बारे में सोचते हुए एक संतुष्ट मुस्कान का आनंद लिया।

मार्क के साथ लंच करने के लिए तैयार होने का समय हो गया था। वह लगभग पूरी तरह ठीक हो गया था और अब उस पर ज़्यादा ध्यान देने की ज़रूरत नहीं थी, लेकिन वह पक्का करना चाहती थी। उसे भी उसका साथ अच्छा लग रहा था। उससे फिर से बात करने के बारे में सोचकर उसका हौसला बढ़ गया, और वह सोचने लगी कि वह लंच में क्या खाना चाहती है। हालाँकि, उसकी खुशी ज़्यादा देर तक नहीं रही।

लंच के लिए बिग माउथ जाते समय, उसने सोचा कि कुछ भी आसानी से नहीं मिलता। बुरी खबर अक्सर अच्छी खबर के बाद आती थी, और अच्छी खबर मिलना मुश्किल था। उसका यह नियम कि जब तक कोई दोषी साबित न हो जाए, तब तक हर कोई संदिग्ध होता है, अब समझ में नहीं आता था। हसेया जानती थी कि नीनो ने मेयर को मारा था। उसे शक था कि डिटेक्टिव विलियम्स को इसलिए मारा गया क्योंकि वह बहुत कुछ जानता था, और जॉन आर्थर को इसलिए मारा गया क्योंकि वह किसी तरह नीनो के परिवार को हुए नुकसान में शामिल था। बुरी खबर यह थी कि वह कभी भी यह सब साबित नहीं कर पाएगी।

अध्याय तिरपन

प्रेस्कॉट, एरिज़ोना क्षेत्र

1899 का वसंत

नीनो गर्व से बैठी हेनरी को भाषण देते हुए देख रही थी। यह एक शानदार सुबह थी, जिसमें खूब धूप और ठंडी हवा चल रही थी। वह कोर्टहाउस की सीढ़ियों पर खड़ा था, और शहर के ठीक उत्तर में सांता फ़े डिपो में हाल ही में हुए रेल हादसे के बारे में लोगों को जानकारी दे रहा था। अपने भाषण के बाद, वह भीड़ के सवालों के जवाब देता था।

"लेडीज़ एंड जेंटलमैन, जैसा कि आप में से कई लोग जानते होंगे, कल हमारे खूबसूरत नए रेल डिपो के सामने एक ट्रेन पटरी से उतर गई। मौके पर मौजूद कई गवाहों के मुताबिक, जब जानवरों को ले जा रही एक ट्रेन डिपो के पास पहुंची, तो कुछ बुरी घटनाओं की वजह से ट्रेन पटरी से उतर गई।"

"एक तीन पैरों वाले कुत्ते ने घोड़ों के एक ग्रुप को डरा दिया, जो उस समय डिपो के पास था। घोड़ों का ग्रुप घबरा गया और डिपो पर हमला कर दिया, जिससे एक पटरी काफ़ी हद तक खिसक गई। ट्रेन पटरी से उतर गई, और दुख की बात है कि सात सौ सूअर मारे गए।"

"शेरिफ लुईस से सलाह करने के बाद, यह तय हुआ कि तीन पैरों वाले कुत्ते को छोड़कर किसी की गलती नहीं थी, और सभी इस बात पर सहमत थे कि भगवान ने उसे पहले ही काफी सज़ा दे दी है। इस घटना में शामिल कुत्ते पर कोई चार्ज नहीं लगाया जाएगा।"

भीड़ हँस पड़ी। उसने सोचा, पिछले साल जब प्रेस्कॉट मर्डर की घटना ने शहर का मूड खराब कर दिया था, तो वे नहीं हँसे होंगे। सात सौ सूअर मर गए, डिपो में गंदगी फैल गई, और लोगों को अब भी यह मज़ेदार लग रहा था कि कुत्ता सज़ा से बच गया। प्रेस्कॉट में चीज़ें बदल गई थीं, और बेहतर के लिए।

नीनो की दोस्त हसेया अब भी कभी-कभी उससे मिलने उसकी दुकान पर आती थी, लेकिन उसे अच्छा लगता था कि हसेया अब बहुत बिज़ी रहती थी और ज़्यादा देर तक रुक नहीं पाती थी। वह हसेया के साथ पिकनिक वगैरह से बचने की कोशिश करती थी और इस बारे में ज़्यादा ज़ाहिर न होने की कोशिश करती थी, लेकिन आखिर में उसे हसेया के कुछ इनविटेशन स्वीकार करने पड़ते थे। नीनो को पिकनिक में बहुत मज़ा आता था। उसने और हेनरी ने उस दोपहर के लिए एक प्लान बनाया था। हालाँकि, जब हसेया आस-पास होती थी, तो उसके लिए यह अलग होता था। उसे हमेशा चौकन्ना रहना पड़ता था क्योंकि वह औरत बहुत स्मार्ट थी।

उसने हेनरी को बोलते सुना, लेकिन वह जो कह रहा था, उसे ध्यान से नहीं सुना। हेनरी अब बदल गया था। पिछले साल, वह उदास रहता था और उसमें कॉन्फिडेंस की कमी थी। वह किसी पर भरोसा नहीं करता था और हमेशा एक दोषी आदमी की तरह अपने कंधे पर हाथ रखे रहता था। टर्निंग पॉइंट तब आया जब उसने सुना कि क्ले को एक सुरक्षित जेल में भेज दिया गया है जहाँ से भागने का कोई चांस नहीं है। उसके बाद हेनरी उसके पास वापस आने लगा।

दिन-ब-दिन और महीने-दर-महीने, वह अपनी उदासी से बाहर निकलकर अपने पुराने रूप में लौटने लगा। वह उन लोगों को गुमराह करता था जिन्हें वह नापसंद करता था और उन लोगों की तारीफ़ करता था जो भविष्य में उसकी मदद कर सकते थे। वह एक नैचुरल इंसान था, और कुछ दिन पहले, उसने चुपके से उसे बताया कि फ़ीनिक्स के कुछ असरदार ग्रुप्स में उसका नाम एरिज़ोना टेरिटरी के अगले गवर्नर के लिए सबसे आगे रहने वाले कैंडिडेट के तौर पर लिया गया था। हाँ, हेनरी और उसके लिए ज़िंदगी अच्छी थी।

अपने ख्यालों में खोई हुई, उसे एहसास हुआ कि सवाल-जवाब का सेशन खत्म हो गया है, जब उसके सामने खड़े लोग जाने लगे। उसे हेनरी पर बहुत गर्व था। उसे विमेंस सफ़रेज मूवमेंट की ज़रूरत नहीं थी। उसके पास हेनरी था, उसका पपेट।

“बहुत बढ़िया भाषण, हेनरी।” जैसे ही वह पास आया, उसने कहा।

“मैंने ठीक किया? थैंक्स। कम से कम लोग थोड़ा हँसे। क्या आपको लगता है कि उन्होंने मेरी तारीफ़ की?”

“बेशक उन्होंने ऐसा किया। सब तुम्हें पसंद करते हैं। अब हम घर चलेंगे।”

दोनों बिना ज़्यादा बातचीत किए थोड़ी दूर घर चले गए। वह उस नई ड्रेस के बारे में सोच रही थी जो उसने अभी-अभी बनाई थी। यह फ़िरोज़ी रंग की ड्रेस थी जिसमें उभरी हुई, टेढ़ी-मेढ़ी पीली धारियाँ थीं, बिजली की तरह, और चमकीले लाल रंग के एक्सेंट थे। यह बहुत ड्रामैटिक थी। उसे मेयर के साथ सजना-संवरना और दिखना पसंद था। शायद किसी दिन, वह गवर्नर की पत्नी के रूप में तैयार होगी।

घर आकर, उसने उनका पिकनिक लंच बनाया। वह जो ब्रेड खरीदती थी वह हमेशा ताज़ी होती थी, शहर में मिलने वाली सब्ज़ियाँ सबसे अच्छी

थीं जो उसने कभी खाई थीं, और हैम सेल पर था। प्रेस्कॉट में किसी भी चीज़ का सेल पर होना अजीब बात थी। वह मन ही मन मुस्कुराई, यह सोचकर कि वह इतनी खुश कभी नहीं थी।

वे कोर्टहाउस प्लाज़ा लौटे और एक छायादार जगह देखी जो उसने पहले देखी थी। उसने एक कंबल बिछाया। वे बैठे, और नीनो ने अपना लंच व्यवस्थित करना शुरू कर दिया। उसने उसे एक सैंडविच दिया।

“क्या बढ़िया दिन है। अभी गर्मी नहीं है, और मुझे हल्की हवा बहुत पसंद है।” उसने सैंडविच का एक निवाला खाने से पहले कहा। “यह सैंडविच बहुत अच्छा है। मैं खुशकिस्मत हूँ कि तुम मेरे पास हो, नीनो।”

वह उसे देखकर मुस्कुराई, फिर अपना लंच खाने लगी। खाते समय दोनों में से किसी ने ज़्यादा कुछ नहीं कहा। जब हेनरी ने खाना खत्म किया, तो वह लेट गया और बादलों को घूरने लगा। “चीज़ें बदल गई हैं, लेकिन मैं अब भी कभी-कभी पुराने दिनों के बारे में सोचता हूँ, क्ले के साथ बड़ा होना। वह मुझसे कुछ मिनट बाद ही दुनिया में आया, लेकिन उन कुछ मिनटों ने बहुत फ़र्क डाला। वह हमेशा कमज़ोर था, जैसा कि आप जानते हैं, लेकिन मैंने उसे असल में कितना कमज़ोर समझा था। मैं अब एक झपकी लेने जा रहा हूँ, बस एक छोटी सी।” हेनरी ने आँखें बंद करने से पहले कहा। जल्द ही, वह सो गया।

नीनो को याद आया जब वह पहली बार क्ले को जानती थी। आखिरकार, वह उसे बहुत अच्छी तरह समझने लगी। उसने देखा कि क्ले को उसके जुर्म के लिए सज़ा देना कितना आसान होगा। उसमें कोई कॉन्फिडेंस नहीं था क्योंकि हेनरी ने उसे पूरी ज़िंदगी बुली किया था। क्ले ने भी कभी किसी असली, बड़ी मुश्किल का सामना नहीं किया था। उसकी एवरेज इंटेलिजेंस ने उसे अपने भाई की बुलीइंग से उबरने में मदद नहीं की, और उसकी आसान ज़िंदगी ने उसे नरम बना दिया था। जब उसे यह साफ़ हो गया कि क्ले उससे प्यार करता है, तो वह उसके हाथों में नरम

मिट्टी जैसा हो गया। वह उसे जैसा चाहे वैसा बना सकती थी । उसकी सज़ा यह नहीं होगी कि वह अपनी बाकी ज़िंदगी अपनी हमेशा की तरह नासमझी में बिताए या कम उम्र में मर जाए। नहीं, उसकी सज़ा यह होगी कि वह अपनी बाकी ज़िंदगी हेनरी के बलि का बकरा बनकर तकलीफ़ उठाए।

उसने धीरे-धीरे और कुशलता से उसका आत्मविश्वास कम कर दिया। आखिरकार, वह एक घायल पिल्ले की तरह व्यवहार करने लगा— ज़रूरतमंद, कमज़ोर, और सबसे ज़रूरी, आज्ञाकारी।

नीनो रेस्टोरेंट की छत पर थी, जहाँ से परेड खत्म होने वाली थी, और गोली चलाने के लिए तैयार थी। उसे पता चल गया था कि क्ले छत पर आ गया है, लेकिन वह ध्यान भटकाना नहीं चाहती थी।

"नीनो, भगवान के लिए, राइफल नीचे रख दो। दो गलतियां मिलकर एक सही नहीं बनातीं। तुम्हें यह पता होना चाहिए।" नीनो ने क्ले को अपने अतीत के बारे में कुछ बताया था, जो उसे उसके प्लान पर चलने के लिए काफी था। क्ले जानता था कि मेयर यंग उन सैनिकों के कमांडिंग ऑफिसर थे जिन्होंने उसके परिवार को उनके वतन से न्यू मैक्सिको टेरिटरी में ज़बरदस्ती भेजा था।

वह इसे पूरा कर लेगी। उसे वैसे भी क्ले के भगवान पर विश्वास नहीं था। वह जल्दी से उससे बात करने के लिए मुड़ी। "बैठ जाओ और चुप हो जाओ। तुम समझ नहीं रहे हो। मुझे अपने परिवार की इज़्ज़त , अपनी माँ और अपनी मरी हुई बहन की रक्षा के लिए यह करना होगा। मेरी बहन को प्रेग्नेंट होने पर मदद की ज़रूरत थी और वह खुद की मदद नहीं कर सकती थी, और इस आदमी ने उसे मारने का हुक्म दिया। तुम कुछ भी कहो या करो, मेरा मन नहीं बदलेगा।" उसे अभी भी क्ले के चेहरे का बेचारापन याद था। वह बैठा तो सिसक रहा था और अपना हाथ अपने मुँह पर रख लिया था। वह कमज़ोर और उलझन में लग रहा था, लेकिन

आखिरकार उसने उसकी बात मान ली, जैसा एक अच्छे बलि के बकरे को करना चाहिए।

जब नीनो ने मेयर यंग को मारने वाली गोली चलाई, तो वह पीछे हट गई ताकि कोई दिखे नहीं, नीचे झुकी रही, और सीढ़ियों के दरवाज़े की तरफ़ बढ़ी। "उठो। हमें यहाँ से निकलना है।" उसने क्ले से कहा। वह परेशान था जैसा वह चाहती थी। नीनो कई हफ़्तों तक नज़रों से दूर रहा, उसकी दुकान में काम करता रहा और सिर झुकाए रहा, और किसी को पता नहीं चला।

*

नीनो को अब तक जो कुछ भी हासिल हुआ था, उस पर गर्व था। वह इसकी हकदार थी। अपनी बहन की हत्या के बाद कई सालों तक, नीनो ने कई मुश्किल, गुस्से वाले साल गोरों को उनके किए के लिए कोसते हुए बिताए। समय के साथ उसका दुख कम नहीं हुआ। यह और बढ़ता गया। हर साल वह और कड़वी होती गई। आखिरकार, यह बहुत ज़्यादा हो गया। उसे कुछ करना ही था। उसने अपनी गर्भवती बहन की मौत के लिए ज़िम्मेदार तीन लोगों को ट्रैक करने और उन्हें सज़ा देने के लिए रिज़र्वेशन छोड़ दिया, जो न्यू मेक्सिको की उस भयानक, लंबी पैदल यात्रा पर थे।

उन्होंने फ्लैगस्टाफ में कुछ महीने बिताकर शुरुआत की। वहां कोई भी जाना-पहचाना नहीं लग रहा था, लेकिन वह हार मानने वाली नहीं थीं। इत्तेफाक से, उन्हें उत्तरी एरिजोना के लोकल नेताओं की एक कॉन्फ्रेंस के बारे में पता चला जो फ्लैगस्टाफ में होने वाली थी। वे एरिजोना टेरिटरी की राजधानी को फीनिक्स में उसकी मौजूदा जगह से उत्तरी एरिजोना में, शायद प्रेस्कॉट या फ्लैगस्टाफ में शिफ्ट करने पर चर्चा करने के लिए मिलने वाले थे। उनके पास खाली समय था और खोने के लिए कुछ भी नहीं था, इसलिए वह कॉन्फ्रेंस में शामिल हुईं। वहीं उनकी मुलाकात मेयर यंग

और प्रेस्कॉट के टाउन काउंसिलमैन हेनरी लेस्टर से हुई। उनके लिए शिफ्ट होने का समय आ गया था।

नीनो को जल्द ही पता चला कि हेनरी का एक जुड़वाँ भाई क्ले है। उसने क्ले को बेहतर तरीके से जानने के लिए अपने आकर्षक चार्म का इस्तेमाल किया, और एक दिन, क्ले ने उसे बताया कि वह लंबी वॉक के समय आर्मी में था। उसने इस बारे में बहुत सोचा, उसे लंबी वॉक के दौरान कोई जुड़वाँ भाई देखना याद नहीं था, और आखिर में उसे एहसास हुआ कि क्ले ही वह सैनिक रहा होगा जिसने उस दिन उसकी बहन को रोका था। नीनो क्ले पर अपनी मर्ज़ी चलाने के लिए पागल हो गई। वह उसका मुकाबला नहीं कर सकता था। नीनो के अंदर एक आग जल रही थी, और उसे अपने अतीत के इस अपराधी पर काबू पाना बहुत संतोषजनक लगा।

*

समय बीतता गया और नीनो मेयर यंग की हत्या की जांच को लेकर परेशान हो गई। उसे नहीं लगा था कि क्ले उसका राज़ खोल देगा, लेकिन वह कोई रिस्क नहीं लेना चाहती थी। बहुत कुछ दांव पर लगा था। उसने दिन-रात उस पर दबाव बनाए रखा।

क्ले से ज़्यादा उसे दूसरे लोगों की चिंता थी, खासकर हसेया और डिटेक्टिव विलियम्स की। हसेया ने दोस्त की तरह काम किया, लेकिन नीनो को अच्छी तरह पता था कि हसेया मेयर के केस पर काम कर रही थी। डिटेक्टिव विलियम्स एक कीड़ा था, मच्छरों के बढ़ते झुंड की तरह जो जहाँ भी वह जाती थी, उसका पीछा करते थे।

उसे हैरानी हुई जब वह क्ले के भाई हेनरी से मिली और जल्दी ही उस पर फ़िदा हो गई। क्ले एक बेचारा सा छोटा लड़का था, और हेनरी में कुछ ऐसा था जो उसे बहुत पसंद आया। वह क्ले से छिपाते हुए हेनरी के साथ

ज़्यादा से ज़्यादा समय बिताने लगी। जब वह हेनरी के साथ थी, तो उसे ज़िंदगी के लिए एक ऐसा जुनून महसूस हुआ जो उसने पहले कभी महसूस नहीं किया था। यह वैसा ही था जैसा उसने सोचा था कि बिजली, जिस खोज के बारे में उसने सुना था, वह कैसी होगी।

नीनो के लिए वह समय उसकी उम्मीद से जल्दी आ गया, और उसने क्ले को हेनरी के लिए छोड़ दिया। हेनरी के लिए उसका आकर्षण इतना ज़्यादा और ज़बरदस्त था कि नीनो ने उससे कहा कि वह उससे प्यार करती है, और उस समय, वह सच में ऐसा ही सोच रही थी।

एक दिन नीनो अपनी दुकान के सामने झुककर ताज़ी हवा लेने के लिए ब्रेक ले रही थी, तभी उसने विलियम्स को माइक के साथ कोर्टहाउस जाते हुए देखा। विलियम्स के कोर्टहाउस जाने का एक ही कारण उसे समझ आया कि वह क्ले से मिलना चाहती थी। उसे इस कीड़े, विलियम्स को, तुरंत खत्म करना था, इससे पहले कि वह बहुत कुछ जान जाए।

उसे एक आइडिया आया और वह हेनरी से बात करने के लिए जल्दी से कोर्टहाउस के पीछे चली गई। उसने उससे फिर कहा कि वह उससे पूरे दिल से प्यार करती है, फिर कहा कि वह मुश्किल में है। उसने हेनरी को बताया कि डिटेक्टिव विलियम्स ने उसके साथ बहुत बुरा बर्ताव किया है, कि वह सिर्फ़ एक अच्छा आदमी होने का दिखावा करता है, और उसके पास रिज़र्वेशन में वापस जाने और अपनी बाकी ज़िंदगी अकेले बिताने के अलावा कोई चारा नहीं होगा। हेनरी गुस्से में था। नीनो ने दुखी और डरा हुआ होने का नाटक किया। नीनो ने हेनरी को बताया कि उसने डिटेक्टिव विलियम्स को क्ले से बात करने के बाद लंच के लिए बिग माउथ में जाते देखा था, और उससे विलियम्स से बात करने की गुज़ारिश की ताकि वह अपनी इज़्ज़त वापस पा सके ।

हेनरी ने वैसा ही रिएक्ट किया जैसा नीनो चाहता था। बाद में उसने उसे बताया कि वह थोड़ी दूर घर तक पैदल गया, जल्दी से कपड़े बदलकर

क्ले बन गया, माइक को सड़क पर पाया, और उसकी बेइज्जती की। माइक गुस्से में हेनरी से मुँह मोड़कर उत्तर की ओर चला गया। हेनरी जानता था कि विलियम्स उसे देख रहा होगा। जब हेनरी दक्षिण की ओर जा रहा था, तो उसने चुपके से अपनी दाईं ओर देखा। विलियम्स ने लालच में आकर उसे पकड़ लिया था। विलियम्स ने उसका पीछा किया और शहर के दक्षिण की ओर एक खाली बिल्डिंग में घुस गया।

जल्द ही, सब खत्म हो गया। हेनरी वापस आया और उसने नीनो को बताया कि वह अब सुरक्षित है। उसने डिटेक्टिव विलियम्स के दिल में गोली मार दी। विलियम्स मर चुकी थी और अब उसे कभी परेशान नहीं कर पाएगी। उस रात, उसने हेनरी के लिए अपना गहरा प्यार साबित कर दिया।

फिर से, नीनो को कई हफ़्तों तक नज़रों से दूर रहने की ज़रूरत महसूस हुई। उसने अपना सिर नीचे रखा और लंबे समय तक काम किया। इससे उसे क्ले के भविष्य की योजना बनाने के लिए काफ़ी समय मिला। उसके पास अब तक के दो मर्डर और आने वाले एक मर्डर के लिए उसे दोषी ठहराने का प्लान था। माइक टैपस्कॉट को मरना था। वह माइक को शहर में देखकर हैरान थी। उसे उम्मीद नहीं थी कि वह उसे वहाँ देखेगा, लेकिन जब वह उसे फ़्लैगस्टाफ़ में नहीं मिला, तो वह और कहाँ जा सकता था? प्रेस्कॉट उसके लिए सही था।

उसे कभी उम्मीद नहीं थी कि उसे पक्का पता चलेगा कि क्ले ने या माइक ने उसकी बहन को गोली मारी। इससे कोई फ़र्क नहीं पड़ता था। वे दोनों शामिल थे। क्ले ही वह था जिसे उसने अपनी बहन को रोकते हुए देखा था, जब हताश नवाजो का धीमा जुलूस आगे बढ़ रहा था। माइक वह सैनिक था जिसे उसने जुलूस के आगे से पीछे और फिर वापस वहाँ जाते देखा जहाँ क्ले और उसकी बहन इंतज़ार कर रहे थे। उसने उस समय पक्का इरादा कर लिया था कि वह उनके चेहरे कभी नहीं भूलेगी।

माइक को खत्म करने की उसकी पहली कोशिश नाकाम रही। उसने कई रातें क्ले को माइक को मारने के लिए मजबूर करने का तरीका सोचने में बिताईं। उसे आइडिया आया कि क्ले माइक को शहर के ठीक बाहर एक जगह, आइस हाउस में फुसलाकर ले जाए, जहाँ वह ज़्यादा ध्यान खींचे बिना माइक को मार सके। नीनो को क्ले मिला और उसने उसे ऐसा इंप्रेशन दिया कि वह हेनरी से खुश नहीं है। उसने क्ले से कहा कि वह उससे प्यार करती है और उसे उसकी मदद चाहिए क्योंकि माइक को किसी तरह पता चल गया था कि उसने मेयर को गोली मारी है।

उसने क्ले से कहा कि वह फिर से उसके साथ ज़िंदगी बिताना चाहती है, लेकिन माइक सब कुछ बर्बाद कर रहा था। क्ले को शुरू में उस पर यकीन नहीं हुआ। उसने एक कहानी बनाई कि माइक उसकी दुकान में कैसे आया, दावा किया कि उसने सब कुछ ठीक किया है, और धमकी दी कि अगर उसने उसे पैसे नहीं दिए तो वह उसे एक्सपोज़ कर देगा।

आइस हाउस में मारने की कोशिश काम नहीं आई। क्ले में माइक को मारने की ताकत नहीं थी। उसका दिमाग लगातार उलझे हुए और उलझे हुए विचारों से भरा रहता था। नीनो ने इस नाकामी के लिए खुद को दोषी माना और यह नतीजा निकाला कि उसे खुद माइक को मारना होगा।

नीनो को क्ले की चिंता बनी रही। वह चाहती थी कि वह चुप रहे और वही करे जो वह चाहती थी। हेनरी ने उसे क्ले के मेंटल हॉस्पिटल के पिछले विज़िट के बारे में बताया था। नीनो हर एक-दो दिन में क्ले से बात करती थी, कभी उसे उम्मीद देती तो कभी उसका हौसला तोड़ती थी। उसने उसे धीरे-धीरे गिरते देखा और उसमें मज़ा लिया । क्ले को कंट्रोल करने की उसकी ज़रूरत पहले से कहीं ज़्यादा बढ़ गई।

नीनो ने क्ले को साफ़-साफ़ बता दिया कि उसके लिए सिर्फ़ इंडियन इंसाफ़ ही सही रहेगा। उसकी बहन के मर्डर के लिए ज़िम्मेदार आदमियों को सज़ा मिलनी चाहिए। अगर क्ले उससे प्यार करता था, तो उसके पास

उसे गोरे आदमी के इंसाफ़ से बचाने के अलावा कोई चारा नहीं था। क्ले को वही करना होगा जो उससे कहा गया है, वरना वह प्रेस्कॉट को हमेशा के लिए छोड़ देगी, और वह उसे फिर कभी नहीं देख पाएगा।

नीनो ने बिना किसी दिक्कत के माइक को मार डाला। वह रोज़ की तरह ब्रेक लेकर बाहर ताज़ी हवा ले रही थी, तभी उसने देखा कि माइक अपना सामान एक वैगन में पैक कर रहा है। इसका एक ही कारण था कि वह जा रहा था। नीनो के पास उसके जाने से पहले उसे मारने के अलावा कोई चारा नहीं था।

वह अपनी दुकान से पिछले दरवाज़े से निकली ताकि कम लोग उसे देखें। उसने आराम से और कैज़ुअल रहने की कोशिश की, जैसे वह एक अच्छी वॉक पर जा रही हो और दिन का मज़ा ले रही हो। फिर, वह माइक के घर उसका इंतज़ार करने गई। वहाँ पहुँचकर, उसने सबसे पहले मर्डर के बाद भागने का प्लान बनाया। यह एकदम सही था। जब माइक अपने घर में आया और उसे देखा, तो वह हिचकिचाई नहीं, ठीक वैसे ही जैसे उसकी बहन को गोली मारने वाले सैनिक ने हिचकिचाया नहीं था। उसने उसे दिल में गोली मार दी।

*

"कोई डेज़र्ट?" हेनरी ने पूछा। नीनो अभी भी पास्ट के बारे में सोच रही थी और उसने तुरंत जवाब नहीं दिया। उसे जल्दी से उठना था और जल्दी से प्रेजेंट में वापस आना था।

"क्या, आह, नहीं, सॉरी। मैं हमारी अगली पिकनिक के लिए डेज़र्ट प्लान करूँगा।"

“ठीक है. मैं बादलों को देख रहा था. वे बहुत सुंदर हैं. ध्यान दें कि वे सब कैसे अलग हैं, सिवाय उन दो छोटे बादलों के?” उसने आसमान में दो बादलों की ओर इशारा किया. “वे दोनों एक जैसे हैं, दो छोटे गोल डॉट्स.” हेनरी बादलों को देखता रहा जबकि नीनो ने कुछ नहीं कहा और सामान समेटने लगा.

नीनो खुश थी कि उसे हेनरी के साथ पब्लिक इवेंट्स में नहीं जाना पड़ता था क्योंकि उसे काम के बाद शाम को अपना प्राइवेट टाइम अच्छा लगता था। वैसे भी, यह उसका आइडिया था। उसने उससे कहा कि उसे दिखावे के लिए कुछ करना होगा क्योंकि उनकी अभी शादी नहीं हुई थी, और वह मेयर था।

“रुको, छोटे बादल बदल रहे हैं। एक अब सपाट हो रहा है। यह मेरे और क्ले जैसा है। मैं वैसा ही रहता हूँ, और वह सपाट हो जाता है। मेरे और क्ले के बीच चीजें कभी नहीं बदलेंगी।” हेनरी ने कहा।

"आप इतने निश्चित रूप से कैसे कह सकते हैं?"

“क्योंकि हमेशा से ऐसा ही रहा है। मैं आर्मी में जाने के लिए एक्साइटेड था, लेकिन क्ले हिचकिचा रहा था। मैंने दो साल तक सर्विस की, फिर क्ले को शामिल होने के लिए मनाया। हम अलग होने से पहले थोड़े समय के लिए एक ही यूनिट में थे। जब मैं बाहर आया, तो मैं एक बदला हुआ इंसान था, और बेहतर के लिए। मुझे यह पसंद आया। मैंने आपको यह कभी नहीं बताया, लेकिन जब क्ले आर्मी में था, तो कुछ सालों के बाद वह टूटने लगा। उसने कुछ समय की छुट्टी ली और घर लौट आया, और मैं देख सकता था कि वह बुरी हालत में था। मेरे पास तब करने के लिए कुछ बेहतर नहीं था, इसलिए मैंने उसकी बाकी सर्विस, लगभग डेढ़ साल के लिए, उसकी जगह लेने का आइडिया सोचा।”

“पहले तो उसे शक था , लेकिन फिर वह इसके लिए तैयार हो गया। हमने कई दिन उन डिटेल्स को रिव्यू करने में बिताए जिनकी मुझे उसकी यूनिट में फिट होने के लिए ज़रूरत होगी। उसने यह भी बताया कि पूर्व मेयर यंग और माइक टैपस्कॉट उसकी यूनिट में थे। मैंने क्ले के कुछ मैनरिज़्म की प्रैक्टिस की जो मैंने बचपन में देखे थे। मेरा यकीन करो, मेरे लिए क्ले बनने का नाटक करना आसान था, लेकिन वह कभी भी मेरी तरह बनने का नाटक नहीं कर सकता। उसके पास इसके लिए दिमाग नहीं है।” हेनरी हंसा।

“जब आपने क्ले की जगह ली तो आप आर्मी में क्या करते थे?” उसने पूछा।

“ज़्यादातर बोरिंग चीज़ें थीं, लेकिन हर दिन बहुत मेहनत लगती थी। मैंने कुछ समय उत्तरी एरिज़ोना की सड़कों पर काम करते हुए बिताया, फिर नौ महीने वहाँ इंडियंस के साथ काम किया। हमने नवाजो, होपी और अलग-अलग अपाचे ट्राइब्स के साथ काम किया। मैंने न्यू मेक्सिको में भी कुछ समय बिताया, अगर आप यकीन कर सकते हैं।”

नीनो इस पर यकीन नहीं करना चाहती थी। उसने रिएक्ट न करने की कोशिश की। वह हेनरी के लिए अचानक महसूस हुई बर्फीली ठंडक को ज़ाहिर नहीं करना चाहती थी। उसने अपना गुस्सा और नाराज़गी रोकने की कोशिश की। अपने परिवार की इज़्ज़त का बदला लेने का उसका बनाया हुआ, पर्फेक्ट प्लान अब गलत और अधूरा था।

“हमें जाना होगा, हेनरी।” उसने कहा। नीनो ने अपनी बहुत ज़्यादा निराशा छिपाने की पूरी कोशिश की। “हेनरी, मुझे आज रात देर तक काम करना है। मैं तुमसे कल मिलूँगी।” उसने कहा, फिर उसे एहसास हुआ कि उसे कुछ करना है, जो उसे अचानक घिनौना लगा। उसने उसे किस किया।

नीनो ने उस रात सोने की कोशिश की, लेकिन कोई फ़ायदा नहीं हुआ। वह दो बार उठी और अपने छोटे से घर में इधर-उधर घूमती रही। आखिरकार, वह इतनी थक गई कि किसी तरह सो गई, लेकिन यह एक बुरा अनुभव साबित हुआ। अपने सपनों में, उसने पहले अपनी छोटी बहन को मुस्कुराते, खुश और हंसते हुए देखा, जब उसने नीनो को यह खबर दी कि वह प्रेग्नेंट है। फिर उसे हेनरी के बारे में एक बुरा सपना आया।

उसकी माँ यानाहा, जो पूछताछ करने वाली थी, उसकी आँखें तेज़, पक्की और डरावनी थीं।

“क्या तुम उसे मार डालोगे?”

"शायद हां।"

“बदला लेने के लिए?”

“नहीं... न्याय के लिए।”

“क्या इस न्याय से आपकी पीड़ा ख़त्म हो जाएगी?”

"संभवतः नहीं।"

“तो फिर ऐसा क्यों करें?”

“मेरे पास कोई विकल्प नहीं है। अगर मैंने कुछ नहीं किया तो यह हमेशा मेरे साथ रहेगा।”

दो साल बाद

प्रेस्कॉट प्रॉस्पेक्टर में पेज चार के नीचे एक छोटा लेख छपा ।

क्ले लेस्टर, हमारे पूर्व मेयर, हेनरी लेस्टर के जुड़वां भाई, पिछले सोमवार को युमा में एरिज़ोना टेरिटोरियल जेल में अपने सेल में मरे हुए पाए गए। अधिकारियों ने उनकी मौत का कारण नहीं

बताया है। जेल में रहते हुए, मिस्टर लेस्टर ने बार-बार तीन लोगों को मारने से इनकार किया, हालांकि उन्होंने अपने ट्रायल से पहले एक साइन किया हुआ कबूलनामा लिखा था, और कोर्ट में उन्हें हत्याओं का दोषी पाया गया था। उनका कोई रिश्तेदार नहीं है, और उन्हें युमा कब्रिस्तान में दफनाया जाएगा।

लेखक के नोट्स

यह किताब एक काल्पनिक कहानी है। इस किताब में लोग और घटनाएँ कहानी के हिसाब से बनाई या बदली गई हैं, सिवाय उनके जो नीचे बताई गई हैं।

नवाजो लोगों की लंबी वॉक एक असली घटना थी, जो बदकिस्मती से, अच्छी तरह से डॉक्यूमेंटेड नहीं थी। मुझे वॉक के बारे में जो जानकारी मिली है, उसके मुताबिक, अमेरिकी सैनिकों द्वारा एक प्रेग्नेंट इंडियन लड़की को उसकी माँ से छीनने और बाद में उसे गोली मारने की कहानी का ज़िक्र अक्सर होता है।

प्रेस्कॉट में 1890 के दशक में कई भयानक परेड हुईं। दूसरे चैप्टर में बताए गए किरदार, लोकल अखबार में छपे किरदारों का कलेक्शन हैं, जिन्होंने परेड के बारे में रिपोर्ट किया था।

एक तीन पैरों वाले कुत्ते ने घटनाओं का सिलसिला शुरू किया, जिससे 700 सूअरों को ले जा रही ट्रेन पटरी से उतर गई। मुझे नहीं लगता कि मैं इससे ज़्यादा दिलचस्प कहानी बना सकता हूँ और फिर भी उस पर यकीन किया जा सकता है। कभी-कभी, सच कल्पना से भी अजीब होता *है।*

विलियम ओवेन 'बकी' ओ'नील एरिज़ोना टेरिटरी के एक जाने-माने आदमी थे जो 1882 में प्रेस्कॉट चले गए थे। दूसरी चीज़ों के अलावा, वह एक पत्रकार, प्रेस्कॉट ग्रेज़ (इस किताब में प्रेस्कॉट राइफल्स का एक

मुकाबला करने वाला पैरामिलिट्री ग्रुप) के कैप्टन, जज, शेरिफ और प्रेस्कॉट के मेयर थे। बकी थियोडोर रूज़वेल्ट के रफ़ राइडर्स के सदस्य थे और स्पेनिश-अमेरिकी युद्ध के दौरान मारे गए थे। उन्हें आर्लिंगटन नेशनल कब्रिस्तान में दफ़नाया गया है ।

मेरी तीसरी किताब पढ़ने के लिए धन्यवाद। मुझे पूरी उम्मीद है कि आपको यह पसंद आई होगी। ज़्यादा जानकारी के लिए, कृपया मेरी वेबसाइट https://andymitchellbooks.com पर जाएँ ।